MINETTE WALTERS

Wellenbrecher

Buch

Südengland, in der Nähe von Chapman's Pool: Zwei Jungen klettern an einem heißen Augusttag durch die Felsen und entdecken durch ihr Fernglas eine zierliche Blondine am Strand. Doch die junge Frau nimmt kein Sonnenbad, sie ist tot. Steve Harding, ein Schauspieler aus London, der den beiden aufgeregten Kindern auf einem einsamen Spaziergang begegnet, alarmiert sofort die Polizei. Als es den Beamten schließlich gelingt, die Identität der Toten zu ermitteln, stehen sie vor einem Rätsel: Wie kam Kate Sumner, die mit Wassersport nie etwas im Sinn hatte, aufs Meer hinaus? In dem entfernten Seebad Poole wird unterdessen ein verstörtes kleines Mädchen aufgegriffen, das offensichtlich unter Schock steht: Kates dreijährige Tochter Hannah. Das Kind reagiert auf jeden menschlichen Kontakt äußerst abwehrend, auf ihren Vater sogar fast panisch. Könnte William Sumner etwas mit dem Tod seiner Frau zu tun haben? Denn daß dieser kein Unfall war, steht schon bald fest. Irgend jemand hat Kate ermordet und ihre Tochter, die den Tathergang womöglich beobachtet hat, verschont. Auch Steve Harding zählt zum Kreis der Verdächtigen, nachdem er sich immer weiter in Widersprüche verwickelt – und sich herausstellt, daß er mit Kate ein Verhältnis hatte. Gab es hier noch eine offene Rechnung zu begleichen?

Autorin

Minette Walters arbeitete lange als Redakteurin in London, bevor sie Schriftstellerin wurde. Seit ihrem Debüt »Im Eishaus«, das 1994 auf deutsch veröffentlicht wurde, zählt sie zu den Lieblingsautoren von Millionen Leserinnen und Lesern in aller Welt. Die meisten ihrer bisher veröffentlichten Romane wurden mit wichtigen internationalen Preisen ausgezeichnet. Minette Walters lebt mit ihren beiden Söhnen in Hampshire, England.

Minette Walters

Wellenbrecher

Roman

Aus dem Englischen von
Mechtild Sandberg-Ciletti

GOLDMANN

Die Originalausgabe erschien unter dem Titel
»The Breaker«
bei Macmillan, London

Umwelthinweis:
Alle bedruckten Materialien dieses Taschenbuches
sind chlorfrei und umweltschonend.

Einmalige Sonderausgabe März 2005

Umschlaggestaltung: Design Team München
unter Verwendung eines Motivs von
Hans Holbein (Ausschnitt)
Druck: GGP Media GmbH, Pößneck
Made in Germany · Titelnummer: 45974

ISBN 3-442-45974-5
www.goldmann-verlag.de

Für Marigold und Anthony

Ansicht von Osten

Ansicht von Westen

Sonntag, 10. August 1997 – 1 Uhr 45

Sie trieb auf den Wellen, wurde immer wieder unter Wasser gezogen und erwachte jedesmal zu neuer Qual, wenn Salzwasser ihr brennend durch die Kehle in den Magen schoß. In den kurzen Momenten der Klarheit, in denen sie sich fast verwundert daran erinnerte, was ihr zugestoßen war, war es nicht die Brutalität der Vergewaltigung, die ihr unauslöschlich im Gedächtnis eingebrannt blieb, sondern die Vorsätzlichkeit, mit der ihr die Finger gebrochen worden waren.

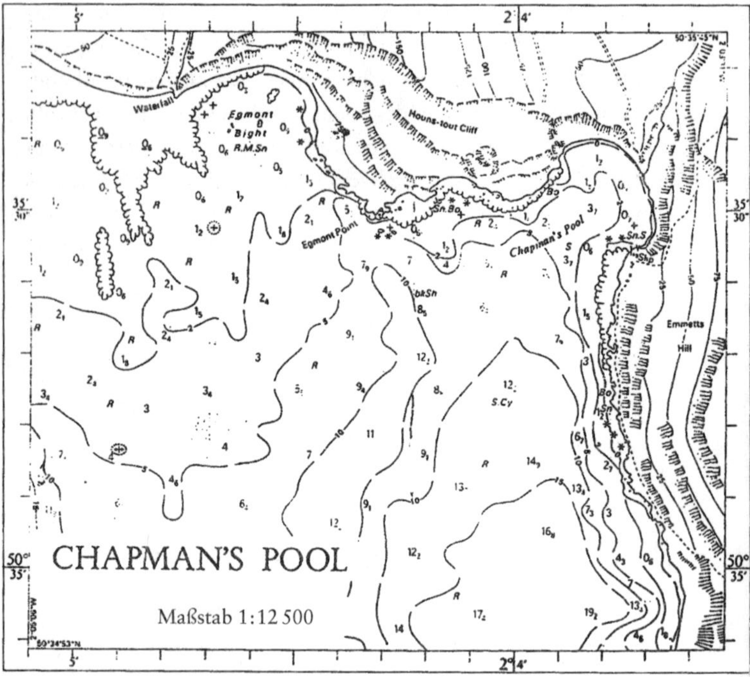
Waterfall
Egmont Bight
R.M.Sn
Houns-tout Cliff
Egmont Point
Chapman's Pool
Sn.S
Emmetts Hill
S.Cy
bkSh
CHAPMAN'S POOL
Maßstab 1:12 500

Sonntag, 10. August 1997 – 5 Uhr

Das Kind saß mit gekreuzten Beinen auf dem Boden, und das graue Morgenlicht sog alle Farbe aus seiner Haut. Er empfand nichts für das kleine Wesen, nicht einmal normales menschliches Mitgefühl, aber er brachte es nicht über sich, es anzurühren. Ernsthaft und konzentriert sah es ihn an und erwiderte damit seinen eigenen Blick. Es wäre leicht gewesen, ihm das Genick zu brechen, aber er glaubte in seinen Augen ein uraltes Wesen zu erkennen, und die Vorstellung ängstigte ihn. Wußte es, was er getan hatte?

Auszug aus:
The Mind of a Rapist
von Helen Barry

Der am weitesten verbreiteten Auffassung zufolge geht es bei Vergewaltigungen um Ausübung männlicher Dominanz, um ein krankhaftes Zurschaustellen von Macht, im allgemeinen aus Wut gegen das ganze Geschlecht oder aus Frustration über eine bestimmte Person. Indem der Mann eine Frau zwingt, die Penetration hinzunehmen, demonstriert er nicht nur seine überlegene Stärke, sondern auch sein Recht, seinen Samen abzulegen, wo und wann es ihm beliebt. Der Vergewaltiger wird so zu einer Gestalt von legendärer Dimension hochstilisiert – dämonisch, gefährlich, raubtierhaft –, und die Tatsache, daß wenige Vergewaltiger diesem Bild entsprechen, bleibt hinter der Furcht, die die Legende hervorruft, von zweitrangiger Bedeutung.

In einem hohen Prozentsatz von Fällen ist der Vergewaltiger ein Mensch, der sich als unzulänglich empfindet und einem schlechten Selbstbild entgegenzuwirken sucht, indem er einen anderen angreift, den er als schwächer wahrnimmt. Er ist ein Mensch von niedriger Intelligenz, geringer sozialer Kompetenz und mit einem tiefsitzenden Gefühl der eigenen Minderwertigkeit. Eine große Angst vor Frauen ist beim Vergewaltiger häufiger anzutreffen als ein Gefühl der Überlegenheit und hat ihren Ursprung vielleicht im frühen Scheitern seines Bemühens, befriedigende Beziehungen einzugehen.

Die Pornographie wird einem solchen Menschen Mittel zum Zweck, da Selbstbefriedigung für ihn so lebensnotwendig ist wie der regelmäßige Schuß für den Heroinsüchtigen. Ohne Orgasmus empfindet der Sexfixierte nichts. Seine zwanghafte Natur in Verbindung mit seinem Mangel an Leistung jedoch macht ihn uninteressant gerade für jene Frauen, nach denen sein Minderwertigkeitskomplex verlangt, Frauen nämlich, die für erfolgreiche Männer attraktiv sind. Wenn er überhaupt eine Beziehung hat, wird seine Partnerin eine Frau sein, die von anderen Männern benützt und mißbraucht wurde, und das verstärkt sein eigenes Gefühl der Unzulänglichkeit.

Man könnte argumentieren, daß der Vergewaltiger, ein Mann von beschränkter Intelligenz, Empfindungsfähigkeit und Funktionstüchtigkeit, eher zu bemitleiden als zu fürchten ist. Das Gefährliche an ihm ist aber die Macht, die die Gesellschaft ihm über das sogenannte schwache Geschlecht eingeräumt hat. Jedesmal, wenn Richter und Presse den Vergewaltiger als gefährliches Raubtier dämonisieren und mythologisieren, verstärken sie nur die Vorstellung, der Penis sei ein Symbol der Macht...

1

Die Frau lag auf dem Rücken am Strand und blickte still in den wolkenlosen Himmel. Ihr hellblondes Haar trocknete in der heißen Sonne zu kleinen Locken. Sandspuren auf ihrem Bauch wirkten wie ein Stück hauchzarter Stoff, aber die braunen Höfe ihrer Brustwarzen und das Haar zwischen ihren Schenkeln verrieten, daß sie nackt war. Sie hatte einen Arm entspannt um ihren Kopf gelegt, der andere ruhte mit der Handfläche nach oben auf dem Kies, und ihre Finger schienen mit den flachen Wellen der steigenden Flut zu spielen.

Über ihr türmten sich die abweisenden Felsen des Houns-tout-Kliffs, an dessen Vorsprüngen robuste Pflanzen wurzelten. In Herbst und Winter so oft von Nebel und Regen verhüllt, wirkten die schroffen Schieferwände nun im leuchtenden Sommerlicht warm und freundlich. Anderthalb Kilometer weiter westlich, auf dem Küstenwanderweg, der sich an den Felshöhen entlang nach Weymouth zog, näherte sich langsam eine Gruppe Wanderer, die ab und zu haltmachte, um die wie kleine Geschosse ins Meer eintauchenden Kormorane zu beobachten. Im Osten, auf dem Fußweg nach Swanage, passierte ein einzelner Wanderer die normannische Kapelle auf dem St.-Alban's-Kap; von hier führte der Pfad zum felsenumschlossenen Kessel des Chapman's Pool, der mit seinem klaren blauen Wasser bei leichtem, ablandigem Wind ein beliebter Ankerplatz war. Da er von Steilwänden umgeben war, verirrten Fußgänger sich nur selten zu seinen Stränden, doch an einem schönen Sonntag wie diesem lagen dort mittags oft zehn Boote und mehr vor Anker.

Ein Boot, eine zehn Meter lange Princess, hatte sich bereits durch den Zufahrtskanal in die Bucht hineingeschoben, und das Klirren seiner Ankerkette übertönte das Geräusch der leerlaufenden Motoren. Nicht weit dahinter durchschnitt der Bug einer

Fairline Squadron die starke Strömung vor dem St.-Alban's-Kap und schlug auf ihrer Fahrt zur Bucht einen weiten Bogen um die Jachten, die träge schaukelnd in der leichten Brise lagen. Es war Viertel nach zehn an einem der heißesten Sonntage des Jahres, doch die nackte Sonnenanbeterin, außer Sicht hinter dem Egmont Point, schien weder die flirrende Hitze zu kümmern noch die Aussicht auf ungebetene Gesellschaft.

Die Brüder Paul und Daniel Spender hatten die nackte Frau entdeckt, als sie mit ihren Angeln um die Landspitze herumgekommen waren. Jetzt kauerten sie waghalsig hundert Meter weiter oben etwas rechts von ihr auf einem unsicheren Sims und beobachteten sie durch das teure Fernglas ihres Vaters, das sie in einem Bündel T-Shirts und Angelzeug aus dem gemieteten Ferienhaus geschmuggelt hatten. Ihr zweiwöchiger Urlaub war gerade zur Hälfte vorbei, und für den älteren der beiden Brüder war das Angeln von Anfang an nur ein Vorwand gewesen. Dieser abgelegene Teil der Insel Purbeck konnte einem zwölfjährigen Jungen wenig Verlockendes bieten; hier lebten nur wenige Menschen, es gab kein Freizeitangebot und noch nicht einmal schöne Sandstrände. Das einzige, was ihn interessierte, waren die jungen Mädchen in ihren knappen Bikinis, die sich auf den teuren Motorjachten im Chapman's Pool aalten.

»Mama hat extra gesagt, wir sollen nicht auf die Felsen klettern, weil das gefährlich ist«, flüsterte Danny, der gehorsame Zehnjährige, der am Anblick nackter Haut noch nicht so viel Gefallen fand wie sein Bruder.

»Ach, halt die Klappe.«

»Sie würde ganz schön schimpfen, wenn sie wüßte, daß wir eine nackte Frau anglotzen.«

»Du hast ja nur Angst, weil du noch nie eine gesehen hast.«

»Du doch auch nicht«, gab der Jüngere aufgebracht zurück. »Und überhaupt – die ist unanständig. Hier kann sie doch jeder sehen.«

Paul ignorierte die Bemerkung, schließlich waren sie auf dem

Weg um den Chapman's Pool herum keiner einzigen Menschenseele begegnet. Er konzentrierte sich lieber auf den nackten Körper dort unten. Vom Gesicht der Frau konnte er nicht viel sehen, weil sie mit den Füßen zum Land hin lag, aber das Glas vergrößerte so stark, daß er sonst jede Einzelheit erkennen konnte. Wenig vertraut mit dem nackten weiblichen Körper, machte er sich über die blauen Flecken auf ihrer Haut keine Gedanken, aber er hätte sich, das wurde ihm später klar, auch keine Gedanken darüber gemacht, wenn er gewußt hätte, was sie zu bedeuten hatten. Von so einer Situation hatte er immer geträumt – daß er irgendwo eine reglos daliegende Frau entdecken würde, die ihm erlaubte, sie in aller Ruhe zu erforschen, wenn auch nur durch das Fernglas. Er fand den weichen Fall ihrer Brüste unglaublich aufregend und verweilte lange bei ihren Brustwarzen. Er stellte sich vor, wie es wäre, sie zu berühren, und was geschähe, wenn er dies täte. Genüßlich wanderte er ihren Körper abwärts, hielt beim Grübchen ihres Nabels inne, bevor er zu dem vordrang, was ihn am meisten interessierte, nämlich ihre gespreizten Beine und das, was zwischen ihnen lag. Er kroch auf seinen Ellbogen vorwärts und begann zu juckeln.

»Was machst du da?« fragte Danny argwöhnisch und kroch neben ihn. »Schmuddelst du rum?«

»Quatsch, natürlich nicht.« Er gab seinem Bruder einen wütenden Stoß gegen den Arm. »Das ist alles, was du im Kopf hast. Rumschmuddeln. Paß lieber auf, sonst erzähl ich's Dad, du Idiot!«

Es folgte die unvermeidliche Prügelei, in deren Verlauf dem älteren Bruder das Zeiss-Glas aus der Hand rutschte. Erschrocken gaben die Jungen den Kampf auf, krochen vom Abgrund zurück und starrten fassungslos nach unten. Beide ahnten die drohende Strafpredigt ihres Vaters.

»Wenn's kaputtgeht, ist es deine Schuld«, heulte der Zehnjährige. »Du hast es fallen lassen.«

Aber ausnahmsweise ließ Paul sich nicht von ihm reizen. Sein

Interesse galt bereits wieder der jungen Frau, die seltsamerweise noch immer völlig reglos am Strand lag. Mit einem schrecklichen Gefühl dunkler Vorahnung dämmerte ihm, daß er sich am Anblick einer Toten befriedigt hatte.

2

Das klare Wasser des Chapman's Pool rollte Welle um Welle aufs Land zu und brach sich in den zischenden Schaumperlen am Kiesstrand. Mittlerweile ankerten dort drei Boote: zwei, die die rote Flagge führten – die *Lady Rose* und die *Gregory's Girl*; das dritte, die *Mirage*, eine französische Beneteau, zeigte die Trikolore. Nur auf der *Gregory's Girl*, wo ein Mann und eine Frau sich abmühten, ein Beiboot frei zu machen, dessen Taljendrähte sich in der Sperrvorrichtung der Cavits verklemmt hatten, rührte sich etwas. Auf der *Lady Rose* lag ein dürftig bekleidetes Paar mit ölglänzenden Körpern und geschlossenen Augen auf der Laufbrücke, und auf der *Mirage* hielt ein junges Mädchen eine Videokamera ans Auge gedrückt und schwenkte auf der Suche nach einem lohnenden Objekt den steilen grasbewachsenen Hang des West Hill hinauf.

Niemand bemerkte die zwei Brüder, die in diesem Moment die Bucht entlangrannten. Die kleine Französin entdeckte allerdings den einsamen Wanderer, der auf seinem Weg den Hang hinunter den beiden Jungen entgegenkam. Durch den Sucher ihrer Kamera nahm sie nur den gutaussehenden jungen Mann wahr, den sie im Visier hatte, und sie wurde ganz aufgeregt bei der Aussicht auf ein neuerliches zufälliges Zusammentreffen mit dem schönen Engländer. Sie hatte ihn zwei Tage zuvor an der Berthon-Marina in Lymington kennengelernt, als er ihr mit einem hinreißenden Lächeln den Computercode für die Toiletten verraten hatte, und konnte jetzt ihr Glück kaum fassen: Er war hier – heute – in dieser öden Gegend, die ihre Eltern als ein Juwel Englands bezeichneten.

In ihrer Verliebtheit und überhitzten Phantasie sah sie in dem jungen Mann mit dem ärmellosen T-Shirt und den knackig-engen Shorts eine langhaarige Version Jean Claude Van Dammes –

braungebrannt, muskulös, das glatte dunkle Haar aus dem Gesicht gestrichen, lachende braune Augen, Dreitagebart. In ihren romantisch gefärbten, üppig ausgeschmückten und unglaublich naiven Tagträumen stellte sie sich vor, wie sie schmachtend in seinen Armen lag und sein Herz eroberte. In der Intimität der Vergrößerung durch das Kameraauge sah sie dem Spiel seiner Muskeln zu, als er seinen Rucksack zu Boden gleiten ließ, bis sich das Bild unvermittelt mit den wilden Gesten der Brüder Spender füllte. Mit einem hörbaren Seufzer schaltete sie die Kamera aus und beobachtete ungläubig die herumhüpfenden Kinder, die einen Freudentanz aufzuführen schienen.

Er war doch bestimmt viel zu jung, um schon Vater zu sein.

Aber bei den Engländern konnte man ja nie wissen...

Hinter dem Mischlingshund, der in Verfolgung irgendeiner Fährte in zielstrebigem Zickzack vorausrannte, die Nase immer am Boden, suchte sich das Pferd umsichtig seinen Weg den Trampelpfad hinunter, der von Hill Bottom zum Chapman's Pool führte. Reste von Asphalt zeigten, daß der Pfad früher einmal eine Straße gewesen war, und die verwitterten Spuren einiger Grundmauern inmitten des verwilderten Grüns erzählten von lang verlassenen, eingestürzten Häusern. Maggie Jenner hatte fast ihr ganzes Leben in dieser Gegend verbracht, aber sie wußte bis heute nicht, warum die wenigen Bewohner dieses Zipfels der Insel Purbeck fortgezogen waren und ihre Häuser dem Ruin überlassen hatten. Jemand hatte ihr einmal erklärt, ›*chapman*‹ sei ein altes Wort für Händler oder Hausierer, aber sie konnte sich nicht vorstellen, womit man an diesem einsamen Ort hätte handeln sollen. Vielleicht war es einfach so, daß ein Hausierer in der Bucht ertrunken war. Jedesmal, wenn sie diesen Weg einschlug, nahm sie sich vor nachzufragen, aber bis sie zu Hause war, hatte sie es immer schon wieder vergessen.

Die von Menschen angelegten Gärten, die einmal hier geblüht hatten, hatten ein bleibendes Erbe hinterlassen. Rosen, Malven und Hortensien gediehen mitten in Gras und Unkraut, und sie stellte sich vor, wie schön es wäre, in dieser farbenfrohen Wildnis ein Haus zu haben, mit Blick nach Südwesten, zum Kanal, und allein darin zu leben, einzig ihren Hund und ihre Pferde zur Gesellschaft. Wegen der ständigen Steinschlaggefahr an den Küstenfelsen war die Zufahrt zum Chapman's Pool für den Autoverkehr durch gesicherte Schranken in Hill Bottom und Kingston gesperrt, und so viel Stille hatte etwas sehr Verlockendes. Aber Isolation und die damit verbundene Einsamkeit wurden sowieso zunehmend zur fixen Idee bei ihr, und das beunruhigte sie manchmal.

Diesen Gedanken noch im Kopf, hörte sie plötzlich das Geräusch eines näher kommenden Fahrzeugs, das im kleinen Gang den holprigen Weg hinter ihr entlangkroch, und sie pfiff erschrocken, um Bertie an ihre Seite zu holen. In der Annahme, das Fahrzeug wäre ein Traktor, drehte sie sich im Sattel herum und sah stirnrunzelnd einen Range Rover der Polizei. Er bremste ab, als er mit ihr auf gleicher Höhe war, und sie konnte Nick Ingram am Steuer erkennen, bevor dieser mit einem flüchtigen Lächeln der Begrüßung weiterfuhr und sie in einer Staubfahne zurückließ.

Nach einem Notruf, der per Handy bei der Polizeidienststelle eingegangen war, traten die Rettungsdienste sofort in Aktion. Der Anrufer hatte seinen Namen mit Steven Harding angegeben und erklärt, er hätte zwei Jungen getroffen, die behaupteten, am Strand von Egmont Bight läge eine Verunglückte. Die Einzelheiten waren reichlich verworren, da die Jungen in ihrem offenkundigen Entsetzen und ihrer Aufregung nicht in der Lage gewesen waren, vollständig Bericht zu erstatten, und außerdem zu erwähnen vergessen hatten, daß die Verunglückte nackt war. Daher hatte Harding den Eindruck gewonnen, daß es sich bei der ›Frau am Strand‹ um die Mutter der Jungen handelte, die von den Felsen gestürzt war. Polizei und Küstenwache handelten also in der Annahme, sie wäre noch am Leben.

Da es äußerst schwierig war, einen Schwerverletzten vom Strand zu bergen, entsandte die Küstenwache einen Such- und Rettungshubschrauber aus Portland, der die Frau aus der Luft bergen sollte. Gleichzeitig näherte sich Police Constable Nick Ingram der Unfallstelle auf dem Fußweg, der sich am unpassend benannten West Hill auf der Ostseite von Chapman's Pool hinzog. Er hatte die Kette des Schlosses an der Schranke in Hill Bottom mit einem Bolzenschneider durchtrennen müssen, und als er jetzt seinen Range Rover auf dem befestigten Abstellplatz neben den Bootshäusern der Fischer zurückließ, hoffte er aus tiefster Seele, daß ihm keine Neugierigen gefolgt waren. Er war nicht in der Stimmung, sich mit dreisten Schaulustigen herumzuschlagen.

Der einzige Zugang von den Bootshütten zu dem Strandabschnitt, auf dem die Frau lag, war der Weg, den auch die Jungen genommen hatten – ein Wanderweg rund um die Bucht, gefolgt von einer Kletterpartie über die Klippen bei Egmont Point. In Uniform war das ein beschwerliches und schweißtreibendes Unternehmen, und Nick Ingram, über einen Meter neunzig groß und gut und gern seine hundert Kilo schwer, war naßgeschwitzt, als er die Verunglückte erreichte. Die Hände auf die Knie gestützt, beugte er sich vornüber, um wieder zu Atem zu kommen, und horchte auf das ohrenbetäubende Geknatter des nahenden Hubschraubers. Er empfand das Geräusch als eine abscheuliche Störung an diesem Ort, der offenkundig ein Ort des Todes war. Trotz der Hitze fühlte sich die Haut der Frau kalt unter seiner Hand an, und die aufgerissenen starren Augen hatten schon begonnen, sich zu trüben. Ihm fiel auf, wie klein und zerbrechlich sie wirkte, so ganz allein hier am Fuß der hohen Felswand, und wie traurig und kindlich ihre Hand anmutete, die sich in der Gischt hin und her bewegte.

Zu seinem Erstaunen sah er, daß sie nackt war, und er wunderte sich noch mehr, als ein schneller Blick über den Strand ihm zeigte, daß nirgends Handtücher, Kleider oder Schuhe herumlagen. Er bemerkte die Blutergüsse an ihren Armen, am Hals und an der Brust, aber sie schienen eher von einem unfreiwilligen Bad in der starken Brandung und einem Aufprall gegen die Felsen herzurühren als von einem Sturz von der Klippe. Wieder beugte er sich über die Tote, in der Hoffnung, vielleicht einen Hinweis darauf zu finden, wie sie hierhergekommen war, und sprang dann hastig zurück, als die Trage, die vom Hubschrauber aus heruntergelassen wurde, gefährlich dicht über seinem Kopf pendelte.

Der Rotorenlärm des Hubschraubers und die durch ein Mikrofon verstärkte Stimme des Mannes am Flaschenzug, der dem Polizeibeamten unten am Strand Anweisungen zuschrie, hatten Schaulustige angelockt. Die Wandergruppe sammelte sich oben auf dem Felsen, um die aufregenden Ereignisse zu verfolgen, und die Leute von den Jachten in Chapman's Pool fuhren in ihren Beibooten hinaus, um die Szene von der Wasserseite aus zu verfolgen. Frohe Zuversicht lag in der Luft, weil alle glaubten, man hätte kein derart schwieriges Bergungsmanöver unternommen, wenn die Frau tot gewesen wäre, und als die Trage sich in die Luft erhob, stieg ein Jubelschrei aus der Menge auf. Die meisten waren der Ansicht, sie wäre von der Wand abgestürzt; einige glaubten, sie wäre vielleicht auf einer Luftmatratze aus Chapman's Pool hinausgetrieben und in Not geraten. Daß sie ermordet worden war, ahnte keiner.

Außer vielleicht Nick Ingram, der den zierlichen, bereits steif werdenden Körper auf die Trage hob und von einem schrecklichen Zorn auf den Tod gepackt wurde, der einer hübschen jungen Frau jede menschliche Würde geraubt hatte. Wie immer gehörte der Sieg dem Räuber und nicht dem Opfer.

Auf Anweisung der Beamten führte Steven Harding die Jungen den Berg hinunter zu dem Streifenwagen, der bei den Bootshäusern geparkt war. Dort warteten sie alle drei mehr oder weniger geduldig auf die Rückkehr des Fahrers. Die beiden Brüder, erschöpft und schweigsam nach der Jagd rund um Chapman's Pool, wollten nur weg, aber sie fühlten sich eingeschüchtert von ihrem

Begleiter, einem vierundzwanzigjährigen Schauspieler, der seine Verantwortung als Erwachsener durchaus ernst nahm.

Er behielt seine wenig mitteilsamen Schützlinge (stumm vor Schock, dachte er) wachsam im Auge, während er sich bemühte, sie mit einem laufenden Kommentar über die Bergung aufzumuntern und seine Berichterstattung mit Lobesworten wie »Ihr seid zwei echte Helden…«, »Eure Mama wird stolz auf euch sein…«, »Sie kann sich glücklich schätzen, zwei so vernünftige Söhne zu haben…« würzte. Erst als der Hubschrauber in Richtung Poole davonflog und er sich mit einem ermutigenden Lächeln zu den Jungen umdrehte und meinte: »Na also, jetzt braucht ihr keine Angst mehr zu haben. Mama ist in sicheren Händen«, erkannte er seinen Irrtum. Keiner der beiden Jungen war bis zu diesem Moment auf die Idee gekommen, die Bemerkungen über ihre Mutter könnten sich auf die »Frau am Strand« beziehen.

Jetzt jedoch erkärte Paul unwirsch: »Sie ist nicht unsere Mutter.«

»Unsere Mama ist bestimmt schon furchtbar sauer«, fügte Danny hinzu, der sich jetzt ebenfalls zum Sprechen ermutigt fühlte. »Sie hat gesagt, wenn wir zum Mittagessen zu spät kommen, kriegen wir eine Woche lang nur Wasser und Brot.« Er war ein erfinderisches Kind. »Und sie wird bestimmt noch viel wütender, wenn ich ihr sage, daß alles nur passiert ist, weil Paul eine nackte Frau sehen wollte.«

»Halt die Klappe«, fuhr sein Bruder ihn an.

»*Und* er hat mich gezwungen, mit ihm auf den Felsen raufzuklettern, damit er sie besser sehen konnte. Dad bringt ihn um, wenn er ihm sein Fernglas kaputtgemacht hat.«

»Halt endlich die Klappe!«

»Ja, und es ist alles deine Schuld. Du hättest es nicht runterfallen lassen sollen. Du Wichser«, sagte Danny frech, in dem sicheren Wissen, daß ihr Begleiter ihn beschützen würde.

Harding sah, wie dem älteren Jungen Tränen der Demütigung

in die Augen schossen. Er brauchte nicht lange an den Worten ›nackte Frau‹, ›besser sehen‹, ›Fernglas‹ und ›Wichser‹ herumzudeuteln, um sich ein ziemlich genaues Bild von der Situation machen zu können. »Ich hoffe, sie war's wert«, sagte er sachlich. »Die erste nackte Frau, die ich in meinem Leben gesehen hab, war so alt und häßlich, daß ich danach drei Jahre lang keine mehr sehen wollte. Sie hat im Haus neben uns gewohnt und war so fett und verrunzelt wie ein Elefant.«

»Und wie hat die nächste ausgesehen?« erkundigte sich Danny mit der unerbittlichen Logik des Zehnjährigen.

Harding tauschte einen Blick mit dem älteren Bruder. »Sie hatte schöne Brüste«, sagte er mit einem Augenzwinkern zu Paul.

»Die hatte die Frau hier auch«, stellte Danny entgegenkommend fest.

»Nur daß sie tot war«, sagte sein Bruder.

»Unsinn, wahrscheinlich war sie gar nicht tot. Es ist nicht immer leicht festzustellen, ob jemand wirklich tot ist.«

»Doch, sie war tot«, widersprach Paul unglücklich. »Ich und Danny sind runter, weil wir das Fernglas wieder holen wollten.« Er zog sein zusammengebündeltes T-Shirt auseinander, um Harding das zerschrammte Gehäuse eines Feldstechers zu zeigen. »Ich... ich hab nachgeschaut, weil ich ganz sicher sein wollte. Ich glaube, sie ist ertrunken und von der Flut da angespült worden.« Er versank wieder in bedrücktes Schweigen.

»Er wollte sie beatmen«, berichtete Danny, »aber sie hatte so schreckliche Augen, daß er sich nicht getraut hat.«

Wieder warf Harding dem älteren Bruder einen Blick zu, teilnahmsvoll diesmal. »Die Polizei wird versuchen müssen, die Frau zu identifizieren«, sagte er nüchtern, »wahrscheinlich werdet ihr sie beschreiben müssen.« Er fuhr Danny durchs Haar. »Es ist vielleicht besser, bei der Gelegenheit nichts von schrecklichen Augen oder schönen Brüsten zu sagen.«

Danny trat von ihm weg. »Ich sag bestimmt nichts.«

Harding nickte. »Gut.« Er nahm Paul das Fernglas aus der

Hand und untersuchte aufmerksam das Objektiv, ehe er das Glas auf die Beneteau in Chapman's Pool richtete. »Habt ihr die Frau gekannt?« fragte er.

»Nein«, antwortete Paul mit Unbehagen.

»War sie alt?«

»Nein.«

»Hübsch?«

Paul zuckte die Achseln. »Ja, ganz hübsch.«

»Also nicht dick?«

»Nein. Sie war sehr klein und hatte blonde Haare.«

Harding stellte das Glas scharf ein. »Diese Dinger sind wie Panzer«, murmelte er, während er seinen Blick über die Bucht wandern ließ. »Okay, das Gehäuse ist ein bißchen angekratzt, aber den Linsen fehlt nichts. Euer Dad wird nicht allzu böse werden.«

Maggie Jenner wäre überhaupt nicht in die Sache hineingezogen worden, wenn Bertie auf ihren Pfiff reagiert hätte, aber wie alle Hunde gehorchte er nur dann, wenn er wollte. Sie war abgestiegen, als ihr Pferd, Sir Jasper, bei dem Rotorenlärm des Hubschraubers gescheut hatte, und aus Neugier weiter den Hang hinuntergestiegen. Sie ging um die Bootshäuser herum, und Bertie schoß schnurstracks auf Paul Spender zu, stieß dem Jungen seine Schnauze zwischen die Beine und schnupperte begeistert.

Maggie pfiff abermals, wieder ohne Erfolg. »Bertie!« rief sie. »Komm her jetzt!«

Der Hund war ein großes, grimmig aussehendes Tier, Sproß einer irischen Wolfshündin, und Speichel troff ihm in dicken weißen Fäden aus dem Maul. Er schüttelte einmal kurz den zottigen Kopf und bespritzte Pauls Shorts von oben bis unten mit Schleim. Der Junge erstarrte vor Schreck.

»Bertie!«

»Keine Angst«, sagte Harding und packte den Hund beim Halsband, um ihn wegzuziehen, »er will nur Freundschaft schließen.« Er kraulte den Hund am Kopf. »Stimmt's, mein Alter?«

Die beiden Jungen flüchteten sich dennoch hastig auf die andere Seite des Streifenwagens.

»Sie haben heute morgen schon einiges mitgemacht«, erklärte Harding und führte Bertie zu seiner Herrin zurück. »Bleibt er bei Ihnen, wenn ich ihn loslasse?«

»In dieser Stimmung nicht«, antwortete Maggie und zog eine Leine aus ihrer hinteren Hosentasche, um sie am Halsband des Hundes zu befestigen und das andere Ende am Steigbügel ihres Pferdes.

»Die zwei Söhne meines Bruders sind ganz hingerissen von ihm, und er begreift nicht, wieso der Rest der Welt nicht ähnlich begeistert ist.«

Sie lächelte. »Sie haben wohl selbst Hunde? Oder aber Sie sind sehr mutig. Die meisten Leute ergreifen bei seinem Anblick die Flucht.«

»Ich bin auf einem Bauernhof aufgewachsen.« Er tätschelte Sir Jaspers Kopf, während er Maggie mit unverhohlener Bewunderung musterte.

Sie war gut zehn Jahre älter als er, groß und schlank, mit schulterlangem, dunklem Haar und tiefbraunen Augen, die sich unter seinem abschätzenden Blick argwöhnisch verengten. Ihr war sofort klar, mit welchem Typ Mann sie es zu tun hatte, als er einen demonstrativen Blick auf ihre linke Hand warf und vergeblich nach einem Ehering suchte.

»Also dann, vielen Dank für Ihre Hilfe«, sagte sie ziemlich brüsk. »Ich komm jetzt allein zurecht.«

Er trat augenblicklich zurück. »Dann viel Glück«, sagte er. »Es hat mich gefreut, Sie kennenzulernen.«

Sie war sich nur zu deutlich bewußt, daß ihr Mißtrauen Männern gegenüber mittlerweile eine fast krankhafte Form angenommen hatte, und fragte sich schuldbewußt, ob sie nicht vielleicht doch vorschnell geurteilt hatte. »Ich hoffe, Bertie hat Ihre Jungen nicht zu sehr erschreckt«, sagte sie mit etwas mehr Wärme.

Er lachte unbefangen. »Sie sind nicht meine«, erklärte er. »Ich kümmere mich nur um sie, bis die Polizei kommt. Sie haben am Strand eine Tote gefunden, da sind sie natürlich ziemlich geschockt, die armen Kerle. Es täte ihnen bestimmt gut, wenn Sie sie überzeugen könnten, daß Bertie in Wirklichkeit lammfromm ist. Erst eine Tote und dann auch noch ein sabbernder Höllenhund, das ist doch ein bißchen viel auf einmal.«

Sie schaute unschlüssig zu dem Streifenwagen hinüber. Die Jungen sahen tatsächlich recht verängstigt aus, und sie wollte auf keinen Fall, daß sie nach dieser Begegnung mit Bertie womöglich eine lebenslängliche Angst vor Hunden zurückbehielten.

»Rufen wir sie doch her«, schlug er vor, als sie zögerte, »dann können sie ihn mal streicheln, solange er an der Leine ist. Das dauert doch höchstens ein, zwei Minuten.«

»Na schön«, stimmte sie halbherzig zu, »wenn Sie glauben, daß es hilft.« Aber sie erklärte sich wider besseres Wissen einverstanden. Sie hatte das Gefühl, daß sie wieder einmal im Begriff war, sich auf etwas einzulassen, womit sie nicht fertig werden würde.

Es war nach Mittag, als Constable Ingram zu seinem Wagen zurückkehrte, wo Maggie Jenner, Steven Harding und die beiden Jungen warteten. Sir Jasper und Bertie standen etwas entfernt im Schatten eines Baums, und der Ästhet in Nick Ingram konnte das Talent der Frau, sich vorteilhaft zu präsentieren, nur bewundern. Manchmal glaubte er, sie wußte überhaupt nicht, wie attraktiv sie war; dann wiederum, wenn sie sich, so wie jetzt, mit Geschöpfen natürlicher Schönheit umgab, vermutete er, die Pose war beabsichtigt. Als er sich mit einem großen weißen Taschentuch die Stirn wischte, fragte er sich gereizt, wer der aalglatte Schönling neben ihr war und wie er und Maggie es schafften, bei der unerträglichen Hitze dieses Sonntagmorgens so frisch und kühl zu wirken. Sie blickten ihm entgegen und lachten, und prompt bildete Ingram sich ein, sie lachten über ihn.

»Guten Morgen, Miss Jenner«, sagte er übertrieben höflich.

Sie nickte. »Hallo, Nick.«

Er wandte sich fragend an Harding. »Kann ich Ihnen behilflich sein, Sir?«

»Das glaube ich nicht«, antwortete der junge Mann mit einem gewinnenden Lächeln. »Ich denke eher, wir sollen *Ihnen* behilflich sein.«

Ingram war auf dem Land geboren und aufgewachsen und hatte nichts übrig für attraktive junge Muskelprotze in knackigen Shorts, die sich ihre Bräune im Sonnenstudio holten. »Ach, wie das?« In seinem Ton lag ein Anflug von Sarkasmus, der bei Maggie Jenner ein Stirnrunzeln hervorrief.

»Als ich vorhin angerufen habe, wurde mir gesagt, ich solle die Jungen zum Polizeiwagen bringen. Dies sind die beiden, die die Tote gefunden haben.« Er legte jedem eine Hand auf die Schulter. »Zwei richtige Helden. Maggie und ich haben gerade gesagt, sie hätten eigentlich einen Orden verdient.«

Die vertrauliche Anrede »Maggie« entging Ingram nicht; er hatte allerdings seine Zweifel, daß es ihr gefiel, von einem so offensichtlichen Angeber beim Vornamen genannt zu werden. Sie hat bestimmt einen besseren Geschmack, dachte er und richtete seine Aufmerksamkeit auf Paul und Danny Spender. Die Meldung, die er erhalten hatte, hätte klarer nicht sein können. Zwei Jungen hatten berichtet, ihre Mutter sei von einer Klippe gestürzt, während sie durch ein Fernglas gesehen hatte. Doch beim Anblick der Toten war ihm sofort klar gewesen, daß sie nicht aus derart großer Höhe abgestürzt sein konnte – die Verletzungen waren zu leicht –, und als er jetzt die relativ ruhigen Mienen der Jungen betrachtete, bezweifelte er auch die Richtigkeit der übrigen Angaben.

»Kennt ihr die Frau?« fragte er sie.

Sie schüttelten die Köpfe.

Er schloß seinen Wagen auf und nahm ein Notizbuch und einen Stift vom Beifahrersitz. »Wie kommen Sie darauf, daß die Frau tot war, Sir?« fragte er Harding.

»Die Jungs haben es mir gesagt.«

»Ach, tatsächlich?« Er musterte den jungen Mann neugierig und leckte dann absichtlich, weil er wußte, daß es Maggie stören würde, die Spitze seines Bleistifts. »Würden Sie mir bitte Ihren Namen und Ihre Adresse geben? Und den Namen Ihres Arbeitgebers, wenn Sie einen haben.«

»Steven Harding. Ich bin Schauspieler.« Er nannte eine Adresse in London. »Dort wohne ich während der Woche, aber wenn Sie Schwierigkeiten haben, mich zu erreichen, können Sie sich jederzeit mit meinem Agenten in Verbindung setzen – Graham Barlow von der Agentur Barlow.« Er nannte eine zweite Londoner Anschrift. »Graham führt meinen Terminkalender.«

Wie schön für Graham, dachte Ingram bissig, unfähig, seine massiven Vorurteile gegen Schönlinge, Gigolos, Londoner im allgemeinen und Schauspieler im besonderen zu unterdrücken. Harding wohnte in Highbury, und Ingram war bereit, darauf zu wetten, daß der kleine Angeber sich als Arsenal-Fan ausgab – nicht weil er je ein Spiel gesehen hatte, sondern weil er *Fever Pitch* gelesen oder den Film gesehen hatte. »Und was führt einen Schauspieler ausgerechnet in unsere Gegend, Mr. Harding?«

Harding erklärte, er sei zum Wochenende nach Poole gekommen und habe vorgehabt, an diesem Tag eine Wanderung nach Lulworth Cove zu unternehmen. Er klopfte auf das Handy, das an seinem Hosenbund hing, und sagte, es sei ein Glück gewesen, daß er losmarschiert sei, sonst hätten die Jungen bis nach Worth Matravers laufen müssen, um Hilfe zu holen.

»Sie reisen mit leichtem Gepäck«, bemerkte Ingram mit einem Blick auf das Telefon. »Sie haben nicht mal was zu trinken dabei. Bis Lulworth ist es weit.«

Der junge Mann zuckte die Achseln. »Ich hab's mir sowieso anders überlegt. Ich kehr jetzt wieder um. Ich hatte keine Ahnung, wie weit der Weg ist.«

Ingram fragte die Jungen nach ihren Namen und ihrem Wohnort und ließ sich kurz beschreiben, was geschehen war. Sie erklärten, sie hätten die Frau unten am Strand gesehen, als sie um zehn Uhr um Egmont Point herumgekommen seien.

»Und dann?« fragte er. »Dann habt ihr nachgeschaut, was mit ihr los war, habt gesehen, daß sie tot war, und seid losgelaufen, um Hilfe zu holen?«

Sie nickten.

»Da habt ihr euch aber ganz schön viel Zeit gelassen.«

»Sie sind gerannt wie der Teufel«, widersprach Harding. »Ich hab's selbst gesehen.«

»Wenn ich mich recht erinnere, kam Ihr Anruf um zehn Uhr dreiundvierzig, Sir, und zwei gesunde junge Burschen brauchen für den Weg um Chapman's Pool normalerweise nicht einmal eine knappe Dreiviertelstunde.« Er starrte Harding an, bis dieser den Blick senkte. »Und da wir gerade beim Thema Fehlinformation sind – würden Sie mir freundlicherweise erklären, wieso ich die Meldung erhielt, zwei Jungen hätten gesehen, wie ihre Mutter von einer Felswand abstürzte, als sie gerade durch ein Fernglas schaute?«

Maggie machte eine Bewegung, als wollte sie etwas zur Unterstützung der Jungen vorbringen, doch Ingram warf ihr einen so einschüchternden Blick zu, daß sie es sich anders überlegte.

»Ach, das war ein Mißverständnis«, erwiderte Harding und warf mit einer Kopfbewegung sein dichtes dunkles Haar zurück. »Diese beiden hier« – er legte Paul freundschaftlich einen Arm um die Schultern – »kamen völlig aufgelöst den Hang raufgerannt und schrien etwas von einer Frau, die unten hinter der Landspitze am Strand läge, und von einem Feldstecher, der runtergefallen sei. Ich habe vorschnell zwei und zwei zusammengezählt und fünf rausbekommen. Ehrlich gesagt, wir waren alle ein bißchen geschockt und durcheinander. Die beiden hatten Angst um ihr Fernglas, und *ich* dachte, sie redeten von ihrer Mutter.« Er nahm Paul das Glas aus der Hand und gab es Ingram. »Es gehört ihrem Vater. Die Jungs haben es aus Versehen fallen lassen, als sie die Frau sahen. Jetzt fürchten sie sich davor, wie ihr

Dad reagieren wird, wenn er den Schaden sieht, aber Maggie und ich haben ihnen schon gesagt, daß er sicher nicht böse sein wird, wenn er hört, wie vernünftig sie sich verhalten haben.«

»Kennen Sie den Vater der beiden, Sir?« fragte Ingram, während er sich das Fernglas ansah.

»Nein, natürlich nicht. Ich habe sie ja eben erst kennengelernt.«

»Dann haben wir nur ihr Wort dafür, daß das Glas ihm gehört?«

»Hm, ja, allerdings.« Harding sah Paul unsicher an, und sofort flackerte wieder die Angst in den Augen des Jungen auf. »Ach, was soll das?« sagte er abrupt. »Woher sollten sie das Ding denn sonst haben?«

»Vom Strand. Ihr habt gesagt, daß ihr die Frau gesehen habt, als ihr um Egmont Point herumgekommen seid«, wandte er sich an Paul und Danny.

Beide nickten ängstlich.

»Wieso sieht das Fernglas dann so aus, als wäre es eine Felswand runtergefallen? Habt ihr es vielleicht neben der Frau gefunden und einfach mitgenommen?«

Die Jungen wurden rot vor Verlegenheit darüber, daß sie sich wie zwei kleine Spanner benommen hatten, und auf ihren Gesichtern erschien ein schuldbewußter Ausdruck. Keiner von beiden sagte etwas.

»Sehen Sie die Sache doch ein bißchen locker«, sagte Harding unbefangen. »Es war doch nichts weiter als ein kleiner Spaß. Die Frau war nackt, deshalb sind sie auf den Felsen geklettert, um sie besser sehen zu können. Daß sie tot war, haben sie erst gemerkt, als sie runterliefen, um das Fernglas zu holen, das ihnen runtergefallen war.«

»Sie haben das alles beobachtet, Sir?«

»Nein«, gab er zu. »Ich hab Ihnen doch schon gesagt, daß ich von St.-Alban's-Kap gekommen bin.«

Ingram sah zu der fernen Landzunge hinüber, auf deren Höhe

die kleine, dem heiligen Alban geweihte Kapelle aus normannischer Zeit stand. »Von hier oben hat man einen hervorragenden Blick auf Egmont Bight«, bemerkte er beiläufig, »besonders an einem schönen Tag wie heute.«

»Nur durch ein Fernglas«, versetzte Harding.

Ingram maß den jungen Mann lächelnd von oben bis unten. »Das stimmt«, bestätigte er. »Also, wo sind Sie und die Jungen zusammengetroffen?«

Harding wies zum Küstenwanderweg. »Sie haben angefangen, mir zu winken und zu rufen, als sie halbwegs den Emmetts Hill rauf waren, und da bin ich ihnen entgegengelaufen.«

»Sie scheinen sich hier in der Gegend gut auszukennen.«

»Richtig.«

»Und wie kommt das, wenn Sie doch in London leben?«

»Ich bin oft hier. London kann im Sommer die Hölle sein.«

Ingram sah den steilen Hang hinauf. »Das hier ist der West Hill«, bemerkte er. »Der Emmetts Hill ist der nächste Berg.«

Harding antwortete mit einem liebenswürdigen Achselzucken. »Okay, so gut kenne ich die Gegend offensichtlich doch nicht, aber ich laufe normalerweise mit dem Boot hier ein«, erklärte er, »und auf den Seekarten ist kein West Hill eingezeichnet. Dieser ganze Höhenzug wird als Emmetts Hill bezeichnet. Die beiden Jungs und ich sind ungefähr dort zusammengestoßen.« Er wies auf eine Stelle an dem grünen Hang über ihnen.

Aus dem Augenwinkel nahm Ingram Paul Spenders Stirnrunzeln des Widerspruchs wahr, aber er ging nicht darauf ein.

»Wo liegt Ihr Boot jetzt, Mr. Harding?«

»In Poole. Ich bin gestern abend spät eingelaufen, aber bei der Flaute heute hab ich gedacht, ein bißchen körperliche Bewegung könnte mir nicht schaden.« Er sah Nick Ingram mit einem jungenhaften Lächeln an.

»Wie heißt Ihr Boot, Mr. Harding?«

»*Crazy Daze.*«

»Und wo liegt es normalerweise?«

»In Lymington.«

»Sind Sie gestern von Lymington gekommen?«

»Ja.«

»Allein?«

Ein kurzes Zögern. »Ja.«

Ingram sah ihn einen Moment wortlos an. »Segeln Sie heute abend zurück?«

»Das habe ich vor, aber wenn der Wind nicht auffrischt, muß ich wahrscheinlich mit Maschinenkraft fahren.«

Der Constable nickte, augenscheinlich zufrieden. »Besten Dank, Mr. Harding. Dann will ich Sie jetzt nicht länger aufhalten. Ich bring die beiden Jungen nach Hause und frage gleich wegen des Fernglases nach.«

Harding merkte, wie sich Paul und Danny schutzsuchend hinter ihm verkrochen. »Sie werden aber doch auch erwähnen, wie vorbildlich die beiden sich verhalten haben?« drängte er. »Ich meine, wenn sie nicht gewesen wären, hätte die junge Frau leicht mit der nächsten Ebbe hinausgetrieben werden können, und Sie hätten nie erfahren, daß sie am Strand gelegen hat. Die beiden verdienen einen Orden, keinen Ärger mit ihrem Vater.«

»Sie sind ja sehr gut informiert, Mr. Harding.«

»Oh, ich kenne diese Küste, glauben Sie mir. Da draußen herrscht eine stetige Süd-Süd-Ost-Strömung in Richtung St.-Alban's-Kap, und wenn sie in diesen Sog geraten wäre, wäre sie wahrscheinlich nie wieder aufgetaucht. Die Unterströmung dort ist äußerst gefährlich. Sie wäre auf dem Meeresboden herumgeschleudert worden, bis nichts mehr von ihr übriggeblieben wäre.«

Ingram lächelte. »Ich meinte eigentlich, daß Sie über die Frau gut informiert sind, Mr. Harding. Man könnte beinahe glauben, Sie hätten sie mit eigenen Augen gesehen.«

3

»Warum haben Sie ihm so hart zugesetzt?« fragte Maggie kritisch, als Nick Ingram die Jungen in seinen Range Rover verfrachtet hatte und neben dem Wagen stehenblieb, um Harding nachzuschauen, der den Hügel hinaufging. Ingram war so groß und so kompakt gebaut, daß er sie sowohl im wörtlichen als auch im übertragenen Sinn in den Schatten stellte, und er würde sie weniger reizen, dachte sie oft, wenn er sich das nur ab und zu einmal bewußt machen würde. Sie fühlte sich in seiner Gegenwart nur wohl, wenn sie von einem Pferderücken auf ihn hinuntersah. Als er ihr keine Antwort gab, blickte sie auf die beiden Jungen auf dem Rücksitz. »Und mit den Kindern sind Sie auch ziemlich grob umgesprungen. Die werden es sich in Zukunft bestimmt zweimal überlegen, ehe sie der Polizei helfen.«

Harding verschwand um eine Biegung, und Ingram wandte sich ihr mit einem trägen Lächeln zu. »Inwiefern habe ich ihm hart zugesetzt, Miss Jenner?«

»Na, hören Sie mal! Sie haben ihn praktisch der Lüge bezichtigt!«

»Er hat ja auch gelogen.«

»Ach, wobei denn?«

»Da bin ich mir noch nicht sicher. Aber ich werde es wissen, wenn ich ein paar Nachforschungen angestellt habe.«

»Handelt es sich hier vielleicht um einen Konkurrenzkampf unter Männern?« erkundigte sie sich mit einer seidenglatten Liebenswürdigkeit, hinter der sich lange aufgestauter Groll verbarg. Er war seit fünf Jahren der für ihre Gemeinde zuständige Polizeibeamte, und sie hatte Grund, ihm zu grollen. In Zeiten tiefer Depression gab sie ihm die Schuld an allem. Zu anderen Zeiten war sie ehrlich genug, sich einzugestehen, daß er nur seine Pflicht getan hatte.

»Wahrscheinlich.« Er konnte den Stallgeruch an ihren Kleidern riechen, eine muffige Mischung aus Heustaub und Pferdedung.

»Wäre es dann nicht einfacher gewesen, Ihren Schniepel herauszuholen und ihn zum Vergleich zu fordern?«

»Da hätte ich verloren.«

»Mit Sicherheit«, stimmte sie zu.

Sein Lächeln wurde breiter. »Ach, Sie haben es also auch bemerkt?«

»Es war wohl kaum zu übersehen. Diese Shorts hatte er bestimmt nicht an, um was zu verstecken. Aber vielleicht war es ja seine Brieftasche. Woanders war ja kaum Platz dafür.«

»Nein«, pflichtete er ihr bei. »Fanden Sie das nicht interessant?«

Sie warf ihm einen argwöhnischen Blick zu. Wollte er sich über sie lustig machen? »Wieso?«

»Nun ja, nur ein Idiot würde auf die Idee kommen, ohne Geld und ohne etwas zu trinken von Poole nach Lulworth zu marschieren.«

»Vielleicht hatte er vor, Passanten um Wasser zu bitten oder im Notfall einen Freund anzurufen und sich von ihm helfen zu lassen. Wieso ist das so wichtig? Er hat doch nichts weiter getan, als für diese beiden Jungen den barmherzigen Samariter zu spielen.«

»Ich glaube, er hat gelogen, als ich ihn fragte, was er hier zu tun hätte. Hat er Ihnen vorhin irgendwas darüber erzählt?«

Sie dachte nach. »Wir haben uns über Hunde und Pferde unterhalten. Er hat den Jungen von dem Bauernhof in Cornwall erzählt, auf dem er aufgewachsen ist.«

Er faßte nach dem Türgriff auf der Fahrerseite seines Wagens. »Dann ist es vielleicht einfach so, daß ich Leuten gegenüber mißtrauisch bin, die mit Handys durch die Gegend laufen.«

»Heutzutage hat doch jeder eines, ich übrigens auch.«

Sein amüsierter Blick glitt über ihre schlanke Gestalt in der knappen Baumwollbluse und den Stretch-Jeans. »Aber Sie nehmen Ihres nicht auf Wanderungen mit. Dieser Typ hingegen scheint alles andere zu Hause zu lassen, nur sein Handy nicht.«

»Sie sollten froh darüber sein«, sagte sie scharf. »Wenn er nicht gewesen wäre, hätten Sie die Frau nicht so schnell gefunden.«

»Stimmt«, bestätigte er ohne Groll. »Mr. Harding war zur rechten Zeit mit dem richtigen Gerät am rechten Platz, um eine Leiche am Strand zu melden, und es wäre kleinlich zu fragen, wieso.« Er zog die Tür auf und schob sich hinter das Steuer. »Einen schönen Tag noch, Miss Jenner«, sagte er höflich. »Und einen Gruß an Ihre Mutter.« Er schlug die Tür zu und ließ den Motor an.

Die Brüder Spender wußten nicht so recht, wem sie für den friedlichen Empfang zu Hause danken sollten. Dem Schauspieler mit seinem Plädoyer für Toleranz? Oder dem Polizeibeamten, der eben doch ein netter Typ war? Er sprach kaum auf der Fahrt zu ihrem Ferienhaus, sagte nur, die Klippen seien gefährlich und es sei leichtsinnig, darauf herumzuturnen, auch wenn es noch so verlockende Gründe dafür gäbe. Er berichtete ihren Eltern in knappen Worten von den Ereignissen und schloß mit dem Vorschlag, die Jungen einmal abends in seinem Boot mit hinauszunehmen, da sie wegen der Aufregung am Morgen nicht zum Angeln gekommen waren.

»Es ist keine Motorjacht«, warnte er sie, »nur ein kleines Fischerboot, aber um diese Jahreszeit ziehen die Barsche zu ihren Laichgründen, und wenn wir ein bißchen Glück haben, fangen wir sicher einen oder zwei.« Er legte ihnen nicht den Arm um die Schultern und bezeichnete sie auch nicht als Helden, aber er gab ihnen etwas, worauf sie sich freuen konnten.

Der nächste Punkt auf Ingrams Liste war ein Besuch in einem abgelegenen Bauernhaus, dessen Bewohner, ein altes Ehepaar, den Diebstahl von drei wertvollen Gemälden angezeigt hatten. Er war gerade auf dem Weg dorthin gewesen, als er nach Chapman's

Pool gerufen worden war. Er ahnte zwar schon, daß die Fahrt reine Zeitverschwendung sein würde, aber auch solche Fälle gehörten nun mal zu der Arbeit, für die er bezahlt wurde.

»Ach Gott, Nick, entschuldigen Sie vielmals«, sagte die Schwiegertochter des alten Paares, selbst schon jenseits der Siebzig und mit den Nerven fast am Ende. »Glauben Sie mir, sie *wußten*, daß die Bilder versteigert werden sollten. Peter hat es die letzten zwölf Monate immer wieder mit ihnen besprochen, aber sie sind so entsetzlich vergeßlich, daß er jedesmal wieder von vorn anfangen mußte. Er hat Vollmacht, es ist also völlig in Ordnung, aber ich hab gedacht, ich werde wahnsinnig, als Winnie sagte, sie hätte Sie angerufen. Und auch noch an einem Sonntag! Ich komme jeden Morgen her, um nach dem Rechten zu sehen, aber *manchmal*...« Sie verdrehte die Augen auf eine Weise, die keinen Zweifel daran ließ, was sie von ihren fünfundneunzigjährigen Schwiegereltern hielt.

»Ich bitte Sie, dazu bin ich doch da, Jane.« Er gab ihr einen aufmunternden Klaps auf die Schulter.

»Nein, eben nicht. Sie sollten den Ganoven die Hölle heiß machen«, entgegnete sie und gab damit die Meinung zahlloser Menschen im ganzen Land wieder, die die Polizei einzig als eine Organisation zur Verbrecherjagd sah. Sie stieß einen abgrundtiefen Seufzer aus. »Die beiden geben einfach viel mehr Geld aus, als sie haben, aber sie sind nicht fähig, das zu begreifen. Die Haushaltshilfe allein kostet über zehntausend Pfund im Jahr. Peter wird auch noch das Familiensilber verhökern müssen, um über die Runden zu kommen. Die armen Narren scheinen zu glauben, sie lebten immer noch in den zwanziger Jahren, als ein Hausmädchen fünf Schilling die Woche bekam. Es ist zum Verrücktwerden, wirklich. Sie gehören in ein Heim, aber Peter ist viel zu weich, um sie dort unterzubringen. Andererseits können sie sich das überhaupt nicht leisten. Ich meine, *wir* können es uns nicht leisten. Es wäre was andres, wenn Celia Jenner uns nicht überredet hätte, alles auf Maggies fürchterlichen Ehemann zu setzen, aber –« Mit einem hoffnungslosen Achselzucken brach sie ab. »Manchmal werd ich so wütend, daß ich laut schreien könnte, und das einzige, was mich dran hindert, ist die Angst, daß der Schrei niemals aufhören würde.«

»Alles hört einmal auf«, sagte er.

»Ich weiß«, sagte sie trotzig, »aber manchmal denke ich ernstlich dran, kurzen Prozeß zu machen. Es ist wirklich schade, daß man nicht mehr einfach in den Laden gehen und Arsen kaufen kann. Früher war das überhaupt kein Problem.«

»Tatsächlich? Erzählen Sie doch mal.«

Sie lachte. »Sie wissen schon, was ich meine.«

»Soll ich eine Obduktion anordnen, wenn Peters Eltern endlich das Zeitliche segnen?«

»An dieses Glück glaube ich inzwischen nicht mehr. Wenn es so weitergeht, liege ich wahrscheinlich vor ihnen im Grab.«

Ingram lächelte, dann verabschiedete er sich. Von Tod wollte er nichts hören. Er konnte noch immer die kalte Haut der Frau unter seiner Hand spüren... Ich brauche dringend eine Dusche, dachte er auf dem Weg zu seinem Wagen.

Unbeirrt marschierte das blonde kleine Mädchen eine Straße im Lilliputviertel von Poole entlang. Es war Sonntag morgen, zehn Uhr dreißig, kaum ein Mensch unterwegs, und niemand machte sich die Mühe herauszufinden, warum die Kleine mutterseelenallein durch die Gegend spazierte. Als sich später ein paar Zeugen bei der Polizei meldeten und zugaben, sie gesehen zu haben, benutzten sie die unterschiedlichsten Ausreden. ›*Sie machte den Eindruck, als wüßte sie genau, wohin sie wollte.*‹ ›*Ungefähr zwanzig Meter hinter ihr ging eine Frau, und ich dachte, es wäre die Mutter.*‹ ›*Ich nahm an, jemand anderer würde sich um das Kind kümmern.*‹ ›*Ich hatte es eilig.*‹ ›*Ich bin ein Mann. Ich wär doch gelyncht worden, wenn ich ein kleines Mädchen im Auto mitgenommen hätte.*‹

Erst ein älteres Ehepaar, Mr. und Mrs. Green, brachte schließlich genügend Zivilcourage auf, um einzugreifen. Die beiden waren auf der Heimfahrt von der Kirche und gönnten sich wie jede Woche einen nostalgischen Abstecher nach Lilliput, um sich die Art-déco-Häuser anzusehen. Lilliput breitete sich am Ostbogen der Bucht von Poole aus, und unter dem architektonischen Schrott, auf den man überall stieß, fand man hin und wieder noch elegante Villen mit streng angelegten Gärten und Häuser im Art-déco-Stil mit Fenstern wie Bullaugen. Die Greens liebten dieses Viertel. Es erinnerte sie an ihre Jugend.

Sie passierten gerade die Abzweigung zur Salterns-Marina, als Mrs. Green das kleine Mädchen bemerkte. »Sieh dir das an«, sagte sie mißbilligend. »Was ist das nur für eine Mutter, die ihr kleines Kind so weit vorauslaufen läßt? Die Kleine braucht doch nur zu stolpern, und schon liegt sie unter einem Auto.«

Mr. Green bremste ab. »Wo ist die Mutter überhaupt?« fragte er.

Seine Frau drehte sich in ihrem Sitz herum. »Ja, tatsächlich, das frage ich mich auch. Ich dachte, es wäre die Frau hinter der Kleinen, aber die sieht sich ein Schaufenster an.«

Mr. Green war pensionierter Soldat, ehemals Sergeant Major. »Da muß man was tun«, sagte er mit Entschiedenheit und legte den Rückwärtsgang ein. Er schüttelte drohend die Faust nach einem Autofahrer, der wütend hupte, nachdem er die hintere Stoßstange von Greens Wagen nur um Haaresbreite verfehlt hatte. »Diese verdammten Sonntagsfahrer«, sagte er. »Die sollte man gar nicht auf die Straße lassen.«

»Ja, da hast du wirklich recht, Schatz«, sagte Mrs. Green und öffnete schon die Wagentür.

Sie hob das arme kleine Ding auf den Arm und nahm es auf den Schoß, dann fuhr ihr achtzigjähriger Mann zur Polizeidienststelle in Poole. Es war eine umständliche Fahrt. Er fuhr nämlich am liebsten nicht schneller als dreißig und löste mit diesem Schneckentempo in dem Einbahnstraßensystem rund um den Kreisverkehr beim Verwaltungszentrum ein Verkehrschaos aus.

Das Kind sah zufrieden lächelnd aus dem Fenster und schien sich in dem fremden Auto wie zu Hause zu fühlen. Aber kaum betraten die drei die Polizeidienststelle, da klammerte es sich verzweifelt am Hals der alten Frau fest und versteckte sein Gesicht an ihrer Schulter. Als Mr. und Mrs. Green hörten, daß niemand ein Kleinkind als vermißt gemeldet hatte, nahmen sie mit lobenswerter Geduld Platz und machten sich auf langes Warten gefaßt.

»Ich verstehe nicht, wieso die Mutter nicht gemerkt hat, daß das Kind weg ist«, sagte Mrs. Green. »Ich habe meine Kinder keinen Moment aus den Augen gelassen, als sie klein waren.«

»Vielleicht arbeitet sie«, meinte die Polizeibeamtin, der die Ermittlungen übertragen worden waren.

»Tja, das sollte sie aber nicht«, sagte Mr. Green tadelnd. »Ein Kind in diesem Alter braucht seine Mutter.« Er drehte den Kopf nach Police Constable Griffiths und sah sie mit vielsagender Miene an. »Sie sollten die Kleine von einem Arzt untersuchen lassen. Sie verstehen, was ich meine? Heutzutage treiben sich ja die sonderbarsten Leute rum. Männer, denen man nicht trauen kann. Verstehen Sie?« Er artikulierte mit Nachdruck. »Pä-do-phile. Sexualverbrecher. Sie wissen, was ich meine?«

»Ja, Sir, ich weiß genau, was Sie meinen. Keine Sorge« – Constable Griffiths tippte mit ihrem Kugelschreiber auf den Zettel, der vor ihr lag –, »der Arzt steht ganz oben auf meiner Liste. Aber wenn's Ihnen recht ist, wollen wir das lieber vorsichtig angehen. Wir haben mit solchen Geschichten häufig zu tun und haben festgestellt, daß es das beste ist, nichts zu überstürzen.« Mit einem ermutigenden Lächeln wandte sie sich der Frau zu. »Hat sie Ihnen ihren Namen gesagt?«

Mrs. Green schüttelte den Kopf. »Sie hat nicht ein einziges Wort gesprochen. Ehrlich gesagt, ich frage mich, ob sie überhaupt schon sprechen kann.«

»Wie alt schätzen Sie sie?«

»Achtzehn Monate, höchstens zwei Jahre.« Sie lupfte das

Baumwollkleidchen des Kindes. »Sie trägt ja noch Windeln, die arme Kleine.«

Constable Griffiths hielt zwei Jahre für zu niedrig geschätzt und fügte in ihren Formularen ein Jahr hinzu. Frauen wie Mrs. Green hatten ihre Kinder noch mit Stoffwindeln gewickelt und sie wegen der ewigen Wascherei schon früh zur Sauberkeit erzogen. Daß ein dreijähriges Kind noch Windeln tragen könnte, war für sie undenkbar.

Aber im Fall dieses kleinen Mädchens spielte das ohnehin keine Rolle. Ob sie nun achtzehn Monate, zwei oder auch drei Jahre alt war – sie wollte oder konnte eindeutig nicht sprechen.

Die kleine Französin von der *Beneteau,* die voller Interesse Hardings Unterhaltung mit den Brüdern Spender, Maggie Jenner und Constable Ingram durch das Zoomobjektiv ihrer Videokamera beobachtet hatte, nutzte diesen langweiligen Sonntagnachmittag, um an den Strand zu rudern. Sie stieg den steilen Hang des West Hill hinauf, um auf eigene Faust zu erkunden, was hinter dem ganzen Geheimnis steckte. Es war nicht schwer zu erraten, daß die beiden Jungen die Frau gefunden hatten, die mit dem Hubschrauber abtransportiert worden war, und daß der umwerfende Engländer die Sache der Polizei gemeldet hatte. Aber sie hätte gern gewußt, warum er ungefähr eine halbe Stunde nach Abfahrt des Polizeifahrzeugs wieder am Hang aufgetaucht war, um seinen Rucksack zu holen. Sie hatte beobachtet, wie er einen Feldstecher herausgeholt und Bucht und Felsen durch das Glas betrachtet hatte, ehe er zum Strand jenseits der Bootshäuser hinuntergestiegen war. Sie hatte ihn mehrere Minuten lang gefilmt, während er aufs Meer hinausblickte, war aber danach noch immer nicht schlauer als zuvor gewesen und hatte es schließlich aufgegeben, das Rätsel lösen zu wollen.

Erst fünf Tage später sollte ihr Vater durch Zufall auf die Videokassette stoßen und sie vor der englischen Polizei in größte Verlegenheit bringen.

Am selben Abend um sechs lichtete die Fairline Squadron den Anker und tuckerte gemächlich aus Chapman's Pool hinaus, um Kurs auf St.-Alban's-Kap zu nehmen. Zwei lustlose junge Mädchen saßen zu beiden Seiten ihres Vaters auf der Brücke, während seine neueste Gefährtin allein und ausgeschlossen auf der Bank hinter ihnen hockte. Sobald das Boot die seichten Gewässer an der Mündung der Bucht hinter sich gelassen hatte, drehte es voll auf und schoß, eine schäumende Spur im Kielwasser, mit fünfundzwanzig Knoten davon, zurück nach Poole.

Hitze und Alkohol hatten sie alle schläfrig werden lassen, vor allem den Vater, der sich in seinem Bemühen, es den Töchtern recht zu machen, völlig verausgabt hatte. Nachdem er das Boot auf automatische Steuerung geschaltet hatte, beauftragte er die ältere, die Augen offenzuhalten, und gönnte sich ein Nickerchen. In seinem Rücken spürte er den durchbohrenden Blick seiner wütenden Freundin und wünschte mit einem unterdrückten Seufzer, er wäre so gescheit gewesen, sie zu Hause zu lassen. Sie war seine neueste Eroberung, bisher letztes Glied in der Kette seiner »Schnitten«, wie seine Töchter diese Frauen verächtlich zu nennen pflegten, und wie immer hatten die beiden Mädchen es darauf angelegt, das zarte Pflänzchen seiner neuen Beziehung in Grund und Boden zu trampeln. Das Leben, dachte er verdrossen, ist doch wirklich zum Kotzen...

»Vorsicht, Dad!« schrie seine Tochter plötzlich erschrocken. »Wir steuern genau auf einen Felsen zu.«

Mit rasendem Puls riß er das Ruder herum, das Boot schwenkte nach Steuerbord, und das, was seine Tochter für einen Felsen gehalten hatte, schrammte hart backbord vorbei ins brodelnde Kielwasser. »Ich bin zu alt für diesen Quatsch«, sagte er zittrig, während er sein Dreihunderttausendpfundboot wieder auf Kurs brachte und überlegte, wie es eigentlich um seine Versicherung stand. »Was zum Teufel war das? Ein Felsen kann es nicht gewesen sein. Hier gibt es keine Felsen.«

Die beiden jungen Mädchen blinzelten mit tränenden Augen in

die glühende Sonne, um das schwarze, hüpfende Ding hinter dem Boot zu identifizieren. »Es sieht aus wie eines von diesen großen Ölfässern«, sagte die ältere.

»Verdammte Pest«, fluchte ihr Vater. »Wer so was über Bord wirft, gehört erschossen. Es hätte uns den ganzen Rumpf aufreißen können.«

Seine Freundin hinten fand, es sah eher wie ein kieloben treibendes Beiboot aus, behielt ihre Meinung jedoch für sich, um sich nicht wieder dem Gespött seiner nervigen Töchter auszusetzen. Sie hatte bereits reichlich genug davon für heute zu spüren bekommen und wünschte von Herzen, sie hätte sich nie auf diesen Bootsausflug eingelassen.

»Nick Ingram ist mir heute morgen über den Weg gelaufen«, bemerkte Maggie, während sie in der Küche ihrer Mutter in Broxton House Tee zubereitete.

Die Küche war einmal ein wunderschöner Raum gewesen, mit alten Eichenschränken voller Kupfertöpfe und dekorativem Keramikgeschirr und einem zweieinhalb Meter langen Refektoriumstisch aus dem 17. Jahrhundert in der Mitte. Jetzt war sie nur noch trist. Alles, was sich irgendwie zu Geld hatte machen lassen, war verkauft worden. Billige weiße Hänge- und Unterschränke hatten die alten Holzmöbel ersetzt, und dort, wo früher der Klostertisch geprangt hatte, stand jetzt ein scheußliches Ungetüm von einem Plastikgartentisch. So schlimm wäre es vielleicht gar nicht, dachte Maggie oft, wenn der Raum nur hin und wieder gründlich saubergemacht würde, aber ihre Mutter war durch die schwere Arthritis behindert und sie selbst ständig gestreßt und erschöpft von ihren verzweifelten Anstrengungen, mit Pferden Geld zu verdienen. Und so war die Reinlichkeit in diesem Haus irgendwann ebenso auf der Strecke geblieben wie der Glaube an einen wohltätigen Gott. Wenn es wirklich einen Gott im Himmel gab und mit der Welt alles im Lot war, dann schien dieser Gott in bezug auf Broxton House völlig blind zu sein. Maggie hätte schon vor langer Zeit aufgegeben und wäre fortgezogen, wenn ihre Mutter mitgemacht hätte. Jetzt lebte sie in einer Wohnung über den Stallungen auf der anderen Seite des Gartens und kam nur zu kurzen Besuchen ins Haus. Seine schreckliche Leere erinnerte sie allzu deutlich daran, daß sie an der Verarmung ihrer Mutter die Schuld trug.

»Ich bin mit Jasper nach Chapman's Pool runtergeritten. In Egmont Bight ist eine Frau ertrunken, und Nick mußte bei der Bergungsaktion den Hubschrauber einweisen.«

»Wohl eine Touristin?«

»Vermutlich.« Maggie reichte ihr eine Tasse. »Nick hätte sicher was gesagt, wenn sie eine Einheimische gewesen wäre.«

»Typisch!« schimpfte Celia ärgerlich. »Und jetzt kann Dorset für den Hubschrauber bezahlen, nur weil irgendeine dumme Person aus einem anderen Bezirk nie richtig schwimmen gelernt hat. Ich hätte nicht übel Lust, meine Steuern einzubehalten.«

»Das tust du doch sowieso schon«, sagte Maggie bei dem Gedanken an die vielen Mahnungen auf dem Schreibtisch im Wohnzimmer.

Ihre Mutter ignorierte die Bemerkung. »Wie ging es Nick?«

»Er hat vor allem geschwitzt«, antwortete Maggie. »Und in Hochstimmung war er auch nicht gerade.« Sie starrte in ihren Tee und versuchte allen Mut zusammenzunehmen, um das leidige Geldproblem zur Sprache zu bringen, oder genauer gesagt die Tatsache, daß ihre Einnahmen aus ihrem Reit- und Mietstall nicht ausreichten. »Wir müssen uns mal über den Stall unterhalten«, sagte sie abrupt.

Celia ließ sich nicht darauf ein. »Du wärst auch nicht in Hochstimmung gewesen, wenn du gerade eine Ertrunkene gesehen hättest.« Sie schlug einen leichten Plauderton an, ein Zeichen dafür, daß nun eine Reihe von Anekdoten folgen würde. »Ich habe mal eine Leiche im Ganges treiben sehen, als ich mit meinen Eltern in Indien war. Es war in den Sommerferien. Ich glaube, ich war damals ungefähr fünfzehn. Es war ein grauenvoller Anblick, ich hatte danach noch wochenlang Alpträume. Meine Mutter sagte ...«

Maggie schaltete ab und konzentrierte sich auf ein langes schwarzes Haar am Kinn ihrer Mutter, das darauf wartete, ausgezupft zu werden. Es zuckte aggressiv, wenn sie sprach, ähnlich wie die Haare an Berties Schnauze, aber ihr Verhältnis war nie so gut gewesen, daß Maggie ihr so etwas hätte sagen können. Celia war mit ihren dreiundsechzig Jahren immer noch eine gutaussehende Frau. Sie hatte das gleiche dunkelbraune Haar wie ihre Tochter, wenn auch getönt, doch die Sorgen um ihre finanzielle Situation hatten tiefe Spuren um Mund und Augen hinterlassen.

Als Celia endlich innehielt, um Luft zu holen, kam Maggie sofort auf ihr Anliegen zurück. »Ich habe die Einnahmen vom letzten Monat zusammengerechnet«, sagte sie, »und uns fehlen ungefähr zweihundert Pfund. Hast du Mary Spencer-Graham wieder die Zahlung erlassen?«

Celias Mund wurde schmal. »Wenn, dann ist das meine Angelegenheit.«

»Nein, das ist es nicht, Ma«, entgegnete Maggie seufzend. »Wir können uns keine Wohltätigkeit leisten. Wenn Mary nicht bezahlt, können wir uns auch nicht um ihr Pferd kümmern. So einfach ist das. Es wäre vielleicht nicht ganz so schlimm, wenn wir von ihr nicht sowieso schon das absolute Minimum verlangten, aber was sie bezahlt, reicht mit Müh und Not für Moondusts Futter. Du mußt ihr gegenüber wirklich ein bißchen härter sein.«

»Wie soll ich das denn machen? Sie ist beinahe genauso schlecht dran wie wir, und das durch unsere Schuld.«

Maggie schüttelte den Kopf. »Das stimmt nicht. Sie hat zehntausend Pfund verloren, eine Lappalie im Vergleich zu unserem Verlust, aber sie weiß genau, daß sie bei dir nur auf die Tränendrüse zu drücken braucht. Du fällst jedesmal wieder darauf rein.« Mit einer ungeduldigen Bewegung wies sie zum Flur und zum Wohnzimmer auf der anderen Seite. »Wir können unsere Rechnungen nicht bezahlen, wenn wir kein Geld einnehmen, und das heißt, daß wir entweder auf der Stelle alles Matthew übergeben und in eine Sozialwohnung ziehen können oder daß du mit dem Hut in der Hand zu ihm gehst und um Unterstützung bettelst.« Sie zuckte hilflos die Achseln bei dem Gedanken an ihren Bruder. »Wenn ich auch nur die geringste Hoffnung hätte, daß es etwas bringen würde, würde ich selbst zu ihm gehen, aber wir wissen ja beide, daß er mir die Tür vor der Nase zuschlagen würde.«

Celia lachte bitter. »Wieso glaubst du, bei mir wäre es anders? Seine Frau kann mich doch auf den Tod nicht leiden. Niemals wäre sie dazu bereit, ihrer Schwiegermutter und Schwägerin ein, wie sie es nennen würde, Luxusleben zu finanzieren, wo sie uns doch am liebsten arm wie die Kirchenmäuse sähe.«

»Ich weiß«, sagte Maggie schuldbewußt, »und es geschieht uns recht. Wir hätten bei der Hochzeit wirklich nicht so gemein zu ihr sein dürfen.«

»Wie denn?« fragte Celia scharf. »Sogar der Pfarrer hätte fast einen Herzinfarkt bekommen, als er sie sah.«

In den Augen ihrer Tochter blitzte Erheiterung auf. »Gott, diese grünen Blattläuse! Wenn wir in dem Jahr nicht gerade eine Blattlausplage gehabt hätten und sie mit ihrem Unglücksschleier nicht sämtliche Biester im Umkreis von zwanzig Kilometern eingefangen hätte, als sie von der Kirche zum Empfang ging... Was war das doch, was du damals zu ihr gesagt hast? Irgendwas mit Tarnung.«

»Ich habe ihr lediglich dazu gratuliert«, erklärte Celia würdevoll, »daß sie sich ihrer Umgebung so gut angepaßt hatte.«

Maggie lachte. »Stimmt, jetzt erinnere ich mich. Mein Gott, warst du gehässig.«

»Damals hast du es komisch gefunden«, sagte Celia. Sie versuchte, ihre kranke Hüfte zu entlasten. »Ich rede mit Mary«, versprach sie. »Bei meinen Freunden Schulden einzutreiben ist wahrscheinlich immer noch weniger peinlich, als bei Matthew und Ava zu betteln.«

4

Gutachten über den physischen und psychischen Zustand des unbekannten Kleinkinds, genannt »Baby Smith«

***Physischer Zustand:** Das Mädchen ist bei ausgezeichneter körperlicher Gesundheit. Es ist gut genährt und gepflegt und leidet an keinerlei Krankheiten. Blutuntersuchungen haben kleinste Spuren von Benzodiazepin (möglicherweise Mogadon) ergeben sowie auffällige Spuren von Paracetamol. Es gibt keinerlei Hinweise auf früheren oder kürzlich erfolgten körperlichen Mißbrauch, auch nicht sexueller Art; gewisse Anzeichen sprechen allerdings dafür (siehe unten), daß das Kind an einem länger zurückliegenden oder noch fortbestehenden seelischen Trauma leidet. Äußere Indizien lassen darauf schließen, daß es etwa drei bis vier Stunden vor seiner Auffindung von Eltern oder Aufsichtsperson getrennt wurde – das läßt sich vor allem aus der Tatsache folgern, daß seine Kleidung sauber war und die Unterwäsche keinerlei Kotspuren aufwies. Ferner zeigte es keine Anzeichen von Flüssigkeitsmangel, Unterkühlung, Hunger oder Erschöpfung, wie sie bei einem Kind, das längere Zeit ausgesetzt gewesen ist, zu erwarten wären.*

***Psychischer Zustand:** Verhalten und soziale Fähigkeiten des Mädchens entsprechen denen eines zweijährigen Kindes, seine Größe und sein Gewicht legen jedoch den Schluß nahe, daß es älter ist. Das Mädchen zeigt Symptome von leichtem Autismus; um jedoch eine endgültige Diagnose zu stellen, müßte seine Vorgeschichte bekannt sein. Es bekundet kein Interesse an anderen Menschen/Kindern und reagiert auf Annäherung aggressiv. Es ist übermäßig passiv, sitzt lieber still da und beobachtet, statt seine*

Umgebung aktiv zu erforschen. Es ist unnatürlich verschlossen und unternimmt keinerlei Versuche, sich mündlich mitzuteilen, bedient sich jedoch einer Zeichensprache, um zu erreichen, was es will. Sein Gehör ist unbeeinträchtigt, und es hört auf alles, was man ihm sagt, ist jedoch wählerisch, wenn es Anweisungen ausführen soll. Zum Beispiel zeigte es auf Aufforderung bereitwillig auf einen blauen Würfel, weigerte sich aber, ihn zur Hand zu nehmen.

Unfähig oder nicht gewillt, sich verbal zu äußern, setzt es sehr schnell Geschrei und Wutanfälle ein, wenn es nicht seinen Willen bekommt oder sich bedrängt fühlt. Das wird besonders deutlich, wenn Fremde das Zimmer betreten oder Stimmen über einen gleichbleibenden Ton hinausgehen. Es verweigert bei einer ersten Begegnung ausnahmslos jeden körperlichen Kontakt, hebt jedoch bei der zweiten sofort die Arme, um hochgenommen zu werden. Das scheint darauf hinzuweisen, daß sein Wiedererkennungsvermögen gut ausgebildet ist; andererseits zeigt es eine starke Angst vor Männern und bricht in Angstgeschrei aus, wenn sie sich ihm nähern. Da keinerlei Hinweise auf körperlichen Mißbrauch vorliegen, könnte diese Angst folgende Ursachen haben: Das Kind ist den Umgang mit Männern nicht gewöhnt, da es in einer behüteten, ausschließich weiblichen Umgebung aufgewachsen ist. Es hat männliche Aggression gegen eine andere Person, z. B. Mutter oder Geschwister, miterlebt.

Resümee: *In Anbetracht der verzögerten Entwicklung des Mädchens und der offenkundigen streßbedingten Störungen sollte es seinen Eltern oder Pflegepersonen vorerst nicht wieder anvertraut werden, solange die häuslichen Verhältnisse nicht gründlich geprüft worden sind. Es sollte unbedingt als »Risikofall« eingestuft werden, damit seine zukünftige Entwicklung kontinuierlich beobachtet werden kann. Ernste Sorge bereiten mir die Spuren von Benzodiazepin und Paracetamol im Blut des Kindes. Benzodiazepin (ein starkes Psychopharmakon) ist für Kinder nicht* *empfohlen, schon gar nicht in Verbindung mit Paracetamol. Ich vermute, daß das Kind sediert wurde, kann mir aber keinen berechtigten Grund für eine solche Maßnahme vorstellen.*

N. B. Ohne Näheres über die Vorgeschichte des Kindes zu wissen, ist schwer zu sagen, ob sein Verhalten zurückzuführen ist auf: 1. Autismus; 2. seelisches Trauma; 3. eine anerzogene Abhängigkeit, die ihm einerseits nicht erlaubte, seine Fähigkeiten zu entwickeln, und andererseits bewußt manipulatives Verhalten förderte.
Dr. Jane Murray

5

Es waren vierundzwanzig endlos lange Stunden gewesen, und Constable Griffiths gähnte, als ihr Telefon am Montag mittag schon wieder schrillte. Sie hatte den lokalen Radio- und Fernsehsendern Interviews gegeben, um die Auffindung des ausgesetzten Kindes Lily (so genannt nach dem Ortsteil Lilliput, wo es gefunden worden war), publik zu machen, und die Reaktion auf die Sendungen war zufriedenstellend gewesen. Aber nicht einer der Anrufer hatte ihr sagen können, wer das Kind war. Sie gab dem Wetter die Schuld. Zu viele Leute waren draußen in der Sonne; zu wenige saßen daheim am Radio oder vor dem Fernseher. Sie unterdrückte ihr Gähnen und griff nach dem Hörer.

Die Stimme des Mannes am anderen Ende klang nervös. »Entschuldigen Sie die Störung«, sagte er, »aber ich bekam gerade einen Anruf von meiner Mutter. Sie ist völlig aus dem Häuschen wegen irgendeines kleinen Kindes, das in Poole allein auf der Straße herumgeirrt ist und angeblich wie meine Tochter aussieht. Ich habe ihr gesagt, daß es unmöglich Hannah sein kann, aber« – er machte eine kurze Pause – »wissen Sie, wir haben beide mehrfach versucht, meine Frau anzurufen, aber es meldet sich nie jemand.«

Griffiths klemmte sich den Hörer unter das Kinn und griff nach einem Stift. Dies war bereits der fünfundzwanzigste Vater, der anrief, seit das Foto des Kindes im Fernsehen gezeigt worden war, und bisher hatte jeder dieser Väter von Frau und Kindern getrennt gelebt. Sie hatte wenig Hoffnung, daß es bei diesem Kandidaten anders sein würde, aber sie war bereit, die ganze Prozedur erneut durchzuexerzieren.

»Wenn Sie mir ein, zwei Fragen beantworten würden, Sir, könnten wir wahrscheinlich sehr schnell feststellen, ob dieses kleine Mädchen Ihre Tochter Hannah ist. Würden Sie mir Ihren Namen und Ihre Adresse geben?«

»William Sumner, Langton Cottage, Rope Walk, Lymington, Hampshire.«

»Und leben Sie mit Ihrer Frau und Ihrer Tochter zusammen, Mr. Sumner?«

»Ja.«

Augenblicklich wurde ihr Interesse wach. »Wann haben Sie sie zuletzt gesehen?«

»Vor vier Tagen. Ich bin zur Zeit auf einer Pharmakonferenz in Liverpool. Das letztemal habe ich mit Kate – das ist meine Frau – am Freitag abend gesprochen, und da war alles in Ordnung. Aber meine Mutter ist felsenfest überzeugt, daß dieses kleine Mädchen Hannah ist. Obwohl das völlig unsinnig ist. Meine Mutter sagte mir, daß die Kleine gestern in Poole gefunden wurde, und wie soll Hannah mutterseelenallein in Poole herumgeirrt sein, wo wir doch in Lymington wohnen?«

Griffiths hörte die wachsende Beunruhigung in seiner Stimme. »Rufen Sie jetzt aus Liverpool an?« fragte sie ruhig.

»Ja. Ich wohne im *Regal,* Zimmer Nummer zwo-zwo-drei-fünf. Was soll ich tun? Meine Mutter ist außer sich vor Sorge. Ich muß sie beruhigen.«

Und dich selbst auch, dachte Griffiths. »Würden Sie mir Hannah bitte beschreiben?«

»Sie sieht aus wie ihre Mutter«, antwortete er ziemlich hilflos. »Blonde Haare, blaue Augen. Sie spricht nicht sehr viel. Wir haben uns deshalb schon Sorgen gemacht, aber der Arzt meint, es wäre nur Schüchternheit.«

»Wie alt ist sie?«

»Sie wird nächsten Monat drei.«

Es tat Griffiths weh, die nächste Frage zu stellen, da sie schon ahnte, wie die Antwort lauten würde. »Hat Hannah ein rosarotes gesmoktes Baumwollkleidchen und rote Sandalen, Mr. Sumner?«

Er brauchte einen Moment für die Antwort. »Zu den Sandalen kann ich nichts sagen«, erklärte er mühsam, »aber meine Mutter hat ihr vor ungefähr drei Monaten ein gesmoktes Kleid gekauft. Ich glaube, es war rosa – nein, ich weiß, daß es rosa war. O Gott« – seine Stimme versagte –, »wo ist Kate?«

Sie wartete einen Augenblick. »Sind Sie mit dem Auto in Liverpool, Mr. Sumner?«

»Ja.«

»Können Sie ungefähr sagen, wie lange Sie bis nach Hause brauchen?«

»Fünf Stunden vielleicht.«

»Und wo lebt Ihre Mutter?«

»In Chichester.«

»Dann geben Sie mir am besten ihren Namen und ihre Adresse, Sir. Wenn das kleine Mädchen wirklich Hannah ist, kann sie es identifizieren. Inzwischen werde ich die Polizei von Lymington bitten, bei Ihnen zu Hause vorbeizufahren, und ich selbst versuche, Ihre Frau hier in Poole ausfindig zu machen.«

»Mrs. Angela Sumner, Apartment Nummer 2, The Old Convent, Osborne Crescent, Chichester.« Seine Stimme klang erstickt, als kämpfte er gegen Tränen an, und Griffiths wünschte sich tausend Meilen weit weg. Sie haßte es, fast immer nur die Überbringerin schlechter Nachrichten zu sein. »Aber sie kann nicht nach Poole kommen. Sie sitzt seit drei Jahren im Rollstuhl und kann nicht Auto fahren. Wenn sie es könnte, wäre sie sofort nach Lymington gefahren, um selbst nach Kate und Hannah zu sehen. Kann nicht ich das Kind identifizieren?«

»Aber selbstverständlich, wenn Ihnen das lieber ist. Das kleine Mädchen ist im Augenblick bei einer Pflegefamilie untergebracht, und es schadet ihr sicher nicht, wenn sie dort noch ein paar Stunden länger bleibt.«

»Meine Mutter ist überzeugt, daß Hannah von irgendeinem Mann mißbraucht worden ist. Ist es so? Ich möchte es lieber gleich wissen.«

»Immer angenommen, das kleine Mädchen ist wirklich Hannah, so kann ich Sie beruhigen. Es gibt keinerlei Hinweise auf einen körperlichen Mißbrauch. Sie ist gründlich untersucht worden, und die Ärztin ist absolut sicher, daß ihr nichts geschehen ist.« Von Dr. Murrays vernichtendem psychologischen Gutachten sagte sie nichts. Wenn Lily tatsächlich Hannah Sumner sein sollte, würde darüber später gesprochen werden müssen.

»Weshalb wollen Sie denn in Poole nach meiner Frau suchen?« fragte Sumner verwirrt. »Ich habe Ihnen doch gesagt, daß wir in Lymington wohnen.«

In den Krankenhäusern ... »Solche Ermittlungen sind Routine, Mr. Sumner. Es wäre mir eine Hilfe, wenn Sie mir ihren vollen Namen und eine Beschreibung geben könnten. Außerdem Typ, Farbe und Kennzeichen ihres Wagens und die Namen von Freunden, die sie vielleicht hier in der Gegend hat.«

»Kate Elizabeth Sumner. Sie ist einunddreißig, eins fünfzig groß und blond. Sie fährt einen blauen Metro mit der Nummer F52 VXY, aber soviel ich weiß kennt sie niemanden in Poole. Ist es möglich, daß sie ins Krankenhaus gebracht wurde? Kann vielleicht irgendwas mit der Schwangerschaft schiefgegangen sein?«

»Ich werde es überprüfen, Mr. Sumner.« Sie ging auf dem Computer die Meldungen über Verkehrsunfälle durch, während sie mit ihm sprach, aber ein blauer Metro mit diesem Kennzeichen war in keinen der gemeldeten Unfälle verwickelt. »Leben die Eltern Ihrer Frau noch? Würden sie vielleicht wissen, wo sie sich aufhält?«

»Nein. Ihre Mutter ist vor fünf Jahren gestorben, ihren Vater hat sie gar nicht gekannt.«

»Und Geschwister?«

»Sie hat niemanden außer mir und Hannah.« Wieder versagte ihm die Stimme. »Was soll ich nur tun? Ich weiß nicht, was ich machen soll, wenn ihr was passiert ist.«

»Es besteht kein Grund zu der Annahme, daß ihr etwas passiert ist«, sagte Griffiths bestimmt, obwohl sie vom genauen Gegenteil überzeugt war. »Haben Sie Telefon im Auto? Wenn ja, kann ich Sie auf dem laufenden halten, während Sie unterwegs sind.«

»Nein.«

»Dann schlage ich vor, Sie legen auf halbem Weg eine Pause ein und rufen von einer öffentlichen Fernsprechzelle aus an. Bis dahin müßte ich Nachricht von der Polizei in Lymington haben und könnte Sie in bezug auf Ihre Frau vielleicht schon beruhigen. Versuchen Sie, die Ruhe zu bewahren, Mr. Sumner«, fügte sie begütigend hinzu. »Die Fahrt von Liverpool ist lang, und das wichtigste ist erst mal, daß Sie gesund hier ankommen.«

Sie rief die Kollegen in Lymington an, erklärte die Sachlage und bat darum, Sumners Haus zu überprüfen. Danach rief sie routinehalber im *Regal Hotel* in Liverpool an, um nachzufragen, ob dort seit Donnerstag ein Mr. William Sumner wohnte.

»Ja, das ist richtig«, bestätigte der Mann am Empfang, »aber ich kann Sie leider nicht verbinden. Er ist vor fünf Minuten abgereist.«

Widerstrebend nahm sie sich eine Liste der Krankenhäuser vor.

Nick Ingram hatte aus verschiedenen Gründen keinerlei Verlangen, seinen ländlichen Polizeibezirk zu verlassen, wo sich die Arbeit um Angelegenheiten innerhalb der Gemeinde drehte und die Arbeitszeiten kalkulierbar waren. Die schwerwiegenden Fälle wurden fünfzig Kilometer entfernt im Präsidium in Winfrith bearbeitet, so daß er hinreichend Zeit hatte, sich mit den weniger spektakulären Aufgaben der Polizei zu befassen, für 95 Prozent der Bevölkerung die einzigen, die zählten. Die Leute schliefen ruhiger in dem Wissen, daß Constable Ingram keine Toleranz gegenüber aggressiven Trunkenbolden, Wandalen und kleinen Spitzbuben kannte.

Die wirklich schlimmen Geschichten wurden meistens von außen hereingetragen. Die Tote am Strand scheint ein gutes Beispiel dafür zu sein, dachte er, als er am Montag, dem 11. August, um 12 Uhr 45 einen Anruf aus Winfrith bekam. Die Behörde des Coroners in Poole hatte nach der Obduktion Ermittlungen wegen Mordverdachts angeordnet, und man teilte Ingram mit, daß er innerhalb der nächsten Stunde mit der Ankunft eines Inspectors und eines Sergeants der Kripo direkt vom Präsidium rechnen könne. Ein Team der Spurensicherung war bereits losgeschickt worden, um den Strand bei Egmont Bight abzusuchen; Ingram erhielt die Anweisung, dort zu bleiben, wo er war.

»Ich glaube nicht, daß sie was finden werden«, sagte er hilfsbereit. »Ich hab mich da gestern schon mal umgesehen, aber es war ziemlich klar, daß sie angespült worden ist.«

»Ich würde vorschlagen, Sie überlassen das uns«, sagte der Mann am anderen Ende der Leitung in kühlem Ton.

Ingram zuckte die Achseln. »Woran ist sie gestorben?«

»Sie ist ertrunken«, antwortete der Mann kurz. »Sie wurde von einem Boot aus über Bord geworfen, nachdem ein Versuch, sie mit bloßen Händen zu erwürgen, fehlgeschlagen war. Der Pathologe schätzt, daß sie noch ungefähr achthundert Meter weit geschwommen ist, bevor sie aus Erschöpfung aufgab. Sie war in der vierzehnten Woche schwanger. Der Mörder hat sie erst vergewaltigt und dann über Bord geworfen.«

Ingram war entsetzt. »Was muß das für ein Mensch sein, der so was tut?«

»Ein äußerst unangenehmer auf jeden Fall. Wir sehen uns in einer Stunde.«

Griffiths zog eine Reihe von Nieten mit dem Namen Kate Sumner – die Frau war in keinem der Krankenhäuser in Dorset und Hampshire bekannt. Erst als sie routinemäßig in Winfrith nachfragte, ob man dort irgendwelche Informationen über den Verbleib einer kleinen blonden Frau von einunddreißig Jahren habe, die allem Anschein nach in den letzten achtundvierzig Stunden aus Lymington verschwunden war, begannen die einzelnen Teile des Puzzles sich zusammenzufügen.

Die beiden Kriminalbeamten trafen pünktlich zu ihrer Besprechung mit Constable Ingram ein. Der Sergeant, ein arroganter

Streber mit Ambitionen auf eine Karriere bei Scotland Yard, fiel bei seinem Kollegen vom Lande mit Pauken und Trompeten durch. Ingram konnte sich später nicht einmal mehr an seinen Namen erinnern. Er redete wie ein Maschinengewehr »bezüglich einer weitreichenden Untersuchung«, bei der »Tempo von entscheidender Bedeutung« sei, um zu verhindern, daß der Mörder Beweismaterial verschwinden ließ und/oder ein zweites Mal zuschlug. Alle Jachthäfen, Jachtklubs und Häfen der Umgebung seien »Zielbereich« der Ermittlungen über das Opfer und/oder ihren Mörder. Die Identifizierung des Opfers habe »oberste Priorität«. Sie hätten einen möglichen Hinweis auf eine vermißte weibliche Person, aber solange der Ehemann nicht ein Foto vorgelegt oder die Tote persönlich identifiziert hätte, seien alle Spekulationen verfrüht. Zweitwichtigster Punkt auf der Tagesordnung sei die Auffindung des Boots, aus dem sie ins Meer geworfen worden war, damit die Spurensicherung es von oben bis unten auseinandernehmen könne, um eventuelle Haut- und sonstige Körperproben sicherzustellen, die den Nachweis einer Verbindung mit der Toten ermöglichten. »Wir brauchen nur einen Verdächtigen«, schloß er, »den Rest erledigen die DNA-Untersuchungen.«

Ingram zog eine Augenbraue hoch, als der Monolog endete, sagte aber nichts.

»Haben Sie das alles verstanden?« fragte der Sergeant ungeduldig.

»Ich glaub schon, Si-rr«, antwortete er im breitesten ländlichen Dialekt. »Wenn Sie auf einem Boot Haare von ihr finden, dann heißt das, daß der Eigner der Vergewaltiger ist.«

»So in etwa.«

»Das ist wirklich erstaunlich, Si-rr«, murmelte Ingram.

»Sie scheinen nicht überzeugt zu sein«, bemerkte Inspector Galbraith, der Ingrams Darbietung mit sichtlicher Belustigung verfolgte.

Er zuckte die Achseln und kehrte zu seiner normalen Sprechweise zurück. »Solche Körperproben würden doch lediglich beweisen, daß sie mindestens einmal an Bord des betreffenden Bootes war. Eine Vergewaltigung beweisen sie nicht. Nur die DNA-Tests, die an *ihr* vorgenommen werden, helfen wirklich weiter.«

»Machen Sie sich da mal keine zu großen Hoffnungen«, warnte der Inspector. »Wasser wäscht alle Spuren weg. Der Pathologe hat Abstriche gemacht, aber er ist nicht sehr optimistisch, daß sie was bringen werden. Entweder war sie zu lange im Wasser und alles, was für uns von Nutzen hätte sein können, ist weggespült worden, oder der Vergewaltiger hat ein Kondom getragen.«

Er war zweiundvierzig, ein sympathisch wirkender Mann mit kurzem, rotem Haar und einem freundlichen sommersprossigen Gesicht, das ihn jünger und eher harmlos wirken ließ. Eine Harmlosigkeit, die über eine wache Intelligenz hinwegtäuschte, mit der schon mancher, der so töricht gewesen war, ihn aufgrund seiner äußeren Erscheinung zum Dummkopf abzustempeln, unliebsame Bekanntschaft gemacht hatte.

»Wie lange ist lange?« erkundigte sich Ingram mit echtem Interesse. »Sagen wir mal so, woher weiß der Pathologe, daß sie achthundert Meter geschwommen ist? Das ist eine sehr präzise Schätzung für diese unberechenbaren Gewässer.«

»Er hat dabei den Zustand der Leiche, die vorherrschenden Wind- und Strömungsverhältnisse sowie die Tatsache in Betracht gezogen, daß sie noch gelebt haben muß, als sie die wettergeschützte Zone am Egmont Point erreichte«, sagte John Galbraith. Er öffnete seine Aktentasche und entnahm ihr ein Blatt Papier. »Opfer ertrank etwa zum Zeitpunkt, als die Flut ihren Höchststand erreicht hatte. Das war am Sonntag, dem 10. August, um ein Uhr zweiundfünfzig britischer Sommerzeit«, zitierte er aus dem Dokument. »Verschiedene Hinweise, wie zum Beispiel Anzeichen von Unterkühlung, die Tatsache, daß ein Boot mit Kiel nicht zu nahe an die Felsen hätte heranfahren können, und außerdem die Strömungen rund um St.-Alban's-Kap, legen den Schluß nahe, daß sie« – er tippte mit dem Finger auf das Blatt – »mindestens achthundert Meter westsüdwestlich des Fundorts der Leiche ins Meer geworfen wurde.«

»Okay, akzeptieren wir dieses Minimum von achthundert Metern. Das heißt aber doch noch lange nicht, daß sie tatsächlich achthundert Meter weit geschwommen ist. An diesem Teil der Küste gibt es starke Strömungen, sie könnte nach Osten abgetrieben worden sein. Tatsächlich wäre sie dann nur etwa zweihundert Meter geschwommen.«

»Ich nehme an, daß diesen Umständen Rechnung getragen wurde.«

Ingram runzelte die Stirn. »Wieso fanden sich dann Symptome von Unterkühlung bei ihr? Wir hatten die ganze letzte Woche nur leichten Wind, und die See war ruhig. Unter diesen Bedingungen könnte ein durchschnittlich guter Schwimmer zweihundert Meter in fünfzehn bis zwanzig Minuten zurücklegen. Außerdem war die Wassertemperatur sicherlich um einige Grad höher als die Lufttemperatur bei Nacht, sie hätte sich also eher am Strand eine Unterkühlung geholt als im Wasser. Besonders wenn sie nackt war.«

»Das hieße, daß die Todesursache nicht Ertrinken war.«

»Genau.«

»Worauf wollen Sie hinaus?« fragte Galbraith.

Nick Ingram schüttelte den Kopf. »Das weiß ich selbst nicht so genau, es fällt mir nur schwer, den Zustand der Leiche, so wie ich sie gesehen habe, mit dem Befund des Pathologen in Einklang zu bringen. Als letztes Jahr bei Swanage eine Leiche aus dem Wasser gezogen wurde, war der ganze Körper voller Blutergüsse und auf doppelte Größe angeschwollen.«

Der Inspector sah wieder auf sein Blatt Papier. »Okay, wir haben hier einen zwingenden Zeitfaktor. Der Pathologe sagt uns, die Todeszeit muß mit dem Zeitpunkt des Höchstwasserstands zusammengefallen sein, sonst wäre die Leiche nicht bei ablaufendem Wasser auf dem Strand liegengeblieben. Er argumentiert ferner, daß die Leiche von Unterströmungen erfaßt und nach St.-Alban's-Kap hinausgetragen worden wäre, wenn die Frau nicht noch gelebt hätte, als sie Egmont Point erreichte. Nehmen Sie diese beiden Punkte zusammen, dann haben Sie die Antwort. Um es einfach auszudrücken, sie muß wenige Meter vor der Küste gestorben sein, und ihre Leiche wurde kurz danach angespült.«

»Das ist sehr traurig«, sagte Ingram, der an die kleine Hand denken mußte, die sich in der Gischt hin und her bewegt hatte.

»Ja«, stimmte Galbraith zu. Er hatte die Leiche der jungen Frau im Leichenschauhaus gesehen und war über diesen sinnlosen Tod ebenso erschüttert wie Ingram. Er fand den Constable sympathisch. Aber Polizeibeamte, die Gefühle zeigten, waren ihm schon immer die angenehmsten gewesen. Es war ein Zeichen von Ehrlichkeit.

»Was für Anzeichen für eine Vergewaltigung gibt es denn überhaupt, wenn alles Aufschlußreiche fortgespült worden ist?«

»Blutergüsse an den Innenseiten der Oberschenkel und am Rücken. Schürfwunden an ihren Handgelenken, die von einem Seil stammen. Und sie war mit Benzodiazepin vollgepumpt – wahrscheinlich Rohypnol. Wissen Sie, was das ist?«

»Hm. So eine Art K.-o.-Tropfen. Ich habe davon gelesen, habe allerdings selbst noch nichts mit einem solchen Fall zu tun gehabt.«

Galbraith reichte ihm den Bericht. »Am besten lesen Sie ihn selbst. Es ist nur ein vorläufiger Befund, aber Warner gibt nie was schwarz auf weiß raus, wenn er sich seiner Sache nicht ziemlich sicher ist.«

Der Bericht war relativ kurz, und Ingram hatte ihn schnell gelesen. »Sie suchen also ein Boot mit Blutspuren«, sagte er, nachdem er fertig war, und legte das Blatt auf den Schreibtisch.

»Und Hautgewebe, wenn sie auf einem Holzdeck vergewaltigt wurde.«

Ingram schüttelte zweifelnd den Kopf. »Da sollten Sie mal lieber nicht zu optimistisch sein«, meinte er. »Er wird das Deck und die Kabinenwände mit einem Schlauch abspritzen, sobald er in einem Jachthafen ist. Alle Spuren, die das Meer noch nicht weggewaschen hat, wird das Süßwasser beseitigen.«

»Das ist uns klar«, sagte Galbraith. »Darum müssen wir uns ja beeilen. Unser einziger Hinweis ist diese unbestätigte Identifizierung, die, wenn sie sich als zutreffend erweisen sollte, vermuten läßt, daß das Boot möglicherweise aus Lymington kam.« Er zog sein Notizbuch heraus. »Gestern wurde in Poole in der Nähe eines der Jachthäfen ein dreijähriges Kind aufgelesen, und die Beschreibung der bisher nicht auffindbaren Mutter deckt sich mit der unseres Opfers. Sie heißt Kate Sumner und wohnt in Lymington. Ihr Mann war die letzten vier Tage in Liverpool, ist jetzt aber auf der Rückfahrt, um die Tote zu identifizieren.«

Ingram nahm den Bericht zur Hand, den er an diesem Morgen getippt hatte. »Es ist wahrscheinlich nur ein Zufall«, meinte er nachdenklich, »aber der Mann, der uns den Vorfall meldete, hat in Lymington ein Boot liegen. Er ist spät am Samstag abend in Poole eingelaufen.«

»Wie heißt er?«

»Steven Harding. Behauptete, er sei Schauspieler aus London.«

»Sie haben den Verdacht, daß er gelogen hat?«

Ingram zuckte die Achseln. »Nicht bezüglich seines Namens oder seines Berufs, aber meiner Ansicht nach hat er ganz sicher gelogen, als ich fragte, was er in der Gegend zu tun hätte. Er erzählte, er hätte sein Boot in Poole gelassen, weil er wandern wollte. Aber ich habe inzwischen ein paar Berechnungen angestellt, und denen zufolge hätte er niemals um zehn Uhr dreiundvierzig, als er den Anruf machte, an Ort und Stelle gewesen sein können, wenn er zu Fuß gegangen wäre. Wenn er sein Boot in einem der Jachthäfen liegen hat, hätte er die Fähre nach Studland nehmen müssen. Die erste fährt aber erst um sieben, und das heißt, er hätte an die fünfundzwanzig Kilometer Küstenwanderung in etwas über drei Stunden schaffen müssen. Wenn man bedenkt, daß ein großer Teil des Wegs Sandstrand ist und die restliche Strecke über eine Reihe von Hügeln führt, halte ich das für ausgeschlossen. Das wäre eine Durchschnittsgeschwindigkeit von zirka acht Kilometer pro Stunde. Ein solches Tempo könnte auf diesem Gelände allenfalls ein geübter Marathonläufer halten.« Er schob den Bericht über den Schreibtisch. »Es steht alles hier drin. Name, Adresse, Beschreibung, Name des Boots. Noch etwas ist interessant: Er segelt regelmäßig nach Chapman's Pool und kennt sich mit den Unterströmungen genau aus. Er ist mit den Gewässern hier sehr vertraut.«

»Und er hat die Tote gefunden?«

»Nein, gefunden haben sie zwei kleine Jungen. Sie sind hier mit ihren Eltern in Urlaub. Ich glaube nicht, daß die beiden Ihnen viel mehr werden sagen können, aber ich habe für alle Fälle ihre Namen und die hiesige Adresse mit angegeben. Eine Miss Maggie Jenner, die hier in Broxton House lebt, hat sich ungefähr eine Stunde nachdem er den Anruf getätigt hatte mit Harding unterhalten, aber er scheint ihr nicht viel von sich erzählt zu haben, außer daß er auf einem Bauernhof in Cornwall aufgewachsen ist.« Er legte seine große Hand auf den Bericht. »Er hatte eine Erektion, falls das von Interesse sein sollte. Miss Jenner hatte sie auch bemerkt.«

»Du meine Güte!«

Ingram lächelte. »Freuen Sie sich nicht zu früh. Miss Jenner ist eine hübsche Frau, vielleicht war sie die Ursache. Sie übt eine starke Anziehungskraft auf Männer aus.« Er hob die Hand. »Ich habe außerdem die Namen der Jachten aufgeführt, die zu dem Zeitpunkt, als die Tote gefunden wurde, in der Bucht lagen. Eine ist in Poole registriert, eine in Southampton, und die dritte war eine französische Jacht. Sie dürfte nicht schwer zu finden sein. Ich habe sie gestern abend auslaufen sehen, mit Kurs auf Weymouth. Ich vermute, die Leute machen hier Urlaub und schippern die Küste entlang.«

»Gute Arbeit«, sagte Galbraith herzlich. »Ich melde mich.« Er tippte auf den Befund des Pathologen, als er sich zum Gehen wandte. »Den lasse ich Ihnen hier. Vielleicht fällt Ihnen irgendwas auf, was wir übersehen haben.«

Als Steven Harding erwachte, gab draußen gerade ein Außenbordmotor ein letztes Röcheln von sich, und gleich darauf schlug jemand mit der Faust auf das Heck der *Crazy Daze.* Sie lag an ihrem Dauerankerplatz, einer Boje im Lymington River, und war für Besucher nur erreichbar, wenn sie ein eigenes Boot hatten. Die Dünung war manchmal unangenehm, besonders wenn die Fähre Lymington–Yarmouth auf ihrem Weg zur Isle auf Wight vorüberkam, aber der Platz war erschwinglich, ruhig und vor neugierigen Blicken geschützt.

»Hey, Steve! Steh endlich auf, du Blödmann!«

Er stöhnte, als er die Stimme erkannte, rollte sich in seiner Koje auf die andere Seite und zog sich das Kissen über den Kopf. Er hatte einen höllischen Kater und rasende Kopfschmerzen, und Tony Bridges war der letzte, den er jetzt, am Montag morgen in aller Herrgottsfrühe, sehen wollte.

»Du hast hier kein Besuchsrecht mehr, du Arschloch«, brüllte er wütend, »also hau ab und laß mich in Frieden.«

Aber die *Crazy Daze* war so gut abgedichtet wie eine Sardinenbüchse, und er wußte, daß sein Freund ihn nicht gehört haben konnte. Das Boot schwankte, als Bridges an Bord kletterte, nachdem er sein Beiboot neben Hardings an der Heckreling festgemacht hatte.

»Mach auf!« rief er und trommelte gegen die Tür der Kabine. »Ich weiß genau, daß du da drinnen bist. Hast du eigentlich eine Ahnung, wie spät es ist, du blöder Kerl? Seit drei Stunden versuch ich, dich übers Handy zu erreichen.«

Harding sah blinzelnd auf seine Uhr. Zehn nach drei. Mit einem Ruck fuhr er in die Höhe und schlug sich den sowieso schon schmerzenden Kopf an der Holzdecke an. »Scheiße«, murmelte er, rutschte von seinem Bett und stolperte durch die Kabine, um die Tür zu entriegeln. »Ich hätte heute mittag in London sein sollen«, sagte er zu Bridges.

»Ja, das hat mir dein Agent schon dauernd vorgebetet. Er ruft mich seit halb zwölf ununterbrochen an.« Bridges kletterte den steilen Niedergang in die Kabine hinunter. Angewidert rümpfte er die Nase. »Schon mal was von frischer Luft gehört?« Er drängte sich an seinem Freund vorbei, um das vordere Bullauge zu öffnen und Durchzug zu machen. Er warf einen Blick auf das zerwühlte Bett und fragte sich, was zum Teufel Steve da getrieben hatte. »Du bist ein verdammter Idiot«, sagte er herzlos.

»Ach, hau ab. Mir ist schlecht.« Harding fiel stöhnend auf die Polsterbank auf der Backbordseite und ließ den Kopf in die Hände sinken.

»Das wundert mich überhaupt nicht. Hier drinnen verschmort man ja.« Bridges reichte ihm aus der Pantry eine Flasche Mineralwasser. »Kipp's runter, damit du mir nicht noch verdurstest.« Er pflanzte sich vor ihm auf und wartete, bis Harding die Flasche zur Hälfte geleert hatte, dann ließ er sich auf der Bank gegenüber nieder. »Was ist eigentlich los? Ich hab mit Bob geredet, und er sagte, du hättest gestern eigentlich bei ihm übernachten und dann heute morgen den Frühzug nach London nehmen wollen.«

»Ich hab's mir eben anders überlegt.«

»Offensichtlich.« Bridges musterte die leere Whiskyflasche und die durcheinandergeworfenen Fotos auf dem Tisch zwischen ihnen. »Was zum Teufel ist los mit dir?«

»Nichts.« Harding strich sich gereizt die Haare aus den Augen. »Woher weißt du überhaupt, daß ich hier bin?«

Bridges wies mit dem Kopf nach achtern. »Ich hab dein Beiboot gesehen. Außerdem hab ich's überall sonst versucht. Graham hat eine Mordswut auf dich, falls es dich interessiert. Er ist stinksauer, daß du die Vorsprechprobe verpaßt hast. Das Engagement wäre schon so gut wie unter Dach und Fach gewesen, sagte er.«

»Nichts als Lügen.«

»Deine große Chance, behauptet er.«

»Auf eine solche Chance kann ich dankend verzichten«, versetzte Harding wegwerfend. »Es war eine lumpige kleine Rolle in einer Fernsehserie für Kinder. Drei Drehtage mit einem Haufen verwöhnter Bälger, um in so einer beschissenen Serie mitmachen zu dürfen. Nur Idioten arbeiten mit Kindern.«

Etwas Gehässiges flammte kurz in Bridges' Augen auf, aber er verbarg seinen Ärger sogleich hinter einem harmlosen Lächeln. »Soll das ein Seitenhieb auf mich sein?« fragte er milde.

Harding zuckte die Achseln. »Niemand hat dich gezwungen, Lehrer zu werden, Kumpel. Das hast du dir selbst ausgesucht.« Er machte eine gleichgültige Handbewegung. »Es ist *dein* Begräbnis, wenn diese kleinen Monster dir eines Tages den Schädel einschlagen.«

Bridges sah ihn einen Moment forschend an, dann nahm er eines der Fotos zur Hand. »Und wieso hast du dann kein Problem mit diesem Dreck hier? Nennt man das nicht auch ›Arbeit mit Kindern‹?«

Keine Antwort.

»Du läßt dich wirklich erstklassig ausbeuten – *Kumpel* –, aber du merkst es gar nicht. Du gibst dich dazu her, daß widerliche Perverse sich im stillen Kämmerlein an schmierigen Pornofotos von dir aufgeilen – genausogut könntest du deinen Arsch am Piccadilly Circus verkaufen.«

»Klappe«, knurrte Harding wütend. Er drückte die Fingerspitzen auf seine geschlossenen Lider, als könnte er so den Schmerz dahinter unterdrücken. »Ich hab die Nase voll von deinen beschissenen Predigten.«

Bridges ignorierte die Warnung. »Was erwartest du denn, wenn du dich wie ein Idiot benimmst?«

Ein unfreundliches Lächeln verzog Hardings Lippen. »Wenigstens halte ich nicht hinterm Berg mit dem, was ich tue« – sein Lächeln wurde breiter –, »in keiner Hinsicht.« Er starrte Bridges herausfordernd an. »Im Gegensatz zu dir, hm? Wie geht's Bibi denn so? Kriegt sie immer noch das große Gähnen, wenn ihr dabei seid?«

»Reiz mich nicht, Steve.«

»Wozu?«

»Dich auffliegen zu lassen.« Er betrachtete das Foto mit einer Mischung aus Ekel und Neid. »Du bist ein gottbeschissener Perverser. Die Kleine ist doch kaum fünfzehn.«

»Fast sechzehn – wie du verdammt gut weißt.« Harding sah teilnahmslos zu, wie Bridges das Bild in Fetzen riß. »Warum regst du dich so auf?« fragte er ruhig. »Es ist doch nur Theater. Wenn man's in einem Film macht, nennen sie's Kunst. Macht man's für eine Zeitschrift, nennen sie's Pornographie.«

»Es ist der letzte Dreck.«

»Falsch. Es ist geil. Sei doch ehrlich. Du würdest sofort mit mir tauschen. Mensch, die zahlen das Dreifache von dem, was du als Lehrer verdienst.« Er hob die Mineralwasserflasche zum Mund und neigte mit einem zynischen Lächeln den Kopf nach hinten. »Ich werde mal mit Graham reden«, sagte er und wischte sich die feuchten Lippen mit dem Handrücken. »Man kann nie wissen. Ein Zwerglein wie du wird im Internet vielleicht der große Renner. Die Pädophilen mögen's klein.«

»Du bist echt krank.«

»Nein«, sagte Harding und ließ seinen Kopf wieder in die Hände sinken, als hätte er all seine Energie verbraucht. »Nur pleite. Die Versager, die sich bei meinen Bildern einen runterholen, die sind krank.«

6

Gerichtsmedizinischer Befund
UF/DP/5136/
Zwischenbericht: GFS/Dr. J. C. Warner

Allgemeine Beschreibung: *Naturblond – etwa 30 Jahre alt – Größe: 1,50 m – Gewicht: 43,5 kg – blaue Augen – Blutgruppe 0 – gute Zähne (2 Füllungen; hinterer linker Weisheitszahn entfernt) – keine Operationsnarben – Mutter von mindestens einem Kind – 14 Wochen schwanger (männlicher Foetus) – Nichtraucherin – geringe Alkoholspuren im Blut – Einnahme der letzten Mahlzeit ca. 3 Std. vor Eintritt des Todes – Mageninhalt (außer Salzwasser): Käse, Apfel – deutlich sichtbare Einkerbung am Ringfinger der linken Hand weist auf häufiges Tragen eines Ringes hin.*

Todesursache: *Ertrinken. Die gegebenen Umstände – die äußeren Bedingungen (Wind, Gezeitenstand, Felsenküste) und der gute Zustand der Leiche (wäre sie in unmittelbarer Nähe der Küste ins Meer gestürzt, so hätte ihre offensichtliche Entschlossenheit, sich zu retten, zum Überleben ausgereicht. Es sind zwar einige Verletzungen vorhanden, die erst nach dem Tod eingetreten sind, diese sind aber nicht umfassend genug, um als Beweis dafür auszureichen, daß die Leiche lange Zeit im Wasser lag) – lassen darauf schließen, daß sie auf offener See, noch lebend, aus einem Boot stürzte und sich eine beträchtliche Zeitlang schwimmend über Wasser hielt, ehe Erschöpfung zum Tod durch Ertrinken dicht vor der Küste führte.*

Faktoren, die den Tod der Frau mit verursacht haben: *Salzwasser im Magen – Druckmale von Fingern zu beiden Seiten des Kehlkopfs, die auf Erdrosselungsversuch hinweisen – Rück-*

stände von Benzodiazepin in Blut und Gewebe (Rohypnol?) – Blutergüsse und Schürfwunden am Rücken (deutlich sichtbar an Schulterblättern und Gesäß) und den Innenseiten der Oberschenkel weisen auf gewaltsam erzwungenen Geschlechtsverkehr auf einer harten Oberfläche, z. B. einem Bootsdeck oder einem Holzboden, hin – Blutverlust durch Abschürfungen in der Vagina (Abstriche negativ, entweder infolge längeren Verweilens des Körpers in Meerwasser, oder weil der Täter ein Kondom trug) – schwere Quetschungen an den Oberarmen sprechen dafür, daß die Frau gewaltsam festgehalten und/oder hochgehoben wurde (möglicherweise wurden sie der Frau beigebracht, als sie aus dem Boot gestoßen wurde) – beginnende Unterkühlung.

Zustand der Leiche: *Der Tod trat innerhalb von 14 Stunden vor der Untersuchung ein – wahrscheinliche Todeszeit: zum Zeitpunkt des Höchstwasserstands um 1 Uhr 52 britischer Sommerzeit am Sonntag, 10. August (siehe unten) – Allgemeinzustand gut, wenn auch Anzeichen von Unterkühlung; der Zustand der Haut und verengte Gefäße (Indiz für anhaltenden Streß) weisen darauf hin, daß die Frau beträchtliche Zeit im Meer verbrachte, ehe sie ertrank – starke Abschürfungen an beiden Handgelenken legen nahe, daß sie mit einem Strick gefesselt wurde und versucht hat, sich zu befreien (unmöglich zu sagen, ob es ihr gelang oder ob ihr Vergewaltiger sie befreite, bevor er sie ins Meer stieß) – zwei Finger der linken Hand gebrochen;* alle *Finger der rechten Hand gebrochen (im Augenblick noch schwer zu sagen, wie es zu den Brüchen kam – ob sie absichtlich herbeigeführt wurden oder von einem Unfall herrühren; wenn die Frau beispielsweise versucht hat, sich zu retten, indem sie sich an ein Geländer klammerte?) – Fingernägel an beiden Händen abgebrochen – nach dem Tod verursachte Blutergüsse und Abschürfungen an Rücken, Brüsten, Gesäß und Knien sprechen dafür, daß die Leiche über Felsen/ Steine geschleudert wurde, ehe sie an Land gespült wurde.*

Bedingungen der äußeren Umgebung, soweit feststellbar: Egmont Bight ist eine seichte Bucht, schiffbar nur für kiellose Boote (niedrigster registrierter Wasserstand = 0,5 m; Schwankung zwischen Niedrig- und Hochwasser = 1,00 bis 2,00 m). Die Kimmeridge-Riffe westlich von Egmont Bight machen ein nahes Heranfahren an die Felsen äußerst gefährlich, und Schiffsführer halten sich von diesem Küstenabschnitt fern (besonders bei Nacht, wenn Teile der Küste unbeleuchtet sind). Infolge einer Unterströmung verläuft von Chapman's Pool nach St.-Alban's-Kap ein SSO-Strom, daher ist anzunehmen, daß die Frau sich im Schutz von Egmont Point befand, bevor sie starb und dann bei Ablaufwasser an der Küste strandete. Wäre sie weiter draußen ertrunken, so wäre die Leiche um das Kap herumgetragen worden. Aufgrund der SW-Winde und Strömungen mußte sie westsüdwestlich von Egmont Bight ins Wasser gestürzt sein und wurde an der Küste entlang in östlicher Richtung abgetrieben, als sie in Richtung Land schwamm. In Anbetracht der oben erwähnten Faktoren* ist das Opfer unserer Schätzung nach mindestens 800 Meter westsüdwestlich von der Stelle, wo die Leiche gefunden wurde, ins Wasser gestürzt.*

Resümee: *Der Täter vergewaltigte die Frau und versuchte sie mit bloßen Händen zu erdrosseln, ehe sie ins Wasser stürzte oder geworfen wurde und ertrank. Möglicherweise wurden ihr vor dem Sturz die Finger gebrochen,* vielleicht *um sie bei ihren Bemühungen, an Land zu schwimmen, zu behindern. Ohne Zweifel lebte sie noch, als sie ins Wasser fiel; daß der Sturz über Bord nicht gemeldet wurde, läßt den Schluß zu, daß der Täter mit ihrem Tod*

* Diesen Schätzungen liegt die unter den gegebenen Bedingungen mögliche Leistung eines durchschnittlich guten Schwimmers zugrunde.

Diese Schlußfolgerungen basieren auf der Voraussetzung, daß die Vergewaltigung an Bord eines Schiffes stattfand, höchstwahrscheinlich auf dem Deck.

Es ist in diesem Stadium schwer zu sagen, in welchem Umfang das Benzodiazepin ihre Funktionsfähigkeit beeinträchtigte. Weitere Untersuchungen erforderlich.

rechnete. Die Entfernung aller Gegenstände, die zu ihrer Identifizierung führen könnten (Trauring, Kleidung), läßt auf den Vorsatz schließen, mögliche Ermittlungen zu behindern, falls die Leiche auftauchen oder an den Strand gespült werden sollte.

°°° *N.B.: Angesichts der Tatsache, daß es ihr beinahe gelungen wäre, sich zu retten, ist es möglich, daß sie aus eigenem Entschluß über Bord sprang, solange das Boot noch in Sichtweite der Küste war. Jedoch sowohl das Versäumnis, ihr »Überbordgehen« zu melden, als auch die Umstände, die für vorsätzliches Handeln sprechen, lassen kaum Zweifel daran, daß ihr Tod beabsichtigt war.*

°°° *Rohypnol (Produkt der Firma Roche). Ein lösliches Schlafmittel – in der Umgangssprache als »date-rape-Droge« bekannt. Es wurde bereits in mehreren Vergewaltigungsfällen, zwei davon Fälle von Gruppenvergewaltigungen, nachgewiesen. Sehr wirksam bei der Behandlung von schwerer, krankmachender Schlaflosigkeit. Kann Schlaf zu ungewohnten Zeiten herbeiführen. Mißbräuchlich angewandt – leicht löslich in Alkohol –, kann es eine Frau ohne ihr Wissen bewußtlos und so zu einem willenlosen Opfer sexueller Gewalt machen. Frauen berichten von zeitweiligen Perioden der Klarheit in Verbindung mit einer absoluten Unfähigkeit, sich zu wehren. Die Wirkung des Mittels auf Vergewaltigungsopfer ist in den USA, wo es inzwischen verboten ist, gut dokumentiert: vorübergehender oder dauernder Erinnerungsverlust; Unfähigkeit zu verstehen, daß eine Vergewaltigung stattgefunden hat; Gefühle völliger Losgelöstheit von dem Geschehen; nachfolgendes tiefes psychisches Trauma beim Opfer, das mit solcher Leichtigkeit gegen seinen Willen vergewaltigt wurde (oft von mehr als einem Täter). Eine Strafverfolgung ist ungeheuer schwierig, weil es nach zweiundsiebzig Stunden nicht mehr möglich ist, Rohypnol im Blut nachzuweisen, und nur wenige Opfer ihre Erinnerung schnell genug wieder-*

erlangen, um sich so frühzeitig bei der Polizei zu melden, daß Abstriche und eine Blutuntersuchung noch positive Ergebnisse liefern.

gez. J. C. Warner

7

Die Salterns-Marina lag am Ende einer kleinen Sackgasse, die von der Küstenstraße Bournemouth–Poole abzweigte, etwa zweihundert Meter von der Stelle entfernt, wo die Greens das kleine blonde Mädchen gefunden hatten. Mit einem Boot war sie vom Meer her durch den Swash-Kanal und danach den Nordkanal erreichbar. Sie war ein beliebter Haltepunkt für ausländische Besucher oder Schiffsführer, die an der Südküste Englands entlangschippern wollten, und in den Sommermonaten oft überfüllt.

Eine Anfrage im Hafenmeisterbüro des Jachthafens über die ein- und auslaufenden Schiffe in den vergangenen zwei Tagen ergab, daß die *Crazy Daze* am Sonntag ungefähr achtzehn Stunden dort gelegen hatte. Das Boot war im Laufe der Nacht eingelaufen und hatte am »A«-Ponton festgemacht. Nach Öffnung des Büros um acht Uhr morgens hatte ein Mann, der seinen Namen mit Steven Harding angab, für eine Liegezeit von vierundzwanzig Stunden bezahlt. Er hatte gesagt, er wolle eine Wanderung unternehmen, habe aber vor, bis zum Spätnachmittag zurück zu sein. Der Hafenmeister erinnerte sich an ihn. »Gutaussehender Typ. Dunkles Haar.«

»Ja, das ist er. Wie wirkte er? Ruhig? Aufgeregt?«

»Ganz normal. Ich hab ihm gesagt, daß wir den Liegeplatz am Abend wieder brauchen, und er meinte, das wäre kein Problem, er würde ohnehin am Spätnachmittag nach Lymington zurücksegeln. Soweit ich mich erinnere, sagte er, er hätte am Montag einen Termin in London – mit anderen Worten, heute morgen – und wollte mit dem letzten Zug fahren.«

»Hatte er ein Kind bei sich?«

»Nein.«

»Wie hat er bezahlt?«

»Mit Kreditkarte.«

»Hatte er eine Brieftasche?«

»Nein. Er hatte die Karte in der Innentasche seiner Shorts. Er sagte, mehr brauche man heutzutage nicht, wenn man auf Reisen ginge.«

»Hat er Gepäck bei sich gehabt?«

»Nein, als er hier im Büro war, nicht.«

Niemand hatte das Auslaufen der *Crazy Daze* vermerkt, aber am Sonntag abend um 19 Uhr, als die angemeldete Jacht aus Portsmouth eintraf, war der Liegeplatz leer gewesen. Diese erste Anfrage erbrachte keinerlei Hinweis auf ein Kleinkind, das unbegleitet den Jachthafen verlassen, oder einen Mann, der ein Kleinkind bei sich gehabt hatte. In den Jachthäfen herrschte jedoch, wie mehrere Leute bemerkten, immer viel Betrieb, da konnte jeder von Bord schaffen, was er wollte, wenn es nur unverfänglich verpackt war, in einen Schlafsack zum Beispiel.

Keine zwei Stunden, nachdem die Polizei von Lymington gebeten worden war, William Sumners Haus am Rope Walk zu überprüfen, kam aus Winfrith eine weitere Aufforderung, ein Boot namens *Crazy Daze* ausfindig zu machen, das irgendwo in einem der Jachthäfen oder an einem der Flußankerplätze des kleinen Hafenstädtchens in Hampshire lag. Ein Anruf beim Hafenmeister von Lymington genügte, um den Aufenthaltsort der Jacht zu ermitteln.

»Ja, klar kenne ich Steve. Der hat sein Boot an einer Boje im Knick, ungefähr fünfhundert Meter hinter dem Jachtklub. Eine Zehnmeterjacht mit Holzdeck und weinroten Segeln. Er ist ein netter Kerl.«

»Ist er an Bord?«

»Das kann ich Ihnen nicht sagen. Ich weiß nicht einmal, ob sein Boot da ist. Ist es wichtig?«

»Möglicherweise.«

»Rufen Sie doch mal den Jachtklub an. Die können ihn mit dem Feldstecher sehen, wenn er da ist. Wenn Sie nichts erreichen, melden Sie sich noch mal bei mir, dann schick ich einen von meinen Jungs rauf.«

William Sumner wurde an diesem Abend um halb sieben in der Polizeidienststelle Poole mit seiner kleinen Tochter wiedervereint. Wer jedoch erwartet hatte, das kleine Mädchen würde sich freudestrahlend in seine Arme stürzen, erlebte eine Enttäuschung. Die Kleine blieb auf Distanz und beschäftigte sich mit einigen Spielsachen auf dem Boden, während sie vorsichtig den erschöpften Mann musterte, der auf einen Stuhl gesunken war und den Kopf in den Händen hielt.

Er entschuldigte sich bei Constable Griffiths. »Sie ist immer so«, sagte er. »Kate ist die einzige, auf die sie reagiert.« Er rieb sich die roten Augen. »Haben Sie sie inzwischen gefunden?«

Griffiths, die besorgt war, die Kleine könnte mehr von dem Gespräch verstehen, als für sie gut war, stellte sich schützend vor sie. Sie tauschte einen Blick mit John Galbraith, der gemeinsam mit ihr im Zimmer gewartet hatte. »Mein Kollege von der Kriminalpolizei Dorset, Inspector Galbraith, weiß darüber mehr als ich, Mr. Sumner. Ich halte es daher für das Beste, Sie sprechen mit ihm, während ich mit Hannah in die Kantine gehe.« Sie hielt der Kleinen einladend die Hand hin. »Hast du Lust auf ein Eis, Schatz?«

Die Reaktion des Kindes überraschte sie. Mit einem vertrauensvollen Lächeln stand es auf und streckte ihr die Arme entgegen.

»Na, das ist aber mal was ganz Neues«, sagte sie lachend und setzte die Kleine auf ihre Hüfte. »Gestern hast du mich keines Blickes gewürdigt.« Sie drückte den warmen kleinen Körper an sich.

Nachdem sie gegangen waren, zog Galbraith sich einen Stuhl heran und setzte sich Sumner gegenüber. Der Mann war älter, als er erwartet hatte, mit leicht schütterem, dunklem Haar und einem kantigen, beweglichen Körper, den er nicht stillhalten konnte. Wenn er nicht gerade nervös an seinen Lippen zupfte, klopfte er mit einer Ferse in einem hektischen Rhythmus auf den Boden. Mit großem Widerstreben nahm Galbraith mehrere Fotos aus seiner Brusttasche und hielt sie lose in den Händen.

»Es ist nicht leicht, Ihnen das zu sagen, Sir«, begann er mit aufrichtiger Anteilnahme in der Stimme, »aber gestern morgen wurde eine junge Frau, auf die die Beschreibung Ihrer Frau paßt, tot aufgefunden. Wir können nicht mit Sicherheit sagen, ob es sich um Ihre Frau handelt, solange Sie sie nicht identifiziert haben, aber ich denke, Sie sollten sich auf die Möglichkeit gefaßt machen, daß sie es ist.«

Ein Ausdruck des Entsetzens breitete sich auf dem Gesicht des Mannes aus. »Sie ist es bestimmt«, sagte er mit absoluter Sicherheit. »Die ganze Heimfahrt habe ich immer nur gedacht, daß etwas Schlimmes passiert sein muß. Kate hätte Hannah niemals allein gelassen. Sie liebt sie abgöttisch.«

Zögernd drehte Galbraith die erste Großaufnahme herum und hielt sie Sumner hin.

Der nickte in augenblicklichem Erkennen. »Ja«, sagte er tonlos. »Das ist meine Frau.«

»Es tut mir sehr leid, Sir.«

Sumner nahm mit zitternder Hand das Foto und sah es sich genauer an. Er sprach ohne Emotionen. »Was ist passiert?«

Galbraith erklärte so kurz wie möglich, wo und wie Kate Sumner gefunden worden war. Er hielt es für unnötig, gleich zu Beginn Vergewaltigung und Mord zu erwähnen.

»Ist sie ertrunken?«

»Ja.«

Sumner schüttelte verwirrt den Kopf. »Was hat sie denn dort getan?«

»Das wissen wir nicht, aber wir glauben, daß sie aus einem Boot gestürzt ist.«

»Wieso war Hannah dann in Poole?«

»Das wissen wir auch nicht«, antwortete Galbraith.

Der Mann drehte das Foto herum und schob es Galbraith brüsk hin, als könnte er verdrängen, was geschehen war, wenn er nur das Bild nicht mehr sah. »Ich verstehe das nicht«, sagte er schroff. »Meine Frau wäre nie ohne Hannah irgendwo hingegangen, und sie hat Boote gehaßt. Ich hatte früher, als wir noch in Chichester wohnten, eine Contessa 32, aber ich konnte sie nie dazu überreden, mit rauszufahren. Sie hatte Angst, wir würden auf hoher See kentern und ertrinken.« Er schlug wieder die Hände vors Gesicht, als ihm bewußt wurde, was er gesagt hatte.

Galbraith ließ ihm einen Moment Zeit, sich wieder zu fassen. »Was haben Sie mit dem Boot gemacht?«

»Ich habe es vor zwei Jahren verkauft und das Geld für die Anzahlung auf unser Haus verwendet.« Er verfiel wieder in Schweigen. Galbraith drängte ihn nicht. »Ich versteh das alles nicht«, sagte er wieder, voller Verzweiflung. »Am Freitag abend hab ich noch mit ihr gesprochen, da ging es ihr gut. Wie kann sie achtundvierzig Stunden später plötzlich tot sein?«

»Es ist immer sehr viel schlimmer, wenn wir überraschend mit dem Tod konfrontiert werden«, sagte Galbraith mitfühlend. »Dann bleibt uns keine Zeit, uns darauf vorzubereiten.«

»Aber ich kann es einfach nicht glauben! Ich meine, wieso hat niemand versucht, sie zu retten? Man läßt doch einen Menschen nicht einfach im Stich, wenn er über Bord geht.« Er blickte erschrocken auf. »O Gott, sind noch andere Menschen ertrunken? Sie werden mir doch nicht sagen, daß sie auf einem Boot war, das kenterte? Das war ihr schlimmster Alptraum.«

»Nein, es spricht nichts dafür, daß etwas Derartiges geschehen ist.« Galbraith beugte sich vor, um den Abstand zwischen ihnen zu verringern. Sie saßen auf steiflehnigen Stühlen in einem leeren Büro in der ersten Etage, und er hätte sich eine freundlichere Umgebung für ein solches Gespräch vorstellen können. »Wir glauben, daß Ihre Frau ermordet wurde, Mr. Sumner. Der Polizeipathologe, der die Obduktion durchgeführt hat, ist der Überzeugung, daß sie vergewaltigt wurde, bevor sie mit voller Absicht ins Meer geworfen wurde. Ich weiß, das muß ein grauenhafter Schock für Sie sein, aber ich versichere Ihnen, daß wir rund um die Uhr arbeiten, um ihren Mörder zu finden, und wenn wir irgend etwas tun können, um Ihnen die Situation zu erleichtern, können Sie selbstverständlich auf uns zählen.«

Sumner war offensichtlich im Moment überfordert. Mit einem erstaunten Lächeln, das Kerben in sein schmales Gesicht schnitt, starrte er den Kriminalbeamten an. »Nein«, sagte er, »das muß ein Mißverständnis sein. Das kann nicht meine Frau gewesen sein. Niemals wäre sie mit einem Fremden mitgegangen.« Zaghaft streckte er die Hand nach dem Foto aus und begann zu weinen, als Galbraith es herumdrehte, so daß er es sehen konnte.

Der Mann war so erschöpft, daß er mehrere Minuten brauchte, um sich wieder in die Gewalt zu bekommen, aber Galbraith tat nichts. Er wußte aus Erfahrung, daß Mitleid den Schmerz nur verschlimmerte, statt ihn zu lindern. Ruhig sah er zum Fenster hinaus, den Blick auf den Park und die dahinterliegende Bucht von Poole gerichtet, und er reagierte erst, als Sumner wieder zu sprechen begann.

»Entschuldigen Sie«, sagte Sumner mit gepreßt klingender Stimme. »Ich muß nur ständig daran denken, was für eine entsetzliche Angst sie gehabt haben muß. Sie war keine besonders gute Schwimmerin, deswegen wollte sie auch nie mit hinausfahren.«

Galbraith vermerkte das. »Wenn es Ihnen ein Trost ist – sie hat alles getan, um sich zu retten. Die Erschöpfung hat sie besiegt, nicht das Meer.«

»Wissen Sie, daß sie schwanger war?« Seine Augen wurden wieder feucht.

»Ja«, antwortete Galbraith ruhig, »und es tut mir sehr leid.«

»War es ein Junge?«

»Ja.«

»Wir hatten uns einen Sohn gewünscht.« Er zog ein Taschentuch heraus und drückte es einen Moment an die Augen, bevor er unvermittelt aufstand und zum Fenster ging. Dort blieb er mit dem Rücken zu Galbraith stehen. »Wie kann ich Ihnen behilflich sein?« fragte er dann mit völlig emotionsloser Stimme.

»Sie können mir von ihr erzählen. Wir müssen alles über sie wissen, was Sie uns sagen können – die Namen ihrer Freunde, wie gewöhnlich ihr Tag verlief, wo sie eingekauft hat. Je mehr wir wissen, desto besser.« Er wartete auf eine Antwort, die nicht kam. »Vielleicht möchten Sie damit lieber bis morgen warten? Ich kann mir vorstellen, daß Sie sehr müde sind.«

»Ich glaube, mir wird schlecht.« Sumner wandte ihm sein aschfahles Gesicht zu, dann glitt er mit einem kleinen Seufzer ohnmächtig zu Boden.

Es war durchaus angenehm, die beiden kleinen Spenders um sich zu haben. Sie verlangten nicht mehr von ihrem Gastgeber als hin und wieder eine Dose Cola, ein bißchen Geplauder und Hilfe beim Befestigen der Köder an ihren Angelhaken. Ingrams blitzblankes kleines Boot, die *Miss Creant*, schaukelte sanft auf der glatten, türkisgrünen See vor der Küste bei Swanage, seine weißen Bordwände schimmerten rosig im Glanz der langsam untergehenden Sonne, und ein ganzes Sortiment von Angeln bewehrte wie eine Reihe Igelstacheln die Reling. Die Jungen fanden, es wäre ein tolles Boot.

»Die *Miss Creant* wär mir tausendmal lieber als so eine blöde Jacht«, sagte Paul, nachdem er dem imposanten Polizisten in Swanage geholfen hatte, das Boot zu Wasser zu lassen. Ingram hatte dem Jungen erlaubt, die Winde hinten auf seinem uralten Jeep zu drehen, während er selbst ins Wasser gewatet war, um das Boot vom Anhänger herunterzulassen und an einem Ring an der Slipanlage festzumachen. Paul hatte gestrahlt vor Aufregung. »Meinen Sie, mein Dad würde vielleicht auch so ein Boot kaufen? Das wären dann echt super Ferien.«

»Du kannst ihn ja mal fragen«, hatte Ingram geantwortet.

Danny fand es ausgesprochen ekelhaft, einen langen, zuckenden Wurm auf eine mit Widerhaken versehene Stahlspitze zu schieben, bis sie aussah, als wäre sie mit einem krausen Seidenstrumpf überzogen, und er bestand darauf, daß Ingram das für ihn erledigte. »Der Wurm lebt doch noch«, sagte er. »Tut der Haken ihm nicht weh?«

»Nicht so sehr, wie er dir weh tun würde.«

»Würmer sind wirbellose Tiere«, belehrte ihn sein Bruder, der gegen die Reling lehnte und seine auf dem Wasser schaukelnden Schwimmer beobachtete, »die haben kein Nervensystem wie wir. Und überhaupt stehen sie ganz unten in der Nahrungskette. Sie existieren nur, um gefressen zu werden.«

»Tote Dinge sind am Ende der Nahrungskette«, sagte Danny. »Wie die Frau am Strand. Sie wäre Fischfutter geworden, wenn wir sie nicht gefunden hätten.«

Ingram reichte Danny seine Angel mitsamt dem aufgespießten Wurm. »Keine schwungvollen Würfe«, sagte er, »häng die Schnur einfach über die Reling ins Wasser und wart ab, was passiert.« Zufrieden, den Jungen das Angeln zu überlassen, lehnte er sich zurück und zog sich seine Baseballmütze in die Stirn. »Erzählt mir doch mal was von dem Typen, der den Anruf gemacht hat. Habt ihr ihn gemocht?«

»Er war ganz in Ordnung«, antwortete Paul.

»Er hat gesagt, er hätte mal eine nackte Frau gesehen und sie hätte ausgesehen wie ein Elefant«, berichtete Danny, der jetzt neben seinem Bruder stand und sich über die Reling beugte.

»Das war doch nur ein Spaß«, sagte Paul. »Er wollte uns beruhigen.«

»Worüber hat er sonst noch geredet?«

»Er hat die Frau mit dem Pferd angemacht«, sagte Danny, »aber sie hat ihn nicht so gemocht wie er sie.«

Ingram lächelte in sich hinein. »Wie kommst du darauf?«

»Sie hat immer so grimmig geguckt.«

Gibt es sonst nichts Neues?

»Warum wollen Sie wissen, ob wir ihn gemocht haben?« fragte

Paul, auf Ingrams ursprüngliche Frage zurückkommend. »Mochten Sie ihn denn *nicht*?«

»Er war ganz in Ordnung«, sagte Ingram wie vorher Paul. »Vielleicht ein bißchen dusselig, an einem so heißen Tag ohne Sonnenschutzmittel und Wasser loszuziehen, aber ansonsten ganz okay.«

»Das hatte er sicher alles in seinem Rucksack«, sagte Paul loyal. Er hatte Hardings Freundlichkeit nicht vergessen, auch wenn sein Bruder sich nicht mehr daran zu erinnern schien. »Er hat ihn abgestellt, als er bei der Polizei angerufen hat, und hat ihn dann stehengelassen, weil er fand, er wäre zu schwer, um ihn zum Polizeiauto runterzuschleppen. Er wollte ihn auf dem Rückweg wieder mitnehmen. Wahrscheinlich war er so schwer, weil er Wasser drin hatte.« Er sah Ingram mit ernsthafter Miene an. »Glauben Sie nicht auch?«

Ingram schloß die Augen unter dem Schirm seiner Mütze. »Doch«, stimmte er zu, während er sich fragte, was in dem Rucksack gewesen sein mochte und warum Harding hatte verhindern wollen, daß die Polizei den Inhalt zu sehen bekam. Ein Feldstecher vielleicht? Hatte er die Frau also doch mit eigenen Augen gesehen?

»Habt ihr ihm die Frau am Strand eigentlich beschrieben?« fragte er Paul.

»Ja«, antwortete der Junge. »Er wollte wissen, ob sie hübsch wäre.«

Die Entscheidung, Constable Griffiths mit William und Hannah Sumner nach Hause zu schicken, beruhte auf zwei Faktoren. Zum einen war es das ungünstige psychologische Gutachten über das Kind, das es dringend angeraten erscheinen ließ, weiterhin über sein Wohlergehen zu wachen. Zum anderen waren es die über viele Jahre hinweg gesammelten Ergebnisse von Beweisaufnahmen, die zeigten, daß eine verheiratete Frau in den meisten Fällen von ihrem Ehemann ermordet wurde und nicht von einem

Fremden. Wegen der Entfernungen und aufgrund von Zuständigkeitsproblemen – Poole gehörte zum Polizeibezirk Dorset und Lymington zum Polizeibezirk Hampshire – würde Griffiths eine ganze Reihe von Überstunden in Kauf nehmen müssen, wie man ihr sagte.

»Ja, aber ist er denn wirklich verdächtig?« fragte sie Galbraith.

»Ehemänner zählen immer zu den Verdächtigen.«

»Ach, nun kommen Sie schon, Chef, er war eindeutig in Liverpool. Ich hab extra im Hotel angerufen, um es zu überprüfen, und von dort nach Dorset ist es eine halbe Weltreise. Wenn er in fünf Tagen zweimal hin und her gefahren ist, hat er an die siebzehnhundert Kilometer runtergespult. Das ist eine verdammt lange Strecke.«

»Was vielleicht erklärt, warum er ohnmächtig geworden ist«, antwortete Galbraith trocken.

»Na, toll!« rief sie sarkastisch. »Ich wollte schon immer mal mit einem Vergewaltiger unter einem Dach leben.«

»Sie sind in keiner Weise dazu verpflichtet, Sandy. Sie brauchen das nicht zu übernehmen, wenn Sie nicht wollen, aber die einzige andere Möglichkeit wäre, Hannah in der Pflegefamilie zu lassen, bis wir ganz sicher sind, daß sie gefahrlos zu ihrem Vater zurückkehren kann. Wie wär's, wenn Sie heute abend mal mitfahren und sehen, wie es geht? Im Augenblick sind gerade ein paar Leute dabei, das Haus zu durchsuchen. Ich werde einen der Männer bitten, dazubleiben und auf Sie aufzupassen. Können Sie damit leben?«

»Ach, was soll's«, meinte sie heiter. »Wer weiß, vielleicht ist das die Chance, meinen Babyfimmel loszuwerden.«

Für Sumner war Griffiths die amtliche ›Freundin‹, die jede Polizeibehörde einer Familie in Not zur Seite stellte.

»Allein schaffe ich das alles nicht«, erklärte er Galbraith immer wieder, als wäre die Polizei daran schuld, daß er verwitwet war.

»Das erwartet auch keiner.«

Der Mann hatte wieder eine etwas gesündere Farbe, seit man ihm etwas zu essen gebracht hatte. Von neuer Energie erfüllt, begann er sofort wieder mit der verzweifelten Suche nach Erklärungen.

»Sind sie entführt worden?« fragte er plötzlich.

»Das glauben wir nicht. Die Kollegen in Lymington haben Ihr Haus von innen und außen überprüft und keinerlei verdächtige Spuren gefunden. Die Nachbarin hatte sie mit einem Zweitschlüssel ins Haus gelassen, die Durchsuchung war also durchaus gründlich. Das heißt selbstverständlich nicht, daß wir die Möglichkeit einer Entführung außer acht lassen. Wir ziehen alle Möglichkeiten in Betracht. Im Moment führen unsere eigenen Leute eine zweite Durchsuchung durch, es sieht allerdings bisher ganz so aus, als hätten Ihre Frau und Ihre Tochter das Haus aus freien Stücken verlassen. Und zwar irgendwann im Lauf des Samstagmorgens, nachdem die Post gekommen war. Die Briefe lagen geöffnet auf dem Küchentisch.«

»Was ist mit dem Wagen meiner Frau? Könnte sie vielleicht aus ihrem Wagen entführt worden sein?«

Galbraith schüttelte den Kopf. »Der Wagen steht in Ihrer Garage.«

»Dann versteh ich das Ganze einfach nicht.« Sumner wirkte ehrlich verwirrt. »Was ist denn nur passiert?«

»Nun, eine Erklärung könnte sein, daß Kate jemanden getroffen hat, als sie außer Haus war, einen Freund der Familie vielleicht, der sie und Hannah zu einem Segeltörn überredete.« Er achtete sorgfältig darauf, jeden Eindruck, es könnte sich um ein verabredetes Treffen gehandelt haben, zu vermeiden. »Aber ob sie damit rechnete, daß die Tour bis nach Poole und zur Insel Purbeck gehen würde, wissen wir natürlich nicht.«

Sumner schüttelte den Kopf. »Sie wäre niemals mitgefahren«, erklärte er mit absoluter Gewißheit. »Ich habe es Ihnen doch schon mehrmals gesagt, daß sie keine Bootstouren mochte. Außerdem sind alle unsere Bekannten, die ein Boot haben, Ehepaare.« Er starrte zu Boden. »Sie wollen doch nicht etwa behaupten, daß ein Paar so etwas getan haben könnte?« Sein Ton klang schockiert.

»Im Moment behaupten wir gar nichts«, versetzte Galbraith geduldig. »Dazu fehlen uns einfach die Informationen.« Er machte eine kleine Pause. »Der Trauring Ihrer Frau ist verschwunden. Wir vermuten, er wurde entfernt, weil er ihre Identifizierung erleichtert hätte. War irgendwas Besonderes an ihm?«

Sumner streckte eine zitternde Hand aus und wies auf seinen eigenen Ring. »Er sah genauso aus wie dieser. Innen sind unsere Initialen eingraviert. Ein ›K‹ und ›W‹, miteinander verschlungen.«

Interessant, dachte Galbraith. »Wenn Sie soweit sind, hätte ich von Ihnen gern eine Liste Ihrer Freunde, wobei mich besonders diejenigen interessieren, die ein Boot haben. Aber es eilt nicht.« Er beobachtete Sumner, der geräuschvoll mit den Fingern knackte, während er überlegte, was die hübsche Frau, die jetzt im Leichenschauhaus lag, wohl an diesem linkischen, hyperaktiven Mann angezogen hatte.

Sumner hatte ihm offensichtlich gar nicht zugehört. »Wann ist Hannah ausgesetzt worden?« fragte er.

»Das wissen wir nicht.«

»Meine Mutter hat gesagt, sie wurde gestern mittag in Poole gefunden, aber Kate ist doch schon in den frühen Morgenstunden gestorben, wie Sie mir gesagt haben. Heißt das nicht, daß Hannah auf dem Boot gewesen sein muß, als meine Frau vergewaltigt wurde, und später, *nachdem* meine Frau schon tot war, in Poole an Land gesetzt wurde? Ich meine, sie kann doch unmöglich vierundzwanzig Stunden lang mutterseelenallein herumgewandert sein, ehe sie jemandem auffiel?«

Dumm ist er zweifellos nicht, dachte Galbraith. »Nein, das glauben wir nicht.«

»Dann ist ihre Mutter vor ihren Augen getötet worden?« Sumners Stimme schwoll an. »Oh, mein Gott! Ich weiß nicht, wie ich das ertragen soll. Sie ist doch noch ein kleines Kind, Herrgott noch mal!«

Galbraith hob beschwichtigend die Hand. »Es ist weitaus wahrscheinlicher, daß sie geschlafen hat.«

»Aber das können Sie doch überhaupt nicht wissen.«

Nein, dachte Galbraith, wissen kann ich es nicht. Ich kann, wie so oft in diesem verflixten Job, nur Vermutungen anstellen. »Die Ärztin, die sie untersucht hat, ist der Meinung, daß sie ein Schlafmittel bekommen hat«, erklärte er. »Aber Sie haben natürlich recht. Im Augenblick können wir gar nichts mit Sicherheit sagen.« Er legte dem Mann kurz die Hand auf die verkrampfte Schulter und zog sich dann taktvoll wieder zurück. »Aber Sie sollten wirklich aufhören, sich mit Mutmaßungen darüber zu quälen, wie es gewesen sein könnte. Nichts ist jemals so schwarz, wie unsere Phantasie es malt.«

»Ach nein?« Sumner richtete sich abrupt auf und ließ seinen Kopf dann gegen die Stuhllehne sinken. Er stieß einen tiefen Seufzer aus. »Meine Phantasie sagt mir, daß Sie die Theorie haben, meine Frau hätte eine Affäre gehabt, und der Mann, mit dem sie an Bord war, wäre ihr Liebhaber gewesen.«

Galbraith fand es sinnlos, dem Mann etwas vorzumachen. Der Gedanke an eine verunglückte Liebesaffäre war ihnen gleich zu Beginn gekommen, zumal Hannah ihre Mutter offensichtlich auf die tödliche Bootstour begleitet hatte.

»Wir können diese Möglichkeit nicht ganz ausschließen«, sagte er offen. »Das wäre auf jeden Fall eine Erklärung dafür, wieso sie zusammen mit Hannah dem Täter bereitwillig auf sein Boot folgte.« Er musterte forschend das Gesicht des Mannes. »Sagt Ihnen der Name Steven Harding etwas?«

Sumner runzelte die Stirn. »Was hat denn der damit zu tun?«

»Wahrscheinlich nichts, aber er war eine der Personen, die vor Ort waren, als Ihre Frau gefunden wurde, und wir befragen jeden, der in irgendeiner Weise mit ihrem Tod zu tun hat, und sei es auch noch so entfernt.« Er wartete einen Moment. »Kennen Sie ihn?«

»Sie meinen den Schauspieler?«

»Ja.«

»Ich bin ihm ein paarmal begegnet.« Er legte die Hände zusammen wie zum Gebet und drückte sie an seinen Mund. »Er hat Kate einmal, als sie vom Einkaufen kam und ziemlich zu schleppen hatte, mit dem Kinderwagen über das Kopfsteinpflaster unten am Ende der High Street geholfen. Und als wir ihn eine Woche später wiedertrafen, hat sie mich gebeten, ihm zu danken. Danach kreuzte er plötzlich überall auf. Sie kennen das sicher. Man lernt jemanden kennen, und plötzlich begegnet man ihm auf Schritt und Tritt. Er hat eine Jacht auf dem Fluß bei Lymington, und wir haben uns ab und zu übers Segeln unterhalten. Einmal hatte ich ihn zu uns nach Hause eingeladen, und er hat mir stundenlang von irgendeinem blöden Stück erzählt, bei dem er sich um eine Rolle beworben hatte. Er hat sie natürlich nicht bekommen. Was mich auch nicht groß gewundert hat. Der Mann hat nämlich soviel Talent zum Schauspieler wie eine Kuh zum Autofahren.« Seine Augen verengten sich. »Glauben Sie, daß er's war?«

Galbraith schüttelte leicht den Kopf. »Im Augenblick geht es uns nur darum festzustellen, ob er überhaupt in die Sache verwickelt ist oder nicht. War er mit Ihrer Frau befreundet?«

Sumner verzog den Mund. »Sie meinen, ob die beiden was miteinander hatten?«

»Wenn Sie so wollen?«

»Nein«, sagte er mit Entschiedenheit. »Er ist stockschwul. Er läßt sich für pornographische Schwulenhefte fotografieren. Und überhaupt, sie kann ihn... *konnte* ihn nicht ausstehen. Sie war wütend, als ich ihn damals mit nach Hause brachte – sagte, ich hätte sie vorher fragen sollen.«

Galbraith sah ihn einen Moment lang nachdenklich an. Er empfand die Abwehr als übertrieben. »Woher wissen Sie das mit den Schwulenzeitschriften? Hat Harding Ihnen das erzählt?«

Sumner nickte. »Er hat mir sogar so ein Heft gezeigt. Und er war auch noch stolz darauf. Aber er stellt sich eben gern zur Schau. Er genießt es, im Rampenlicht zu stehen.«

»Okay. Erzählen Sie mir von Ihrer Frau. Wie lange waren Sie verheiratet?«

Er mußte nachdenken. »Es wären bald vier Jahre gewesen. Wir haben uns in der Firma kennengelernt und sechs Monate später geheiratet.«

»Was für eine Firma ist das?«

»Pharmatec in Portsmouth. Ich bin Chemiker und arbeite dort in der Forschung. Kate war Sekretärin.«

Galbraith senkte die Lider, um sein aufflammendes Interesse zu verbergen. »Ist das dieses pharmazeutische Unternehmen?«

»Ja.«

»Auf welchem Gebiet forschen Sie?«

»Ich persönlich?« Er zuckte gleichgültig die Achseln. »Alles, was mit dem Magen zu tun hat.«

Galbraith merkte es sich. »Hat Ihre Frau nach der Hochzeit weitergearbeitet?«

»Ein paar Monate lang, bis sie schwanger wurde.«

»Freute sie sich über die Schwangerschaft?«

»O ja. Es war ihr größter Wunsch, eine eigene Familie zu haben.«

»Und es ist ihr nicht schwergefallen, ihre Berufstätigkeit aufzugeben?«

Sumner schüttelte den Kopf. »Etwas anderes wäre für sie nicht in Frage gekommen. Sie wollte nicht, daß ihre Kinder auf die gleiche Art aufwachsen mußten wie sie selbst. Sie hatte keinen Vater, und ihre Mutter war den ganzen Tag weg. Sie war immer auf sich allein gestellt.«

»Und Sie sind jetzt noch bei Pharmatec tätig?«

Er nickte. »Ich bin der Topwissenschaftler dort«, sagte er völlig sachlich.

»Sie wohnen also in Lymington und arbeiten in Portsmouth?«

»Ja.«

»Fahren Sie mit dem Auto zur Arbeit?«

»Ja.«

»Das ist eine ganz schöne Strecke«, meinte Galbraith teilnehmend, während er im Kopf nachrechnete. »Da brauchen Sie doch jedesmal – warten Sie – mindestens anderthalb Stunden. Haben Sie schon mal daran gedacht umzuziehen?«

»Wir haben nicht nur daran gedacht«, erwiderte Sumner mit einem Anflug von Ironie, »wir haben's auch getan. Wir sind erst vor einem Jahr nach Lymington gezogen. Sie haben recht, die Fahrt ist eine Tortur, besonders im Sommer, wenn der New Forest von Touristen überlaufen ist.« Er schien unzufrieden mit seinem Los.

»Und von wo sind Sie weggezogen?«

»Chichester.«

Galbraith erinnerte sich der Aufzeichnungen, die Griffiths ihm nach Sumners Anruf gezeigt hatte. »Dort wohnt doch Ihre Mutter?«

»Ja. Sie hat schon immer da gewohnt.«

»Und Sie auch? Sie sind in Chichester geboren und aufgewachsen?«

Sumner nickte.

»Da ist Ihnen der Umzug sicher nicht ganz leichtgefallen, zumal die Fahrt zur Arbeit dadurch wesentlich länger wurde.«

Sumner ging auf die Bemerkung nicht ein. Er starrte weiter mit trostloser Miene zum Fenster hinaus.

»Wissen Sie, was ich dauernd denken muß«, sagte er nach einer Weile. »Wenn ich hart geblieben wäre und mich einfach geweigert hätte wegzuziehen, wäre Kate jetzt nicht tot. Wir hatten nie Probleme, als wir noch in Chichester lebten.« Augenblicklich schien ihm bewußt zu werden, daß seine Bemerkung zu allen möglichen Interpretationen einlud, und er fügte hinzu: »Ich meine, in Lymington wimmelt's doch von Fremden. Die meisten Leute, denen man begegnet, leben nicht einmal dort.«

Galbraith führte noch ein kurzes Gespräch mit Griffiths, ehe diese William und Hannah Sumner nach Hause begleitete. Während die Spurensicherung ihre Durchsuchung von Langton Cottage beendete, hatte sie Zeit gehabt, nach Hause zu fahren, sich umzuziehen und ein paar Sachen zu packen, und präsentierte sich jetzt in einem ausgebeulten gelben Pulli und schwarzen Leggings. Mit der streng wirkenden jungen Frau in Polizeiuniform hatte sie kaum noch Ähnlichkeit, und Galbraith fragte sich nicht ohne eine gewisse Ironie, ob Vater und Tochter sich angesichts des Schlabberlooks ungezwungener fühlen würden. Wohl eher nicht, dachte er. Polizeiuniformen flößten Vertrauen ein.

»Ich melde mich gleich morgen früh bei Ihnen«, sagte er zu ihr. »Sie müssen ihm ein bißchen Dampf machen, bevor ich komme. Ich brauche dringend Listen der Freunde und Bekannten in Lymington und in Chichester sowie eine Aufstellung der Arbeitskollegen in Portsmouth.« Er strich sich müde über das Kinn, während er seine Gedanken zu sammeln versuchte, um nichts Wichtiges zu vergessen. »Es wäre eine Hilfe, wenn er die Leute mit eigenen Booten oder Zugang zu Booten getrennt aufführen würde, ebenso Kates persönliche Freunde getrennt von den gemeinsamen Freunden.«

»Geht in Ordnung«, sagte sie.

Er lächelte. »Und versuchen Sie, ihn ein bißchen zum Reden zu bringen«, fügte er hinzu. »Wir müssen wissen, was für Gewohnheiten sie hatte, wie ihr Tageslauf aussah, in welchen Geschäften sie einkaufte und dergleichen.«

»Kein Problem.«

»*Und* seine Mutter interessiert uns«, sagte er. »Ich habe den Eindruck, daß Kate ihn zu dem Umzug gezwungen hatte, um ihn von ihr wegzulotsen. Das könnte zu Spannungen in der Familie geführt haben.«

Griffiths war erheitert. »Das kann man ihr weiß Gott nicht übelnehmen«, sagte sie. »Er war zehn Jahre älter als sie und hatte siebenunddreißig Jahre lang daheim bei Muttern gelebt, ehe er Kate heiratete.«

»Woher wissen Sie das?«

»Ich hab ein bißchen mit ihm geschwatzt, als ich ihn nach seiner früheren Adresse fragte. Seine Mutter hat ihm das Haus geschenkt, in dem er großgeworden ist. Er mußte dafür nur eine kleine Hypothek aufnehmen, um ihr den Kauf einer Wohnung in irgendeinem betreuten Heim gleich gegenüber zu ermöglichen.«

»Zuviel Tuchfühlung, hm?«

Sie lachte leise. »Zum Ersticken, würde ich sagen.«

»Was ist eigentlich mit seinem Vater?«

»Der ist vor zehn Jahren gestorben. Bis dahin war es eine *ménage à trois*. Danach eine *ménage à deux*. William war ein Einzelkind.«

Galbraith schüttelte den Kopf. »Wie kommt es, daß Sie so gut informiert sind? Das kann doch höchstens ein sehr kurzer Schwatz gewesen sein.«

Sie tippte sich seitlich an die Nase. »Vernünftige Fragen und weibliche Intuition«, erwiderte sie. »Er ist sein Leben lang bedient worden, darum ist er jetzt auch so überzeugt davon, daß er es allein nicht schaffen wird.«

»Na, dann viel Glück«, sagte er, und es war sein Ernst. »Ich kann nicht behaupten, daß ich Sie beneide.«

»Jemand muß sich um Hannah kümmern.« Sie seufzte. »Die arme Kleine. Denken Sie manchmal darüber nach, was wohl aus Ihnen geworden wäre, wenn man Sie so im Stich gelassen hätte wie die meisten Jugendlichen, die wir aufgreifen?«

»Manchmal, ja«, bekannte Galbraith. »Aber es gibt auch Momente, da danke ich Gott dafür, daß meine Eltern mich aus dem Nest gestoßen und gezwungen haben, auf eigenen Füßen zu stehen. Man kann nicht nur zu wenig geliebt werden, sondern auch zu sehr, wissen Sie, und es würde mir schwerfallen zu sagen, was das Gefährlichere wäre.«

8

Die Entscheidung, Steven Harding zu vernehmen, wurde am Montag abend um acht getroffen, als die Polizei von Dorset die Bestätigung erhielt, daß er sich an Bord seines Bootes im Lymington River befand; die Vernehmung fand allerdings erst nach neun statt, weil der Ermittlungsleiter, Superintendent Carpenter, zu diesem Zweck von Winfrith herüberfahren mußte. Inspector John Galbraith erhielt Anweisung, direkt nach Lymington zu kommen und seinen Chef vor dem Büro des Hafenmeisters zu erwarten.

Man hatte mehrfach versucht, Harding über Funk oder Handy zu erreichen, aber beide Geräte waren abgeschaltet gewesen, und die ermittelnden Beamten hatten deshalb nicht in Erfahrung bringen können, ob er am Dienstag morgen überhaupt noch in Lymington sein würde. Ein Anruf bei seinem Agenten Graham Barlow hatte nichts weiter erbracht als eine wutschnaubende Tirade über arrogante junge Schauspieler, »die sich einbilden, sie könnten einfach ihre Termine platzen lassen« und »in Zukunft bestimmt nicht mit Unterstützung rechnen« könnten.

»Ich hab keine Ahnung, wo er morgen sein wird«, hatte Barlow zum Schluß zornig gesagt. »Ich hab seit Freitag früh keinen Piep mehr von ihm gehört. Für mich ist der Kerl erledigt. Ich würde ja nichts sagen, wenn er mir Geld einbringen würde, aber er hat seit Monaten nicht mehr gearbeitet. Trotzdem führt er sich auf, als wäre er Tom Cruise. Ha! Wohl eher Pinocchio – so hölzern wie der ist...«

Galbraith und Carpenter trafen sich um neun. Der Superintendent war ein großer, langgliedriger Mann mit dichtem dunklem Haar und einem grimmigen Dauerstirnrunzeln, das ihn ewig zornig wirken ließ. Seinen Kollegen fiel es gar nicht mehr auf, aber Verdächtige schüchterte es häufig ein. Galbraith hatte ihm bereits telefonisch einen kurzen Bericht seines Gesprächs mit Sumner gegeben, kam jedoch noch einmal darauf zu sprechen, insbesondere auf die Bemerkung, Harding sei »stockschwul«.

»Das deckt sich aber nicht mit dem, was sein Agent uns über ihn erzählt hat«, stellte Carpenter fest. »Er beschreibt ihn als sexbesessenen Schürzenjäger, dem die Frauen scharenweise hinterherlaufen. Er raucht Cannabis, ist ein eingeschworener Heavy-Metal-Fan, sammelt Pornofilme und hockt, wenn er nichts Besseres zu tun hat, stundenlang in Stripschuppen rum und schaut zu, wie die Mädchen sich entblättern. Wenn er allein ist, sei's auf seinem Boot oder in seiner Wohnung, läuft er am liebsten splitterfasernackt herum. Wahrscheinlich wird er uns mit wedelndem Schwanz entgegenkommen, wenn wir an Bord gehen.«

»Na, das ist doch wenigstens was, worauf man sich freuen kann«, meinte Galbraith trocken.

Carpenter grinste. »Er scheint sich einzubilden, er wäre ein ganz toller Typ und müßte mindestens zwei Frauen zugleich im Bett haben, um im Geschäft zu bleiben. Im Augenblick hat er in London eine fünfundzwanzigjährige Marie und hier unten eine Bibi oder Didi. Barlow hat uns den Namen eines Freundes von Harding genannt, der hier in Lymington lebt, ein gewisser Tony Bridges. Er spielt den Anrufbeantworter für Harding, wenn der mit seinem Boot auf großer Fahrt ist. Ich hab Campbell rübergeschickt, er soll sich mal mit ihm unterhalten. Wenn er was Interessantes erfährt, ruft er uns an.« Er zupfte sich am Ohrläppchen. »Auf der Aktivseite wäre zu verbuchen, daß er hier bei den Seglern gut angesehen ist. Er ist in Lymington aufgewachsen, die Familie wohnt in der High Street über einer Imbißstube, und er hat sich seit seinem zehnten Lebensjahr ständig auf Booten herumgetrieben. Vor etwas mehr als drei Jahren hat er endlich einen der begehrten Liegeplätze im Fluß bekommen und daraufhin sein ganzes Geld bis auf den letzten Penny in den Kauf der *Crazy Daze* gesteckt. Er verbringt alle seine freien Wochenenden hier, und was er an Arbeit investiert hat, um das Boot auf Vordermann zu bringen, ist, um eine Stimme aus dem Jachtklub zu zitieren, ungeheuer. Die Leute hier scheinen sich einig zu sein, daß er ein bißchen ein Draufgänger ist, aber das Herz auf dem rechten Fleck hat.«

»Tja, das reinste Chamäleon«, meinte Galbraith zynisch. »Ich meine, wir haben hier drei völlig unterschiedliche Versionen desselben Menschen. Schwuchtel, Weiberheld und harmloser, netter Kumpel. Greifen Sie zu, Sie haben die Wahl, hm?«

»Er ist Schauspieler, vergessen Sie das nicht, deshalb vermute ich, daß keine dieser Beschreibungen wirklich zutreffend ist. Wahrscheinlich schauspielert er, wo er geht und steht.«

»Ich würde eher sagen, er lügt, wo er geht und steht. Ingram zufolge hat er behauptet, er wäre auf einem Bauernhof in Cornwall aufgewachsen.« Galbraith klappte seinen Kragen hoch, als plötzlich eine kühle Windbö vom Fluß herüberwehte. Er hatte sich am Morgen, als die Lufttemperatur bereits 30 Grad erreicht hatte, extra leicht angezogen. »Glauben Sie, er war's?«

Carpenter schüttelte den Kopf. »Nein, eigentlich nicht. Er ist ein bißchen zu auffällig. Ich denke, unser Mann ist eher ein Fall aus dem Lehrbuch. Einzelgänger... beruflicher Versager... eine Reihe gescheiterter Beziehungen... lebt wahrscheinlich bei seiner Mutter... und ist voller Wut darüber, daß sie sich ständig in sein Leben einmischt.« Er reckte schnuppernd die Nase in die Luft. »Im Augenblick erscheint es mir wahrscheinlicher, daß der Ehemann unser Kandidat ist.«

Tony Bridges lebte in einem kleinen Reihenhaus hinter der High Street und nickte zustimmend, als sich der grauhaarige Sergeant der Kriminalpolizei erkundigte, ob er bereit sei, sich kurz mit ihm über Steven Harding zu unterhalten. Bridges trug weder Hemd noch Schuhe, sondern war nur mit Jeans bekleidet und ging mit leicht schwankendem Schritt in ein unaufgeräumtes Wohnzimmer voraus. Er war dünn, hatte ein spitzes Gesicht und kurzgeschorenes, gebleichtes Haar, das seinen gelblichen Teint noch fahler machte. Mit einem durchaus liebenswürdigen

Lächeln bat er den Sergeant ins Zimmer, und Campbell, der den Geruch von Cannabis wahrzunehmen meinte, gewann den Eindruck, daß Besuche von der Polizei hier nichts Ungewöhnliches waren. Die Nachbarn hatten vermutlich einiges auszustehen.

Das Haus schien von zahlreichen Leuten bewohnt zu sein. Im Flur lehnten zwei Fahrräder an der Wand, auf den Sitzmöbeln und dem Boden lagen diverse Kleidungsstücke verstreut, in einer Bierkiste in einer Ecke türmte sich ein Arsenal leerer Bierdosen – von einer lange zurückliegenden Party übriggeblieben, vermutete Campbell –, und überquellende Aschenbecher verpesteten die Luft. Campbell fragte sich, wie es wohl in der Küche aussah. Wenn sie ebenso verwahrlost wie das Wohnzimmer war, gab es dort wahrscheinlich Ratten.

»Wenn die Alarmanlage an Steves Auto schon wieder losgegangen ist«, sagte Bridges, »sollten Sie besser mit den Leuten von der Werkstatt reden. *Die* haben das verdammte Ding eingebaut, und ich hab's restlos satt, daß die Nachbarn deswegen jedesmal bei Ihnen anrufen, wenn er nicht hier ist. Mir ist sowieso schleierhaft, wozu er eine Alarmanlage braucht. Der Wagen ist nichts als eine Rostlaube, den stiehlt bestimmt keiner.« Er hob eine geöffnete Bierdose vom Boden auf und wies auf einen Sessel. »Setzen Sie sich. Möchten Sie ein Bier?«

»Nein danke.« Campbell setzte sich. »Es handelt sich nicht um seine Alarmanlage, Sir. Wir stellen Ermittlungen wegen eines Todesfalls an, und wir befragen rein routinemäßig alle seine Bekannten, um auszuschließen, daß er in irgendeiner Form mit dem Fall zu tun hat. Wir haben Ihren Namen von seinem Agenten bekommen.«

»Was für ein Todesfall?«

»Samstag nacht ist eine Frau ertrunken, und Mr. Harding hat uns benachrichtigt, als die Leiche gefunden wurde.«

»Ach du Scheiße! Wer war sie denn?«

»Eine Frau aus dem Ort namens Kate Sumner. Sie hat mit ihrem Mann und ihrer Tochter am Rope Walk gewohnt.«

»Heilandssocken! Im Ernst?«

»Kennen Sie sie?«

Tony trank einen Schluck von seinem Bier. »Persönlich nicht, aber ich hab von ihr gehört. Sie hat auf Steve gestanden. Er hat ihr mal geholfen, als sie mit ihrem Kind unterwegs war, und danach hat sie ihn nicht mehr in Ruhe gelassen. Es hat Steve zum Wahnsinn getrieben.«

»Wer hat Ihnen das erzählt?«

»Steve natürlich. Wer sonst?« Er schüttelte den Kopf. »Kein Wunder, daß er sich gestern abend dumm und dämlich gesoffen hat, wenn ausgerechnet er sie gefunden hat.«

»Er hat sie nicht gefunden. Er hat nur für die zwei Jungen angerufen, die sie gefunden haben.«

Bridges grübelte eine Weile schweigend vor sich hin, und die Denkarbeit fiel ihm offensichtlich schwer. Was immer er zu sich genommen hatte – Cannabis, Alkohol oder auch beides –, er hatte offenbar Mühe, sich zu konzentrieren. »Das ist doch Blödsinn«, sagte er plötzlich aggressiv und sah Campbell mit scharfem Argwohn an. »Ich weiß mit Sicherheit, daß Steve Samstag nacht überhaupt nicht in Lymington war. Ich hab ihn Freitag abend gesehen, und da hat er gesagt, daß er übers Wochenende nach Poole will. Sein Boot war Samstag und Sonntag nicht da. Er kann also gar keine Ertrunkene in Lymington gemeldet haben.«

»Sie ist nicht hier ertrunken, Sir. Sie ist an der Küste ertrunken, ungefähr dreißig Kilometer von Poole entfernt.«

»Scheiße!« Er leerte die Bierdose mit einem Zug, drückte sie zusammen und warf sie nach der Bierkiste. »Also, mich brauchen Sie gar nichts weiter zu fragen. Ich weiß nichts von dieser Ertrunkenen. Okay? Ich bin Steves Freund und nicht sein beschissener Aufpasser.«

Campbell nickte. »Natürlich. Aber vielleicht wissen Sie als Freund, ob er hier unten eine Freundin namens Bibi oder Didi hat, Mr. Bridges.«

Tony starrte ihn mißtrauisch an. »Was zum Teufel soll das?«

fragte er scharf. »Von wegen Routinefragen! Was geht hier eigentlich vor?«

Der Sergeant machte ein nachdenkliches Gesicht. »Mr. Harding geht nicht ans Telefon, wir konnten deshalb nur mit seinem Agenten sprechen. Er hat uns erzählt, Mr. Harding hätte in Lymington eine Freundin namens Bibi oder Didi, und meinte, wir sollten Sie nach ihrer Adresse fragen. Ist das für Sie ein Problem?«

»To-ony!« rief eine offensichtlich betrunkene Frau aus dem Obergeschoß. »Ich wa-arte!«

»Und ob das ein Problem ist«, versetzte Bridges wütend. »Das ist Bibi, und sie ist *meine* Freundin, nicht Steves. Ich bring den Mistkerl um, wenn er mich aufs Kreuz gelegt hat.«

Von oben ertönte ein Poltern, als wäre jemand zu Boden gefallen. »Ich schla-afe gleich wie-ieder ein, Tony!«

Carpenter und Galbraith fuhren im Boot des Hafenmeisters, einem frisierten Beiboot mit Fiberglaskiel und einer Lenksäule, zur *Crazy Daze* hinaus. Die Nachtluft war nach der Hitze des Tages unangenehm kalt geworden, und beide Männer wünschten, sie hätten daran gedacht, Pullover oder Vlieswesten unterzuziehen. Die steife Brise, die den Solent hinunterwehte, ließ das Takelwerk laut klappernd gegen den Wald von Bootsmasten in den Jachthäfen schlagen. Vor ihnen hob sich die Isle of Wight wie die Silhouette eines zusammengekauerten Tieres gegen den dunkler werdenden Himmel ab, und die Positionslichter der einlaufenden Fähre spiegelten sich als glitzernde Funken auf den Wellen wider.

Der Hafenmeister war amüsiert über den Argwohn der Polizisten gewesen, nachdem sie mehrfach vergeblich versucht hatten, Harding über Funk oder Telefon zu erreichen. »Also, da können Sie ihm nun wirklich keinen Strick draus drehen. Warum soll er den ganzen Saft aus seinen Batterien verschwenden, nur weil Sie zufällig anrufen könnten? Die Boote auf dem Fluß werden nicht vom Land aus mit Strom versorgt. In seiner Kabine hat er eine

Butangaslampe – das wäre romantisch, sagt er, deshalb ist ihm auch eine Boje auf dem Fluß lieber als ein Liegeplatz im Jachthafen. Und weil die Frauen, wenn sie erst mal auf seinem Kahn sind, auf ihn und sein Beiboot angewiesen sind, wenn sie wieder runter wollen.«

»Nimmt er denn oft Frauen mit an Bord?« erkundigte sich Galbraith.

»Keine Ahnung. Ich hab was andres zu tun, als über Steves Eroberungen Buch zu führen. Er hat eine Schwäche für Blondinen, das weiß ich. Erst neulich hab ich ihn mit einer scharfen kleinen Nummer gesehen.«

»Klein, lockiges blondes Haar, blaue Augen?«

»Wenn ich mich recht erinnere, hatte sie glatte Haare, aber verlassen Sie sich mal lieber nicht auf mich. Für Gesichter hab ich kein gutes Gedächtnis.«

»Wissen Sie zufällig, wann Hardings Boot am Samstag morgen ausgelaufen ist?« fragte Carpenter.

Der Hafenmeister schüttelte den Kopf. »Ich kann's von hier aus nicht mal sehen. Fragen Sie im Jachtklub nach.«

»Das haben wir schon getan. Ohne Erfolg.«

»Warten Sie, bis am Samstag die Wochenendausflügler kommen. Da haben Sie am ehesten eine Chance.«

Das Boot verlangsamte die Fahrt, als es sich Hardings Schlup näherte. Gelbes Licht schimmerte in den Bullaugen mittschiffs, und achtern schaukelte ein Schlauchboot im Kielwasser der Fähre. Von drinnen war gedämpft Musik zu hören.

»Hey, Steve«, rief der Helfer des Hafenmeisters und klopfte kräftig auf die Beplankung auf der Backbordseite. »Ich bin's, Gary. Du hast Besuch, Kumpel.«

Schwach vernahmen sie Hardings Stimme. »Hau ab, Gary. Ich bin krank.«

»Geht nicht. Es ist die Polizei. Die wollen mit dir reden. Los, komm schon, mach auf und hilf uns rauf.«

Die Musik brach abrupt ab, dann zog Harding sich durch den

offenen Niedergang in die Plicht hinauf. »Was gibt's?« sagte er mit betont unbefangenem Lächeln zu den beiden Kriminalbeamten. »Ich schätze, Ihr Besuch hat was mit der Frau von gestern zu tun? War die Geschichte der Jungs über das Fernglas gelogen?«

»Wir haben noch einige Zusatzfragen«, erwiderte Superintendent Carpenter mit einem ebenso harmlosen Lächeln. »Können wir an Bord kommen?«

»Aber natürlich.« Er sprang aufs Deck und beugte sich hinunter, um erst Carpenter und dann Galbraith heraufzuhelfen.

»Meine Schicht ist um zehn zu Ende«, rief der Junge den Polizeibeamten zu. »Ich komm in vierzig Minuten, um Sie abzuholen. Wenn Sie früher wegwollen, rufen Sie mich über Handy an. Steve weiß die Nummer. Sonst kann er Sie ja zurückbringen.«

Sie sahen ihm noch einen Moment nach, als er in weitem Bogen wendete und dann flußaufwärts in Richtung Stadt davonknatterte.

»Kommen Sie mit unter Deck«, sagte Harding. »Es ist kalt hier draußen.« Er war – zu Galbraith' großer Erleichterung – bekleidet, und zwar mit einem ärmellosen T-Shirt und Shorts, und er fröstelte in dem kalten Wind, der über die Salzsümpfe an der Flußmündung fegte. Selber barfuß, sah er mit kritischem Blick auf die Schuhe der Polizeibeamten. »Die müssen Sie aber ausziehen«, sagte er. »Ich hab zwei Jahre gebraucht, um das Holz so hinzukriegen, wie es jetzt aussieht, und ich will keine Flecken darauf haben.«

Bereitwillig schlüpften die beiden Männer aus ihren Stiefeln und kletterten auf Socken den Niedergang hinunter. Unten in der Kabine hingen noch die Alkoholdünste von dem Trinkgelage des vergangenen Abends in der Luft, und selbst wenn die leere Whiskyflasche nicht auf dem Tisch gestanden hätte, hätten die Beamten mühelos erraten, warum Harding sich als »krank« bezeichnet hatte. Das flackernde Licht der einen Gaslampe ließ seine eingesunkenen Wangen noch hohler erscheinen und betonte die dunklen Bartstoppeln auf seinem Kinn, und die zerwühlte Koje verriet ihnen, daß er den größten Teil das Tages damit zugebracht hatte, einen schlimmen Kater auszuschlafen.

»Was sind das für Zusatzfragen?« Er rutschte auf eine gepolsterte Bank am Tisch und lud sie mit einer Handbewegung ein, auf der anderen Platz zu nehmen.

»Reine Routine, Mr. Harding«, antwortete Carpenter.

»Worüber?«

»Über die Ereignisse von gestern.«

Er rieb sich heftig die Lider. »Alles, was ich weiß, hab ich Ihrem Kollegen schon erzählt«, sagte er. »Und das meiste davon wußte ich sowieso nur von den beiden Jungs. Sie meinten, die Frau wäre ertrunken und am Strand angespült worden. Hatten sie recht damit?«

»Es sieht ganz so aus.«

Harding beugte sich über den Tisch. »Ich hätte nicht übel Lust, mich über diesen Beamten zu beschweren. Er war wirklich unverschämt. Er hat so getan, als hätten die Jungs und ich was damit zu tun, daß die Leiche da unten lag. Um mich selbst geht es mir dabei gar nicht mal so sehr, aber für die Jungs hat's mich maßlos geärgert. Sie hatten Angst vor ihm. Ich meine, es ist doch bestimmt nicht lustig, eine Leiche zu finden – und sich dann von irgendeinem Idioten in Nagelstiefeln auch noch dumm anquatschen lassen zu müssen...« Er schwieg kopfschüttelnd. »Im Grunde war's meiner Ansicht nach nichts als Eifersucht. Ich hatte mich gerade recht nett mit einer jungen Frau unterhalten, als er zurückkam, und er war offenbar wütend darüber. Ich schätze mal, er ist selber scharf auf sie, aber er hat bis jetzt nichts unternommen, weil er so eine Schlafmütze ist.«

Als weder Galbraith noch Carpenter für Ingram in die Bresche sprangen, breitete sich ein Schweigen aus, das die beiden Beamten dazu nutzten, sich interessiert in der Kabine umzusehen. Die Beleuchtung mochte zwar unter gewissen Umständen als romantisch gelten, aber für zwei Kriminalbeamte, die in diesem Raum etwas zu entdecken versuchten, was auf eine Verbindung des

Bootseigners mit einem brutalen Verbrechen hingewiesen hätte, war sie völlig nutzlos. Zu viele Schatten verhüllten den Raum, und wenn es tatsächlich Anzeichen dafür gab, daß Kate und Hannah Sumner am vorangegangenen Samstag an Bord gewesen waren, so waren sie nicht zu erkennen.

»Was wollen Sie wissen?« fragte Harding plötzlich. Er beobachtete John Galbraith, und in seinen Augen glomm etwas auf – Triumph? Belustigung? –, das Galbraith zu der Vermutung veranlaßte, das lange Schweigen sei Absicht gewesen. Er hatte ihnen Gelegenheit gegeben, sich umzuschauen, und sie hatten es nur sich selbst zuzuschreiben, wenn sie enttäuscht worden waren.

»Unseres Wissens haben Sie Samstag nacht in der Salterns-Marina festgemacht und sind den größten Teil des Sonntags dort geblieben«, sagte Carpenter.

»Das stimmt, ja.«

»Wann sind Sie eingelaufen, Mr. Harding?«

»Keine Ahnung.« Harding runzelte die Stirn. »Es war ziemlich spät. Aber was interessiert Sie das überhaupt?«

»Führen Sie ein Logbuch?«

Er warf einen Blick zu seinem Kartentisch. »Wenn ich dran denke.«

»Darf ich es mir einmal ansehen?«

»Bitte.« Er angelte ein zerfleddertes Schulheft aus dem Papierwust auf der Klappe des Kartentischs. »Große Literatur ist es nicht.« Er reichte Carpenter das Heft.

Dieser las die letzten sechs Eintragungen.

9. 8. 97	*10.09*	*Abgelegt*
" " "	*11.32*	*Hurst Castle umsegelt*
10. 8. 97	*2.17*	*Salterns-Marina angelegt*
10. 8. 97	*18.50*	*Abgelegt*
" " "	*19.28*	*Aus Hafen v. Poole ausgelaufen*
11. 8. 97	*0.12*	*Festgemacht, Lymington*

»Na, geschwätzig sind Sie weiß Gott nicht«, murmelte er, während er zurückblätterte, um sich andere Eintragungen anzusehen.

»Windstärke und Kurs kommen wohl in Ihrem Logbuch überhaupt nicht vor?«

»Selten.«

»Hat das einen Grund?«

Harding zuckte die Achseln. »Ich weiß den Kurs zu jedem Ziel an der Südküste, da brauche ich keine Erinnerung, und Windstärke ist Windstärke. Das ist ja das Schöne. Jeder Törn braucht ganz einfach seine Zeit. Wenn man so ein ungeduldiger Typ ist, dem es nur ums Ankommen geht, treibt die Segelei einen in den Wahnsinn. An einem schlechten Tag kann man für ein paar Seemeilen Stunden brauchen.«

»Hier steht, daß Sie am Sonntag morgen um zwei Uhr siebzehn in der Salterns-Marina angelegt haben«, sagte Carpenter.

»Dann war's auch so.«

»Und hier steht außerdem, daß Sie am Samstag morgen um zehn Uhr neun in Lymington ausgelaufen sind.« Er rechnete rasch nach. »Das heißt, Sie haben sechzehn Stunden für ungefähr dreißig Seemeilen gebraucht. Das muß ein Rekord sein. Das sind nicht mal zwei Knoten pro Stunde. Ist das die Höchstgeschwindigkeit Ihres Boots?«

»Es kommt ganz auf den Wind und die Gezeiten an. An einem guten Tag schaffe ich sechs Knoten, aber der Durchschnitt dürfte ungefähr bei vier liegen. Tatsächlich bin ich am Samstag wahrscheinlich an die sechzig Seemeilen gesegelt, weil ich die meiste Zeit einen Zickzackkurs verfolgt habe.« Er gähnte. »Wie ich Ihnen schon sagte, an einem schlechten Tag kann es ewig dauern, und der Samstag war ein schlechter Tag.«

»Warum sind Sie nicht mit Motor gefahren?«

»Weil ich nicht wollte. Ich hatte es nicht eilig.« Sein Blick wurde mißtrauisch. »Was hat das alles mit der Frau am Strand zu tun?«

»Wahrscheinlich nichts«, antwortete Carpenter locker. »Wir versuchen nur, noch einige offene Fragen für unseren Bericht zu klären.« Er hielt inne und sah den jungen Mann nachdenklich an.

»Ich bin früher selbst ein bißchen gesegelt«, sagte er dann, »und ich will ehrlich sein, ich glaube nicht, daß Sie sechzehn Stunden gebraucht haben, um Poole zu erreichen. Der ablandige Wind, der am späten Nachmittag aufkam, müßte Ihre Geschwindigkeit um gut zwei Knoten gesteigert haben. Ich glaube, Sie sind weitergesegelt, an der Insel Purbeck vorbei, vielleicht in der Absicht, bis nach Weymouth zu kommen, und sind erst umgedreht und nach Poole zurückgesegelt, als Sie sahen, wie spät es geworden war. Habe ich recht?«

»Nein. Ich habe vor Christchurch ein paar Stunden Pause gemacht, um ein bißchen zu angeln und ein Nickerchen zu machen. Darum habe ich so lang gebraucht.«

Carpenter glaubte ihm nicht. »Vor zwei Minuten haben Sie noch erklärt, Sie hätten einen Zickzackkurs verfolgt. Jetzt behaupten Sie, Sie hätten eine Angelpause eingelegt. Was stimmt nun?«

»Beides. Ich bin gekreuzt und hab geangelt.«

»Warum steht das nicht in Ihrem Logbuch?«

»Es war nicht wichtig.«

Carpenter nickte. »Ihre Auffassung von Zeit erscheint mir ein wenig« – er suchte nach einem passenden Wort – »individualistisch, Mr. Harding. Sie haben beispielsweise dem Polizeibeamten gestern gesagt, Sie hätten vorgehabt, zur Bucht von Lulworth zu wandern, aber Lulworth ist gut vierzig Kilometer von der Salterns-Marina entfernt, das wären also hin und zurück achtzig Kilometer gewesen. Das ist doch eine Riesenstrecke für eine zwölfstündige Wanderung, finden Sie nicht, zumal Sie dem Hafenmeister der Salterns-Marina gesagt hatten, Sie wären am Spätnachmittag zurück.«

In Hardings Augen blitzte plötzlich Erheiterung auf. »Zu Wasser sieht's lange nicht so weit aus«, sagte er.

»Sind Sie bis nach Lulworth gekommen?«

»Von wegen!« Er lachte. »Ich war schon total ausgepumpt, als ich bei Chapman's Pool ankam.«

»Könnte das vielleicht daran liegen, daß Sie mit sehr leichtem Gepäck reisen?«

»Ich verstehe nicht.«

»Sie hatten ein Handy bei sich, Mr. Harding, aber sonst nichts. Mit anderen Worten, Sie sind zu einer Achtzigkilometerwanderung an einem der heißesten Tage des Sommers aufgebrochen, ohne Sonnenschutzmittel, ohne zusätzliche Kleidung oder eine Mütze für den Fall eines Sonnenbrands. Denken Sie immer so wenig an Ihre Gesundheit?«

Harding machte ein betretenes Gesicht. »Schon gut, ich weiß, das war blöde. Ich geb's zu. Das ist ja der Grund, warum ich umgekehrt bin, nachdem Ihr Kollege mit den Jungs abgefahren war. Falls es Sie interessieren sollte, ich habe für den Rückweg doppelt so lange gebraucht wie für den Hinweg, weil ich so erledigt war.«

»Also etwa vier Stunden«, meinte Galbraith.

»Eher sechs. Ich bin ziemlich genau um halb eins losgegangen und war so gegen Viertel nach sechs wieder im Jachthafen. Ich habe ungefähr fünf Liter Wasser getrunken, habe was gegessen und bin vielleicht eine halbe Stunde später nach Lymington abgedampft.«

»Der Marsch bis nach Chapman's Pool hat also drei Stunden gedauert?« fragte Galbraith.

»So ungefähr.«

»Das heißt, Sie müssen um kurz nach halb acht vom Jachthafen aufgebrochen sein, wenn Sie um zehn Uhr dreiundvierzig den Notruf durchgegeben haben.«

»Wenn Sie es sagen.«

»Ich sage gar nichts, Mr. Harding. Unseren Informationen zufolge haben Sie um acht Uhr früh Ihren Liegeplatz bezahlt, Sie können also den Jachthafen frühestens ein paar Minuten später verlassen haben.«

Harding verschränkte die Hände hinter dem Kopf und starrte den Inspector über den Tisch hinweg an. »Okay, ich bin um acht losgegangen«, sagte er. »Na und? Was ist daran so bemerkenswert?«

»Bemerkenswert ist daran, daß Sie unmöglich in zweieinhalb Stunden mehr als fünfundzwanzig Kilometer auf einem schwierigen Küstenwanderweg zurückgelegt haben können« – er machte eine Pause und fixierte Harding – »und davon wäre noch die Wartezeit auf die Fähre abzuziehen.«

Hardings Entgegnung kam wie aus der Pistole geschossen. »Ich bin nicht den Küstenwanderweg gegangen, jedenfalls nicht am Anfang«, erklärte er. »Ich habe mich das erste Stück von Leuten im Auto mitnehmen lassen. Sie wollten zu dem Naturschutzpark bei Durlston Head. Sie haben mich vor dem Tor zum Leuchtturm abgesetzt, und von dort aus bin ich den Küstenwanderweg gegangen.«

»Um welche Zeit war das?«

Harding richtete seinen Blick zur Decke. »Zehn Uhr dreiundvierzig minus die Zeit, die man braucht, um vom Durlston Head bis Chapman's Pool zu marschieren, nehme ich an. Hören Sie, soweit ich mich erinnere, habe ich gestern zum ersten Mal auf die Uhr geschaut, als ich den Notruf gemacht habe. Bis dahin war mir die Zeit schnurzegal.« Er sah wieder Galbraith an. In seinen dunklen Augen flackerte Wut. »Ich hasse es, mich von der verdammten Uhr beherrschen zu lassen. Es ist gesellschaftlicher Terrorismus, die Leute zu zwingen, sich nach völlig willkürlichen Schätzungen, wieviel Zeit dies oder jenes in Anspruch nehmen sollte, zu richten. Darum liebe ich das Segeln. Die Zeit ist ohne Belang, und man kann sich ihr nur ausliefern.«

»Was für einen Wagen hatten die Leute, die Sie mitgenommen haben?« fragte Carpenter, den die philosophischen Betrachtungen des jungen Mannes kaltließen.

»Keine Ahnung. Irgendeine Limousine. Ich achte nicht auf Autos.«

»Welche Farbe?«

»Blau, glaub ich.«

»Was waren das für Leute?«

»Ein Paar. Wir haben uns kaum miteinander unterhalten. Sie

hatten eine Kassette von den Manic Street Preachers drin. Die haben wir uns angehört.«

»Können Sie die beiden beschreiben, Mr. Harding?«

»Schlecht. Sie haben ganz normal ausgesehen. Die meiste Zeit hab ich nur ihre Hinterköpfe gesehen. Sie hatte blonde Haare, er dunkle.« Er griff nach der Whiskyflasche und rollte sie zwischen den Händen hin und her, offensichtlich kurz davor, die Geduld zu verlieren. »Warum zum Teufel fragen Sie mich das alles? Was für eine Rolle spielt es, wie lange ich von A nach B gebraucht oder wen ich unterwegs getroffen habe? Wird jeder, der einen Notfall meldet, so gegrillt?«

»Wir versuchen nur, einige offene Fragen zu klären, Sir.«

»Ja, das haben Sie bereits gesagt.«

»Wäre es nicht wahrheitsgemäßer, zu sagen, daß Chapman's Pool Ihr Ziel war und nicht die Bucht von Lulworth?«

»Nein.«

Schweigen breitete sich aus. Carpenter starrte Harding unverwandt an, der immer noch mit der Whiskyflasche spielte. »Hatten Sie am Samstag Passagiere an Bord?« fragte er dann.

»Nein.«

»Sind Sie sicher?«

»Natürlich bin ich sicher, verdammt noch mal. Glauben Sie vielleicht, das wäre mir nicht aufgefallen? Wir sind hier schließlich nicht auf der ›Queen Elizabeth‹.«

Carpenter blätterte im Logbuch. »Nehmen Sie überhaupt manchmal Passagiere mit?«

»Das geht Sie nichts an.«

»Vielleicht nicht, aber wir haben von verschiedenen Seiten gehört, daß Sie ein ziemlicher Draufgänger sein sollen.« Er zog amüsiert eine Augenbraue hoch. »Es heißt, daß Sie regelmäßig Damenbesuch an Bord haben. Es würde mich interessieren, ob Sie die Damen auch auf einen Törn mitnehmen. Oder findet die ganze Action da drinnen statt« – er wies mit einer Kopfbewegung auf die Koje –, »während Sie hier an Ihrer Boje liegen?«

Harding ließ sich Zeit mit seiner Antwort. »Manchmal nehme ich sie auch mit raus«, bekannte er schließlich.

»Wie oft?«

Eine erneute lange Pause. »Einmal im Monat vielleicht.«

Carpenter warf das zerfledderte Schulheft auf den Tisch und trommelte mit den Fingern darauf. »Wieso ist dann in Ihrem Logbuch nicht ein einziges Mal ein Passagier erwähnt? Sie müssen doch bestimmt den Namen jeder Person eintragen, die sich an Bord befindet, allein schon für den Fall, daß es zu einem Unfall kommt? Oder ist es Ihnen egal, daß unter Umständen jemand ertrinken kann, weil die Küstenwache annimmt, Sie wären der einzige, nach dem sie suchen muß?«

»Das ist ja lächerlich«, entgegnete Harding wegwerfend. »Damit so was passiert, müßte das Boot kentern, und dann wär das Logbuch sowieso weg.«

»Ist schon mal einer Ihrer Passagiere über Bord gegangen?«

Harding schüttelte den Kopf, aber er sagte nichts. Sein Blick schweifte mit unverhülltem Argwohn von einem Mann zum anderen, während er sich bemühte, die Stimmung der beiden Beamten auszuloten. Jede seiner Gesten hatte etwas ausgesprochen Einstudiertes, und Galbraith vergaß keine Sekunde die Tatsache, daß der Mann Schauspieler war, während er ihn aufmerksam beobachtete. Er hatte den Eindruck, daß Harding diesen ganzen Auftritt genoß, aber er konnte sich nicht vorstellen, warum, es sei denn, Harding hatte keine Ahnung, daß es hier um Vergewaltigung und Mord ging, und nutzte die Erfahrung einer polizeilichen Vernehmung ganz einfach zur Übung schauspielerischer Techniken.

»Kennen Sie eine Frau namens Kate Sumner?« fragte Carpenter als nächstes.

Harding stellte die Flasche weg und beugte sich in einer aggressiv wirkenden Bewegung über den Tisch. »Und wenn ich Sie kenne?«

»Das ist keine Antwort auf meine Frage. Ich werde sie wiederholen. Kennen Sie eine Frau namens Kate Sumner?«

»Ja.«

»Kennen Sie sie gut?«

»Ganz gut, ja.«

»Was heißt, ganz gut?«

»Das geht Sie nun wirklich nichts an.«

»Falsche Antwort, Mr. Harding. Das geht uns sehr wohl etwas an. Es war nämlich *ihre* Leiche, die am Samstag von dem Hubschrauber geborgen wurde.«

Seine Reaktion überraschte beide.

»Komisch, ich hatte schon so ein Gefühl.«

9

Vor ihnen an der Küste funkelten die Lichter von Swanage wie Edelsteine in der Nacht. Hinter ihnen versank die untergehende Sonne am Horizont. Erschöpft von einem langen Tag und drei Stunden an frischer Meeresluft, lehnte sich Danny mit einem herzhaften Gähnen an Ingrams großen, warmen Körper, während sein älterer Bruder stolz am Ruder stand und die *Miss Creant* nach Hause steuerte.

»Er war unanständig«, sagte er plötzlich in vertraulichem Ton.

»Wer?«

»Der Typ von gestern.«

Ingram sah zu ihm hinunter. »Was hat er denn getan?« fragte er, bemüht, seine Neugier nicht zu zeigen.

»Er hat dauernd mit dem Telefon seinen Pimmel gerubbelt«, antwortete Danny. »Die ganze Zeit, während die da unten die Frau hochgezogen haben.«

Ingram warf einen Blick auf Paul, um zu sehen, ob er zuhörte, aber der Junge war viel zu fasziniert von seiner Rolle als Steuermann, um auf sie zu achten. »Hat Miss Jenner das auch gesehen?«

Danny senkte die Lider. »Nein. Als sie um die Ecke gekommen ist, hat er aufgehört. Paul hat gesagt, er hätte sein Handy nur poliert – Sie wissen schon, wie's die Werfer mit den Cricketbällen machen, damit sie sich in der Luft drehen – aber das stimmt nicht. Er hat an sich rumgefummelt.«

»Wieso findet Paul ihn eigentlich so nett?«

Danny gähnte wieder. »Weil er nicht mit ihm geschimpft hat, daß er eine nackte Frau beobachtet hat. Dad hätte furchtbar geschimpft. Er war so böse, als er Paul mal mit einem Pornoheft erwischt hat. Ich hab's langweilig gefunden, aber Paul hat gesagt, es wäre natürlich.«

Superintendent Carpenters Handy klingelte. »Entschuldigen Sie«, sagte er, als er das Gerät aus seiner Jackentasche zog und aufklappte. »Ja, Campbell?... Gut, legen Sie los...« Er starrte auf einen Punkt über Steven Hardings Kopf, und im Spiel von Licht und Schatten schienen sich die ewigen Runzeln auf seiner Stirn noch zu vertiefen, während er sich Campbells Bericht über seine Unterhaltung mit Tony Bridges anhörte. Er drückte das Handy noch fester an sein Ohr, als der Name »Bibi« fiel, und senkte einen Moment den Blick, um den jungen Mann ihm gegenüber aufmerksam zu mustern.

Galbraith behielt während des einseitigen Gesprächs Steven Harding im Auge. Harding horchte angespannt, wohl wissend, daß er selbst Gegenstand der Unterhaltung war, und bemühte sich krampfhaft, etwas von dem aufzuschnappen, was am anderen Ende der Leitung gesagt wurde. Die meiste Zeit hielt er den Blick auf den Tisch gesenkt, aber ein- oder zweimal blickte er auf, um Galbraith anzusehen, und in den Augenblicken fühlte Campbell sich ihm seltsam nahe, als stünden er und Harding aufgrund ihres Ausgeschlossenseins von dem Gespräch gegen Carpenter. Er hatte keine Ahnung, ob Harding schuldig war, keine Spur von einer Intuition, ob er es hier mit einem Vergewaltiger zu tun hatte; aber er wußte aus langjähriger Erfahrung, daß das nichts zu bedeuten hatte. Psychopathen konnten äußerst gewinnend sein und vollkommen harmlos wirken; es war immer das Opfer, das die Kehrseite der Medaille kennenlernte.

Wieder ließ Galbraith seinen Blick durch den Raum wandern und versuchte, in den Schatten jenseits des Gaslichts Formen zu erkennen. Seine Augen hatten sich inzwischen an die schummrige Beleuchtung gewöhnt, und er konnte jetzt weit mehr Einzelheiten ausmachen als noch vor zehn Minuten. Mit Ausnahme des Durcheinanders auf dem Kartentisch war alles ordentlich in Spinden und Regalen untergebracht, und es war nichts zu sehen, was die kürzliche Anwesenheit einer Frau verraten hätte. Es war ein maskulines Ambiente – Holzverkleidung, schwarze Ledersitze, Messingbeschläge. Keine Farben, um die Strenge und Einfachheit aufzulockern. Beinahe mönchisch, dachte er beifällig. Sein eigenes Haus – ein lärmiges, mit überall verstreuten Spielsachen angefülltes Zuhause, geschaffen von einer Frau, die mit Elan im *National Childbirth Trust* aktiv war –, war für einen ewig müden, gestreßten Polizisten viel zu vollgestopft und – Gott möge ihm verzeihen – viel zu kindbezogen.

Die Pantry auf der Steuerbordseite des Niedergangs interessierte ihn besonders. Sie war in einen Alkoven eingebaut und bestand aus einem kleinen Spülbecken und einer Gaskochplatte sowie Unterschränken und mehreren Borden. Ihm waren schon zuvor einige Dinge aufgefallen, die ganz hinten in eine dunkle Ecke geschoben waren, und mit der Zeit hatte er erkennen können, daß es sich um ein angebrochenes Stück Käse in Plastikverpackung mit einem Aufkleber von Tesco's Supermarkt und eine Tüte Äpfel handelte. Er merkte, daß Harding seinem Blick folgte, und fragte sich, ob der Mann wußte, daß ein Pathologe genau feststellen konnte, was ein Mordopfer vor seinem Tod gegessen hatte.

Carpenter beendete sein Telefongespräch und legte das Handy auf das Logbuch. »Sie sagten vorhin, Sie hätten schon so ein Gefühl gehabt, daß es sich bei der Toten um Kate Sumner handeln könnte«, erinnerte er Harding.

»Stimmt.«

»Könnten Sie das näher erklären? Könnten Sie uns sagen, wann und wieso sich dieses Gefühl eingestellt hat?«

»Ich wollte damit nicht sagen, daß ich geahnt hätte, daß es ausgerechnet sie war, nur daß ich mir dachte, es müßte jemand sein, den ich gekannt habe, weil Sie sonst sicher nicht extra zu mir an Bord gekommen wären.« Er zuckte die Achseln. »Sagen wir es mal so, wenn Sie jedem, der einen Unfall meldet, hinterher auf diese Weise auf den Zahn fühlen, dann ist es kein Wunder, daß es in diesem Land von Verbrechern wimmelt, die unbestraft rumlaufen.«

Carpenter lachte leicht, aber der finstere Blick unter der gerunzelten Stirn blieb unverwandt auf den jungen Mann gegenüber gerichtet. »Glauben Sie nie, was in den Zeitungen steht, Mr. Harding. Verlassen Sie sich darauf, die Verbrecher, auf die es ankommt, fassen wir immer.« Er musterte Harding ein paar Sekunden lang aufmerksam. »Erzählen Sie mir etwas von Kate Sumner«, sagte er dann. »Wie gut haben Sie sie gekannt?«

»Nur ganz flüchtig«, antwortete Harding unbekümmert. »Ich bin ihr vielleicht fünf- oder sechsmal begegnet, seit sie und ihr Mann nach Lymington gezogen sind. Kennengelernt habe ich sie, als sie mit dem Kinderwagen, in dem ihre Kleine saß, unten beim alten Zollhaus über die Straße wollte und mit dem Kopfsteinpflaster Mühe hatte. Ich habe ihr geholfen, und wir haben ein paar Worte gewechselt, ehe sie weiter die High Street raufgegangen ist. Danach hat sie mich immer, wenn sie mich irgendwo gesehen hat, begrüßt und gefragt, wie es mir geht.«

»Mochten Sie sie?«

Hardings Blick schweifte zum Telefon, während er seine Antwort bedachte. »Sie war ganz nett. Nichts Besonderes.«

»Und William Sumner?« fragte Galbraith. »Mögen Sie ihn?«

»Ich kenne ihn nicht gut genug, um das zu sagen. Er scheint ganz okay zu sein.«

»Er sagt, er sieht Sie recht häufig. Er hat Sie sogar schon einmal zu sich nach Hause eingeladen.«

Harding zuckte die Achseln. »Und? Viele Leute laden mich zu sich nach Hause ein. Das heißt noch lange nicht, daß ich mit ihnen dick befreundet bin. In Lymington sind die Leute gesellig.«

»Er hat mir gesagt, Sie hätten ihm einige Fotos von sich gezeigt, die in einer Schwulenzeitschrift abgebildet waren. Ich hätte gedacht, um so was zu tun, müßte man schon recht gut mit jemandem befreundet sein.«

Harding grinste. »Find ich nicht. Es sind einfach gute Fotos. Zugegeben, er war nicht sonderlich begeistert von den Bildern, aber das ist sein Problem. Er ist ein bißchen spießig, der gute alte

Will Sumner. Der würde auch für viel Geld nicht zeigen, was er hat, nicht mal, wenn er am Verhungern wäre, und schon gar nicht in einer Schwulenzeitschrift.«

»Ich dachte, Sie kennen ihn nicht besonders gut.«

»Dazu brauche ich ihn auch nicht besonders gut zu kennen. Das sieht man ihm auf den ersten Blick an. Er hat wahrscheinlich schon mit achtzehn alt ausgesehen.«

Galbraith mußte ihm zustimmen. Um so merkwürdiger, dachte er, daß Kate Sumner ihn geheiratet hat. »Aber es ist doch trotzdem ziemlich ungewöhnlich, Mr. Harding, anderen Männern Nacktfotos von sich selbst zu zeigen. Ist das bei Ihnen gang und gäbe? Haben Sie die Fotos zum Beispiel auch im Jachtklub herumgezeigt?«

»Nein.«

»Warum nicht?«

Harding antwortete nicht.

»Vielleicht zeigen Sie sie nur Ehemännern, hm?« Galbraith zog fragend eine Braue hoch. »Es ist doch eine erstklassige Methode, einen anderen Mann davon zu überzeugen, daß man keine Absichten auf seine Ehefrau hat. Ich meine, wenn er einen für schwul hält, wird er einen nicht als Gefahr betrachten, nicht wahr? Ist das der Grund, weshalb Sie es getan haben?«

»Das weiß ich jetzt nicht mehr. Ich vermute, ich hatte einen sitzen, und er ging mir auf den Wecker.«

»Hatten Sie ein Verhältnis mit seiner Frau, Mr. Harding?«

»Machen Sie sich nicht lächerlich«, entgegnete Harding ärgerlich. »Ich hab Ihnen doch gesagt, daß ich sie kaum gekannt habe.«

»Dann ist das, was wir gehört haben – daß sie ständig hinter Ihnen her war und daß Sie das zum Wahnsinn getrieben hat –, also völlig falsch?« fragte Carpenter.

Harding sah ihn einen Moment verdutzt an, aber er antwortete nicht.

»War sie jemals hier auf Ihrem Boot?«

»Nein.«

»Sicher?«

Zum ersten Mal ließ Harding Anzeichen von Nervosität erkennen. Er ließ die Schultern hängen und befeuchtete seine trokkenen Lippen mit der Zungenspitze. »Hören Sie mal, ich verstehe wirklich nicht, was das alles soll. Okay, eine Frau ist ertrunken, und ich habe sie gekannt – nicht besonders gut, aber trotzdem. Ich kann verstehen, daß es wie ein höchst sonderbarer Zufall wirken muß, daß ausgerechnet ich an Ort und Stelle war, als sie gefunden wurde – aber ich treffe immer und überall auf Leute, die ich von irgendwoher kenne. Das ist nun mal so beim Segeln – plötzlich trifft man jemanden wieder, mit dem man vielleicht vor zwei Jahren mal einen getrunken hat.«

»Aber das ist ja gerade das Problem«, erklärte Galbraith geduldig. »Soweit wir informiert sind, ist Kate Sumner überhaupt nicht gesegelt. Sie haben uns ja selbst gesagt, daß sie nie auf der *Crazy Daze* war.«

»Aber das heißt doch noch lange nicht, daß sie nicht eine spontane Einladung angenommen haben könnte. In Chapman's Pool lag gestern eine französische Beneteau namens *Mirage*. Ich hab das Boot durch das Fernglas der beiden Jungs gesehen. Es war letzte Woche oben in der Berthon-Marina – das weiß ich, weil mich so eine niedliche Kleine, die auf das Boot gehört, nach dem Code für die Toiletten gefragt hat. Herrgott noch mal, diese Franzosen können doch genausogut mit Kate zusammengetroffen sein wie ich. Die Berthon-Marina ist in Lymington. Kate wohnte in Lymington. Vielleicht hatten sie sie auf einen Törn mitgenommen.«

»Das ist natürlich eine Möglichkeit«, pflichtete Carpenter bei. Er sah, daß Galbraith sich eine Notiz machte. »Haben Sie vielleicht zufällig den Namen der ›niedlichen Kleinen‹ mitbekommen?«

Harding schüttelte den Kopf.

»Wissen Sie von irgendwelchen anderen Freunden, die Kate am Samstag auf einen Törn mitgenommen haben könnten?«

»Nein. Ich hab's Ihnen ja schon gesagt, ich kannte sie kaum. Aber sie muß solche Freunde gehabt haben. Jeder hier kennt Leute, die segeln.«

Galbraith wies mit einer knappen Kopfbewegung Richtung Pantry. »Waren Sie am Samstag morgen vor Ihrer Abfahrt nach Poole noch einkaufen?« fragte er.

»Was hat das denn nun wieder mit der Sache zu tun?« Der gereizte Ton war wieder da.

»Es ist nur eine simple Frage. Haben Sie am Samstag morgen die Äpfel und den Käse gekauft, die in Ihrer Pantry liegen?«

»Ja.«

»Haben Sie Kate Sumner getroffen, als Sie in der Stadt waren?«

Harding zögerte einen Moment, ehe er antwortete. »Ja«, bekannte er dann. »Sie stand mit ihrer kleinen Tochter draußen vor dem Supermarkt.«

»Um welche Zeit war das?«

»Halb zehn vielleicht.« Er griff wieder nach der Whiskyflasche, legte sie auf den Tisch und drehte sie langsam. »Ich hab mich nicht länger aufgehalten, weil ich los wollte, und sie suchte nach Sandalen für ihre Tochter. Wir haben einander begrüßt, dann ist jeder seiner Wege gegangen. Das war alles.«

»Haben Sie sie eingeladen, mit Ihnen segeln zu gehen?« fragte Carpenter.

»Nein.« Er verlor das Interesse an der Flasche und ließ sie liegen. »Hören Sie zu, ich hab keine Ahnung, was ich Ihrer Ansicht nach getan haben soll«, sagte er mit wachsendem Zorn, »aber ich bin mir verdammt sicher, daß Sie nicht berechtigt sind, mir solche Fragen zu stellen. Müßte dieses Gespräch nicht aufgezeichnet werden?«

»Bei einer einfachen Vernehmung von Zeugen, die uns möglicherweise bei unseren Ermittlungen weiterhelfen können, ist das nicht notwendig, Sir«, antwortete Carpenter milde. »Im allgemeinen werden nur Vernehmungen von Personen aufgezeichnet, die einer schweren Straftat verdächtigt werden und vorher auf ihre Rechte hingewiesen wurden. Solche Vernehmungen dürfen nur in einer Polizeidienststelle durchgeführt werden, wo die vorschriftsmäßigen Geräte vorhanden sind und der Vernehmungsbeamte vor den Augen des Verdächtigen eine neue, leere Kassette in das Aufnahmegerät einlegt.« Er lächelte ohne jede Feindseligkeit. »Aber wenn es Ihnen lieber ist, können Sie uns ja nach Winfrith begleiten, und wir vernehmen Sie dort als freiwilligen Zeugen unter Benutzung eines Recorders.«

»Kommt überhaupt nicht in Frage. Sie kriegen mich hier nicht weg.« Er breitete seine Arme auf der Rückenlehne der Sitzbank aus und umfaßte die Teakholzkante, wie um seinen Worten Nachdruck zu verleihen. Bei der Bewegung streifte seine rechte Hand ein Stück Stoff, das auf dem schmalen Bord hinter der Holzkante lag, und er warf einen flüchtigen, desinteressierten Blick darauf, bevor er es zusammenknüllte.

Einen Moment lang herrschte Stille.

»Haben Sie in Lymington eine Freundin?« fragte Carpenter.

»Kann sein.«

»Darf ich fragen, wie sie heißt? Ihr Agent nannte einen Namen. Er sagte, sie hieße Bibi oder Didi.«

»Das ist sein Problem.«

Noch mehr als die Freundin interessierte Galbraith im Moment das Stück Stoff, das Harding in seiner Faust zusammengedrückt hatte. Er hatte gesehen, was es war. »Haben Sie Kinder?« fragte er.

»Nein.«

»Hat Ihre Freundin Kinder?«

Keine Antwort.

»Sie haben ein Kinderlätzchen in der Hand«, stellte Galbraith fest. »Es war also vermutlich jemand hier auf dem Schiff, der Kinder hat.«

Harding öffnete seine Finger und ließ das Lätzchen auf die Bank fallen. »Das ist schon ewig her. Ich hab nun mal kein Talent zum Aufräumen.«

Carpenter schlug derart heftig mit der offenen Hand auf den Tisch, daß das Handy und die Whiskyflasche in die Höhe sprangen. »Sie machen mich ärgerlich, Mr. Harding«, sagte er scharf. »Wir führen hier kein Theaterstück auf, um Ihnen Gelegenheit zu geben, sich zu produzieren; es handelt sich um eine Untersuchung über den Tod einer jungen Frau. Also, Sie haben zugegeben, Kate Sumner gekannt und am Morgen vor ihrem Tod gesehen zu haben. Wenn Sie aber tatsächlich nichts darüber wissen, wie es dazu kam, daß die Frau zu einer Zeit, als man sie und ihre Tochter in Lymington vermutete, tot an einem Strand in Dorset lag, würde ich Ihnen raten, unsere Fragen so klar und ehrlich wie möglich zu beantworten. Lassen Sie mich also die Frage neu formulieren.« Seine Augen wurden schmal. »Haben Sie in letzter Zeit eine Freundin mit einem Kind oder mehreren Kindern zu Besuch an Bord gehabt?«

»Schon möglich«, sagte Harding.

»Was heißt das, schon möglich! Entweder ja oder nein.«

Er gab seine Pose des »Gekreuzigten« auf und sank wieder in sich zusammen. »Ich hab mehrere Freundinnen mit Kindern«, erklärte er mürrisch, »und irgendwann waren sie alle mal auf dem Boot. Ich versuch gerade, mich zu erinnern, wer zuletzt hier war.«

»Ich möchte die Namen aller dieser Frauen«, sagte Carpenter scharf.

»Die werden Sie aber nicht bekommen«, entgegnete Harding mit plötzlicher Entschiedenheit. »Und von jetzt an beantworte ich auch keine Fragen mehr. Nicht ohne einen Anwalt und nicht ohne Tonbandgerät. Ich weiß nicht, was zum Teufel ich getan haben soll, aber ich bin doch nicht verrückt und laß mir von Ihnen was anhängen.«

»Wir bemühen uns festzustellen, wie es dazu kam, daß Kate Sumner in Egmont Bight ertrank.«

»Kein Kommentar.«

Carpenter richtete die Whiskyflasche auf und legte eine Hand darauf. »Warum haben Sie sich gestern abend betrunken, Mr. Harding?«

Harding starrte den Superintendent nur schweigend an.

»Sie sind ein zwanghafter Lügner, Freundchen. Gestern haben Sie erzählt, Sie wären auf einem Bauernhof in Cornwall aufgewachsen, obwohl Sie in Wirklichkeit über einer Imbißstube in Lymington groß geworden sind. Sie haben Ihrem Agenten gesagt, Sie hätten eine Freundin namens Bibi; tatsächlich ist Bibi seit vier Monaten die feste Freundin Ihres Freundes. Sie haben William Sumner vorgemacht, Sie wären schwul, während alle anderen hier Sie für Casanova persönlich halten. Was ist eigentlich Ihr Problem? Ist Ihr Leben derart langweilig, daß Sie es durch Lügen interessanter machen müssen?«

Eine leise Röte überzog Hardings Hals. »Mann, Sie sind vielleicht ein Arschloch!« zischte er wütend.

Carpenter starrte ihn an, bis er den Blick senkte. »Haben Sie etwas dagegen, wenn wir uns mal auf Ihrem Boot umsehen, Mr. Harding?«

»Nicht wenn Sie einen Durchsuchungsbefehl haben.«

»Den haben wir nicht.«

Hardings Augen blitzten triumphierend. »Dann unterstehen Sie sich, in meinen Sachen herumzuschnüffeln!«

Carpenter musterte ihn einen Moment. »Kate Sumner wurde auf brutale Weise vergewaltigt, ehe sie ins Meer geworfen wurde, um zu ertrinken«, sagte er langsam, »und alles deutet darauf hin, daß die Vergewaltigung auf einem Boot stattgefunden hat. Vielleicht darf ich Ihnen kurz die Vorschriften bei Hausdurchsuchungen erklären, Mr. Harding. Wenn der Eigentümer der Räumlichkeiten die Einwilligung verweigert, bleiben der Polizei verschiedene Möglichkeiten. Eine davon ist – vorausgesetzt, gegen den Eigentümer besteht der dringende Verdacht, daß er sich eines Verbrechens schuldig gemacht hat –, den Verdächtigen festzunehmen und dann alle Räume zu durchsuchen, um die Beseitigung von Beweismaterial zu verhindern. Verstehen Sie, was das in Zusammenhang mit der Tatsache bedeutet, daß Vergewaltigung und Mord Schwerverbrechen sind?«

Harding war kreidebleich geworden.

»Antworten Sie mir bitte«, fuhr Carpenter ihn an. »Verstehen Sie die Bedeutung dessen, was ich gerade eben gesagt habe?«

»Sie nehmen mich fest, wenn ich die Einwilligung verweigere.«

Carpenter nickte.

Hardings Bestürzung wich Wut. »Ich kann mir nicht vorstellen, daß solche Methoden erlaubt sind. Sie können doch nicht einfach jemanden der Vergewaltigung beschuldigen, nur damit Sie ohne richterliche Genehmigung seine Räumlichkeiten durchsuchen können. Das ist Mißbrauch der Amtsgewalt.«

»Sie vergessen den dringenden Tatverdacht.« Er zählte die einzelnen Punkte an den Fingern ab. »Erstens, Sie haben zugegeben, Kate Sumner am Samstag morgen um neun Uhr dreißig, kurz bevor Sie ausgelaufen sind, getroffen zu haben; zweitens, Sie haben uns keine einleuchtende Erklärung dafür geben können, warum Sie für die Strecke von Lymington bis Poole sechzehn Stunden gebraucht haben; drittens, Sie haben widersprüchliche Angaben darüber gemacht, wieso Sie gestern auf dem Küstenwanderweg oberhalb des Fundorts der Leiche waren; viertens, Ihr Boot lag zur passenden Zeit ganz in der Nähe der Stelle, wo Kate Sumners Tochter gefunden wurde, als sie dort mutterseelenallein und offensichtlich traumatisiert herumirrte; fünftens, Sie scheinen nicht bereit oder nicht in der Lage, auf klare Fragen klare Antworten zu geben …« Er brach ab. »Soll ich noch weitermachen?«

Harding hatte jetzt völlig die Fassung verloren. Er hatte Angst, und man sah es ihm an. »Das sind doch alles nur Zufälle«, protestierte er.

»Auch, daß die kleine Hannah gestern in der Nähe der Salterns-Marina aufgelesen wurde? War das Zufall?«

»Ja, wahrscheinlich –« Er brach abrupt ab, sichtlich erschrokken. »Ich weiß überhaupt nicht, wovon Sie reden«, sagte er mit schriller Stimme. »Ach, Scheiße! Ich muß nachdenken.«

»Dann denken Sie mal über folgendes nach«, sagte Carpenter ruhig. »Wenn wir bei der Durchsuchung dieses Boots auch nur einen einzigen Fingerabdruck von Kate Sumner finden –«

»Schon gut, schon gut, okay«, unterbrach Harding ihn hastig. Er atmete tief durch und machte eine beschwichtigende Geste, als müßten die beiden Kriminalbeamten beruhigt werden und nicht er selbst. »Sie war mal mit ihrer Kleinen hier an Bord, aber nicht am Samstag.«

»Wann dann?«

»Das weiß ich nicht mehr.«

»Das genügt uns nicht, Mr. Harding. War es erst vor kurzem? Oder ist es schon länger her? Aus welchem Anlaß war sie hier? Haben Sie sie mit Ihrem Beiboot hergebracht? War Kate eine Ihrer Freundinnen? Hatten Sie ein Verhältnis mit ihr?«

»Nein, verdammt noch mal!« rief er wütend. »Ich hab das blöde Weibsbild gehaßt. Sie hat sich mir dauernd an den Hals geworfen. Sie wollte mich unbedingt ins Bett kriegen, wollte, daß ich nett zu ihrem merkwürdigen Kind bin. Sie haben immer unten am Tankponton rumgehangen und nur darauf gewartet, daß ich Diesel holen komme. Es hat mich wahnsinnig gemacht, echt!«

»Hab ich das also richtig verstanden?« murmelte Carpenter sarkastisch. »Um sie loszuwerden, haben Sie sie auf Ihr Boot eingeladen?«

»Na ja, ich dachte, wenn ich höflich wäre... Ach, verdammt, was soll's! Na los, machen Sie schon, durchsuchen Sie das verdammte Boot. Sie werden sowieso nichts finden.«

Carpenter nickte Galbraith zu. »Ich schlage vor, Sie fangen in der Kabine an. Haben Sie noch eine Lampe, Mr. Harding?«

Harding schüttelte den Kopf.

Galbraith nahm eine Taschenlampe aus dem hinteren Schott und knipste sie an, um zu sehen, ob sie funktionierte. »Die hier reicht.« Er machte die Kabinentür auf und schwenkte den Strahl der Lampe durch das Innere. Der Lichtschein fiel sehr bald auf ein kleines Häufchen von Kleidungsstücken, das auf einem Bord auf der Backbordseite lag. Mit dem Ende seines Kugelschreibers schob Galbraith eine dünne Bluse, einen Büstenhalter und ein Höschen zur Seite. Darunter kam ein Paar sehr kleine Kinderschuhe zum Vorschein. Er richtete den Lichtstrahl voll auf die Schuhe und trat dann zurück, so daß auch Carpenter und Harding sie sehen konnten.

»Wem gehören diese Schuhe, Mr. Harding?«

Keine Antwort.

»Wem gehören die Bluse und die Unterwäsche?«

Keine Antwort.

»Wenn Sie eine Erklärung für das Vorhandensein dieser Kleidungsstücke auf Ihrem Boot haben, dann lassen Sie sie uns besser gleich wissen, Mr. Harding.«

»Sie gehören meiner Freundin«, sagte er mit erstickter Stimme. »Sie hat einen Sohn. Die Schuhe sind von ihm.«

»Wer ist die Frau, Mr. Harding?«

»Das kann ich Ihnen nicht sagen. Sie ist verheiratet und hat mit alldem hier überhaupt nichts zu tun.«

Galbraith kam aus der Kabine, einen Kinderschuh auf seinem Kugelschreiber aufgespießt. »Auf dem Riemen steht ein Name, Chef, H. Sumner. Und auf dem Boden da drinnen sind Flecken.« Er richtete den Lampenstrahl auf einige dunkle Stellen neben der Koje. »Sie sehen ziemlich frisch aus.«

»Ich muß wissen, was das für Flecken sind, Mr. Harding.«

Mit einer einzigen geschmeidigen Bewegung schnellte der junge Mann von der Bank, packte mit beiden Händen die Whiskyflasche und schwang sie ruckartig herum, um Galbraith zum Rückzug zu zwingen. »Jetzt reicht es!« rief er und sprang zum Kartentisch. »Sie sind total auf dem Holzweg. Hauen Sie endlich ab, bevor ich etwas tue, was ich hinterher womöglich bereue. Bedrängen Sie mich doch nicht so, Herrgott noch mal! Ich muß nachdenken.«

Mit einer Leichtigkeit, auf die Harding nicht gefaßt gewesen war, entwand Galbraith ihm die Flasche und schleuderte ihn herum, so daß er mit dem Gesicht zur holzverschalten Wand zu stehen kam. Dann legte er ihm in aller Ruhe Handschellen an.

»In einer Zelle werden Sie noch genug Zeit zum Nachdenken haben«, sagte er kalt und stieß Harding auf die Polsterbank. »Ich verhafte Sie wegen dringenden Mordverdachts. Sie brauchen nichts zu sagen, aber es kann Ihrer Verteidigung abträglich sein, wenn Sie auf Befragen etwas verschweigen, worauf Sie sich später bei Gericht stützen wollen. Alles, was Sie sagen, kann als Beweismaterial gegen Sie verwendet werden.«

Hätte William Sumner nicht den Schlüssel zu seiner Haustür besessen, hätte Sandy Griffiths bezweifelt, daß er je in Langton Cottage gelebt hatte. Seine Kenntnis des Hauses war überaus dürftig. Der Constable, der zu ihrem Schutz abgestellt worden war und der den Kollegen von der Spurensicherung bei der akribischen Durchsuchung jedes einzelnen Zimmers zugesehen hatte, kannte sich weitaus besser aus. Sumner sah sie nur jedesmal, wenn sie ihm eine Frage stellte, verständnislos an. In welchem Schrank Tee aufbewahrt würde? Er wußte es nicht. Wo Hannahs Windeln lägen? Welches ihr Waschlappen sei? Auch das wußte er nicht. Ob er ihr wenigstens Hannahs Zimmer zeigen könnte, damit sie die Kleine zu Bett bringen könne? Er drehte den Kopf zur Treppe. »Es ist da oben«, sagte er. »Sie können es nicht verfehlen.«

Er schien wie gelähmt angesichts des Eingriffs des Spurensicherungsteams in seine Privatsphäre. »Was suchen Sie überhaupt?« fragte er.

»Alles, was in irgendeinem Zusammenhang mit dem Verschwinden Ihrer Frau stehen könnte«, antwortete Griffiths.

»Heißt das, sie glauben, daß ich es getan habe?«

Griffiths ließ Hannah auf ihre Hüfte hinuntergleiten und drückte das kleine Gesicht an ihre Schulter, als könnte sie so verhindern, daß das Kind das Gespräch mitbekam. »Das ist das übliche Verfahren, Mr. Sumner, aber ich denke, darüber sollten wir uns nicht in Gegenwart Ihrer Tochter unterhalten. Ich schlage vor, das besprechen Sie morgen mit Inspector Galbraith.«

Doch er war entweder zu unsensibel oder zu gleichgültig dem Wohl seiner Tochter gegenüber, um den Hinweis zu verstehen. Er starrte auf ein Foto seiner Frau, das auf dem Kaminsims stand. »Ich kann es doch gar nicht getan haben«, murmelte er. »Ich war doch in Liverpool.«

Auf Ersuchen der Polizei von Dorset hatte die Liverpooler Polizei bereits erste Ermittlungen im *Regal Hotel* aufgenommen, und die Rechnung, die William Sumner an diesem Morgen beglichen hatte, erwies sich als äußerst interessant. In den ersten zwei Tagen hatte er ausgiebig Gebrauch von Telefon, Restaurant und Bar gemacht, dann aber klaffte zwischen dem Mittagessen am Samstag und einem Getränk an der Bar am Sonntag mittag eine Lücke von vierundzwanzig Stunden. In dieser Zeit hatte er den Hotelservice in keiner wie auch immer gearteten Weise in Anspruch genommen.

10

Als John Galbraith am folgenden Morgen in der Diele von Langton Cottage wartete, um mit William Sumner zu sprechen, wurden ihm zwei Dinge über die tote Ehefrau des Mannes klar. Zunächst einmal stellte er fest, daß Kate Sumner eitel gewesen war. Jedes Foto im Zimmer zeigte entweder sie allein oder mit Hannah. Vergeblich schaute Galbraith sich nach einem Foto von William oder auch dem einer alten Frau um, die Williams Mutter hätte sein können. Aus reiner Langeweile zählte er die Fotos – dreizehn insgesamt –, die alle dasselbe gefällig lächelnde Gesicht, umrahmt von blonden Locken, zeigten. Zeugt das nun von extremer Ichbezogenheit, fragte er sich, oder ist es Zeichen eines tiefsitzenden Minderwertigkeitsgefühls, das die ständige Erinnerung daran braucht, daß fotogen zu sein ein Talent wie jedes andere ist?

Als nächstes wurde ihm bewußt, daß er selbst niemals mit Kate Sumner hätte zusammenleben können. Sie schien mit Begeisterung alles, was ihr unter die Finger gekommen war, mit Rüschen und Fransen versehen zu haben: Spitzenvorhänge, Vorhangschabracken, Sessel – selbst die Lampenschirme hatten Fransen oder Troddeln. Nichts, nicht einmal die Wände, waren von ihrem Faible für bombastische Dekorationen verschont geblieben. Langton Cottage war ein Haus aus dem neunzehnten Jahrhundert mit Balkendecken und gemauerten offenen Backsteinkaminen, aber statt diese Besonderheiten mit einem schlichten weißen Anstrich vorteilhaft hervorzuheben, hatte sie die Wände im Wohnzimmer mit einer Pseudo-Regency-Tapete mit goldenen Streifen, weißen Schleifen und Obstkörben voll unnatürlich gefärbter Früchte bespannen lassen. Galbraith fand diese Verunstaltung des Zimmers, das so reizvoll und gemütlich hätte sein können, schauderhaft und verglich die Überladenheit automatisch mit der strengen Schlichtheit auf Steven Hardings Boot, das im Moment von der Spurensicherung unter die Lupe genommen wurde, während Harding, unter Berufung auf sein Recht zu schweigen, in einer Zelle schmorte.

Rope Walk war eine ruhige, von Bäumen gesäumte Straße im Westen des Royal-Lymington- und des Town-Jachtklubs, und Langton Cottage war bestimmt nicht billig gewesen. Als Galbraith am Dienstag morgen um acht nach nur zwei Stunden Schlaf an die Haustür klopfte, fragte er sich, wie hoch wohl die Hypothek war, die William Sumner für den Kauf hatte aufnehmen müssen, und was er als Chemiker eines Pharmaunternehmens verdiente. Er konnte keine Logik in dem Umzug von Chichester nach Lymington entdecken, zumal weder Kate noch William Sumner irgendeine Verbindung zu Lymington zu haben schienen.

Er wurde von Constable Griffiths eingelassen, die eine Grimasse schnitt, als er ihr eröffnete, er müsse mit Sumner sprechen. »Dann mal viel Glück«, flüsterte sie. »Hannah hat fast die ganze Nacht geschrien, deshalb bezweifle ich, daß Sie was Vernünftiges aus ihm rauskriegen werden. Er hat beinahe genausowenig Schlaf bekommen wie ich.«

»Dann sind wir schon zu dritt.«

»Ach, Sie auch?«

Galbraith lächelte. »Wie hält er sich?«

Sie zuckte die Achseln. »Nicht besonders gut. Er bricht immer wieder in Tränen aus und sagt, er könne es einfach nicht glauben.« Sie sprach noch leiser. »Ich mache mir wirklich Sorgen um Hannah. Sie hat offensichtlich Angst vor ihm. Er braucht nur ins Zimmer zu kommen, und schon reagiert sie völlig hysterisch. Sobald er dann verschwindet, beruhigt sie sich prompt wieder. Ich hab ihn am Ende ins Bett geschickt, sonst wäre sie überhaupt nicht zur Ruhe gekommen.«

Galbraith fragte neugierig: »Und wie reagiert er darauf?«

»Das ist ja das Merkwürdige. Er reagiert überhaupt nicht. Er ignoriert das Geschrei einfach, als hätte er sich längst daran gewöhnt.«

»Hat er was darüber gesagt, warum sie sich so verhält?«

»Nur daß er nie wirklich Gelegenheit hatte, eine Beziehung zu ihr aufzubauen, weil er ständig weg war. Das könnte durchaus wahr sein, wissen Sie? Ich habe den Eindruck, Kate Sumner hat die Kleine in Watte gepackt. Es gibt hier im Haus so viele Sicherheitsvorrichtungen, daß ich mir überhaupt nicht vorstellen kann, wie Hannah jemals etwas lernen sollte. Jede Tür hat eine Kindersicherung – sogar der Schrank in ihrem eigenen Zimmer –, das heißt, sie kann nichts auf eigene Faust erforschen, sie kann sich ihre Kleider nicht selbst aussuchen, sie kann noch nicht mal Unordnung anrichten, wenn ihr danach ist. Sie ist fast drei, aber sie schläft immer noch in einem Gitterbett. Das ist schon reichlich eigenartig. Mehr ein Gefängnis als ein Kinderzimmer. Eine sonderbare Art, ein Kind aufzuziehen. Mich wundert's gar nicht, daß sie so verschlossen ist.«

»Sie haben doch sicher daran gedacht, daß sie vielleicht vor ihm Angst hat, weil sie gesehen hat, wie er ihre Mutter getötet hat«, sagte Galbraith leise.

Sandy Griffiths spreizte die Hände in einer ratlosen Geste. »Ich kann mir nicht vorstellen, wie er das getan haben soll. Er hat eine Liste von Kollegen aufgestellt, die ihm für Samstag abend in Liverpool ein Alibi geben können, und wenn die sich bestätigt, kann er unmöglich nachts um eins seine Frau in Dorset ins Wasser gestoßen haben.«

»Nein«, stimmte Galbraith zu. »Trotzdem …« Er schürzte die Lippen, während er überlegte. »Haben Sie mitbekommen, daß die Spurensicherung keinerlei Medikamente in diesem Haus gefunden hat, nicht einmal Paracetamol? Das ist doch seltsam, wenn man bedenkt, daß Sumner bei einem Pharmaunternehmen tätig ist.«

»Vielleicht gerade deshalb. Er weiß, was Medikamente alles enthalten.«

»Hm. Oder sie wurden vor Eintreffen der Spurensicherung entfernt.« Er warf einen Blick zur Treppe. »Ist er Ihnen sympathisch?«

»Nicht besonders«, bekannte sie, »aber auf meine Meinung sollten Sie sich lieber nicht verlassen. Ich habe ein gestörtes Verhältnis zu Männern. Er hätte meiner Meinung nach vor dreißig Jahren mal eine gründliche Tracht Prügel gebrauchen können, um ein bißchen Benimm zu lernen. Er scheint nämlich zu glauben, Frauen wären nur dazu da, ihn zu bedienen.«

Galbraith lachte. »Können Sie dann hier überhaupt durchhalten?«

Sie rieb sich die müden Augen. »Das wird sich zeigen. Ihr Mann ist vor ungefähr einer halben Stunde gegangen, und es soll eine Ablösung kommen, wenn Sumner abgeholt wird, um die Leiche zu identifizieren und mit der Ärztin zu sprechen, die Hannah untersucht hat. Ich kann mir nur nicht vorstellen, daß Hannah mich so ohne weiteres gehen lassen wird. Sie hängt wie eine Klette an mir. Ich habe mich im Gästezimmer eingerichtet, um ab und zu mal ein Auge zuzumachen, wenn's gerade geht, und ich habe mir gedacht, wir könnten vielleicht jemanden finden, der hier übernimmt, während sie schläft, damit ich im Haus bleiben kann. Aber ich muß erst meinen Chef erreichen, damit er jemanden von hier mobilisiert.« Sie seufzte. »Ich soll Sumner jetzt wohl wecken?«

Er tätschelte ihr die Schulter. »Nein, zeigen Sie mir nur sein Zimmer. Ich mach das schon.«

Sie wäre gern auf das Angebot eingegangen, schüttelte jedoch den Kopf. »Da stören Sie womöglich Hannah«, sagte sie mit einem drohenden Zähnefletschen. »Und ich schwör's Ihnen, ich bringe Sie um, wenn sie wieder zu brüllen anfängt, bevor ich mir eine Zigarette und einen starken Kaffee reingezogen hab. Ich bin total erledigt. Noch mehr Geschrei kann ich ohne Megadosen von Nikotin und Koffein nicht mehr ertragen.«

»Na, da stirbt wohl die Sehnsucht nach Kindern, hm?«

»Da stirbt die Sehnsucht nach einem Ehemann«, versetzte sie. »Ich wär viel besser zurechtgekommen, wenn er sich nicht ständig in meiner Nähe aufgehalten hätte.« Sie öffnete leise die Tür zum Wohnzimmer. »Sie können hier warten, bis er kommt. Das Zimmer wird Ihnen bestimmt gefallen. Der reinste Reliquienschrein.«

Galbraith hörte Schritte auf der Treppe und wandte sich um, als die Tür aufging. Sumner war Anfang Vierzig, sah heute jedoch wesentlich älter aus, und Galbraith vermutete, daß Harding ihn noch weit unschmeichelhafter beschrieben hätte, hätte er den Mann in diesem Zustand gesehen. Er war unrasiert und ungepflegt, und sein Gesicht wirkte unsäglich müde, aber ob aus Kummer oder Schlafmangel, war nicht zu sagen. Seine Augen waren jedoch ziemlich klar, und auch das entging Galbraith nicht. Schlafmangel führte nicht automatisch zu geistiger Stumpfheit.

»Guten Morgen, Sir«, sagte er, »es tut mir leid, daß ich Sie so früh schon stören muß, aber ich habe noch einige Fragen an Sie, und die dulden leider keinen Aufschub.«

»Das ist schon in Ordnung. Setzen Sie sich doch. Ich weiß, ich war gestern abend nicht sehr hilfreich, aber ich war so erledigt, daß ich kaum einen klaren Gedanken fassen konnte.« Er setzte sich in einen Sessel und überließ Galbraith das Sofa. »Die Listen, die Sie haben wollten, liegen auf dem Küchentisch.«

»Danke.« Galbraith musterte den Mann mit forschendem Blick. »Konnten Sie wenigstens etwas schlafen?«

»Kaum. Ich mußte dauernd daran denken. Es ist so unlogisch. Ich könnte es vielleicht noch verstehen, wenn sie beide ertrunken wären, aber daß Kate tot ist und Hannah noch lebt, das ergibt einfach keinen Sinn.«

Galbraith konnte ihn verstehen. Auch er und Carpenter hatten sich über diese Tatsache den Kopf zerbrochen. Warum hatte Kate Sumner sterben müssen, während das kleine Mädchen am Leben geblieben war? Die elegante Erklärung – daß es sich bei dem Boot um die *Crazy Daze* gehandelt hatte und Hannah in der Tat an Bord gewesen war, es aber geschafft hatte, sich zu befreien, während Harding nach Chapman's Pool gewandert war – berücksichtigte nicht die Fragen, warum das Kind nicht zusammen mit seiner Mutter ins Meer gestoßen worden war. Oder wieso Harding so wenig besorgt gewesen war, ihre Schreie könnten von anderen Seglern gehört werden, daß er sie einfach allein zurückgelassen hatte. Oder wer ihr in den Stunden, bevor sie gefunden worden war, zu essen und zu trinken gegeben und die Windel gewechselt hatte.

»Hatten Sie schon Zeit, die Garderobe Ihrer Frau durchzusehen, Mr. Sumner? Können Sie uns sagen, ob irgendwelche Kleidungsstücke fehlen?«

»Soweit ich sehen kann, nicht – aber das hat nicht viel zu sagen«, erklärte er, »ich achte eigentlich nie darauf, was die Leute anhaben.«

»Koffer?«

»Ich glaube nicht.«

»Na gut.« Galbraith öffnete seinen Aktenkoffer. »Ich habe hier einige Kleidungsstücke, die ich Ihnen zeigen muß, Mr. Sumner. Bitte sagen Sie es mir, wenn Sie irgend etwas davon wiedererkennen.« Er holte eine durchsichtige Plastiktüte aus dem Koffer, in der die dünne Bluse verpackt war, die sie auf der *Crazy Daze* gefunden hatten, und hielt sie Sumner hin.

Sumner schüttelte den Kopf, ohne die Tüte zu nehmen. »Die hat nicht Kate gehört«, sagte er.

»Wieso sind Sie so sicher«, fragte Galbraith neugierig, »wenn Sie nicht darauf geachtet haben, was Sie anzuziehen pflegte?«

»Die Bluse da ist gelb. Sie mochte Gelb nicht. Sie sagte immer, es steht Menschen mit hellem Haar nicht.« Er wies mit einer unbestimmten Geste zur Tür. »Es gibt im ganzen Haus kein Gelb.«

»Gut.« Er nahm die Beutel mit dem Büstenhalter und dem Höschen heraus. »Können Sie mir sagen, ob von diesen Kleidungsstücken etwas Ihrer Frau gehört hat?«

Sumner griff widerstrebend nach den beiden Beuteln und musterte die Kleidungsstücke aufmerksam durch die Plastikhülle. »Ich glaube nicht, daß die Sachen von ihr sind«, sagte er, die Beutel zurückreichend. »Sie trug gern Spitzen und Rüschen, und diese hier sind sehr schlicht. Sie können sie ja mit der Unterwäsche in ihrer Kommode vergleichen, wenn Sie möchten. Dann werden Sie sehen, was ich meine.«

Galbraith nickte. »Das werde ich tun. Danke.« Er nahm den Beutel mit den Kinderschuhen heraus und legte ihn auf seine flache Hand. »Wie steht es mit diesen Schuhen?«

Sumner schüttelte den Kopf. »Tut mir leid. Für mich sehen alle Kinderschuhe gleich aus.«

»Innen auf dem Riemen steht ›H. Sumner‹.«

Er zuckte die Achseln. »Dann müssen es Hannahs sein.«

»Nicht unbedingt«, widersprach Galbraith. »Sie sind sehr klein. Sie passen eher einem einjährigen Kind als einem dreijährigen. Und jeder kann einen Namen in einen Schuh schreiben.«

»Aber warum?«

»Irreführung vielleicht.«

Sumner runzelte die Stirn. »Wo haben Sie die Schuhe gefunden?«

Galbraith schüttelte den Kopf. »Das darf ich Ihnen im Moment leider nicht sagen.« Er hielt die Schuhe erneut hoch. »Glauben Sie, daß Hannah sie wiedererkennen würde, wenn es ihre sind? Es könnte ja ein abgelegtes Paar sein.«

»Vielleicht, wenn die Polizeibeamtin sie ihr zeigt«, sagte Sumner. »Ich brauch's gar nicht erst zu versuchen. Sie schreit nur, wenn sie mich sieht.« Er schnippte eine unsichtbare Staubflocke von der Armlehne seines Sessels. »Sehen Sie, ich bin so selten zu Hause, immer in der Firma, daß sie mich nie richtig kennenlernen konnte.«

Galbraith antwortete mit einem teilnehmenden Lächeln, während er sich fragte, ob daran etwas Wahres sein könnte. Wer konnte ihm denn jetzt noch widersprechen? Kate Sumner war tot; Hannah sprach nicht; und die Nachbarn, die bereits befragt worden waren, hatten durchweg behauptet, kaum etwas über William Sumner zu wissen. Oder über Kate.

›Ehrlich gesagt, ich bin ihm nur ein paarmal begegnet, und er hat mich nicht gerade beeindruckt. Er arbeitet natürlich sehr viel, aber sie waren beide nicht besonders gesellig. Sie war nett, aber befreundet waren wir nicht. Sie wissen ja, wie das ist. Man sucht sich seine Nachbarn nicht aus, sie werden einem einfach vorgesetzt …‹

›Na ja, als gesellig würde ich ihn nicht unbedingt bezeichnen. Kate hat mir einmal erzählt, daß er abends und an den Wochenenden immer an seinem Computer arbeitet, während sie sich im Fernsehen Seifenopern ansieht. Es tut mir so leid, daß sie auf diese Weise sterben mußte. Ich wünschte, ich hätte mehr Zeit gehabt, mit ihr zu reden. Ich glaube, sie war ziemlich einsam, wissen Sie. Wir sind hier nämlich alle berufstätig, da war sie beinahe so was wie eine Rarität. Ich meine, sie war als einzige den ganzen Tag zu Hause und hat sich nur um den Haushalt gekümmert …‹

›Er ist ein grober Kerl. Er hat meine Frau wegen eines Stücks Zaun zwischen unseren Gärten zusammengestaucht. Er sagte, es müßte ersetzt werden, und als sie ihm erklärte, daß der Zaun nur deshalb so schief hängt, weil sein Efeu die Latten herunterdrückt, hat er ihr mit einer Klage gedroht. – Nein, sonst haben wir keinerlei Kontakt mit ihm gehabt. Das eine Mal hat gereicht. Ich mag den Mann nicht …‹

›Ich hab Kate häufiger gesehen als ihn. Eine seltsame Ehe war das. Sie haben nie was gemeinsam unternommen. Ich hab mich manchmal gefragt, ob sie einander überhaupt besonders mochten. Kate war ein sehr nettes Ding, aber sie hat fast nie von William gesprochen. Um ehrlich zu sein, ich glaube nicht, daß sie viel gemeinsam hatten …‹

»Ich habe schon gehört, daß Hannah fast die ganze Nacht geweint hat. Ist das normal?«

»Nein«, antwortete Sumner, ohne zu zögern, »aber Kate hat sie eben immer sofort getröstet, wenn sie unruhig war. Sie weint nach ihrer Mutter, das arme kleine Ding.«

»Sie haben also keine Veränderung in ihrem Verhalten bemerkt?«

»Nein, eigentlich nicht.«

»Die Ärztin, die sie untersucht hat, äußerte sich sehr besorgt. Sie beschrieb Hannah als ungewöhnlich still und verschlossen, in ihrer Entwicklung zurückgeblieben, und meinte, sie leide möglicherweise an einem seelischen Trauma.« Galbraith lächelte schwach. »Und dennoch behaupten Sie, das wäre alles ganz normal?«

Sumner wurde rot, als wäre er bei einer Lüge ertappt worden. »Sie war immer ein bißchen« – er zögerte – »nun ja, eigenartig. Ich hatte Angst, sie wäre autistisch oder vielleicht taub. Wir haben sie deshalb untersuchen lassen. Aber der Arzt sagte, ihr fehle nichts, wir sollten einfach Geduld haben. Er meinte, Kinder seien manipulativ, und wenn Kate Hannah nicht so sehr verwöhnte, wäre sie gezwungen, um das zu bitten, was sie wollte, und dann würde sich das Problem von selbst geben.«

»Wann war das?«

»Vor ungefähr sechs Monaten.«

»Wie heißt Ihr Arzt?«

»Dr. Attwater.«

»Hat Ihre Frau seinen Rat beherzigt?«

Er schüttelte den Kopf. »Es fiel ihr schwer. Hannah konnte ihr immer begreiflich machen, was sie wollte, und Kate sah keinen Sinn darin, sie zum Sprechen zu zwingen, bevor sie von selbst soweit war.«

Galbraith notierte sich den Namen des Arztes. »Sie sind ein intelligenter Mann, Mr. Sumner«, sagte er dann, »und ich bin sicher, Sie wissen, warum ich Ihnen diese Fragen stelle.«

Das erschöpfte Gesicht des Mannes verzog sich zu der Andeutung eines Lächelns. »Ja, natürlich weiß ich das. Meine Tochter schreit jedesmal, wenn sie mich sieht; meine Frau hatte reichlich Gelegenheit, mich zu betrügen, da ich ja kaum je zu Hause war; ich bin wütend, weil ich nicht nach Lymington umziehen wollte; die Hypothek für das Haus ist zu hoch, und ich würde es am liebsten loswerden; sie war einsam, weil sie hier keine Freunde gefunden hatte; und Ehefrauen werden weit häufiger von ihrem Partner aus Wut getötet als von einem Fremden aus Lust.« Er lachte dumpf. »So ziemlich das einzige, was zu meinen Gunsten spricht, ist ein unwiderlegbares Alibi, und dafür danke ich Gott, das können Sie mir glauben.«

Laut Gesetz darf die Polizei eine verdächtige Person nur eine beschränkte Zeit festhalten, wenn nicht Anklage gegen sie erhoben wird, und der Druck, stichhaltiges Beweismaterial gegen Steven Harding beizubringen, wuchs von Stunde zu Stunde. Aber es fand sich nichts. Die Flecken auf dem Boden der Kabine, die am Abend zuvor noch so verheißungsvoll ausgesehen hatten, entpuppten sich als Reste von Erbrochenem – Blutgruppe A, die gleiche wie Hardings. Und eine mikroskopische Untersuchung der *Crazy Daze* erbrachte keinerlei Hinweise darauf, daß auf dem Boot eine Gewalttat verübt worden war.

Wenn der Befund des Pathologen zutreffend war – ›*Blutergüsse und Schürfwunden am Rücken (deutlich sichtbar an Schulterblättern und Gesäß) und an den Innenseiten der Oberschenkel weisen auf gewaltsam erzwungenen Geschlechtsverkehr auf einer harten Oberfläche, z. B. einem Bootsdeck oder einem Holzboden hin – Blutverlust durch Abschürfungen in der Vagina*‹ –, hätten sich auf dem Deck und/oder im Salon und/oder in der Kabine Blutspuren, Hautgewebepartikel oder sogar Sperma finden lassen müssen, beispielsweise in den Ritzen zwischen den Planken oder unter einem losen Holzsplitter. Aber man entdeckte nichts dergleichen. Getrocknetes Salz dagegen wurde im Überfluß von den Decksplanken geschabt. Das konnte zwar ein Hinweis darauf sein, daß Harding das Deck mit Salzwasser geschrubbt hatte, um Spuren zu entfernen, andererseits jedoch war getrocknetes Salz auf einem Bootsdeck etwas ganz Normales.

Aufgrund der wahrscheinlicheren Möglichkeit, daß Harding eine Decke auf der harten Fläche ausgebreitet hatte, bevor er Kate Sumner Gewalt angetan hatte, untersuchte man genauestens jedes Stück Stoff an Bord, allerdings mit dem gleichen negativen Ergebnis. Was jedoch nicht allzusehr überraschte, da eine solche Decke sicherlich zusammen mit Kate Sumners Kleidungsstücken und allem anderen, was eine Verbindung zu ihr hätte verraten können, über Bord geworfen worden wäre.

Auch Kates Leiche wurde noch einmal Zentimeter für Zentimeter untersucht, in der Hoffnung, winzige Holzsplitter von der *Crazy Daze* unter ihrer Haut zu finden. Aber entweder hatte die schälende Wirkung des Meerwassers auf offene Wunden alle Beweise vernichtet, oder es hatte überhaupt niemals welche gegeben. Ähnlich verhielt es sich mit den abgebrochenen Fingernägeln. Falls jemals etwas unter ihren Nägeln gewesen war, so ließ es sich unmöglich nachweisen.

Nur die Laken in der Koje wiesen Spermaflecken auf, aber da das Bettzeug sehr lange nicht gewaschen worden war, ließ sich nicht mehr feststellen, ob die Flecken jüngeren Datums waren. Und da man auf Kissen und Laken insgesamt nur zwei fremde Haare fand – keines davon von Kate Sumner, lag der Schluß nahe, daß Steven Harding beileibe nicht der Frauenbeglücker war, als den der Hafenmeister ihn dargestellt hatte, sondern ganz im Gegenteil ein einsamer Onanist.

Im Spind neben dem Bett entdeckte man eine kleine Menge Cannabis und ein Sortiment unausgepackter Kondome sowie drei aufgerissene Kondomschächtelchen ohne Inhalt. Benutzte Kondome wurden keine gefunden. Jedes Behältnis auf dem Boot wurde nach Benzodiazepin, Rohypnol und anderen Schlafmitteln durchsucht. Man fand keine Spur. Trotz einer umfassenden Suche nach pornographischen Fotos und Zeitschriften wurde nichts dergleichen entdeckt. Nachfolgende Durchsuchungen von Hardings Auto und Wohnung in London erwiesen sich als ebenso fruchtlos. In der Wohnung fanden sich zwar fünfunddreißig Pornofilme, aber alle waren auf dem öffentlichen Markt zu kaufen. Man erwirkte einen Durchsuchungsbefehl für Tony Bridges' Haus in Lymington, doch auch dort wurde nichts gefunden, was Steven Harding belastet oder der Polizei erlaubt hätte, ihn oder andere Personen mit Kate Sumner in Verbindung zu bringen. Trotz weitreichender Ermittlungen ergab sich kein Hinweis darauf, daß Harding noch andere Räumlichkeiten nutzte, und abgesehen von einer einzigen Zeugin, die ihn am Samstag vormittag vor Tesco's Supermarkt im Gespräch mit Kate Sumner gesehen hatte, meldete sich niemand, der die beiden zusammen beobachtet hatte.

Finger- und Handabdrücke bewiesen, daß Kate und Hannah Sumner auf der *Crazy Daze* gewesen waren, aber zu viele der Abdrücke waren von anderen überlagert, zum Teil auch von Steven Hardings, so daß die Spurensicherung nicht mit Sicherheit sagen konnte, ob der Besuch erst in jüngster Zeit stattgefunden hatte. Beträchtliches Interesse erregte die Tatsache, daß fünfundzwanzig verschiedene Sätze von Fingerabdrücken – mindestens fünf davon offensichtlich von Kindern – im Salon gesichert wurden. Einige deckten sich mit Abdrücken, die in Bridges' Haus abgenommen worden waren, aber nur wenige davon fanden sich in der Kabine. Harding hatte also nachweislich Gäste an Bord gehabt, obwohl es weiterhin ein Rätsel war, auf welche Art er seine Gäste unterhalten hatte. Harding behauptete, er lade häufig andere Segler auf sein Boot ein, wenn er in einem Hafen anlege, und der Polizei blieb wegen Mangels an Gegenbeweisen nichts anderes übrig, als diese Erklärung zu akzeptieren. Dennoch blieb ein gewisser Argwohn zurück.

Angesichts des pathologischen Befundes über Kate Sumners letzte Mahlzeit sah die Polizei eine Möglichkeit, Harding anhand der Äpfel und des Käserests in der Pantry zu überführen, bis der Pathologe erklärte, daß es unmöglich sei, die genaue Herkunft halbverdauter Nahrung festzustellen. Ein Golden Delicious von Tesco's, durch Magensäfte zersetzt, zeigte die gleichen chemischen Merkmale wie ein Golden Delicious von Sainsbury's Supermarkt. Selbst das Kinderlätzchen erwies sich als untaugliches Beweisstück, als sich anhand der Fingerabdrücke auf der Kunststoffoberfläche zeigte, daß zwar Steven Harding und zwei unidentifizierte andere Personen es angefaßt hatten, nicht aber Kate Sumner.

Aufgrund des Berichts von Nick Ingram widmete man dem einzigen Rucksack, der auf dem Boot entdeckt wurde – einem schwarzen, dreieckigen Modell mit ein paar Bonbonpapierchen auf dem Boden – besondere Aufmerksamkeit. Weder Paul noch Danny Spender hatten eine genaue Beschreibung liefern können – Danny: »Es war ein großer schwarzer ...«; Paul: »Er war ziemlich groß – grün, glaube ich ...« Aber es ließ sich nicht feststellen, ob es sich um denselben Rucksack handelte, den die beiden Jungen gesehen hatten, geschweige denn, was er möglicherweise am Sonntag morgen enthalten hatte. Steven Harding, höchst verwundert über das Interesse der Polizei an seinem Rucksack, behauptete, er sei natürlich der, den er am Sonntag dabeigehabt hätte. Er habe ihn oben am Hang stehenlassen, weil eine Literflasche Wasser darin gewesen wäre und er keine Lust gehabt hätte, den schweren Rucksack zu den Bootshäusern hinunterzutragen, nur um ihn dann anschließend wieder hinaufschleppen zu müssen. Er fügte hinzu, Constable Ingram habe ihn nicht nach einem Rucksack gefragt, darum habe er ihn auch nicht erwähnt.

Den sprichwörtlichen Nagel zum Sarg der polizeilichen Ermittlungen lieferte die Aussage einer Kassiererin aus dem Supermarkt in der High Street in Lymington, die am vergangenen Samstag Dienst gehabt hatte.

»Klar kenne ich Steve«, sagte sie, als man ihr sein Foto zeigte. »Er kauft jeden Samstag seinen Proviant bei uns. Ob ich ihn letzte Woche im Gespräch mit einer blonden Frau mit Kind gesehen habe? Ja, sicher. Er hatte die beiden bemerkt, als er gerade gehen wollte, und fluchte ärgerlich. Daraufhin habe ich gefragt, was los wäre, und er sagte: ›Ich kenne die Frau da draußen, und sie fängt jetzt garantiert mit mir zu quatschen an, weil sie das immer tut.‹ ›Die ist aber sehr hübsch‹, habe ich gesagt und ein bißchen die Eifersüchtige gespielt. ›Vergessen Sie's, Dawn‹, hat er gesagt, ›sie ist verheiratet, und außerdem hab ich's eilig.‹ Und er hatte recht. Sie hat ihn gleich angesprochen, aber er hat sich nicht aufhalten lassen. Er hat nur auf seine Uhr getippt und ist gegangen. Wissen Sie, was ich glaube? Er hatte eine heiße Verabredung und wollte sich nicht verspäten. Sie sah ziemlich eingeschnappt aus, als er ging, aber ich konnt's verstehen. Steve ist ein toller Kerl. Den würd ich auch vernaschen wollen, wenn ich nicht schon dreifache Großmutter wäre.«

William Sumner behauptete, über die Haushaltsführung seiner Frau und ihren gewohnten Tagesablauf so gut wie nichts zu wissen. »Ich bin zwölf Stunden am Tag weg, von sieben Uhr morgens bis sieben Uhr abends«, sagte er zu Galbraith, als wäre das etwas, worauf man stolz sein könnte. »In Chichester war ich viel besser auf dem laufenden, wahrscheinlich weil ich die Leute und die Geschäfte kannte, von denen sie erzählte. Die Dinge bleiben besser hängen, wenn einem die Namen etwas sagen. Hier ist alles so anders.«

»Hat sie auch von Steve Harding gesprochen?« fragte Galbraith.

»Ist das der Kerl, bei dem Sie Hannahs Schuhe gefunden haben?« fragte Sumner aufgebracht.

Galbraith schüttelte den Kopf. »Wir kommen viel schneller voran, wenn Sie nicht immer versuchen, auf den Busch zu klopfen, Mr. Sumner. Ich muß Sie daran erinnern, daß wir noch gar nicht wissen, ob die Schuhe wirklich Hannah gehören.« Er sah Sumner scharf an. »Und weil wir gerade beim Thema sind, möchte ich Sie noch einmal *warnen*. Wenn Sie anfangen, im Zusammenhang mit diesem Fall Mutmaßungen zu äußern, könnte das ein gerichtliches Verfahren beeinträchtigen. Und das könnte bedeuten, daß der Mörder Ihrer Frau ungeschoren davonkommt.«

»Tut mir leid.« Er hob entschuldigend die Hände. »Bitte, machen Sie weiter.«

»Hat sie nun über Steve Harding gesprochen?« wiederholte Galbraith.

»Nein.«

Galbraith warf einen Blick auf die Liste von Namen, die Sumner für ihn zusammengestellt hatte. »Hat sie zu einem der Männer hier auf der Liste zu irgendeinem Zeitpunkt eine engere Beziehung gehabt? Zum Beispiel zu einem aus Portsmouth? Ist sie vor ihrer Beziehung mit Ihnen mit diesem oder jenem ausgegangen?«

Wieder ein Kopfschütteln. »Sie sind alle verheiratet.«

Galbraith fand das Argument unglaublich naiv, sagte aber nichts dazu. Statt dessen bemühte er sich weiter, eine Vorstellung von Kate Sumners Leben vor ihrer Ehe zu bekommen. Es war eine Sisyphusarbeit. Die kondensierte Biographie, die William Sumner ihm lieferte, glänzte mehr durch Lücken als durch konkrete Fakten. Mit Mädchennamen hatte sie Hill geheißen, aber ob das der Nachname ihres Vaters oder ihrer Mutter gewesen war, wußte Sumner nicht.

»Ich glaube, ihre Eltern waren nicht verheiratet«, sagte er.

»Und Kate hat ihren Vater nicht gekannt?«

»Nein. Er hatte ihre Mutter verlassen, als meine Frau noch ein Baby war.«

Sie hatte mit ihrer Mutter in einer Sozialwohnung in Birmingham gelebt; er hatte allerdings keine Ahnung, wo genau, und wußte auch nicht, welche Schule seine Frau besucht oder wo sie gearbeitet hatte, bevor sie die Stelle bei Pharmatec UK bekam. Galbraith fragte ihn, ob sie mit Freunden aus dieser Zeit noch Kontakt gehabt hätte. Sumner schüttelte den Kopf und erklärte, das glaube er nicht. Er holte aus der Schublade eines Sekretärs ein Adreßbuch und schlug Galbraith vor, es selbst durchzusehen. »Aber Sie finden da sicher niemanden aus Birmingham.«

»Wann ist sie aus Birmingham weggezogen?«

»Nach dem Tod ihrer Mutter. Sie hat mir einmal erzählt, sie wollte so weit wie möglich von ihrem früheren Zuhause fortziehen und daß sie deshalb nach Portsmouth gegangen wäre. Dort hatte sie sich in einer kleinen Straße eine Wohnung über einem Laden genommen.«

»Hat sie auch gesagt, warum Entfernung so wichtig war?«

»Ich glaube, sie hatte das Gefühl, ihre Chancen vorwärtszukommen wären geringer, wenn sie in Birmingham bliebe. Sie war sehr ehrgeizig.«

»Wollte sie Karriere machen?« fragte Galbraith überrascht, als ihm Sumners Bemerkung vom Vortag einfiel, daß Kates einziger Ehrgeiz eine eigene Familie gewesen sei. »Aber Sie haben doch gesagt, sie hätte ihren Beruf ohne Bedauern aufgegeben, als sie schwanger wurde.«

Darauf folgte ein kurzes Schweigen. »Ich nehme an, Sie werden auch mit meiner Mutter sprechen?«

Galbraith nickte.

Sumner seufzte. »Sie hielt nicht viel von Kate. Sie wird Ihnen erzählen, daß sie nur hinter dem Geld her war. Nicht so deutlich vielleicht, aber die Anspielungen werden unmißverständlich sein. Sie kann ziemlich giftig sein.« Er blickte zu Boden.

»Und ist das wahr?« hakte Galbraith nach.

»Meiner Meinung nach nicht. Kates einziges Bestreben war, daß ihre Kinder es einmal besser haben sollten als sie. Ich habe das an ihr bewundert.«

»Aber Ihre Mutter nicht?«

»Das ist ganz unerheblich«, sagte Sumner. »Sie war mit keiner Frau einverstanden, die ich nach Hause gebracht habe. Es erklärt wahrscheinlich, warum ich so lange gebraucht habe, um endlich zu heiraten.«

Galbraith blickte zum Kaminsims und betrachtete eine der Aufnahmen von dem nichtssagend lächelnden Frauengesicht. »War Ihre Frau eine starke Persönlichkeit?«

»O ja. Sie wußte genau, was sie wollte.« Sumner lächelte schief, als er eine weitausholende Handbewegung machte, die das Zimmer umfaßte. »Das hier war es. Ihr Traum. Ein eigenes Haus. Gesellschaftliche Anerkennung. Soziales Ansehen. Darum weiß ich auch, daß sie sich niemals auf eine Affäre eingelassen hätte. Sie hätte dies alles hier um nichts auf der Welt aufs Spiel gesetzt.«

Wieder die reine Naivität? fragte sich Galbraith. »Vielleicht war ihr gar nicht klar, daß eine Affäre riskant war«, meinte er sachlich. »Sie sagen ja selbst, daß Sie kaum zu Hause sind, da hätte sie doch leicht etwas anfangen können, ohne daß Sie es gemerkt hätten.«

Sumner schüttelte den Kopf. »Sie verstehen nicht«, entgegnete er. »Nicht die Angst, daß *ich* dahinterkommen könnte, hätte sie daran gehindert. Mich konnte sie von unserer ersten Begegnung an um den Finger wickeln.« Ein bitteres kleines Lächeln machte seine Lippen schmal. »Meine Frau war eine altmodische kleine Puritanerin. Es war die Angst davor, was die Leute sagen würden, die ihr Leben beherrschte. Ehrbarkeit und Ansehen waren die Dinge, die für sie zählten.«

Galbraith war stark versucht, den Mann zu fragen, ob er seine Frau je geliebt hatte, aber er verkniff sich die Frage. Er wußte, daß er ihm doch nicht glauben würde, ganz gleich, wie seine Antwort lautete. Er empfand die gleiche instinktive Abneigung gegen Sumner wie Sandy Griffiths, konnte jedoch nicht so recht entscheiden, ob es einfach eine Sache der Chemie war oder ob diese Antipathie seinem hartnäckigen Gefühl entsprang, daß William Sumner seine Frau ermordet hatte.

Galbraiths nächster Weg führte nach Osborne Crescent, Chichester, wo die alte Mrs. Sumner in einem betreuten Heim lebte. Das Gebäude, früher unverkennbar eine Schule, war in etwa ein Dutzend kleiner Wohnungen aufgeteilt. Bevor er hineinging, musterte er die kompakten kastenförmigen Doppelhäuser aus den dreißiger Jahren auf der anderen Straßenseite und fragte sich beiläufig, welches den Sumners gehört hatte, bevor es verkauft worden war, um den Erwerb von Langton Cottage zu ermöglichen. Sie waren einander alle so ähnlich, daß es unmöglich zu erkennen war, und er hatte ein gewisses Verständnis für Kate Sumners Wunsch nach einem Tapetenwechsel. Gesellschaftliches Ansehen, dachte er, muß ja nicht gleichbedeutend mit Langeweile sein.

Angela Sumner überraschte ihn. Sie entsprach überhaupt nicht seiner Vorstellung. Er hatte eine snobistische alte Tyrannin mit reaktionären Ansichten erwartet; statt dessen sah er sich einer couragierten, energischen Frau gegenüber, die, obwohl von rheumatischer Arthritis an den Rollstuhl gefesselt, einen durchaus humorvollen Eindruck machte. Sie bat ihn, seinen Dienstausweis durch den Briefkastenschlitz zu schieben, bevor sie ihn einließ und ins Wohnzimmer bat.

»Ich nehme an, Sie haben meinen Sohn nach allen Regeln der Kunst verhört«, sagte sie, »und erwarten jetzt von mir, daß ich bestätige oder bestreite, was er Ihnen erzählt hat.«

»Haben Sie mit ihm gesprochen?« erkundigte sich Galbraith lächelnd.

Sie nickte und wies auf einen Sessel. »Er hat mich gestern abend angerufen, um mir mitzuteilen, daß meine Schwiegertochter tot ist.«

Er setzte sich. »Hat er Ihnen auch gesagt, wie sie ums Leben gekommen ist?«

Sie nickte. »Ich war entsetzt. Wenn ich ehrlich bin, muß ich allerdings sagen, daß ich gleich, als ich Hannahs Bild im Fernsehen sah, die Befürchtung hatte, es sei etwas Schlimmes passiert. Meine Schwiegertochter hätte das Kind nie allein gelassen. Sie hat es abgöttisch geliebt.«

»Warum haben Sie nicht selbst die Polizei angerufen, als Sie Hannah auf dem Bild erkannten?« fragte er neugierig. »Warum haben Sie Ihren Sohn gebeten, das zu tun?«

Sie seufzte. »Weil ich mir immer wieder gesagt habe, daß es unmöglich Hannah sein könnte – ich meine, es erschien mir so unwahrscheinlich, daß gerade dieses Kind ganz allein in einer fremden Stadt herumstreunen sollte. Und weil ich befürchtete, falls es nicht Hannah wäre, würde der Eindruck entstehen, ich hätte nur Ärger machen wollen. Das wollte ich unbedingt vermeiden. Ich habe immer wieder in Langton Cottage angerufen, aber erst als mir gestern morgen klarwurde, daß sich niemand melden würde, habe ich die Sekretärin meines Sohns angerufen, die mir sagte, wo er zu erreichen war.«

»Wieso haben Sie befürchtet, Ärger zu machen?«

Sie antwortete nicht gleich. »Sagen wir einfach, Kate hätte nicht an die Lauterkeit meiner Motive geglaubt, wenn ich mich geirrt hätte. Wissen Sie, ich habe Hannah nicht mehr gesehen, seit sie vor einem Jahr von hier weggezogen sind, deshalb war ich mir meiner Sache einfach nicht hundertprozentig sicher. Kinder in diesem Alter verändern sich ja so schnell.«

Eine sehr überzeugende Antwort war das nicht, aber Galbraith ließ es für den Moment dabei bewenden. »Sie wußten also nicht, daß Ihr Sohn in Liverpool war?«

»Nein, und das war ganz normal. Ich erwarte nicht, daß er mich über sein Tun und Lassen auf dem laufenden hält. Er ruft mich einmal in der Woche an und kommt gelegentlich auf der Heimfahrt nach Lymington vorbei, aber jeder von uns führt sein eigenes Leben.«

»Aber das ist doch sicher eine ziemliche Veränderung gegenüber früher, nicht wahr?« meinte Galbraith. »Haben Sie nicht vor seiner Ehe mit ihm unter einem Dach gelebt?«

Sie lächelte. »Und Sie glauben, das hätte bedeutet, daß ich immer wußte, was er tat? Sie haben offensichtlich keine erwachsenen Kinder, Inspector. Es ist völlig gleich, ob man mit ihnen zusammenlebt oder nicht, man kann sie nicht kontrollieren.«

»Ich habe zwei Kleine von fünf und sieben, die schon jetzt ein aufregenderes gesellschaftliches Leben führen, als ich es je hatte. Es wird also noch schlimmer?«

»Das hängt davon ab, ob man ihr Selbständigwerden fördert. Ich denke, je mehr Freiraum man ihnen läßt, desto mehr schätzen sie einen, wenn sie älter werden. Wie dem auch sei, mein Mann ließ das Haus vor ungefähr fünfzehn Jahren umbauen und in zwei abgeschlossene Wohnungen aufteilen. Er und ich lebten unten, William oben. Es konnten Tage vergehen, ohne daß wir einander zu Gesicht bekamen. Jeder von uns führte sein eigenes Leben, und daran änderte sich auch nach dem Tod meines Mannes kaum etwas. Meine Behinderung wurde natürlich zunehmend schlimmer, aber ich hoffe, ich war meinem Sohn niemals eine Last.«

Galbraith lächelte. »Sicher nicht, aber für Sie muß es doch eine gewisse Belastung gewesen sein zu wissen, daß er eines Tages heiraten würde und daß sich dadurch alles ändern würde.«

Sie schüttelte den Kopf. »Ganz im Gegenteil. Ich hoffte die ganze Zeit, er würde endlich eine Familie gründen, aber er zeigte nie die geringste Neigung dazu. Er segelte mit Leidenschaft und verbrachte seine freie Zeit meistens draußen auf dem Boot. Er hatte Freundinnen, aber es war nie etwas Ernstes.«

»Haben Sie sich gefreut, als er Kate heiratete?«

Sie schwieg sekundenlang. »Weshalb hätte ich mich denn nicht freuen sollen?«

Galbraith zuckte die Achseln. »Keine Ahnung. Es interessiert mich nur.«

Ihre Augen blitzten plötzlich verschmitzt. »Er hat Ihnen wohl erzählt, daß ich der Meinung war, Kate wäre nur hinter dem Geld her gewesen?«

»Ja.«

»Na schön«, erwiderte sie. »Ich lüge nicht gern.« Sie hob ihre knotige Hand zum Gesicht, um eine Haarsträhne wegzustreichen. »Es hätte sowieso wenig Sinn, so zu tun, als wäre ich über diese Heirat glücklich gewesen, wenn Ihnen jeder hier sagen wird, daß es nicht so war. Sie war wirklich hinter dem Geld her wie der Teufel hinter der armen Seele, aber das war nicht der Grund, warum ich ihn damals für verrückt gehalten habe, als er erklärte, er wolle sie heiraten. Ich war deshalb nicht einverstanden, weil sie so wenig gemeinsam hatten. Sie war zehn Jahre jünger als er, völlig ungebildet und hatte nur Sinn für die materiellen Dinge des Lebens. Sie hat mir einmal gesagt, was ihr im Leben wirklich Spaß mache, seien Einkaufsbummel.« Sie schüttelte den Kopf, als wäre ihr völlig unverständlich, wie etwas so Prosaisches höchste Begeisterung wecken konnte. »Ich konnte mir offen gestanden nicht vorstellen, was die beiden zusammenhalten sollte. Sie hatte nicht das geringste Interesse an der Segelei und wollte mit diesem Teil von Williams Leben auf keinen Fall etwas zu tun haben.«

»Ist er denn nach der Heirat noch segeln gegangen?«

»O ja, dagegen hatte sie gar nichts einzuwenden, sie wollte nur selbst nicht mitmachen.«

»Kannte sie seine Segelfreunde?«

»Nicht in dem Sinne, wie Sie es meinen«, antwortete sie unumwunden.

»In welchem Sinne denn, Mrs. Sumner?«

»William hat mir gesagt, daß Sie glauben, sie hätte ein Verhältnis gehabt.«

»Wir können diese Möglichkeit jedenfalls nicht ausschließen.«

»O doch, ich glaube schon, daß Sie das können.« Sie warf ihm einen wissenden Blick zu. »Kate kannte von allem den Preis und von nichts den Wert. Sie hätte sich zweifellos genau ausgerechnet, was ein Ehebruch sie kosten würde, wenn William davon erfuhr. Aber von Williams Segelfreunden in Chichester hätte sich sowieso keiner auf eine Affäre mit ihr eingelassen. Die waren alle noch schockierter über seine Wahl als ich. Sie hat sich überhaupt nicht bemüht, sich einzufügen, verstehen Sie, und außerdem bestand zwischen ihr und den meisten der Männer ein großer Altersunterschied. Um es ganz offen zu sagen, sie waren alle entgeistert über ihr leeres Geschwätz. Sie konnte sich über nichts anderes als Seifenopfern, Popmusik und Filmstars unterhalten.«

»Was fand Ihr Sohn dann so anziehend an ihr? Er ist doch ein intelligenter Mann und macht weiß Gott nicht den Eindruck, als hätte er eine Vorliebe für leeres Geschwätz.«

Ein resigniertes Lächeln. »Der Sex war's. Er hatte genug von intelligenten Frauen. Ich kann mich noch erinnern, wie er mir einmal erzählte, daß die Freundin, die er vor Kate hatte« – sie seufzte –, »sie hieß Wendy Plater und war so eine nette Frau – so passend –, also wie er erzählte, ihre Vorstellung von Vorspiel wäre, über die Wirkung sexueller Aktivität auf den Stoffwechsel zu diskutieren. Wie interessant, hab ich darauf gesagt, und William lachte und meinte, er persönlich zöge die körperliche Stimulierung einer solchen Diskussion vor.«

»Ich denke, da ist er nicht der einzige, Mrs. Sumner«, erwiderte Galbraith trocken.

»Ich möchte diese Frage jetzt nicht weiter mit Ihnen erörtern, Inspector. Auf jeden Fall war Kate offenbar weitaus erfahrener als er, obwohl sie zehn Jahre jünger war. Sie wußte, daß William sich eine Familie wünschte, und produzierte im Nu ein Kind.« Er hörte den Vorbehalt in ihrem Ton und wunderte sich darüber. »Ihre Auffassung von der Ehe bestand darin, ihren Mann nach Strich und Faden zu verwöhnen, und William hat das genossen. Er brauchte keinen Finger zu rühren, außer jeden Tag brav zur Arbeit zu fahren. Es war das altmodischste Arrangement, das man sich vorstellen kann – die Frau als Heimchen am Herd und Fußabtreter, der Mann als stolzer Versorger. Ich glaube, man nennt so was eine passiv-aggressive Beziehung. Die Frau beherrscht den Mann, indem sie ihn von sich abhängig macht, während sie ihm gleichzeitig den Eindruck vermittelt, sie wäre von ihm abhängig.«

»Und das hat Ihnen nicht gefallen?«

»Weil es einfach nicht meiner Vorstellung von der Ehe entspricht. Die Ehe sollte sowohl eine geistige als auch eine körperliche Begegnung sein, sonst wird sie zu Ödland, wo nichts mehr wachsen kann. Das einzige, worüber Kate mit einigem Enthusiasmus reden konnte, waren ihre Einkaufsbummel und die Leute, die sie tagsüber getroffen hatte, und es war ganz offenkundig, daß William ihr überhaupt nicht zuhörte.«

Er fragte sich, ob ihr klar war, daß ihr Sohn noch immer nicht aus dem Kreis der Verdächtigen ausgeschieden war. »Was wollen Sie damit sagen? Daß er sich mit ihr gelangweilt hat?«

Sie bedachte seine Frage gründlich. »Nein, ich glaube nicht, daß er sich gelangweilt hat«, sagte sie dann. »Ich denke, er hatte einfach erkannt, daß er sie als selbstverständlich hinnehmen konnte. Deshalb machte er immer mehr Überstunden, und deshalb erhob er auch keinen Einspruch gegen den Umzug nach Lymington. Sie war ja mit allem einverstanden, was er tat, verstehen Sie, da brauchte er sich nicht die Mühe zu machen, ihr Zeit zu widmen. Ihre Beziehung enthielt keinerlei Herausforderung.« Sie hielt kurz inne. »Ich hatte gehofft, ein Kind würde die beiden einander näherbringen, aber Kate hat von Hannah derart Besitz ergriffen, als wären Kinder die alleinige Domäne der Frau. Durch das Kind wurde die Distanz zwischen den beiden nur noch größer. Jedesmal, wenn William die Kleine hochnehmen wollte, fing sie an zu brüllen wie am Spieß, so daß er ziemlich bald das Interesse verlor. Ich habe mir Kate deswegen einmal vorgeknöpft und ihr gesagt, sie täte dem Kind nichts Gutes mit solcher Affenliebe, aber erreicht habe ich damit gar nichts. Sie hat es mir nur übelgenommen.« Sie seufzte. »Ich hätte mich nicht einmischen sollen. Das hat sie von hier fortgetrieben.«

»Aus Chichester, meinen Sie?«

»Ja. Es war ein Fehler. Sie haben zu schnell zu vieles in ihrem Leben verändert. William mußte die Hypothek auf meine Wohnung abbezahlen, als er unser altes Haus verkaufte, und dann eine weit höhere aufnehmen, um Langton Cottage kaufen zu können. Er hat sein Boot verkauft und das Segeln aufgegeben. Ganz zu schweigen davon, daß die tägliche weite Fahrt zur Arbeit und wieder nach Hause ihn enorme Zeit und Kraft kostet. Und wozu das alles? Für ein Haus, das er nicht einmal besonders mag.«

Galbraith bemühte sich, kein allzu heftiges Interesse zu zeigen. »Warum sind sie dann umgezogen?«

»Weil Kate es so wollte.«

»Aber wenn die beiden nicht miteinander ausgekommen sind, warum hat William das dann mitgemacht?«

»Regelmäßiger Sex«, antwortete sie verdrossen. »Im übrigen hab ich nicht gesagt, daß sie nicht miteinander ausgekommen wären.«

»Sie sagten, er hätte sie als selbstverständlich hingenommen. Ist das nicht das gleiche?«

»Ganz und gar nicht. In Williams Augen war sie die ideale Ehefrau. Sie führte ihm den Haushalt, setzte seine Kinder in die Welt und ließ ihm seine Ruhe.« Ihr Mund verzog sich zu einem bitteren Lächeln. »Die beiden sind prächtig miteinander ausgekommen, solange er die Hypothekenraten bezahlte und ihr den Lebensstil ermöglichte, an den sie sich sehr schnell zu gewöhnen begann. Ich weiß, man sollte nicht schlecht über eine Tote sprechen, aber sie war schrecklich gewöhnlich. Die wenigen Freundinnen, die sie hatte, waren fürchterlich – laut und ordinär...« Sie schauderte. »Grauenhaft!«

Galbraith sah sie mit unverhohlener Neugier an. »Sie haben sie wirklich nicht gemocht, stimmt's?«

Wieder dachte Angela Sumner gründlich über seine Frage nach. »Nein, ich habe sie nicht gemocht«, gestand sie schließlich. »Nicht, weil sie unangenehm oder lieblos gewesen wäre, sondern weil sie die egozentrischste Person war, die mir je begegnet ist. Wenn sich nicht alles – und ich meine wirklich alles – um sie gedreht hat, hat sie so lange manövriert und manipuliert, bis sie es geschafft hatte. Sie brauchen sich ja nur Hannah anzusehen, wenn Sie mir nicht glauben. Warum hätte sie das Kind sonst in solcher Abhängigkeit halten sollen, wenn nicht deshalb, weil sie es nicht ertragen konnte, um seine Zuneigung wetteifern zu müssen?«

Galbraith dachte an die Fotos in Langton Cottage und an

seinen eigenen Eindruck, daß Kate Sumner eine eitle Frau gewesen war. »Wenn nicht eine gescheiterte Affäre dahintersteckt, was ist Ihrer Meinung nach dann passiert? Was hat sie dazu veranlaßt, Hannah auf ein Boot mitzunehmen, wo sie sonst doch nie jemand auf ein Boot gekriegt hat?«

»Was für eine seltsame Frage«, meinte Angela Sumner überrascht. »Nichts, aber auch wirklich gar nichts hätte sie dazu bringen können. Sie ist garantiert mit Gewalt an Bord gebracht worden. Wie können Sie noch daran zweifeln? Jemand, der es fertigbrachte, sie zu vergewaltigen und zu ermorden und dann ihr Kind auszusetzen und allein in einer fremden Stadt herumirren zu lassen, hätte bestimmt keine Skrupel gehabt, sie mit Drohungen dahin zu bringen, wo er sie haben wollte.«

»Gut, aber in einem Jachthafen herrscht immer Betrieb, da wäre es doch aufgefallen, wenn jemand eine Frau und ein Kind mit Gewalt auf ein Boot geschleppt hätte. Uns liegt aber keine derartige Meldung vor.« Soweit man bisher hatte feststellen können, waren weder Kate noch Hannah Sumner an einem der Zugänge zu den Liegeplätzen auf dem Lymington River gesehen worden. Man hoffte auf mehr Glück am Samstag, wenn die Wochenendsegler kamen; vorläufig jedoch tappte man weiter im dunkeln.

»Das glaube ich«, erwiderte Angela Sumner unbeeindruckt. »Der Mann braucht Hannah doch nur getragen und Kate damit gedroht zu haben, dem Kind etwas anzutun, wenn sie, Kate, nicht täte, was er sagte. Sie hat das Kind vergöttert. Sie hätte alles getan, um zu verhindern, daß ihm etwas zustößt.«

Galbraith wollte gerade sagen, daß Hannah in diesem Fall aber hätte bereit sein müssen, sich von einem Mann tragen zu lassen, was in Anbetracht des psychologischen Gutachtens und Angela Sumners eigener Aussage, daß sie jedesmal zu schreien anfing, wenn ihr eigener Vater sie hochnehmen wollte, höchst unwahrscheinlich schien. Aber dann kamen ihm Zweifel. Die Logik stimmte, nur die Methode war eine andere gewesen – Hannah hatte offensichtlich ein Schlafmittel bekommen...

11

Memo

An: Superintendent Carpenter
Von: Inspector Galbraith
Datum: 12. 8. 97 – 21 Uhr 15
Betrifft: ***Kate und William Sumner***

Ich denke, der beiliegende Bericht und die Aussagen werden Sie interessieren. Von den verschiedenen Punkten, die angesprochen wurden, scheinen mir folgende die aufschlußreichsten zu sein:

1. *Kate Sumner hatte nur wenige Freunde, und diese entstammten alle ihrem eigenen Milieu.*
2. *Sie scheint wenig Interesse an den Freunden und Hobbys ihres Mannes gehabt zu haben.*
3. *Sie wird als unangenehme Person beschrieben – u. a. als manipulativ, berechnend, falsch, boshaft.*
4. *William Sumner hat Geldsorgen.*
5. *Die Idee, das »Traumhaus« zu kaufen, stammte eindeutig von Kate; allgemein ist man sich einig, daß William einen Fehler machte, als er es kaufte.*
6. *Und schließlich: Was war nur so attraktiv an ihr? Hat er sie geheiratet, weil sie schwanger war?*

Nicht ganz uninteressant, diese Aspekte, meinen Sie nicht auch?
John

Zeugenaussage: *James Purdy, Leitender Direktor, Pharmatec UK*

Ich kenne William Sumner, seit er vor fünfzehn Jahren im Alter von fünfundzwanzig in das Unternehmen eintrat. Ich selbst habe ihn von der Universität Southampton geholt, wo er als Assistent von Professor Hugh Buglass tätig war, nachdem er sein Chemiestudium mit dem Magister abgeschlossen hatte. William Sumner leitete die Forschungsarbeiten, die zur Entwicklung zweier unserer Pharmazeutika führten – Antiac und Counterac –, mit denen wir einen 12prozentigen Anteil am Antiacidummarkt erobert haben. Er ist ein geschätztes und wertvolles Mitglied des Teams und genießt auf seinem Gebiet großes Ansehen.

Bis zu seiner Heirat mit Kate Hill 1994 hätte ich William Sumner als den ewigen Junggesellen bezeichnet. Er hatte ein reges gesellschaftliches Leben, aber sein wahres Interesse galt seiner Arbeit und dem Segelsport. Ich erinnere mich, daß er einmal sagte, eine Ehefrau würde ihm niemals soviel Freiheit lassen wie seine Mutter. Im Lauf der Jahre hatten es verschiedene junge Frauen auf ihn abgesehen, aber er verstand es sehr geschickt, engere Beziehungen zu vermeiden. Ich war daher erstaunt, als ich hörte, er und Kate Hill hätten vor zu heiraten.

Sie war 1993/94 ungefähr ein Jahr lang bei Pharmatec tätig. Die Nachricht von ihrem Tod hat mich sehr erschüttert, und ich habe William Sumner auf unbeschränkte Zeit beurlaubt, um ihm die Möglichkeit zu geben, mit dem Verlust fertig zu werden und die weitere Betreuung seiner kleinen Tochter zu regeln.

Soweit ich weiß, war William Sumner am Wochenende des 9. und 10. August in Liverpool. Ich hatte allerdings nach seiner Abreise am Donnerstag morgen, dem 7. August, keinen Kontakt mehr mit ihm. Kate Sumner-Hill kannte ich kaum, ich habe sie seit ihrem Ausscheiden aus unserem Unternehmen weder jemals gesehen noch etwas von ihr gehört.

James Purdy

Zeugenaussage: *Michael Sprate, Abteilungsleiter Kundendienst, Pharmatec UK*

Kate Hill gehörte meiner Abteilung vom Mai 1993 bis zum März 1994 an, als sie die Firma verließ. Sie besaß keine Kurzschriftkenntnisse, aber im Maschineschreiben war sie überdurchschnittlich schnell und genau. Ich hatte einige Probleme mit ihr, hauptsächlich wegen ihres Verhaltens, das manchmal sehr störend sein konnte. Sie hatte eine scharfe Zunge und scheute sich auch nicht davor, über die anderen Sekretärinnen herzuziehen. Ich würde sie als herrschsüchtige Streberin bezeichnen, die keinerlei Skrupel hatte, bösartigen Klatsch zu verbreiten. Besonders schwierig wurde sie nach ihrer Verheiratung mit William Sumner. Sie meinte offensichtlich, ihr stünde dadurch eine Sonderstellung zu. Hätte sie nicht von sich aus gekündigt, so hätte ich auf jeden Fall um ihre Versetzung aus meiner Abteilung in eine andere ersucht.

Ich kenne William Sumner nur oberflächlich, kann also über die Beziehung der beiden nichts sagen. Von Kate habe ich nichts mehr gehört, seit sie aus der Firma ausgeschieden ist. Ich weiß nichts über ihren Tod.

Michael Sprate

Zeugenaussage: *Simon Trew, Abteilungsleiter Forschung und Entwicklung, Pharmatec UK*

William Sumner ist einer unserer führenden Wissenschaftler. Sein bisher größter Erfolg auf dem Gebiet der pharmazeutischen Forschung war die Entwicklung von Antiac und Counterac. Wir sind zuversichtlich, daß auch das Projekt, an dem er derzeit arbeitet, Erfolg bringen wird, obwohl er seit einiger Zeit Andeutungen darüber gemacht hat, daß er sich mit dem Gedanken trägt, zu einem Konkurrenzunternehmen zu wechseln. Ich bin ziemlich sicher, daß der Wohnungswechsel auf Drängen seiner Frau erfolgte. William hat vor ungefähr einem Jahr eine teure Hypothek aufgenommen, die monatlichen Zahlungen fallen ihm schwer, und die Gehaltserhöhung, die wir ihm bieten können, bleibt hinter Konkurrenzangeboten zurück. Unsere Arbeitsverträge enthalten alle eine wettbewerbsrechtliche Klausel für den Fall der ungenehmigten Nutzung von Forschungsarbeiten, die von Pharmatec UK finanziert wurden. Wenn er sich also entscheiden sollte, aus der Firma auszuscheiden, wird seine Arbeit Eigentum des Unternehmens bleiben. Soviel ich weiß, ist er wenig geneigt, das Projekt gerade jetzt aufzugeben, wo es einen entscheidenden Punkt erreicht hat; es kann jedoch sein, daß ihn seine finanziellen Verpflichtungen früher, als ihm lieb ist, dazu zwingen werden.

Kate Sumner habe ich nie kennengelernt. Ich trat erst zwei Jahre nach ihrem Ausscheiden in die Firma ein, und meine Beziehung zu William Sumner war immer rein beruflicher Natur. Ich bewundere seine Erfahrung und sein fachliches Wissen, aber der Umgang mit ihm ist für mich schwierig. Er fühlt sich ständig angegriffen und scheint der Ansicht zu sein, er werde hier unter Wert gehandelt, und das verursacht Spannungen in der Abteilung.

Ich kann bestätigen, daß William Sumner am Donnerstag morgen, dem 7. August, nach Liverpool fuhr, und daß ich am Freitag, dem 8. August, kurz bevor er seinen Vortrag hielt, mit ihm telefoniert habe. Er schien guter Dinge zu sein, und wir vereinbarten eine Besprechung für Dienstag, den 12. August, 10 Uhr. Unter den gegebenen Umständen fand diese Besprechung natürlich nicht statt. Über Mrs. Sumners Tod weiß ich nichts.

Simon Trew

Zeugenaussage: *Wendy Plater, Wissenschaftlerin, Forschung, Pharmatec UK*

Ich kenne William Sumner seit fünf Jahren. Zu Beginn meiner Tätigkeit bei Pharmatec waren wir sehr eng befreundet. Ich besuchte ihn und seine Mutter in Chichester und bin auch ein- oder zweimal mit ihm auf seinem Boot gesegelt. Er war ein ruhiger Mensch mit einem trockenen Humor, und wir hatten viel Spaß miteinander. Er sagte mir immer, er wäre nicht zum Ehemann geschaffen, darum war ich sehr erstaunt, als ich hörte, daß Kate Hill ihn sich geangelt hatte. Wenn ich ehrlich sein soll, muß ich sagen, daß ich ihm einen besseren Geschmack zugetraut hätte, aber ich denke, er hatte überhaupt keine Chance, nachdem sie erst einmal ein Auge auf ihn geworfen hatte.

Ich kann nichts Freundliches über sie sagen. Sie war ungebildet, vulgär, manipulativ und falsch und nahm sich, was sie nur kriegen konnte. Ich war ganz gut mit ihr bekannt, bevor sie geheiratet hat, und mochte sie überhaupt nicht. Sie hat die Leute gegeneinander aufgehetzt und bösartigen Klatsch verbreitet, und nichts machte ihr mehr Spaß, als andere auf ihr Niveau oder noch tiefer hinunterzuziehen. Sie war eine Lügnerin und hat auch über mich einige ganz gemeine Lügen erzählt, was ich ihr nie verziehen habe.

Das Traurige ist, daß William sich seit seiner Verheiratung sehr zu seinem Nachteil verändert hat. Seit er nach Lymington gezogen ist, kann man ihm nichts mehr recht machen. Er beschwert sich ständig über seine Kolleginnen und Kollegen, zerstört den Teamgeist und schimpft dauernd, daß die Firma ihn betrogen hätte. Er hat den Fehler gemacht, sein Boot zu verkaufen und eine riesige Hypothek aufzunehmen, um das neue Haus zu kaufen, und nun läßt er seine Wut darüber an seinen Arbeitskollegen aus. Meiner Meinung nach hatte Kate einen absolut negativen Einfluß auf ihn; trotzdem kann ich mir unter keinen Umständen vorstellen, daß William etwas mit ihrem Tod zu tun hat. Ich hatte immer den Eindruck, daß er sie wirklich gern hatte.

Ich war am Samstag abend, dem 9. August, mit meinem Partner, Michael Sprate, in einer Dicso. Von Kate Sumner habe ich nichts mehr gesehen und gehört, seit sie bei Pharmatec UK aufgehört hatte, und ich weiß nichts über ihre Ermordung.
Wendy Plater

Zeugenaussage: *Polly Garrard, Sekretärin, Kundendienst, Pharmatec UK*

Ich habe Kate Hill sehr gut gekannt. Wir haben zehn Monate im selben Büro gesessen, als sie in der Kundendienstabteilung tätig war. Sie hat mir leid getan. Ihr Leben war die Hölle, bevor sie schließlich nach Portsmouth ging. Sie wohnte in einer heruntergekommenen Sozialwohnsiedlung in Birmingham, und sie und ihre Mutter mußten die Wohnungstür verbarrikadieren, weil sie solche Angst vor den anderen Mietern hatten. Ich glaube, ihre Mutter war Verkäuferin, und ich glaube, Kate hatte schon Maschineschreiben gelernt, als sie noch in der Schule war, aber beides kann ich nicht beschwören. Ich weiß, daß sie mir einmal erzählt hat, sie hätte bei einer Bank gearbeitet, bevor ihre Mutter starb, und daß sie dann entlassen wurde, weil sie sich freigenommen hatte, um ihre Mutter zu pflegen. Ein andermal hat sie gesagt, sie hätte selbst gekündigt, um ihre Mutter pflegen zu können. Welche Geschichte stimmt, weiß ich nicht. Sie hat nicht viel von ihrem Leben in Birmingham erzählt, sondern nur gesagt, daß es ziemlich schlimm gewesen sei. Sie war in Ordnung. Ich habe sie gemocht. Alle anderen fanden, sie wäre ziemlich berechnend – Sie wissen schon, immer auf ihren Vorteil bedacht –, aber für mich war sie einfach ein geschundener Mensch, der ein bißchen Geborgenheit gesucht hat. Es stimmt, daß sie gegen andere gehässig sein konnte und über sie geklatscht hat, aber ich bin überzeugt, sie hat das nicht aus Bosheit getan. Ich glaube, es hat ihr gut getan zu wissen, daß andere auch nicht perfekt sind.

Ich habe sie nach ihrer Heirat mit William Sumner zweimal besucht, und beide Male war ihre Schwiegermutter da. Mrs. Sumner senior war sehr unverschämt. Kate hatte doch den Sohn geheiratet, und nicht die Mutter, was ging es sie da an, wenn Kate ein bißchen Dialekt sprach und ihr Messer wie einen Bleistift hielt? Sie hat Kate dauernd darüber belehrt, wie sie Hannah erziehen sollte und wie eine gute Ehefrau sich zu benehmen hätte, aber soweit ich feststellen konnte, hat Kate beides sehr gut ohne die Einmischung anderer hingekriegt. Sie hätte nichts Besseres tun können, als nach Lymington zu ziehen. Ich bin wirklich erschüttert über ihren Tod. Ich hatte sie seit über einem Jahr nicht mehr gesehen und weiß nichts über ihre Ermordung.

Polly Garrard

Nachtrag zum Gutachten über Hannah Sumner (»Baby Smith«) nach einem Gespräch mit William Sumner (Vater) und einem Telefonat mit Dr. Attwater, Allgemeinarzt

Physischer Zustand: *Wie gehabt.*

Psychischer Zustand: *Vater und Arzt bestätigen übereinstimmend, daß Hannahs Mutter überfürsorglich war und dem Kind keine Gelegenheit gab, sich auf natürliche Weise zu entwickeln, sei es im Spiel mit anderen Kindern oder durch Erforschen seiner täglichen Umgebung, um aus Fehlern zu lernen. Sie besuchte vorübergehend eine Mutter-Kind-Gruppe, da Hannah aber im Spiel zu Aggressivität neigt, entschied sich ihre Mutter für weniger Kontakt mit anderen Kindern anstatt für mehr. Hannahs »Zurückgezogenheit« ist eher manipulativer Art und weniger auf Furcht zurückzuführen; ihre »Angst« vor Männern zielt auf die mitfühlende Reaktion ab, die sie bei Frauen hervorruft, und hat mit echter Angst nichts zu tun. Vater und Arzt beschreiben Hannah übereinstimmend als unterdurchschnittlich intelligent und führen ihre mangelnde Fähigkeit, sich verbal auszudrücken, sowohl darauf als auch auf die Überfürsorglichkeit der Mutter zurück. Dr. Attwater hat Hannah seit dem Tod ihrer Mutter nicht mehr gesehen; er ist jedoch überzeugt, daß meine Beurteilung sich nicht wesentlich von der unterscheidet, die er selbst vor sechs Monaten abgegeben hat.*

Resümee: *Zwar bin ich bereit zu akzeptieren, daß Hannahs Entwicklungszustand (den ich für schwerwiegend halte) womöglich nicht auf ein Ergebnis aus jüngerer Zeit zurückzuführen ist, dennoch kann ich nur wiederholen, daß* dieses Kind zu seinem eigenen Wohl ständig beobachtet werden muß. *Ohne eine solche Überwachung halte ich es für wahrscheinlich, daß Hannah psy-*

chische, emotionale und körperliche Verwahrlosung drohen, da William Sumner (der Vater) eine unreife Persönlichkeit ist, unfähig, seiner Vaterrolle gerecht zu werden, und seiner Tochter wenig Zuneigung entgegenzubringen scheint.

Dr. Janet Murray

12

Steven Harding wurde am Mittwoch, dem 13. August 1997, wieder auf freien Fuß gesetzt, nachdem der Haftrichter es mangels Beweisen abgelehnt hatte, einem Antrag der Polizei auf Untersuchungshaftverlängerung stattzugeben. Harding wurde jedoch mitgeteilt, daß sein Wagen und sein Boot »bis auf weiteres« beschlagnahmt bleiben würden. Ferner wurde ihm unter Strafandrohung zur Auflage gemacht, im Haus von Anthony Bridges in der Old Street 23 in Lymington Wohnung zu nehmen und sich täglich bei der Polizeidienststelle Lymington zu melden.

Auf Anraten eines Anwalts hatte er eine detaillierte Aussage über seine Beziehung zu Kate Sumner und seine Aktivitäten am Wochenende des 9. und 10. August zu Protokoll gegeben, die allerdings nicht viel Neues enthielt. Das Vorhandensein der Fingerabdrücke von Kate Sumner und ihrer Tochter sowie von Hannahs Schuhen auf seinem Boot erklärte er wie folgt:

›*Sie kamen im März einmal an Bord, als ich das Boot ins Trokkendock hatte schaffen lassen, um es zu reinigen und den Rumpf neu zu lackieren. Die* Crazy Daze *lag in der Berthon-Werft auf einem hölzernen Stapelschlitten, und als Kate sah, daß ich ihr nicht entkommen konnte, weil ich den Anstrich fertigmachen mußte, kreuzte sie ständig im Dock auf. Sie stand rum, kam mir dauernd bei der Arbeit in die Quere und ging mir ganz allgemein auf die Nerven. Am Ende erlaubte ich ihr und Hannah, nur um sie endlich loszuwerden, die Leiter hinaufzuklettern und sich auf dem Boot umzusehen, während ich unten blieb. Ich sagte ihnen, sie sollten ihre Schuhe ausziehen und sie im Cockpit stehenlassen. Als sie wieder herunterkommen sollten, erklärte Kate plötzlich, Hannah käme mit der Leiter nicht zurecht, und reichte mir die Kleine statt dessen hinunter. Ich setzte Hannah in ihren Buggy und schnallte sie an, aber ich habe nicht bemerkt, ob sie Schuhe trug oder nicht. Ehrlich gesagt, ich sehe sie am liebsten überhaupt nicht an. Sie ist mir unheimlich. Sie hat nie ein Wort mit mir gesprochen, sondern immer nur durch mich hindurchgestarrt, als wäre ich gar nicht da. Einige Tage später fand ich im Cockpit ein Paar Kinderschuhe. Auf den Riemen stand ›H. Sumner‹. Selbst wenn die Schuhe zu klein sind, um diejenigen zu sein, die Hannah an dem betreffenden Tag trug, weiß ich einfach keine andere Erklärung für ihr Vorhandensein auf meinem Boot.*

Ich wußte natürlich, wo die Sumners wohnten, aber ich brachte Hannahs Schuhe nicht zurück, weil ich überzeugt war, Kate hätte sie mit Absicht an Bord zurückgelassen. Ich mochte Kate Sumner nicht und hatte keine Lust, mit ihr in ihrem Haus allein zu sein. Ich wußte, daß sie in mich verliebt war, aber ich hatte kein Interesse an ihr. Sie war eine ganz merkwürdige Frau, und es machte mich wahnsinnig, daß sie mich einfach nicht in Ruhe lassen wollte. Ich kann ihr Benehmen nur als ständige Belästigung beschreiben. Immer wenn ich hier war, trieb sie sich beim Jachtklub herum und wartete, bis ich in meinem Beiboot kam und an Land ging. Meistens stand sie nur da und beobachtete mich, aber manchmal stieß sie ganz bewußt mit mir zusammen und drückte ihre Brüste gegen meinen Arm. Mein Fehler war, daß ich eine Einladung ihres Mannes in ihr Haus annahm, und zwar kurz nachdem sie mich Ende letzten Jahres bei einem zufälligen Zusammentreffen auf der Straße mit ihm bekannt gemacht hatte. Ich glaube, da ging das ganze Theater los. Ich habe zu keiner Zeit auch nur die geringste Neigung verspürt, auf ihre Annäherungsversuche einzugehen.

Einige Zeit später, Ende April, glaube ich, hatte ich gerade am Tankponton angelegt und wartete auf den Mann, der die Pumpe bedient, als Kate und Hannah über den ›C‹-Ponton auf mich zukamen. Kate sagte, sie hätte mich lange nicht gesehen, hätte jedoch die Crazy Daze *entdeckt und plötzlich Lust auf einen kleinen Schwatz bekommen. Sie und Hannah kamen unaufgefordert an Bord, was mich ärgerte. Ich schlug Kate vor, sie solle in die Kabine gehen, um Hannahs Schuhe zu holen, die auf dem Bord standen. Ich wußte, daß dort ein paar Kleidungsstücke von anderen Frauen herumlagen, und wollte gern, daß Kate sie sah. Ich hoffte, sie würde dann endlich begreifen, daß ich nicht an ihr interessiert war. Sie ging auch bald danach wieder, und als ich später in die Kabine kam, sah ich, daß sie Hannah die schmutzige Windel abgenommen und die ganze Bescherung auf dem Bett verschmiert hatte. Die Schuhe hatte sie auch wieder dagelassen. Ich bin überzeugt, sie hat beides absichtlich getan, um mir zu zeigen, daß sie wütend wegen der Dessous der anderen Frauen war.*

Kate Sumners Belästigungskampagne begann mich wirklich ernsthaft zu beunruhigen, als sie herausfand, wo ich meinen Wagen parkte, und sich daranmachte, die Alarmanlage auszulösen, um Tony Bridges und seine Nachbarn gegen mich aufzubringen. Ich habe zwar keinen Beweis dafür, daß Kate die Schuldige war, aber ich bin überzeugt, daß sie es war, weil der Griff an der Fahrertür meines Autos immer wieder mit Kot beschmiert war. Ich habe mich damals nicht mit meinem Verdacht an die Polizei gewandt, weil ich befürchtete, daß ich dann noch mehr mit der Familie Sumner zu tun bekommen würde. Statt dessen habe ich mir irgendwann im Juni William Sumner vorgeknöpft und ihm Fotos von mir in einer Schwulenzeitschrift gezeigt. Ich wollte, daß er seiner Frau erzählt, ich wäre schwul. Mir war klar, daß das ziemlich seltsam wirken mußte, nachdem ich Kate kurz vorher noch mit der Nase darauf gestoßen hatte, daß ich auf der Crazy Daze *öfter mal Freundinnen zu Besuch habe, aber ich wußte mir wirklich nicht mehr anders zu helfen. Einige der Fotos waren ziemlich drastisch, und William Sumner war schockiert. Ich weiß nicht, was er seiner Frau erzählt hat, aber zu meiner großen Erleichterung hörte sie prompt auf, mich zu belästigen.*

Ich habe sie seit Juni vielleicht fünfmal auf der Straße gesehen, habe aber bis zu jenem Samstagmorgen, dem 9. August, als es keine Möglichkeit gab, ihr aus dem Weg zu gehen, kein Wort mit ihr gewechselt. An dem Samstag stand sie draußen vor dem Supermarkt, und wir begrüßten einander. Sie erzählte mir, sie sei auf der Suche nach Sandalen für Hannah, und ich sagte, ich hätte es eilig, weil ich übers Wochenende nach Poole segeln wollte. Das war die ganze Unterhaltung. Danach habe ich sie nicht wiedergesehen. Ich gebe zu, daß mich die ständigen Belästigungen wütend gemacht haben und daß ich eine starke Abneigung gegen die Frau entwickelte, aber ich habe keine Ahnung, wie es zu ihrem Tod kam.‹

Eine eingehende Vernehmung Tony Bridges' bestätigte diese Aussage. Wie Sergeant Campbell geahnt hatte, war Bridges der Polizei von Lymington als Cannabiskonsument bekannt, aber man sah dieses Vergehen mit einiger Toleranz. »Seine Nachbarn beschweren sich ab und zu, wenn bei ihm eine laute Party steigt, aber es ist der Alkohol, der sie zu Krawallbrüdern macht, nicht das Marihuana, und das begreifen allmählich sogar die Rentner.« Sehr viel überraschender war die Entdeckung, daß er außerdem an einem örtlichen Gymnasium Chemie unterrichtete und als Lehrer durchaus Ansehen genoß.

»Was Tony in seinen vier Wänden treibt, ist seine Angelegenheit«, erklärte der Schuldirektor. »Es ist nicht meine Aufgabe, außerhalb der Unterrichtszeiten die Moral meiner Kollegen zu überwachen. Wenn es so wäre, würde ich wahrscheinlich einige meiner besseren Leute verlieren. Tony ist ein engagierter Lehrer, der es versteht, Kinder für ein schwieriges Fach zu begeistern. Ich habe eine Menge für ihn übrig.«

›Ich kenne Steven Harding seit achtzehn Jahren. Wir sind zusammen zur Schule gegangen und seither befreundet. Wenn sein Boot kaputt ist oder im Winter, wenn es an Bord zu kalt für ihn ist, übernachtet er immer bei mir. Ich habe seine Eltern gut gekannt, aber seitdem sie 1991 nach Cornwall umgezogen sind, habe ich sie nicht mehr gesehen. Steve ist vor zwei Jahren mal

nach Falmouth gesegelt, aber sonst war er, glaube ich, nie in Cornwall. Sein Leben spielt sich zwischen seiner Wohnung in London und seinem Boot in Lymington ab.

Er hat mir in diesem Jahr mehr als einmal erzählt, daß er Probleme mit einer Frau namens Kate Sumner hätte, die ihm ständig auflauerte. Er bezeichnete sie und ihr Kind als äußerst merkwürdig und sagte, sie wären ihm nicht geheuer. Eine Zeitlang ging dauernd die Alarmanlage an seinem Auto los, und er war überzeugt, daß Kate Sumner jedesmal den Alarm ausgelöst hatte. Er fragte mich, ob er sich an die Polizei wenden solle. Ich fand die Geschichte komisch und wußte nicht so recht, ob ich ihm glauben sollte. Dann zeigte er mir den Kot am Türgriff seines Wagens und erzählte mir, wie Kate Sumner einmal die schmutzige Windel ihres Kindes auf seinem Bett verschmiert hatte. Ich sagte ihm, wenn er die Polizei zuzöge, würde es wahrscheinlich eher schlimmer als besser werden, und schlug ihm vor, er solle sich einen anderen Parkplatz für sein Auto suchen. Soweit ich weiß, war das Problem damit gelöst.

Ich habe nie mit Kate oder Hannah Sumner gesprochen. Steve zeigte mir die beiden einmal in der Stadt und zog mich dann hastig um die nächste Ecke, weil er auf keinen Fall mit ihnen reden wollte. Seine Abneigung war echt. Ich glaube, er hatte tatsächlich Angst vor ihr. William Sumner habe ich zu Anfang dieses Jahres in einem Pub kennengelernt. Er war allein dort und lud Steve und mich ein, etwas mit ihm zu trinken. Er kannte Steve bereits, weil seine Frau ihn mit ihm bekannt gemacht hatte, nachdem Steve ihr einmal die Einkaufstüten getragen hatte oder so was. Ich bin nach ungefähr einer halben Stunde gegangen, aber Steve hat mir später erzählt, er sei noch mit Sumner nach Hause gegangen, um eine Unterhaltung über das Segeln fortzusetzen. Er sagte, William hätte früher eine Contessa gehabt und an Regatten teilgenommen, und das Gespräch mit ihm sei interessant gewesen.

Steve ist ein gutaussehender Bursche und genießt sein Leben. Er hat immer mindestens zwei Mädchen zu gleicher Zeit, weil er kein Interesse hat, sich zu binden. Das Segeln ist seine ganze Leidenschaft, und er hat einmal zu mir gesagt, er würde sich niemals ernsthaft für eine Frau interessieren können, die nicht segelt. Er ist nicht der Typ, der mit seinen Eroberungen hausieren geht, und da mich Namen sowieso nie interessieren, habe ich keine Ahnung, wen er im Augenblick am Wickel hat. Wenn er gerade kein Engagement als Schauspieler hat, kann er jederzeit als Model arbeiten. Meistens macht er Modeaufnahmen, aber er hat sich auch schon für Pornozeitschriften fotografieren lassen. Er braucht Geld, um die Wohnung in London und die Crazy Daze *zu halten, und solche Arbeit wird gut bezahlt. Er schämt sich dieser Fotos nicht, aber ich habe nie erlebt, daß er sie herumgezeigt hätte. Ich habe keine Ahnung, wo er sie aufbewahrt.*

Ich habe Steve am Freitag abend, dem 8. August, gesehen. Er kam vorbei, um mir zu sagen, daß er am nächsten Tag nach Poole segeln wolle und daß wir uns erst am folgenden Wochenende wiedersehen würden. Er erwähnte, daß er am Montag, dem 11. August, einen Vorsprechtermin in London habe, und sagte, er wolle am Samstag abend den letzten Zug zurück nehmen. Später hat mir ein gemeinsamer Freund, Bob Winterslow, der in der Nähe vom Bahnhof wohnt, erzählt, Steve hätte ihn von Bord aus angerufen und gefragt, ob er Sonntag nacht auf seinem Sofa schlafen könne, weil er gleich am Montag morgen den ersten Zug nach London nehmen wolle. Aber dann ist er auf dem Boot geblieben und hat seinen Termin verpaßt. Das ist typisch für Steve. Er kommt und geht, wie es ihm gerade Spaß macht. Ich erfuhr, daß Steve die Sache in den Sand gesetzt hatte, als sein Agent, Graham Barlow, mich am Montag morgen anrief und sagte, Steve wäre nirgends in London aufzutreiben und ginge auch nicht an sein Handy. Daraufhin habe ich ein paar Freunde angerufen, um zu fragen, ob jemand was von ihm gehört hätte, dann habe ich mir ein Schlauchboot geliehen und bin zur Crazy Daze *rausgefahren. Steve lag mit einem Riesenkater im Bett, und es stellte sich heraus, daß das der Grund für sein Nichterscheinen war.*

Ich habe das Wochenende vom 9. und 10. August mit meiner Freundin Beatrice ›Bibi‹ Gould verbracht, die ich seit vier Monaten kenne. Am Samstag abend waren wir auf einem Rave *im* Jamaica Club *in Southampton und sind erst gegen vier Uhr morgens nach Hause zurückgekehrt. Am Sonntag haben wir praktisch den ganzen Tag geschlafen. Ich weiß nichts über Kate Sumners Tod, aber ich bin absolut sicher, daß Steven Harding nichts damit zu tun hat. Er ist kein aggressiver Mensch.‹*

(Interner Vermerk: Dieser Rave *hat stattgefunden, aber es ist unmöglich zu überprüfen, ob A. Bridges und B. Gould tatsächlich dort waren. Grobe Schätzung der Gästezahl im* Jamaica Club *am Samstag abend: 1000)*

Die Aussage Beatrice Goulds bestätigte die Bridges' und Hardings in allen wesentlichen Punkten.

›Ich bin neunzehn Jahre alt und als Friseurin im Salon Get Ahead *in der High Street in Lymington beschäftigt. Tony Bridges habe ich vor ungefähr vier Monaten in einer Disco kennengelernt, und er hat mich eine Woche später mit Steven Harding bekannt gemacht. Die beiden sind schon sehr lange befreundet, und Steve wohnt immer bei Tony, wenn er aus irgendeinem Grund nicht auf seinem Boot bleiben kann. Ich habe Steve im Laufe der Zeit recht gut kennengelernt. Mehrere meiner Freundinnen interessieren sich für ihn, aber er will sich nicht binden und neigt dazu, enge Beziehungen zu vermeiden. Er sieht gut aus, und da er außerdem noch Schauspieler ist, werfen sich ihm die Mädchen förmlich an den Hals. Zu mir hat er einmal gesagt, daß er glaubt, sie sehen ihn als Sexprotz, und daß ihm das echt zuwider ist. Ich weiß, daß er in dieser Hinsicht eine Menge Ärger mit Kate Sumner hatte. Er war einmal nett zu ihr, und danach hat sie ihn nicht mehr in Ruhe gelassen. Er sagte, seiner Meinung nach sei sie einsam, aber das gäbe ihr noch lange nicht das Recht, ihm das Leben zur Hölle zu*

machen. Es wurde so schlimm, daß er sich versteckte, wenn wir weggingen, und Tony und ich erst nachsehen mußten, ob sie in der Nähe war. Ich glaube, sie war psychisch gestört. Sie hat doch sogar die schmutzigen Windeln ihrer Tochter an seinem Auto abgewischt! Ich fand das wirklich widerlich und habe damals zu Steve gesagt, er solle sie bei der Polizei anzeigen.

Am Wochenende des 9. und 10. August habe ich Steve nicht gesehen. Ich bin am Samstag nachmittag um halb fünf zu Tony gekommen, und wir sind dann etwa um halb acht zum Jamaica Club *in Southampton gefahren. Wir gehen da oft hin, weil Daniel Agee ein super DJ ist und wir seinen Stil echt mögen. Am Sonntag bin ich bis zehn Uhr abends bei Tony geblieben, dann bin ich nach Hause gefahren. Ich wohne in der Shorn Street 67 in Lymington, im Haus meiner Eltern, aber die meisten Wochenenden übernachte ich bei Tony Bridges, und manchmal auch während der Woche. Ich mag Steve Harding sehr und glaube nicht, daß er mit Kate Sumners Tod etwas zu tun hat. Er und ich verstehen uns wirklich gut.*‹

Superintendent Carpenter wartete schweigend, während John Galbraith die drei Protokolle las.

»Was halten Sie davon?« fragte er, als Galbraith fertig war. »Klingt Hardings Geschichte wahr? Ist das eine Kate Sumner, die Sie wiedererkennen?«

Galbraith schüttelte den Kopf. »Ich weiß nicht. Ich habe mir noch keine genaue Meinung über sie gebildet. Sie war ähnlich wie Harding eine Art Chamäleon, spielte verschiedenen Leuten verschiedene Rollen vor.« Er überlegte einen Moment. »Eines, denke ich, läßt sich zu Hardings Verteidigung sagen – wenn sie jemanden gegen sich aufbrachte, dann tat sie es gründlich. Mit anderen Worten, sie ist den Leuten wirklich auf die Nerven gegangen. Haben Sie die Aussagen gelesen, die ich Ihnen geschickt habe? Ihre Schwiegermutter konnte sie nicht ausstehen, und Wendy Plater, Williams Ex-Freundin, die von Kate aus dem Rennen geworfen wurde, mochte sie genausowenig. Man könnte natürlich argumentieren, daß es in beiden Fällen wahrscheinlich nichts als schlichte Eifersucht war, aber ich hatte den Eindruck, daß da doch etwas mehr dahintersteckte. Sie verwendeten beide dasselbe Wort, um sie zu beschreiben. Manipulativ. Angela Sumner bezeichnete sie als die egozentrischste und berechnendste Frau, die ihr je begegnet wäre, und die Freundin sagte, Kate sei eine Lügnerin gewesen. William hat uns gesagt, sie hätte genau gewußt, was sie wollte, und ihn gleich bei ihrer ersten Begegnung um den Finger gewickelt.« Er zuckte die Achseln. »Ob all das besagt, daß sie eine Frau war, die einem Mann auflauerte, wenn sie was von ihm wollte, weiß ich nicht. Ich hätte ihr solche Unverfrorenheit eigentlich nicht zugetraut, aber« – er breitete ratlos die Hände aus – »in ihrem Streben nach einem komfortablen Lebensstil war sie ja auch ziemlich unverfroren.«

»Ich hasse solche Fälle, John«, sagte Carpenter mit echtem Bedauern. »Die arme Frau ist tot, aber ihr Charakter wird verunglimpft werden, ganz gleich, wie man es dreht und wendet.« Er zog das Protokoll von Hardings Aussage über den Schreibtisch zu sich heran und trommelte gereizt mit den Fingern darauf. »Soll ich Ihnen sagen, wonach das hier riecht? Nach der klassischen Rechtfertigung einer Vergewaltigung. ›*Die wollte es doch gar nichts anders. Hat ja förmlich danach gelechzt. Konnte einfach nicht die Finger von mir lassen. Ich hab ihr nur gegeben, was sie wollte. Es ist doch nicht meine Schuld, wenn sie hinterher Foul schreit. Sie war eine aggressive Frau, und aggressiver Sex hat ihr gefallen.*‹« Die Falten auf seiner Stirn vertieften sich. »Harding leistet doch nur solide Vorarbeit, um sich abzusichern für den Fall, daß wir es schaffen sollten, ihn unter Anklage zu stellen. Dann wird er uns erzählen, daß ihr Tod ein Unfall war – sie stürzte achtern über Bord, und er konnte sie nicht mehr retten.«

»Was für einen Eindruck hat Anthony Bridges auf Sie gemacht?«

»Der hat mir gar nicht gefallen. Er ist ein arroganter kleiner

Mistkerl und viel zu gewieft im Umgang mit der Polizei. Aber seine Aussage und die seiner schlampigen Freundin decken sich so genau mit Hardings, daß wir wohl, falls die drei nicht ein abgekartetes Spiel treiben, akzeptieren müssen, daß sie die Wahrheit sagen.« Ein plötzliches Lächeln vertrieb sein Stirnrunzeln. »Wenigstens vorläufig. Es wird interessant sein zu sehen, ob sich etwas ändert, wenn er und Harding Gelegenheit hatten, miteinander zu reden. Sie wissen ja, daß wir ihm zur Auflage gemacht haben, sich bei Bridges einzuquartieren.«

»In einer Hinsicht muß ich Harding recht geben«, sagte Galbraith nachdenklich. »Mir ist diese kleine Hannah auch nicht ganz geheuer.« Er stützte die Ellbogen auf die Knie und beugte sich mit skeptischer Miene vor. »Diese Geschichte, daß sie jedesmal zu schreien anfängt, wenn sie einen Mann zu Gesicht bekommt, ist reiner Quatsch. Als ich bei den Sumners im Wohnzimmer saß und auf ihren Vater gewartet habe, kam sie rein, setzte sich vor mir auf den Teppich und fing an, an sich herumzuspielen. Sie hatte keine Unterhose an. Sie hat einfach ihr Kleid hochgezogen und losgelegt, als gäbe es kein Morgen. Und dabei hat sie mich die ganze Zeit beobachtet. Glauben Sie mir, die Kleine hat genau gewußt, was sie tat.« Er seufzte. »Es war verdammt entnervend, und ich freß einen Besen, wenn sie nicht von irgend jemandem zu solchen Spielchen verleitet wurde, ganz gleich, was diese Ärztin sagt.«

»Mit anderen Worten, Sie setzen auf Sumner?«

Galbraith ließ sich das einen Moment durch den Kopf gehen. »Sagen wir es mal so: Ich bin absolut sicher, daß er's war, wenn, erstens, sein Alibi nicht standhält, und ich, zweitens, rauskriegen kann, wie er es einrichten konnte, daß vor Purbeck ein Boot auf ihn wartete.« Sein sympathisches Gesicht verzog sich zu einem Lächeln. »Der Mann reizt mich bis aufs Blut, wahrscheinlich weil er sich für so verdammt klug hält. Wissenschaftlich fundiert ist es nicht, aber, ja, ich setze auf ihn und nicht auf Steven Harding.«

Seit nunmehr zweiundsiebzig Stunden brachten Lokalblätter und überregionale Tageszeitungen Berichte über eine Morduntersuchung im Anschluß an die Auffindung einer weiblichen Leiche an einem Strand auf der Insel Purbeck. Da die Frau und ihre Tochter aller Wahrscheinlichkeit nach mit einem Boot unterwegs gewesen waren, hatte man an alle Segler zwischen Southampton und Weymouth appelliert, sich zu melden, falls sie am Wochenende des 9. und 10. August eine zierliche, blonde Frau und/oder ein dreijähriges kleines Mädchen gesehen haben sollten. Am Mittwoch nachmittag erschien die Verkäuferin eines großen Kaufhauses in Bournemouth auf ihrem zuständigen Polizeirevier und erklärte schüchtern, sie wolle auf keinen Fall unnötig stören, aber sie habe am Sonntag abend etwas beobachtet, was möglicherweise mit der Ermordung der Frau zu tun haben könnte.

Sie sagte, sie heiße Jennifer Hale und sei auf einer Fairline Squadron namens *Gregory's Girl* unterwegs gewesen. Das Boot gehöre einem Geschäftsmann aus Poole mit Namen Gregory Freemantle.

»Er ist mein Boyfriend«, fügte sie erklärend hinzu.

Der diensthabende Beamte fand diese Bezeichnung etwas albern. Sie war weit über dreißig, und er fragte sich, wie alt ihr Freund wohl sein mochte. Geht wahrscheinlich schon auf die Fünfzig zu, dachte er, wenn er sich eine Fairline Squadron leisten kann.

»Ich wollte eigentlich, daß Gregory selbst herkommt und es Ihnen erzählt«, sagte sie, »weil er Ihnen viel genauer hätte sagen können, wo es war. Aber er meinte, es lohne die Mühe nicht, weil ich nicht genug Erfahrung hätte, um zu wissen, was ich da eigentlich gesehen habe. Er glaubt nämlich seinen Töchtern, müssen Sie wissen, und die sagten, es wäre ein Ölfaß gewesen. Wehe dem, der den beiden widerspricht! Er geht jedem Streit mit ihnen aus dem Weg, weil er Angst hat, daß sie sich sonst bei ihrer Mutter beschweren, wo er doch eigentlich –« Sie stieß einen Seufzer aus. »Ehrlich gesagt, sie sind zwei richtig verwöhnte Fratze. Ich fand, wir hätten anhalten müssen, um nachzusehen, was das für ein Ding war, aber« – sie schüttelte den Kopf – »ich hatte einfach nicht mehr die Nerven, mich deswegen mit ihnen zu streiten. Mir reichte es schon vollauf für den Tag.«

Der diensthabende Sergeant, der selbst Stiefkinder hatte, sah sie mit einem verständnisvollen Lächeln an. »Wie alt sind die beiden denn?«

»Dreizehn und fünfzehn.«

»Ein schwieriges Alter.«

»Das kann man wohl sagen. Besonders wenn die Eltern –« Sie brach ab, wollte offensichtlich nicht zuviel sagen.

»In ungefähr fünf Jahren, wenn sie ein bißchen erwachsener geworden sind, wird es besser werden.«

Ein Funke der Erheiterung blitzte in ihren Augen auf. »Vorausgesetzt, mich gibt's dann noch. Im Moment sieht's nicht so aus. Die Jüngere ist nicht so schlimm, aber um noch mal fünf Jahre mit Marie durchzustehen, müßte ich schon eine Elefantenhaut haben. Sie kommt sich vor wie Elle McPherson und Claudia Schiffer in einer Person und kriegt Tobsuchtsanfälle, wenn sie nicht ständig verhätschelt und verwöhnt wird. Wie dem auch sei...« Sie kehrte zu ihrem Anliegen zurück. »Ich bin sicher, es war kein Ölfaß. Ich saß hinter der Flyingbridge und konnte es besser sehen als die anderen. Was immer es auch war, es war nicht aus Metall – es war zwar schwarz, aber mir sah es eher nach einem gekenterten Schlauchboot aus. Ich glaube, es hatte nicht genug Luft, weil es ziemlich tief im Wasser lag.«

Der Sergeant machte sich Notizen. »Wieso glauben Sie, daß es mit der Mordsache zu tun hat?« fragte er.

Sie lächelte verlegen, hatte Angst, sich lächerlich zu machen. »Weil es ein Boot war«, antwortete sie, »und nicht weit von der Stelle entfernt, wo die Leiche gefunden wurde. Wir waren in Chapman's Pool, als die Frau von dem Hubschrauber geborgen wurde, und wir sind nur ungefähr zehn Minuten, nachdem wir St.-Alban's-Kap umrundet hatten, an dem Boot vorbeigekommen. Ich habe mir ausgerechnet, daß das ungefähr um Viertel nach sechs gewesen sein muß, und ich weiß, daß wir mit fünfundzwanzig Knoten gefahren sind, weil mein Freund das sagte, als wir um das Kap herumkamen. Er meinte, daß Sie sicher eine Jacht oder einen großen Kabinenkreuzer suchen, aber ich habe mir gedacht – na ja –, von einem Schlauchboot aus kann man genauso leicht ins Wasser stürzen und ertrinken wie von einer Jacht, oder nicht? Und dieses Boot war offensichtlich gekentert.«

Carpenter erhielt den Bericht aus Bournemouth um drei Uhr, sah ihn durch, zog eine Karte zu Rate und schickte ihn dann mit einer Notiz an Galbraith weiter.

Lohnt es sich, dem nachzugehen? Wenn das Boot nicht zwischen St.-Alban's-Kap und Anvil Point angetrieben worden ist, dann wird es irgendwo vor Swanage im tiefen Wasser untergegangen sein und ist wahrscheinlich nicht mehr zu finden. Die Zeitangaben scheinen jedoch sehr präzise zu sein. Wenn wir also annehmen, daß es vor Anvil Point angetrieben wurde, kann Ihr Freund Ingram wahrscheinlich ausrechnen, wo es sich befinden müßte. Sie sagten doch, er habe das Zeug zu einem Spürhund. Wenn er uns nicht helfen kann, wenden Sie sich an die Küstenwache. Vielleicht ist es sogar das beste, Sie reden zuerst mit denen. Sie wissen ja, wie sauer die reagieren, wenn ihnen die Landratten die Schau stehlen. Das Ganze ist reichlich vage – ich kann mir nicht vorstellen, wie Hannah da ins Bild passen soll oder wie man eine Frau in einem Schlauchboot vergewaltigen kann, ohne daß es kentert –, aber man weiß ja nie. Vielleicht ist es dieses Boot vor der Insel Purbeck, nach dem Sie suchen.

Es zeigte sich, daß die Küstenwache den Schwarzen Peter bereitwillig an Ingram weitergab. Man habe mitten in der Hochsaison weiß Gott Wichtigeres zu tun, als an unwahrscheinlichen Orten nach »imaginären« Schlauchbooten zu suchen, lautete die Mitteilung. Ingram, nicht minder skeptisch, fuhr nach Durlston

Head und brach zu einer Wanderung auf dem Küstenweg auf, wobei er der gleichen Route folgte, die Harding angeblich am vergangenen Sonntag genommen hatte. Er ging langsam und suchte den Küstenstreifen am Fuß der Klippen alle fünfzig Meter mit seinem Feldstecher ab. Er war sich ebenso wie die Küstenwache darüber im klaren, wie schwierig es war, vor den glänzenden dunklen Felsen am Fuß der Landspitze ein schwarzes Schlauchboot auszumachen, und überprüfte deshalb alle Abschnitte, die er bereits abgehakt hatte, noch ein zweites Mal. Er hatte auch kein allzu großes Vertrauen in seine eigene Schätzung, daß ein auf dem Wasser treibender Gegenstand, der am Sonntag abend gegen 18 Uhr 15 etwa dreihundert Meter vor Seacombe Cliff gesichtet worden war – denn bis dorthin müßte seiner Berechnung nach eine Fairline Squadron gekommen sein, wenn sie von St.-Alban's-Kap aus zehn Minuten lang mit fünfundzwanzig Knoten gefahren war –, ungefähr sechs Stunden später auf halbem Weg zwischen Blackers Hole und Anvil Point gestrandet sein könnte. Er wußte, wie unberechenbar die See war, wie höchst unwahrscheinlich es war, daß ein nur teilweise mit Luft gefülltes Schlauchboot überhaupt jemals angetrieben wurde. Sehr viel wahrscheinlicher war, daß es sich mittlerweile entweder auf dem Weg nach Frankreich befand – immer vorausgesetzt, es hatte überhaupt existiert – oder aber zwanzig Faden unter der Wasseroberfläche.

Er entdeckte es schließlich etwas östlich von der Stelle, die er errechnet hatte, und er lächelte mit berechtigter Befriedigung, als er es durch das starke Fernglas ausmachte. Es lag kieloben, von Holzboden und Holzsitzen in Form gehalten, auf einem unzugänglichen Stück Strand. Mit seinem Handy rief er Inspector Galbraith an.

»Haben Sie Lust auf eine kleine Bootstour?« fragte er. »An diese Badewanne kommen wir nämlich nur mit einem Boot ran. Wenn Sie in Swanage auf mich warten, kann ich Sie heute abend mit rausnehmen. Sie brauchen Ölzeug und hohe Gummistiefel«, warnte er. »Es wird nämlich eine ziemlich feuchte Angelegenheit werden.«

Ingram hatte zwei Freunde aus Swanage mitgenommen, die zur Besatzung des dortigen Seenotrettungskreuzers gehörten. Sie hielten die *Miss Creant* in Position, während er Galbraith in seinem Schlauchboot an Land brachte. Dreißig Meter vor der Küste schaltete er den Außenbordmotor aus und kippte ihn aus dem Wasser. Mit Hilfe der Ruder manövrierte er das Boot vorsichtig zwischen den scharfkantigen Granitbrocken hindurch, die hier auf den unbesonnenen Seefahrer lauerten. Er stabilisierte das kleine Boot an einem großen Felsblock, wies Galbraith mit einer Kopfbewegung an, aus dem Boot zu klettern, und folgte ihm dann ins Wasser. An der Fangleine zog er das jetzt fast gewichtslose Schlauchboot zu dem öden kleinen Stück Strand.

»Da liegt es.« Er zeigte nach links, während er sein Boot auf den Strand hinauf trug. »Weiß der Himmel, wie es hierhergekommen ist. Man läßt doch nicht ohne guten Grund ein Beiboot sausen, das völlig in Ordnung ist.«

Galbraith schüttelte ungläubig den Kopf. »Wie zum Teufel haben Sie es entdeckt?« Er blickte an den steilen Klippen über ihnen hinauf. Es mußte wie die Suche nach der berühmten Stecknadel im Heuhaufen gewesen sein.

»Einfach war's nicht«, bekannte Ingram, schon auf dem Weg zu dem gestrandeten Boot. »Interessanter ist die Frage, wie es die Felsen überstanden hat.« Er beugte sich über den umgedrehten Rumpf. »Es muß kieloben zwischen den Felsen durchgetrieben worden sein, sonst hätte es den Boden rausgerissen, und das heißt, daß wir im Innern nichts mehr finden werden. Trotzdem« – er zog fragend die Augenbraue hoch –, »wollen wir's umdrehen?«

Mit einem Nicken packte Galbraith am Heck an, während Ingram an der Gummiverschalung am Bug anfaßte. Sie hatten Mühe, das Boot herumzuhieven, weil die Konstruktion wegen des Luftmangels nicht genügend Festigkeit hatte, und das Boot sank in sich zusammen wie ein durchlöcherter Ballon. Ein kleiner Krebs krabbelte darunter hervor und flüchtete in eine Wasserlache zwischen den Felsen. Wie Ingram vorhergesagt hatte, war das Boot leer bis auf die hölzernen Bodenplanken und die Überreste einer zerbrochenen Sitzbank. Es war jedoch ein relativ großes Boot, ungefähr drei Meter lang und einen Meter zwanzig breit, und das Heck war unversehrt.

Ingram wies auf die Einkerbungen, die die Klemmschrauben eines Außenbordmotors im Holz hinterlassen hatten, und ging in die Hocke, um die zwei Metallringe am Heck und den einzelnen Ring in der Bodenbeplankung vorn am Bug zu begutachten.

»Es war irgendwann mal achtern auf einem Bootsdeck an Davits aufgehängt. An diesen Ringen werden die Stahltrossen festgemacht, ehe das Beiboot hochgewinscht wird, damit es während der Fahrt nicht hin und her schwingt.«

Er suchte auf der Außenseite des Bootsrumpfes nach einem Namen, fand aber keinen. »Es ist völlig ausgeschlossen, daß dieses Ding hier vom Heck einer Jacht abgestürzt sein kann, ohne daß es jemand bemerkt hätte. Da hätten beide Trossen im selben Moment reißen müssen, und die Chancen, daß so was passiert, sind minimal, wenn Sie mich fragen. Wenn nur eine Trosse risse, würde das Boot zu schwingen anfangen wie ein Pendel, und man könnte nicht mehr richtig steuern. Spätestens dann würde man Fahrt wegnehmen, um festzustellen, wo das Problem liegt.« Er hielt einen Moment inne. »Im übrigen würden die Trossen noch an den Ringen hängen, wenn sie gerissen wären.«

»Weiter.«

»Ich glaube eher, daß es von einem Bootsanhänger aus zu Wasser gelassen wurde, was bedeutet, daß wir uns in Swanage, Kimmeridge Bay und Lulworth umhören müssen.« Er stand auf und blickte nach Westen. »Außer natürlich, es kam aus Chapman's Pool. Dann müssen wir fragen, wie es dort überhaupt hingekommen ist. Es gibt da keinen öffentlichen Zugang vom Land, man kann also nicht einfach so zum Spaß einen Trailer runterbugsieren und ein Schlauchboot zu Wasser lassen.« Er rieb sich das Kinn. »Komische Geschichte, nicht?«

»Könnte man es nicht hinuntertragen und dann an Ort und Stelle aufpumpen?«

»Das kommt darauf an, wieviel Kraft man hat. Diese Dinger sind verdammt schwer.« Er breitete die Arme aus wie ein Fischer, der die Größe eines Fischs demonstriert. »Sie werden in riesigen Segeltuchtaschen verpackt, aber Sie können's mir glauben, um die eine größere Strecke zu tragen, braucht es zwei Leute, und von Hill Bottom bis zum Slip von Chapman's Pool sind es mehr als anderthalb Kilometer.«

»Was ist mit den Bootshäusern? Die Spurensicherungsleute haben die ganze Bucht fotografiert, und auf dem Abstellplatz neben den Hütten liegen massenhaft Schlauchboote. Könnte es eines von denen sein?«

»Höchstens wenn es gestohlen worden ist. Mir ist kein Diebstahl gemeldet worden, aber vielleicht ist er einfach noch nicht bemerkt worden. Ich kann das ja morgen mal nachprüfen.«

»Junge Leute, die nur mal eine Spritztour machen wollten?« meinte Galbraith.

»Das bezweifle ich.« Ingram stieß mit dem Fuß leicht gegen den Rumpf. »Sie hätten rudern müssen wie die Weltmeister, um es aufs offene Meer hinauszubugsieren. Es wäre nämlich niemals von allein hinausgetrieben. Der Zufahrtskanal ist zu schmal, und die Wucht der Brandung und die Strömung hätten es in die entgegengesetzte Richtung gezwungen, zurück zu den Felsen in der Bucht.« Er lächelte über Galbraiths verständnislose Miene. »Ohne Motor geht da gar nichts«, erklärte er, »und jemand, der sich nur mal kurz ein Boot klauen will, um eine Spritztour zu machen, schleppt im allgemeinen nicht seinen eigenen Motor mit. Außenbordmotoren liegen aber nun mal nicht herum wie Sand am Meer. Die Dinger sind teuer, also verwahrt man sie hinter Schloß und Riegel. Damit ist übrigens auch Ihrer Theorie, das

Boot könnte erst an Ort und Stelle aufgepumpt worden sein, der Boden entzogen. Ich kann mir nicht vorstellen, daß jemand ein Schlauchboot *und* einen Außenbordmotor nach Chapman's Pool runtergeschleppt hat.«

Galbraith sah ihn neugierig an. »Also?«

»Ich kombiniere nur so aus dem Stegreif, Sir.«

»Schon in Ordnung. Hört sich gut an. Machen Sie ruhig weiter.«

»Wenn es von Chapman's Pool gestohlen wurde, heißt das, daß wir es mit einem vorsätzlichen Diebstahl zu tun haben. Es müßte also jemand gewesen sein, der bereit war, einen schweren Außenbordmotor anderthalb Kilometer weit zu schleppen, um ein Boot zu stehlen.« Er zog die Brauen hoch. »Warum sollte jemand so was tun? Und warum dann das Boot aufgeben? Das ist doch wirklich verdammt sonderbar, finden Sie nicht? Und wie ist der Dieb wieder an Land gekommen?«

»Geschwommen?«

»Vielleicht.« Ingram richtete den Blick in die leuchtendorangerote Sonne und verengte die Augen zu Schlitzen. »Aber vielleicht brauchte er das auch gar nicht«, sagte er dann. »Vielleicht war er gar nicht in dem Boot.« Er hüllte sich einen Moment in nachdenkliches Schweigen. »Das Heck ist völlig in Ordnung, deshalb hätte der Außenbordmotor das Boot eigentlich unter Wasser ziehen müssen, sobald die Luft aus den Seiten entwich.«

»Und was heißt das?«

»Daß der Außenbordmotor nicht dran war, als es kenterte.«

Galbraith wartete darauf, daß er fortfahren würde. Als Ingram weiter schwieg, machte er eine ungeduldige Handbewegung. »Kommen Sie schon, Nick. Worauf wollen Sie hinaus? Ich hab null Ahnung von Booten.«

Ingram lachte. »Tut mir leid. Ich hab nur darüber nachgedacht, was so ein Schlauchboot ohne Motor mitten in der Wildnis zu suchen hatte.«

»Aber Sie sagten doch vorhin, es müßte einen Motor gehabt haben.«

»Stimmt, aber jetzt sehe ich die Sache anders.«

Galbraith stöhnte verzweifelt. »Wollen Sie wohl aufhören, in Rätseln zu sprechen, Sie Mistkerl? Ich bin naß bis auf die Haut, friere mich halb zu Tode und könnte dringend einen Schnaps gebrauchen.«

Ingram lachte wieder. »Ich hab mir nur gerade überlegt, daß es das einfachste wäre, ein gestohlenes Schlauchboot per Boot aus Chapman's Pool rauszuschleppen. Immer vorausgesetzt natürlich, man ist zuerst per Boot reingekommen.«

»Warum dann noch ein zweites stehlen?«

Ingram starrte auf den eingefallenen Rumpf. »Vielleicht, weil man eine Frau vergewaltigt und sie halb tot darin liegen gelassen hat?« meinte er. »Und weil man alles, was einen hätte verraten können, loswerden wollte? Ich denke, Sie sollten Ihre Spurensicherungsleute hier rausschicken und feststellen lassen, warum das Boot Luft verloren hat. Wenn sich zeigen sollte, daß das Gummi aufgeschlitzt wurde, dann würde das meiner Meinung nach heißen, daß der Täter die Absicht hatte, das Boot samt Inhalt auf dem offenen Meer zu versenken.«

»Damit wären wir also wieder bei Harding?«

Ingram zuckte die Achseln. »Er ist Ihr einziger Verdächtiger, der mit einem Boot zur richtigen Zeit am richtigen Ort war«, sagte er.

Tony Bridges hörte sich Steven Hardings endlose Schimpftirade auf die Polizei mit wachsendem Unmut an. Harding rannte wutschnaubend im Wohnzimmer hin und her, während er alles, was ihm in die Quere kam, mit Fußtritten traktierte und Bridges jedesmal anschrie, wenn dieser etwas zu äußern wagte. Bibi verfolgte die immer heftiger werdende Szene stumm und ängstlich und fragte sich, ob es die Lage bessern oder verschlimmern würde, wenn sie jetzt sagte, daß sie nach Hause wollte.

Schließlich riß Bridges der Geduldsfaden. »Mensch, nimm dich endlich zusammen, eh ich dir eine runterhau«, brüllte er. »Du benimmst dich wie ein kleines Kind. Okay, die Polizei hat dich verhaftet. Na, wenn schon! Du solltest froh und dankbar sein, daß sie nichts gefunden haben.«

Harding warf sich in einen Sessel. »Wer sagt, daß sie nichts gefunden haben? Sie haben die *Crazy Daze* nicht wieder freigegeben – mein Auto ist beschlagnahmt... Was zum Teufel soll ich denn tun?«

»Setz den Anwalt darauf an. Dafür wird er doch bezahlt, Herrgott noch mal. Aber hör endlich auf, dich bei uns zu beschweren. Das ist nämlich auf die Dauer stinklangweilig, abgesehen von allem anderen. Wir können schließlich nichts dafür, daß du übers Wochenende nach Poole gesegelt bist. Du hättest mit uns nach Southampton kommen sollen.«

Bibi hob den Kopf und öffnete den Mund, um etwas zu sagen, und schloß ihn jedoch vorsichtshalber wieder. Spannung brodelte im Zimmer wie überhitzte Hefe.

Harding stampfte in blinder Wut mit dem Fuß auf. »Der Anwalt taugt überhaupt nichts. Der hat mir erklärt, diese Schweine hätten das Recht, Beweismaterial so lange wie nötig sicherzustellen, oder irgendso 'nen ähnlichen juristischen Schwachsinn...« Seine Stimme brach in einem Aufschluchzen.

Danach herrschte eine ganze Weile Schweigen.

Diesmal siegte ihre Zuneigung zu Harding über ihre Vorsicht, und Bibi hob erneut den Kopf und strich sich das Haar aus dem Gesicht, um ihn ansehen zu können. »Aber wenn du's nicht getan hast«, sagte sie auf ihre sanfte, ziemlich kindliche Art, »dann weiß ich überhaupt nicht, warum du dich so aufregst.«

»Genau«, stimmte Bridges zu. »Ohne Beweise können sie dir gar nichts anhängen, und wenn sie dich freigelassen haben, gibt es offensichtlich keine Beweise. Was willst du also mehr?«

»Ich brauche mein Handy«, sagte Harding und sprang von seinem Platz auf, von neuer Energie erfüllt. »Wo hast du's?«

»Ich hab's bei Bob gelassen«, antwortete Tony. »Wie du mir gesagt hattest.«

»Hat er es aufgeladen?«

»Das weiß ich doch nicht. Ich habe seit Montag nicht mehr mit ihm gesprochen. Er war ziemlich bekifft, als ich es ihm gegeben habe. Wahrscheinlich hat er's total vergessen.«

»Das hat mir gerade noch gefehlt.« Wütend trat Harding mit dem Fuß gegen die Wand.

Bridges trank einen Schluck aus seiner Bierdose und musterte seinen Freund nachdenklich. »Wieso ist das Telefon denn so wichtig?«

»Kann dir doch egal sein.«

»Dann tritt mir hier nicht die beschissenen Wände ein!« brüllte Bridges, als er ebenfalls aufsprang und Harding bei den Schultern packte. »Benimm dich gefälligst! Das hier ist mein Haus und nicht dein popliges kleines Boot.«

»Hört auf!« schrie Bibi, die hinter einem Sessel kauerte. »Was ist nur los mit euch beiden? Gleich gibt's hier eine Riesenprügelei.«

Harding sah stirnrunzelnd zu ihr hinunter, dann hob er beschwichtigend die Hände. »Okay, okay. Ich erwarte einen Anruf. Deswegen bin ich so nervös.«

»Dann benutz doch das Telefon im Flur«, sagte Bridges kurz und ließ sich wieder in seinen Sessel fallen.

»Nein.« Harding wich zur Wand zurück, lehnte sich dagegen. »Was hat die Polizei dich eigentlich gefragt?«

»Das Übliche. Wie gut du mit Kate bekannt warst – ob das mit der Belästigung meiner Meinung nach gestimmt hat – ob ich dich am Samstag gesehen hätte – wo *ich* zu der Zeit war – in welcher Form du mit Pornogeschichten zu tun hättest…« Er schüttelte den Kopf. »Ich habe schon immer gewußt, daß dir das eines Tages wie ein Klotz am Bein hängen würde.«

»Hör schon auf«, sagte Harding verdrossen. »Ich hab dir am Montag gesagt, daß ich von deinen gottverdammten Predigten die Nase voll hab. Was hast du den Bullen erzählt?«

Bridges blickte ihn warnend an und zeigte dabei auf Bibis gesenkten Kopf, dann legte er ihr die Hand in den Nacken. »Würdest du mir einen Gefallen tun, Bibs? Lauf doch mal runter in den Laden und hol einen Achterpack. Geld liegt auf dem Bord im Flur.«

Mit offenkundiger Erleichterung stand sie auf. »Gern. Natürlich. Ich stell's in den Flur und gehe dann nach Hause. Okay?« Sie streckte ihm widerstrebend die Hand hin. »Ich bin echt hundemüde, Tony, ich muß mich mal gründlich ausschlafen. Es macht dir doch nichts aus, oder?«

»Natürlich nicht.« Er drückte flüchtig ihre Finger. »Hauptsache, du liebst mich, Bibs.«

Sie riß sich los und lief in den Flur. »Das weißt du doch.«

Er sprach erst wieder, als er die Wohnungstür zufallen hörte. »Du solltest aufpassen, was du in ihrer Gegenwart sagst«, warnte er Harding. »Sie mußte auch eine Aussage machen, und es wäre nicht fair, sie noch tiefer in die Sache mit reinzuziehen.«

»Schon gut... Also, was hast du ihnen erzählt?«

»Möchtest du nicht lieber wissen, was ich ihnen *nicht* erzählt hab?«

»Wenn du meinst.«

»Also, ich hab ihnen nicht erzählt, daß du Kate gebumst hast, bis sie fix und fertig war.«

Harding holte tief Luft. »Warum nicht?«

»Ich hatte eigentlich vor, es zu sagen«, bekannte Bridges. Er griff nach einem Päckchen Zigarettenpapier und drehte sich einen Joint. »Aber ich kenne dich zu gut, Kumpel. Du bist zwar ein arroganter Scheißer, der sich für den Größten hält« – er blinzelte seinen Freund mit wiedergefundener Gutmütigkeit an –, »aber ich kann mir einfach nicht vorstellen, daß du jemanden umbringen würdest, und schon gar nicht eine Frau, auch wenn sie dir das Leben zur Hölle gemacht hat. Darum hab ich dichtgehalten.« Er zuckte vielsagend die Achseln. »Aber wenn ich je Grund haben sollte, meine Entscheidung zu bereuen, dann mache ich dich fertig – das kannst du mir glauben.«

»Haben sie dir gesagt, daß sie vergewaltigt worden ist, bevor sie ermordet wurde?«

Bridges stieß einen leisen Pfiff aus, als ginge ihm plötzlich ein Licht auf. »Kein Wunder, daß die sich so für deine Pornoaufnahmen interessiert haben. Der gewöhnliche Vergewaltiger ist ein jämmerlicher Bastard im schmuddeligen Trenchcoat, der sich an solchem Dreck aufgeilt.« Er zog aus der Sesselritze einen Plastikbeutel und begann das Zigarettenpapier zu füllen. »Die werden riesigen Spaß gehabt haben, als sie die Fotos fanden.«

Harding schüttelte den Kopf. »Ich hab sie alle über Bord geworfen, bevor sie kamen. Ich wollte keine« – er überlegte – »keine Mißverständnisse.«

»Mann, du bist echt ein Arschloch! Warum kannst du nicht ausnahmsweise mal ehrlich sein? Du hast eine Scheißangst davor gehabt, sie könnten dir eine Vergewaltigung anhängen, wenn sie Beweise dafür gefunden hätten, daß du's mit einer Minderjährigen treibst!«

»Die Fotos waren doch nur gestellt!«

»Warum hast du sie bloß weggeworfen! Du bist wirklich ein Vollidiot!«

»Wieso?«

»Weil du dich drauf verlassen kannst, daß William Sumner die Pornofotos erwähnt hat. *Ich* habe es jedenfalls getan. Jetzt werden die Bullen sich wundern, wieso sie nirgends welche gefunden haben.«

»Und?«

»Sie werden sich ausrechnen, daß du ihren Besuch schon erwartet hattest.«

»Und?« sagte Harding wieder.

Bridges maß ihn mit nachdenklichem Blick, während er die Ränder des gedrehten Zigarettenpapiers leckte. »Versuch doch mal, es von ihrem Standpunkt aus zu sehen. Wieso hättest du mit Besuch rechnen sollen, wenn du nicht gewußt hast, daß die Leiche, die sie gefunden hatten, Kate war?«

13

»Wir können in den Pub gehen«, sagte Ingram, während er die *Miss Creant* auf dem Anhänger hinter seinem Jeep festmachte, »oder wir essen bei mir.« Er sah auf seine Uhr. »Es ist halb zehn, da wird im Pub schon ein Höllenlärm sein, und es wird schwierig sein, noch etwas Anständiges zu essen zu bekommen.« Er streifte sein Ölzeug ab, das immer noch tropfnaß war von seinem unfreiwilligen Bad, als er am Fuß der Slipanlage ins Wasser gesprungen war, um das Boot auf den Anhänger zu manövrieren. »Bei mir zu Hause dagegen«, sagte er mit einem Lächeln, »gibt es Handtücher, eine herrliche Aussicht und göttliche Ruhe.«

»Täusche ich mich, oder zieht es Sie mit Macht an den heimischen Herd zurück?« fragte Galbraith gähnend. Er stieg aus seinen völlig unzureichenden Gummistiefeln, drehte sie herum und entleerte sie in einem Sturzbach. Er war von der Taille abwärts durchnäßt.

»Ich habe Bier im Kühlschrank und kann Ihnen einen frischen Barsch grillen, wenn Sie das reizt.«

»Wie frisch?«

»Am Montag abend hat er noch gelebt.« Ingram nahm eine trockene Hose aus dem Jeep und warf sie ihm zu. »Sie können sich in der Rettungsstation umziehen.«

»Na, dann Prost«, sagte Galbraith und eilte auf Socken zu dem grauen Steingebäude, in dem der Seenotrettungskreuzer der Gemeinde Swanage in ständiger Bereitschaft lag. »Übrigens – der Barsch reizt mich«, rief er über seine Schulter zurück.

Ingrams kleines einstöckiges Haus stand am Fuß der Dünen oberhalb von Seacombe Cliff. Die beiden unteren Zimmer waren durch Herausnehmen der Zwischenwand in einen einzigen großen Raum verwandelt worden, in dessen Mitte sich die Treppe emporschwang, während hinten eine Küche angebaut war. Es war offensichtlich eine Junggesellenwohnung, und Galbraith sah sich beifällig um. In letzter Zeit kam es nur allzu häufig vor, daß ihm die Vaterfreuden doch recht bitter schmeckten.

»Ich beneide Sie«, sagte er und trat zum Kaminsims, um sich ein feingearbeitetes Modell der *Cutty Sark* in einer Flasche anzusehen. »Haben Sie das selbst gemacht?«

Ingram nickte.

»Bei mir zu Hause würde sich so was keine halbe Stunde halten. Ich glaube, so ziemlich alles Wertvolle, was ich je besessen habe, war innerhalb weniger Stunden in Trümmern, als mein Sohn seinen ersten Fußball bekommen hatte.« Er lachte. »Er versichert mir immer wieder, daß er eines Tages für Manchester United spielen und ein Vermögen machen wird, aber ich kann's nicht so recht glauben.«

»Wie alt ist er?« fragte Ingram, schon auf dem Weg in die kleine Küche.

»Sieben. Seine Schwester ist fünf.«

Ingram nahm den Barsch aus dem Kühlschrank, warf Galbraith eine Dose Bier zu und machte sich ebenfalls eine auf. »Ich hätte gern Kinder gehabt«, sagte er, während er den Fisch filetierte und ihn dann in die Grillpfanne legte. Seine Bewegungen waren flink und geschickt. »Leider habe ich nie eine Frau gefunden, die es lange genug mit mir ausgehalten hat.«

Galbraith fiel wieder ein, was Steven Harding am Montag abend gesagt hatte, daß Ingram ein Auge auf die Frau mit dem Pferd geworfen hätte, und er fragte sich, ob es nicht eher so gewesen war, daß er nie die *richtige* Frau gefunden hatte.

»Ein Mann wie Sie würde doch überall vorankommen«, sagte er, während er Ingram dabei zusah, wie er aus dem kleinen Kräutersortiment auf seinem Fensterbrett Schnittlauch und Basilikum pflückte und beides über den Barsch schnipselte. »Was hält Sie hier?«

»Sie meinen, abgesehen von der großartigen Aussicht und der sauberen Luft?«

»Ja.«

Ingram schob den Fisch zur Seite und wusch rasch ein paar Kartoffeln ab, um sie dann in einen Topf zu werfen. »Aber genau das ist es«, sagte er. »Ein herrlicher Blick, klare Luft, ein Boot, Angeln, Zufriedenheit.«

»Und wo bleibt Ihr Ehrgeiz? Sind Sie nicht manchmal frustriert? Haben Sie nicht das Gefühl, auf der Stelle zu treten?«

»Doch, ja, manchmal. Dann brauche ich nur dran zu denken, wie sehr ich diese ganze Hektik und diesen ewigen Konkurrenzkampf gehaßt habe, und schon ist aller Frust verflogen.« Er sah Galbraith mit einem selbstironischen Lächeln an. »Ich war fünf Jahre bei einer Versicherungsgesellschaft, ehe ich zur Polizei gegangen bin, und ich habe jede Minute verabscheut. Ich habe nicht an das Produkt geglaubt, aber vorwärtskommen konnte man nur, wenn man immer mehr verkaufte. Es hat mich verrückt gemacht. Dann hab ich mich an einem Wochenende hingesetzt und mal gründlich darüber nachgedacht, was ich eigentlich vom Leben will, und am Montag darauf habe ich gekündigt.« Er füllte den Topf mit Wasser und stellte ihn aufs Gas.

Galbraith dachte voller Unmut an seine diversen Lebens-, Aussteuer- und Rentenversicherungen. »Was gibt's denn an einer Versicherung auszusetzen?«

»Gar nichts.« Ingram hob seine Bierdose und trank einen Schluck. »Vorausgesetzt, man braucht sie... vorausgesetzt, man ist sich über die Bedingungen im klaren... vorausgesetzt, man kann sich die Prämien leisten... vorausgesetzt, man hat das Kleingedruckte gelesen. Mit einer Versicherung ist es wie mit jeder anderen Ware: Das Risiko liegt beim Käufer.«

»Jetzt machen Sie mich aber wirklich nervös.«

Ingram lachte. »Falls es Ihnen ein Trost ist, ich hätte haargenau das gleiche empfunden, wenn ich Lose verkauft hätte.«

Sandy Griffiths war voll bekleidet im Gästezimmer eingeschlafen und fuhr erschrocken in die Höhe, als im Nebenzimmer Hannah zu schreien anfing. Mit hämmerndem Herzen sprang sie vom Bett und wäre beinahe mit William Sumner zusammengestoßen, der sich aus dem Kinderzimmer schleichen wollte.

»Was zum Teufel tun Sie da?« fuhr sie ihn aufgebracht an, ihre Nerven durch das abrupte Aufwachen zum Zerreißen gespannt. »Sie sollten da doch nicht reingehen.«

»Ich dachte, sie schliefe. Ich wollte sie nur einmal ansehen.«

»Es war ausgemacht, daß Sie das nicht tun würden.«

»*Ich* habe mit *niemandem* etwas Derartiges ausgemacht. Sie haben kein Recht, mich an irgendwas zu hindern. Dies ist *mein* Haus, und sie ist *meine* Tochter.«

»Darauf würde ich mich an Ihrer Stelle lieber nicht verlassen«, sagte sie scharf und wollte gerade hinzufügen: Hannahs Rechte haben vorläufig Vorrang vor Ihren, aber er ließ sie nicht ausreden.

Er packte sie an beiden Armen und starrte sie voller Abscheu an, während sein Gesicht nervös zuckte. »Mit wem haben Sie geredet?« zischte er.

Sie sagte nichts, hob nur die Hände und brach seinen Griff, indem sie ihm auf beide Handgelenke schlug. Mit einem erstickten Aufschluchzen fuhr er herum und stolperte den Flur hinunter. Aber es dauerte eine Weile, bevor ihr aufging, was seine Frage zu bedeuten hatte.

Es würde vieles erklären, dachte sie, wenn Hannah gar nicht sein Kind ist.

Mit einem zufriedenen Seufzer legte Galbraith Messer und Gabel neben seinen Teller. Sie saßen in Hemdsärmeln auf der kleinen Terrasse am Haus neben einem knorrigen alten Pflaumenbaum, der einen leichten Gärungsgeruch ausströmte. Eine Sturmlaterne zischte leise auf dem Tisch zwischen ihnen und warf gelbes Licht auf die Hausmauer und den Rasen. Am Horizont trieben von Mondlicht versilberte Wolken wie windgepeitschte Schleier über das Meer.

»Also, ich würde Probleme damit haben«, sagte er. »Es ist einfach zu perfekt.«

Ingram schob seinen Teller beiseite und stützte die Ellbogen auf den Tisch. »Man muß seine eigene Gesellschaft mögen. Wenn man das nicht tut, ist das hier der einsamste Ort der Welt.«

»Und tun Sie's?«

Ingram lächelte. »Ich komme ganz gut zurecht«, sagte er, »solange Leute wie Sie nicht allzuoft vorbeischauen. Einsamkeit ist für mich ein geistiger Zustand, kein Ziel.«

Galbraith nickte. »Ja, das leuchtet mir ein.« Einen Moment lang betrachtete er Ingram nachdenklich. »Erzählen Sie mir doch mal was von Miss Jenner«, sagte er dann. »Harding tat so, als hätte er sich glänzend mit ihr unterhalten, bevor Sie dazukamen. Könnte er ihr mehr erzählt haben, als sie Ihnen gesagt hat?«

»Schon möglich. Sie wirkte sehr locker im Gespräch mit ihm.«

»Und wie gut sind Sie mit ihr bekannt?«

Aber so leicht ließ Ingram sich über seine Privatangelegenheiten nicht aushorchen. »So gut wie mit allen anderen Leuten hier in der Gegend«, antwortete er ruhig. »Was halten Sie eigentlich von Harding, das würde mich mal interessieren.«

»Schwer zu sagen. Er hat uns sehr überzeugend klargemacht, daß er mit Kate Sumner nichts zu tun haben wollte, aber, wie mein Chef sagte, eine starke Abneigung ist ein ebenso gutes Motiv für Vergewaltigung und Mord wie jedes andere. Harding behauptet, sie hätte ihn belästigt und schikaniert, indem sie sein Auto mit Kot beschmierte, weil er sie abgewiesen hatte. Das könnte wahr sein, aber im Grunde kauft ihm das keiner von uns ab.«

»Warum nicht? Wir hatten hier unten vor drei Jahren mal einen Fall, da hat eine Frau den Jaguar ihres Ehemannes durch die Haustür seiner Geliebten gejagt. Frauen können ganz schön wütend werden, wenn man sie abserviert.«

»Außer daß er erklärt hat, er hätte nie was mit ihr gehabt.«

»Vielleicht war das ihr Problem.«

»Wieso treten Sie plötzlich so für ihn ein?«

»Das tue ich gar nicht. Ich bemühe mich nur, aufgeschlossen und vorurteilslos zu bleiben, wie es die Dienstvorschrift verlangt.«

Galbraith lachte leise. »Er will uns weismachen, daß ihm die Frauen in Scharen hinterherlaufen, vermutlich, um zu zeigen, daß ein Mann wie er, der jederzeit Sex haben kann, keine Frau zu vergewaltigen braucht. Aber er kann oder will uns die Namen der Frauen, mit denen er geschlafen hat, nicht nennen. Und wir konnten auch von niemandem sonst einen Namen erfahren.« Er zuckte die Achseln. »Trotzdem zweifelt keiner an seinem Ruf als Frauenheld. Alle sind überzeugt, daß er ständig Frauen auf seinem Boot hat, aber die Spurensicherung hat nicht einen einzigen Hinweis gefunden, der das bestätigt hätte. Sein Bettlaken ist ganz steif von getrocknetem Sperma, aber wir haben lediglich zwei einzelne Haare darauf gefunden, die nicht von ihm selbst waren, und keines davon stammte von Kate Sumner. Schlußfolgerung: Der Bursche ist ein zwanghafter Onanist.« Er machte eine nachdenkliche Pause. »Der Haken ist nur, daß sein verdammtes Boot in jeder anderen Hinsicht geradezu mönchisch ist.«

»Ich verstehe nicht, was Sie meinen.«

»Keine Spur von irgendwelchem pornografischem Material«, erklärte Galbraith. »Zwanghafte Onanisten, vor allem solche, die irgendwann zu Vergewaltigern werden, ziehen sich aber im allgemeinen ein hartes Pornovideo nach dem anderen rein und masturbieren dabei, daß die Wände wackeln, weil bei ihnen alles Empfinden beim Schwanz beginnt und endet. Und sie brauchen immer drastischere Bilder, um zur Befriedigung zu gelangen. Aber wie steigert sich unser Freund Harding in Erregung hinein?«

»Mit Hilfe von Erinnerungen?« meinte Ingram ironisch.

Wieder lachte Galbraith. »Er hat selbst pornografische Aufnahmen gemacht, aber er behauptet, das einzige, was er davon behalten hätte, wäre das Heft gewesen, das er William Sumner gezeigt hat.«

Er gab Ingram eine kurze Zusammenfassung von Sumners und Hardings Version der Geschichte. »Er sagt, er hätte das Heft hinterher in den Müll geworfen und für ihn existierten diese Aufnahmen nicht mehr, sobald er sein Geld dafür bekommen hätte.«

»Wahrscheinlicher ist, daß er alles über Bord geworfen hat, als ihm einfiel, daß ich ihn als Zeugen benennen könnte und er vielleicht noch einmal vernommen werden würde.« Ingram überlegte einen Moment. »Haben Sie ihn auf diese Geschichte angesprochen, die der kleine Danny Spender mir erzählt hat? Daß er mit seinem Telefon an sich herumgerieben hat?«

»Er behauptete, das wäre nicht wahr, der Junge hätte das nur erfunden.«

»Nie im Leben. Ich wette mein letztes Hemd darauf, daß Danny das richtig mitbekommen hat.«

»Ja, aber warum hat Harding das getan?«

»Vielleicht hat er sich dabei an die Vergewaltigung erinnert? Oder er hat sich dran aufgegeilt, daß sein Opfer gefunden worden war?«

»Was würden *Sie* sagen?«

»Die Vergewaltigung«, antwortete Ingram.

»Reine Mutmaßung, die auf der Aussage eines zehnjährigen Jungen und eines Polizisten basiert. Kein Gericht wird Ihnen das abnehmen, Nick.«

»Dann sprechen Sie doch morgen mal mit Miss Jenner. Fragen Sie sie, ob ihr etwas aufgefallen ist, bevor ich dazugekommen bin.« Er begann, das schmutzige Geschirr zu stapeln. »Aber ich würde Ihnen raten, sie mit Samthandschuhen anzufassen. Sie hat's nicht besonders mit Polizisten.«

»Sprechen Sie von Polizisten im allgemeinen oder nur von sich selbst?«

»Wahrscheinlich hat Sie nur etwas gegen mich«, sagte Ingram aufrichtig. »Ich habe ihren Vater damals darauf hingewiesen, daß der Mann, mit dem sie verheiratet war, zwei ungedeckte Schecks unter die Leute gebracht hatte. Und als der Alte sich den Kerl deswegen vorknöpfte, ist dieser Schweinehund mit dem kleinen Vermögen getürmt, das er Miss Jenner und ihrer Mutter abgeluchst hatte. Bei der Überprüfung seiner Fingerabdrücke hat sich dann herausgestellt, daß so ziemlich sämtliche Polizeidienststellen in England nach ihm fahndeten, ganz zu schweigen von den diversen Ehefrauen, die er sich im Lauf der Zeit zugelegt hatte. Miss Jenner war Nummer vier. Die Ehe war allerdings sowieso nicht gültig, da er von Nummer drei nie geschieden worden war.«

»Wie hieß der Mann?«

»Robert Healey. Er wurde vor zwei Jahren in Manchester verhaftet. Maggie Jenner kannte ihn als Martin Grant, aber vor Gericht hat er zugegeben, daß er noch zweiundzwanzig weitere falsche Namen benutzt hatte.«

»Und sie nimmt es *Ihnen* übel, daß sie auf einen Ganoven reingefallen ist?« fragte Galbraith ungläubig.

»Nein, das nicht. Ihr Vater war seit Jahren herzkrank gewesen, und der Schock darüber, daß sie plötzlich vor der Pleite standen, hat ihn umgebracht. Ich glaube, sie ist der Ansicht, wenn ich mit ihr geredet hätte statt mit ihm, hätte sie Healey irgendwie dazu bewegen können, das Geld zurückzugeben, und ihr Vater wäre heute noch am Leben.«

»Glauben Sie das auch?«

»Nein.« Er stellte das gestapelte Geschirr vor sich ab. »Healey hatte den ganzen Schwindel bestens organisiert. Der hätte sich zu nichts überreden lassen.«

»Wie hat er's denn angestellt?«

Ingram lächelte halb wehmütig, halb ironisch. »Mit Charme. Sie war völlig vernarrt in ihn.«

»Also ist sie dumm?«

»Nein – nur allzu vertrauensselig...« Ingram sammelte sich. »Er war ein Profi. Er gründete eine fiktive Firma mit fiktiven Konten und Büchern und beschwatzte die beiden Frauen, in das Unternehmen zu investieren, oder, genauer gesagt, er überredete Miss Jenner, ihre Mutter dazu zu überreden. Es war ein raffinierter Trick. Ich habe später die Papiere gesehen, und es wundert mich nicht, daß sie darauf reingefallen sind. Überall im Haus lagen Hochglanzbroschüren, Buchprüfungsberichte, Gehaltsschecks, Personallisten und Steuerbescheinigungen herum. Man hätte schon sehr mißtrauisch sein müssen, um anzunehmen, daß jemand sich so viel Mühe machen würde, um sich hunderttausend Pfund zu erschwindeln. Wie dem auch sei, in der Überzeugung, daß die Firmenaktien pro Jahr um zwanzig Prozent steigen würden, hat Mrs. Jenner damals ihr ganzes Wertpapierdepot aufgelöst und ihrem Schwiegersohn einen dicken Scheck überreicht.«

»Den er zu Bargeld machte?«

Ingram nickte. »Das Geld ist mindestens über drei Konten gelaufen und dann spurlos verschwunden. Insgesamt hat er zwölf Monate an das Schwindelunternehmen verwendet – neun Monate lang hat er Miss Jenner weichgeknetet, und dann war er noch drei Monate mit ihr verheiratet. Und er hat nicht nur bei den Jenners abgeräumt. Er hat seine Verwandtschaft mit ihnen ausgenützt, um auch noch andere aufs Kreuz zu legen. Viele Freunde der Jenners sind ebenso reingefallen. Es ist traurig, aber als Folge davon sind die beiden Frauen praktisch zu Einsiedlerinnen geworden.«

»Und wovon leben sie jetzt?«

»Von dem bißchen, was Maggie Jenner mit ihrem Reitstall verdient. Viel ist das weiß Gott nicht. Das ganze Anwesen verfällt von Tag zu Tag mehr.«

»Warum verkaufen sie es nicht?«

Ingram schob seinen Stuhl zurück, um aufzustehen. »Weil es ihnen nicht gehört. Der alte Jenner änderte kurz vor seinem Tod sein Testament und hinterließ Haus und Hof seinem Sohn, mit der Bedingung allerdings, daß die beiden Frauen bis zum Tod von Mrs. Jenner dort Wohnrecht haben.«

Galbraith runzelte die Stirn. »Und dann? Der Bruder setzt die Schwester auf die Straße?«

»So ähnlich wird's wohl werden«, meinte Ingram trocken. »Er ist Anwalt in London und wird bestimmt keinen Mieter auf dem Anwesen haben wollen, wenn er es an eine Immobiliengesellschaft verhökern kann.«

Bevor Galbraith am Donnerstag morgen zu seinem Gespräch mit Maggie Jenner aufbrach, setzte er sich kurz mit Carpenter zusammen, um ihn über den Stand der Ermittlungen bezüglich des angetriebenen Schlauchboots zu informieren. »Ich habe veranlaßt, daß zwei Leute von der Spurensicherung zu der Stelle rausfahren«, sagte er, »aber es würde mich wundern, wenn sie etwas finden – Ingram und ich haben ein bißchen herumgestochert, um festzustellen, warum das Boot Luft verloren hat, und sind zu keinem Schluß gekommen –, aber ich denke, es ist einen Versuch wert. Sie haben vor, es wieder aufzupumpen und zu Wasser zu lassen, aber allzu große Hoffnungen sollten wir uns nicht machen. Es ist fraglich, ob das irgendwelche aufschlußreichen Erkenntnisse bringen wird.«

Carpenter reichte ihm einen Stapel Berichte. »Die werden Sie interessieren.«

»Was ist das?«

»Die Aussagen der Leute, von denen Sumner behauptete, sie würden sein Alibi bestätigen.«

Galbraith hörte einen Unterton der Erregung in der Stimme seines Chefs. »Und – ist es so?«

Carpenter schüttelte den Kopf. »Ganz im Gegenteil. Es bleibt eine Lücke von vierundzwanzig Stunden. Von Samstagmittag bis Sonntagmittag. Wir nehmen uns jetzt jeden vor, das Hotelpersonal, andere Konferenzteilnehmer ... aber diese Aussagen hier« – er zeigte auf die Unterlagen in Galbraith' Hand – »stammen von den Leuten, die Sumner uns selbst genannt hatte.« Seine Augen blitzten. »Und wenn die ihm kein Alibi geben können, dann kann ich mir nicht vorstellen, daß es irgend jemand anderer tun wird. Sieht ganz so aus, als könnten Sie recht haben, John.«

Galbraith nickte. »Und wie hat er es angestellt?«

»Er ist früher viel gesegelt, er kennt Chapman's Pool bestimmt genausogut wie Harding, und er weiß wahrscheinlich auch, daß man dort leicht ein Schlauchboot mitgehen lassen kann.«

»Wie hat er seine Frau dahin gelotst?«

»Er hat sie Freitag abend angerufen, hat gesagt, die Konferenz langweile ihn tödlich und er habe vor, früher nach Hause zu kommen. Dann hat er vorgeschlagen, zur Abwechslung mal einen Ausflug zu machen, zum Beispiel an den Strand von Studland, und hat mit ihr verabredet, sie und Hannah in Bournemouth oder Poole vom Bahnhof abzuholen.«

Galbraith zupfte an seinem Ohrläppchen. »Möglich wär's«, stimmte er zu.

Dreijährige Kinder fahren kostenlos mit der Bahn, und eine Anfrage bei der Fahrkartenausgabe des Bahnhofs Lymington hatte ergeben, daß an jenem Samstag zahlreiche Einzelfahrkarten für Erwachsene nach Bournemouth und Poole verkauft worden waren. Die Fahrt war schnell und bequem, da man in Brockenhurst in die regelmäßig verkehrenden Schnellzüge umsteigen konnte. Falls Kate Sumner jedoch eine dieser Fahrkarten gekauft hatte, so hatte sie bar bezahlt und nicht mit Kreditkarte oder Scheck. Niemand vom Bahnhofspersonal erinnerte sich an eine zierliche blonde Frau mit einem kleinen Kind, aber an einem Samstag nachmittag in der Hauptsaison herrschte auf dem Bahnhof von Lymington wegen der Fährverbindung zur Isle of Wight ständig ein solcher Betrieb, daß das nicht weiter verwunderlich war, wie die Befragten erklärt hatten.

»Das einzige Haar in der Suppe ist Hannah«, fuhr Carpenter fort. »Wenn er sie in Lilliput ausgesetzt hat, bevor er nach Liverpool zurückgefahren ist, wieso hat es dann so lange gedauert, ehe sie jemandem auffiel? Er muß sie spätestens um sechs Uhr morgens abgesetzt haben, aber die Greens haben sie erst um halb elf entdeckt.«

Galbraith dachte an die Spuren von Benzodiazepin und Paracetamol, die man in ihrem Blut gefunden hatte. »Vielleicht hat er ihr um sechs zu essen und zu trinken gegeben und sie frisch gewickelt und sie dann schlafend in einem Karton in der Türnische eines Ladens zurückgelassen«, meinte er nachdenklich. »Vergessen Sie nicht, daß er in der Pharmaforschung tätig ist. Da wird er schon wissen, wie man eine Dreijährige für einige Stunden betäubt. Ich vermute, er hat das schon seit Jahren praktiziert. Nach der Art und Weise zu urteilen, wie das Kind sich in seiner Gegenwart verhält, muß es vom Tag seiner Geburt an ein Fluch für ihn und sein Sexualleben gewesen sein.«

In der Zwischenzeit jagte Nick Ingram gestohlenen Schlauchbooten hinterher. Die Fischer, die ihre Boote in Chapman's Pool liegen hatten, konnten ihm nicht weiterhelfen. »Als wir von der Ertrunkenen hörten, haben wir sofort nachgesehen, ob bei uns ein Boot fehlt«, berichtete ihm einer. »Ich hätte Ihnen unverzüglich Bescheid gegeben, wenn was gewesen wäre, aber es fehlte nichts.«

So war es auch in Swanage und in Kimmeridge Bay.

Auf seinen letzten Anruf in Lulworth bekam er eine verheißungsvollere Auskunft. »Komisch, daß Sie danach fragen«, sagte der Mann am anderen Ende der Leitung. »Hier ist nämlich tatsächlich ein Boot abhanden gekommen, schwarz, drei Meter lang.«

»Das könnte hinkommen. Wann ist es verschwunden?«

»Vor gut drei Monaten.«

»Von wo?«

»Sie werden's nicht glauben, direkt vom Strand. Irgendein armer Trottel aus Spanien geht mit seiner Jacht draußen in der Bucht vor Anker, schippert mit seiner Familie zum Mittagessen an Land, läßt den Außenbordmotor mit baumelndem Starterkabel am Boot und macht mich dann zur Schnecke, weil es ihm praktisch vor der Nase geklaut wurde. In Spanien, sagt er, würde es nie im Leben jemandem einfallen, ein Boot zu klauen – daß er in diesem Fall den Dieb förmlich dazu eingeladen hat, interessiert ihn nicht weiter! –, und dann fängt er an, auf die kornischen Fischer zu schimpfen, die angeblich so verdammt aggressiv sind und wahrscheinlich auch das Boot geklaut haben. Ich habe ihn drauf aufmerksam gemacht, daß Cornwall mehr als hundertfünfzig Kilometer von uns entfernt ist und daß die spanischen Fischer weit aggressiver sind als die kornischen und *nie* die EG-Vorschriften befolgen. Trotzdem wollte er mich beim Europäischen Gerichtshof anzeigen, weil ich die Rechte der spanischen Touristen angeblich nicht schütze.«

Ingram lachte. »Und was ist passiert?«

»Gar nichts. Ich habe ihn und seine Familie zu seiner verdammten Luxusjacht rausgebracht und danach nie wieder ein Wort von ihm gehört. Er hat sich wahrscheinlich von der Versicherung das Zweifache der Summe ersetzen lassen, die das dämliche Schlauchboot wert war, und den fiesen Engländern die Schuld an seinem Verschwinden gegeben. Wir haben natürlich rumgefragt, aber niemand hatte etwas beobachtet. Hat mich auch nicht gewundert. An Feiertagen wimmelt's hier von Ausflüglern, und jeder hätte mühelos mit dem Boot abdampfen können. Ich meine, welcher Idiot läßt auch ein Schlauchboot mit Außenbordmotor rumliegen? Wir haben damals vermutet, daß sich ein paar junge Leute den Kahn geschnappt haben, um eine Spritztour zu machen, und es versenkt haben, als sie genug hatten.«

»Wann genau war das?«

»Ende Mai. Während der Schulferien. Hier ist es zugegangen wie auf dem Rummelplatz.«

»Hat der Spanier Ihnen eine Beschreibung des Boots gegeben?«

»Mit allem Drum und Dran. Wie's die Versicherung braucht. Ich hatte so den dunklen Verdacht, es war ihm ganz recht, daß es gestohlen wurde, weil er sich gern was Nobleres zugelegt hätte.«

»Können Sie mir die Angaben durchfaxen?«

»Natürlich.«

»Besonders interessiert mich der Außenbordmotor.«

»Warum?«

»Weil ich glaube, daß er nicht mehr an dem Boot war, als es kenterte. Wenn wir Glück haben, ist der Außenborder noch im Besitz des Diebs.«

»Wäre der dann Ihr Mörder?«

»Sehr wahrscheinlich.«

»Dann haben Sie aber Glück, Mann. Ich habe hier dank unseres spanischen Freundes ganze Listen von Seriennummern, und eine davon gehört zu dem Motor.«

14

Bericht der Polizeidienststelle Falmouth über ein Gespräch mit Mr. und Mrs. Arthur Harding

Betrifft: *Steven Harding*

Mr. und Mrs. Harding bewohnen in der Hall Road 18 im Westen von Falmouth einen kleinen Bungalow. Sie zogen sich 1991 nach Cornwall zurück, um dort ihren Lebensabend zu verbringen, nachdem sie über zwanzig Jahre lang eine Imbißstube in Lymington betrieben hatten. Sie verwendeten einen beträchtlichen Teil ihres Vermögens, um ihrem einzigen Sohn Steven, dessen Schulabschluß nicht für ein Universitätsstudium ausreichte, die Ausbildung an einer privaten Schauspielschule zu finanzieren und sind ziemlich verbittert darüber, daß sie aus diesem Grund jetzt in recht bescheidenen Verhältnissen leben müssen. Das mag teilweise ihre kritische und ablehnende Haltung ihrem Sohn gegenüber erklären.

Sie bezeichnen ihren Sohn als eine ›Enttäuschung‹ und äußern sich mit offener Feindseligkeit über seinen ›unmoralischen Lebenswandel‹. Sie führen seinen Leichtsinn – ›er hat nichts als Sex, Drogen und Rock and Roll im Kopf‹ – und sein Versagen – ›er hat sein Leben lang nie richtig gearbeitet‹ – auf Faulheit zurück und auf seine Überzeugung, daß ›die Welt ihm etwas schuldig‹ sei. Mr. Harding, der stolz darauf ist, der Arbeiterklasse zu entstammen, behauptet, sein Sohn sehe auf die Eltern herab, was erkläre, wieso er sie in sechs Jahren nur ein einziges Mal besucht hat. Dieser Besuch – im Sommer 1995 – verlief ziemlich unerfreulich, und Mr. Harding brachte seine Ansichten über die Arroganz und mangelnde Dankbarkeit seines Sohnes sehr explosiv und derb zum Ausdruck. Er gebrauchte Ausdrücke wie ›Angeber‹, ›Junkie‹, ›Schmarotzer‹, ›sexbesessen‹, ›Lügner‹, ›verantwor-

tungslos‹, um seinen Sohn zu beschreiben. Dabei ist jedoch offensichtlich, daß seine Feindseligkeit mehr auf seiner Unfähigkeit beruht zu akzeptieren, daß Steve alle Wertvorstellungen der Arbeiterklasse ablehnt, und weniger auf dem Wissen über den derzeitigen Lebenswandel seines Sohns, mit dem er seit Juli 1995 keinen Kontakt mehr gehabt hat.

Mrs. Harding behauptet, ein Schulfreund ihres Sohns, ein gewisser Anthony Bridges, habe immer schon einen schlechten Einfluß auf ihn ausgeübt. Ihr zufolge machte Anthony Bridges ihren Sohn im Alter von zwölf Jahren mit Ladendiebstahl, Drogen und Pornographie bekannt, und das Versagen ihres Sohnes führt sie darauf zurück, daß die beiden schon als Teenager verschiedentlich wegen Trunkenheit und Erregung öffentlichen Ärgernisses, mutwilliger Sachbeschädigung und Diebstahls von pornographischen Zeitschriften polizeilich verwarnt wurden. Nach diesen Zwischenfällen nämlich begann Steven Harding gegen seine Eltern zu rebellieren und war nicht mehr zu bändigen. Sie beschreibt ihren Sohn als ›hübscher, als gut für ihn ist‹ und sagt, die Mädchen seien schon sehr früh hinter ihm hergelaufen. Anthony Bridges hingegen habe immer im Schatten seines Freundes gestanden, und es habe ihm ihrer Meinung nach deshalb diebische Freude bereitet, ›Steven reinzulegen‹. Sie ist sehr verbittert darüber, daß Anthony Bridges es trotz seiner Vorgeschichte schaffte, zu studieren und eine Anstellung als Lehrer zu finden, während ihr Sohn sich ganz auf die Unterstützung seiner Eltern verließ, ohne ihnen je dafür zu danken.

Als Mr. Harding seinen Sohn fragte, wie er sich den Kauf seiner Jacht Crazy Daze *hätte leisten können, gab dieser zu, mit Pornoaufnahmen gut verdient zu haben. Seine Eltern waren darüber so entsetzt, daß sie ihn im Juli 1995 hinauswarfen. Seitdem haben sie nichts mehr von ihm gehört. Sie wissen nichts über seine Aktivitäten, seine Freunde und Bekannten und ebensowenig über die Ereignisse am 9. und 10. August 1997. Sie sind jedoch überzeugt davon, daß ihr Sohn trotz all seiner Schwächen und Fehler kein gewalttätiger oder aggressiver Mensch ist.*

15

Maggie Jenner harkte gerade das Stroh in einer der Pferdeboxen zusammen, als Nick Ingram und John Galbraith auf den Hof von Broxton House fuhren. Ihre erste Reaktion bestand darin, sich in die Dunkelheit des Stalls zurückzuziehen – wie jedesmal, wenn sich Besuch blicken ließ. Sie wollte nicht gesehen werden und wollte auch niemanden sehen, weil es sie immer eine Willensanstrengung kostete, ihre natürliche Abneigung, sich auf Menschen einzustellen, zu überwinden. Broxton House, ein quadratisches Gebäude im Queen-Anne-Stil mit Giebeldach, roten Backsteinmauern und Fenstern mit Schlagläden im oberen Stockwerk, war durch eine Lücke zwischen den Bäumen rechts vom Hof zu sehen, und sie beobachtete, wie die beiden Männer das Haus einen Moment bewundernd betrachteten und sich dann abwandten, um den Weg zum Hof zu nehmen.

Schließlich machte sie mit einem resignierten Lächeln auf sich aufmerksam, indem sie eine Ladung schmutzigen Strohs auf einer Mistgabel durch die offene Stalltür beförderte. Das Wetter war seit drei Wochen unverändert heiß, und ihr rann der Schweiß übers Gesicht, als sie in das grelle Sonnenlicht hinaustrat. Sie ärgerte sich über ihre Verlegenheit und wünschte, sie hätte am Morgen etwas anderes angezogen oder Constable Ingram wäre so höflich gewesen, seinen Besuch anzukünden. Ihre dünne karierte Bluse klebte wie ein enger Strumpf an ihrem Oberkörper, und der Stoff der Jeans rieb an den Innenseiten ihrer Schenkel.

Ingram bemerkte Maggie beinahe augenblicklich und stellte amüsiert fest, daß ausnahmsweise einmal sie diejenige war, die Blut und Wasser schwitzte. Doch er verzog keine Miene.

Sie lehnte die Mistgabel an die Stallmauer und wischte sich die Hände an ihren schmutzigen Jeans ab, bevor sie sich mit dem Handrücken das Haar aus dem Gesicht strich.

»Guten Morgen, Nick«, sagte sie. »Was kann ich für Sie tun?«

»Guten Morgen, Miss Jenner«, erwiderte er mit einem höflichen Nicken. »Dies ist Inspector Galbraith von der Kriminalpolizei Dorset. Wenn es Ihnen paßt, würde er Ihnen gern einige Fragen über die Ereignisse vom vergangenen Samstag stellen.«

Sie warf einen Blick auf ihre Hände, ehe sie sie in die Jeanstaschen schob. »Ich gebe Ihnen lieber nicht die Hand, Inspector. Meine Hände sind mit ziemlich unappetitlichen Dingen in Berührung gekommen.«

Galbraith, der hinter der Entschuldigung die Abneigung gegen körperliche Berührung erkannte, lächelte nur und sah sich interessiert in dem Kopfstein gepflasterten Hof um. Auf drei Seiten waren Stallungen, schöne alte Backsteingebäude mit massiven Eichentüren, in denen jedoch nur etwa ein halbes Dutzend Boxen belegt zu sein schienen. Die anderen waren leer. Es ist wahrscheinlich lange her, dachte er, daß das Geschäft floriert hat. Bei ihrer Ankunft waren sie an einem verwitterten Schild mit der Aufschrift, »Broxton House, Reit- und Mietställe« vorübergekommen, doch die Anzeichen langsamen Verfalls waren auch hier überall zu erkennen: an dem bröckelnden Mauerwerk, das mehr als zweihundert Jahre lang dem Ansturm der Elemente hatte standhalten müssen; an den Rissen und Sprüngen in Verputz und Anstrich; an den eingeschlagenen Fensterscheiben der Sattelkammer und des Büros, die aus Nachlässigkeit – oder Geldmangel? – nicht ersetzt worden waren.

Maggie beobachtete ihn. »Ja, Sie haben recht«, sagte sie, als hätte sie seine Gedanken gelesen. »Es eignet sich prachtvoll zum Bau einer Ferienwohnanlage.«

»Aber es wäre ein Jammer, wenn es so weit käme.«

»Ja.«

Er schaute zu einer fernen Koppel hinüber, auf der zwei Pferde recht lustlos in dem dürren Gras schnoberten. »Gehören die auch Ihnen?«

»Nein. Die Koppel vermieten wir nur. Eigentlich sollten die Eigentümer sich selbst um ihre Pferde kümmern, aber sie denken gar nicht dran. Meistens muß ich die armen Tiere betreuen, obwohl das nie ausgemacht war.« Sie lächelte ein wenig trübsinnig. »Ich kann es den Leuten einfach nicht beibringen, daß Wasser verdampft und der Trog jeden Tag gefüllt werden muß. Manchmal macht mich das wirklich wütend.«

»Also ganz schön viel Arbeit, wie?«

»Ja.« Sie wies auf eine Tür am Ende des Stallgebäudes. »Gehen wir in meine Wohnung hinauf. Ich mache Ihnen beiden gern eine Tasse Kaffee.«

»Danke.« Eine attraktive Frau, dachte Galbraith, trotz ihres ungepflegten Äußeren und der brüsken Art, aber er wunderte sich über Ingrams steife Förmlichkeit ihr gegenüber, die gewiß nicht allein mit der Geschichte von dem betrügerischen Ehemann zu erklären war. Die Förmlichkeit, fand er, müßte eigentlich von ihr ausgehen. Wahrscheinlich, dachte er, als er den beiden die Treppe hinauf folgte, hat der gute Constable einmal einen Annäherungsversuch gemacht und sich eine schallende Ohrfeige dafür eingehandelt, daß er sich über seinen eigenen Stand hatte erheben wollen. Denn Miss Maggie Jenner kam aus einem erstklassigen Stall, auch wenn sie jetzt eher in einem Schweinestall hauste.

Die Wohnung war das genaue Gegenteil von Nick Ingrams adrettem Häuschen. Überall herrschte Unordnung – knautschige Sitzsäcke auf dem Boden vor dem Fernsehapparat, Zeitungen mit fertigen und angefangenen Kreuzworträtseln auf Stühlen und Tischen, auf dem Sofa eine schmutzige Decke, die unverkennbar nach Bertie roch, ein Berg schmutziges Geschirrs im Spülbecken in der Küche.

»Entschuldigen Sie, daß es hier so chaotisch aussieht«, sagte sie. »Ich bin seit fünf Uhr auf den Beinen und hatte noch keine Zeit zum Saubermachen.«

Galbraith hatte den Eindruck, daß dies eine Standardentschuldigung war, die jedem präsentiert wurde, der sich an ihrem Lebensstil stoßen könnte. Sie schob den schwenkbaren Wasserhahn auf die Seite, um den Teekessel zwischen ihn und den Geschirrberg zu zwängen. »Wie trinken Sie Ihren Kaffee?«

»Viel Milch, zwei Stück Zucker, bitte«, sagte Galbraith.

»Ich hätte meinen gern schwarz, bitte. Ohne Zucker«, sagte Ingram.

»Würden Sie mit Milchpulver vorliebnehmen?« fragte sie Galbraith, während sie an einem Milchkarton schnupperte. »Die Milch ist leider sauer.«

Sie spülte flüchtig zwei Tassen unter dem Hahn aus. »Setzen Sie sich doch. Wenn Sie Berties Decke wegtun, kann einer von Ihnen das Sofa nehmen.«

»Ich glaube, damit sind Sie gemeint, Sir«, murmelte Ingram, als sie ins Wohnzimmer gingen. »Inspektorenprivileg. Es ist der beste Platz im Haus.«

»Wer ist Bertie?« flüsterte Galbraith.

»Der Hund von Baskerville. Er stößt mit Vorliebe seine Schnauze zwischen Männerbeine und sabbert alles voll. Die Flecken überstehen mindestens drei Wäschen, wie ich festgestellt habe, es ist also ratsam, die Beine übereinanderzuschlagen, wenn man sich setzt.«

»Ich will doch stark hoffen, daß das nur ein Witz ist«, sagte Galbraith mit einem Stöhnen. Er hatte bei dem gestrigen Tauchbad im Meer bereits eine gute Hose opfern müssen. »Wo ist das Vieh?«

»Auf der Balz, nehme ich an. Seine andere Lieblingsbeschäftigung besteht darin, die örtlichen Hündinnen zu bedienen.«

Galbraith ließ sich vorsichtig im einzigen Sessel nieder. »Hat er Flöhe?«

Lachend wies Ingram mit dem Kopf zur Küchentür. »Hinterlassen Mäuse ihren Kot im Zucker?« murmelte er.

»Verdammt!«

Ingram ging zum Fenster und hockte sich auf die Kante des Simses. »Sie können froh sein, daß Sie es nicht mit ihrer Mutter zu tun haben«, sagte er gedämpft. »Diese Küche hier ist steril im Vergleich zu der von Mrs. Jenner.«

Er war bisher nur ein einziges Mal in den Genuß von Mrs. Jenners Gastfreundschaft gekommen, vor vier Jahren, an dem Tag nach Healeys Verschwinden, und er hatte sich geschworen, das nie wieder auf sich zu nehmen. Sie hatte ihm den Kaffee in einer gesprungenen Tasse aus feinstem Spode gereicht, die innen schwarz von Tannin gewesen war, und er hatte die Brühe kaum hinuntergebracht. Er hatte die seltsamen Sitten und Gebräuche des verarmten Landadels nie verstanden. Diese Leute schienen alle zu glauben, wenn nur das Porzellan wertvoll war, spielte die Hygiene keine Rolle.

Sie warteten schweigend, während Maggie in der Küche hantierte. Von einem Misthaufen im Hof wehte der strenge Geruch von Pferdedung durchs offene Fenster herein, und die Hitze im Raum war beinahe unerträglich. Im Nu hatten beide Männer hochrote Gesichter und mußten sich immer wieder mit ihren Taschentüchern die Stirn wischen, und der Vorteil, den Ingram eben noch gegenüber Maggie zu haben geglaubt hatte, war rasch zerronnen.

Einige Minuten später kam sie mit einem Tablett aus der Küche und reichte die Kaffeetassen herum, ehe sie sich auf Berties Decke auf dem Sofa niederließ.

»Ich glaube nicht, daß ich Ihnen noch etwas erzählen kann, was ich Nick nicht schon gesagt hätte«, bemerkte sie zu Galbraith gewandt. »Ich weiß, daß Sie einen Mord untersuchen, ich habe die Zeitungen gelesen, aber da ich die Tote nicht gesehen habe, kann ich mir wirklich nicht vorstellen, wie ich Ihnen behilflich sein soll.«

Galbraith zog seine Notizen aus seiner Jackentasche. »Es geht um mehr als um Mord, Miss Jenner. Kate Sumner wurde vergewaltigt, bevor sie ins Meer geworfen wurde. Der Mann, der sie umgebracht hat, ist also äußerst gefährlich, und wir müssen ihn fassen, bevor er so etwas noch einmal tut.« Er machte eine Pause, um seine Worte wirken zu lassen. »Glauben Sie mir, wir sind für jeden noch so kleinen Hinweis dankbar.«

»Aber ich weiß doch nichts«, entgegnete sie.

»Sie haben sich mit einem Mann namens Steven Harding unterhalten«, erinnerte er sie.

»Ach, mein Gott«, rief sie, »Sie wollen doch nicht etwa behaupten, daß er's getan hat?« Sie warf Ingram einen mißbilligenden Blick zu. »Sie haben es wirklich auf den Mann abgesehen, nicht wahr, Nick? Dabei wollte er doch weiß Gott nur helfen. Genausogut könnten Sie jeden anderen Mann, der an diesem Tag in Chapman's Pool war, des Mordes an ihr verdächtigen.«

Ingram reagierte mit milder Gleichgültigkeit sowohl auf ihren Blick als auch auf ihren Vorwurf. »Sicher.«

»Warum dann ausgerechnet Harding?«

»Es geht uns darum, Miss Jenner, ihn aus dem Kreis der Verdächtigen auszuschließen. Weder mir noch dem Inspector liegt etwas daran, mit Vernehmungen von Unbeteiligten Zeit zu verschwenden.«

»Aber am Sonntag haben Sie genau damit eine Menge Zeit verschwendet«, versetzte sie schnippisch, verärgert über sein stures Beharren darauf, sie mit dieser unerschütterlichen Förmlichkeit zu behandeln.

Er lächelte, sagte aber nichts.

Sie wandte sich wieder Galbraith zu. »Ich werde mein Bestes tun«, sagte sie, »wenn ich auch bezweifle, daß ich Ihnen helfen kann. Was wollen Sie denn wissen?«

»Vielleicht könnten Sie zuerst einmal das Zusammentreffen mit ihm schildern. Soviel ich weiß, sind Sie den Weg zu den Bootshütten hinuntergeritten und trafen ihn und die beiden Jungen neben Constable Ingrams Wagen an. Haben Sie ihn da zum ersten Mal gesehen?«

»Ja, aber ich bin zu dem Zeitpunkt nicht geritten. Ich habe das Pferd geführt, weil es vor dem Hubschrauber Angst hatte.«

»Gut. Was taten Steven Harding und die Jungen gerade, als Sie kamen?«

Sie zuckte die Achseln. »Sie beobachteten mit dem Fernglas ein junges Mädchen auf einem Boot, Harding und der ältere Junge jedenfalls. Der Kleinere langweilte sich, glaube ich. Dann ist Bertie losgestürmt –«

Galbraith unterbrach sie. »Sie sagten, *sie* sahen durch den Feldstecher. Wie haben sie das gemacht? Haben sie abwechselnd durch das Glas gesehen?«

»Nein, das war falsch. Paul hat hindurchgesehen. Harding hat das Fernglas für ihn ruhig gehalten.« Sie sah, wie er fragend die Augenbrauen hochzog, und kam seiner nächsten Frage mit ihrer Antwort zuvor. »So.« Sie machte eine Geste, als umarmte sie jemanden. »Er hatte von hinten die Arme um Paul gelegt und hielt den Feldstecher für ihn fest. Der Junge fand das komisch und lachte dauernd. Es war eigentlich richtig nett. Ich glaube, er wollte Paul von dem Gedanken an die Tote ablenken.« Sie schwieg einen Moment, als sie sich die Szene ins Gedächtnis rief. »Ich dachte zuerst, er wäre der Vater der Jungen. Bis ich sah, daß er zu jung dafür war.«

»Einer der Jungen hat ausgesagt, er hätte mit seinem Telefon herumgespielt, bevor Sie kamen. Haben Sie das auch beobachtet?«

Sie schüttelte den Kopf. »Es hing an seinem Hosenbund.«

»Gut. Wie ging es weiter?«

»Bertie führte sich ziemlich wild auf, daraufhin packte Harding ihn am Halsband und schlug dann vor, wir sollten den Jungen die Angst nehmen, indem wir sie dazu ermuntern, Bertie und mein Pferd zu streicheln. Er sagte, er sei Tiere gewöhnt, weil er auf einem Bauernhof in Cornwall aufgewachsen sei.« Sie runzelte die Stirn. »Was ist an alldem so wichtig? Er war doch einfach nur nett.«

»Inwiefern, Miss Jenner?«

Ihr Stirnrunzeln vertiefte sich, und sie starrte ihn einen Moment lang an, während sie sich offensichtlich fragte, worauf er hinauswolle. »Er war nicht aufdringlich, falls Sie das meinen.«

»Weshalb sollte ich glauben, er sei aufdringlich gewesen?«

Sie warf ungeduldig den Kopf zurück. »Weil Sie es dann sehr viel leichter hätten«, meinte sie.

»Wie das?«

»Sie möchten doch gerne, daß er der gesuchte Vergewaltiger ist, oder nicht? Nick hofft das jedenfalls ganz sicher.«

Galbraith maß sie mit einem kühlen Blick aus grauen Augen. »Zu einer Vergewaltigung gehört etwas mehr als Aufdringlichkeit. Kate Sumner ist mit einem Schlafmittel betäubt worden, sie hatte Abschürfungen am Rücken, Würgemale am Hals, von Stricken wundgescheuerte Handgelenke, gebrochene Finger und Verletzungen in der Vagina. Sie ist – noch lebend – von einer Person ins Meer gestoßen worden, die zweifellos wußte, daß sie eine schlechte Schwimmerin war und sich nicht würde retten können, selbst wenn die Wirkung des Schlafmittels nachlassen und sie wieder zu Bewußtsein kommen sollte. Sie war außerdem schwanger, als sie ums Leben kam, und das heißt, daß ihr ungeborenes Kind mit ihr sterben mußte.« Er lächelte dünn. »Mir ist klar, daß Sie eine vielbeschäftigte Frau sind und der Tod einer Unbekannten für Sie von untergeordneter Bedeutung ist, aber Constable Ingram und ich nehmen die Sache etwas ernster, wahrscheinlich, weil wir beide die Leiche gesehen haben und sehr erschüttert waren.«

Sie blickte auf ihre Hände. »Verzeihen Sie«, sagte sie.

»Wir fragen nicht zum Spaß«, fuhr Galbraith ohne Feindseligkeit fort. »Im Gegenteil, die meisten von uns finden einen solchen Fall sehr belastend, obwohl die Öffentlichkeit das selten wahrnimmt.«

Sie hob den Kopf. In ihren dunklen Augen blitzte der Anflug eines Lächelns. »Ich habe schon verstanden«, sagte sie. »Aber sehen Sie, ich habe den Eindruck, daß Sie sich auf Steven Harding festgelegt haben, nur weil er zufällig an Ort und Stelle war, und das erscheint mir einfach ungerecht.«

Galbraith tauschte einen Blick mit Ingram. »Wir interessieren uns auch noch aus anderen Gründen für ihn«, sagte er, »aber im

Moment möchte ich Ihnen nur einen nennen: Er war mit der Frau bekannt. Schon aus diesem Grund würden wir uns danach erkundigen, ob er nun am Sonntag in Chapman's Pool war oder nicht.«

Sie war verblüfft. »Er hat nichts davon gesagt, daß er sie kennt.«

»Hätten Sie das denn erwartet? Uns gegenüber hat er behauptet, er hätte die Tote gar nicht gesehen.«

Sie wandte sich Ingram zu. »Er kann sie doch auch nicht gesehen haben, oder? Er hat gesagt, er sei zu Fuß von St.-Alban's-Kap gekommen.«

»Vom Küstenwanderweg hat man einen sehr guten Blick auf Egmont Bight«, erinnerte Ingram sie. »Wenn er ein Fernglas hatte, hätte er sie leicht ausmachen können.«

»Aber er hatte keines«, wandte sie ein. »Er hatte nur das Handy. Das haben Sie doch selbst angesprochen.«

Galbraith überlegte, wie er die nächste Frage formulieren sollte, und entschied sich für Direktheit. Die Frau hatte zweifellos einen oder zwei Hengste in ihren Ställen, sie würde also nicht gleich in Ohnmacht fallen, wenn man das Kind beim Namen nannte.

»Nick sagte uns, daß Harding eine Erektion hatte, als er ihn am Sonntag sah. Würden Sie dem beipflichten?«

»Entweder das, oder er ist mehr als üppig ausgestattet.«

»Waren Sie die Ursache dafür, was meinen Sie?«

Sie antwortete nicht.

»Nun?«

»Ich habe keine Ahnung«, sagte sie. »Ich hatte in dem Moment eher den Eindruck, daß das Mädchen auf dem Boot ihn so erregte. Gehen Sie doch mal an einem sonnigen Tag am Strand von Studland entlang, da werden Sie hundert scharfe Achtzehn- bis Zwanzigjährige sehen, die im Wasser kauern, weil ihr Schwanz unabhängig von ihrem Verstand reagiert. Das ist doch nun wirklich kein Verbrechen.«

Galbraith schüttelte den Kopf. »Sie sind eine gutaussehende

Frau, Miss Jenner, und er stand direkt neben Ihnen. Haben Sie ihn in irgendeiner Weise ermutigt?«

»Nein.«

»Es ist wirklich wichtig.«

»Wieso? Ich weiß nur, daß der arme Kerl sich nicht richtig unter Kontrolle hatte.« Sie seufzte. »Hören Sie, diese Frau tut mir wirklich leid. Aber wenn Harding tatsächlich mit ihrem Tod etwas zu tun hatte, dann hat er mir jedenfalls nicht den Eindruck vermittelt. Für mich war er nichts weiter als ein junger Mann auf einer Wanderung, der für zwei Kinder einen Anruf erledigt hatte.«

Galbraith tippte mit dem Zeigefinger auf das Blatt mit seinen Notizen. »Ich habe hier die Aussage von Danny Spender«, erklärte er. »Sagen Sie mir, inwieweit sie zutrifft. ›Er hat die Frau mit dem Pferd angemacht, aber ich glaub nicht, daß sie ihn so gemocht hat wie er sie.‹ War es so?«

»Nein, natürlich nicht«, entgegnete sie verärgert, als empfände sie die Vorstellung, »angemacht« zu werden, als beleidigend. »Aber es kann sein, daß es für die Kinder so ausgesehen hat. Ich habe zu ihm gesagt, er sei mutig, weil er Bertie einfach so am Halsband packte, und daraufhin schien er zu glauben, er könnte die Jungen beeindrucken, indem er den Witzbold spielte und Jasper ständig aufs Hinterteil klopfte. Ich mußte die Tiere schließlich unter dem Vorwand, daß sie Schatten brauchen, von ihm wegbringen. Jasper läßt sich zwar einiges gefallen, aber alle zwei Minuten einen kräftigen Klaps auf den Hintern zu bekommen, behagt ihm nicht sonderlich, und ich wollte keine Anzeige bekommen, falls er plötzlich ausschlagen sollte.«

»Dann hatte Danny also recht damit, daß Sie Harding nicht mochten?«

»Ich verstehe nicht, was das für eine Rolle spielt«, antwortete sie unbehaglich. »Das ist doch eine ganz subjektive Sache. Ich bin kein besonders geselliger Typ, deshalb gehört Menschenliebe nicht gerade zu meinen starken Seiten.«

»Was hat Sie denn an ihm gestört?« Er ließ nicht locker.

«Herrgott noch mal, das ist doch lächerlich!« fuhr sie ihn an. »Es gab nichts an ihm auszusetzen. Er war von Anfang bis Ende unserer Unterhaltung absolut nett und freundlich.« Sie warf Ingram einen zornigen Blick zu. »Beinahe übertrieben höflich sogar.«

»Warum mochten Sie ihn dann nicht?«

Sie atmete einmal tief durch, offensichtlich unschlüssig, ob sie darauf antworten sollte oder nicht. »Er war ein Grapscher«, sagte sie schließlich mit einer Aufwallung von Gereiztheit. »So. Ist es das, was Sie hören wollten? Ich habe was gegen Männer, die einen dauernd anfassen müssen, Inspector, aber nur weil sie grapschen, sind sie noch lange keine Vergewaltiger oder Mörder. Sie sind einfach so.« Wieder holte sie Luft. »Und da wir schon mal beim Thema sind – nur um Ihnen zu zeigen, wie wenig Sie auf mein Urteil über Männer geben können –, ich würde keinem von euch Männern über den Weg trauen. Wenn Sie wissen wollen, warum, fragen Sie Nick Ingram.« Sie lachte spöttisch, als Galbraith den Blick senkte. »Ich sehe, er hat es Ihnen schon erzählt. Wenn Sie pikantere Einzelheiten über meine Beziehung zu meinem betrügerischen Ehemann wissen wollen, stellen Sie bitte einen schriftlichen Antrag, ich werde dann sehen, was ich für Sie tun kann.«

Galbraith ignorierte den Wutausbruch, als ihm einfiel, daß Sandy Griffiths, nach ihrem Urteil über Sumner gefragt, eine ähnliche Warnung geäußert hatte. »Heißt das, daß Harding *Sie* angefaßt hat, Miss Jenner?«

Sie warf ihm einen vernichtenden Blick zu. »Natürlich nicht. Ich habe ihm gar keine Gelegenheit dazu gegeben.«

»Aber er hat Ihre Tiere angefaßt, und das hat Sie gegen ihn eingenommen?«

»Nein«, widersprach sie unwirsch. »Mich hat gestört, daß er die Hände nicht von den Jungen lassen konnte. Es war alles sehr machomäßig – so plump-vertraulich –, Sie wissen schon, mit Schulterklopfen und Rippenstößen – deswegen glaubte ich anfangs ja auch, er wäre der Vater. Dem Kleinen hat das nicht gefallen – er hat Harding immer wieder weggestoßen –, aber der Ältere hat es genossen.« Sie lächelte ziemlich zynisch. »Es war diese aufgesetzte, oberflächliche Herzlichkeit, wie in Hollywood-Filmen, deshalb war ich auch nicht im geringsten überrascht, als er Nick sagte, daß er Schauspieler ist.«

Galbraith warf Ingram einen fragenden Blick zu.

»Ich würde sagen, das ist eine zutreffende Beschreibung«, erwiderte dieser. »Er war sehr freundlich zu Paul.«

»Wie freundlich?«

»*Sehr* freundlich«, wiederholte Ingram. »Und Miss Jenner hat recht. Danny hat ihn jedesmal weggestoßen.«

›Pädophiler?‹ schrieb Galbraith in sein Heft. »Haben Sie zufällig gesehen, ob Harding oben am Hang einen Rucksack stehenließ, ehe er mit den Jungen zu Nicks Wagen hinunterging?« fragte er Maggie dann.

Sie sah ihn mit ziemlich seltsamem Blick an. »Ich habe ihn das erste Mal bei den Bootshütten gesehen.«

»Haben Sie gesehen, ob er ihn wieder mitgenommen hat, nachdem Nick mit den Jungen abgefahren war?«

»Ich habe nicht auf ihn geachtet.« Sie runzelte besorgt die Stirn. »Urteilen Sie da nicht schon wieder etwas vorschnell? Als ich sagte, daß er die Jungen angefaßt hat, meinte ich damit nicht, daß... also, es war nichts Ungehöriges... nur, na ja, *übertrieben*, wenn Sie so wollen.«

»Okay.«

»Ich will damit sagen, daß ich nicht glaube, daß er pädophil ist.«

»Sind Sie schon mal einem Pädophilen begegnet, Miss Jenner?«

»Nein.«

»Tja, also, die zeichnen sich nicht durch zwei Köpfe aus, wissen Sie. Aber trotzdem, ich habe verstanden«, versicherte er. Er nahm die Tasse, die er bis jetzt nicht angerührt hatte, und trank seinen

Kaffee aus. Dann zog er eine Karte aus seiner Brieftasche und reichte sie ihr. »Das ist meine Nummer«, sagte er und stand auf. »Wenn Ihnen noch irgend etwas einfällt, das Sie für wichtig halten, können Sie mich dort jederzeit erreichen. Danke für Ihre Hilfe.«

Sie nickte und wandte sich Ingram zu. »Sie haben ja Ihren Kaffee gar nicht getrunken«, bemerkte sie mit einem boshaften Glitzern in den Augen. »Vielleicht hätten Sie ihn doch lieber mit Zucker genommen. Ich habe festgestellt, daß die Mäuseköttel immer auf den Grund sinken.«

Er lächelte sie an. »Aber Hundehaare nicht, Miss Jenner.« Er setzte seine Mütze auf und rückte den Schirm gerade. »Grüßen Sie Ihre Mutter von mir.«

Die Ermittlungsbeamten waren drei Tage lang damit beschäftigt, sich systematisch durch die Kartons mit Kate Sumners Papieren und persönlichen Besitztümern hindurchzuarbeiten, um eine Vorstellung vom Leben der Frau zu bekommen. Sie fanden jedoch nichts, was auf eine Verbindung zu Steven Harding oder irgendeinem anderen Mann hingewiesen hätte.

Man hatte mit allen in ihrem Adreßbuch aufgeführten Personen Kontakt aufgenommen, aber ohne Erfolg. Es handelte sich ohne Ausnahme um Leute, die sie seit ihrem Umzug an die Südküste kennengelernt hatte, und die Namen stimmten mit einer ordentlich geführten Weihnachtskartenliste in der untersten Schublade des Sekretärs im Wohnzimmer überein. In einem der Küchenschränke fand sich ein Schulheft mit dem Titel »Wöchentliches Tagebuch«, das sich jedoch enttäuschenderweise lediglich als eine genaue Aufstellung ihrer Haushaltsausgaben entpuppte. Die Summen deckten sich ziemlich genau mit dem wöchentlichen Haushaltsgeld, das Sumner ihr gegeben hatte.

Ihre Korrespondenz bestand fast ausschließlich aus geschäftlichen Schreiben im Zusammenhang mit irgendwelchen Reparaturarbeiten am Haus, aber es waren auch einige private Briefe von Freunden und Bekannten in Lymington darunter, unter anderem einer von ihrer Schwiegermutter und einer von Polly Garrard, einer ehemaligen Arbeitskollegin bei Pharmatec UK.

Liebe Kate,

es ist eine Ewigkeit her, seit wir uns das letzte Mal gesprochen haben, und jedesmal, wenn ich bei Dir anrufe, ist entweder besetzt oder Du bist nicht da. Melde Dich doch mal, wenn Du kannst. Ich bin schon gespannt zu hören, wie Du und Hannah Euch in Lymington eingelebt habt. William zu fragen ist die reine Zeitverschwendung. Er nickt immer nur und sagt: ›gut‹.

Ich würde so gern einmal das Haus sehen, seit Du es renoviert und eingerichtet hast. Vielleicht kann ich mir mal einen Tag freinehmen und Dich besuchen, wenn William in der Firma ist? Dann kann er sich nicht beschweren, wenn wir nur herumsitzen und quatschen. Erinnerst Du Dich an Wendy Plater? Sie hatte neulich in der Mittagspause zuviel getrunken und Purdy ›ein spießiges Arschloch‹ genannt, weil er im Korridor stand, als sie viel zu spät angetorkelt kam, und sagte, er würde ihr Gehalt kürzen. Das war vielleicht komisch! Er hätte sie auf der Stelle gefeuert, wenn der gute alte Trew sie nicht in Schutz genommen hätte. Sie mußte sich entschuldigen, aber leid tut es ihr nicht. Sie sagt, sie hätte Purdy noch nie zuvor so krebsrot im Gesicht werden sehen!

Ich hab natürlich sofort an Dich gedacht, deshalb hab ich auch immer wieder angerufen. Wir haben ja wirklich eine Ewigkeit nichts mehr voneinander gehört. Also, melde Dich, ja?

Alles Liebe,
Polly.

Mit einer Klammer angeheftet war der Entwurf einer Antwort von Kate.

Liebe Polly,

Hannah und ich haben uns gut eingelebt. Du mußt uns unbedingt mal besuchen. Im Moment habe ich ziemlich viel um die Ohren, aber ich rufe an, sobald ich ein bißchen Luft habe. Das Haus ist toll geworden. Es wird Dir gefallen.

Die Geschichte von Wendy Plater war wirklich komisch.

Ich hoffe, es geht Dir gut.

Bis bald,

Gruß,

Kate.

Die Eltern der Brüder Spender waren beunruhigt, als Ingram fragte, ob er und Inspector Galbraith einmal unter vier Augen mit Paul sprechen könnten. »Was hat er angestellt?« fragte der Vater.

Ingram nahm seine Mütze ab und strich sich mit der flachen Hand über das Haar. »Nichts, soweit wir wissen«, antwortete er lächelnd. »Es handelt sich lediglich um einige Routinefragen.«

»Warum wollen Sie dann unter vier Augen mit ihm sprechen?«

Ingram sah ihn offen an. »Weil die Tote nackt war, Mr. Spender, und Paul sich geniert, vor Ihnen und Ihrer Frau darüber zu sprechen.«

Spender lachte. »Er muß uns ja für schrecklich prüde halten.«

Ingrams Lächeln wurde noch eine Spur breiter. »Wie Eltern eben so sind«, sagte er. Er wies auf die von Hecken gesäumte Straße vor dem Cottage. »Er wird sich wahrscheinlich ungezwungener fühlen, wenn er draußen mit uns spricht.«

Paul war überraschend offen, als sie nach Steven Hardings »Freundlichkeit« fragten. »Ich schätze, Maggie hat ihm gefallen, und er wollte ihr damit imponieren, wie gut er mit Kindern umgehen kann«, sagte er. »Mein Onkel tut das dauernd. Wenn er allein zu uns kommt, sieht er uns gar nicht, aber wenn er eine von seinen Freundinnen mitbringt, legt er uns immer den Arm um die Schultern und macht Witze. Bloß damit sie denken, er würde einen guten Vater abgeben.«

Galbraith lachte. »Und so war es bei Steven Harding auch?«

»Wahrscheinlich. Er ist gleich viel netter geworden, als sie aufgekreuzt ist.«

»Ist dir eigentlich aufgefallen, daß er mit seinem Handy rumgespielt hat?«

»Sie meinen, auf die Art, wie Danny behauptet?«

Galbraith nickte.

»Ich hab nicht so genau hingesehen, weil man das doch nicht tut, aber Danny ist ganz sicher, und er müßte es eigentlich wissen, er hat ihn ja die ganze Zeit angestarrt.«

»Und was glaubst du, warum Mr. Harding sich so verhalten hat?«

»Weil er vergessen hatte, daß wir da waren«, antwortete der Junge.

»Wie meinst du das?«

Paul zeigte erste Anzeichen von Verlegenheit. »Na ja, Sie wissen schon«, begann er ernsthaft, »er hat's irgendwie ganz gedankenlos getan ... Mein Vater macht oft so gedankenlose Sachen. Er leckt zum Beispiel im Restaurant das Messer ab. Das ärgert meine Mutter immer furchtbar.«

Galbraith nickte zustimmend. »Du bist ein gescheiter Junge. Darauf hätte ich eigentlich selbst kommen müssen.« Er strich sich übers Gesicht, während er überlegte. »Trotzdem, mit einem Telefon an sich herumzureiben ist doch noch ein bißchen was anderes, als ein Messer abzulecken. Du glaubst nicht, daß er's vielleicht eher aus Angabe getan hat?«

»Er hat ein Mädchen durchs Fernglas beobachtet«, berichtete Paul. »Vielleicht wollte er vor ihr angeben.«

»Vielleicht.« Galbraith tat so, als überlegte er von neuem. »Du glaubst nicht, daß er eher vor dir und Danny angeben wollte?«

»Hm – er hat ziemlich viel von Frauen geredet, die er nackig gesehen hat, aber irgendwie hatte ich das Gefühl, daß das meiste davon gar nicht stimmte ... Ich glaube, er wollte uns nur aufmuntern.«

»Glaubt Danny das auch?«

Paul schüttelte den Kopf. »Nein, aber das hat nichts zu bedeuten. Er behauptet, Mr. Harding hätte sein T-Shirt geklaut, und darum mag er ihn nicht.«

»Und ist das wahr?«

»Ich glaube nicht. Das hat er erfunden, weil er's verloren hat und Mama ihn deswegen ausgeschimpft hat. Vorn steht ›Derby FC‹ drauf, und es hat einen Haufen Geld gekostet.«

»Hatte Danny es am Sonntag dabei?«

»Er sagt, es wär in dem Packen gewesen, in den wir das Fernglas eingewickelt hatten, aber ich kann mich nicht daran erinnern.«

»Okay.« Galbraith nickte wieder. »Was meint denn Danny, was Harding bezweckt hat?«

»Er sagt, er wäre ein Kinderschänder«, antwortete Paul sachlich.

Constable Sandy Griffiths pfiff tonlos vor sich hin, während sie sich in der Küche von Langton Cottage eine Tasse Tee machte. Hannah saß wie gebannt vor dem Fernseher im Wohnzimmer, und Sandy segnete im stillen das Andenken des Genies, das dieses elektronische Kindermädchen erfunden hatte. Als sie sich zum Kühlschrank umwandte, um nach Milch zu sehen, ertappte sie William Sumner dabei, wie er direkt hinter ihr stand.

»Habe ich Sie erschreckt?« fragte er, als sie leicht zusammenfuhr.

Du weißt genau, daß du mich erschreckt hast, du dämlicher Kerl! Sie zwang sich zu einem Lächeln, um ihm nicht zu zeigen, daß er ihr allmählich unheimlich wurde. »Ja«, sagte sie. »Ich habe Sie nicht kommen gehört.«

»Das hat Kate auch immer gesagt. Sie ist deswegen manchmal richtig böse geworden.«

Kann ich mir lebhaft vorstellen... Sie hatte langsam den Verdacht, daß er ein Voyeur war, ein Mann, der sich seinen Kick holte, indem er heimlich Frauen bei ihren alltäglichen Verrichtungen beobachtete. Sie konnte schon gar nicht mehr zählen, wie oft sie ihn verstohlen um einen Türpfosten hatte spähen sehen, als wäre er ein unwillkommener Gast in seinem eigenen Haus. Sie ging auf Distanz, indem sie die Teekanne zum Küchentisch trug und sich einen Stuhl herauszog. In dem darauffolgenden Schweigen stieß er mehrmals verdrossen mit der Schuhspitze gegen das Tischbein, so daß ihr bei jedem Stoß die Platte ruckartig gegen den Bauch prallte.

»Sie haben Angst vor mir, stimmt's?« sagte er plötzlich.

»Wie kommen Sie denn darauf?«

»Gestern nacht hatten Sie Angst.« Er machte ein Gesicht, als gefiele ihm die Vorstellung, und sie fragte sich, wie wichtig es für ihn war, sich überlegen fühlen zu können.

»Bilden Sie sich bloß nichts ein«, entgegnete sie schroff. Sie zündete sich eine Zigarette an und blies den Rauch absichtlich in seine Richtung. »Glauben Sie mir«, sagte sie betont derb, »wenn ich auch nur die geringste Angst gehabt hätte, hätten Sie von mir einen Tritt in Ihre gottverdammten Eier gekriegt. Erst draufhauen, dann Fragen stellen, das ist mein Motto.«

»Ich mag es nicht, wenn in meinem Haus geraucht und mit unflätigen Ausdrücken herumgeworfen wird«, sagte er mit einem erneuten gereizten Tritt gegen das Tischbein.

»Dann reichen Sie doch eine Beschwerde ein«, versetzte sie. »Dann werde ich abgezogen.« Sie sah ihn einen Moment unverwandt an. »Aber das würde Ihnen überhaupt nicht in den Kram passen, stimmt's? Sie sind nämlich viel zu sehr daran gewöhnt, sich bedienen zu lassen.«

Plötzlich schossen ihm die Tränen in die Augen. »Sie haben keine Ahnung, wie das für mich ist. Vorher hat alles so gut geklappt. Und jetzt – ich weiß überhaupt nicht, was ich tun soll.«

Seine Schau war bestenfalls dilettantisch und schlimmstenfalls hinterhältig, und es brachte Sandy Griffiths in Rage. Bildete er sich etwa ein, sie fände männliche Hilflosigkeit attraktiv? »Dann sollten Sie sich schämen«, fuhr sie ihn an. »Als die Sozialarbeiterin hier war, wußten Sie noch nicht mal, wo der Staubsauger steht, geschweige denn, wie er funktioniert. Sie war hier, um Ihnen wenigstens das Grundlegende darüber beizubringen, wie man ein Kind versorgt und einen Haushalt führt. Kein Mensch – ich wiederhole, *kein* Mensch – wird nämlich zulassen, daß ein dreijähriges Kind in der Obhut eines Mannes bleibt, dem das Wohl seiner Tochter so offensichtlich gleichgültig ist.«

Er ging in der Küche herum, öffnete Schranktüren und machte sie wieder zu, als wollte er zeigen, daß er genau wußte, wo alles untergebracht war. »Das ist nicht meine Schuld«, sagte er. »Kate wollte es so. Ich durfte mich nicht in den Haushalt einmischen.«

»Ach was? Das war Ihnen doch bestimmt nur recht!« Sie schnippte die Asche ihrer Zigarette in ihre Untertasse. »Ich meine, Sie haben doch keine gleichwertige Partnerin geheiratet, nicht? Sie haben eine Haushälterin geheiratet, die dafür zu sorgen hatte, daß der Haushalt wie am Schnürchen lief, und jede Ausgabe bis auf den letzten Penny abrechnen mußte.«

»Nein, so war es nicht.«

»Wie dann?«

»Als wenn ich irgendwo zur Untermiete gewohnt hätte«, sagte er bitter. »Ich hatte weder eine Partnerin noch eine Haushälterin zur Frau, sondern eine Hauswirtin, die mich hier wohnen ließ, solange ich pünktlich die Miete zahlte.«

Am frühen Donnerstag nachmittag glitt die französische Jacht *Mirage* den Dart hinauf und legte in der Dart-Haven-Marina an, gegenüber der hübschen Stadt Dartmouth und neben der Eisenbahnlinie nach Paignton, eine der wenigen Strecken, auf der noch Dampflokomotiven verkehrten. Kurz nachdem das Boot festgemacht hatte, ertönte ein schriller Pfiff, und der Dreiuhrzug stampfte, in Dampfwolken gehüllt, aus dem Bahnhof. In dem Eigner der *Mirage* regte sich eine romantische Sehnsucht nach fernen Tagen, an die er selbst sich gar nicht mehr erinnern konnte.

Seine Tochter hingegen verspürte nichts als finsteren Mißmut. Sie konnte absolut nicht verstehen, warum sie ausgerechnet auf dieser Seite des Flusses angelegt hatten, wo es außer dem Bahnhof nichts gab, während drüben in Dartmouth das Leben lockte – Geschäfte, Restaurants, Pubs, Menschen, Trubel, Männer! Voller Verachtung beobachtete sie, wie ihr Vater die Videokamera herausholte und in der Tasche nach einer neuen Kassette suchte, um die Dampflokomotiven aufzunehmen. Wie ein kleiner Junge, dachte sie, mit seiner lächerlichen Begeisterung für das ländliche England. Dabei war London doch das einzige, was überhaupt zählte! Sie war unter ihren Freunden die einzige, die noch nie in London gewesen war, und fand das geradezu peinlich. Wirklich unmöglich, ihre Eltern!

Leicht verärgert drehte ihr Vater sich zu ihr um und wollte wissen, wo die neuen Kassetten seien, und sie mußte bekennen, daß keine mehr da war. Sie hatte sie alle verbraucht, als sie aus Langeweile alle möglichen belanglosen Dinge gefilmt hatte. Mit aufreizender Toleranz (er gehörte zu den verständnisvollen Vätern, die nie streiten) spielte er die Videos nacheinander ab, um zu sehen, welches am ehesten zur Wiederverwendung geeignet sei.

Als er plötzlich die Aufnahmen eines jungen Mannes sah, der den Hang über Chapman's Pool hinunterlief und auf zwei Jungen zueilte, gefolgt von Bildern, die ebendiesen jungen Mann allein am Strand bei den Bootshütten sitzend zeigten, senkte er die Kamera und betrachtete seine Tochter mit besorgt gerunzelter Stirn. Sie war vierzehn Jahre alt, und ihm wurde bewußt, daß er keine Ahnung hatte, ob sie noch ein unschuldiges Kind war oder ob sie genau wußte, was sie da aufgenommen hatte. Er beschrieb ihr den jungen Mann und fragte, warum sie ihn so ausgiebig gefilmt hätte. Sie lief rot an unter der Sonnenbräune. Nur so. Er wäre eben einfach da gewesen, und er sähe – sie sagte es trotzig – super aus. Außerdem kenne sie ihn. Sie hätten sich in Lymington getroffen und eine Weile miteinander unterhalten. Und er interessierte sich für sie. Das hätte sie sofort gemerkt.

Ihr Vater war entsetzt.

Seine Tochter zuckte rebellisch die Achseln. Was denn schon dabei sei? Gut, er sei Engländer, na und? Er sei nichts weiter als ein netter Typ, der was für Französinnen übrig hätte, erklärte sie.

Bibi Gould kam vergnügt aus dem Frisiersalon, in dem sie arbeitete, und zog ein langes Gesicht, als sie Tony Bridges auf dem Bürgersteig stehen sah, halb von ihr abgewandt, während er eine junge Mutter mit ihrem kleinen Kind beobachtete. Ihre Beziehung zu Tony war inzwischen mehr eine Strapaze als ein Vergnügen, und einen Moment lang dachte sie daran, schnell wieder in den Laden zu verschwinden. Aber nein, er hatte sie gewiß schon gesehen. Sie setzte ein künstliches Lächeln auf. »Hallo!« sagte sie mit gespielter Unbekümmertheit, die allerdings nicht sehr überzeugend wirkte.

Er starrte sie mit dem ihm eigenen seltsam grüblerischen Ausdruck an, vermerkte die knappen Shorts und das abgeschnittene Oberteil, das ihren gebräunten Bauch freiließ, und hatte Mühe, seine Wut zu zügeln. »Mit wem wolltest du dich treffen?«

»Mit niemandem«, sagte sie.

»Was ist denn dann los? Warum hast du so ein saures Gesicht gemacht, als du mich gesehen hast?«

»Hab ich doch gar nicht.« Sie senkte den Kopf, um ihr Haar nach vorn fallen zu lassen, so daß es ihre Augen verbarg. Sie wußte, daß er das haßte. »Ich bin nur müde, das ist alles... Ich wollte nach Hause und ein bißchen fernsehen.«

Er packte sie beim Handgelenk. »Steve hat sich verdrückt. Ist er derjenige, mit dem du dich treffen wolltest?«

»Mach dich nicht lächerlich.«

»Wo ist er?«

»Woher soll ich das wissen?« Sie drehte den Arm hin und her, um sich aus seinem Griff zu befreien. »Er ist doch dein Freund.«

»Ist er zum Wohnwagen rausgefahren? Hast du dich dort mit ihm verabredet?«

Zornig riß sie sich los. »Weißt du was, du hast offensichtlich ein Riesenproblem mit ihm – du solltest mal mit jemandem darüber reden, statt deine Wut immer an mir auszulassen. Und nur zu deiner Information, nicht jeder haut gleich ab und versteckt sich im Wohnwagen von Mummy und Daddy, wenn mal was schiefgeht. Der ist doch die reinste Müllhalde – genau wie dein Haus –, und wer will schon auf einer Müllhalde bumsen?«

Sie rieb sich das schmerzende Handgelenk, und ihr unreifes Jungmädchengesicht bekam einen häßlichen Zug. »Es ist doch nicht Steves Schuld, daß du fast jeden Abend so zugedröhnt bist, daß du ihn nicht mehr hochkriegst. Spar dir also das Theater. Dein Problem ist einfach, daß du fertig bist, aber das willst du nicht sehen.«

Er starrte sie grimmig an. »Und was war am Samstag? Ich war's nicht, der am Samstag so hackedicht war, daß er nicht mehr konnte. Ich hab's echt satt, mich verarschen zu lassen, Bibs.«

Am liebsten hätte sie mit einer hochmütigen Kopfbewegung erwidert, er wäre im Bett so langweilig, daß man ebensogut im Koma liegen könnte, aber die Vorsicht verbot es ihr. Er hatte Methoden, sich zu rächen, die sie fürchtete. »Das kannst du mir nun wirklich nicht zum Vorwurf machen«, murmelte sie statt dessen lahm. »Du solltest dir von deinen dreckigen Freunden eben kein dreckiges E andrehen lassen. Da kann man dran sterben.«

16

FAX:
Von: Constable Nicholas Ingram
Datum: 14. August – 19 Uhr 05
An: Inspector John Galbraith
Betrifft: ***Morduntersuchung Kate Sumner***

Ich habe mir über die ganze Angelegenheit noch einmal gründlich Gedanken gemacht, insbesondere in bezug auf den pathologischen Befund und das angetriebene Schlauchboot, und da ich morgen meinen freien Tag habe, faxe ich Ihnen das Ergebnis meiner Überlegungen noch heute zu. Es basiert allerdings ganz auf der Annahme, daß das angetriebene Boot irgendwie mit Kate Sumners Ermordung zu tun hat. Gleichzeitig eröffnet es aber neue Perspektiven, die es vielleicht wert wären, in Betracht gezogen zu werden.

Ich sagte heute morgen,

1. daß die Möglichkeit besteht, daß das Boot Ende Mai in Lulworth gestohlen wurde und in diesem Fall der Dieb und Kate Sumners Mörder ein und dieselbe Person sein könnten;

2. daß, falls meine »Schlepp«-Theorie zutreffend sein sollte, einiges dafür spricht, daß der Außenbordmotor (Marke: Fastrigger, Seriennr: 240B 5006678) entfernt wurde und sich noch in Besitz des Diebes befindet;

3. daß Sie sich Steven Hardings Logbuch noch einmal ansehen sollten, um festzustellen, ob er am Donnerstag, dem 29. Mai in der Bucht von Lulworth war;

4. daß es einige Ihrer forensischen Fragen klären würde,

wenn er ein zweites Schlauchboot auf der Crazy Daze *untergebracht hatte, das mit einer Fußpumpe hätte aufgepumpt werden können;*

5. daß er wahrscheinlich irgendwo einen Lagerraum hat, den Sie noch nicht gefunden haben und in dem der gestohlene Außenbordmotor untergebracht sein könnte.

Inzwischen habe ich Zeit gehabt, darüber nachzudenken, wie das Schlauchboot am hellichten Tag aus Lulworth entfernt worden sein könnte, und mir ist klargeworden, daß es Harding – oder auch jedem anderen – gewisse Schwierigkeiten bereitet hätte, das zu bewerkstelligen.

Wichtig ist zunächst einmal, sich klarzumachen, daß die Crazy Daze *mitten in der Bucht von Lulworth geankert haben muß und Harding deshalb nur in seinem eigenen Beiboot hätte an Land kommen können. Ein paar junge Leute auf einer Spritztour hätten kaum Aufmerksamkeit erregt (man hätte angenommen, das Boot gehöre ihnen), aber ein einzelner Mann mit* zwei *Schlauchbooten wäre auf jeden Fall aufgefallen, besonders da er sie hinter- oder nebeneinander am Heck der* Crazy Daze *hätte vertäuen müssen (es sei denn, er wäre bereit gewesen, Zeit damit zu verschwenden, die Luft herauszulassen). Daß eine Jacht* zwei *Beiboote hat, ist* höchst *ungewöhnlich, und spätestens nach Bekanntwerden des Diebstahls hätten sich die Leute von der Küstenwache, die oben in ihrem Ausguck über der Bucht sitzen, daran erinnert.*

Ich halte es jetzt für wahrscheinlicher, daß das Schlauchboot zu Fuß abtransportiert wurde. Nehmen wir an, der Dieb bemerkte, daß der Außenbordmotor nicht gesichert war, also nahm er ihn ab und trug ihn ganz offen zu seinem Auto/Haus/Wohnwagen oder seiner Garage. Nehmen wir weiter an, er ging eine halbe Stunde später noch einmal hin, um zu sehen, ob die Eigentümer inzwischen zurück wären, stellte fest, daß das nicht der Fall war, hievte das Schlauchboot kurzerhand auf seinen Kopf und trug es ebenfalls weg. Ich will nicht unterstellen, daß die Ermordung Kate Sumners bereits zu diesem Zeitpunkt geplant war; ich würde aber unterstellen, daß der Diebstahl des spanischen Schlauchboots im Mai dem Mörder im August die perfekte Möglichkeit lieferte, sich der Leiche zu entledigen. (Anmerkung: Diebstähle von Booten oder an Bord befindlicher Gegenstände rangieren in der Verbrechensstatistik der Südküste ganz oben). Ich würde Ihnen daher dringend raten herauszufinden, ob sich irgend jemand, der mit Kate Sumner bekannt war, in der Zeit zwischen dem 24. und 31. Mai in der Nähe von Lulworth aufgehalten hat. Vermutlich wird sich herausstellen, daß sie gemeinsam mit ihrem Mann und ihrer Tochter dort war – es gibt bei Lulworth mehrere Wohnwagen- und Campingplätze –, aber ich könnte mir vorstellen, daß Sie das freuen wird. Denn es würde ja Ihren Verdacht gegen den Ehemann erhärten.

Aus den nachfolgenden Gründen glaube ich nicht mehr, daß Sie den Außenbordmotor noch finden werden. Wenn es die Absicht des Mörders war, das gestohlene Schlauchboot samt Inhalt (d. h. Kate Sumner) untergehen zu lassen, dann muß *der Außenbordmotor an Bord gewesen sein.*

Sie erinnern sich vielleicht an meine Nachfrage bezüglich der Unterkühlungstheorie, als Sie mir am Montag den Befund des Pathologen zeigten. Der Pathologe vertritt die Ansicht, daß Kate Sumner sich, bevor sie ertrank, längere Zeit im Wasser befand, was zu starkem nervlichen Streß und Unterkühlung führte. Ich wunderte mich damals, wieso sie so lange gebraucht hatte, um eine relativ kurze Strecke zurückzulegen, und fand es wahrscheinlich, daß die Unterkühlung infolge der Lufttemperatur eingetreten sei, die gerade nachts um einiges niedriger ist als die Wassertemperatur. Es hinge natürlich davon ab, wie gut sie schwimmen konnte, zumal der Pathologe meinte, sie wäre mindestens *achthundert Meter westsüdwestlich von Egmont Bight ins Wasser gestoßen worden, obwohl ich annahm, sie müsse wesentlich weiter als von ihm geschätzt geschwommen sein. Aber Sie haben heute morgen zu Miss Jenner bemerkt, daß Kate Sumner eine schlechte Schwimmerin war, und seitdem frage ich mich, wie eine schlechte Schwimmerin sich bei diesem Seegang so lange über Wasser halten konnte, daß sich bei ihr Anzeichen von Unterkühlung zeigten. Ich frage mich außerdem, wieso ihr Mörder so sicher war, wohlbehalten an Land zurückkehren zu können, obwohl es an diesem Teil der Küste keine Leuchtfeuer gibt und die Strömungen unberechenbar sind.*

Eine Antwort auf die oben angeführten Fragen wäre, daß Kate Sumner irgendwo an Land vergewaltigt wurde, ihr Mörder sie nach dem Erdrosselungsversuch für tot hielt und das ganze Manöver mit dem »Ertrinken« nur dazu diente, die Leiche vor einem einsamen Küstenabschnitt zu beseitigen.

Was würden Sie zu folgenden Überlegungen sagen: 1. Er legte sie nackt und bewußtlos in das gestohlene Schlauchboot, brachte sie dann eine beträchtliche Strecke hinaus – Lulworth Cove bis Chapman's Pool = ca. acht Seemeilen –, fesselte sie draußen an den Außenbordmotor und überließ das Boot den Wellen, in der Hoffnung, daß es samt seinem Inhalt sinken würde (der kalte Wind hätte zu diesem Zeitpunkt bereits zur Unterkühlung der unbekleideten Frau geführt); 2. nachdem das Schlauchboot ausgesetzt worden war, erlangte Kate Sumner trotz Erdrosselungsversuch/Ro-

hypnol das Bewußtsein wieder und erkannte, daß sie sich retten mußte; 3. die gebrochenen Finger und Fingernägel könnten die Folge ihrer Bemühungen sein, sich von ihren Fesseln zu befreien und den Außenbordmotor zu entfernen, um sein Gewicht loszuwerden, wobei das Boot wahrscheinlich kenterte; 4. sie benutzte das Schlauchboot als Luftkissen, um sich darauf treiben zu lassen, und verlor es erst, als sie entweder erneut bewußtlos wurde oder zu erschöpft war, um sich noch länger festzuhalten; 5. auf jeden Fall vermute ich, daß das Boot weit näher an die Küste herantrieb, als von Ihrem Pathologen geschätzt, *sonst wäre es nämlich überflutet worden, und der Mörder selbst wäre in Schwierigkeiten geraten; 6. der Mörder kletterte die Klippen hinauf und kehrte in den dunklen Nachtstunden auf dem Küstenwanderweg nach Lulworth/Kimmeridge zurück. Soweit haben mich meine Überlegungen bisher gebracht. Nur eines noch: Wenn das Schlauchboot tatsächlich bei dem Mord eine Rolle gespielt hat, muß es von Westen her gekommen sein – von Kimmeridge Bay oder der Bucht von Lulworth. Es hätte die Strömungen rund um St.-Alban's-Kap niemals unbeschadet überstehen können. Mir ist klar, daß all dies nicht erklärt, was mit Hannah geschehen ist, aber ich denke, wenn Sie herausfinden können, wo das gestohlene Schlauchboot zwei Monate lang versteckt war, werden Sie auch herausfinden, wo Kate Sumner vergewaltigt wurde und wo Hannah sich befand, als ihre Mutter ertränkt wurde.*

(N. B.: Nichts von dem, was ich oben ausgeführt habe, schließt Harding als Täter aus – die Vergewaltigung kann *an Deck seines Bootes stattgefunden haben, alle Spuren* können *danach abgewaschen worden sein; das Schlauchboot* kann *von der* Crazy Daze *geschleppt worden sein –, aber macht es ihn weniger verdächtig?)* *Nick Ingram*

17

Am Freitag morgen, knapp eine Stunde nach Sonnenaufgang, trabte Maggie Jenner den Reitweg hinter Broxton House entlang, begleitet von ihrem Hund Bertie. Sie ritt einen nervösen braunen Wallach namens Stinger, dessen Eigentümerin jedes Wochenende aus London nach Longton Matravers kam, um zur Erholung von ihrer anstrengenden Tätigkeit als Brokerin in der City ausgedehnte Ausritte zu unternehmen und ihr Pferd zur Landspitze hinaufzujagen. Maggie liebte das Pferd und verabscheute die Frau, der alle Sensibilität fehlte und für die Stinger wahrscheinlich nichts anderes war als ein Aufputschmittel. Wäre sie nicht bereit gewesen, Maggie weit mehr als das Übliche für die angebotenen Dienste zu bezahlen, hätte diese sie ohne Zögern abgewiesen; aber wenn einen ständig der Pleitegeier umkreiste, mußte man eben zu Kompromissen bereit sein.

Am Steinbruch beim St.-Alban's-Kap wandte sie sich nach rechts und ritt durch das Tor in das tiefe, breite Tal, das zwischen dem Kap im Süden und dem höher gelegenen Gebiet oberhalb von Chapman's Pool einen grasbewachsenen Durchgang zum Meer bildete. Sie trieb das Pferd zu leichtem Galopp an und ließ es mit einem herrlichen Gefühl der Befreiung durch das hohe Gras laufen. Es war noch kühl, aber es regte sich kaum ein Lüftchen, und wie immer an solchen Morgen hob sich ihre Stimmung beträchtlich. Wie schwer das Leben auch immer war – und es konnte manchmal sehr schwer sein –, hier hörte sie auf, sich Sorgen darüber zu machen. Wenn es überhaupt einen Sinn im Leben gab, dann fand sie ihn hier, allein und frei, in der wiedergefundenen Zuversicht, daß die Sonne mit jedem Tag aufs neue aufging.

Nach etwa einem Kilometer zügelte sie den Wallach und trieb ihn im Schritt auf den eingezäunten Küstenwanderweg zu, der in einer Folge steiler, in den Fels gehauener Stufenkanten zu beiden Seiten des Tals hinaufführte. Man mußte schon ein robuster Wanderer sein, um die Strapazen des steilen Abstiegs auf sich zu nehmen, nur um sich dann der noch größeren Strapaze des Aufstiegs auf der anderen Seite gegenüberzusehen. Und Maggie, die das nie versucht hatte, dachte, wieviel vernünftiger es doch sei, die Schlucht hinunterzureiten und dabei den Blick auf die Landschaft zu genießen. Vor ihr lag das Meer, eine blau glitzernde, spiegelglatte Fläche, und Maggie ließ sich aus dem Sattel gleiten, während sich Bertie, japsend von den Anstrengungen des Galopps, faul im Gras zu Füßen des Wallachs wälzte. Nachdem sie die Zügel lose um die oberste Zaunlatte geschlungen hatte, kletterte sie über die Absperrung und ging die wenigen Meter bis zum Rand der Klippen, um auf die schier endlose blaue Wasserfläche hinauszublicken, wo die Grenzlinie zwischen Meer und Himmel kaum noch auszumachen war. Die einzigen Geräusche um sie herum waren das sanfte Rauschen der Brandung unten am Strand, das leise Schnauben der Tiere, der Gesang einer Lerche am Himmel über ihr...

Es war schwer zu sagen, wer heftiger erschrak, Maggie oder Steven Harding, als dieser plötzlich vor ihr aus dem Boden zu wachsen schien, nachdem er sich über den Rand der Klippen gezogen hatte, wo das Tal fast senkrecht zum Meer hin abfiel. Sekundenlang kauerte er reglos auf allen vieren vor ihr. Sein Gesicht war bleich und unrasiert, er atmete keuchend und sah bei weitem nicht mehr so attraktiv aus wie am vergangenen Samstag. Mehr wie ein Vergewaltiger; weniger wie ein Hollywoodstar. Er strahlte etwas erschreckend Gewalttätiges aus, und seine dunklen Augen hatten plötzlich etwas Berechnendes, das Maggie vorher nicht aufgefallen war, aber erst als er sich abrupt zu seiner vollen Größe aufrichtete, schrie sie erschrocken auf. Ihre Beunruhigung teilte sich sofort Stringer mit, der rückwärts tänzelte und sich vom Zaun losriß, und dann auch noch Bertie, der mit gesträubtem Fell auf die Beine kam.

»Sie gottverdammter Idiot!« brüllte sie und machte ihrer Furcht mit wütenden Flüchen Luft, als sie Stingers nervöses

Schnauben und das Stampfen seiner Hufe hörte. Sie fuhr herum und versuchte, die Zügel des Wallachs zu fassen zu bekommen, ehe er durchging, aber sie schaffte es nicht.

O Gott, wenn er nur nicht… wir brauchen doch das Geld… was soll ich bloß machen, wenn er in seiner Panik zu Schaden kommt… bitte, lieber Gott, bitte…

Doch aus irgendeinem unerfindlichen Grund schoß Harding an ihr vorbei und direkt auf Stinger zu, und das Pferd galoppierte mit rollenden Augen davon und raste in wilder Panik den Hang hinauf.

»Scheiße!« brüllte Maggie. Ihr Gesicht war zu einer häßlichen, zornigen Grimasse verzerrt, als sie auf Harding losging. »Wie kann ein Mensch nur so dämlich sein, Sie – Sie widerlicher Kerl! Was zum Teufel haben Sie sich dabei gedacht! Wenn Nick Ingram wüßte, daß Sie hier sind, würde er Sie fertigmachen, das schwör ich Ihnen. Er hält Sie sowieso schon für einen Scheißperversen!«

Sie war völlig unvorbereitet auf den Schlag mit dem Handrücken, der sie mitten ins Gesicht traf, und als sie zu Boden stürzte, hatte sie nur einen Gedanken im Kopf: Was zum Teufel bildet dieser Idiot sich eigentlich ein…?

Ingram sah verschlafen blinzelnd auf seinen Wecker, als um halb sieben Uhr morgens sein Telefon läutete. Als er abnahm, hörte er nichts als eine Folge schriller, unverständlicher Laute, konnte aber immerhin die Stimme Maggie Jenners erkennen.

»Beruhigen Sie sich erst mal«, sagte er, als sie endlich eine Pause einlegte, um Luft zu holen. »Ich verstehe kein Wort.«

Erneutes schrilles Gejammer.

»Reißen Sie sich zusammen, Maggie«, sagte er streng. »Sie sind doch sonst keine Heulsuse!«

»Entschuldigen Sie«, antwortete sie, unverkennbar bemüht, sich zusammenzunehmen. »Steven Harding hat mich geschlagen, da ist Bertie auf ihn losgegangen… Es ist alles voll Blut… Ich habe an seinem Arm einen Druckverband angelegt, aber er funktioniert nicht richtig – ich weiß nicht, was ich sonst tun soll … Ich habe Angst, daß er stirbt, wenn er nicht schnellstens ins Krankenhaus kommt.«

Ingram setzte sich auf und rieb sich erst einmal heftig das Gesicht, um den Schlaf zu vertreiben. Er konnte das weiße Rauschen leeren Raums hören und im Hintergrund Vogelgezwitscher. »Wo sind Sie überhaupt?«

»Am Ende des Tals hinter dem Steinbruch … bei den Stufen vom Küstenwanderweg … auf halbem Weg zwischen Chapman's Pool und St.-Alban's-Kap … Stinger ist mir durchgegangen, und ich habe Angst, er bricht sich das Bein, wenn er über die Zügel stolpert … Dann verlieren wir alles … Ich glaube, Harding liegt im Sterben …« Ihre Stimme wurde leiser, als sie offenbar den Kopf drehte. »… fahrlässige Tötung … Bertie war nicht zu bändigen …«

»Ich kann Sie kaum noch hören, Maggie«, brüllte er.

»Entschuldigen Sie.« Sofort war ihre Stimme wieder da. »Er reagiert nicht mehr. Vielleicht hat Bertie eine Arterie verletzt, aber ich krieg den Verband nicht fest genug, um die Blutung zu stillen. Ich hab Berties Leine genommen, aber sie sitzt nicht fest genug, und die Stöcke hier sind alle so morsch, daß sie dauernd abbrechen.«

»Dann lassen Sie die Leine und versuchen Sie es mit was anderem – mit etwas, das Sie gut fassen können – einem T-Shirt vielleicht. Wickeln Sie es ihm so fest wie möglich oberhalb des Ellbogens um den Arm und drehen Sie die Enden zusammen, damit Druck entsteht. Wenn das nichts hilft, dann versuchen Sie, die Arterie an der Unterseite seines Oberarms mit den Fingern zu finden und sie fest gegen den Knochen zu pressen, um die Blutung zu stoppen. Aber Sie dürfen den Druck nicht lockern, Maggie, sonst fängt er wieder an zu bluten.«

»Okay.«

»Gut. Ich hole Hilfe, so schnell ich kann.« Er brach das Gespräch ab und rief in Broxton House an. »Mrs. Jenner?« sagte er und schaltete auf den Lautsprecher, als Maggies Mutter sich meldete. »Nick Ingram hier.« Er schoß aus dem Bett und zog sich in aller Eile an. »Maggie braucht dringend Hilfe, und Sie sind am nächsten. Sie versucht, einem Verletzten zu helfen, der in Gefahr ist zu verbluten. Sie sind unten im Steinbruchtal. Beim Küstenwanderweg. Wenn Sie sich jetzt sofort auf Sir Jasper setzen und wie der Teufel reiten, hat der Mann noch eine Chance. Sonst – «

»Aber ich bin noch nicht einmal angezogen«, unterbrach sie entrüstet.

»Das ist mir scheißegal«, entgegnete er grob. »Setzen Sie Ihren Hintern in Bewegung und helfen Sie Ihrer Tochter, Herrgott noch mal, auch wenn's vielleicht das erstemal in Ihrem Leben ist.«

»Wie können Sie es wagen – «

Er legte auf, um die nächsten Anrufe zu machen, die schließlich dazu führten, daß zum zweitenmal in weniger als einer Woche der Such- und Rettungshubschrauber aus Portland nach St.-Alban's-Kap gesandt wurde.

Als Nick Ingram nach einer halsbrecherischen Jagd über schmale Landstraßen und den Reitweg am Unfallort eintraf, war das Drama im wesentlichen schon vorbei. Der Hubschrauber stand mit laufendem Motor etwa fünfzig Meter vom Schauplatz des Geschehens entfernt, Harding war bei Bewußtsein und wurde von einem Sanitäter versorgt, und hundert Meter südlich des Hubschraubers, auf halber Höhe des Hügelhangs, versuchte Maggie verzweifelt Stinger einzufangen, der jedesmal augenrollend zurückscheute, wenn sie ihm zu nahe kam. Es ging ihr offensichtlich darum, ihn vom Abgrund wegzudrängen, aber seine Angst vor dem Hubschrauber war so groß, daß sie ihn nicht dazu bewegen konnte, in diese Richtung auszuweichen; statt dessen trieb sie ihn immer weiter auf das niedrige Geländer und die gefährlich steilen Felsstufen zu.

Celia Jenner, in einer Pyjamahose und einem Bettjäckchen voller Teeflecken, stand in arroganter Haltung etwas abseits, die eine Hand direkt unter Sir Jaspers Kopf fest am Zügel, das lose Ende um ihre Hand gewickelt, für den Fall, daß auch er versuchen sollte auszubrechen. Sie maß Ingram mit frostigem Blick, doch er ignorierte sie und richtete seine Aufmerksamkeit auf Harding.

»Alles in Ordnung, Sir?«

Der junge Mann nickte. Er trug Levi's und ein blaßgrünes Sweatshirt, beides blutbespritzt, und sein rechter Unterarm war fest bandagiert.

Ingram wandte sich dem Sanitäter zu. »Wie sieht's aus?«

»Er wird's überleben«, antwortete der Mann. »Die beiden Frauen konnten die Blutung stoppen. Seine Verletzung muß allerdings genäht werden, darum nehmen wir ihn nach Poole mit und lassen ihn dort verarzten.« Er zog Ingram auf die Seite. »Um die junge Frau sollte sich auch jemand kümmern. Sie ist nur noch ein Nervenbündel, aber sie behauptet, es wäre wichtiger, den Gaul einzufangen. Er hat blöderweise seine Zügel abgerissen, und sie kommt nicht nahe genug an ihn ran, um ihn am Kehlriemen zu erwischen.« Er wies mit einer Kopfbewegung auf Celia Jenner. »Und bei der alten Dame da sieht's auch nicht viel besser aus. Sie hat Arthritis und hat sich beim Ritt hierher die Hüfte verletzt. Von Rechts wegen sollten wir sie beide mitnehmen, aber sie wollen die Pferde nicht allein zurücklassen. Außerdem haben wir ein Zeitproblem. Wir müssen langsam los, aber das Pferd haut wahrscheinlich endgültig ab, wenn wir starten. Es ist jetzt ja schon fast verrückt vor Angst und wäre beinahe die Klippen runtergestürzt, als wir gelandet sind.«

»Wo ist der Hund?«

»Verschwunden. Soweit ich verstanden habe, mußte die junge Frau ihn mit der Leine schlagen, um ihn von dem jungen Mann wegzutreiben, und daraufhin ist er mit eingekniffenem Schwanz davongerannt.«

Ingram fuhr sich durch das schlafzerzauste Haar. »Okay, können Sie uns noch fünf Minuten geben? Wenn ich Miss Jenner helfe, das Pferd einzufangen, kann ich ihre Mutter vielleicht überreden, mitzufliegen und sich behandeln zu lassen.«

Der Sanitäter drehte sich zu Steven Harding um. »In Ordnung. Er behauptet zwar, er könne allein gehen, aber ich werde gute fünf Minuten brauchen, um ihn in die Maschine zu verfrachten. Ich glaube ja nicht, daß Sie eine Chance haben, aber trotzdem viel Glück.«

Mit einem kleinen Lächeln hob Nick die Finger an die Lippen und stieß einen langgezogenen schrillen Pfiff aus, bevor er mit zusammengekniffenen Augen beide Hänge absuchte. Zu seiner Erleichterung sah er Bertie ungefähr zweihundertfünfzig Meter entfernt aus dem hohen Gras auf dem Kamm von Emmetts Hill aufspringen. Er pfiff noch einmal, und der Hund schoß wie ein Torpedo auf ihn zu. Als das Tier noch ungefähr fünfzig Meter entfernt war, hob er einen Arm und ließ ihn mit scharfer Bewegung herabfallen. Dann ging er zu Celia.

»Ich brauche jetzt eine schnelle Entscheidung«, sagte er zu ihr. »Wir haben fünf Minuten, um Stinger einzufangen, bevor der Hubschrauber startet, und ich denke, Maggie hat bessere Chancen, wenn sie Sir Jasper reitet. Sie sind die Expertin. Soll ich ihn ihr bringen oder soll ich ihn lieber hier bei Ihnen lassen? Ich verstehe schließlich nichts von Pferden, und Jasper hat wahrscheinlich genauso große Angst vor dem Krach wie Stinger.«

Sie war eine vernünftige Frau und vergeudete keine Zeit mit Beschuldigungen. Sie drückte ihm die Zügel in die linke Hand und zeigte ihm, wie er das Pferd dicht am Kopf halten mußte. »Schnalzen Sie beim Gehen immer mit der Zunge«, sagte sie, »dann folgt er Ihnen schon. Versuchen Sie, nicht zu laufen, und lassen Sie ihn auf keinen Fall los. Wir können es uns nicht leisten, beide zu verlieren. Erinnern Sie Maggie daran, daß beide Pferde in Panik geraten werden, wenn der Hubschrauber startet. Sie muß also wie der Teufel zur Mitte der Landzunge reiten, damit sie etwas Spielraum hat.«

Er machte sich auf den Weg den Hang hinauf, pfiff Bertie und gebot ihm, bei Fuß zu gehen. Der Hund gehorchte sofort und blieb wie ein Schatten an seiner Seite.

»Ich wußte gar nicht, daß das sein Hund ist«, sagte der Sanitäter zu Celia.

»Das ist auch nicht sein Hund«, antwortete sie nachdenklich und schirmte mit einer Hand ihre Augen gegen die Sonne ab, um zu beobachten, was geschah. Sie sah ihre Tochter stolpernd den Hang zu Nick Ingram hinunterlaufen. Er wechselte ein paar Worte mit ihr und half ihr in Sir Jaspers Sattel, ehe er Bertie mit einer weit ausholenden Armbewegung zum Rand der Klippen hinausschickte und ihm befahl, hinter dem erregten Wallach zu bleiben. Dann folgte er dem Hund und postierte sich als unüberwindliches Hindernis zwischen Pferd und Abgrund, während er den Hund weiter den Hang hinaufschickte und ihn dort hin und her laufen ließ, um Stinger auch diesen Fluchtweg abzuschneiden. Inzwischen hatte Maggie Sir Jasper in Richtung Steinbruch herumgezogen und zu leichtem Galopp angespornt. Angesichts der wenig verlockenden Alternativen, die sich ihm boten – ein Hund auf der einen Seite, ein Hubschrauber auf der anderen, und hinten ein großer Mensch –, entschied sich Stinger vernünftigerweise, dem anderen Pferd auf sicherem Boden zu folgen.

»Sehr beeindruckend«, sagte der Sanitäter.

»Ja, nicht wahr?« meinte Celia noch nachdenklicher als zuvor.

Polly Garrard wollte gerade zur Arbeit gehen, als Inspector John Galbraith bei ihr läutete und fragte, ob es ihr etwas ausmache, ihm noch einige Fragen über ihre Beziehung zu Kate Sumner zu beantworten.

»Ich kann jetzt nicht«, erklärte sie. »Sonst komme ich zu spät. Sie können ja ins Büro kommen, wenn Sie wollen.«

»Ja, natürlich, mir soll's recht sein«, antwortete er, »aber für Sie könnte es vielleicht etwas schwierig werden. Ich kann mir nicht vorstellen, daß es Ihnen angenehm sein wird, wenn andere meine Fragen mithören.«

»Ach, Mist!« sagte sie sofort. »Ich hab ja gewußt, daß das passieren würde.« Sie zog die Wohnungstür auf. »Kommen Sie lieber rein«, sagte sie und führte ihn eilig in ein kleines Wohnzimmer. »Aber halten Sie mich bitte nicht lange auf. Höchstens eine halbe Stunde, okay? Ich bin nämlich diesen Monat schon zweimal zu spät gekommen, und allmählich gehen mir die Ausreden aus.«

Sie ließ sich in die eine Ecke des Sofas fallen, legte ihren Arm auf die Rückenlehne und forderte Galbraith auf, sich in die andere Ecke zu setzen. Sie drehte sich halb herum, um ihn ansehen zu können, zog ein Bein an, so daß ihr kurzer Rock hochrutschte, und straffte die Schultern, daß die Bluse über ihren Brüsten spannte. Sehr bewußt das alles, dachte Galbraith mit einiger Belustigung, als er sich neben ihr auf dem Sofa niederließ. Sie war eine gutgebaute junge Frau mit einer Vorliebe für engsitzende Blusen, viel Make-up und blauen Nagellack, und er fragte sich, wie Angela Sumner wohl reagiert hätte, wenn ihr statt Kate eine Polly Garrard als Schwiegertochter ins Haus geschneit wäre. Ganz gleich, welche wirklichen oder imaginären Fehler Kate gehabt haben mochte, sie hatte zumindest rein äußerlich ihrer Rolle als Williams Ehefrau entsprochen, auch wenn ihr die Manieren und die Bildung fehlten, die ihre Schwiegermutter zufriedengestellt hätten.

»Ich möchte Sie nach einem Brief fragen, den Sie Kate Sumner im Juli geschrieben haben. Es geht darin um einige Ihrer Arbeitskollegen«, sagte er und nahm eine Fotokopie ihres Briefs aus seiner Brusttasche. Er breitete das Blatt auf seinem Knie aus und reichte es ihr dann. »Erinnern Sie sich, das geschrieben zu haben?«

Sie las den Text rasch durch und nickte. »Ja. Ich hatte eine Woche lang immer wieder angerufen, ohne sie zu erreichen. Was soll's, hab ich schließlich gedacht, sie hat wahrscheinlich viel zu tun, also schreibe ich ihr einfach. Dann wird sie schon was von sich hören lassen.« Sie verzog gekränkt das Gesicht. »Aber ich bekam nur einen lumpigen kleinen Brief, in dem sie schrieb, sie würde anrufen, sobald sie Zeit hätte.«

»Den hier?« Er reichte ihr eine Kopie von Kate Sumners Entwurf einer Antwort.

Sie warf einen Blick darauf. »Ja, ich glaube schon. Der Inhalt kommt so ziemlich hin. Er war auf elegantes Papier mit eigenem Briefkopf geschrieben, aber ich war nur sauer darüber, daß sie's nicht mal fertigbrachte, mir einen richtigen Brief zu schreiben. Ich nehme an, sie wollte überhaupt nicht, daß ich sie besuche. Sie hatte wahrscheinlich Angst, ich würde sie vor ihren neuen Freunden in Lymington blamieren. Was ich wahrscheinlich auch getan hätte«, fügte sie entwaffnend hinzu.

Galbraith lächelte. »Waren Sie denn vor der Renovierung einmal in dem neuen Haus gewesen?«

»Nein. Ich bin nie eingeladen worden. Sie sagte immer, ich könnte kommen, sobald sie mit dem Einrichten fertig wäre, aber – « sie schnitt wieder eine Grimasse – »das war nur eine Ausrede, um mich abzuwimmeln. Ich hab's ihr nicht mal übelgenommen. Ich hätte mich an ihrer Stelle wahrscheinlich genauso verhalten. Ihr Leben hatte sich verändert – neues Haus, neues Leben, neue Freunde –, und in so einem Fall wächst man oft auch aus alten Freundschaften raus.«

»Aber Sie haben doch nicht völlig der Vergangenheit angehört«, widersprach er. »Sie arbeiten immer noch mit William zusammen.«

Polly lachte. »Ich arbeite in derselben Firma wie William«, korrigierte sie ihn, »und es paßt ihm überhaupt nicht, daß ich allen Leuten erzähle, er hätte meine beste Freundin geheiratet. Es ist ja, ehrlich gesagt, auch gar nicht wahr – sie war nie meine beste Freundin. Ich meine, ich habe sie gemocht und so, aber sie war nicht der Typ einer besten Freundin, wenn Sie verstehen, was ich meine. Viel zu reserviert und ichbezogen. Nein, ich tue das nur, um William zu ärgern. In seinen Augen bin ich schrecklich gewöhnlich, und er wäre fast gestorben, als ich ihm erzählt habe, daß ich bei Kate in Chichester war und dabei seine Mutter kennengelernt habe. Kein Wunder! Mein Gott, so ein alter Haudegen! Unentwegt hat sie nur gepredigt. Tu dies. Laß jenes. Ehrlich, ich hätte sie in ihrem Rollstuhl vor den nächsten Bus gestoßen, wenn sie meine Schwiegermutter gewesen wäre.«

»Bestand denn mal diese Möglichkeit?«

»Jetzt hören Sie aber auf! William Sumner könnten Sie mir nackt auf den Bauch binden. Ich müßte schon völlig abgestumpft sein, um ihn zu heiraten. Der Mann hat ungefähr soviel erotische Ausstrahlung wie ein Strafzettel.«

»Was hat denn Kate in ihm gesehen?«

Polly rieb Daumen und Zeigefinger aneinander. »Geld.«

»Und sonst?«

»Nichts. Vielleicht noch die Tatsache, daß er aus besseren Kreisen stammte. Aber was sie suchte, war ein unverheirateter Mann mit Geld und ohne Kinder, und genau das hat sie bekommen.« Sie legte den Kopf schief und lachte über sein ungläubiges Gesicht. »Sie hat mal zu mir gesagt, im Bett wär William buchstäblich nur ein schlappes Würstchen. ›Wie macht er's dann?‹ hab ich gefragt. Und sie sagte, ›mit einem halben Liter Babyöl und meinem Finger in seinem Hintern‹.« Sie lachte wieder, als sie Galbraiths gequälte Miene sah. »Mensch, ihm hat's Spaß gemacht! Sonst hätte er sie doch nicht geheiratet, obwohl seine Mutter Gift und Galle gespuckt hat! Okay, Kate wollte vielleicht nur Geld, aber der arme alte Willy wollte ein Flittchen, das ihm sagt, wie toll er ist, ob's nun stimmt oder nicht. Es hat glänzend funktioniert. Die beiden hatten sich gesucht und gefunden.«

Galbraith musterte sie einen Moment lang, während er sich fragte, ob sie wirklich so naiv war, wie es den Anschein hatte. »Und jetzt ist Kate tot«, sagte er.

Polly war sofort ernüchtert. »Ich weiß. Und es ist furchtbar. Aber darüber kann ich Ihnen wirklich nichts sagen. Seit dem Umzug habe ich sie nicht mehr gesehen.«

»Gut. Dann erzählen Sie mir etwas anderes. Wieso hat die Geschichte über Wendy Plater und James Purdy Sie an Kate erinnert?« fragte er.

»Wie kommen Sie denn darauf?«

Er zitierte aus ihrem Brief. »›*Sie*‹ – damit meinten Sie Wendy – ›*mußte sich entschuldigen, aber leid tut es ihr nicht. Sie sagt, sie hätte Purdy noch nie zuvor so krebsrot anlaufen sehen! Ich habe natürlich sofort an Dich gedacht…*‹« Er legte das Blatt auf das Sofa. »Warum diese letzte Bemerkung, Polly? Weshalb mußten Sie bei der Geschichte an Kate Sumner denken?«

Sie überlegte einen Moment. »Weil sie früher bei Pharmatec gearbeitet hat?« meinte sie wenig überzeugend. »Weil sie Purdy ebenfalls nicht ausstehen konnte?«

Er tippte auf die Kopie von Kates Antwortentwurf. »Sie hatte die Worte ›*Du hast auf Ehre versprochen*‹ in diesem Entwurf durchgestrichen und statt dessen geschrieben: ›*Die Geschichte über Wendy Plater war wirklich komisch*‹«, sagte er. »Was hatten Sie ihr versprochen, Polly?«

Sie fühlte sich sichtlich unbehaglich. »Ach, bestimmt alles mögliche.«

»Mich interessiert nur das eine Versprechen, das sich entweder auf James Purdy oder auf Wendy Plater bezieht.«

Sie zog ihren Arm von der Rückenlehne und sank resigniert in sich zusammen. »Es hat mit ihrer Ermordung überhaupt nichts zu tun. Es war was ganz anderes.«

»Was?«

Sie antwortete nicht.

»Wenn es mit ihrer Ermordung wirklich nichts zu tun hat, dann gebe ich Ihnen mein Wort, daß von mir niemand etwas erfahren wird«, sagte er beschwichtigend. »Es geht mir nicht darum, ihre Geheimnisse aufzudecken. Es geht mir einzig darum, ihren Mörder zu finden.« Noch während er sprach, wußte er, daß das nicht die ganze Wahrheit war. Gerechtigkeit hieß für das Opfer einer Vergewaltigung nur allzuoft, daß es die demütigende Erfahrung machen mußte, alle seine Geheimnisse enthüllt zu sehen. Er blickte Polly mit einer Teilnahme an, die sie nicht erwartet hätte. »Aber leider bin ich derjenige, der entscheiden muß, ob die Sache für unsere Ermittlungen wichtig ist.«

Sie seufzte. »Wenn Purdy jemals erfährt, daß ich Ihnen das erzählt habe, könnte ich meinen Job verlieren.«

»Es gibt keinen Grund, warum er es erfahren sollte.«

»Glauben Sie?«

Galbraith sagte nichts. Er hatte aus Erfahrung gelernt, daß Schweigen häufig wirkungsvoller war als Worte.

»Na, schön, meinetwegen«, sagte sie plötzlich. »Sie haben's wahrscheinlich sowieso schon erraten. Kate hatte ein Verhältnis mit ihm. Er war total verrückt nach ihr, wollte seine Frau verlassen und alles aufgeben, bis sie ihm eines Tages eröffnete, daß sie William heiraten würde. Der arme alte Purdy fiel aus allen Wolken. Er ist ja nicht mehr der Jüngste, und er hatte sich völlig verausgabt, um sie bei der Stange zu halten. Ich glaube, er hatte vielleicht sogar seiner Frau schon gesagt, daß er sich scheiden lassen wolle. Kurz und gut, Kate sagte, er wäre krebsrot geworden und dann an seinem Schreibtisch zusammengebrochen. Danach war er drei Monate nicht in der Firma. Ich nahm damals an, er hätte einen Herzinfarkt gehabt, aber Kate sagte, er würde es nicht fertigbringen, zur Arbeit zu kommen, solange sie noch im Haus war.« Sie zuckte die Achseln. »Eine Woche nachdem sie gegangen war, kam er wieder, vielleicht hatte sie also recht.«

»Warum hat sie sich für William entschieden?« fragte er. »Sie hat ihn doch ebensowenig geliebt wie Purdy, oder?«

Polly rieb wieder Daumen und Zeigefinger aneinander. »Kohle«, sagte sie. »Purdy hat eine Frau und drei erwachsene Kinder. Jeder von denen hätte seinen Anteil verlangt, ehe Kate an die Reihe gekommen wäre.« Sie lächelte ironisch. »Wie ich schon sagte, sie wollte einen unverheirateten Mann mit Geld und ohne Kinder. Und wenn sie schon über ihren eigenen Schatten springen mußte, um irgendeinen alten Knacker glücklich zu machen, dann wollte sie dafür wenigstens alles haben, was er besaß.«

Galbraith schüttelte verständnislos den Kopf. »Aber warum hat sie sich dann überhaupt mit Purdy eingelassen?«

Sie legte wieder ihren Arm auf die Sofalehne und streckte ihren Busen heraus. »Sie hatte keinen Vater. Genau wie ich.«

»Und?«

»Sie hatte eine Schwäche für ältere Männer.« Sie probierte einen koketten Augenaufschlag. »Ich übrigens auch, falls es Sie interessiert.«

Galbraith lächelte. »Fressen Sie sie bei lebendigem Leib?«

Sie sah demonstrativ zu seinem Hosenschlitz hinunter. »Ich schlucke sie im Ganzen«, sagte sie lachend.

Er schüttelte belustigt den Kopf. »Sie wollten mir sagen, warum Kate sich überhaupt mit Purdy eingelassen hat«, erinnerte er sie.

»Er war ihr Chef«, sagte sie, »er hatte Geld. Sie wollte sich einfach ein bißchen von ihm aushalten lassen, solange sie auf der Suche nach dem richtigen Kandidaten war. Der Haken war nur, daß sie nicht im entferntesten damit gerechnet hatte, daß er die Sache so ernst nehmen würde. Da konnte sie ihn nur noch mit Grausamkeit loswerden. Sie wollte Sicherheit und keine Liebe, verstehen Sie, und sie glaubte, das würde Purdy ihr nicht bieten können, wenn seine Frau und seine Kinder erst einmal ihren Anteil kassiert hätten. Er war dreißig Jahre älter als sie, müssen Sie wissen. Außerdem wollte er keine Kinder mehr, was aber genau das war, was *sie* wollte – eigene Kinder. Sie war in vieler Hinsicht ziemlich verdreht. Vermutlich weil sie so eine harte Kindheit hatte.«

»Wußte William von ihrem Verhältnis mit Purdy?«

Polly schüttelte den Kopf. »Außer mir wußte keiner etwas davon. Deshalb mußte ich ihr ja schwören, daß ich den Mund halte. Sie hat gesagt, William würde die Heirat abblasen, wenn er davon erführe.«

»Glauben Sie das?«

»O ja. Sehen Sie, er war siebenunddreißig und hatte eigentlich nie vor zu heiraten. Wendy Plater hatte ihn beinahe mal soweit, bis Kate dazwischenfunkte. Sie hat ihm erzählt, Wendy wär eine Säuferin. Sie können sich nicht vorstellen, wie schnell er sie da abgeschoben hat.« Sie lächelte bei der Erinnerung. »Kate mußte ihn praktisch an die Leine legen, um ihn aufs Standesamt zu zerren. Es wäre vielleicht anders gewesen, wenn seine Mutter einverstanden gewesen wäre, aber die alte Ma Sumner und der kleine Willy waren eine eingeschworene Gemeinschaft, und Kate mußte sich jede Nacht gewaltig anstrengen, um den blöden Kerl davon zu überzeugen, daß Sex aufregender ist, als regelmäßig die Wäsche gewaschen zu bekommen.«

»Stimmte das mit Wendy Plater?«

Polly wurde wieder verlegen. »Sie trinkt schon manchmal ein bißchen zuviel, aber sie ist keine Alkoholikerin. Aber, wie Kate sagte, wenn William Wendy wirklich hätte heiraten wollen, hätte er die Geschichte nicht geglaubt, oder? Er hat nur den erstbesten Vorwand benutzt, um ihr zu entkommen.«

Galbraith betrachtete Kate Sumners kindliche Schrift auf dem Brief, den sie Polly Garrard geschrieben hatte, und machte sich seine Gedanken über die Natur von Skrupellosigkeit. »Hat sie ihre Affäre mit Purdy nach ihrer Heirat mit William Sumner fortgesetzt?«

»Nein«, antwortete Polly im Brustton der Überzeugung. »Wenn Kate sich einmal für etwas entschieden hatte, dann war's das.«

»Hätte die Ehe sie daran gehindert, mit einem anderen Mann ein Verhältnis anzufangen? Sagen wir, sie langweilte sich mit William und lernte einen jüngeren Mann kennen – hätte sie ihren Mann dann betrogen?«

Polly zuckte die Achseln. »Keine Ahnung. Ich hatte so ein Gefühl, daß bei ihr vielleicht irgendwas in der Richtung lief, weil sie mich ewig nicht angerufen hatte, aber das muß nicht heißen, daß es wirklich so war. Was Ernstes wär's sowieso nicht gewesen. Sie war ja total glücklich über den Umzug nach Lymington und das neue Haus, und ich kann mir nicht vorstellen, daß sie das alles so einfach aufgegeben hätte.«

Galbraith nickte. »Haben Sie je erlebt, daß sie aus Rache jemanden mit Fäkalien traktiert hat – «

»Fikalien? Was zum Teufel ist das?«

»Kot, Stuhl, Mist«, erklärte Galbraith entgegenkommenderweise. »Dünnschiß ...«

»Scheiße!«

»Genau. Haben Sie je mitbekommen, daß sie jemandes Eigentum mit Scheiße beschmiert hätte?«

Polly kicherte. »Nein. Dazu war sie viel zu etepetete, das hätte sie nie getan. Frau Saubermann, wenn Sie's genau wissen wollen. Als Hannah noch ein Baby war, hat sie die Küche jeden Tag mit Desinfektionsmittel durchgewischt, weil sie vor Bakterien Angst hatte. Ich habe ihr gesagt, sie hätte einen Vogel – ich meine, Bakterien gibt's schließlich überall –, aber sie hat trotzdem weitergemacht. Nicht in einer Million Jahre hätte Kate Scheiße angerührt. Sie hat Hannahs Windeln immer ganz weit von sich weggehalten, wenn sie sie gewickelt hat.«

Es wird immer merkwürdiger, dachte Galbraith. »Okay. Jetzt möchte ich noch etwas über die zeitlichen Verhältnisse wissen. Wie bald, nachdem sie Purdy gesagt hatte, daß sie William Sumner heiraten würde, hat die Heirat tatsächlich stattgefunden?«

»Das weiß ich nicht mehr genau. Einen Monat später vielleicht.«

Er rechnete im Kopf. »Dann hat sie also zwei Monate nach der Hochzeit zu arbeiten aufgehört, weil sie schwanger war?«

»So ungefähr, ja.«

»Und im wievielten Monat war sie da, Polly? Im zweiten? Im dritten? Im vierten?«

Auf dem Gesicht der jungen Frau erschien ein resignierter Ausdruck. »Sie hat gesagt, wenn das Kind ihr nur halbwegs ähnlich sähe, würde es keine Rolle spielen. William wäre so verknallt in sie, daß er alles glauben würde, was sie ihm erzählt.« Sie sah die

Verachtung in Galbraith' Gesicht. »Sie hat es nicht aus Gemeinheit getan. Nur aus Verzweiflung. Sie hat doch selbst erfahren, wie es ist, in völliger Armut aufzuwachsen.«

Da Celia sich hartnäckig weigerte, in den Hubschrauber zu steigen, sich aber andererseits nicht aus der Hüfte heraus beugen konnte, gab es für sie nur zwei Möglichkeiten: Entweder sie ging unter Höllenqualen zu Fuß nach Hause, oder sie legte sich auf dem Rücksitz von Ingrams Jeep flach auf den Rücken und ließ sich so nach Hause fahren. Mit einem ironischen Lächeln räumte er das Angelzeug vom Rücksitz und beugte sich vor, um Celia hochzuheben. Aber da stieß er auf erneuten Widerstand. »Ich bin doch kein kleines Kind«, fuhr sie ihn an.

»Ich wüßte nicht, wie wir's sonst anstellen sollten, Mrs. Jenner«, entgegnete er. »Es sei denn, Sie rutschen auf dem Bauch rein und legen sich mit dem Gesicht da hin, wo ich sonst meine Fische hinlege.«

»Sie finden das wohl alles sehr komisch, wie?«

»Nur unvermeidlich. Ich fürchte, es wird auf jeden Fall schmerzhaft für Sie sein, ganz gleich, wie wir's machen.«

Sie musterte den gewellten Boden des Jeeps und gab ungnädig nach. »Machen Sie bloß kein großes Theater draus«, sagte sie unwirsch. »Das hasse ich.«

»Ich weiß.« Er hob sie auf seine Arme und beugte sich in den Jeep hinein, um sie vorsichtig auf den Sitz zu legen. »Die Fahrt wird holprig«, warnte er, während er sie rundherum in Ölzeug packte, um die Stöße abzudämpfen. »Rufen Sie, wenn's Ihnen zuviel wird, dann halte ich an.«

Es war schon jetzt zuviel, aber es fiel ihr nicht ein, ihm das zu sagen. »Ich mache mir Sorgen um Maggie«, stieß sie zwischen zusammengebissenen Zähnen hervor. »Sie müßte doch inzwischen längst zurück sein.«

»Sie wird Stinger zu den Stallungen geführt haben, statt noch mal hierher zurückzukommen«, sagte er.

»Irren Sie sich eigentlich nie?« fragte sie bissig.

»Jedenfalls nicht, wenn's um den Pferdeverstand Ihrer Tochter geht«, gab er zurück. »Ich habe Vertrauen zu ihr, und das sollten Sie auch haben.« Er schlug die Tür zu und glitt hinter das Lenkrad. »Ich bitte schon im voraus um Verzeihung«, rief er, als er den Motor anließ.

»Wofür?«

»Für die lausige Federung«, murmelte er, als er anfuhr und den Jeep im Schneckentempo über das unebene Grasland des Tals lenkte. Sie gab während der ganzen Fahrt nicht einen Mucks von sich, und er lächelte in sich hinein, als er vor Broxton House anhielt. Celia Jenner mochte sein wie sie wollte, sie hatte auf jeden Fall eine Menge Mumm in den Knochen, und das bewunderte er an ihr.

Er öffnete die hintere Tür. »Leben Sie noch?« fragte er.

Sie war aschgrau vor Schmerzen und Erschöpfung, aber es war schon etwas mehr als eine holprige Autofahrt nötig, um sie kleinzukriegen. »Sie sind wirklich ein entnervender junger Mann«, murrte sie, als sie die Arme um seinen Hals schlang und sich mit gequälter Miene von ihm aus dem Wagen heben ließ. »Aber mit Martin Grant hatten Sie recht«, gestand sie grollend, »und es tut mir heute noch leid, daß ich damals nicht auf Sie gehört habe. Freut Sie das?«

»Nein.«

»Warum nicht? Maggie könnte Ihnen sagen, daß mein Geständnis praktisch einer Entschuldigung gleichkommt.«

Er lächelte flüchtig, dann hob er sie ein Stück höher und trat vom Wagen weg. »Ist Sturheit etwas, worauf man stolz sein kann?«

»Ich bin nicht stur. Ich habe nur meine Prinzipien.«

»Ja, und wenn Sie nicht so« – er lachte sie an – »so starre Prinzipien hätten, wären Sie jetzt schon im Krankenhaus in Poole und würden ordentlich verarztet werden.«

»Ich will Ihnen mal was sagen«, versetzte sie ärgerlich. »Wenn ich nur halb so stur wäre, wie Sie behaupten, wäre ich überhaupt nicht in dieser Situation. Ich habe was dagegen, wenn man mir sagt, ich soll meinen *Hintern* in Bewegung setzen.«

»Wollen Sie *noch* eine Entschuldigung?«

Sie blickte ihm kurz in die Augen, dann schaute sie wieder weg. »Nun lassen Sie mich schon runter«, schimpfte sie. »Das ist unwürdig für eine Frau meines Alters. Was würde meine Tochter sagen, wenn sie mich so sähe?«

Er achtete gar nicht auf sie, sondern ging den unkrautüberwucherten Kiesweg entlang zur Haustür und stellte sie erst auf die Füße, als er schnelle Schritte hörte. Hinter der Hausecke kam Maggie hervorgeschossen, atemlos und erregt, in jeder Hand einen Spazierstock. Sie reichte die beiden Stöcke ihrer Mutter.

»Sie hätte nicht reiten dürfen«, sagte sie zu Nick, während sie keuchend nach Luft rang. »Das hat der Arzt ausdrücklich verboten. Ein Glück, daß sie nie tut, was man ihr sagt. Allein hätte ich das alles nicht geschafft, und ohne Sir Jasper hätte ich Stinger bestimmt nie zurückgebracht.«

Nick stützte Celia an den Ellbogen, bis sie auf den Stöcken Halt gefunden hatte. »Sie hätten mich einfach zum Teufel schicken sollen«, sagte er.

Sie bewegte sich mühsam auf ihren Stöcken vorwärts. »Gott bewahre«, murmelte sie gereizt. »Das ist genau der Fehler, den ich das letztemal gemacht habe.«

18

Aussage

Zeuge: James Purdy, Leitender Direktor, Pharmatec UK
Vernehmungsbeamter: Inspector J. Galbraith

Irgendwann im Sommer 1993 mußte ich noch länger im Büro arbeiten. Ich glaubte, alle anderen Mitarbeiter wären längst nach Hause gegangen. Als ich gegen 21 Uhr ebenfalls gehen wollte, sah ich in einem Büro am Ende des Korridors noch Licht. Es war das Büro von Kate Hill, der Sekretärin des Leiters unserer Kundendienstabteilung, Michael Sprate. Ich war beeindruckt von der Tatsache, daß sie so spät noch an der Arbeit saß, und ging hinein, um ihr ein anerkennendes Wort zu sagen. Sie war mir schon aufgefallen, als sie bei uns in der Firma anfing, weil sie so klein und zierlich war. Sie hatte blonde Haare und außergewöhnliche blaue Augen. Ich fand sie sehr attraktiv, aber das war nicht der Grund, weshalb ich an dem betreffenden Abend zu ihr ins Büro ging. Sie hatte nie auch nur angedeutet, daß sie an mir interessiert sei. Ich war deshalb überrascht und fühlte mich geschmeichelt, als sie aufstand und sagte, sie sei länger geblieben, weil sie gehofft habe, daß ich hereinkommen würde.

Ich bin nicht stolz auf das, was dann geschah. Ich bin achtundfünfzig Jahre alt und seit dreiunddreißig Jahren verheiratet, und was ich an jenem Abend mit Kate erlebte, war etwas völlig Neues für mich. Ich weiß, es klingt absurd, aber es war genau das, wovon Männer immer träumen: daß sie eines Tages in ein Zimmer treten und eine schöne Frau sie nach allen Regeln der Kunst verführt. Hinterher war ich sehr in Sorge, weil ich befürchtete, sie hätte Hintergedanken dabei gehabt. Die nächsten Tage lebte ich in ständiger Angst. Ich erwartete, daß sie sich mir gegenüber zumindest Freiheiten herausnehmen oder mich schlimmstenfalls zu erpressen versuchen würde. Aber sie war absolut diskret, verlangte nichts und war stets höflich, wenn wir miteinander zu tun hatten. Als ich erkannte, daß ich nichts zu fürchten hatte, wurde ich regelrecht besessen von ihr, und ich träumte jede Nacht von ihr.

Ungefähr zwei Wochen später war sie wieder in ihrem Büro, als ich vorbeikam, und es geschah das gleiche wie zuvor. Ich fragte sie, warum, und sie sagte: ›Weil ich es möchte.‹ Von diesem Moment an war ich ihr verfallen. In mancher Hinsicht ist sie das Schönste, was mir je im Leben widerfahren ist, und ich bereue keinen einzigen Augenblick unserer Beziehung. In anderer Hinsicht erscheint es mir im Rückblick wie ein Alptraum. Ich habe nie geglaubt, daß man Herzen brechen könne, aber Kate hat mir mehrmals das Herz gebrochen, und am schlimmsten war es für mich, als ich hörte, daß sie tot ist.

Unsere Beziehung dauerte mehrere Monate, bis zum Januar 1994. Meistens trafen wir uns in Kates Wohnung, aber ein- oder zweimal schützte ich auch Geschäftsreisen vor und fuhr mit ihr nach London in ein Hotel. Ich wollte mich von meiner Frau scheiden lassen, um Kate heiraten zu können, obwohl ich meine Frau immer geliebt habe und niemals absichtlich etwas tun würde, um sie zu verletzen. Ich kann meine Gefühle für Kate nur als eine Art Fieber beschreiben, das mich vorübergehend völlig aus dem Gleichgewicht warf, denn als es einmal ausgetrieben war, konnte ich wieder ein ganz normales Leben führen.

An einem Freitag Ende Januar 1994 kam Kate gegen halb vier Uhr zu mir ins Büro und teilte mir mit, sie würde William Sumner heiraten. Ich war wie vor den Kopf geschlagen und erinnere mich kaum noch an das, was dann geschah. Ich weiß nur, daß ich ohnmächtig wurde. Als ich wieder zu mir kam, lag ich im Krankenhaus. Man sagte mir, ich hätte einen kleineren Herzinfarkt erlitten. Ich habe meiner Frau inzwischen alles erzählt, was damals war.

Soweit ich weiß, hat William Sumner keine Ahnung von meiner Beziehung zu Kate. Ich jedenfalls habe ihm ganz sicherlich nichts davon gesagt, und ich habe ihm auch keinerlei Grund zu der Annahme gegeben, Kate und ich wären auch nur im entferntesten befreundet gewesen. Ja, mir ist der Gedanke gekommen, daß Kates kleine Tochter von mir sein könnte, aber ich habe nie mit jemandem darüber gesprochen, da ich nicht die Absicht hatte, irgendwelche Rechte auf das Kind geltend zu machen.

Ich kann bestätigen, daß ich seit dem Tag im Januar 1994, als sie mir ihre Entscheidung, William Sumner zu heiraten, mitteilte, keinen Kontakt mehr mit Kate Hill-Sumner hatte.

James Purdy

Aussage

*Zeugin: Vivienne Purdy, The Gables, Drew Street, Fareham
Vernehmungsbeamter: Inspector J. Galbraith*

Etwa vier Wochen nach dem Herzinfarkt meines Mannes im Januar 1994 erfuhr ich zum erstenmal von seiner Affäre mit Kate Hill. Das genaue Datum habe ich nicht mehr im Kopf, aber es war entweder an dem Tag, an dem sie William Sumner heiratete, oder einen Tag danach. Ich fand James in Tränen vor und machte mir Sorgen, weil er bis dahin eigentlich recht gute Fortschritte gemacht hatte. Er sagte, er weine, weil es ihm das Herz breche, und dann erklärte er mir alles.

Ich war weder verletzt noch überrascht über sein Geständnis. James und ich sind schon sehr lange verheiratet, und ich wußte, daß er eine Beziehung zu einer anderen Frau hatte. Er konnte nie gut lügen. Ich war eigentlich nur erleichtert, daß er sich endlich entschlossen hatte, reinen Tisch zu machen. Kate Hill-Sumner gegenüber empfand ich aus folgenden Gründen keine Feindseligkeit:

Es klingt vielleicht herzlos, aber ich hätte es nicht als das allergrößte Unglück betrachtet, den Mann zu verlieren, mit dem ich mehr als dreißig Jahre lang zusammengelebt habe. In mancher Hinsicht hätte ich es sogar als eine Chance begrüßt, ein neues Leben anzufangen, frei von Pflicht und Verantwortung. James war vor den Ereignissen von 1993/94 immer ein pflichtbewußter Vater und Ehemann gewesen, aber seine Familie rangierte von Anfang an an zweiter Stelle hinter seinen persönlichen Zielen und Wünschen. Als mir klarwurde, daß er eine Affäre hatte, erkundigte ich mich in aller Diskretion über meine finanzielle Situation im Falle einer Scheidung und vergewisserte mich, daß eine Teilung unsererers Vermögens mir beträchtliche Freiheit erlauben würde. Ich bin von Beruf Lehrerin und habe vor zehn Jahren wieder zu arbeiten angefangen. Mein Gehalt ist ausreichend. Ich habe außerdem für meinen Lebensabend vorgesorgt. Ich hätte darum einer Scheidung ohne weiteres zugestimmt, wenn James mich darum gebeten hätte. Unsere Kinder sind erwachsen. Natürlich wären sie über unsere Trennung nicht glücklich gewesen, aber ich wußte, daß James nicht das Interesse an ihnen verloren hätte.

Das alles habe ich James im Frühjahr 1994 erklärt und ihm auch den Briefwechsel mit meinem Anwalt und meinem Steuerberater gezeigt. Ich glaube, das brachte ihm deutlich zu Bewußtsein, welche Möglichkeiten ihm offenstanden, und ich bin sicher, daß er daraufhin jeden Gedanken daran, die Beziehung zu Kate Hill-Sumner wiederaufzunehmen, verwarf. Ich will mir nicht schmeicheln, aber ich weiß, es war ein Schock für ihn, erkennen zu müssen, daß er meine Anwesenheit in seinem Leben nicht länger als selbstverständlich betrachten konnte, und diese Möglichkeit wog für ihn schwerer als seine Beziehung zu Kate Hill-Sumner. Ich kann mit aller Aufrichtigkeit sagen, daß ich weder James noch Kate etwas nachtrage, denn ich bin ja diejenige, die durch diese Erfahrung gewonnen hat. Mein Vertrauen in mich selbst und in meine Zukunft ist dadurch stark gewachsen.

Ich weiß, daß William und Kate Sumner im August 1994 ein Kind bekamen. Mir ist aufgrund simpler Berechnungen auch klar, daß das Kind von meinem Mann sein könnte. Aber ich habe dieses Thema ihm gegenüber nie zur Sprache gebracht. Und ich habe auch sonst mit keinem Menschen darüber gesprochen. Ich konnte keinen Sinn darin sehen, den Betroffenen, und vor allem dem Kind, das Leben schwerzumachen.

Ich bin Kate Hill-Sumner und ihrem Ehemann nie begegnet.

Vivienne Purdy

19

In Broxton House ließ Nick Ingram die beiden Frauen in der Küche zurück, um in Winfrith anzurufen. Er sprach mit Superintendent Carpenter und berichtete ihm von Hardings Eskapade.

»Man hat ihn jetzt nach Poole ins Krankenhaus gebracht, Sir. Ich werde ihn später noch zu dem Angriff auf Maggie Jenner vernehmen. Aber inzwischen sollten Sie ihn im Auge behalten. Es besteht wohl keine Gefahr, daß er verschwindet, weil sein Arm genäht werden muß, aber meiner Ansicht nach hat er völlig die Kontrolle verloren, sonst hätte er Miss Jenner nicht angegriffen.«

»Was wollte er denn? Sie vergewaltigen?«

»Das weiß sie nicht. Sie hat ihn angebrüllt, als ihr Pferd durchging, und daraufhin hat er ihr einen Schlag versetzt, daß sie zu Boden stürzte.«

»Hm.« Carpenter überlegte einen Moment. »Ich dachte, Sie und John Galbraith wären zu dem Schluß gekommen, daß er sich für kleine Jungs interessiert.«

»Ich lasse mich gern eines anderen belehren, Sir.«

Carpenter lachte. »Wie lautet die erste Regel für jeden Polizisten, mein Junge?«

»Immer aufgeschlossen sein, Sir.«

»Zuerst die Kleinarbeit. Dann die Schlußfolgerungen.« Wieder folgte ein kurzes Schweigen. »Der Inspector ist auf Ihr Fax hin sofort losgefahren, um William Sumner in die Mangel zu nehmen. Er wird gar nicht erfreut sein, wenn sich herausstellen sollte, daß nun doch Harding unser Mann ist.«

»Tut mir leid, Sir. Wenn Sie mir ein, zwei Stunden Zeit lassen, damit ich noch mal zur Landspitze rausfahren kann, werde ich vielleicht feststellen können, was er da zu suchen hatte. Das geht schneller, als wenn Sie erst jemanden von Ihren Leuten herschicken.«

Doch Ingrams Aufbruch verzögerte sich, weil die beiden Frauen in so schlechter Verfassung waren. Celia hatte derart starke Schmerzen, daß sie sich nicht setzen konnte, und so stand sie stocksteif in der Küche, die Beine leicht gespreizt, während sie sich schwer auf ihre Stöcke stützte. Und Maggie zitterte unter den Nachwirkungen des Schocks an allen Gliedern.

»E-entsch-schuldigen Sie«, sagte sie zähneklappernd, als sie eine schmutzige, muffig riechende Pferdedecke aus der Spülküche holte und sie sich um die Schultern legte. »Mir ist f-furchtbar kalt.«

Ohne viel Federlesens drückte Ingram sie auf einen Stuhl neben dem Herd nieder und befahl ihr, ruhig sitzen zu bleiben, während er sich um ihre Mutter kümmere.

»Also«, sagte er zu Celia, »was ist bequemer für Sie, wenn Sie liegen oder wenn Sie sitzen?«

»Liegen«, antwortete sie.

»Dann stelle ich Ihnen hier unten im Erdgeschoß ein Bett auf. In welchem Zimmer wollen Sie es haben?«

»Kommt nicht in Frage«, widersprach sie heftig. »Ich bin doch keine Invalidin.«

Er verschränkte die Arme und musterte sie unfreundlich. »Ich habe keine Zeit für lange Diskussionen, Mrs. Jenner. Sie können unmöglich die Treppe hinauf in Ihr Bett, also muß das Bett zu Ihnen kommen.« Sie sagte nichts. »Na schön«, fuhr er fort und ging in die Diele, »dann entscheide eben ich.«

»In den Salon«, rief sie ihm nach. »Und nehmen Sie das Bett aus dem Zimmer ganz am Ende des Flurs.«

Er begriff bald, daß ihre Weigerung weniger mit der Angst zu tun hatte, als Invalidin betrachtet zu werden, sondern mehr mit ihrem Widerstreben, ihn einen Blick in das obere Stockwerk werfen zu lassen. Bis zu dem Moment, als er die öde Leere der oberen Räume sah, hatte er keine Ahnung gehabt, wie verzweifelt ihre Situation war. Die Türen aller Zimmer, acht insgesamt, standen offen, und in keinem außer in Celias Schlafzimmer befand sich auch nur ein einziges Möbelstück. Der Geruch nach Staub und nach Moder, verursacht von der Feuchtigkeit, die durch das undichte Dach eindrang, stieg ihm in die Nase, und es wunderte ihn nicht, daß Celias Gesundheit angegriffen war. Er mußte an Jane Fieldings Klagen darüber denken, daß sie alte Erbstücke verkaufen mußten, um ihre Schwiegereltern versorgen zu können, aber die Situation der Fieldings war noch fürstlich im Vergleich zu den hiesigen Lebensumständen.

Das Zimmer am Ende des Korridors gehörte offensichtlich Celia, ihr Bett war wahrscheinlich das einzige, das noch im Haus übriggeblieben war. Er brauchte keine zehn Minuten, um es auseinanderzunehmen und unten im Wohnzimmer wieder zusammenzubauen. Er stellte es an die Terrassentür mit Blick auf den Garten, obwohl die Aussicht nicht gerade erhebend war, auch hier nur Ödland, ungepflegt und verwildert. Doch dem Salon war zumindest noch etwas von seiner früheren Pracht geblieben, denn die Gemälde und der größte Teil der Möbel waren noch vorhanden. Wahrscheinlich, dachte er, ahnen nur die wenigsten von Celias Bekannten, wenn überhaupt irgend jemand, daß die Einrichtung der Halle und des Salons den letzten Rest des einstigen Vermögens der Jenners darstellt. Aber welcher Wahnsinn veranlaßte Menschen, in solchen Verhältnissen zu leben? Stolz? Angst davor, daß ihr Bankrott bekannt wurde? Scham?

Er kehrte in die Küche zurück. »Also, wie hätten Sie's denn gern?« fragte er Celia. »Einfach oder kompliziert?«

Tränen standen ihr in den Augen. »Immer müssen Sie provozieren«, sagte sie. »Sie wollen mir wohl unbedingt das letzte bißchen Würde rauben?«

Er lachte, als er einen Arm unter ihr Knie schob, mit dem anderen ihren Rücken umfing und sie behutsam hochhob. »Warum nicht?« murmelte er. »Es ist vielleicht meine einzige Chance, mit Ihnen quitt zu werden.«

»Ich will nicht mit Ihnen sprechen«, sagte William Sumner ärgerlich und blockierte die Tür, um Galbraith den Eintritt ins Haus zu verwehren. Hektische rote Flecken brannten auf seinen Wangen, und er zog unablässig an den Fingern seiner linken Hand, bis die Gelenke knackten. »Ich hab's satt, ständig die Polizei im Haus zu haben, und die ewigen Fragen habe ich genauso satt. Warum können Sie mich nicht endlich in Frieden lassen?«

»Weil Ihre Frau ermordet wurde, Sir«, antwortete Galbraith völlig ruhig, »und wir herauszufinden versuchen, wer sie getötet hat. Es tut mir leid, wenn das alles für Sie so schwierig ist, aber ich habe wirklich keine andere Wahl.«

»Dann reden Sie hier mit mir. Was wollen Sie wissen?«

Galbraith blickte zur Straße, wo sich eine Gruppe neugieriger Zuschauer zu sammeln begann. »Wir werden im Nu die Presse auf dem Hals haben, Mr. Sumner«, bemerkte er sachlich. »Wollen Sie sich mit mir vor einem Haufen Journalisten über Ihr angebliches Alibi unterhalten?«

Sumners unsteter Blick schweifte zu den Leuten vor seiner Gartenpforte. »Das ist einfach nicht fair. Alles ist so verdammt öffentlich. Wieso können Sie sie nicht vertreiben?«

»Sie werden von selbst wieder gehen, wenn Sie mich ins Haus lassen. Sie werden bleiben, wenn Sie darauf bestehen, mich hier vor der Tür abzufertigen. So sind die Menschen nun einmal.«

Mit einem gehetzten Ausdruck im Gesicht packte Sumner den Polizeibeamten beim Arm und zog ihn ins Haus. Der Druck, dachte Galbraith, fordert schließlich seinen Tribut, denn von dem selbstsicheren, wenn auch erschöpften Mann, den er am Montag kennengelernt hatte, war nicht mehr viel übrig. Das an sich hatte noch nichts zu bedeuten. Jeder Schock mußte erst verarbeitet werden, und es war eine enorme nervliche Belastung, wenn sich der Erfolg bei der Suche nach dem Täter nicht einstellen wollte. Er folgte Sumner ins Wohnzimmer und nahm auf dem Sofa Platz.

»Was haben Sie gemeint, als Sie von meinem *angeblichen* Alibi sprachen?« fragte Sumner scharf. »Ich war in Liverpool, Herrgott noch mal. Wie soll ich denn an zwei Orten zugleich gewesen sein?«

Galbraith öffnete seine Aktentasche und entnahm ihr einige Papiere. »Wir haben Ihre Kollegen, Angestellte des *Regal Hotels* und Bibliothekare der Universitätsbibliothek befragt. Keiner von ihnen kann bestätigen, daß Sie Samstagnacht in Liverpool waren.« Er hielt Sumner die Unterlagen hin. »Sie sollten das vielleicht mal lesen.«

Zeugenaussage: ***Dr. med. Harold Marshall, Campbell Ltd., Lee Industrial Estate, Lichfield, Staffordshire***

Ich erinnere mich, William Sumner am Samstag, dem 9. August 1997, beim Mittagessen gesehen zu haben. Wir unterhielten uns über einen Artikel im Lancet *der letzten Woche, in dem es um Magengeschwüre ging. William erzählte mir, daß er an einem neuen Mittel arbeitet, das sämtliche anderen Produkte übertreffen wird. Ich war skeptisch, und wir hatten eine recht lebhafte Debatte. Nein, bei dem Bankett am Abend habe ich ihn nicht gesehen, aber das habe ich auch nicht erwartet. Er und ich nehmen seit Jahren an diesen Konferenzen teil, und es wäre ein echtes Wunder, wenn William einmal so weit aus sich herausgehen würde, mit uns anderen einen netten, unbeschwerten Abend zu genießen. Zum Mittagessen am Sonntag war er da, das weiß ich, weil wir noch einmal intensiv über sein neues Mittel diskutiert hatten.*

Zeugenaussage: ***Paul Dimmock, Chemiker, Wryton's, Holborne Way, Colchester, Essex***

Ich habe William Sumner am Samstag nachmittag um etwa 14 Uhr gesehen. Er sagte, er sei auf dem Weg in die Universitätsbibliothek, um etwas nachzuschlagen, was ganz typisch für ihn war. An den Konferenzbanketten nimmt er nie teil. Ihn interessiert nur die intellektuelle Seite, das gesellige Beisammensein haßt er. Mein Zimmer war auf demselben Flur wie seines. Ich erinnere mich, das ›Bitte nicht stören‹-Schild an seiner Tür gesehen zu haben, als ich gegen halb ein Uhr morgens auf mein Zimmer ging, aber ich habe keine Ahnung, wann er ins Hotel zurückgekommen ist. Am Sonntag habe ich vor dem Mittagessen einen Aperitif mit ihm getrunken. Nein, er wirkte überhaupt nicht müde. Ganz im Gegenteil, er war in besserer Form als sonst. Eindeutig vergnügt.

Zeugenaussage: ***Anne Smith, Chemikerin, Universität Bristol, Bristol***

Am Samstag habe ich ihn gar nicht gesehen, aber am Sonntagvormittag habe ich mit ihm und Paul Dimmock ein Glas getrunken. Er hat am Freitag nachmittag einen Vortrag gehalten, und einiges von dem, was er sagte, hat mich interessiert. Er arbeitet an einem Mittel gegen Magengeschwüre, und es scheint ein erfolgversprechendes Mittel zu sein.

Zeugenaussage: ***Carrie Wilson, Zimmermädchen, Regal Hotel, Liverpool***

Ja, ich erinnere mich an den Herrn in Nummer 2235. Er war sehr ordentlich, hat seinen Koffer ganz ausgepackt und alles aufgehängt und in die Schubladen gelegt. Viele machen sich gar nicht die Mühe. Ich war am Samstag gegen Mittag mit meiner Arbeit fertig, aber sein Zimmer habe ich gemacht, als er zum Frühstück hinunterging, und danach habe ich ihn nicht mehr gesehen. Am Sonntag morgen hatte er das ›Bitte nicht stören‹-Schild an der Tür, da habe ich ihn schlafen lassen. Soweit ich mich erinnere, ist er ungefähr um halb zwölf nach unten gegangen, deshalb konnte ich erst danach in sein Zimmer. Ja, das Bett war eindeutig benutzt. Es lagen überall Bücher herum. Ich nehme an, er hat irgendwas studiert. Ich weiß noch, wie ich gedacht habe, daß er doch nicht ganz so ordentlich ist.

Zeugenaussage: ***David Forward, Concierge, Regal Hotel, Liverpool***

Wir haben nur eine beschränkte Anzahl Parkplätze, und Mr. Sumner hatte einen reserviert, als er sein Zimmer buchte. Er be-

kam Nummer vierunddreißig hinter dem Hotel. Soviel ich weiß, stand der Wagen vom Donnerstag, dem 7., bis zum Montag, dem 11., dort. Wir bitten die Gäste immer, einen Schlüssel bei uns zu hinterlegen, und Mr. Sumner holte seinen erst am Montag wieder ab. Ja, er hätte den Wagen natürlich benützen können, wenn er noch einen Schlüssel gehabt hätte. Die Ausfahrt ist nicht abgesperrt.

Zeugenaussage: ***Jane Riley, Bibliothekarin, Universitätsbibliothek, Liverpool***

(Ihr wurde ein Foto von William Sumner gezeigt)

Am Samstag waren einige Konferenzteilnehmer in der Bibliothek, aber ich erinnere mich nicht, diesen Mann gesehen zu haben. Das bedeutet nicht unbedingt, daß er nicht hier war. Wenn sie ein Konferenzabzeichen tragen und wissen, wonach sie suchen, können sie sich hier frei bewegen.

Zeugenaussage: ***Les Allen, Bibliothekar, Universitätsbibliothek, Liverpool***

(Ihm wurde ein Foto von William Sumner gezeigt)

Er kam am Freitag morgen. Ich hatte ungefähr eine halbe Stunde mit ihm zu tun. Er suchte Aufsätze über Magen- und Zwölffingerdarmgeschwüre, und ich zeigte ihm, wo er sie finden konnte. Er sagte, er würde am Samstag noch einmal wiederkommen, aber ich habe ihn nicht gesehen. Die Bibliothek ist groß. Mir fallen immer nur die Leute auf, die Hilfe brauchen.

»Verstehen Sie jetzt unser Problem?« fragte Galbraith, nachdem Sumner die Aussagen gelesen hatte. »Wir haben einen Zeitraum von vierundzwanzig Stunden, von Samstag vierzehn Uhr bis Sonntag elf Uhr dreißig, wo niemand sich erinnern kann, Sie gesehen zu haben. Dennoch stammen die ersten drei Aussagen von Leuten, die *Sie* uns genannt haben und die Ihrer Ansicht nach bezeugen konnten, daß Sie in Liverpool waren.«

Sumner war bestürzt. »Aber ich war dort«, sagte er mit Nachdruck. »Einer von ihnen muß mich doch gesehen haben.« Er tippte mit dem Finger auf die Aussage Paul Dimmocks. »Ich habe Paul im Foyer getroffen. Ich sagte, ich wollte zur Bibliothek, und er hat mich ein Stück begleitet. Das muß lange nach zwei Uhr gewesen sein. Verdammt noch mal, um zwei Uhr hab ich mich noch mit diesem vernagelten Harold Marshall gestritten.«

Galbraith schüttelte den Kopf. »Selbst wenn es vier Uhr war, macht das keinen Unterschied. Sie haben am Montag bewiesen, daß Sie die Fahrt von Liverpool nach Dorset in fünf Stunden bewältigen können.«

»Aber das ist doch absurd!« rief Sumner nervös. »Dann müssen Sie eben noch mit anderen Leuten reden. Irgend jemand muß mich doch gesehen haben. In der Bibliothek saß ein Mann mit mir am selben Tisch. Ein rothaariger Mann mit Brille. Er kann bestätigen, daß ich da war.«

»Wie heißt der Mann?«

»Das weiß ich nicht.«

Galbraith nahm einen weiteren Stapel Unterlagen aus seiner Aktentasche. »Wir haben insgesamt dreißig Personen befragt, Mr. Sumner. Das hier sind die restlichen Protokolle. Nicht einer kann bestätigen, Sie zu irgendeiner Zeit in den fraglichen vierundzwanzig Stunden gesehen zu haben. Wir haben außerdem Ihre Hotelrechnung überprüft. Sie haben zwischen Samstag mittag und Sonntag spät vormittags keine der Dienstleistungen des Hotels in Anspruch genommen, dazu gehört auch die Benutzung des Telefons.« Er legte die Papiere aufs Sofa. »Wie erklären Sie das? Wo zum Beispiel haben Sie am Samstag abend gegessen? An dem Konferenzbankett haben Sie nicht teilgenommen, und den Zimmerservice haben Sie auch nicht in Anspruch genommen.«

Sumner begann wieder, an seinen Fingern zu ziehen. »Ich habe nichts gegessen, jedenfalls keine richtige Mahlzeit. Ich hasse diese Konferenzbankette und bin in meinem Zimmer geblieben, weil ich niemandem begegnen wollte. Bei den Banketten geht es immer hoch her, und alle lassen sich vollaufen und benehmen sich wie die Idioten. Ich habe mir was aus der Minibar genommen«, erklärte er, »Bier und Erdnüsse und Schokolade. Steht das nicht auf der Rechnung?«

Galbraith nickte. »Doch, aber ohne Zeit und Datum. Warum haben Sie sich kein Essen aufs Zimmer bestellt, wenn Sie nicht hinuntergehen wollten?«

»Weil ich nicht besonders hungrig war.« Sumner schlürfte zu einem Sessel und ließ sich hineinfallen. »Ich habe ja gleich gewußt, daß Sie sich auf mich fixieren würden, wenn Sie keinen anderen finden können. Ich war den ganzen Nachmittag in der Bibliothek. Danach bin ich ins Hotel zurück und habe gelesen, bis ich eingeschlafen bin.« Er versank in Schweigen. »Wie hätte ich sie überhaupt ertränken sollen?« fragte er plötzlich. »Ich habe doch kein Boot.«

»Nein«, stimmte Galbraith zu. »Die Tatsache, daß sie ertränkt wurde, entlastet Sie.«

Eine Vielfalt von Emotionen – Erleichterung? Triumph? Freude? – spiegelte sich flüchtig in Sumners Gesicht. »Na bitte, da haben Sie's«, sagte er wie ein Kind.

»Wieso wollen Sie mit meiner Mutter quitt werden?« fragte Maggie, nachdem Ingram Celia in ihr Bett geholfen und den Arzt angerufen hatte. Maggies Gesicht hatte wieder etwas Farbe bekommen, und sie hatte endlich zu zittern aufgehört.

»Nur ein kleiner privater Scherz«, antwortete er kurz, während er den Kessel füllte und auf den Herd stellte. »Wo sind die Tassen?«

»Im Schrank neben der Tür.«

Er nahm zwei heraus und ging mit ihnen zum Spülbecken. Dann öffnete er den Schrank darunter und holte Spülmittel, Bleiche und Stahlwollepads heraus. »Wie lange hat sie schon solche Beschwerden an der Hüfte?« Er krempelte die Ärmel hoch und begann, das Spülbecken mit Bleichmittel und Stahlwolle zu schrubben. Der Geruch nach schmutzigem Hund und feuchten Pferdedecken in der Küche war so stark, daß er den Verdacht hatte, das Spülbecken werde nicht nur zum Geschirrabwaschen benutzt.

»Seit sechs Monaten. Sie ist auf der Warteliste für ein neues Gelenk, aber vor Ende des Jahres wird da wohl nichts geschehen.« Sie sah zu, wie er das Abtropfbrett und das Becken ausspülte.

»Sie halten uns wahrscheinlich für zwei richtige Schlampen, nicht?«

»Ja, das muß ich leider zugeben«, antwortete er ohne Beschönigung. »Es ist ein Wunder, daß bis jetzt noch keine von Ihnen eine Lebensmittelvergiftung bekommen hat, besonders Ihre Mutter, deren Gesundheit ohnehin schon nicht die beste ist.«

»Es gibt so viel anderes zu tun«, sagte sie niedergeschlagen, »und Mama hat meistens solche Schmerzen, daß sie gar nicht richtig saubermachen kann – sagt sie jedenfalls. Manchmal habe ich den Eindruck, das ist nur eine Ausrede, weil sie es für unter ihrer Würde hält, sich die Hände schmutzig zu machen. Und dann wieder...« Sie seufzte tief. »Die Pferde halte ich tadellos, aber der Haushalt steht immer ganz unten auf der Liste. Außerdem hasse ich es hierherzukommen. Es ist so« – sie suchte nach einem passenden Wort – »so deprimierend.«

Er fand es allerhand, daß sie die Stirn hatte, den Lebensstil ihrer Mutter zu verurteilen, aber er sagte nichts. Seelische und körperliche Belastung, Depression und Gereiztheit gingen seiner Erfahrung nach Hand in Hand. Er schrubbte also nur stumm die Tassen, füllte sie mit Wasser und Bleichmittel und ließ sie eingeweicht stehen.

»Sind Sie deshalb in die Stallungen rübergezogen?« fragte er dann.

»Nein, deswegen nicht. Aber wenn Mutter und ich unter einem Dach leben, streiten wir andauernd. Wenn wir getrennt leben, nicht. So einfach ist das.«

Sie sah schmal und müde aus, und das Haar hing ihr in ungepflegten Strähnen ums Gesicht, als hätte sie es seit Wochen nicht mehr gewaschen. Es war nicht weiter verwunderlich nach dem, was sie an diesem Morgen erlebt hatte. Und jetzt begann sich auch noch ein Bluterguß auf ihrer Wange zu bilden. Aber Ingram hatte sie immer noch so in Erinnerung, wie sie vor der Sache mit Robert Healey gewesen war, als eine temperamentvolle, lebenssprühende Frau mit einem ausgeprägten Sinn für Humor und blitzenden Augen. Er bedauerte es, daß diese Persönlichkeit verblaßt war – sie war so strahlend gewesen –, und dennoch war sie für ihn immer noch die begehrenswerteste Frau, die er je gekannt hatte.

Er sah sich in der Küche um. »Wenn Sie das hier deprimierend finden, dann sollten Sie mal für eine Woche in ein Obdachlosenheim ziehen.«

»Soll das ein Trost sein?«

»In diesem einen Raum könnte man eine ganze Familie unterbringen.«

»Sie reden wie Ava, meine fürchterliche Schwägerin«, erwiderte sie gereizt. »Sie ist der Auffassung, daß wir das reinste Luxusleben führen, obwohl das ganze verdammte Haus uns praktisch über dem Kopf zusammenfällt.«

»Warum hören Sie dann nicht einfach auf zu jammern und unternehmen was dagegen?« fragte er. »Wenn Sie die Küche hier mal streichen würden, sähe sie gleich freundlicher aus und Sie hätten weniger Anlaß, deprimiert zu sein.«

»Jetzt hören Sie aber auf«, sagte sie eisig. »Gleich werden Sie mir vorschlagen, ich solle anfangen zu stricken. Ich brauche keine Beschäftigungstherapie, Nick.«

»Dann erklären Sie mir mal, was Sie davon haben, wenn Sie hier rumsitzen und so hilflos jammern? So hilflos sind Sie doch nun wirklich nicht! Aber vielleicht sind ja Sie diejenige, die es für unter ihrer Würde hält, sich die Hände schmutzig zu machen.«

»Farbe kostet Geld.«

»Ihre Wohnung über den Ställen kostet viel mehr«, entgegnete er. »Sie sind nicht bereit, Geld für einen Eimer billiger Farbe auszugeben, aber Sie bezahlen ohne mit der Wimper zu zucken doppelt für Gas, Strom und Telefon, nur damit Sie keine Anstrengungen unternehmen müssen, mit Ihrer Mutter auszukommen. Inwiefern macht das die Dinge leichter, Maggie? Kluges wirtschaftliches Denken ist es jedenfalls nicht, oder? Und was wollen Sie tun, wenn sie mal stürzt und sich die Hüfte so schwer verletzt, daß sie im Rollstuhl sitzen muß? Ab und zu mal vorbeischauen, um sich zu vergewissern, daß sie nicht an Unterkühlung gestorben ist, weil sie es nicht allein ins Bett geschafft hat? Oder wäre das so deprimierend, daß Sie ihr ganz aus dem Weg gehen würden?«

»Also, das habe ich wirklich nicht nötig«, sagte sie verdrossen. »Außerdem geht es Sie überhaupt nichts an. Wir kommen allein sehr gut zurecht.«

Er betrachtete sie einen Moment schweigend, dann wandte er sich wieder dem Spülbecken zu, leerte die eingeweichten Tassen aus und spülte sie unter dem fließenden Wasser. Er wies mit dem Kopf zum Teekessel. »Ihre Mutter hätte gern eine Tasse Tee. Geben Sie ordentlich Zucker rein, damit sie wieder ein bißchen Kraft bekommt. Und sich selbst sollten Sie auch eine Tasse machen. Der Arzt hat gesagt, er ist spätestens um elf hier.« Er trocknete sich die Hände an einem Geschirrtuch und rollte seine Ärmel herunter.

»Wo wollen Sie jetzt hin?« fragte sie ihn.

»Rauf zur Landspitze. Ich will mal sehen, ob ich nicht rausbekommen kann, was Harding da wollte. Hat Ihre Mutter Gefrierbeutel da?«

»Nein. Wir können uns keine Gefriertruhe leisten.«

»Klarsichtfolie?«

»In der Schublade neben der Spüle.«

»Kann ich sie mitnehmen?«

»Sicher.«

Er nahm die Rolle heraus und klemmte sie unter den Arm.

»Wozu brauchen Sie die?«

»Beweismittel«, antwortete er wenig hilfreich und ging zur Tür.

Sie beobachtete ihn mit einem Ausdruck, der etwas Verzweifeltes hatte. »Und was ist mit mir und Mutter?«

Er drehte sich stirnrunzelnd um. »Was soll denn mit Ihnen sein?«

»Gott, ich weiß auch nicht«, sagte sie ärgerlich. »Wir sind beide ziemlich fertig. Dieser Kerl hat mich geschlagen, falls Sie das vergessen haben sollten. Ist es nicht Aufgabe der Polizei, sich um Frauen zu kümmern, die überfallen worden sind? Ihre Aussagen aufzunehmen oder so was?«

»Wahrscheinlich«, antwortete er, »aber heute ist mein freier Tag. Ich bin als Freund gekommen, um Ihnen zu helfen, nicht als Polizist, und ich kümmere mich nur um Harding, weil er mit dem Fall Sumner zu tun hat. Keine Sorge«, fügte er mit einem beruhigenden Lächeln hinzu, »er ist keine Gefahr für Sie. Jedenfalls nicht, solange er in Poole ist. Aber rufen Sie neun-neun-neun an, wenn Sie jemanden brauchen, der Ihnen die Hand hält.«

Sie wurde wütend. »Ich will ihn anzeigen, und das heißt, daß Sie meine Aussage aufnehmen müssen, und zwar gleich.«

»Hm, vergessen Sie mal lieber nicht, daß er auch eine Aussage machen wird«, sagte Ingram. »Vielleicht wird Ihnen die Lust an einer Anzeige vergehen, wenn er sich entschließt, ebenfalls Anzeige zu erstatten, weil Sie Ihren Hund offensichtlich nicht unter Kontrolle hatten. Der hat ihn immerhin schwer verletzt. Da wird dann Ihr Wort gegen seines stehen«, schloß er, als er sich wieder der Tür zuwandte, »und das ist einer der Gründe, warum ich jetzt noch mal dort hinauffahre.«

Sie seufzte. »Sie sind wahrscheinlich beleidigt, weil ich gesagt habe, Sie sollen sich um Ihre eigenen Angelegenheiten kümmern.«

»Nicht im geringsten«, entgegnete er. »Versuchen Sie's mal mit verärgert oder gelangweilt.«

»Soll ich mich entschuldigen?« rief sie ihm nach, als er in der Spülküche verschwand. »Na schön, in Ordnung. Ich bin müde, ich bin total fertig und ich bin nicht gerade strahlender Laune, aber« – sie knirschte mit den Zähnen – »ich entschuldige mich, wenn es das ist, was Sie wollen.«

Aber sie bekam keine Antwort. Sie hörte nur noch, wie die Hintertür hinter ihm zufiel.

Galbraith schwieg so lange, daß William Sumner sichtlich unruhig wurde. »Na also, da haben Sie's doch«, sagte er schließlich. »Ich könnte sie gar nicht ertränkt haben.« Eines seiner Augenlider hatte nervös zu zucken begonnen, und das ständige Zwinkern wirkte auf absurde Weise komisch. »Ich verstehe nicht, warum Sie mich verfolgen. Sie haben gesagt, Sie suchen jemanden mit einem Boot, und Sie wissen genau, daß ich keines habe. Und ich verstehe auch nicht, wieso Sie Steven Harding freigelassen haben. Von Constable Griffiths habe ich nämlich gehört, daß man ihn am Samstag morgen draußen vor Tesco's mit Kate im Gespräch gesehen hat.«

Constable Griffiths sollte lernen, den Mund zu halten, dachte Galbraith verärgert. Aber wahrscheinlich war ihr kein Vorwurf zu machen. Sumner war intelligent genug, um zwischen den Zeilen von Zeitungsartikeln zu lesen, die von ›einem jungen Schauspieler aus Lymington‹ berichteten, der ›von der Polizei vernommen worden war‹, und dann auf nähere Erklärungen zu drängen.

»Das Gespräch war nur kurz«, sagte er, »dann haben sie sich getrennt. Sie hat danach mit mehreren Händlern auf dem Markt gesprochen, aber Harding war nicht bei ihr.«

»Tja, ich war nicht derjenige, der sie ermordet hat.« Er zwinkerte nervös. »Es muß also noch jemanden geben, den Sie noch nicht gefunden haben.«

»Ja, so scheint es.« Galbraith nahm ein Foto von Kate Sumner von dem Beistelltisch neben dem Sofa. »Aber der Schein trügt nur allzuoft. Ich meine, nehmen Sie nur mal Ihre Frau. Sehen Sie das

Bild?« Er hielt Sumner das Foto hin. »Auf den ersten Blick sieht sie aus, als könnte sie kein Wässerchen trüben, aber je mehr man über sie erfährt, desto klarer wird, daß das nicht stimmt. Lassen Sie mich kurz aufzählen, was ich inzwischen über sie weiß.« Er hob eine Hand und zählte im Sprechen die einzelnen Punkte an den Fingern ab. »Sie wollte Geld, und es war ihr ziemlich egal, wie sie es bekam. Sie manipulierte andere, um zu erreichen, was sie wollte. Sie konnte grausam sein. Sie log, wenn nötig. Ihr Ziel war, die gesellschaftliche Leiter hinaufzuklettern und Anerkennung in Kreisen zu finden, die ihr imponierten, und solange es sie diesen Zielen näher brachte, war sie bereit, jede Rolle zu spielen, die von ihr erwartet wurde, wobei Sex zu ihren Hauptwaffen zählte. Die einzige Person, die sie nicht manipulieren konnte, war Ihre Mutter, also tat sie das einzig Mögliche und entzog sich ihrer Einflußsphäre.« Er ließ seine Hand sinken und sah Sumner mit echter Teilnahme an. »Wie lange hat es gedauert, bis Sie gemerkt haben, daß Sie reingelegt worden waren, Mr. Sumner?«

»Sie haben offensichtlich mit dieser verdammten Polizistin geredet.«

»Unter anderem.«

»Sie hat mich wütend gemacht. Da habe ich Dinge gesagt, die ich nicht so gemeint habe.«

Galbraith schüttelte den Kopf. »Ihre Mutter hat Ihre Ehe nicht viel anders gesehen«, sagte er. »Sie hat vielleicht nicht von ›Hauswirtin‹ oder ›Untermiete‹ gesprochen, aber aus ihren Worten ging klar hervor, daß sie die Beziehung als leer und unbefriedigend empfand. Andere haben sie als unglücklich, rein sexuell, kühl, langweilig beschrieben. Trifft irgendeine dieser Beschreibungen zu? Treffen sie vielleicht alle zu?«

Sumner drückte Daumen und Zeigefinger an seinen Nasenrücken. »Man bringt seine Frau nicht um, weil man sich mit ihr langweilt«, murmelte er.

Wieder wunderte sich Galbraith über die Naivität des Mannes. Langeweile war häufig nämlich genau der Grund, warum ein

Mann seine Frau ermordete. Er mochte es verschleiern, indem er Provokation oder Eifersucht vorgab, aber letztendlich steckte meistens das Verlangen nach einer Veränderung hinter der Tat – auch wenn die Veränderung nichts weiter als Flucht war.

»So wie ich es gehört habe, ging es weniger um Langeweile als darum, daß Sie Ihre Frau als selbstverständlich hingenommen haben. Und das interessiert mich. Ich frage mich nämlich, was ein Mann wie Sie tun würde, wenn die Frau, die er bisher als selbstverständlich hingenommen hat, plötzlich entscheiden würde, bei dem Spiel nicht länger mitzumachen.«

Sumner starrte ihn mit einem Ausdruck der Verachtung an. »Ich weiß überhaupt nicht, wovon Sie reden.«

»Oder wenn er entdecken würde«, fuhr Galbraith erbarmungslos fort, »daß das, was er bisher für selbstverständlich gehalten hat, in Wirklichkeit gar nicht zutrifft. Zum Beispiel die Frage der Vaterschaft.«

Ingram vermutete, daß Harding auf die Landspitze zurückgekommen war, um seinen Rucksack zu holen. Der Mann hatte zwar behauptet, der Rucksack, den man auf der *Crazy Daze* gefunden hatte, sei der, den er am Sonntag mitgehabt hätte, aber Ingram glaubte ihm das nicht. Paul und Danny Spender hatten zu nachdrücklich darauf hingewiesen, daß er groß gewesen sei, und diese Beschreibung paßte nicht auf das kleine dreieckige Ding, das sie auf dem Boot gefunden hatten. Außerdem interessierte ihn noch immer die Frage, warum Harding den Rucksack zurückgelassen hatte, als er mit den Jungen zu den Bootshütten hinuntergegangen war. Warum er allerdings an diesem Morgen zum Strand hinuntergestiegen war, nur um dann mit leeren Händen wieder die Klippen hinaufzuklettern, war und blieb ein Rätsel. Hatte vielleicht jemand anderer den Rucksack gefunden und mitgenommen? Hatte Harding ihn mit Steinen beschwert und ins Meer geworfen? Hatte er den Rucksack überhaupt dort zurückgelassen?

Frustriert schlitterte er eine Rinne in der Schieferwand hinunter zu dem grasbewachsenen Hang, der am Ende des Tales sanft zum Meer hinabfiel. Die Klippen gingen nach Westen, lagen also um diese Tageszeit im Schatten, und er fröstelte in der klammen Kälte, die sein dünnes T-Shirt und seinen Pullover durchdrang. Er drehte sich um und betrachtete den Einschnitt in der Wand, um sich eine Vorstellung davon zu machen, wo Harding plötzlich vor Maggie aufgetaucht sein mußte. Noch immer kollerte loses Schiefergeröll die Rinne hinunter, durch die Ingram gekommen war, und etwas weiter links war offenbar ebenfalls erst vor kurzem ein kleiner Geröllrutsch niedergegangen. Er ging hinüber, um sich die Spur anzusehen. Vielleicht hatte Harding sie bei einer Kletterpartie hinterlassen? Aber die Steine waren taunaß, die Spur mußte also älteren Datums sein.

Er wandte seine Aufmerksamkeit dem Strand zu und ging durch das Gras hinunter, um sich genauer umzusehen. Treibholz und alte Plastikbehälter hatten sich in Spalten zwischen den Klippen verfangen, aber einen Rucksack, ob nun grün oder schwarz, entdeckte er nicht. Plötzlich überkam ihn eine bleierne Müdigkeit, und er fragte sich, was zum Teufel er hier überhaupt tat. Er hatte vorgehabt, sich einen langen, faulen Tag auf der *Miss Creant* zu gönnen, und ärgerte sich jetzt, daß er ihn für nichts und wieder nichts aufgegeben hatte. Er hob den Blick zu den Wolken, die mit einer südwestlichen Brise vom Meer herüberzogen, und seufzte frustriert...

Maggie stellte die Teetasse auf den Tisch neben dem Bett ihrer Mutter. »Ich habe ihn stark gesüßt«, sagte sie. »Nick meinte, du müßtest wieder ein bißchen Kraft bekommen.«

Sie starrte auf die schauderhaft aussehende Bettdecke, zerschlissen und voller Flecken, und sah dann die Teeflecken auf dem Bettjäckchen ihrer Mutter. Sie fragte sich, wie die Laken aussahen – in Broxton House gab es schon lange keine Waschmaschine mehr –, und wünschte verzweifelt, sie hätte bei ihrer Unterhaltung mit Nick Ingram niemals das Wort »Schlampen« benutzt.

»Ich hätte lieber einen Brandy«, sagte Celia Jenner seufzend.

»Ich auch«, versetzte Maggie kurz, »aber wir haben keinen.«

Sie trat ans Fenster und blickte, die Hände um ihre Teetasse gelegt, in den Garten hinaus. »Weswegen will er mit dir quitt werden, Mama?«

»Hast du ihn danach gefragt?«

»Ja. Er sagte, es wäre ein privater Scherz.«

Celia lachte. »Wo ist er jetzt?«

»Abgefahren.«

»Ich hoffe, du hast dich in meinem Namen bei ihm bedankt.«

»Nein. Er fing an, mich herumzukommandieren, da habe ich ihn rausgeschmissen.«

Ihre Mutter betrachtete sie einen Moment lang neugierig. »Das ist aber ungewöhnlich für ihn«, sagte sie. »Auf welche Weise hat er dich denn herumkommandiert?«

»Höchst unverschämt.«

»Aha, ich verstehe.«

Maggie schüttelte den Kopf. »Das bezweifle ich«, widersprach sie, den Blick immer noch auf den Garten gerichtet. »Er ist genau wie Matt und Ava. Er findet, der Allgemeinheit wäre besser gedient, wenn wir dieses Haus räumen und einer obdachlosen Familie überlassen würden.«

Celia trank einen Schluck Tee und lehnte sich in die Kissen zurück. »Dann kann ich deinen Ärger verstehen«, sagte sie. »Es ist immer ärgerlich, wenn ein anderer recht hat.«

»Er hat dich als Schlampe bezeichnet und gesagt, es wäre ein Wunder, daß du dir noch keine Lebensmittelvergiftung geholt hast.«

Celia ließ sich das einen Moment durch den Kopf gehen. »Es fällt mir schwer, das zu glauben, wenn er dir nicht einmal zu sagen bereit war, warum er mit mir quitt werden will. Außerdem ist er ein höflicher junger Mann und hätte von mir sicherlich nicht als Schlampe gesprochen. Das scheint mir doch eher auf deinem Mist gewachsen zu sein, hm, Schatz?« Sie beobachtete einen Augenblick den stocksteifen Rücken ihrer Tocher, und als Maggie nichts sagte, fügte sie hinzu: »Wenn er wirklich mit mir quitt sein wollte, hätte er mir schon längst einen Schuß vor den Bug gegeben. Ich war unglaublich ungezogen zu ihm, und es tut mir heute noch leid.«

»Was hast du denn getan?«

»Er kam zwei Monate vor deiner Hochzeit zu mir, um mich vor deinem Verlobten zu warnen, und ich habe ihn rausgeschmissen, genau wie du das heute getan hast.«

Weder sie noch Maggie brachten es fertig, den Mann, der sich so heimtückisch in ihr Leben eingeschlichen hatte, mit seinem richtigen Namen zu bezeichnen – Robert Healey. Für sie hatte er den Namen behalten, unter dem sie ihn kennengelernt hatten, und der lautete Martin Grant. Maggie fiel die Umgewöhnung besonders schwer, da sie drei Monate lang mit dem Namen Mrs. Martin Grant gelebt hatte, ehe sie sich der unangenehmen Pflicht gegenübersah, Banken und Behörden mitzuteilen, daß weder der Name noch die Anrede stimmten.

»Was er gegen Martin vorzubringen hatte«, fuhr Celia fort, »war allerdings auch ziemlich dürftig. Er behauptete, Martin hätte versucht, sich von Jane Fieldings Schwiegereltern mehrere tausend Pfund zu erschwindeln, indem er sich als Antiquitätenhändler ausgab – und die ganze Anschuldigung beruhte auf der Behauptung der alten Mrs. Fielding, daß es Martin gewesen sei, der bei ihnen vorgesprochen habe –, aber wenn ich auf Nick gehört hätte, anstatt ihn zu beschimpfen –« Sie brach ab. »Er hat mich wütend gemacht. Er fragte immer wieder, was ich über Martins Herkunft wüßte, und als ich sagte, Martins Vater hätte eine Kaffeeplantage in Kenia, hat er gelacht und gesagt, das sei ja überaus praktisch.«

»Hast du ihm die Briefe gezeigt, die die Eltern uns geschrieben hatten?«

»Angeblich geschrieben hatten«, korrigierte Celia sie. »Ja, natürlich habe ich ihm die gezeigt. Sie waren ja unser einziger Beweis, daß Martin aus einer guten Familie stammte. Aber statt einer Adresse war, wie Nick sehr richtig bemerkte, eben nur ein Postfach in Nairobi angegeben, das gar nichts bewies. Er sagte, über eine anonyme Postfachnummer könne jeder einen Briefwechsel vortäuschen. Er wollte Martins frühere Adresse in England, und ich konnte ihm nur die Adresse der Wohnung geben, die Martin in Bournemouth gemietet hatte.« Sie seufzte. »Aber, wie Nick sagte, man braucht nicht der Sohn eines Plantagenbesitzers zu sein, um eine Wohnung zu mieten, und er meinte, ich sollte lieber ein paar Erkundigungen einziehen, ehe ich meine Tochter einen Mann heiraten ließe, über den ich rein gar nichts wüßte.«

Maggie drehte sich um und sah sie an. »Und warum hast du's nicht getan?«

»Ach, ich weiß auch nicht.« Wieder seufzte Celia. »Vielleicht weil Nick so gräßlich selbstgerecht wirkte... Vielleicht« – sie zog die Augenbrauen hoch – »weil du mir vorgeworfen hast, eine alte Wichtigtuerin zu sein, die sich in alles einmischen muß, als ich es ein einziges Mal wagte, Martins Qualitäten als Ehemann in Zweifel zu ziehen. Ich glaube, ich habe dich damals gefragt, ob du wirklich einen Mann heiraten könntest, der Angst vor Pferden hat.«

»Ja, stimmt«, sagte Maggie gedehnt. »Und ich hätte auf dich hören sollen. Wenn du wüßtest, wie leid es mir tut, daß ich das nicht getan habe.« Sie verschränkte die Arme. »Was hast du damals zu Nick gesagt?«

»So ziemlich das gleiche, was du eben zu ihm gesagt hast«, antwortete Celia. »Ich nannte ihn einen anmaßenden kleinen Proleten mit einem Hitlerkomplex und fragte ihn, woher er die Dreistigkeit nähme, meinen zukünftigen Schwiegersohn auf so üble Weise zu verleumden. Dann habe ich ihn noch gefragt, an welchem Tag die alte Mrs. Fielding angeblich mit Martin gesprochen hätte, und als er es mir sagte, habe ich gelogen und behauptet, das wäre unmöglich, an dem Tag wäre Martin mit dir und mir ausgeritten.«

»Oh, mein Gott!« rief Maggie. »Wie konntest du nur?«

»Weil ich keine Sekunde daran gedacht habe, daß Nick recht haben könnte«, erklärte Celia mit einem ironischen Lächeln. »Er war schließlich nur ein schlichter Feld-Wald-und-Wiesen-Polizist, während Martin aus den ersten Kreisen stammte. Schüler des Eton-College. Dann Oxford. Erbe einer Kaffeeplantage. Na, wer bekommt jetzt den ersten Preis für Dummheit, Schatz? Du oder ich?«

Maggie schüttelte den Kopf. »Hättest du mir nicht wenigstens etwas davon sagen können? Gewarnt sein heißt gewappnet sein.«

»Ach, das glaube ich nicht. Du warst Nick gegenüber immer so grausam, nachdem Martin einmal gesagt hatte, der arme Kerl würde jedesmal so rot wie eine Rübe, wenn er dich sähe. Ich weiß noch, wie du gelacht und gesagt hast, sogar rote Bete hätten mehr erotische Ausstrahlung als ein übergewichtiger Neandertaler in Polizeiuniform.«

Maggie wand sich verlegen bei der Erinnerung. »Du hättest es mir aber wenigstens hinterher erzählen können.«

»Natürlich hätte ich das«, erwiderte Celia unumwunden, »aber ich habe nicht eingesehen, warum ich dir einen Vorwand liefern sollte, die ganze Schuld auf mich abzuwälzen. Du hattest genausoviel Schuld wie ich. Du hast mit diesem Unglückskerl in Bournemouth zusammengelebt, und wenn jemand ihn hätte durchschauen müssen, dann du. Du warst doch weiß Gott kein Kind mehr, Maggie. Wenn du nur einmal gesagt hättest, daß du dir sein Büro ansehen willst, wäre der ganze Schwindel aufgeflogen.«

Maggie seufzte, wütend auf sich selbst, auf ihre Mutter, auf Nick Ingram. »Glaubst du, das ist mir nicht klar? Was meinst du wohl, warum ich keinem Menschen mehr traue?«

Celia sah sie einen Moment prüfend an, dann wandte sie sich ab. »Ich habe mir oft Gedanken gemacht«, murmelte sie.

»Manchmal denke ich, es ist Böswilligkeit, dann wiederum denke ich, es ist Unreife. Meistens führe ich es darauf zurück, daß ich dich als Kind zu sehr verwöhnt habe und du eitel geworden bist.« Sie richtete ihren Blick auf Maggie. »Verstehst du, es ist die Höhe der Arroganz, die Motive anderer anzuzweifeln, wenn man sich beharrlich weigert, die eigenen zu hinterfragen. Ja, Martin war ein Schwindler, aber warum hatte er sich gerade uns als Opfer ausgesucht? Hast du dich das einmal gefragt?«

»Wir hatten Geld.«

»Viele Leute haben Geld, Kind. Wenige werden so übers Ohr gehauen, wie es uns passiert ist. Nein«, sagte sie entschieden, »ich habe mich reinlegen lassen, weil ich habgierig war, und du bist auf ihn hereingefallen, weil es für dich selbstverständlich war, daß Männer dich attraktiv finden. Wenn das nicht der Fall gewesen wäre, hätte dich Martins alberne Angewohnheit, jedem zu sagen, wie sehr er dich liebt, stutzig machen müssen. Das war so amerikanisch und so unaufrichtig, daß ich einfach nicht begreifen kann, warum wir ihm geglaubt haben.«

Maggie wandte sich wieder dem Fenster zu, damit ihre Mutter ihr nicht in die Augen sehen konnte. »Nein«, sagte sie gepreßt. »Nein, das begreife ich auch nicht.«

Eine Möwe schoß im Sturzflug zum Strand hinunter und pickte an etwas Weißem, das sich am Rand des Wassers bewegte. Ingram sah ihr eine Weile zu in der Erwartung, sie würde gleich mit einem Fisch im Schnabel wieder auffliegen; aber als sie unverrichteter Dinge mit heiserem Geschrei davonflog, ging er neugierig zum Wasser hinunter, um zu sehen, was das war, das da immer wieder flüchtig zwischen den heranrollenden Wellen auftauchte. Eine Plastiktüte, die sich zwischen den Felsen verfangen hatte? Ein Stück Stoff? Mit jeder Welle, die das Ding hochwarf, blähte es sich unschön auf, um dann abrupt wieder in sich zusammenzusinken, wenn eine höhere Welle gischtsprühend über es hinwegschwappte.

20

Galbraith beugte sich vor und faltete die Hände unter seinem sommersprossigen Kinn. Er sah überhaupt nicht bedrohlich aus, eher so harmlos und freundlich wie ein rundgesichtiger Schuljunge, der Freundschaft schließen möchte. Wie die meisten Polizeibeamten war er ein beachtlicher Schauspieler und konnte die Stimmung je nach Bedarf wechseln. Jetzt lockte er Sumner, sich ihm anzuvertrauen. »Kennen Sie die Bucht von Lulworth, Mr. Sumner?« erkundigte er sich in freundlichem Konversationston.

Sumner schien verdattert, aber es war nicht zu erkennen, ob aus Schuldbewußtsein oder wegen des abrupten Themenwechsels. »Ja.«

»Waren Sie in letzter Zeit mal dort?«

»Nicht daß ich wüßte.«

»Na, so was vergißt man doch nicht so leicht.«

Sumner zuckte die Achseln. »Das kommt drauf an, was Sie mit ›in letzter Zeit‹ meinen. Ich war mit meinem Boot öfters dort segeln, aber das ist Jahre her.«

»Sie haben in der Gegend nie einen Wohnwagen oder ein Ferienhaus gemietet? Vielleicht waren Sie mit der Familie mal im Urlaub dort?«

Er schüttelte den Kopf. »Kate und ich haben nur einmal Urlaub gemacht, und da waren wir in einem Hotel im Lake District. Es war eine Katastrophe«, erklärte er verdrießlich. »Hannah wollte abends einfach nicht einschlafen, und wir mußten Abend für Abend in unserem Zimmer sitzen, weil sie sonst das ganze Haus zusammengebrüllt und die anderen Gäste gestört hätte. Danach beschlossen wir, es erst wieder zu versuchen, wenn sie etwas größer wäre.«

Es klang überzeugend, und Galbraith nickte. »Hannah ist ziemlich schwierig, nicht?«

»Kate ist immer mit ihr zurechtgekommen.«

»Vielleicht weil sie sie mit Schlafmitteln gedämpft hat?«

Sumner war sofort auf der Hut. »Davon weiß ich nichts. Da müssen Sie schon ihren Arzt fragen.«

»Das haben wir bereits getan. Er sagte uns, daß er Kate oder Hannah nie Beruhigungs- oder Schlafmittel verschrieben hat.«

»Na also.«

»Aber Sie sind in der Branche tätig, Mr. Sumner. Sie können wahrscheinlich jederzeit kostenlose Proben jedes Mittels besorgen, das auf dem Markt ist. Und angesichts der vielen Konferenzen und Tagungen, die Sie besuchen, gibt es doch wahrscheinlich kaum noch etwas, das Sie *nicht* über Pharmazeutika wissen.«

»Das ist doch völliger Blödsinn«, entgegnete Sumner. Er zwinkerte heftig. »Ich brauche ein Rezept wie jeder andere.«

Galbraith nickte wieder, wie um Sumner davon zu überzeugen, daß er ihm glaubte. »Trotzdem – ein schwieriges, anstrengendes Kind war doch sicher nicht das, was Sie sich bei Ihrer Heirat erhofft hatten, nicht? Ich könnte mir vorstellen, daß es Ihr Liebesleben stark beeinträchtigt hat.«

Sumner antwortete nicht.

»Zu Beginn glaubten Sie doch wahrscheinlich, ein gutes Geschäft gemacht zu haben. Eine hübsche Frau, die Sie angebetet hat. Zugegeben, Sie hatten zwar nicht viel mit ihr gemeinsam, und das Leben als Vater ließ einiges zu wünschen übrig, aber alles in allem sah das Leben rosig aus. Im Bett klappte es, Sie waren finanziell nicht überfordert, die Fahrt zur Arbeit war ein Klacks, Ihre Mutter hatte während des Tages ein strenges Auge auf Ihre Frau; wenn Sie abends nach Hause kamen, stand das Essen auf dem Tisch, und Sie konnten segeln gehen, wann immer Sie Lust dazu hatten.« Er machte eine Pause. »Dann sind Sie nach Lymington gezogen, und das schöne Leben war vorbei. Ich vermute, Ihre Frau verlor zunehmend das Interesse daran, Sie bei Laune zu halten, weil sie es nicht mehr nötig hatte, Theater zu spielen. Sie hatte ja jetzt alles, was sie wollte – keine kontrollierende Schwiegermutter mehr – ein eigenes Haus – gesellschaftliches Ansehen –, und das alles gab ihr das Selbstvertrauen, sich und Hannah ein eigenes Leben zu schaffen, das Sie nicht mit einschloß.« Er musterte Sumner aufmerksam. »Und auf einmal waren Sie derjenige, der als selbstverständlich hingenommen wurde. War das der Zeitpunkt, als Ihnen der Verdacht kam, Hannah könnte nicht Ihr Kind sein?«

Zu seiner Überraschung lachte Sumner. »Mir war schon wenige Wochen nach ihrer Geburt klar, daß sie nicht mein Kind sein konnte. Kate und ich haben Blutgruppe 0, Hannah hat Blutgruppe A. Das heißt, daß ihr Vater entweder Blutgruppe A oder AB haben muß. Ich bin kein naiver Narr. Ich hatte eine schwangere Frau geheiratet und habe mir keine Illusionen über sie gemacht, mögen Sie oder meine Mutter denken, was Sie wollen.«

»Haben Sie Ihre Frau deswegen zur Rede gestellt?«

Sumner drückte einen Finger auf sein zuckendes Augenlid. »Ach, was heißt zur Rede stellen! Ich habe ihr ganz einfach eine Tabelle zur Vaterschaftsermittlung gezeigt und ihr erklärt, daß Eltern, die beide Blutgruppe 0 haben, nur ein Kind mit Blutgruppe 0 zeugen können. Sie war erschrocken darüber, daß ich ihr so schnell auf die Schliche gekommen war, aber da es mir einzig darum ging, ihr zu zeigen, daß ich nicht der vertrauensselige Trottel war, für den sie mich offenbar gehalten hatte, wurde es nie zu einem Streitpunkt zwischen uns. Es machte mir überhaupt nichts aus, Hannah als mein Kind anzuerkennen, und das war alles, was Kate wollte.«

»Hat sie Ihnen gesagt, wer der Vater war?«

Er schüttelte den Kopf. »Das wollte ich auch gar nicht wissen. Ich vermute, es ist jemand, mit dem ich zusammenarbeite – oder gearbeitet habe –, aber da sie nach ihrer Kündigung allen Kontakt zu Pharmatec abgebrochen hatte – abgesehen von einem gelegentlichen Besuch von Polly Garrard –, wußte ich, daß Hannahs Vater keine Rolle mehr in ihrem Leben spielte.« Er strich immer wieder über die Armlehne seines Sessels. »Sie werden mir wahrscheinlich nicht glauben, aber ich sah einfach nicht ein, weshalb ich mir wegen eines Mannes, der Vergangenheit war, graue Haare wachsen lassen sollte.«

Er hatte recht; diese Behauptung kaufte Galbraith ihm tatsächlich nicht ab.

»Die Tatsache, daß Hannah nicht Ihr Kind ist, erklärt vermutlich Ihr mangelndes Interesse an ihr.«

Sumner antwortete nicht, und zwischen den beiden Männern breitete sich Schweigen aus.

»Erzählen Sie mir doch mal, was schiefging, als Sie nach Lymington zogen«, sagte Galbraith schließlich.

»Nichts ging schief.«

»Ach, dann war Ihre Ehe für Sie vom *ersten* Tag an nicht mehr als ein Untermieterdasein? Na, das muß aber doch ziemlich unerfreulich gewesen sein.«

»Es kommt immer darauf an, was man will«, entgegnete Sumner. »Wie würden Sie im übrigen die Ehe mit einer Frau beschreiben, deren höchstes intellektuelles Interesse darin bestand, sich Seifenopern anzusehen; der es in jeder Hinsicht an Geschmack fehlte, die einen Putzfimmel hatte, die lieber Bohnen aus der Dose und matschige Würstchen aß als ein kurzgebratenes Steak und freiwillig jeden gottverdammten Penny abrechnete, den sie oder ich ausgaben?«

In seiner Stimme schwang eine Schroffheit mit, die Galbraith' Ansicht nach mehr nach Schuldgefühl darüber klang, daß er hier die Fehler und Schwächen seiner Frau offenlegte, als nach Bitterkeit über diese Fehler als solche, und er gewann den Eindruck, daß Sumner sich nicht schlüssig werden konnte, ob er seine Frau geliebt oder verabscheut hatte. Aber machte ihn das des Mordes an ihr schuldig?

»Wenn Sie Ihre Frau so sehr verachtet haben, warum haben Sie sie dann überhaupt geheiratet?«

Sumner legte den Kopf gegen die Sessellehne und starrte zur Zimmerdecke hinauf. »Weil die Gegenleistung dafür, daß ich ihr aus der Grube heraushalf, die sie sich selbst gegraben hatte, Sex war – wann immer ich wollte.« Er drehte den Kopf, um Galbraith anzusehen, und seine Augen glänzten feucht. »Das war das einzige, was *mich* interessiert hat. Es ist das einzige, was Männer überhaupt interessiert. Ist es nicht so? Sex bei Bedarf. Sie hätte mich auch zwanzigmal am Tag befriedigt, wenn ich es verlangt hätte, solange ich nur bereit war, Hannah als meine Tochter anzuerkennen.«

Die Erinnerung bereitete ihm offenbar wenig Freude, denn jetzt strömten ihm die Tränen über die Wangen, während sein unkontrollierbares Lid unentwegt zuckte und zuckte...

Erst anderthalb Stunden später kehrte Ingram mit einem kleinen, in Klarsichtfolie verpackten Bündel nach Broxton House zurück. Maggie sah ihn am Küchenfenster vorbeigehen und lief in die Spülküche, um ihn hereinzulassen. Er war naß bis auf die Haut und lehnte sich einen Moment völlig erschöpft an den Türpfosten.

»Haben Sie was gefunden?« fragte sie ihn.

Er nickte und hielt das Bündel hoch. »Ich muß gleich mal telefonieren, aber ich möchte nicht den ganzen Fußboden volltropfen. Sie hatten doch heute morgen sicher Ihr Handy mit, nicht? Kann ich es mir kurz ausleihen?«

»Nein, tut mir leid, das geht nicht. Ich habe es vor zwei Jahren kostenlos bekommen, mußte dafür aber einen Mietvertrag mit mindestens einjähriger Laufzeit abschließen, und die Gebühren waren so verdammt hoch, daß ich den Vertrag nach Ablauf nicht mehr verlängert habe. Es liegt irgendwo in meiner Wohnung.« Sie zog die Tür weiter auf. »Kommen Sie doch rein. Wir haben einen Anschluß in der Küche, und den Steinfliesen schadet's nicht, wenn sie ein bißchen Wasser abbekommen.« Um ihre Lippen zuckte es belustigt. »Es könnte ihnen sogar guttun. Ich mag gar nicht daran denken, wann sie das letztemal einen Schrubber gesehen haben.«

Er folgte ihr in seinen triefend nassen Schuhen, die bei jedem Schritt Schmatzgeräusche machten. »Wie haben Sie mich dann heute morgen angerufen, wenn Sie Ihr Handy nicht mithatten?«

»Ich habe das von Harding genommen«, sagte sie und wies auf ein Philips GSM, das auf dem Küchentisch lag.

Er schob es mit einem Finger beiseite und legte das Bündel in der Klarsichtfolie daneben. »Wieso ist es hier?«

»Ich hab's eingesteckt und dann vergessen«, antwortete sie. »Es fiel mir erst wieder ein, als es plötzlich zu klingeln anfing. Es hat schon fünfmal geklingelt seit Sie weggefahren sind.«

»Sind Sie rangegangen?«

»Nein. Ich dachte, darum könnten Sie sich kümmern, wenn Sie wieder da wären.«

Er ging zum Wandtelefon und nahm den Hörer ab. »Ihr Vertrauen in allen Ehren«, murmelte er, während er wählte. »Was, wenn ich beschlossen hätte, Sie und Ihre Mutter eine Weile im eigenen Saft schmoren zu lassen?«

»So was würden Sie nie tun«, antwortete sie spontan. »Der Typ sind sie nicht.«

Er überlegte noch, wie er diese Bemerkung auffassen sollte, als Superintendent Carpenter sich meldete. »Ich habe ein Kinder-T-Shirt aus dem Wasser gefischt, Sir, es gehört mit an Sicherheit grenzender Wahrscheinlichkeit einem der beiden Spenders. Vorn ist das Logo des Derby County FC drauf, und Danny hat behauptet, genau so ein T-Shirt hätte Harding ihm gestohlen.«

Er hörte einen Moment schweigend zu. »Ja, der Junge könnte es verloren haben, richtig... Nein, das macht Harding noch lange nicht zum Pädophilen.« Er hielt den Hörer ein Stück vom Ohr ab, um sein Trommelfell vor Carpenters lautem Blaffen zu schützen. »Nein, den Rucksack habe ich bis jetzt nicht gefunden, aber – doch, ich glaube, ich weiß, wo er ist.« Neuerliches Blaffen. »Ja, ich wette, daß er zurückgekommen ist, um ihn sich wiederzuholen...« Er schnitt dem Hörer eine Grimasse. »O ja, Sir, meiner Meinung nach ist er in Chapman's Pool.« Er sah auf seine Uhr.

»Gut, in einer Stunde bei den Bootshütten. Wir treffen uns dort.« Als er den Hörer auflegte, sah er in Maggies Augen Belustigung über sein Unbehagen aufblitzen und wies mit einer brüsken Geste zum Flur. »War der Arzt schon bei Ihrer Mutter?«

Sie nickte.

»Und?«

»Er hat ihr gesagt, es wäre ausgesprochen dumm von ihr gewesen, das Angebot des Sanitäters auszuschlagen, sie als Notfall ins Krankenhaus zu bringen. Dann hat er ihr freundlich den Kopf getätschelt und ihr ein Schmerzmittel gegeben.« Sie lächelte. »Er hat ihr außerdem mitgeteilt, daß sie eine Gehhilfe und einen Rollstuhl braucht, und vorgeschlagen, daß ich heute nachmittag zur nächsten Rote-Kreuz-Niederlassung fahre und mal sehe, was man dort für sie tun kann.«

»Klingt vernünftig.«

»Ja, natürlich, aber seit wann spielt Vernunft im Leben meiner Mutter eine Rolle? Sie hat mir erklärt, wenn ich ihr solche Geräte ins Haus bringe, wird sie sie nicht benützen und nie wieder ein Wort mit mir reden. Und das ist ihr Ernst. Sie sagt, sie würde lieber auf allen vieren herumkriechen, als bei den Leuten den Eindruck erwecken, sie hätte ihr Haltbarkeitsdatum überschritten.« Sie seufzte müde. »Falls Sie irgendeine rettende Idee haben, schreiben Sie uns bitte eine Postkarte an die Adresse der Irrenanstalt Broxton House. Was zum Teufel soll ich tun?«

»Warten«, meinte er.

»Worauf?«

»Auf eine Wunderheilung oder die Bitte um eine Gehhilfe. Sie ist nicht dumm, Maggie. Wenn sie ihren Ärger über Sie, mich und den Arzt überwunden hat, wird die Logik siegen. Seien Sie inzwischen nett zu ihr. Sie hat sich heute morgen völlig für Sie verausgabt, und ein bißchen Dankbarkeit und liebevolle Fürsorge werden ihr wahrscheinlich schneller wieder auf die Beine helfen als alles andere.«

»Ich hab ihr schon gesagt, daß ich ohne sie aufgeschmissen gewesen wäre.«

Er sah sie belustigt an. »Wie die Mutter so die Tochter, wie?«

»Ich verstehe nicht.«

»*Sie* ist nicht imstande, ›es tut mir leid‹ zu sagen. Und *Sie* bringen es nicht über sich, danke zu sagen.«

»Ach so!« Sie verstand. »Deshalb also sind Sie vor zwei Stunden beleidigt abgedampft. Sie wollten Dankbarkeit. Wie dumm von mir. Ich dachte, Sie wären mir böse, weil ich gesagt habe, Sie sollten sich um Ihre eigenen Angelegenheiten kümmern.« Sie lächelte ein wenig zaghaft. »Also dann, vielen Dank, Nick, ich bin Ihnen wirklich sehr dankbar für Ihre Hilfe.«

Er verbeugte sich zackig vor ihr. »Gern geschehen, Miss Jenner«, erwiderte er im breitesten Dialekt. »Aber eine Dame wie Sie braucht einem Mann nicht dafür zu danken, daß er seine Pflicht tut.«

Sie sah ihn einen Moment lang verwirrt und forschend an, bevor ihr aufging, daß er sich über sie lustig machte. »Ach, verdammt noch mal, hauen Sie ab!« rief sie wütend und versetzte ihm einen Fausthieb aufs Kinn, ehe sie in den Flur hinauslief und die Tür krachend hinter sich zuschlug.

Zwei Beamte der Polizei von Dartmouth hörten sich mit Interesse an, was der Franzose berichtete, während seine Tochter in stummer Verlegenheit neben ihm stand und unablässig an ihrem Haar zupfte. Der Mann sprach gut Englisch und erklärte sorgfältig und genau, wo er am vergangenen Sonntag mit seinem Boot gewesen war. Er sei hergekommen, erklärte er, weil er in den englischen Zeitungen gelesen habe, daß die Frau, die man per Hubschrauber geborgen hatte, ermordet worden war. Er legte den *Telegraph* vom Mittwoch auf den Tisch, für den Fall, daß sie nicht wissen sollten, von welchem Mord er sprach.

»Mrs. Kate Sumner«, sagte er. »Der Fall ist Ihnen bekannt?«

Als sie das bestätigten, nahm er aus einer Plastiktüte eine Videokassette und legte sie neben die Zeitung. »Meine Tochter hat an dem bewußten Tag einen Mann gefilmt. Verstehen Sie – ich weiß nichts über diesen Mann. Er ist vielleicht – wie sagt man – unschuldig. Aber ich bin besorgt.« Er schob die Kassette über den Schreibtisch. »Was der Mann da treibt, ist nicht gut. Spielen Sie die Kassette ab, ja? Vielleicht ist es wichtig.«

Hardings Handy war ein raffiniertes kleines Gerät, mit automatischer Umschaltung auf ein fremdes Netz, falls man sich im Ausland befand. Zum Gebrauch waren eine SIM-Karte und eine PIN-Nummer nötig, aber da beides eingegeben worden war, vermutlich von Harding selbst, war der Apparat funktionsbereit. Sonst hätte Maggie ihn ja auch nicht benützen können. Die Karte hatte eine große Speicherkapazität und konnte außer Telefonnummern und Nachrichten auch noch die Nummern der letzten zehn ein- und ausgegangenen Anrufe speichern.

Auf der Digitalanzeige stand »5 unbeantwortete Anrufe« und »eine Nachricht erwartet Sie«. Mit einem vorsichtigen Blick zur Tür ging Ingram ins Menü, suchte »Voice mail« gefolgt von »Mail box«, drückte den Einschaltknopf und hielt den Apparat ans Ohr. Er strich sich vorsichtig über sein schmerzendes Kinn, während er lauschte, und fragte sich, ob Maggie eine Ahnung hatte, was für eine Kraft in ihrer Faust steckte.

»Es sind drei neue Nachrichten für Sie eingegangen«, sagte eine neutrale weibliche Stimme.

»Steve?« Eine dünne Lispelstimme – ausländischer Akzent? –, von der Ingram nicht sagen konnte, ob sie männlich oder weiblich war. *»Wo bist du? Ich habe Angst. Bitte ruf mich an. Ich habe es seit Sonntag schon zwanzigmal versucht.«*

»Mr. Harding?« Eine Männerstimme, eindeutig die eines Ausländers. *»Hier ist das Hotel Angelique in Concarneau. Wenn Sie Ihr Zimmer behalten möchten, müssen Sie Ihre Reservierung bis spätestens heute mittag mittels Bezahlung per Kreditkarte bestätigen. Ich bedaure, daß wir ohne eine solche Bestätigung die Reservierung stornieren müssen.«*

»Hallo!« Diesmal war es eine englische Männerstimme. *»Wo*

zum Teufel steckst du, du Schwachkopf? Du weißt doch ganz genau, daß du hier erreichbar sein mußt. Verdammt noch mal, die Polizei hat dich doch nur unter dieser Bedingung freigelassen. Ich schwör's dir, ich mach dich fertig, wenn du mir jetzt noch mehr Schwierigkeiten einbrockst. Erwarte bloß nicht von mir, daß ich das nächste Mal den Mund halte. Ich habe dich gewarnt, ich laß mich von dir nicht verarschen. Und übrigens, falls es dich interessiert, hier treibt sich so ein beschissener Journalist rum, der wissen möchte, ob es stimmt, daß du in Zusammenhang mit dem Mord an Kate von der Polizei vernommen worden bist. Der Kerl geht mir echt auf den Geist, also mach gefälligst, daß du herkommst, bevor ich dich bis zum Stehkragen reinreiße.«

Ingram tippte auf »Ende« und wiederholte dann die ganze Prozedur, wobei er sich Notizen auf einem Blatt Papier machte, das er von einem Block unter dem Wandtelefon abgerissen hatte. Danach drückte er zweimal hintereinander die Cursortaste, um die Nummern der letzten zehn Anrufer zu erfahren. Zum guten Schluß – *was soll's, wer A sagt, muß auch B sagen!* – sah er sich auch noch die Eintragungen unter »Namen« an und notierte diese zusammen mit den dazugehörigen Nummern auf seinem Zettel.

»Tun Sie da was Illegales?« fragte Maggie von der Tür her.

Er war so auf seine Tätigkeit konzentriert gewesen, daß er sie nicht kommen gehört hatte, und zuckte jetzt fast schuldbewußt zusammen. »Nicht, wenn Inspector Galbraith bereits im Besitz dieser Informationen ist.« Abwägend hob er die Hand. »Andernfalls ist es wahrscheinlich ein Verstoß gegen das Datenschutzgesetz. Kommt ganz drauf an, ob das Telefon auf der *Crazy Daze* war, als sie durchsucht wurde.«

»Wird Harding denn nicht merken, daß Sie seine Nachrichten abgehört haben, wenn Sie ihm das Handy zurückgeben? Bei unserem Anrufbeantworter kann man sie nicht zweimal abhören, ohne das Band zurückzuspulen.«

»Bei Voice Mail ist das anders. Da muß man die Nachrichten

löschen, wenn man sie nicht ständig wiederholen will.« Er grinste. »Aber wenn er wirklich mißtrauisch werden sollte, dann können wir nur hoffen, daß er glaubt, Sie hätten etwas vermurkst, als Sie mich angerufen haben.«

»Wieso wollen Sie mich da reinziehen?«

»Weil er auf jeden Fall erfahren wird, daß Sie mich angerufen haben. Meine Nummer ist gespeichert.«

»Oh, Gott«, sagte sie resigniert. »Und erwarten Sie jetzt, daß ich für Sie lüge?«

»Nein.« Er stand auf, verschränkte die Hände über dem Kopf und dehnte seine verkrampften Schultermuskeln unter den feuchten Kleidern. Ingram war so groß, daß er beinahe bis zur Decke hinaufreichen konnte, und er stand wie ein Koloß in der Küche, beherrschte den Raum, der groß genug für eine ganze Familie gewesen wäre.

Maggie starrte ihn an und fragte sich, wie sie ihn nur jemals einen übergewichtigen Neandertaler hatte nennen können. Es waren Martins Worte gewesen, wie sie sich jetzt erinnerte, und sie schämte sich bei dem Gedanken, wie bereitwillig sie diese Beschreibung übernommen hatte. Nur weil sie bei Leuten, die sie einmal als Freunde betrachtet hatte, jetzt jedoch wie die Pest mied, einen Lacher damit geerntet hatte. »Ich werde es trotzdem tun«, sagte sie mit plötzlicher Entschlossenheit.

Er senkte kopfschüttelnd die Arme. »Das wär mir keine Hilfe. Sie könnten nicht mal lügen, wenn's um Ihr Leben ginge. Und das ist übrigens ein Kompliment«, fügte er hinzu, als er ihre finstere Miene sah. »Sie brauchen also nicht gleich wieder zuzuschlagen. Ich habe für Leute, die lügen, nichts übrig.«

»Es tut mir leid«, sagte sie abrupt.

»Schon gut. Es war meine Schuld. Ich hätte mich nicht über Sie lustig machen sollen.« Er packte die Sachen auf dem Tisch zusammen.

»Was haben Sie jetzt vor?«

»Nach Hause gehen und mich umziehen, und anschließend

fahre ich zu den Bootshäusern bei Chapman's Pool. Aber ich schau heute nachmittag, bevor ich zu Harding fahre, noch mal bei Ihnen vorbei. Wie Sie vorhin so richtig bemerkten, muß ich noch Ihre Aussage zu Protokoll nehmen.« Er schwieg einen Moment. »Wir sprechen später ausführlich darüber, aber haben Sie irgendwas gehört, bevor er plötzlich auftauchte?«

»Was zum Beispiel?«

»Rutschendes Geröll?«

Sie schüttelte den Kopf. »Ich weiß nur noch, wie still es war. Deshalb habe ich mich ja so erschrocken. Im einen Moment war ich noch ganz allein, und im nächsten kauerte er plötzlich vor mir auf dem Boden wie ein tollwütiger Hund. Es war wirklich unheimlich. Ich habe keine Ahnung, was er sich dabei gedacht hat, aber an der Stelle gibt es viel Gestrüpp und niedriges Gebüsch, deshalb bin ich sicher, er hat mich kommen gehört und sich geduckt, um nicht gesehen zu werden.«

Er nickte. »Wie sahen seine Kleider aus? Waren sie naß?«

»Nein.«

»Schmutzig?«

Sie schüttelte wieder den Kopf. »Er war unrasiert, aber schmutzig war er nicht.«

Er stapelte das Bündel in der Klarsichtfolie, den Notizzettel und das Handy übereinander und nahm alles vom Tisch. »Okay. Ich nehme Ihre Aussage heute nachmittag auf.« Er sah sie einen Moment schweigend an. »Keine Sorge«, sagte er dann, »Harding kommt bestimmt nicht wieder.«

»Das würde ich ihm auch nicht raten.« Sie ballte die Fäuste.

»Ich auch nicht«, murmelte Ingram, während er ihr hastig auswich.

»Sagen Sie, haben Sie zufällig Brandy zu Hause?«

Die Frage kam so unvermittelt, daß er einen Moment überlegen mußte. »Ja«, sagte er vorsichtig, verkniff sich jedoch die Frage, warum sie das wissen wollte, weil er einen erneuten tätlichen Angriff befürchtete. In dem Schlag hatten wahrscheinlich vier Jahre zorniger Frustration gesteckt, und er wünschte, sie hätte sie an Harding ausgelassen und nicht ausgerechnet an ihm.

»Könnten Sie mir mit einer Flasche aushelfen?«

»Gern. Ich bringe sie auf der Fahrt nach Chapman's Pool vorbei.«

»Wenn Sie einen Moment warten, damit ich meiner Mutter Bescheid sagen kann, fahre ich gleich mit Ihnen. Zurück kann ich zu Fuß gehen.«

»Braucht sie Sie denn nicht?«

»In den nächsten ein, zwei Stunden sicher nicht. Das Schmerzmittel hat sie schläfrig gemacht.«

Bertie lag vor der Haustür in der Sonne, als Ingram den Jeep vor seinem Gartentor abbremste. Maggie hatte Nicks kleines Haus nie betreten, aber der adrette Garten war ihr immer ein Dorn im Auge gewesen. Mit seiner akkurat geschnittenen Ligusterhecke und den militärisch aufgereihten Hortensien und Rosen vor den gelblichen Steinmauern des Hauses mußte er auf die weniger ordentlichen Nachbarn wie ein stummer Vorwurf wirken. Sie hatte sich oft gefragt, woher Ingram nur die Zeit nahm, zu jäten und zu harken, da er doch fast jede freie Stunde auf seinem Boot verbrachte, und hatte es in ihren kritischeren Momenten damit erklärt, daß er eben ein langweiliger Mensch war und sein Leben nach irgendeinem peniblen Schema einteilte.

Der Hund hob den zotteligen Kopf und klopfte mit dem Schwanz auf die Fußmatte, ehe er sich träge hochrappelte und herzhaft gähnte.

»Aha, dies ist also der Ort, wohin er immer verschwindet«, sagte sie. »Ich habe mich schon gewundert. Nur mal interessehalber – wie lange haben Sie gebraucht, um ihn abzurichten?«

»Nicht lange. Er ist ein gescheiter Hund.«

»Warum haben Sie sich überhaupt die Mühe gemacht?«

»Weil er mit Leidenschaft Löcher gräbt und ich es satt hatte, mir meinen Garten ruinieren zu lassen«, antwortete er nüchtern.

»Ach, du meine Güte«, sagte sie schuldbewußt. »Tut mir wirklich leid. Aber wissen Sie, auf mich hört er überhaupt nicht.«

»Soll er das denn?«

»Er ist *mein* Hund«, sagte sie.

Ingram stieß die Autotür auf. »Haben Sie ihm das klargemacht?«

»Aber ja, natürlich. Er kommt schließlich jeden Abend brav nach Hause.«

Er griff nach hinten, um den Stapel Beweismaterial vom Rücksitz zu nehmen. »Ich habe nicht bezweifelt, daß er weiß, wohin er gehört«, sagte er. »Ich habe bezweifelt, ob Bertie weiß, daß er ein Hund ist. Bei Ihnen im Haus ist er doch der Boß. Er bekommt als erster sein Essen, er schläft auf Ihrem Sofa, er frißt von Ihrem Geschirr. Ich wette, Sie rücken sogar im Bett auf die Seite, damit er bequemer liegt.«

Sie wurde rot. »Und wenn? Ich habe lieber ihn in meinem Bett als diesen Heimtücker, der früher drin lag. Im übrigen leistet Bertie als Wärmflasche hervorragende Dienste.«

Ingram lachte. »Kommen Sie mit rein, oder soll ich Ihnen den Brandy rausbringen? Ich garantiere Ihnen, daß Bertie Ihnen keine Schande machen wird. Er hat glänzende Manieren, seit ich ihm beigebracht habe, daß mein Teppich nicht dazu da ist, daß er sich seinen Hintern daran abwischt.«

Maggie war unschlüssig. Sie hatte nie in dieses Haus gehen wollen, weil sie fürchtete, es würde ihr Dinge über Ingram verraten, die sie nicht wissen wollte. Zumindest würde es unerträglich sauber sein, und ihr verdammter Hund würde sie auch noch damit in Verlegenheit bringen, daß er aufs Wort gehorchte.

»Ich komme mit«, sagte sie trotzig.

Gerade als Carpenter aufbrechen wollte, um nach Chapman's Pool zu fahren, erhielt er einen Anruf von einem Sergeant der Polizei Dartmouth. Der Kollege berichtete ihm über eine Videokassette, mit der ein französischer Tourist auf die Wache gekommen war. Nachdem er geendet hatte, erkundigte Carpenter sich: »Wie sieht er aus?«

»Eins siebzig, mittelschlank, leichter Bauchansatz, schütteres dunkles Haar.«

»Sie sagten doch, er sei jung.«

»Nein. Mindestens Mitte Vierzig. Seine Tochter ist vierzehn.«

Carpenter wurde wütend. »Doch nicht der verdammte Franzose«, brüllte er. »Der Kerl auf dem Video!«

»Ach so, tut mir leid. Ja, der ist jung. Anfang Zwanzig, würde ich sagen. Ziemlich langes dunkles Haar, ärmelloses T-Shirt und Radlerhosen. Muskeln. Braungebrannt. Gutaussehender Typ. Die Kleine, die ihn gefilmt hat, findet, er sieht aus wie Jean-Claude Van Damme. Jetzt schämt sie sich natürlich in Grund und Boden. Kaum zu glauben, daß sie nicht gemerkt hat, was der Kerl getrieben hat. Ich meine, der hat einen Ständer so groß wie 'ne gottverdammte Salami. Der könnte glatt in Pornofilmen auftreten und ein Vermögen damit machen.«

»Schon gut, schon gut«, sagte Carpenter gereizt. »Ich habe verstanden. Und Sie sagen, er wichst in ein Taschentuch?«

»Sieht so aus.«

»Könnte es ein Kinder-T-Shirt sein?«

»Möglich. Es ist schwer zu sagen. Mich wundert's ehrlich gesagt, daß der Franzose überhaupt gesehen hat, was das Schwein da treibt. Er macht es ziemlich diskret. Man kann überhaupt nur was sehen, weil er so eine Riesengurke hat. Wie ich mir das Video das erstemal angeschaut habe, hab ich gedacht, er schält eine Orange auf seinem Schoß.« Der Sergeant lachte dröhnend. »Aber Sie wissen ja, was man von den Franzosen sagt. Alles kleine Wichser. Unser Freund hier hatte wahrscheinlich genug persönliche Erfahrung, um zu wissen, wo er hinschauen mußte. Stimmt's oder hab ich recht?«

Carpenter, der seinen Urlaub stets in Frankreich verbrachte, legte mit Daumen und Zeigefinger auf den Telefonhörer an und drückte ab – widerlicher Rassist, dachte er –, aber in seiner

Stimme schwang keine Spur von Ärger mit, als er sagte: »Sie sagten, der junge Mann hatte einen Rucksack. Können Sie mir den beschreiben?«

»Standardausgabe. Grüner Wanderrucksack. Sieht nicht so aus, als hätte er viel dringehabt.«

»Groß?«

»O ja. Ein ziemlich großes Ding.«

»Was hat er damit gemacht?«

»Er hat beim Wichsen draufgesessen.«

»Wo war das? Welche Stelle von Chapman's Pool? Auf der Oststeite oder auf der Westseite? Beschreiben Sie mir die Umgebung.«

»Ostseite. Der Franzose hat's mir auf der Karte gezeigt. Der Kerl war unten am Strand, unterhalb von Emmetts Hill, mit Blick auf den Kanal. Hinter ihm ist ein grüner Hang.«

»Was hat er später mit dem Rucksack getan?«

»Das kann ich Ihnen nicht sagen. Der Film war vorher zu Ende.«

Carpenter bat darum, ihm das Band per Kurier zu schicken, außerdem Namen und Heimatadresse des Franzosen sowie Angaben über seine weitere Reiseroute. Dann dankte er dem Sergeant und legte auf.

»Haben Sie das selbst gemacht?« fragte Maggie, die gerade die *Cutty Sark* in der Flasche auf dem Kaminsims betrachtete, als Ingram in Uniform wieder herunterkam.

»Ja.«

»Das habe ich mir gedacht. Es ist wie alles andere hier im Haus. So« – sie schwenkte ihr Glas – »*wohlerzogen.*« Sie hätte auch maskulin, minimalistisch oder mönchisch sagen und damit bewußt Galbraiths Eindruck von Hardings Boot wiedergeben können, aber sie wollte nicht unhöflich sein. Es war alles genau so, wie sie vorausgesehen hatte – unerträglich sauber und unerträglich langweilig. Es gab nichts, was auf eine Persönlichkeit in diesem Haus hingewiesen hätte. Nur nichtssagende Wände, nichtssagende Teppiche, nichtssagende Vorhänge und nichtssagende Möbel und ab und zu ein Ziergegenstand auf einem Bord. Sie kam überhaupt nicht auf den Gedanken, daß er durch seine Arbeit an dieses Haus gebunden war, und selbst wenn, dann hätte sie dennoch kräftige Farbtupfer einer überragenden Individualität inmitten all dieser Uniformität erwartet.

Er lachte. »Täusche ich mich, oder gefällt Ihnen das Modell nicht?«

»Doch, doch. Es ist – äh –«

»Niedlich?« meinte er.

»Ja.«

»Ich habe das Modell gebaut, als ich zwölf war.« Er hielt ihr seine großen Finger vors Gesicht. »Jetzt brächte ich das nicht mehr fertig.« Er zog seinen Schlips gerade. »Wie ist der Brandy?«

»Sehr gut.« Sie ließ sich in einen Sessel fallen. »Hat genau die richtige Wirkung.«

Er nahm ihr das leere Glas ab. »Wann haben Sie das letztemal Alkohol getrunken?«

»Vor vier Jahren.«

»Soll ich Sie nach Hause fahren?«

»Nein.« Sie schloß die Augen. »Ich möchte schlafen.«

»Wenn ich von Chapman's Pool zurückkomme, schaue ich bei Ihrer Mutter vorbei«, versprach er und schlüpfte in seine Jacke. »Lassen Sie inzwischen Ihren Hund nicht auf mein Sofa. Das wäre für Sie beide nicht gut.«

»Wieso, was würde denn passieren?«

»Das gleiche, was passiert ist, als Bertie sich den Hintern an meinem Teppich abgewischt hat.«

Obwohl wieder strahlender Sonnenschein herrschte, war Chapman's Pool verlassen. Der Südwestwind hatte eine unangenehme Dünung aufgepeitscht, und nichts konnte die Leute so sicher von einem Besuch abhalten wie die Aussicht, beim schönsten Mittagessen seekrank zu weden. Carpenter und zwei Constables der Kriminalpolizei folgten Ingram von den Bootshütten zu einer Stelle an der felsigen Küste, die mit Treibholzstücken markiert war.

»Mit Sicherheit werden wir es natürlich erst wissen, wenn wir das Video sehen«, sagte Carpenter, während er sich anhand der Beschreibung orientierte, die der Sergeant aus Dartmouth ihm von Hardings Aufenthaltsort gegeben hatte, »aber das hier scheint in etwa die Stelle zu sein. Er war zweifellos auf dieser Seite der Bucht.«

Sie standen auf einer Felsplatte am Ufer, und er berührte mit der Schuhspitze einen kleinen Kieshaufen. »Und hier haben Sie das T-Shirt gefunden?«

Ingram nickte. Er ging in die Hocke und tauchte seine Hand in das Wasser am Fuß des Felsens. »Aber es war fest eingeklemmt. Eine Möwe, die es rausziehen wollte, hat es nicht geschafft, und ich bin bei meinem Bergungsversuch klatschnaß geworden.«

»Ist das von Bedeutung?«

»Hardings Klamotten waren knochentrocken, als ich ihn gesehen habe, er kann also nicht des T-Shirts wegen zurückgekommen sein. Ich glaube, das hat tagelang hier gelegen.«

»Hm.« Carpenter überlegte einen Augenblick. »Kann denn so ein Stück Stoff leicht zwischen Felsen hängenbleiben?«

Ingram zuckte die Achseln. »Da kann alles mögliche hängenbleiben, wenn ein Krebs Gefallen daran gefunden hat.«

»Hm«, meinte Carpenter wieder. »Gut. Wo ist nun dieser Rucksack?«

»Es ist nur eine Vermutung, Sir, und eine ziemlich ausgefallene dazu.«

»Ich höre.«

»Tja, also, ich habe mir über das verdammte Ding tagelang den Kopf zerbrochen. Er wollte offensichtlich unter allen Umständen verhindern, daß ein Polizist den Rucksack zu sehen bekam, sonst hätte er ihn am Sonntag mit zu den Bootshütten runtergebracht.

Er war auch nicht auf seinem Boot, als Sie es durchsucht haben – oder jedenfalls meiner Meinung nach nicht –, und daraus kann man, denke ich, schließen, daß er Angst hatte, der Rucksack könnte ihn belasten, und daß er ihn deshalb verschwinden lassen mußte.«

»Ich glaube, da haben Sie recht«, sagte Carpenter. »Harding möchte uns glauben machen, daß er den schwarzen mithatte, den wir auf seinem Boot gefunden haben, aber der Sergeant aus Dartmouth sagte, der auf dem Video sei grün. Also, was hat er mit dem Rucksack getan? Und was will er verheimlichen?«

»Das hängt davon ab, ob der Inhalt wertvoll für ihn war. Wenn nicht, wird er den Rucksack auf dem Rückweg nach Lymington ins Meer geworfen haben. Wenn ja, wird er ihn irgendwo deponiert haben, wo er nicht auffällt, um ihn bei Gelegenheit wieder abzuholen.« Ingram beschattete seine Augen gegen die Sonne und wies auf den Hang hinter den Männern. »Da oben ist eine kleine Geröllawine runtergegangen«, sagte er. »Ich bin darauf aufmerksam geworden, weil es gleich links von der Stelle war, wo Harding Miss Jenner zufolge plötzlich vor ihr auftauchte. Bei diesen Schieferwänden hier muß man immer mit Steinschlägen rechnen, deshalb ja auch die vielen Warnschilder, und mir scheint, daß dieser Geröllrutsch erst vor kurzem niedergegangen ist.«

Carpenter starrte auf den Hang. »Sie glauben, der Rucksack befindet sich unter dem Geröll?«

»Sagen wir so, Sir, ich kann mir nicht vorstellen, wie man etwas schneller und bequemer verschwinden lassen könnte als mit Hilfe eines kleinen Erdrutschs. Schwierig wäre es bestimmt nicht. Man tritt einen lockeren Felsbrocken los, und im Nu deckt eine Geröllawine alles zu, was man gern verstecken möchte. Kein Mensch würde etwas davon merken. Solche Steinschläge kommen alle Tage vor. Die kleinen Spenders hatten zum Beispiel einen ausgelöst, als ihnen das Fernglas ihres Vaters aus der Hand fiel, und ich habe fast den Verdacht, daß Harding dadurch überhaupt erst auf die Idee kam.«

»Mit anderen Worten, er hat es gleich am Sonntag getan?«

Ingram nickte.

»Und heute morgen ist er zurückgekommen, um sich zu vergewissern, daß alles unberührt ist?«

»Ich halte es für wahrscheinlicher, daß er den Rucksack holen wollte, Sir.«

Carpenter sah Ingram mit seinem grimmigen Stirnrunzeln an. »Wieso hatte er ihn dann nicht bei sich, als Sie ihn heute morgen gesehen haben?«

»Weil das Schiefergeröll in der Sonne getrocknet und hart geworden ist. Ich glaube, er wollte sich gerade auf die Suche nach einer Schaufel machen, als er auf Miss Jenner stieß.«

»Das ist also Ihre tolle Theorie?«

»Ja, Sir.«

»Sie sind so eine Art Hobbytheoretiker, wie?« Carpenters Stirnrunzeln vertiefte sich. »Inspector Galbraith haben Sie mit Ihren Theorien schon so kribbelig gemacht, daß er durch halb Hampshire jagt.«

»Das besagt nicht, daß sie falsch sind, Sir.«

»Es besagt aber auch nicht, daß sie richtig sind. Eines unserer Teams hat am Montag dieses ganze Gebiet hier abgesucht und absolut nichts gefunden.«

Ingram wies mit einer kurzen Kopfbewegung zur nächsten Bucht. »Sie haben bei Egmont Bight gesucht, Sir, und zu dem Zeitpunkt hat sich keiner für Steven Hardings Aktivitäten interessiert, wenn ich das mal sagen darf.«

»Hm. Diese Suchmannschaften kosten Geld, junger Freund, und ich hätte gern etwas mehr Gewißheit, ehe ich das Geld des Steuerzahlers für Theorien ausgebe.« Carpenter starrte aufs Meer hinaus. »Ich könnte es ja noch verstehen, wenn er an den Schauplatz des Verbrechens zurückgekommen wäre, um noch einmal die Erregung zu erleben – so was wäre einem Mann wie ihm durchaus zuzutrauen –, aber Sie sagen, daß es ihm darum gar nicht ging.«

Ingram hatte zwar nichts dergleichen gesagt, aber er wollte sich deswegen nicht streiten. Es war immerhin möglich, daß der Superintendent recht hatte. Vielleicht war Harding genau deswegen hierher zurückgekommen. Seine eigene Lawinentheorie wirkte läppisch neben der ungeheuerlichen Vorstellung, daß ein Psychopath an den Ort seines Verbrechens zurückgekehrt war, um sich noch einmal an seiner Tat zu ergötzen.

»Also?« fragte Carpenter.

Ingram lächelte verlegen. »Ich hab auf jeden Fall mal einen Spaten mitgebracht, Sir«, sagte er. »Er liegt hinten in meinem Jeep.«

21

Galbraith stand auf und trat an eines der Fenster mit Blick auf die Straße. Die kleine Menschenmenge von zuvor hatte sich inzwischen zerstreut, nur ein paar ältere Frauen standen noch schwatzend auf dem Bürgersteig und warfen hin und wieder einen Blick zum Haus. Er beobachtete sie ein paar Minuten lang und beneidete sie um ihr ganz normales Leben. Wie oft mußten sie sich die schmutzigen kleinen Geheimnisse von Mordverdächtigen anhören? Manchmal, wenn er die Bekenntnisse von Menschen wie Sumner hörte, kam er sich wie ein Priester vor, der lediglich durch geduldiges Zuhören eine Art Segen erteilte. Aber er besaß weder die Macht, noch hatte er das Verlangen, Sünden zu vergeben, und er fühlte sich unweigerlich herabgewürdigt durch das, was diese Menschen ihm heimlich anvertrauten.

Er drehte sich wieder zu Sumner um. »Es wäre also richtiger zu sagen, daß Ihre Ehe eine Form sexueller Sklaverei war? Ihre Frau war bereit, alles zu tun, damit ihre Tochter in der Geborgenheit aufwachsen konnte, die sie selbst nie gekannt hatte, und Sie konnten sie damit wunderbar erpressen.«

»Ich habe gesagt, sie *hätte* alles dafür getan, und nicht, daß sie es tatsächlich getan hat oder daß ich es je von ihr verlangt hätte.« Ein Blitzen des Triumphs stahl sich in Sumners Augen, als hätte er einen wichtigen Punkt gemacht. »Ein Mittelding gibt es für Sie nicht, wie? Vor einer halben Stunde haben Sie mich wie einen Kretin behandelt, weil Sie glaubten, Kate hätte mich reingelegt. Jetzt beschuldigen Sie mich der sexuellen Sklaverei, weil ich Kates Lügen über Hannah satt hatte und sie darauf hinwies – sehr milde, im übrigen –, daß ich die Wahrheit wußte. Weshalb hätte ich ihr dieses Haus kaufen sollen, wenn sie in unserer Beziehung nichts zu sagen hatte? Sie haben selbst festgestellt, daß ich in Chichester besser dran war.«

»Ich weiß es nicht. Verraten Sie es mir.«

»Weil ich sie geliebt habe.«

Ungeduldig schüttelte Galbraith den Kopf. »Sie schildern mir Ihre Ehe als ewiges Kriegsgebiet, und dann erwarten Sie, daß ich solchen Quatsch schlucke? Ich möchte den wahren Grund wissen.«

»Das *ist* der wahre Grund. Ich habe meine Frau geliebt, und ich hätte ihr alles gegeben, was sie wollte.«

»Und gleichzeitig haben Sie sie dazu genötigt, Sie zu befriedigen, wann immer Ihnen danach war?« Die Atmosphäre im Zimmer war geladen, und er spürte, wie er selbst grausam wurde angesichts der Grausamkeit dieser Ehe zwischen Kate und William Sumner. Er konnte einfach nicht die Erinnerung an die kleine, schwangere Frau auf dem Tisch des Pathologen loswerden, sah in Gedanken immer wieder Dr. Warner vor sich, wie er beinahe achtlos ihre Hand hob und leicht schüttelte, um zu zeigen, daß die Finger gebrochen waren. Das Geräusch knirschender Knochen hatte sich wie eine Made in Galbraith' Hirn hineingefressen, und nachts träumte er von Schlachthäusern. »Wissen Sie, ich kann mir einfach nicht schlüssig werden, ob Sie sie geliebt oder gehaßt haben. Oder war es vielleicht ein bißchen was von beidem? War es eine Beziehung voller Haßliebe, die schiefging?«

Sumner schüttelte den Kopf. Er sah plötzlich niedergeschlagen aus, als wäre das Spiel, das er trieb – was immer das auch sein mochte –, der Mühe nicht mehr wert. Galbraith wünschte, er verstünde, was Sumner mit seinen Antworten erreichen wollte, und starrte den Mann ratlos an. Sumner war entweder sehr offen oder äußerst geschickt darin, den wahren Sachverhalt zu verschleiern. Insgesamt wirkte er ehrlich, und Galbraith kam der Gedanke, daß er vielleicht auf eine plumpe Art zu demonstrieren versuchte, daß Kate Sumner eine Frau gewesen war, die einen Mann leicht zur Vergewaltigung hätte treiben können. Er erinnerte sich, was James Purdy über diese Frau gesagt hatte. »*... was ich an jenem*

Abend mit Kate erlebte, war etwas noch nie Dagewesenes für mich… es war das, wovon Männer träumen… Ich kann meine Gefühle für Kate nur als ein Fieber beschreiben…«

»Hat Ihre Frau Sie geliebt, Mr. Sumner?«

»Ich weiß es nicht. Ich habe sie nie danach gefragt.«

»Weil Sie fürchteten, sie würde nein sagen?«

»Im Gegenteil. Ich wußte, sie würde ja sagen.«

»Und Sie wollten nicht, daß sie Sie belügt?«

Sumner nickte.

»Ich mag es auch nicht, wenn man mich belügt«, murmelte Galbraith, den Blick auf Sumner gerichtet. »Es bedeutet, daß der andere einen für so dumm hält, alles zu glauben, was er sagt. Hat Ihre Frau eine Affäre gehabt und Sie belogen?«

»Sie hatte keine Affäre.«

»Sie hat Steven Harding ohne jeden Zweifel an Bord seines Boots besucht«, entgegnete Galbraith. »Wir haben dort überall ihre Fingerabdrücke gefunden. Sind Sie dahintergekommen? Vielleicht hatten Sie den Verdacht, daß auch das zweite Kind, das sie erwartete, nicht von Ihnen war? Vielleicht hatten Sie Angst, sie wollte Ihnen wieder ein Kuckucksei ins Nest legen?«

Sumner starrte auf seine Hände hinunter.

»Haben Sie sie vergewaltigt?« fuhr Galbraith gnadenlos fort. »War das ein Teil der Gegenleistung dafür, daß Sie Hannah als Ihre Tochter anerkannten? Das Recht, mit Ihrer Frau zu machen, was Sie wollten, wann immer Sie wollten?«

»Weshalb hätte ich sie vergewaltigen sollen, wenn ich es gar nicht nötig hatte?« fragte er.

»Mich interessiert nur ein Ja oder Nein, Mr. Sumner.«

Seine Augen blitzten zornig. »Nein, verdammt noch mal. Ich habe meine Frau nie vergewaltigt.«

»Vielleicht haben Sie ihr Rohypnol gegeben, um sie gefügiger zu machen?«

»Nein.«

»Dann sagen Sie mir, wieso Hannah so sexbewußt ist«, verlangte Galbraith. »Haben Sie und Ihre Frau im Beisein des Kindes Verkehr gehabt?«

Neuerlicher Zorn. »Das ist ja widerwärtig.«

»Ja oder nein, Mr. Sumner.«

»Nein.« Das Wort ging fast unter in einem erstickten Schluchzen.

»Sie lügen, Mr. Sumner. Vor einer halben Stunde haben Sie mir noch erzählt, daß Sie bei ihr im Hotelzimmer bleiben mußten, weil sie nicht aufhörte zu weinen. Ich vermute, zu Hause war es genauso. Ich denke, wenn Sie mit Ihrer Frau geschlafen haben, war Hannah dabei. Sie hatten es so satt, daß Ihre Frau ständig Hannah als Vorwand benutzte, um Sie abzuwimmeln, daß Sie darauf bestanden, es im Beisein des Kindes zu tun. Ist das richtig?«

Er vergrub sein Gesicht in den Händen und wiegte sich hin und her. »Sie wissen ja nicht, wie es war ... Nie hat sie uns in Ruhe gelassen ... nie hat sie geschlafen ... immer nur gequengelt ... Kate hat sie immer vorgeschoben ...«

»Heißt das ja?«

Die Antwort war nur ein Flüstern. »Ja.«

»Constable Griffiths sagte, Sie seien gestern nacht in Hannahs Zimmer gegangen. Würden Sie mir sagen, warum?«

»Sie glauben mir ja doch nicht.«

»Vielleicht doch.«

Sumner hob das tränennasse Gesicht. »Ich wollte sie ansehen«, sagte er verzweifelt. »Sie ist alles, was mir von Kate noch geblieben ist.«

Carpenter zündete sich eine Zigarette an, als unter Ingrams sorgfältigen Spatenstichen der erste Riemen eines Rucksacks zum Vorschein kam. »Gute Arbeit, mein Junge«, sagte er beifällig. Er schickte einen seiner Constables zum Wagen, um Gummihandschuhe und Plastikfolie zu holen, und richtete sein Augenmerk dann wieder auf Ingram, der fortfuhr, das Geröll rund um den zerknautschten Stoff zu entfernen.

Nach weiteren zehn Minuten hatte Ingram den Gegenstand ganz freigelegt und auf die Plastikfolie befördert. Es war ein robuster grüner Campingrucksack mit einem Taillengurt als zusätzliche Stütze und Schnallen am Boden zum Befestigen eines Zelts. Er war alt und abgenützt, und der Metallrahmen war aus irgendeinem unerfindlichen Grund herausgeschnitten worden – allerdings schon vor geraumer Zeit, wie an den ausgefransten Stoffkanten zu erkennen war. Der Rucksack lag auf der Plastikfolie, unter dem Gewicht seiner Riemen in sich zusammengefallen, und was immer er enthalten mochte, nahm nicht einmal ein Drittel seines Volumens ein.

Carpenter wies einen seiner Mitarbeiter an, jedes Stück, das er dem Rucksack entnahm, in einem Plastikbeutel zu verschließen und zu notieren, um was für einen Gegenstand es sich jeweils handelte. Dann kauerte er neben dem Rucksack nieder, öffnete mit behandschuhten Händen die Schnallen und klappte ihn auf.

»Es geht los«, sagte er. »Ein Feldstecher, Fabrikat nicht mehr lesbar, möglicherweise Optikon... eine Flasche Mineralwasser, Volvic... drei leere Chipsbeutel der Firma Smith... eine Baseballmütze, Marke River Island... eine cremefarbene Herrenhose, Baumwolle, Marke River Island... ein Paar braune Safaristiefel, Größe vierzig.«

Er griff in die Seitentaschen und zog ein paar verschimmelte Orangenschalen heraus, weitere leere Chipsbeutel, eine angebrochene Packung Camel-Zigaretten, in der ein Feuerzeug steckte, und eine kleine Menge einer Substanz, die wie Cannabis aussah und in Klarsichtfolie verpackt war. Blinzelnd sah er zu den drei Polizeibeamten auf.

»Also? Was halten Sie davon? Was ist daran so belastend, daß Nick es nicht sehen durfte?«

»Das Gras«, sagte der eine Beamte. »Er wollte damit nicht erwischt werden.«

»Vielleicht.«

»Weiß der Himmel«, sagte der andere Beamte.

Carpenter stand auf. »Und Sie, Nick? Was meinen Sie?«

»Ich würde sagen, das Interessanteste sind die Schuhe, Sir.«

Carpenter nickte. »Zu klein für Harding, der gut eins achtzig groß ist, und zu groß für Kate Sumner. Also warum schleppt er ein Paar Schuhe Größe vierzig mit sich rum?«

Niemand wußte eine Antwort.

Galbraith wollte gerade aus Lymington wegfahren, als Carpenter ihn anrief und sagte, er solle sich Tony Bridges vorknöpfen und den »kleinen Bastard« durch die Mangel drehen. »Er hat uns belogen, John«, erklärte er, berichtete dann von dem Rucksack und dem Video des Franzosen und wiederholte wörtlich die Nachrichten, die Ingram auf dem Handy vorgefunden hatte. »Bridges muß sehr viel mehr wissen, als er uns gesagt hat. Nehmen Sie ihn ruhig unter dem Verdacht der Verabredung zur Verübung einer Straftat fest, wenn es nicht anders geht. Kriegen Sie raus, wann und warum Harding nach Frankreich wollte, und sehen Sie zu, ob Sie was über die sexuellen Vorlieben dieses Kerls in Erfahrung bringen können. Die ganze Sache stinkt, wenn Sie mich fragen.«

»Und was ist, wenn ich Bridges nicht finde?«

»Er war vor zwei oder drei Stunden noch zu Hause. Die letzte Nachricht kam von seinem Anschluß. Er ist Lehrer, zur Arbeit ist er also bestimmt nicht gegangen, es sei denn, er hat einen Ferienjob. Campbell meint, Sie sollen es in den Pubs versuchen.«

»In Ordnung.«

»Wie sind Sie mit Sumner weitergekommen?«

Galbraith überlegte. »Er ist kurz vor dem Zusammenbruch«, antwortete er. »Er hat mir leid getan.«

»Dann ist es nicht mehr so sicher, daß er unser Kandidat ist?«

»Oder noch sicherer«, erwiderte Galbraith trocken. »Kommt ganz auf den Standpunkt an. Sie hatte eindeutig ein Verhältnis, von dem er wußte. Ich glaube, er hat zumindest daran *gedacht*, sie umzubringen – was wahrscheinlich der Grund ist, warum er jetzt zusammenbricht.«

Zum Glück für Galbraith war Tony Bridges nicht nur zu Hause, sondern obendrein auch noch so bekifft, daß er splitterfasernackt an die Haustür kam. Einen Moment lang hatte Galbraith Skrupel, einen Menschen in diesem Zustand durch die Mangel zu drehen, wie Carpenter ihm aufgetragen hatte, aber auch nur einen Moment lang. Für einen Polizisten kam es schließlich einzig und allein darauf an, daß der Zeuge die Wahrheit sagte.

»Ich habe dem blöden Hund gleich gesagt, daß Sie ihm noch auf den Zahn fühlen werden«, bemerkte Bridges redselig, als er durch den Korridor in das chaotische Wohnzimmer vorausging. »Ich finde, man sollte besser nicht versuchen, die Bullen für dumm zu verkaufen, es sei denn, man ist ein kompletter Idiot. Aber er hat sich ja noch nie was sagen lassen – und von mir schon gar nicht. Seiner Meinung nach hab ich mich verkauft, und meine Ansichten sind keinen Scheißdreck mehr wert.«

»Verkauft an wen?« fragte Galbraith, der sich einen Weg zu einem freien Sessel bahnte und daran dachte, daß angeblich auch Harding, wenn er auf der *Crazy Daze* war, am liebsten nackt herumlief. Er fragte sich, ob Nacktheit neuerdings wesentlicher Bestandteil der Jugendkultur war, und hoffte es nicht. Der Gedanke an Polizeizellen voller Junkies mit haarloser Brust und Pickeln auf dem Hintern deprimierte ihn.

»Ans Establishment«, sagte Bridges. Er hockte sich im Schneidersitz auf den Boden und nahm einen halbgerauchten Joint aus einem Aschenbecher vor ihm. »Feste Anstellung. Festes Gehalt.« Er bot Galbraith den Joint an. »Wollen Sie mal?«

Galbraith schüttelte den Kopf. »Was für eine Anstellung?« Er hatte alle Berichte über Harding und seine Freunde gelesen, wußte alles über Bridges, was es zu wissen gab, aber im Moment hielt er es für vorteilhafter, das für sich zu behalten.

»Als Lehrer«, antwortete Bridges mit einem Achselzucken. Er war zu bekifft – oder *schien* es zumindest zu sein, wie Galbraith sich zynisch sagte –, um sich daran zu erinnern, daß er das der Polizei bereits mitgeteilt hatte. »Okay, die Bezahlung ist nicht gerade umwerfend, aber die Ferien sind gut. Und es ist auf jeden Fall besser, als mit nacktem Arsch vor irgendeinem miesen kleinen Fotografen rumzuhampeln. Aber Steve hat für Kinder nicht viel übrig. Er mußte mal mit so ein paar richtigen kleinen Monstern zusammenarbeiten, und da war bei ihm der Ofen aus.« Er zog sich mit seinem Joint in zufriedenes Schweigen zurück.

Galbraith spielte den Überraschten. »Sie sind Lehrer?«

»Ganz recht.« Bridges blinzelte durch den Rauch. »Und jetzt regen Sie sich bloß nicht gleich auf. Ich rauche nur in meiner Freizeit, und ich habe ebensowenig Lust, mein Gras mit den Kindern zu teilen, wie es meinem Chef einfällt, ihnen von seinem Whisky abzugeben.«

Die Rechtfertigung war derart stark vereinfachend und so typisch für die Befürworter einer Legalisierung von Drogen, daß Galbraith lächeln mußte. Es gab bessere Argumente dafür, fand er, aber der Durchschnittsraucher war entweder zu beschränkt oder zu high, um sie ins Feld zu führen.

»Okay, okay.« Er hob kapitulierend die Hände. »Das ist nicht mein Revier, ich brauche den Vortrag nicht.«

»Und ob Sie ihn brauchen! Ihr Bullen seid doch alle gleich.«

»Mich interessiert eigentlich mehr Steves Tätigkeit im Pornogeschäft. Die scheint Ihnen ja sehr zu mißfallen?«

Bridges' Miene wurde verschlossen. »Das ist doch alles Dreck. Ich bin Lehrer. Ich mag solchen Dreck nicht.«

»Was denn für Dreck? Beschreiben Sie mal.«

»Was gibt's da groß zu beschreiben? Er hat einen Schwanz von der Größe des Eiffelturms und zeigt ihn gern her.« Er zuckte die Achseln. »Aber das ist sein Problem, nicht meines.«

»Sind Sie da sicher?«

Bridges starrte ihn mit zusammengekniffenen Augen durch den Rauch seines Joints an. »Was soll das heißen?«

»Wir haben gehört, daß Sie immer schon in seinem Schatten gestanden haben.«

»Wer hat das gesagt?«

»Steves Eltern.«

»Na, denen brauchen Sie gar nichts zu glauben«, sagte er wegwerfend. »Die haben mich schon vor zehn Jahren in Grund und Boden verdammt und ihre Meinung seitdem nicht geändert. Die behaupten, ich hätte einen schlechten Einfluß auf ihn.«

Galbraith lächelte leise. »Und haben Sie den?«

»Sagen wir mal so, *meine* Eltern sind der Meinung, daß Steve einen schlechten Einfluß auf mich hat. Wir haben einige Dummheiten zusammen gemacht, als wir jünger waren, aber das ist doch Schnee von gestern.«

»Und was unterrichten Sie?« fragte Galbraith, während er sich in dem Zimmer umsah und sich fragte, wie ein Mensch in solcher Verwahrlosung leben konnte. Noch interessanter fand er die Frage, wie ein derart schmutziges Individuum an eine Freundin kam. War Bibi genauso schlimm wie er?

Campbells Beschreibung des Hauses nach seinem Gespräch mit Bridges am Montag hatte an Deutlichkeit nichts zu wünschen übriggelassen. »Das Haus ist eine Müllhalde«, hatte er gesagt. »Der Kerl ist völlig durchgeknallt, überall stinkt's, er lebt mit einer Schlampe zusammen, die aussieht, als hätte sie mit sämtlichen Männern von Lymington geschlafen, und dabei ist dieser Kerl Lehrer, Herrgott noch mal!«

»Chemie.« Tony Bridges grinste spöttisch über Galbraith' Gesichtsausdruck, den er falsch interpretierte. »Ja, ich weiß, wie man Lysergsäurediäthylamid herstellt. Und ich könnte auch den Buckingham-Palast in die Luft sprengen. Ein sehr nützliches Fach, die Chemie. Der Haken ist nur« – er unterbrach sich, um sinnend an seinem Joint zu ziehen –, »daß die Leute, die es unterrichten, so stinklangweilig sind, daß sie den Kindern allen Spaß daran verderben, bevor es überhaupt richtig interessant wird.«

»Aber Sie tun das nicht?«

»Nein. Ich bin gut.«

Galbraith glaubte ihm sogar. Rebellen, mochten sie noch so

viele Mängel haben, übten oft eine charismatische Wirkung auf Jugendliche aus.

»Ihr Freund ist im Krankenhaus in Poole«, sagte er unvermittelt. »Er wurde heute morgen auf der Insel Purbeck von einem Hund angefallen und mußte mit dem Hubschrauber zum Nähen einer Armverletzung ins Krankenhaus gebracht werden.« Er sah Bridges fragend an. »Haben Sie eine Ahnung, was er dort zu tun hatte? Schließlich wurde ihm zur Auflage gemacht, unter Ihrem Dach zu wohnen, deshalb wissen Sie vermutlich, was er so treibt.«

»Tut mir leid, da täuschen Sie sich. Steve ist für mich ein Buch mit sieben Siegeln.«

»Sie sagten eben, Sie hätten ihn gewarnt, daß ich ihn überprüfen würde.«

»Ich meinte nicht Sie persönlich. Sie kenne ich doch gar nicht. Ich hab ihm gesagt, daß die Bullen kommen würden. Das ist was anderes.«

»Aber wenn Sie ihn warnen mußten, Mr. Bridges, dann müssen Sie doch gewußt haben, daß er verschwinden wollte. Also, wohin wollte er, und was hatte er vor?«

»Ich sag's Ihnen doch, ich weiß nichts über ihn.«

»Ich dachte, Sie seien alte Schulfreunde.«

»Wir haben uns auseinandergelebt.«

»Übernachtet er nicht hier, wenn er nicht auf sein Boot kann?«

»Ja, aber selten.«

»Und seine Beziehung zu Kate Sumner?«

Bridges schüttelte den Kopf. »Alles, was ich über sie weiß, steht in meinem Aussageprotokoll«, erklärte er tugendhaft. »Wenn ich sonst noch was wüßte, würde ich es Ihnen sagen.«

Galbraith sah auf seine Uhr. »Wir haben hier ein kleines Problem, Sportsfreund«, sagte er freundlich. »Ich habe einen vollen Terminkalender, mehr als dreißig Sekunden kann ich Ihnen nicht mehr geben.«

»Wofür?«

»Um mir die Wahrheit zu sagen.« Er löste die Handschellen von seinem Gürtel.

»Jetzt machen Sie aber mal halblang«, meinte Bridges mit einem geringschätzigen Lachen. »Sie können mich nicht festnehmen.«

»O doch, ich kann. Und ich bin ein fieser Typ, Mr. Bridges. Wenn ich einen kleinen Schlawiner wie Sie kassiere, nehme ich ihn mit wie gewachsen, ohne Rücksicht darauf, daß sein Hintern platt wie eine Pizza ist und sein Schwanz in der Wäsche eingegangen.«

Bridges lachte. »Die Presse würde Sie fertigmachen. Sie können nicht einfach jemanden nackt auf die Straße schleppen, nur weil er ein bißchen Gras im Haus hat. Das ist heutzutage wohl kaum noch ein Verbrechen.«

»Wetten, daß?«

»Na, dann mal los.«

Galbraith legte eine Fessel um sein eigenes Handgelenk und ließ die andere um das von Tony Bridges zuschnappen. »Anthony Bridges, ich verhafte Sie wegen des Verdachts der Verabredung zur Verübung einer Straftat in Zusammenhang mit der Vergewaltigung und darauffolgenden Ermordung von Mrs. Kate Sumner in der vergangenen Samstagnacht und mit dem tätlichen Angriff auf Miss Margaret Jenner heute morgen.« Er stand auf und zog Bridges hinter sich her zur Tür. »Sie haben das Recht zu schweigen, aber es kann für Ihre Verteidigung von Nachteil sein –«

»Scheiße!« rief Bridges stolpernd. »Das kann doch nur ein Witz sein!«

»Kein Witz.« Galbraith nahm Bridges den Joint aus der Hand und warf ihn, noch brennend, in den Korridor. »Steven Harding wurde heute morgen von einem Hund angefallen, weil er genau an dem Ort, wo Kate Sumner umgekommen ist, wieder eine Frau überfallen wollte. Sie können mir jetzt entweder erzählen, was Sie wissen, oder Sie begleiten mich nach Winfrith, wo man Sie in aller

Form anklagen und vernehmen wird.« Er sah den jungen Mann von oben bis unten an und lachte. »Mir ist es ehrlich gesagt schnurzegal, wie Sie sich entscheiden. Es wäre eine Zeitersparnis für mich, wenn Sie gleich jetzt mit mir reden, aber« – er schüttelte bedauernd den Kopf – »es wäre doch schade, Ihre Nachbarn um den Spaß zu bringen. Es muß die Hölle sein, mit Ihnen Tür an Tür zu wohnen.«

»Der Joint steckt mir gleich die ganze Bude in Brand!«

Galbraith warf einen Blick auf den Joint, der auf den hölzernen Dielen gemächlich vor sich hin schwelte. »Das Zeug ist zu grün. Sie trocknen es nicht richtig.«

»Na klar doch! Sie müssen's ja wissen.«

»Glauben Sie mir.« Er zerrte Bridges durch den Korridor. »Wo waren wir stehengeblieben? Ach ja. Es kann für Ihre Verteidigung von Nachteil sein, wenn Sie auf Befragen etwas verschweigen, worauf Sie sich später vor Gericht berufen wollen.« Er zog die Tür auf und schob den Mann hinaus. »Alles, was Sie sagen, kann als Beweis verwendet werden.« Er stieß Bridges vor einer verdutzten alten Frau mit toupiertem, weißem Haar und untertassengroßen Augen hinter scharfen Brillgengläsern auf den Bürgersteig. »Morgen, Madam«, sagte er höflich.

Sie sperrte verblüfft den Mund auf.

»Mein Auto steht hinter Tesco's Supermarkt«, sagte er zu Bridges, »da wird's wahrscheinlich am besten sein, wir gehen gleich die High Street rauf.«

»Sie können mich doch nicht in diesem Zustand durch die High Street jagen. Sagen Sie's ihm, Mrs. Crane.«

Die alte Frau legte eine Hand hinter ihr Ohr und beugte sich vor. »Was soll ich ihm sagen, mein Junge?«

»Ah, verdammt! Schon gut. Vergessen Sie's!«

»Ich weiß nicht, ob ich das kann«, meinte sie. »Ist Ihnen klar, daß Sie nackt sind?«

»Natürlich ist mir das klar!« schrie er ihr ins Ohr. »Die Polizei verweigert mir meine Rechte. Sie sind Zeugin.«

»Na wunderbar! Ich wollte schon immer mal Zeugin sein.« In ihren Augen blitzte plötzlich Belustigung. »Das muß ich unbedingt meinem Mann erzählen. Er wird sich kaputtlachen. Er hat immer schon gesagt, wenn man die Kerze an beiden Enden anzündet, wird nur der Docht kleiner.« Sie lachte vergnügt. »Und wissen Sie was? Ich hab immer gedacht, das wäre ein Witz«, sagte sie und ging weiter.

Galbraith sah ihr lächelnd nach. »Soll ich die Haustür zuschlagen?« fragte er, die Hand schon am Knauf.

»Um Gottes willen, nein!« Bridges sprang zurück, um zu verhindern, daß die Tür zufiel. »Ich habe doch keinen Schlüssel!«

»Wird's Ihnen schon ein bißchen mulmig?«

»Dafür könnte ich Sie verklagen.«

»Keine Chance. Es war Ihre Entscheidung, erinnern Sie sich? Ich habe Ihnen erklärt, daß ich Sie mitnehmen würde, wie Sie sind, wenn ich Sie verhaften müßte, und Sie haben geantwortet: ›Na, dann mal los‹.«

Bridges schaute in wilder Verzweiflung die Straße hinauf, als ein Mann um die Ecke bog, und flüchtete zu Galbraiths Genugtuung mit einem Satz in die Sicherheit des Korridors. Galbraith schlug die Tür zu und lehnte sich dagegen. »Also, wollen wir noch mal von vorn anfangen? Warum ist Steven Harding heute morgen noch einmal nach Chapman's Pool gefahren?«

»Das weiß ich doch nicht. Ich wußte ja nicht mal, daß er dort war.« Bridges riß erschrocken die Augen auf, als Galbraith wieder zum Türknauf griff. »Hey, der Kerl, der da eben die Straße runterkam, ist Journalist. Er hat mich schon den ganzen Vormittag wegen Steve genervt. Wenn ich gewußt hätte, wo der blöde Kerl ist, hätt' ich ihm den Journalisten auf den Hals gehetzt, aber ich kann ihn ja nicht mal über sein Handy erreichen.« Er wies mit einer Kopfbewegung zum Wohnzimmer. »Gehen wir wenigstens außer Hörweite«, sagte er. »Der lauscht wahrscheinlich an der Tür, und Sie wollen doch die Presse bestimmt genausowenig auf dem Hals haben wie ich.«

Galbraith öffnete die Handschelle an seinem eigenen Arm und folgte Bridges wieder ins Wohnzimmer, wobei er unterwegs den Joint austrat. »So, und jetzt erzählen Sie mir etwas über die Beziehung zwischen Steve Harding und Kate Sumner«, sagte er, nachdem er sich wieder in seinen Sessel gesetzt hatte. »Ich würde Ihnen raten, sich an die Wahrheit zu halten, Sportsfreund«, fügte er hinzu und nahm seufzend sein Notizheft aus der Tasche, »ich bin nämlich erstens hundemüde, zweitens gehen Sie mir langsam auf die Nerven, und drittens ist es mir völlig gleichgültig, wenn Sie morgen in sämtlichen Zeitungen als mutmaßlicher Vergewaltiger und Mörder angeprangert werden.«

»Ich habe nie verstanden, was er eigentlich in ihr gesehen hat. Ich bin ihr nur einmal begegnet, und für meine Begriffe war sie die langweiligste Frau, die man sich vorstellen kann. Es war an einem Freitag nachmittag in einem Pub. Sie hat nur dagesessen und Steve angestarrt, als wäre er Leonardo DiCaprio. Und als sie zu reden anfing, war's noch schlimmer. Mein Gott, war die Frau dumm! Ungefähr so interessant wie eingeschlafene Füße. Ich glaube, die hat nur von Seifenopern gelebt. Jede Bemerkung, die ich gemacht habe, hat sie an irgendwas aus einer Fernsehserie erinnert, es ist mir nach einer Weile wahnsinnig auf den Geist gegangen. Ich habe Steve später gefragt, was er denn mit der am Hut hätte, und da hat er gelacht und gesagt, ihm ginge es nicht um hochgeistige Gespräche. Er fand, sie hätte einen Traumarsch, und das war für ihn das einzige, was zählte. Ehrlich gesagt, ich glaube nicht, daß er jemals die Absicht hatte, die Sache so ernst werden zu lassen. Er hatte sie eines Tages auf der Straße kennengelernt, bei dieser Geschichte mit Hannahs Kinderwagen, und sie lud ihn daraufhin zu sich ein. Er sagte, es wäre der reine Wahnsinn gewesen. Sie saßen in der Küche beim Kaffee, und er hat noch krampfhaft überlegt, worüber er sich mit ihr unterhalten soll, da ist sie ihm schon an die Hose gegangen. Er sagte, übel wäre nur gewesen, daß das Kind im Hochstuhl gesessen und ihnen zugeschaut hätte, weil Kate behauptete, Hannah würde brüllen ohne Ende, wenn sie versuchen würde, sie rauszubringen.

Für Steve war der Fall damit erledigt. So hat er's mir jedenfalls erzählt. Ruck, zuck, danke, Ma'am, und tschüs. Ich war darum ziemlich erstaunt, als er mich im Herbsthalbjahr verschiedentlich fragte, ob er Kate hierherbringen könne. Sie kam immer tagsüber, weil ihr Mann dann in der Firma war, ich habe sie also nie zu Gesicht bekommen. Manchmal haben sie sich auch auf seinem Boot oder bei ihr zu Hause getroffen, aber meistens haben sie's in seinem Volvo Kombi getrieben. Er ist dann mit ihr zum New Forest rausgefahren, sie haben die Kleine mit Paracetamol ruhiggestellt, und dann ging's los. Das ist ungefähr zwei Monate so gelaufen, dann wurde ihm die Sache allmählich langweilig. Kate hatte nämlich außer ihrem Traumarsch nichts zu bieten. Sie hat nicht getrunken, nicht geraucht, hatte keinen Spaß am Segeln und null Humor. Sie hat nur davon geträumt, daß Steve eine Rolle in einer ihrer Seifenopern kriegen würde. Im Grunde war's traurig. Ich glaube, das war ihr größter Traum im Leben, sich einen Star aus irgendeiner Fernsehserie zu angeln und sich an seinem Arm vor den Fotografen zu produzieren.

Ich glaube, es ist ihr nie in den Sinn gekommen, daß er nur mit ihr bumsen könnte, weil sie verfügbar war und ihn keinen Penny kostete. Er sagte, sie wäre aus allen Wolken gefallen, als er ihr eröffnete, daß er genug hätte und sie nicht wiedersehen wollte. Da ist sie dann richtig gemein geworden. Ich nehme an, sie war schon so lange daran gewöhnt, Schwachköpfe wie ihren Ehemann reinzulegen, daß sie stinksauer wurde, als sie merkte, daß zur Abwechslung mal sie von einem jüngeren Typen aufs Kreuz gelegt worden war. Sie hat die Koje in seiner Kabine mit Scheiße verdreckt, dann fing sie an, dauernd die Alarmanlage an seinem Auto auszulösen und den Wagen mit Scheiße zu beschmieren. Steve kriegte es richtig mit der Angst. Alles, was er anrührte, war voll Scheiße. Am schlimmsten hat ihn die Sache mit seinem Beiboot getroffen. Er kam eines Freitags hier an und fand es knöcheltief mit Wasser und Exkrementen gefüllt. Er meinte, sie müßte wochenlang gesammelt haben. Jedenfalls, das war der Zeitpunkt, als er ernsthaft daran dachte, zur Polizei zu gehen.

Ich habe ihm das ausgeredet. Wenn du die Bullen da reinziehst, hab ich gesagt, wird das nie ein Ende nehmen. Und dann wirst du es nicht mehr nur mit Kate zu tun haben, sondern auch mit William. Du erwartest doch wohl nicht, daß du einfach mit der Frau eines anderen schlafen kannst, ohne daß der was unternimmt. Ich habe ihm geraten, er soll sich erst einmal beruhigen und sein Auto in Zukunft woanders abstellen. Okay, und was ist mit meinem Schlauchboot, hat er gefragt, und ich habe ihm versprochen, ihm eines zu leihen, das sie nicht erkennen würde. Damit war der Fall erledigt. Ganz einfach. Soviel ich weiß, hatte er danach keinen Ärger mehr mit ihr.«

Es dauerte eine Weile, bevor Galbraith etwas sagte. Er hatte aufmerksam zugehört und sich Notizen gemacht und überlegte einen Moment, ehe er auf das Gehörte einging. »Und haben Sie ihm ein Schlauchboot geliehen?« fragte er.

»Natürlich.«

»Wie sah es aus?«

Bridges runzelte die Stirn. »Genauso wie jedes andere Schlauchboot. Warum fragen Sie?«

»Nur aus Interesse. Welche Farbe hatte es?«

»Schwarz.«

»Woher hatten Sie es?«

Bridges begann, die Zigarettenpapierchen aus der Packung zu zupfen und sie auf dem Boden zu einem Muster zu legen. »Aus einem Versandhauskatalog, glaube ich. Es war dasjenige, das ich hatte, bevor ich mir mein neues Schlauchboot mit dem Fiberglaskiel gekauft hatte.«

»Hat Harding das Boot noch?«

Er zögerte, dann schüttelte er den Kopf. »Keine Ahnung. War es nicht auf der *Crazy Daze*, als Sie sie durchsucht haben?«

Gedankenverloren klopfte Galbraith sich mit dem Bleistift an die Zähne. Er erinnerte sich an Carpenters Worte am Mittwoch: *»Dieser Bridges hat mir gar nicht gefallen. Er ist ein arroganter kleiner Mistkerl und viel zu gewieft im Umgang mit der Polizei.«*

»Okay«, sagte er, »kommen wir noch einmal auf Kate Sumner zurück. Sie sagten, damit wäre der Fall erledigt gewesen. Was geschah dann?«

»Nichts. Das war's. Ende der Geschichte. Es sei denn, Sie zählen die Tatsache, daß sie an einem Strand in Dorset tot aufgefunden wurde und Steve zufällig an dem fraglichen Wochenende in der Gegend war.«

»Ja, die zähle ich. Und ebenso die Tatsache, daß ihre Tochter ungefähr zweihundert Meter von der Stelle entfernt, wo Hardings Boot liegt, mutterseelenallein auf einer Hauptstraße herumirrte.«

»Das war doch eine abgekartete Sache«, sagte Bridges. »Sie sollten William Sumner mal in die Zange nehmen. Der hatte weit mehr Grund, Kate zu ermorden, als Steve. Sie hat ihn schließlich betrogen.«

Galbraith zuckte die Achseln. »Aber William Sumner hat seine Frau nicht gehaßt, Mr. Bridges. Er wußte schon bei der Heirat, was er von ihr zu halten hatte, und es änderte nichts an seinem Entschluß. Steven Harding andererseits hatte sich in eine unangenehme Situation hineinmanövriert und wußte nicht, wie er da wieder rauskommen sollte.«

»Deswegen ist er noch lange kein Mörder.«

»Vielleicht glaubte er, er brauchte eine endgültige Lösung für das Problem.«

Bridges schüttelte den Kopf. »So ein Mensch ist Steve nicht.«

»Aber William Sumner schon?«

»Das weiß ich nicht. Ich bin dem Mann nie begegnet.«

»Ihrer Aussage zufolge haben Sie und Steven Harding aber eines Abends in einem Pub mit ihm zusammengesessen.«

»Okay. Ich korrigiere: Ich *kenne* den Mann nicht näher. Ich bin allerhöchstens eine Viertelstunde geblieben und habe vielleicht fünf Worte mit ihm gewechselt.«

Galbraith musterte Bridges mit forschendem Blick. »Aber Sie scheinen eine Menge über ihn zu wissen«, stellte er fest. »Und auch über Kate, obwohl Sie beiden nur einmal begegnet sind.«

Bridges wandte seine Aufmerksamkeit wieder den auf dem Boden ausgebreiteten Zigarettenpapierchen zu und begann, sie mit den Handballen zu verschieben, um ein neues Muster zu bilden. »Steve quasselt viel.«

Galbraith nickte, als akzeptierte er diese Erklärung. »Warum wollte Steve diese Woche nach Frankreich?«

»Davon weiß ich gar nichts.«

»Er hatte ein Zimmer in einem Hotel in Concarneau reserviert. Die Buchung wurde heute morgen storniert, weil er sie nicht bestätigt hat.«

Bridges' Blick wurde plötzlich mißtrauisch. »Er hat nie was davon erwähnt.«

»Hätten Sie das denn erwartet?«

»Klar.«

»Aber Sie sagten doch, Sie beide hätten sich auseinandergelebt«, erinnerte Galbraith.

»Das war nur so eine Redensart.«

Spott verdunkelte Galbraith' Augen. »Okay, letzte Frage. Wo hat Steven Harding seinen Lagerraum, Mr. Bridges?«

»Was für einen Lagerraum?« fragte Bridges erstaunt.

»Na schön, lassen Sie es mich anders formulieren. Wo bringt er seine Bootsausrüstung unter, wenn er sie nicht benutzt? Das Beiboot zum Beispiel und den Außenbordmotor.«

»Überall. Hier. In seiner Wohnung in London. In seinem Wagen.«

Galbraith schüttelte den Kopf. »Keine Ölspuren«, sagte er. »Wir haben alle diese Möglichkeiten überprüft.« Er lächelte liebenswürdig. »Und behaupten Sie jetzt nicht, ein Außenbordmotor leckt nicht, wenn er auf der Seite liegt. Das kaufe ich Ihnen nämlich nicht ab.«

Bridges kratzte sich bedächtig am Kinn, sagte aber nichts.

»Sie sind nicht sein Aufpasser, mein Junge«, sagte Galbraith freundlich, »und nichts zwingt Sie, mit Ihrem Freund zusammen in die Grube zu springen, die er sich selbst gegraben hat.«

Bridges lächelte schief. »Ich habe ihn wirklich gewarnt. Ich habe ihm sogar gesagt, es wäre besser, gleich freiwillig reinen Tisch zu machen, anstatt sich alles Stück für Stück aus der Nase ziehen zu lassen. Aber er wollte ja nicht auf mich hören. Er bildet sich immer ein, er hätte alles im Griff, aber in Wahrheit hat er seit dem Tag, an dem ich ihn kennengelernt habe, nie irgend etwas im Griff gehabt. Er ist immer nur von einer Katastrophe in die nächste gestolpert. Manchmal wünschte ich, ich wär dem blöden Kerl nie begegnet, weil ich es so satt habe, ständig für ihn lügen zu müssen.« Er zuckte die Achseln. »Aber was soll's. Er ist nun mal mein Freund!«

Galbraith lächelte. Die Beteuerung des jungen Mannes war etwa so glaubhaft wie eine Erklärung des Ku Klux Klan, mit Rassismus nichts zu tun zu haben. Die Redewendung ›Wozu braucht man noch Feinde, wenn man solche Freunde hat?‹ fiel ihm ein. Müßig ließ er seinen Blick durch das Zimmer schweifen. Zu viele Ungereimtheiten, dachte er, vor allem in bezug auf die Fingerabdrücke, und er hatte das Gefühl, in eine Richtung gedrängt zu werden, in die er nicht wollte. Er fragte sich, warum Bridges es für nötig hielt, das zu tun.

Weil er wußte, daß Harding schuldig war? Oder weil er wußte, daß sein Freund unschuldig war?

22

Ein Anruf der Polizeibehörde Dorset beim Geschäftsführer des *Hotel Angelique* in Concarneau ergab, daß Mr. Steven Harding am 8. August telefonisch ein Doppelzimmer für sich und Mrs. Harding für die Zeit vom 16.–19. August bestellt hatte. Er hatte die Nummer seines Handys hinterlassen und erklärt, er würde in der Woche vom 11. bis zum 17. August die französische Küste hinaufsegeln und könne das Datum seiner Ankunft noch nicht mit absoluter Sicherheit angeben. Er hatte versprochen, die Reservierung vierundzwanzig Stunden vor seiner Ankunft zu bestätigen. Da eine solche Bestätigung nicht eingegangen war, hatte der Geschäftsführer Mr. Harding auf seinem Anrufbeantworter eine Nachricht hinterlassen und dann die Buchung storniert, nachdem Mr. Harding nicht zurückgerufen hatte. Er kannte Mr. Harding nicht persönlich und konnte nicht sagen, ob Mr. oder Mrs. Harding schon früher in seinem Hotel abgestiegen waren.

Wo genau das Hotel in Concarneau gelegen sei?

Zwei Straßen vom Hafen entfernt, Geschäfte und Strände seien zu Fuß leicht zu erreichen.

Und natürlich auch die Jachthäfen.

Eine Überprüfung der in Hardings Handy gespeicherten Telefonnummern führte zu einer Reihe von Namen, die den Ermittlern bereits bekannt waren. Mit den betreffenden Personen hatte man zuvor schon Verbindung aufgenommen.

Ein Anruf jedoch blieb ein Rätsel, entweder weil die Anruferin absichtlich ihre Identität geheimgehalten hatte oder weil der Anruf über eine Vermittlung gelaufen war – möglicherweise im Ausland –, was hieß, daß die SIM-Karte die Nummer nicht hatte aufzeichnen können.

›Steve? Wo bist du? Ich habe Angst. Bitte ruf mich an. Ich habe es seit Samstag zwanzigmal versucht.‹

Vor seiner Rückkehr nach Winfrith nahm Superintendent Carpenter sich Zeit zu einer Besprechung mit Nick Ingram. Er hatte fast die ganze letzte Stunde unablässig telefoniert, während Ingram und die beiden Kriminalbeamten die kleine Geröllawine und den vorgelagerten Strand nach weiteren Spuren abgesucht hatten, jedoch ohne Erfolg. Mit nachdenklichem Blick hatte er ihre Bemühungen beobachtet und sich dabei die Informationen, die man ihm durchgab, notiert. Es wunderte ihn nicht, daß die Männer nichts weiter fanden. Die Schilderung der Küstenwache, wie Leichen spurlos in der See verschwanden und niemals wiederauftauchten, hatte ihn gelehrt, daß das Meer ein Freund der Mörder war.

»Harding wird um fünf aus dem Krankenhaus in Poole entlassen«, sagte er jetzt zu Ingram, »aber ich bin noch nicht zu einem Gespräch mit ihm bereit. Ich muß mir erst das Video ansehen und Tony Bridges vernehmen, ehe ich ihn mir vorknöpfe.« Er versetzte Ingram einen freundschaftlichen Schlag auf den Rücken. »Mit dem Lagerraum hatten Sie übrigens recht. Er hat eine Garage in der Nähe des Jachtklubs Lymington. John Galbraith fährt jetzt hin, um sie sich anzusehen. Ich habe eine Bitte an Sie, mein Junge – Sie müssen unseren Freund Steven Harding wegen des Angriffs auf Miss Jenner festnehmen und bis morgen früh auf Eis legen. Machen Sie's unkompliziert – sorgen Sie dafür, daß er glaubt, er würde nur wegen tätlichen Angriffs festgenommen. Schaffen Sie das?«

»Nur mit einer Aussage von Miss Jenner, Sir.«

Carpenter sah auf seine Uhr. »Sie haben zweieinhalb Stunden Zeit. Nageln Sie sie fest. Sie darf auf keinen Fall einen Rückzieher machen, nur weil sie sich aus allem raushalten will.«

»Ich kann sie nicht zwingen, Sir.«

»Das verlangt auch keiner«, gab Carpenter gereizt zurück.

»Und wenn sie nicht so entgegenkommend ist, wie Sie hoffen?«

»Dann versuchen Sie's mit Charme«, sagte Carpenter grimmig. »Ich habe festgestellt, daß das Wunder wirkt.«

»Das Haus gehört meinem Großvater.« Bridges lotste Galbraith am Jachtklub vorbei und ließ ihn an der nächsten Ecke rechts abbiegen, in eine Querstraße mit hübschen freistehenden Einfamilienhäusern hinter niedrigen Hecken. Dies war der wohlhabendere Teil der Stadt, nicht weit entfernt vom Haus der Sumners am Rope Walk, und Galbraith ging auf, daß Kate Sumner auf ihrem Weg in die Stadt jedesmal an dem Haus von Bridges' Großvater vorbeigekommen sein mußte. Er sah auch, daß Bridges aus ›guter Familie‹ stammen mußte, und fragte sich, was die Eltern wohl von ihrem rebellischen Sohn hielten und ob sie ihn je in seinem chaotischen Haus besucht hatten.

»Mein Großvater lebt allein«, fuhr Bridges fort. »Er mag nicht mehr Auto fahren, darum überläßt er mir die Garage für mein Schlauchboot.« Er wies auf eine Einfahrt. »Da geht's rein.« Er warf Galbraith einen Blick zu, als der Wagen in der kleinen Einfahrt anhielt. »Steves Sachen liegen hinten. Nur er und ich haben Schlüssel.«

»Ist das von Bedeutung?«

Bridges nickte. »Mein Großvater hat keine Ahnung, was in der Garage ist.«

»Wenn es Drogen sind, wird ihm das nichts nützen«, versetzte Galbraith trocken und öffnete seine Tür. »Dann sind Sie alle dran, auch wenn Sie noch so blind, taub und stumm sind.«

»Keine Drogen«, erwiderte Bridges mit Entschiedenheit. »Wir dealen nicht.«

Galbraith schüttelte voll zynischer Ungläubigkeit den Kopf. »Sie könnten es sich nicht leisten, in diesen Mengen zu rauchen, wenn Sie nicht dealen würden«, sagte er in einem Ton, der keinen Widerspruch duldete. »Das ist eine simple Tatsache. Von einem Lehrergehalt lassen sich solche Mengen Cannabis, wie Sie sie konsumieren, nicht finanzieren.«

Die Garage stand abseits vom Haus, ungefähr zwanzig Meter zurückgesetzt. Galbraith betrachtete sie einen Moment, ehe er die Straße hinaufblickte, wo der Rope Walk abzweigte.

»Wer kommt am häufigsten hierher?« fragte er beiläufig. »Sie oder Harding?«

»Ich«, antwortete Bridges durchaus bereitwillig. »Ich hole ungefähr zwei-, dreimal die Woche mein Boot raus. Steve benutzt die Garage nur als Lagerraum.«

Galbraith wies auf das kleine Gebäude. »Gehen Sie voraus.«

Auf dem Weg zur Garage sah er an einem der oberen Fenster des Hauses eine Bewegung hinter den Gardinen, und er fragte sich, ob Großpapa Bridges wirklich so ahnungslos über die Vorgänge in seiner Garage war, wie sein Enkel glaubte. Die Alten, dachte er, sind weit neugieriger als die Jungen.

Er trat zurück, als Bridges die zweiflügelige Tür aufschloß und öffnete. Der vordere Teil der Garage wurde von einem dreieinhalb Meter langen orangefarbenen Schlauchboot auf einem Autoanhänger eingenommen, hinter dem ein ganzes Warenlager offensichtlich geschmuggelter Güter zum Vorschein kam – Türme von Kartons, auf denen klar und deutlich ›*Vin de Table*‹ stand; Paletten voller *Stella Artois*-Lagerbier, noch eingeschweißt; stangenweise Zigaretten, ordentlich auf Borden gestapelt. Sieh einer an, dachte Galbraith mit milder Belustigung. Erwartete Bridges allen Ernstes, er würde ihm glauben, daß der gute altmodische Schmuggel unter Ausfuhrverbot stehender Waren das größte Verbrechen sei, dessen er und sein Freund sich jemals schuldig gemacht hatten? Der Steinfußboden interessierte ihn mehr. Er wies an manchen Stellen noch Spuren von Feuchtigkeit auf, als wäre er vor kurzem mit einem Schlauch abgespritzt worden, und er fragte sich, was dabei weggespült worden war.

»Was hat er denn mit dem ganzen Zeug vor?« fragte er. »Will er einen Laden aufmachen? Er dürfte ihm schwerfallen, den Zoll und die Steuerbehörden davon zu überzeugen, daß er das alles nur zum persönlichen Verbrauch gebunkert hat.«

»Ach was, so schlimm ist es nun wirklich nicht«, protestierte Bridges. »Die Jungs in Dover bringen jeden einzelnen Tag weitaus mehr als das mit den Fähren rein. Die machen da das schnelle Geld. Das Gesetz ist ja auch absolut schwachsinnig. Ich meine, wenn die Regierung es nicht schafft, die Abgaben für Alkohol und Zigaretten auf europäischen Stand zu bringen, braucht sie sich doch nicht zu wundern, wenn Leute wie Steve ein bißchen schmuggeln. Ist doch logisch. Alle tun's. Man fährt nach Frankreich, und schon ist die Versuchung da. So einfach ist das.«

»Und wenn man erwischt wird, landet man im Knast. So einfach ist das«, gab Galbraith mit grimmigem Spott zurück. »Wer finanziert ihn? Sie?«

Bridges schüttelte den Kopf. »Er hat jemanden in London, der ihm das Zeug abkauft.«

»Dort bringt er es also von hier aus hin?«

»Er leiht sich einen Lieferwagen von einem Kumpel und transportiert das Zeug ungefähr alle zwei Monate nach London.«

Galbraith fuhr mit dem Finger durch den Staub auf einem aufgeschlitzten Karton und klappte den Deckel auf. Alle Kartons, die direkt auf dem Boden standen, hatten unten Wasserränder.

»Wie schafft er die Sachen von seinem Boot an Land?« fragte Galbraith. Er zog eine Flasche roten Tischwein aus dem Karton und las das Etikett. »Ich nehme an, mit dem Schlauchboot, sonst würde es auffallen.«

»Solange es nicht wie ein Karton Wein aussieht, gibt's überhaupt kein Problem.«

»Wie sieht es denn dann aus?«

Bridges zuckte die Achseln. »Wie irgendwas Alltägliches. Müllsäcke, schmutzige Wäsche, Bettzeug. Wenn er ein Dutzend Flaschen in Socken steckt, damit sie nicht scheppern, und sie dann in seinen Rucksack packt, merkt kein Mensch was. Die sind's gewöhnt, daß er Zeug von seinem Boot hin und her schleppt – das praktiziert er schon lange genug. Manchmal legt er auch an einem Ponton an und benutzt einen Gepäckwagen vom Jachthafen. Da stapeln die Leute immer alles mögliche drauf, wenn das Wochenende vorbei ist. Wenn man ein paar Paletten *Stella Artois* in einen Schlafsack stopft, wer soll da schon was merken? Außerdem interessiert das sowieso niemanden. Die decken sich doch alle in den Supermärkten in Frankreich ein, bevor sie gen Heimat dampfen.«

Galbraith schätzte die Anzahl der vorhandenen Weinkartons. »Hier stehen um die sechshundert Flaschen Wein. Es würde Stunden dauern, sie zu befördern, wenn er immer nur ein Dutzend auf einmal mitnimmt, ganz zu schweigen von dem Bier und den Zigaretten. Wollen Sie im Ernst behaupten, daß sich noch nie jemand darüber gewundert hat, wieso er dauernd mit einem Rucksack in seinem Schlauchboot hin und her schippert?«

»So macht er das nur mit kleinen Mengen. Bei großen Ladungen geht er anders vor. Ich wollte nur darauf hinweisen, daß es nicht so schwierig ist, wie Sie offenbar glauben, das Zeug vom Boot zu schaffen. Das meiste entlädt er nachts. An der Küste gibt's Hunderte von Orten, wo man entladen kann, vorausgesetzt es holt einen jemand ab.«

»Sie zum Beispiel?«

»Manchmal«, gab Bridges zu.

Galbraith drehte sich um und musterte das Boot auf dem Anhänger. »Fahren Sie dann mit dem Schlauchboot raus?«

»Manchmal.«

»Er ruft Sie also von seinem Handy aus an und sagt, ich bin um Mitternacht an der und der Stelle. Bring dein Boot und den Lieferwagen mit und hilf mir beim Ausladen.«

»So ungefähr, nur läuft er meistens gegen drei Uhr morgens rein, und wir erwarten ihn dann zu zweit oder zu dritt an verschiedenen Orten. Es ist einfacher für ihn, wenn er sich die Stelle aussuchen kann, der er gerade am nächsten ist.«

»Wo denn zum Beispiel?« fragte Galbraith geringschätzig.

»Von wegen Hunderte von möglichen Orten! Das ist doch nichts als Quatsch. Die ganze Küste ist bebaut.«

Bridges lachte. »Sie würden sich wundern. Ich kenne zwischen Chichester und Christchurch mindestens zehn private Anleger in Flüssen, wo man sich drauf verlassen kann, daß die Eigentümer von zweiundfünfzig Wochenenden mindestens sechsundzwanzig nicht da sind. Ganz abgesehen von den Anlegern am Southampton Water. Steve ist ein guter Segler, der kennt das Gebiet wie seine Westentasche, und wenn er mit Auflaufwasser einläuft, kann er ziemlich nah an die Küste ran. Natürlich werden wir ein bißchen naß beim Hin- und Herwaten, und die Schlepperei zum Lieferwagen ist auch nicht immer lustig, aber zwei kräftige Männer können so eine Ladung gewöhnlich in einer Stunde löschen. Es ist im Grunde ein Klacks.«

Galbraith schüttelte den Kopf, als er an sein Bad vor Purbeck und die anstrengende Arbeit an der Winsch dachte. »Also, für mich hört sich das nach verdammt harter Arbeit an. Was verdient er denn an so einer Ladung?«

»Zwischen fünfhundert und tausend Pfund pro Fahrt.«

»Und was verdienen Sie daran?«

»Ich laß mich in Naturalien bezahlen. Zigaretten, Bier, was auch immer.«

»Was ist mit der Miete für die Garage?«

»Ich kann die *Crazy Daze* benutzen, wann immer ich will. Es ist ein simples Tauschgeschäft.«

Galbraith musterte ihn sinnend. »Läßt er Sie mit dem Boot segeln, oder dürfen Sie da nur Ihre Freundinnen empfangen?«

Bridges grinste. »Keiner außer ihm darf das Boot segeln. Es ist sein ganzer Stolz. Der kleinste Kratzer, und er würde einen umbringen.«

»Hm.« Galbraith nahm eine Weinflasche aus einem anderen Karton. »Und wann waren Sie das letztemal an Bord?«

»Vor zwei Wochen.«

»Mit wem?«

»Mit Bibi.«

»Nur mit Bibi? Oder vernaschen Sie hinter ihrem Rücken noch andere Frauen?«

»Herrgott noch mal, Sie geben aber auch nie auf, was? Nur mit Bibi, und wenn Sie ihr was anderes erzählen, beschwere ich mich bei Ihrem Vorgesetzten.«

Mit einem Lächeln steckte Galbraith die Flasche wieder in den Karton und trat zu einem anderen. »Wie funktioniert das Arrangement? Rufen Sie Harding in London an und sagen ihm, daß Sie übers Wochenende auf das Boot wollen? Oder bietet er es Ihnen an, wenn er's gerade nicht braucht?«

»Ich kann es jederzeit während der Woche benutzen. Er an den Wochenenden. Die Abmachung ist gut, sie paßt uns beiden.«

»Es ist also mit dem Boot wie mit Ihrem Haus? Jeder kann mal eben auf eine schnelle Nummer vorbeikommen, wenn er gerade in Stimmung ist?« Er warf dem jungen Mann einen angewiderten Blick zu. »Ich finde das ziemlich schmutzig. Benutzen Sie alle dieselben Laken?«

»Na klar.« Bridges grinste. »Andere Zeiten, andere Sitten. Heute geht es darum, das Leben zu genießen. Zum Teufel mit den Anstandsregeln von anno dazumal.«

Galbraith schien plötzlich gelangweilt von dem Thema. »Wie oft segelt Harding nach Frankreich?«

»In etwa alle zwei Monate. Es sind ja keine großen Sachen, nur Alkohol und Zigaretten. Wenn er im Jahr fünftausend Pfund damit verdient, ist ihm das genug. Eine Lappalie! Deswegen habe ich ihm auch gesagt, er soll reinen Tisch machen. Das Schlimmste, was ihm passieren kann, sind ein paar Monate Knast. Es wäre was anderes, wenn er mit Drogen handeln würde, aber« – er schüttelte heftig den Kopf – »die würde er noch nicht mal mit der Feuerzange anrühren.«

»Wir haben auf dem Boot Cannabis gefunden.«

»Ach, hören Sie auf«, entgegnete Bridges. »Was ist denn schon dabei, wenn er sich hin und wieder mal einen Joint reinzieht?

Deswegen ist er doch noch lange kein Drogenmafioso. Sie können's mir glauben, er bringt nichts Gefährlicheres rein als Rotwein.«

Galbraith schob zwei Kartons weg. »Wie steht's mit Hunden?« Er hob einen Plastiktransportbehälter hoch, der hinter den Kartons stand, und hielt ihn Bridges hin.

Der zuckte die Achseln. »Ein paarmal vielleicht. Was ist daran so schlimm? Er achtet immer darauf, daß sie ihre Impfbescheinigungen haben.« Er lachte über Galbraith' Stirnrunzeln. »Sechs Monate Quarantäne kosten den Eigentümer ein Vermögen, dem Hund geht's dreckig, und nicht ein einziger hat je Tollwut gehabt, seit es dieses Gesetz gibt.«

»Verschonen Sie mich mit diesem Quatsch, Bridges«, erwiderte Galbraith ungeduldig. »Ich persönlich finde ein Gesetz schwachsinnig, das Junkies wie Ihnen gestattet, sich um Kinder einer Altersstufe zu kümmern, in der sie besonders beeinflußbar sind, trotzdem werde ich Ihnen nicht die Beine brechen, um Sie von ihnen fernzuhalten. Wieviel verlangt er pro Hund?«

»Fünfhundert, und ich bin kein beschissener Junkie, damit Sie's wissen«, gab er wütend zurück. »Heroin ist was für Idioten. Sie sollten mal Ihre Drogenterminologie aufpolieren.«

Galbraith ignorierte ihn. »Fünfhundert, so? Nicht schlecht. Und was nimmt er pro Person? Fünftausend?«

Bridges' Zögern war unverkennbar. »Wovon reden Sie eigentlich?«

»Ich rede von den Fingerabdrücken an Bord der *Crazy Daze*, die von fünfundzwanzig verschiedenen Personen stammen, Harding selbst und Kate und Hannah Sumner nicht mitgezählt. Rechnen wir Sie und Bibi noch ab, dann bleiben immer noch dreiundzwanzig Personen, die auf dem Boot ihre Fingerabdrücke hinterlassen haben und deren Namen wir nicht kennen. Das ist ein ganzer Haufen.«

Bridges zuckte wieder die Achseln. »Sie haben selbst gesagt, daß es bei ihm an Bord ziemlich wild zugeht.«

»Hm«, brummte Galbraith. »Stimmt, so was habe ich wohl gesagt.« Sein Blick wanderte weiter zu dem Autoanhänger. »Schönes Boot. Ist es neu?«

Bridges folgte seinem Blick. »Nicht mehr ganz. Ich hab's seit neun Monaten.«

Galbraith trat näher, um sich die beiden Evinrude-Außenbordmotoren am Heck anzusehen. »Sieht aber ganz neu aus«, bemerkte er, während er mit einem Finger über die Gummiwandung strich. »Geradezu makellos. Wann haben Sie es das letztemal gereinigt?«

»Am Montag.«

»Und den Garagenboden haben Sie gleich mit gereinigt, wie?«

»Der ist dabei naß geworden.«

Galbraith schlug gegen die Wandung. »Wann waren Sie das letztemal mit dem Ding draußen?«

»Weiß ich nicht mehr. Vor einer Woche vielleicht.«

»Wieso mußte es dann am Montag gereinigt werden?«

»Mußte es gar nicht«, versetzte Bridges, dessen Ausdruck wieder mißtrauisch wurde. »Ich versuche nur, es gut zu pflegen.«

»Dann wollen wir nur hoffen, daß die Leute vom Zoll es nicht auseinandernehmen, wenn sie nach Drogen suchen, Sportsfreund«, erklärte Galbraith mit schlecht vorgetäuschtem Mitgefühl. »Die werden Ihnen nämlich Ihre Geschichte, daß Harding nichts Brisanteres als Wein importiert, nicht abkaufen.« Er wies mit einer Kopfbewegung auf den rückwärtigen Teil der Garage. »Das ist doch nur Tarnung für den Fall, daß man Ihnen schwerwiegendere Dinge zur Last legt. Wie zum Beispiel, illegale Einwanderer ins Land zu schleusen. Diese Kartons stehen schon seit Monaten hier. Der Staub ist so dick, daß ich meinen Namen reinschreiben kann.«

Auf dem Heimweg machte Ingram einen Abstecher nach Broxton House, um nach Celia Jenner zu sehen, und wurde von Bertie mit Freudensprüngen und Schwanzwedeln begrüßt.

»Wie geht es Ihrer Mutter?« fragte er Maggie.

»Viel besser. Der Brandy und die Schmerztabletten haben Wunder gewirkt. Sie spricht schon vom Aufstehen.« Sie ging zur Küche. »Ich wollte uns gerade ein paar Brote machen, weil wir beide völlig ausgehungert sind. Möchten Sie auch etwas?«

Als er ihr mit Bertie im Schlepptau folgte, überlegte er krampfhaft, wie er ihr auf höfliche Weise beibringen könnte, daß er lieber nach Hause fahren würde, um sich dort etwas zu essen zu machen, doch als er den Zustand der Küche sah, hielt er den Mund. Den Hygienepreis hätte sie wohl kaum bekommen, aber der frische Geruch von Boden, Arbeitsplatten, Tisch und Schränken war eine wahre Wonne nach dem unbeschreiblichen Gestank nach schmutzigem Hund und feuchten Pferdedecken, der ihn zuvor so angewidert hatte.

»Da sage ich nicht nein«, antwortete er. »Ich habe seit gestern abend nichts mehr gegessen.«

»Na, was meinen Sie?« fragte sie, während sie Brot, Käse und Tomaten zurechtlegte.

Er tat nicht so, als verstünde er nicht, wovon sie sprach. »Großartig! Der Boden gefällt mir in dieser Farbe viel besser.« Er tippte mit einer Schuhspitze auf die Fliesen. »Ich wußte überhaupt nicht, daß er orange ist oder daß meine Füße nicht bei jedem Schritt daran kleben bleiben sollten.«

Sie lachte. »Ich habe aber auch schwer geschuftet. Ich glaube, der Boden hatte seit vier Jahren keinen Schrubber mehr gesehen, seit meine Mutter Mrs. Cottrill entlassen mußte, weil wir sie uns nicht mehr leisten konnten.« Sie sah sich kritisch um. »Aber Sie haben recht. Ein frischer Anstrich würde einen Riesenunterschied machen. Ich habe mir gedacht, ich kaufe gleich heute nachmittag die Farbe und streiche die Küche übers Wochenende. Das wird nicht lange dauern.«

Er sah ihren strahlenden Optimismus und dachte, daß er ihnen schon längst mal eine Flasche Brandy hätte vorbeibringen sollen. Und er hätte es auch getan, wenn ihm bewußt gewesen wäre, daß sie und ihre Mutter sich vier Jahre lang keinen Tropfen Alkohol gegönnt hatten. Man nannte Alkohol, so schädlich er auch sein konnte, nicht umsonst ein Wiederbelebungsmittel.

Er warf einen Blick zur Decke hinauf, die fast ganz mit Spinnweben überzogen war. »Die müssen Sie aber erst wegmachen, sonst fällt Ihnen die Farbe gleich wieder runter. Haben Sie eine Leiter?«

»Das weiß ich gar nicht.«

»Ich habe eine zu Hause«, sagte er. »Ich bringe sie heute abend vorbei, wenn ich mit allem fertig bin. Würden Sie dafür Ihren Farbenkauf so lange zurückstellen, daß ich noch Ihre Aussage über Hardings Angriff auf Sie aufnehmen kann? Ich muß ihn um fünf vernehmen, und ich hätte vorher gern Ihre Version der Geschichte.«

Sie warf einen nervösen Blick auf Bertie, der sich auf Ingrams Kommando neben dem Herd niedergelassen hatte. »Ich weiß nicht. Ich habe über das nachgedacht, was Sie gesagt haben, und jetzt habe ich Angst, er wird behaupten, Bertie sei außer Kontrolle gewesen und hätte ihn angegriffen. Wenn er damit durchkommt, muß ich mit einer Anklage wegen Haltung eines gefährlichen Hundes rechnen, und Bertie muß eingeschläfert werden. Meinen Sie nicht, es wäre besser, die Sache fallenzulassen?«

Nick zog sich einen Stuhl heran und setzte sich. »Er wird wahrscheinlich sowieso Gegenanzeige erstatten, Maggie. Das ist seine beste Verteidigung, gegen alles, was Sie möglicherweise vorbringen werden.« Er hielt einen Moment inne. »Aber wenn Sie ihm die Chance geben, die Initiative zu ergreifen und als erster Anzeige zu erstatten, dann geben Sie Ihren Vorteil aus der Hand. Möchten Sie das?«

»Nein, natürlich nicht, aber Bertie war ja wirklich nicht mehr zu bändigen. Er hat diesem Idioten die Zähne in den Arm geschlagen und nicht mehr losgelassen.« Sie warf einen wütenden Blick auf ihren Hund, dann stach sie so heftig mit dem Messer in eine Tomate, daß der Saft nach allen Seiten spritzte. »Ich mußte ihn mit der Leine schlagen, um ihn wegzukriegen, und das werde ich nicht leugnen können, wenn Harding mich anzeigt.«

»Wer hat zuerst angegriffen? Bertie oder Harding?«

»Ich wahrscheinlich. Ich habe den Kerl angebrüllt, und da hat er mich geschlagen, und im nächsten Moment hing Bertie an seinem Arm wie ein Riesenblutegel.« Sie lachte ganz unerwartet. »Wenn man es so im nachhinein betrachtet, ist es richtig komisch. Ich dachte, die beiden führen einen Tanz auf, bis plötzlich roter Speichel aus Berties Maul triefte. Ich konnte einfach nicht verstehen, was Harding wollte. Erst erschreckt er mich zu Tode, indem er plötzlich wie aus dem Nichts auftaucht, dann geht er wie ein Wilder auf Stinger los, dann schlägt er mich, und auf einmal tanzt er Boogie mit meinem Hund. Ich habe gedacht, ich bin im Irrenhaus.«

»Was glauben Sie, warum er Sie geschlagen hat?«

Sie lächelte verlegen. »Vermutlich weil ich ihn wütend gemacht habe. Ich hab gesagt, er wäre pervers.«

»Das ist keine Entschuldigung dafür, Sie zu schlagen. Eine verbale Beleidigung rechtfertigt keinen tätlichen Angriff, Maggie.«

»Vielleicht sollte beides gleich schwer wiegen.«

»Der Mann hat Sie geschlagen!« Er musterte sie verwundert. »Warum nehmen Sie ihn in Schutz?«

»Weil ich, wenn ich jetzt so daran zurückdenke, unglaublich unverschämt war. Ich habe ihm alle möglichen Schimpfwörter an den Kopf geworfen und gesagt, Sie würden ihn fertigmachen, wenn Sie wüßten, daß er dort sei. Im Grunde ist es Ihre Schuld. Ich hätte nicht solche Angst gehabt, wenn Sie mich nicht gestern über ihn ausgefragt hätten. Sie haben mich überhaupt erst auf den Gedanken gebracht, er könnte gefährlich sein.«

»*Mea culpa*«, sagte er milde.

»Sie wissen genau, was ich meine.«

Er nickte mit ernster Miene. »Was haben Sie sonst noch gesagt?«

»Ach, nichts. Ich habe nur gekreischt wie ein Fischweib, weil er mich so erschreckt hatte. Aber er war auch erschrocken, und da haben wir eben beide blindlings um uns geschlagen – er auf seine Weise, ich auf meine.«

»Für körperliche Gewalt gibt es keine Entschuldigung.«

»Nein?« fragte sie trocken. »Vorhin haben Sie meine Entschuldigung aber akzeptiert.«

»Das ist wahr.« Er rieb sich unwillkürlich die Wange. »Aber wenn ich zurückgeschlagen hätte, wären Sie jetzt noch bewußtlos, Maggie.«

»Was soll das heißen? Daß man von Männern mehr Verantwortungsbewußtsein erwarten kann als von Frauen?« Sie sah ihn mit einem dünnen Lächeln an. »Ich weiß nicht, ob ich Sie für gönnerhaft oder naiv halten soll.«

»Im Zweifelsfall immer für naiv«, sagte er. »Ich kenne mich mit Frauen nicht aus, aber eines weiß ich – nur wenige könnten mich k. o. schlagen.« Seine Augen lachten sie an. »Ebenso sicher weiß ich, daß ich jede von ihnen bezwingen könnte. Und deswegen würde es mir – im Gegensatz zu Harding – niemals einfallen, meine Hand gegen eine Frau zu erheben.«

»Ja, aber Sie sind ja auch so weise und abgeklärt, Nick«, versetzte sie gereizt, »und er nicht. Wie auch immer, ich weiß jedenfalls nicht mehr, wie es eigentlich passiert ist. Es ging alles so schnell. Es ist wahrscheinlich ziemlich erbärmlich, aber mir ist klargeworden, daß ich als Zeugin nicht viel tauge.«

»Da sind Sie ganz normal«, sagte er. »Nur sehr wenige Menschen haben ein detailgenaues Gedächtnis.«

»Also, ehrlich gesagt, ich glaube, Harding wollte versuchen, Stinger einzufangen, bevor er durchging, und hat erst zugeschlagen, als ich schrie, er sei pervers.« Deprimiert ließ sie die Schultern hängen. »Es tut mir leid, Sie enttäuschen zu müssen. Für mich war immer alles so klar und eindeutig, bevor Martin mich gründlich für dumm verkauft hat. Und jetzt bin ich nur noch unsicher. Heute morgen hätte ich augenblicklich Anzeige erstattet, aber jetzt kann ich nur daran denken, daß es mir das Herz brechen würde, wenn Bertie etwas zustieße. Ich liebe dieses verrückte Vieh, und es aus reiner Rechthaberei opfern – nein, das werde ich bestimmt nicht tun. Für Bertie lasse ich mir jeden Tag von so einem Affen eine runterhauen. Er ist *treu*, verdammt noch mal! Schön, er haut hin und wieder zu Ihnen ab, aber abends kommt er immer zu mir nach Hause und ist lieb und anhänglich.«

»Okay.«

Einen Moment lang herrschte Schweigen.

»Ist das alles, was Sie dazu sagen?«

»Ja.«

Sie musterte ihn argwöhnisch. »Sie sind doch Polizist. Wieso streiten Sie jetzt nicht mit mir?«

»Weil Sie intelligent genug sind, um Ihre eigenen Entscheidungen zu treffen, und nichts, was ich sagen könnte, Sie umstimmen wird.«

»Genau!« Sie klatschte Butter auf eine Scheibe Brot und wartete darauf, daß er weiterreden würde. Als er schwieg, wurde sie unruhig. »Werden Sie Harding trotzdem vernehmen?« fragte sie.

»Natürlich. Das muß ich. Hubschraubereinsätze sind nicht billig, und irgend jemand muß den von heute morgen rechtfertigen. Harding wurde mit Hundebissen ins Krankenhaus eingeliefert, und es ist meine Pflicht festzustellen, ob er den Angriff des Hundes provoziert hat oder nicht. Einer von Ihnen wurde heute morgen angegriffen, und ich muß herausfinden, wer von Ihnen das war. Wenn Sie Glück haben, hat er ein ebenso schlechtes Gewissen wie Sie, und die Sache wird im Sande verlaufen. Wenn Sie Pech haben, bin ich heute abend wieder da, um Ihre Aussage aufzunehmen als Antwort auf seine Behauptung, daß Sie Ihren Hund nicht unter Kontrolle hatten.«

»Das ist Erpressung.«

Er schüttelte den Kopf. »Sie und Steven Harding genießen vor dem Gesetz die gleichen Rechte. Wenn er behauptet, Bertie hätte ihn grundlos angegriffen, werde ich dieser Behauptung nachgehen, und wenn ich den Eindruck habe, daß sie zutrifft, werde ich meinen Bericht der Staatsanwaltschaft übergeben und vorschlagen, ein Verfahren gegen Sie einzuleiten. Ich mag den Mann vielleicht nicht, Maggie, aber wenn ich glaube, daß er die Wahrheit sagt, werde ich ihn unterstützen. Dafür werde ich von der Gesellschaft bezahlt, ohne Rücksicht auf meine persönlichen Gefühle und ohne Rücksicht darauf, wie es sich auf die Beteiligten auswirken könnte.«

Sie lehnte sich mit dem Rücken an die Arbeitsplatte. »Ich hatte keine Ahnung, daß Sie so ein engstirniger Bürokrat sind.«

Ingram blieb gelassen. »Und ich hatte keine Ahnung, daß Sie sich einbilden, Sie genössen eine Sonderstellung. Wo es um Recht und Gesetz geht, haben Sie von mir keine Begünstigung zu erwarten.«

»Würden Sie mich begünstigen, wenn ich eine Aussage machte?«

»Nein, ich würde Ihnen gegenüber genauso fair sein wie Harding gegenüber. Ich kann Ihnen nur sagen, daß es für Sie von Vorteil wäre, Ihre Aussage zuerst zu machen.«

Sie packte das Messer, das auf der Arbeitsplatte lag, und fuchtelte ihm damit vor der Nase herum. »Dann beten Sie zu Gott, daß Sie recht haben«, sagte sie heftig, »sonst schneide ich Ihnen nämlich die Eier ab – eigenhändig! Ich *liebe* meinen Hund.«

»Ich liebe ihn auch«, versicherte Ingram. Er legte einen Finger auf das Heft des Messers und schob es behutsam zur Seite. »Der Unterschied ist nur, daß ich ihm nicht erlaube, mich von oben bis unten vollzusabbern, um ihm das zu beweisen.«

»Ich habe die Garage vorläufig versiegelt«, berichtete Galbraith Carpenter am Telefon, »aber Sie müssen die Prioritäten mit dem Zoll und den Finanzbehörden klären. Wir brauchen hier schnellstens ein Spurensicherungsteam, aber wenn Sie etwas Hieb- und Stichfestes wollen, um Steven Harding in Haft zu nehmen, dann kann Ihnen das wahrscheinlich der Zoll liefern. Ich vermute, er hat illegale Einwanderer en gros eingeschleust und sie an der Südküste abgesetzt ... Ja, das wäre zweifellos eine Erklärung für die Vielzahl der Fingerabdrücke auf seinem Boot. – Nein, keine Spur von dem gestohlenen Außenbordmotor ...« Er merkte, wie der junge Mann neben ihm unruhig wurde, und sah ihn mit einem zerstreuten Lächeln an. »Ja, ich nehme Tony Bridges jetzt mit. Er hat sich bereiterklärt, eine neue Aussage zu machen ... Ja, sehr kooperativ ... William Sumner? Nein, der ist damit nicht aus dem Schneider, genausowenig wie Harding ... Hm, ja, wieder am Nullpunkt angelangt, fürchte ich.« Er schob das Telefon in seine Brusttasche und fragte sich, wieso er nie daran gedacht hatte, Schauspieler zu werden.

Am anderen Ende starrte Superintendent Carpenter verwirrt auf den Hörer in seiner Hand, ehe er auflegte. Er hatte keine Ahnung, was John Galbraith da geredet hatte.

Steven Harding war ohne sein Wissen seit dem Moment seiner Einlieferung ins Krankenhaus ständig von einer Kriminalbeamtin überwacht worden. Sie saß im Schwesternzimmer, um dafür zu sorgen, daß er blieb, wo er war, aber er hatte es offenbar gar nicht eilig wegzukommen. Er flirtete pausenlos mit den Schwestern, und diese gingen vergnügt darauf ein, sehr zur Verärgerung der Beamtin. Sie vertrieb sich die Wartezeit mit Nachdenken über die Naivität der Frauen und fragte sich, wie viele ebendieser Krankenschwestern mit heftigstem Nachdruck beteuern würden, ihn in keiner Weise ermutigt zu haben, falls und wenn er den Versuch machen sollte, eine von ihnen zu vergewaltigen. Mit anderen Worten, was genau war eigentlich »Ermutigung«? Etwas, das eine Frau als harmlosen Flirt bezeichnen würde? Oder etwas, das ein Mann als eindeutige Aufforderung auffaßte?

Mit einiger Erleichterung gab sie am Spätnachmittag die Verantwortung an Nick Ingram ab. »Sie wollen ihn um fünf entlassen«, sagte sie draußen im Korridor zu ihm, »aber so wie's da drinnen läuft, bin ich mir gar nicht sicher, ob er überhaupt gehen will. Er hat sämtliche Schwestern fest um den kleinen Finger gewickelt und scheint sich hier äußerst wohl zu fühlen. Es würde mich gar nicht wundern, wenn er gleich im nächsten warmen Bettchen landet, sobald sie ihn aus seinem Krankenbett rausschmeißen. Ich persönlich kann zwar nicht verstehen, was an ihm so attraktiv sein soll, aber andererseits haben mich Wichser noch nie angetörnt.«

Ingram lachte gedämpft. »Bleiben Sie. Sie werden Ihren Spaß haben. Wenn er nicht Punkt fünf Uhr freiwillig hier rausmarschiert, werd ich ihm da drinnen die Eisen anlegen.«

»Okay«, sagte sie vergnügt. »Man kann nie wissen, vielleicht brauchen Sie ja Hilfe.«

Das Video anzusehen war eine Strafe. Nicht wegen seines Inhalts, der war äußerst diskret, wie der Sergeant aus Dartmouth versprochen hatte, sondern weil das Bild mit den Schaukelbewegungen der Jacht auf und nieder schwankte. Dennoch war es dem jungen Mädchen gelungen, Sequenzen von beträchtlicher Länge aufzunehmen, die Harding in scharfem Detail zeigten. Carpenter spielte das Video einmal ab und spulte es dann zurück bis zu der Stelle, wo Harding sich auf dem Rucksack niedergelassen hatte. Er hielt das Bild fest und fragte die Beamten, die sich in seinem Büro zusammendrängten: »Was glauben Sie, was er da tut?«

»Godzilla freilassen?« meinte einer der Männer mit einem anzüglichen kleinen Lachen.

»Er gibt jemandem ein Zeichen«, sagte eine Frau.

Carpenter spulte noch ein Stück zurück, um dem Schwenk der Kamera über die unscharfe Silhouette einer weißen Motorjacht zu folgen und über die verwischte Gestalt im Bikini, die auf dem Bauch im Bug lag. »Ja, der Meinung bin ich auch«, sagte er. »Fragt sich nur, wem.«

»Nick Ingram hat eine Liste der Boote gemacht, die an dem Tag dort waren«, bemerkte ein anderer Mann. »Es kann doch nicht schwer sein, sie ausfindig zu machen.«

»Ich weiß, daß eine Fairline Squadron mit zwei jungen Mädchen an Bord dort war«, sagte Carpenter. »Die *Gregory's Girl* aus Poole. Fangen Sie mit der an. Sie gehört einem Geschäftsmann aus Poole namens Gregory Freemantle.«

Ingram stieß sich von der Wand ab und versperrte Steven Harding den Weg, als dieser um Viertel vor fünf mit dem Arm in der Schlinge aus dem Krankenzimmer kam. »Guten Abend, Sir«, sagte er höflich. »Ich hoffe, es geht Ihnen wieder besser.«

»Was kümmert Sie das?«

Ingram lächelte. »Ich interessiere mich immer für die Leute, denen ich Beistand geleistet habe.«

»Also, ich rede kein Wort mit Ihnen. Sie sind doch der Kerl, der die Bullen auf mein Boot gehetzt hat.«

Ingram zeigte ihm seinen Dienstausweis. »Ich habe Sie am Sonntag vernommen. Constable Ingram, Polizei Dorset.«

Harding verengte die Augen zu Schlitzen. »Die behaupten, sie können die *Crazy Daze* bis auf weiteres zurückhalten, aber sie sind nicht bereit, mir zu erklären, woher sie das Recht dazu nehmen. Ich habe nichts getan, sie können mir überhaupt nichts vorwerfen, aber sie meinen, sie können mir ohne jeden Grund mein Boot stehlen.« Er sah Ingram mit zornigem Blick an. »Was heißt überhaupt ›bis auf weiteres‹?«

»Es kann alle möglichen Gründe geben, die es notwendig machen, einen beschlagnahmten Gegenstand zurückzuhalten«, erklärte Ingram hilfsbereit, wenn auch nicht unbedingt klar verständlich. Die zurückhaltungsrechtlichen Vorschriften waren äußerst schwammig, und bei der Polizei hatte man wenig Skrupel, sogenannte Beweismittel unter Bergen von Papierkram zu begraben, um sie nicht so schnell wieder herausrücken zu müssen. »Im Fall Ihres Bootes bedeutet es wahrscheinlich, daß die forensischen Untersuchungen noch nicht abgeschlossen sind, aber wenn das erledigt ist, sollten Sie es eigentlich unverzüglich zurückbekommen.«

»Das ist doch nichts als Augenwischerei. Die halten das Boot unter Verschluß, damit ich mich nicht nach Frankreich absetze.«

Ingram schüttelte den Kopf. »Frankreich wäre keine Lösung, Mr. Harding«, meinte er milde belehrend. »In Europa sind heutzutage alle mächtig kooperativ.« Er trat zur Seite und machte eine einladende Geste. »Gehen wir?«

Harding wich zurück. »Sie träumen wohl! Ich werde nirgendwo mit Ihnen hingehen.«

»Ich fürchte, es bleibt Ihnen nichts anderes übrig«, entgegnete Ingram scheinbar bedauernd. »Miss Jenner hat Sie wegen tätlichen Angriffs angezeigt, und ich muß deshalb darauf bestehen, daß Sie mir einige Fragen beantworten. Es wäre mir lieber, Sie kommen freiwillig mit, aber wenn es nicht anders geht, werde ich Sie festnehmen.« Er wies mit dem Kinn auf das Stück Korridor hinter Harding. »Da gibt's keinen Ausgang, das habe ich schon überprüft.« Dann zeigte er zur Tür am entgegengesetzten Ende, wo eine Frau vor einem Anschlagbrett stand. »Das ist der einzige Weg.«

Harding zog langsam seinen Arm aus der Schlinge, schätzte offensichtlich seine Chancen ein, dieses einfältige Riesenbaby in Uniform im Sprint zu schlagen; aber irgend etwas veranlaßte ihn, von einer Flucht abzusehen. Vielleicht war es die Tatsache, daß Ingram gut einen Kopf größer war als er. Vielleicht ließ die Frau am Anschlagbrett erkennen, daß sie eine Polizistin war. Oder vielleicht entdeckte er in Ingrams trägem Lächeln auch etwas, das ihn warnte...

Er zuckte gleichgültig die Achseln. »Na schön! Ich habe sowieso nichts anderes vor. Aber Sie sollten lieber Ihre kostbare Maggie verhaften. Sie hat nämlich mein Telefon gestohlen.«

23

Auf dem Beifahrersitz des Range Rover angeschnallt, wo Ingram ihn im Auge behalten konnte, hockte Harding fast die ganze Fahrt nach Swanage über grimmig schweigend in seiner Ecke. Ingram unternahm keinen Versuch, eine Unterhaltung mit ihm anzufangen. Gelegentlich, wenn er den Verkehr auf seiner linken Seite prüfte, trafen sich ihre Blicke, aber Ingram empfand keine Spur des Mitgefühls für Harding, das Galbraith auf der *Crazy Daze* plötzlich verspürt hatte. Er sah nichts als Unreife im Gesicht des jungen Mannes und verachtete ihn dafür. Er erinnerte ihn an all die jugendlichen Straftäter, die er im Lauf der Jahre festgenommen hatte und von denen nicht einer die Erfahrung oder die Einsicht besessen hatte, die zwangsläufigen Folgen seines Tuns zu erkennen. Sie alle sahen ihre Tat nur im Zusammenhang mit Vergeltung und Justiz und der Frage, ob sie würden ›sitzen‹ müssen, aber nie im Hinblick auf die langsame Zerstörung ihres eigenen Lebens.

Erst als sie durch den kleinen Ort Corfe Castle mit seinen zerfallenen mittelalterlichen Festungsmauern fuhren, brach Harding das Schweigen. »Das alles wäre nie passiert«, sagte er in ruhigem, vernünftigem Ton, »wenn Sie am Sonntag keine voreiligen Schlüsse gezogen hätten.«

»Was alles?«

»Alles eben. Meine Festnahme. Das hier.« Er berührte mit der Hand die Armschlinge. »Ich sollte überhaupt nicht hier sein. Ich hatte ein Engagement in London. Es hätte der Durchbruch für mich sein können.«

»Der einzige Grund, warum Sie hier sind, ist Ihr Angriff auf Miss Jenner heute morgen«, erklärte Ingram. »Was haben die Ereignisse vom Sonntag damit zu tun?«

»Sie würde mich überhaupt nicht kennen, wenn nicht der Mord an Kate gewesen wäre.«

»Das stimmt.«

»Und Sie glauben mir nicht, daß ich nichts damit zu tun hatte – keiner von Ihnen glaubt mir –, aber das ist nicht fair«, beschwerte sich Harding mit plötzlich aufwallender Bitterkeit. »Es ist nichts weiter als ein verdammt unglücklicher Zufall, genau wie der Zusammenstoß mit Maggie heute morgen. Glauben Sie denn, ich hätte mich ihr gezeigt, wenn ich gewußt hätte, daß sie da war?«

»Warum nicht?« Ingram gab Gas, als sie die Ortschaft hinter sich ließen.

Harding starrte mit trüber Miene auf Ingrams Profil. »Haben Sie eigentlich eine Ahnung, wie das ist, wenn man auf Schritt und Tritt von der Polizei beobachtet wird? Sie haben mein Auto und mein Boot. Ich muß in einem Haus wohnen, daß sie mir bestimmt haben. Ich werde wie ein Verbrecher behandelt, obwohl ich nichts verbrochen habe, aber wenn ich wütend werde, weil irgendeine dumme Gans so tut, als wäre ich Jack the Ripper, werde ich wegen tätlichen Angriffs angezeigt.«

Ingram hielt den Blick auf die Straße gerichtet. »Sie haben sie geschlagen. Finden Sie nicht, daß sie ein Recht darauf hatte, Sie wie Jack the Ripper zu behandeln?«

»Ich habe nur zugeschlagen, weil sie geschrien hat wie am Spieß.« Er kaute auf seinen Fingernägeln. »Sie haben ihr wahrscheinlich erzählt, ich wäre ein Vergewaltiger, und sie hat Ihnen natürlich geglaubt. Das war's, was mich so wütend gemacht hat. Am Sonntag hat sie sich mir gegenüber ganz normal benommen, und heute plötzlich –« Er brach ab.

»Wußten Sie, daß sie dort sein könnte?«

»Natürlich nicht. Woher hätte ich das wissen sollen?«

»Sie reitet fast jeden Morgen in das Tal. Es ist einer der wenigen Orte, wo sie ihre Pferde richtig galoppieren lassen kann. Jeder, der sie kennt, hätte Ihnen das sagen können. Es ist außerdem einer der wenigen Orte mit leichtem Zugang zum Strand.«

»Das habe ich nicht gewußt.«

»Warum wundert es Sie dann, daß sie Angst vor Ihnen hatte? Sie hätte auch vor jedem anderen Mann Angst gehabt, der auf dieser einsamen Landspitze plötzlich wie aus dem Nichts aufgetaucht wäre.«

»Bei Ihnen hätte sie keine Angst gehäbt.«

»Ich bin Polizist. Mir vertraut sie.«

»*Mir* hat sie auch vertraut«, versetzte Harding, »bis *Sie* ihr erzählt haben, ich wäre ein Vergewaltiger.«

Den gleichen Vorwurf hatte Maggie ihm gemacht, und Ingram mußte insgeheim zugeben, daß er gerechtfertigt war. Es war das schlimmste Unrecht, den Ruf eines unschuldigen Menschen zu zerstören, ganz gleich, auf welche Weise, und obwohl weder er selbst noch Galbraith wortwörtlich gesagt hatten, Harding sei ein Vergewaltiger, so war die versteckte Andeutung doch unmißverständlich gewesen.

Sie fuhren eine Weile schweigend weiter. Die Straße nach Swanage führte südöstlich am Grat von Purbeck entlang, und wo sich das grüne Weideland senkte, sah man in der Ferne das Meer schimmern. Die Sonne schien warm auf Ingrams Arm und Nacken; Harding jedoch, der im Schatten auf der linken Wagenseite saß, kauerte sich noch tiefer in seinen Sitz, als wäre ihm kalt, und starrte blicklos zum Fenster hinaus. Er schien in Lethargie versunken, und Ingram fragte sich, ob er noch immer versuchte, sich eine Rechtfertigung auszudenken, oder ob die Ereignisse dieses Morgens nun doch endlich ihren Tribut von ihm forderten.

»Diesen Hund sollte man erschießen«, sagte Harding plötzlich.

Aha, er bastelt also immer noch an seiner Verteidigung, dachte Ingram, etwas verwundert, daß Harding so lange dazu gebraucht hatte, dieses Argument vorzubringen.

»Miss Jenner sagt, er habe sie nur beschützen wollen«, entgegnete er milde.

»Er hat mich fast zerfleischt.«

»Sie hätten sie nicht angreifen sollen.«

Harding seufzte tief. »Das wollte ich ja auch gar nicht«, bekannte er, als sei ihm klargeworden, daß es nur Zeitverschwendung wäre, sich weiter mit Ingram zu streiten. »Ich hätte es wahrscheinlich nicht getan, wenn sie mich nicht pervers genannt hätte. Der letzte, der das getan hat, war mein Vater, und ich habe ihn dafür niedergeschlagen.«

»Warum hat er Sie als pervers bezeichnet?«

»Weil er altmodisch ist und ich ihm erzählt habe, daß ich einen Pornofilm gemacht hatte, um Geld zu verdienen.« Harding ballte die Hände zu Fäusten. »Wenn die Leute doch bloß nicht dauernd ihre Nase in meine Angelegenheiten stecken würden. Es geht mir echt auf den Geist, daß mir jeder ständig Vorträge darüber hält, wie ich mein Leben zu führen habe.«

Ingram schüttelte gereizt den Kopf. »Es gibt nichts umsonst, Mr. Harding.«

»Was soll denn das nun wieder heißen?«

»Lebe jetzt, zahle später. Alles hat seinen Preis. Niemand hat Ihnen einen Rosengarten versprochen.«

Harding drehte den Kopf und schaute zum Seitenfenster hinaus, um Ingram, den er offensichtlich für selbstgerecht und gönnerhaft hielt, die kalte Schulter zu zeigen. »Ich weiß beim besten Willen nicht, worüber Sie eigentlich reden.«

Ingram lächelte dünn. »Das ist mir klar.« Er sah Harding flüchtig von der Seite an. »Was haben Sie heute morgen auf Emmetts Hill gemacht?«

»Ich bin gewandert.«

Einen Moment blieb es still, dann lachte Ingram. »Was Besseres fällt Ihnen nicht ein?«

»Es ist die Wahrheit.«

»Machen Sie mir doch nichts vor. Sie haben einen ganzen Tag Zeit gehabt, sich etwas auszudenken, aber wenn das die einzige Erklärung ist, die Ihnen einfällt, müssen Sie von der Polizei schon eine sehr geringe Meinung haben.«

Harding wandte sich ihm mit einem entwaffnenden Lächeln zu. »Die habe ich auch.«

»Dann wollen wir doch mal sehen, ob sich das nicht ändern läßt.« Ingrams Lächeln war beinahe ebenso entwaffnend.

Gregory Freemantle goß sich im Wohnzimmer seiner Wohnung in Poole gerade einen Whisky ein, als seine Freundin zwei Kriminalbeamte hereinführte. Die Atmosphäre war spürbar geladen, und beide Männer merkten sofort, daß sie mitten in einen Riesenkrach hineingeplatzt waren.

»Sergeant Campbell und Constable Langham von der Kriminalpolizei«, sagte sie kurz. »Sie möchten dich sprechen.«

Freemantle war ein Peter-Stringfellow-Typ, ein alternder Playboy mit strähnigem blondem Haar und einem ersten Anflug von Hoffnungslosigkeit in den schlaffen Falten um Augen und Kinn. »O Gott«, stöhnte er, »Sie nehmen ihr Gerede von dem verdammten gekenterten Beiboot doch wohl hoffentlich nicht ernst! Sie hat keine Ahnung vom Segeln« – er legte eine kurze Denkpause ein – »oder von Kindern, was das betrifft. Alles, was sie hat, ist ein großes Mundwerk.« Er machte eine Gebärde mit Daumen und Zeigefinger, um einen klappernden Schnabel nachzuahmen.

Er war der Typ Mann, der bei anderen Männern eine instinktive Abneigung hervorrief, und Campbell warf der Freundin einen mitleidigen Blick zu. »Es war tatsächlich ein gekentertes Schlauchboot, Mr. Freemantle. Und, doch, wir haben Miss Hales Angaben sehr ernst genommen.«

Freemantle prostete seiner Freundin zu. »Bravo, Jenny.« Sein glasiger Blick bewies, daß er bereits mehr getrunken hatte, als gut für ihn war, aber er kippte trotzdem zwei Fingerbreit puren Whiskys hinunter, ohne mit der Wimper zu zucken. »Was wollen Sie?« fragte er Campbell. Er bot den beiden Beamten keinen Platz an. Statt dessen wandte er sich wieder der Whiskyflasche zu und schenkte sich erneut ein.

»Wir ermitteln im Mordfall Kate Sumner«, erklärte Campbell, »und befragen jeden, der am Sonntag in Chapman's Pool war. Soweit wir wissen, waren Sie mit Ihrem Boot dort, einer Fairline Squadron.«

»Wozu fragen Sie eigentlich noch? Sie hat es Ihnen doch schon erzählt.«

»Wer war mit Ihnen an Bord?«

»Jenny und meine zwei Töchter, Marie und Fliss. Und es war ein Alptraum, falls es Sie interessiert. Da kauft man ein Boot, um allen eine Freude zu machen, und sie haben nichts anderes zu tun, als sich gegenseitig anzugiften. Ich verkaufe das verdammte Ding wieder.« Seine alkoholtrüben Augen füllten sich mit Selbstmitleid. »Allein rauszufahren ist ziemlich öde, aber drei Giftspritzen mitzunehmen macht erst recht keinen Spaß.«

»Trug eine Ihrer Töchter einen Bikini und lag sie am Sonntag zwischen halb eins und eins am Bug in der Sonne, Sir?«

»Keine Ahnung.«

»Hat eine von ihnen einen Freund namens Steven Harding?«

Er zuckte gleichgültig die Achseln.

»Ich wäre Ihnen dankbar für eine Antwort, Mr. Freemantle.«

»Sie werden aber keine bekommen, weil ich es nicht weiß und es mich auch nicht interessiert«, entgegnete er aggressiv. »Ich hab die Nase voll von den Frauen von heute, und je eher sie alle genetisch darauf getrimmt werden, sich wie die Ehefrauen von Stepford zu benehmen, desto besser.« Er hob sein Glas. »Meine Frau läßt mir mitteilen, daß sie beabsichtigt, die Firma in den Bankrott zu stürzen, damit sie sich drei Viertel meines Vermögens unter den Nagel reißen kann. Meine fünfzehnjährige Tochter eröffnet mir, daß sie schwanger ist und mit so einem langhaarigen Schmierenkomödianten nach Frankreich durchbrennen will, und meine Freundin« – er schwenkte sein Glas in Jenny Hales Richtung –, »die da drüben, hält mir vor, es wäre alles meine Schuld, weil ich meine Pflichten als Ehemann und Vater vernächlässigt hätte. Na dann, Prost! Auf die Männer!«

Campbell wandte sich an Jenny Hale. »Können Sie uns vielleicht helfen, Miss Hale?«

Sie sah ihren Freund fragend an, suchte offensichtlich Unterstützung, aber als er ihrem Blick beharrlich auswich, sagte sie mit einem leichten Achselzucken: »Ach, was soll's, ich habe sowieso nicht vor, mich hier in Zukunft noch einmal blicken zu lassen. Marie, die Fünfzehnjährige, hatte einen Bikini an und lag vor dem Mittagessen am Bug in der Sonne. Sie lag auf dem Bauch, weil ihr Vater nicht sehen sollte, daß sie schwanger ist, und machte ihrem Freund Zeichen, der am Ufer saß und sich zu ihrem Ergötzen einen runterholte. Sie hat uns inzwischen mitgeteilt, daß ihr Freund Steve Harding heißt und in London Schauspieler ist. Ich habe gleich gemerkt, daß sie was im Schilde führte, weil sie von dem Moment an, als wir in Poole ablegten, total aufgedreht war. Und mir war klar, daß es mit dem Jungen am Strand zu tun haben mußte, weil sie bitterböse wurde, nachdem er verschwunden war, und seitdem ungenießbar ist.« Sie seufzte. »Darum ging es auch bei unserer Auseinandersetzung eben. Als sie heute hier erschien und wieder einen ihrer Tobsuchtsanfälle bekam, habe ich ihrem Vater gesagt, er solle sich ausnahmsweise mal dafür interessieren, was wirklich los ist. Mir ist nämlich schon eine ganze Weile klar, daß sie nicht nur schwanger ist, sondern auch Drogen nimmt. Tja, und jetzt ist offener Krieg ausgebrochen.«

»Ist Marie noch hier?«

Jenny nickte. »Im Gästezimmer.«

»Wo lebt sie normalerweise?«

»In Lymington, bei ihrer Mutter.«

»Wissen Sie, was sie und ihr Freund am Sonntag vorhatten?«

Sie warf einen Blick auf Freemantle. »Sie wollten zusammen nach Frankreich durchbrennen, aber als die Tote am Strand gefunden wurde, mußten sie den Plan aufgeben, weil zu viele Zuschauer da waren. Steve hat offenbar ein Boot, das er in der Salterns-Marina liegen hatte, und Marie sollte ihrem Vater vorschwindeln, sie wolle eine Wanderung nach Worth Matravers machen, und dann einfach aus Chapman's Pool verschwinden. Sie und Steve glaubten, wenn sie sich Männerkleidung anziehen würde, die Steve mitbringen wollte, und sie über Land zur Fähre zurückmarschierten, könnten sie schon am Abend auf dem Weg nach Frankreich sein, und kein Mensch würde jemals wissen, wohin Marie verschwunden und mit wem sie zusammen war.« Sie schüttelte den Kopf. »Jetzt droht sie mit Selbstmord, wenn ihr Vater ihr nicht erlaubt, die Schule aufzugeben und zu Steve nach London zu ziehen.«

Während Beamte der Spurensicherung die Garage in Lymington systematisch auseinandernahmen, saßen Superintendent Carpenter und Inspector Galbraith mit Tony Bridges in einem Vernehmungszimmer, um seine Aussage auf Band aufzuzeichnen. Bridges lehnte es allerdings ab, irgend etwas von dem zu wiederholen, was er Galbraith über seine und Hardings Schmuggelgeschäfte berichtet hatte, doch da die Angelegenheit sowieso in die Zuständigkeit der Zoll- und Finanzbehörden fiel, regte sich Carpenter nicht weiter über diese Weigerung auf. Statt dessen zog er es vor, Bridges zu schockieren, indem er ihm die Videoaufnahme des munter onanierenden Harding zeigte, und fragte ihn dann, ob es eine Gewohnheit seines Freundes sei, sich auf diese Weise in der Öffentlichkeit zur Schau zu stellen.

Überraschenderweise war Bridges tatsächlich schockiert.

»Mein Gott!« rief er und wischte sich die Stirn mit dem Hemdsärmel. »Woher soll ich das wissen? Wir führen jeder unser eigenes Leben! In meinem Beisein hat er so was nie getan.«

»So schlimm ist es doch gar nicht«, murmelte Galbraith, der neben Carpenter saß. »Nur eine diskrete kleine Selbstbefriedigung. Warum geraten Sie deswegen in Schweiß, Mr. Bridges?«

Bridges warf ihm einen nervösen Blick zu. »Ich habe den Eindruck, daß es vielleicht doch nicht ganz so harmlos ist. Sonst hätten Sie mir das Band nicht gezeigt.«

»Sie sind ein kluger Junge«, sagte Carpenter und hielt den Film an der Stelle an, wo Harding sich säuberte. »Er benutzt ein T-Shirt. Wenn man genau hinsieht, kann man auf der Vorderseite das Logo vom Derby FC erkennen. Das T-Shirt gehört einem zehnjährigen Jungen namens Danny Spender. Er ist überzeugt, daß Harding es ihm am Sonntag mittag gestohlen hat, und eine halbe Stunde später benutzte er es, wie wir hier sehen, um darin zu ejakulieren. Sie kennen den Mann besser als jeder andere. Würden Sie sagen, daß er eine Vorliebe für kleine Jungen hat?«

Bridges reagierte noch schockierter. »Nein!«

»Wir haben einen Zeugen, der uns berichtet hat, daß Harding die Hände nicht von den zwei Jungen lassen konnte, die Kate Sumners Leiche entdeckt hatten. Einer der Jungen hat uns erzählt, Harding habe mit seinem Handy an sich gefummelt, um vor den Jungen eine Erektion herbeizuführen. Ein Polizeibeamter hat uns berichtet, daß die Erektion anhielt, solange die Jungen in seiner Nähe waren.«

»Ach, verdammt!« Bridges fuhr sich mit der Zunge über die trockenen Lippen. »Ich habe immer gedacht, er kann Kinder nicht ausstehen. Er haßt es, mit ihnen zu arbeiten, er haßt es, wenn ich von der Schule erzähle.« Er warf einen Blick auf das erstarrte Bild auf dem Fernsehschirm. »Das kann einfach nicht stimmen. Zugegeben, er ist ganz schön auf Sex fixiert – redet viel zu viel drüber – mag Pornofilme – gibt mit flotten Dreiern an und so –, aber doch immer in Zusammenhang mit Frauen. Ich hätte meinen letzten Penny darauf gewettet, daß er ein stinknormaler Hetero ist.«

Carpenter beugte sich vor, um Bridges mit scharfem Blick zu mustern, dann richtete er sein Augenmerk wieder auf den Bildschirm. »Das bringt Sie wirklich in Rage, nicht wahr? Wie kommt das, Mr. Bridges! Haben Sie sonst noch jemanden in dem Video erkannt?«

»Nein. Ich finde das Ganze nur obszön, weiter nichts.«

»Schlimmer als die Pornofilme, die er macht, kann es doch auch nicht sein.«

»Das weiß ich nicht. Ich habe nie einen gesehen.«

»Aber Sie müssen doch Fotos von ihm gesehen haben. Beschreiben Sie sie uns.«

Bridges schüttelte den Kopf.

»Sind bei den Aufnahmen Kinder dabei? Wir wissen, daß er Schwulenpornos gemacht hat. Hat er auch Pornoaufnahmen mit Kindern gemacht?«

»Ich habe keine Ahnung. Ich weiß nichts davon. Da müssen Sie seinen Agenten fragen.«

Carpenter machte sich eine Notiz. »Pädophilenringe zahlen das Doppelte von dem, was andere bezahlen.«

»Ich habe damit nichts zu tun.«

»Sie sind Lehrer, Mr. Bridges. Sie haben Kindern gegenüber eine größere Verantwortung als die meisten anderen. Macht er Pornoaufnahmen mit Kindern?«

Bridges schüttelte den Kopf.

»Anthony Bridges verweigert auf diese Frage die Antwort«, diktierte Carpenter ins Mikrofon und sah dann auf ein Blatt Papier, das vor ihm lag. »Am Dienstag erklärten Sie uns, Steven Harding sei nicht ›der Typ, der mit seinen Eroberungen hausieren geht‹. Jetzt erzählen Sie uns, daß er mit flotten Dreiern geprahlt hat. Was ist nun wahr?«

»Die Prahlerei«, antwortete Bridges, mit größerer Sicherheit jetzt. Er sah Galbraith an. »Darum weiß ich ja so viel über Kate. Er hat mir immer haarklein erzählt, was sie getrieben haben.«

Galbraith hob die Hand, um seine verspannten Nackenmuskeln zu massieren. »Aber man hat den Eindruck, daß das alles nur Gerede war und keine Taten dahinterstanden, Mr. Bridges. Ihr Freund scheint sich am liebsten mit sich selbst zu amüsieren. An Stränden. Auf seinem Boot. In seiner Wohnung. Ist Ihnen schon mal der Gedanke gekommen, daß seine Frauengeschichten nichts als Märchen sein könnten?«

»Nein. Weshalb denn? Er sieht gut aus. Die Frauen fliegen auf ihn.«

»Na schön, anders gefragt: Wie viele von diesen Frauen haben Sie persönlich kennengelernt? Wie oft bringt er sie in Ihr Haus?«

»Das hat er gar nicht nötig. Er nimmt sie mit auf sein Boot.«

»Wieso ist dann auf dem Boot nichts davon zu merken? Wir haben einige Kleidungsstücke von Frauen gefunden und ein Paar Kinderschuhe, vermutlich Hannahs, aber keine Spur davon, daß er je eine Frau in seinem Bett hatte.«

»Das können Sie doch überhaupt nicht wissen.«

»Ach, kommen Sie«, sagte Galbraith ungeduldig, »Sie sind Chemiker. Seine Bettlaken sind voller Spermaflecken, aber nichts weist darauf hin, daß eine Frau mit ihm im Bett war, als er ejakulierte.«

Bridges warf Carpenter einen verzweifelten Blick zu. »Ich kann Ihnen doch nur sagen, was Steve mir erzählt hat. Es ist nicht meine Schuld, wenn der Idiot Märchen erzählt.«

»Das ist richtig«, stimmte Carpenter zu, »aber Sie versichern uns doch dauernd, was für ein Teufelskerl er ist.« Einem Hefter auf dem Tisch entnahm er das Protokoll von Bridges' früherer Aussage und legte es vor sich hin. »Sie scheinen fast so etwas wie Komplexe zu haben, was sein gutes Aussehen angeht. Ich will Ihnen mal vorlesen, was Sie Anfang der Woche sagten: ›*Steve ist ein gutaussehender Mann und genießt sein Leben. Er hat immer mindestens zwei Frauen gleichzeitig an der Hand …*‹« Er sah auf und zog fragend die Augenbrauen hoch. »Möchten Sie dazu etwas sagen?«

Es war offensichtlich, daß Bridges keine Ahnung hatte, was diese Fragen bezweckten, und daß er Zeit zum Überlegen brauchte. Die Polizeibeamten fanden das beide interessant. Es war, als versuchte er, die Züge einer Schachpartie vorauszusehen, und geriete allmählich in Panik, weil die Niederlage unausweichlich schien. Immer wieder schweifte sein Blick zum Bildschirm, dann senkte er hastig die Lider, als könnte er den Anblick der Szene nicht ertragen. »Ich weiß nicht, was Sie von mir hören wollen.«

»Ganz einfach, Mr. Bridges, wir versuchen, das Bild, das Sie uns von Steve Harding gezeichnet haben, mit unseren Erkenntnissen in Einklang zu bringen. Sie möchten uns glauben machen, Ihr Freund hätte eine längere Affäre mit einer älteren verheirateten Frau gehabt, aber wir haben Schwierigkeiten, Beweise dafür zu finden, daß es eine solche Affäre jemals gegeben hat. Meinem Kollegen haben Sie beispielsweise erzählt, Harding hätte sich gelegentlich bei Ihnen mit Kate Sumner getroffen, aber obwohl in Ihrem Haus offensichtlich seit Monaten nicht mehr saubergemacht worden ist, haben wir in keinem der Räume auch nur einen einzigen Fingerabdruck Kate Sumners gefunden. Ebenso gibt es keinen Hinweis darauf, daß Kate Sumner je in Hardings Wagen gesessen hat; Sie jedoch behaupten, er wäre in ebendiesem Wagen häufig mit ihr in den New Forest gefahren, und die beiden hätten auf dem Rücksitz Geschlechtsverkehr gehabt.«

»Er hat gesagt, sie müßten sich einsame Orte suchen, um nicht zusammen gesehen zu werden. Sie hatten Angst, William Sumner könnte was mitkriegen. Steve hat behauptet, der Mann wäre so eifersüchtig, daß er Amok laufen würde, wenn er dahinterkäme, daß seine Frau ihn betrügt.« Er krümmte sich unter Carpenters skeptischem Blick. »Ich kann doch nichts dafür, wenn er mich angelogen hat«, protestierte er.

»Er hat uns William Sumner als alt und spießig beschrieben«, sagte Carpenter sinnend. »Ich kann mich nicht erinnern, daß er behauptet hätte, Sumner wäre aggressiv.«

»Mir gegenüber hat er's aber behauptet.«

Galbraith richtete sich auf seinem Stuhl auf. »Ihr ganzes Wissen über Hardings *angebliche*« – er legte bewußt Betonung auf das Wort – »Affäre mit Kate Sumner beruht also auf einem einzigen Zusammentreffen mit ihr in einem Pub und auf Steve Hardings Berichten?«

Bridges nickte, sagte aber nichts.

»Anthony Bridges nickt zur Antwort«, diktierte Carpenter und fragte dann: »Hat er sich denn dieser Beziehung geschämt, Mr. Bridges? Hat er Kate deshalb nur einmal mit Ihnen zusammengebracht? Sie haben ja selbst gesagt, Sie hätten nichts an ihr finden können.«

»Sie war verheiratet«, sagte Bridges. »Ist doch klar, daß er nicht mit einer verheirateten Frau durch die Stadt stolziert.«

»Ist er überhaupt jemals mit einer Frau durch die Stadt stolziert?«

Langes Schweigen. »Die meisten seiner Freundinnen sind verheiratet.«

»Oder nur erfunden?« meinte Carpenter. »Wie seine Behauptung, Bibi wäre seine Freundin?«

Bridges sah verwirrt aus, als ränge er mit flüchtig aufgeschnappten, halbverstandenen Wahrheiten, die nun plötzlich einen Sinn ergaben. Er antwortete nicht.

Galbraith zeigte mit dem Finger auf den Fernsehschirm. »Wir haben allmählich den Verdacht, daß das ganze Gerede nichts als Taktik war, um zu verschleiern, daß sich in puncto Frauen überhaupt nichts bei ihm abspielte. Vielleicht hat er vorgegeben, Frauen zu mögen, um zu verbergen, daß seine Vorlieben in eine ganz andere Richtung gehen? Vielleicht will der arme Kerl sich das selbst nicht eingestehen und läßt in aller Stille Dampf ab, um die Kontrolle über sich zu behalten?« Er richtete den Finger anklagend auf Bridges. »Aber wenn das wahr ist, wie sieht's dann mit Ihnen und Kate Sumner aus?«

Bridges schüttelte den Kopf. »Ich verstehe nicht.«

Galbraith zog sein Notizheft heraus und schlug es auf. »Ich werd Ihnen mal einiges zitieren, was Sie über die Frau gesagt haben: ›*Ich glaube, die hat nur von Seifenopern gelebt...*‹ ›*Kate behauptete, Hannah würde brüllen ohne Ende...*‹ ›*Vermutlich hatte sie Schwachköpfe wie ihren Ehemann schon so lange mit Erfolg reingelegt...*‹ und so weiter und so fort. Sie haben mir fünfzehn Minuten lang sehr beredt, und ohne daß ich Sie darum bitten mußte, von ihr erzählt.« Er legte das Heft auf den Tisch.

»Möchten Sie uns nicht sagen, woher Sie so viel über eine Frau wissen, der Sie lediglich ein einziges Mal begegnet sind?«

»Alles, was ich weiß, habe ich von Steve.«

Carpenter wies mit einer Kopfbewegung auf den Recorder. »Es handelt sich hier um eine offizielle Vernehmung, die aufgezeichnet wird, Mr. Bridges. Lassen Sie mich die Frage neu formulieren, damit es keine Mißverständnisse geben kann. Wie erklären Sie Ihr umfassendes und zutreffendes Wissen über Kate Sumner in Anbetracht der Tatsache, daß die Sumners erst seit kurzer Zeit in Lymington ansässig sind, daß sowohl Steven Harding als auch William Sumner eine Beziehung zwischen Harding und Kate Sumner bestritten haben und daß Sie, Anthony Bridges, behaupten, der Frau nur einmal begegnet zu sein?«

Marie Freemantle war eine hochgewachsene Blondine mit langem, welligem Haar und Rehaugen, die in Tränen schwammen. Nachdem ihr versichert worden war, daß Steven Harding gesund sei und derzeit über die Gründe seines Aufenthalts in Chapman's Pool am Sonntag Auskunft gab, trocknete sie sich die Augen und schenkte den Polizeibeamten ein routiniertes Lächeln. Beide Männer hatten sich zunächst von ihrer Schönheit anrühren lassen, aber ihre Anteilnahme hatte sich unter dem Eindruck des egozentrischen, fordernden Wesens, das sich hinter der Fassade verbarg, schnell verflüchtigt. Besonders intelligent war sie offenbar auch nicht. Sie kam überhaupt nicht auf den Gedanken, die Polizei könnte sie befragen, weil Steven Harding des Mordes an Kate Sumner verdächtigt wurde. Sie war zu einem Gespräch mit ihnen nur unter der Bedingung bereit, daß ihr Vater und seine Freundin nicht dabei sein würden, und ihre Gehässigkeit, besonders gegen die Frau, die sie als »blödes Luder, das sich in alles einmischt« bezeichnete, war ungeheuer. »Ich hasse sie«, schloß sie. »Alles war in Butter, bis sie sich eingemischt hat.«

»Mit anderen Worten, Sie hatten immer die Freiheit zu tun, was Sie wollten?« meinte Campbell.

»Ich bin alt genug.«

»Wie alt waren Sie, als Sie das erstemal Geschlechtsverkehr mit Steven Harding hatten?«

»Fünfzehn.« Sie zuckte die Achseln. »Aber das ist heutzutage gar nichts. Die meisten Mädchen, die ich kenne, haben schon mit dreizehn angefangen.«

»Seit wann kennen Sie ihn?«

»Seit sechs Monaten.«

»Wie oft haben Sie mit ihm geschlafen?«

»Oft.«

»Und wo?«

»Meistens auf seinem Boot.«

Campbell runzelte die Stirn. »In der Kabine?«

»Nur selten. In der Kabine stinkt's«, erklärte sie. »Wir nehmen immer eine Decke mit raus und tun's in der Sonne oder unter den Sternen. Das ist ganz toll.«

»Während das Boot an der Boje vertäut ist?« fragte Campbell ziemlich entsetzt. Wie zuvor Galbraith war auch er fassungslos über die Kluft, die sich zwischen seiner Generation und der heutigen Jugend aufgetan zu haben schien. »Direkt vor der Fähre?«

»Nein, natürlich nicht«, entgegnete sie gereizt. »Er holt mich irgendwo ab, und dann segeln wir ein Stück.«

»Und wo holt er Sie ab?«

»Ach, immer woanders. Er meint, er würde gelyncht werden, wenn rauskäme, daß er mit einer Fünfzehnjährigen befreundet ist, darum wechseln wir immer den Treffpunkt, damit keiner was merkt. Ich meine, wenn man einmal in zwei Wochen irgendwo anlegt, wer erinnert sich schon daran? Ich geh auf dem Fußweg außen um den Jachthafen rum, und er saust mit seinem Schlauchboot rein und holt mich. Manchmal fahre ich auch mit dem Zug nach Poole und treffe mich dort mit ihm. Meine Mutter denkt, ich bin bei meinem Vater, und mein Vater denkt, ich bin bei meiner Mutter. Es ist ganz einfach. Ich rufe ihn über sein Handy an, und er sagt mir, wohin ich kommen soll.«

»Haben Sie ihm heute morgen eine Nachricht auf seinem Handy hinterlassen?«

Sie nickte. »Er kann mich nicht anrufen, sonst merkt meine Mutter womöglich was.«

»Wie haben Sie ihn überhaupt kennengelernt?«

»Im Jachtklub in Lymington. Da war am Valentinstag ein Fest, und mein Vater hatte Karten besorgt, weil er noch Mitglied ist, obwohl er jetzt in Poole lebt. Meine Mutter hat Fliss und mir erlaubt hinzugehen, wenn mein Vater auf uns aufpassen würde, aber er war blau wie immer und hat sich gar nicht um uns gekümmert. Da war er noch mit seiner blöden Sekretärin zusammen. Die habe ich wirklich gehaßt. Dauernd hat sie versucht, ihn gegen mich aufzuhetzen.«

Campbell hätte am liebsten gesagt, daß das sicher nicht schwierig gewesen sei. »Hat Ihr Vater Sie mit Steven Harding bekannt gemacht? Kannte er ihn?«

»Nein. Einer meiner Lehrer hat ihn mir vorgestellt. Er und Steve sind seit Ewigkeiten befreundet.«

»Wer ist der Lehrer?«

»Tony Bridges.« Ihre vollen Lippen verzogen sich zu einem boshaften Lächeln. »Er war schon lange hinter mir her und wollte sich gerade an mich ranmachen, als Steve ihm dazwischengefunkt hat. Mann, war der sauer. Das ganze Halbjahr löchert er mich schon mit Fragen, weil er unbedingt rauskriegen will, was läuft, aber Steve hat gesagt, ich soll ihm ja nichts sagen, sonst bringt er uns womöglich in Teufels Küche, weil ich ja noch minderjährig bin. Er sagt, Tony ist so eifersüchtig, daß er uns das Leben zur Hölle machen würde, wenn er könnte.«

Campbell dachte an sein Gespräch mit Bridges am Montag abend zurück. »Vielleicht fühlt er sich für Sie verantwortlich.«

»Darum geht's ihm ganz bestimmt nicht«, widersprach sie verächtlich. »Er ist ein armes Würstchen – *das* ist der Grund. Kein Mädchen bleibt bei ihm, weil er meistens total zugekifft ist und ihn nicht hochkriegt. Er ist jetzt seit ungefähr vier Monaten mit so einer Friseuse befreundet, und Steve hat mir erzählt, daß er ihr irgendein Mittel gibt, damit sie sich nicht über die jämmerliche Vorstellung beschwert, die er im Bett gibt. Wenn Sie meine Meinung hören wollen, bei dem stimmt was nicht – in der Schule versucht er ständig, die Mädchen zu begrapschen –, aber unser blöder Direktor ist zu vernagelt, um was zu unternehmen.«

Campbell tauschte einen Blick mit seinem Kollegen. »Woher weiß Mr. Harding, daß Tony Bridges dem Mädchen Mittel gibt?« fragte er.

»Er hat's gesehen. So eine Art K.-o.-Tropfen. Man löst eine Tablette in Bier auf, und das Mädchen kippt um.«

»Wissen Sie, was für ein Mittel er benutzt?«

Wieder ein Achselzucken. »Irgendwelche Schlaftabletten.«

»Ohne einen Anwalt sage ich gar nichts mehr«, erklärte Tony Bridges mit Entschiedenheit. »Hören Sie, diese Frau war krank. Sie finden ihre kleine Tochter seltsam? Glauben Sie mir, die ist im Vergleich zu ihrer Mutter so normal wie Sie und ich.«

Sandy Griffiths hörte in der Küche das Klirren splitternden Glases und hob verwundert den Kopf. Sie hatte Hannah im Wohnzimmer vor den Fernsehapparat gesetzt, und William Sumner war ihres Wissens noch immer oben in seinem Arbeitszimmer. Besorgt horchend schlich sie auf Zehenspitzen durch den Flur und wäre, als sie die Tür zum Wohnzimmer öffnete, beinahe gegen Sumner geprallt, der mit dem Rücken zu ihr im Zimmer stand. Sein Gesicht war aschfahl, als er sich zu ihr umdrehte und mit hilfloser Geste auf das kleine Mädchen wies, das zielstrebig durch das Zimmer lief, sämtliche gerahmten Fotos seiner Mutter einsammelte und sie mit schrillen, heiseren Schreien in den offenen Kamin schleuderte.

Ingram stellte Steven Harding eine Tasse Tee hin und setzte sich ihm gegenüber an den Tisch. Die Haltung des Mannes verblüffte ihn. Er hatte eine lange Vernehmung mit heftigen Protesten und Gegenbeschuldigungen erwartet. Statt dessen hatte Harding seine Schuld unumwunden zugegeben und allem beigepflichtet, was Maggie in ihrer Aussage zu Protokoll gegeben hatte. Alles, was ihn jetzt erwartete, war, offiziell beschuldigt und über Nacht in eine Zelle gebracht zu werden. Seine einzige Sorge hatte seinem Telefon gegolten. Als Ingram es dem Aufsichtsbeamten übergeben und in die Bestandsliste von Hardings Besitztümern eingetragen hatte, hatte Harding sichtlich erleichtert gewirkt. Ob über die Tatsache, daß er es wiederhatte, oder weil es abgeschaltet war, konnte Ingram jedoch nicht erkennen.

»Wollen wir nicht mal ganz unter uns sprechen?« forderte er Harding jetzt auf. »Nur um meine Neugier zu befriedigen. Ohne Tonbandaufzeichnung, ohne Zeugen. Nur Sie und ich.«

Harding zuckte die Achseln. »Worüber wollen Sie denn reden?«

»Über Sie. Über das, was hier eigentlich vorgeht. Warum Sie am Sonntag auf dem Küstenwanderweg waren. Warum Sie heute morgen nach Chapman's Poole zurückgekommen sind.«

»Das habe ich Ihnen doch schon gesagt. Ich hatte Lust auf eine Wanderung« – er versuchte ein freches Lächeln, das recht gut gelang –, »beide Male.«

»Wie Sie wollen.« Er erhob sich von seinem Platz. »Es ist Ihre Beerdigung. Beschweren Sie sich hinterher nur nicht, daß niemand Ihnen helfen wollte. Sie haben sich von Anfang an als Verdächtiger angeboten. Sie haben das Opfer gekannt, Sie besitzen ein Boot, Sie waren an Ort und Stelle, Sie haben auf Fragen, was Sie dort zu tun hatten, gelogen. Können Sie sich vorstellen, wie das alles zusammen auf ein Gericht wirken wird, wenn die Staatsanwaltschaft beschließen sollte, Sie wegen Vergewaltigung und Mordes unter Anklage zu stellen?«

»Das kann sie gar nicht. Sie hat keine Beweise.«

»Herrgott noch mal, Harding, werden Sie endlich erwachsen!« rief er gereizt und ließ sich wieder auf seinen Stuhl sinken. »Lesen Sie keine Zeitung? Unzählige Menschen haben aufgrund weit dürftigeren Beweismaterials, als man in Winfrith gegen Sie zusammengetragen hat, jahrelang im Gefängnis gesessen. Gewiß, es sind alles nur Indizien, aber Geschworene mißtrauen Zufällen ebensosehr wie jeder von uns, und was Sie sich heute morgen geleistet haben, ist nicht gerade hilfreich. Es beweist, daß Sie nicht davor zurückschrecken, eine Frau zu schlagen, wenn Sie in Wut geraten.« Er hielt inne, weil er eine Erwiderung erwartete, aber es kam keine.

»Falls es Sie interessiert, in dem Bericht, den ich am Montag geschrieben habe«, fuhr er fort, »habe ich erwähnt, daß sowohl Miss Jenner wie auch ich den Eindruck hatten, Sie seien sexuell hoch erregt gewesen. Später erzählte einer der beiden Spenders, Sie hätten Ihr Handy zum Masturbieren benutzt, bevor Miss Jenner eintraf.« Er zuckte die Achseln. »Schon möglich, daß das nichts mit Kate Sumner zu tun hatte, aber vor Gericht wird es sich bestimmt nicht gut ausnehmen.«

Eine dunkle Röte stieg Harding ins Gesicht. »Das ist doch wirklich das letzte!«

»Aber trotzdem wahr.«

»Hätte ich nur diesen Jungs nie geholfen«, stieß er wütend hervor. »Daß ich jetzt so in der Scheiße sitze, habe ich nur ihnen zu verdanken. Ich hätte einfach gehen und sie sich selbst überlassen sollen.« Er strich sich das Haar aus dem Gesicht und ließ den Kopf in die Hände sinken. »Großer Gott! Warum müssen Sie so was in einen Bericht schreiben?«

»Weil es sich so abgespielt hat.«

»Nein, so nicht«, widersprach er trotzig, immer noch mit schamroten Wangen.

»Wie dann?« Ingram beobachtete ihn einen Moment. »Die Kollegen von der Kripo sind der Meinung, Sie wären zurückgekehrt, um sich rückblickend an der Vergewaltigung zu weiden, und dabei kam es zu der Erektion.«

»Das ist doch Schwachsinn!« sagte Harding wütend.

»Was für eine Erklärung gibt es denn sonst? Wenn nicht der Gedanke an Kate Sumner Sie erregte, können es eigentlich nur Miss Jenner oder die Jungs gewesen sein.«

Harding hob den Kopf und starrte Ingram in einer Mischung aus Entsetzen und Abscheu an. »Die Jungs?« wiederholte er.

Ingram schoß der Gedanke durch den Kopf, daß die Mimik ein wenig zu dramatisch war, und er rief sich ins Gedächtnis, daß er es mit einem Schauspieler zu tun hatte. Er fragte sich, wie Harding wohl reagieren würde, wenn er von dem Video hörte.

»Sie konnten kaum die Finger von ihnen lassen«, sagte er. »Miss Jenner zufolge hielten Sie Paul von hinten umschlungen, als sie zu den Bootshütten hinunterkam.«

»Ich fasse es einfach nicht!« rief Harding in ungläubiger Verzweiflung. »Ich habe ihm doch nur gezeigt, wie man ein Fernglas hält.«

»Beweisen Sie es.«

»Wie denn?«

Ingram kippte seinen Stuhl nach hinten, streckte seine langen Beine aus und faltete die Hände hinter dem Kopf. »Sagen Sie mir, warum Sie in Chapman's Pool waren. Was immer Sie dort getan haben, kann auf keinen Fall schlimmer sein als das, was man jetzt in Ihr Verhalten hineindeutet.«

»Ich sage kein Wort mehr.«

Ingram starrte zu einem Flecken an der Zimmerdecke hinauf. »Dann werde ich Ihnen sagen, was Sie meiner Ansicht nach getan haben. Sie waren in Chapman's Pool, um sich dort mit jemandem zu treffen«, sagte er. »Ich vermute, es handelte sich um eine Frau, und ich vermute, sie war auf einem der Boote in der Bucht. Aber die Pläne, die Sie mit ihr gemacht hatten, fielen buchstäblich ins Wasser, als es plötzlich überall von Polizei und Schaulustigen wimmelte.« Er richtete seine Aufmerksamkeit wieder auf Harding. »Aber warum die Heimlichtuerei, Mr. Harding? Was um alles in der Welt hatten Sie denn so Schlimmes vor, daß Sie sich lieber wegen Mordverdacht verhaften lassen, als eine Erklärung abzugeben?«

Es dauerte zwei Stunden, bis der Anwalt eintraf, mobilisiert von Tony Bridges' Großvater. Nach einem kurzen Gespräch mit seinem Mandanten, gefolgt von Versicherungen der Polizei, daß Tony Bridges aufgrund seines Alibis nicht unter Verdacht stehe, in die an Kate Sumner verübten Verbrechen verwickelt zu sein, riet er Bridges, die Fragen der Polizei zu beantworten.

»Okay, ja, ich habe Kate ziemlich gut gekannt. Sie wohnt – sie wohnte nur ungefähr zweihundert Meter vom Haus meines Großvaters entfernt. Wenn ich in der Garage zu tun hatte, kam sie meistens rein und hat mit mir gequatscht, weil sie wußte, daß ich mit Steve befreundet war. Sie war schon ein richtiges kleines Flittchen, hat dauernd rumgeflirtet, ihre blauen Babyaugen aufgerissen und damit angegeben, welche Männer sich alle für sie interessieren. Ich hab gedacht, sie wollte was von mir, besonders als sie erzählte, daß ihr Mann im Bett Probleme hätte. Sie sagte, sie brauchte literweise Babyöl, um dem armen Kerl auf die Sprünge zu helfen, und dabei hat sie sich halbtot gelacht. Ihre Schilderungen hätten wirklich nicht anschaulicher sein können. Daß Hannah dabei war oder daß ich mich vielleicht mit ihrem Mann anfreunden könnte, war ihr völlig egal.« Er machte ein Gesicht, als quälte ihn die Erinnerung. »Ich hab's Ihnen ja schon mal gesagt, die Frau war krank. Ich glaube, sie hat's genossen, gegen andere grausam zu sein. Sie hat dem armen Kerl das Leben wahrscheinlich zur Hölle gemacht. Auf jeden Fall hat sie mir mit Wonne eine reingewürgt, als ich sie mal küssen wollte. Sie hat mir ins Gesicht gespuckt und gesagt, so nötig hätte sie's nun auch wieder nicht.«

Er schwieg.

»Wann war das?«

»Ende Februar.«

»Was geschah dann?«

»Nichts. Ich hab ihr gesagt, sie soll sich verpissen. Dann fing Steve an, Andeutungen zu machen, daß er was mit ihr hätte. Ich vermute, sie hatte ihm erzählt, daß ich es bei ihr versucht hätte, und da mußte er mir das wohl unter die Nase reiben. Er sagte, sämtliche Männer außer mir hätten schon mit ihr geschlafen.«

Carpenter zog ein Blatt Papier zu sich heran und zückte seinen Füller. »Nennen Sie mir Namen«, sagte er. »Nennen Sie mir jeden, der Ihres Wissens etwas mit ihr hatte.«

»Steve Harding.«

»Weiter.«

»Sonst weiß ich niemanden.«

Carpenter legte den Füller wieder hin und sah Bridges an. »Das reicht nicht, Mr. Bridges. Sie behaupten, sie sei ein Flittchen gewesen, und dann nennen Sie mir einen einzigen Namen. Das gibt mir wenig Vertrauen in Ihre Einschätzung von Kate Sumners Charakter. Angenommen, Sie sagen die Wahrheit, dann wissen wir von genau drei Männern, die eine Beziehung mit ihr hatten – ihr Mann, Steven Harding und jemand aus ihrer Vergangenheit.« Er fixierte Bridges. »Das ist doch weiß Gott bescheiden für eine Frau von dreißig Jahren, selbst wenn man die strengsten moralischen Maßstäbe anlegt. Oder würden Sie jede Frau, die drei Liebhaber gehabt hat, als Flittchen bezeichnen? Ihre Freundin zum Beispiel? Wie viele Männerbeziehungen hat Bibi gehabt?«

»Lassen Sie Bibi da raus«, fuhr Bridges ihn wütend an. »Sie hat nichts damit zu tun.«

Galbraith beugte sich vor. »Sie hat Ihnen für Samstag nacht ein Alibi gegeben«, sagte er. »Das heißt, sie hat sehr viel damit zu tun.« Er musterte Bridges scharf. »Hat sie gewußt, daß Sie an Kate Sumner interessiert waren?«

Der Anwalt legte dem jungen Mann die Hand auf den Arm. »Darauf brauchen Sie nicht zu antworten.«

»Ich will aber!« Bridges schüttelte die Hand des Anwalts ab.

»Mir reicht's! Ständig wollen Sie Bibi da reinziehen.« Er wandte sich an Galbraith. »Ich war überhaupt nicht an Kate Sumner interessiert. Ich konnte dieses blöde Luder nicht ausstehen. Ich dachte nur, sie wäre leicht rumzukriegen, das war alles. Darum habe ich's mal versucht. Sie war aufreizend. Sie hat sich einen Spaß daraus gemacht, die Männer scharfzumachen.«

»Danach habe ich nicht gefragt, Mr. Bridges. Ich habe gefragt, ob Ihre Freundin Bibi wußte, daß Sie an Kate interessiert waren.«

»Nein«, knurrte er.

Galbraith nickte. »Aber sie wußte von Steve und Kate?«

»Ja.«

»Wer hat es ihr erzählt? Sie oder Ihr Freund Harding?«

Bridges lümmelte sich ärgerlich in seinen Stuhl. »Steve hauptsächlich. Sie hat sich wahnsinnig aufgeregt, als Kate anfing, sein Auto mit Kinderscheiße zu beschmieren, und da hat er ihr gesagt, was lief.«

Galbraith lehnte sich wieder zurück. »Frauen scheren sich keinen Deut um ein Auto, es sei denn, sie interessieren sich für den Mann, der es fährt. Sind Sie sicher, daß Ihre Freundin nicht fremdgeht?«

Bridges sprang wutentbrannt auf. »Sie verdammter Besserwisser, Sie! Sie bilden sich ein, Sie hätten die Weisheit mit Löffeln gefressen, was? Sie hat sich aufgeregt, weil der ganze Griff voll Scheiße war, als sie die Tür aufmachen wollte. Deswegen ist sie in Rage geraten. Nicht weil ihr was an Steve oder seinem Auto liegt, sondern weil ihre ganze Hand voll Scheiße war. Sind Sie wirklich so blöde, daß Sie da nicht von selbst drauf kommen konnten?«

»Aber bestätigt das nicht, was ich eben gesagt habe?« entgegnete Galbraith gelassen. »Wenn sie Hardings Wagen gefahren hat, muß sie doch recht gut mit ihm befreundet gewesen sein.«

»*Ich* habe den Wagen gefahren.« Bridges stieß die Hand des Anwalts weg, der ihn zurückhalten wollte, und schoß über den Tisch, als wollte er Galbraith seine Stirn ins Gesicht rammen.

»Ich habe einen Blick auf den Türgriff auf der Fahrerseite geworfen, und er war sauber. Da habe ich die Türen entriegelt. Ich bin überhaupt nicht auf die Idee gekommen, daß dieses Miststück die Taktik geändert haben könnte. Diesmal war die Scheiße auf der Beifahrerseite. Und jetzt hören Sie mir mal gut zu, Sie Sturkopf. Das Zeug war noch weich, als Bibi reingelangt hat. Kate mußte es also kurz vorher draufgeschmiert haben. Bibis Hand stank natürlich wie die Pest. Können Sie diesen Ausführungen folgen, oder soll ich alles noch einmal wiederholen?«

»Nein«, erwiderte Galbraith milde. »Der Recorder ist ziemlich zuverlässig. Ich glaube, wir haben alles mitbekommen.« Er wies mit einer Kopfbewegung auf den Stuhl auf der anderen Seite. »Setzen Sie sich wieder, Mr. Bridges.« Er wartete, bis Bridges sich gesetzt hatte. »Haben Sie Kate weggehen sehen?«

»Nein.«

»Sie hätten sie aber eigentlich sehen müssen. Sie sagten doch eben, der Stuhl wäre noch weich gewesen.«

Bridges vergrub beide Hände in seinem kurzen gebleichten Haar und beugte sich tief über den Tisch. »Sie hätte sich dort überall leicht verstecken können. Wahrscheinlich hat sie uns beobachtet.«

»Haben Sie sich jemals gefragt, ob vielleicht Sie gemeint waren und nicht Steve Harding? Sie sagten doch, sie habe Sie angespuckt.«

»Nein.«

»Sie hat aber doch sicher gewußt, daß Harding Sie seinen Wagen fahren ließ.«

»Nur ab und zu. Nicht oft.«

Galbraith blätterte in seinem Heft. »Sie haben mir heute nachmittag erzählt, Sie und Harding hätten bezüglich der Benutzung der Garage und seines Boots eine feste Vereinbarung gehabt. Sie nannten es ein simples Tauschgeschäft.«

»Ja.«

»Sie sagten, Sie seien vor zwei Wochen mit Bibi auf dem Boot gewesen.«

»Ja und?«

»Bibi sagt etwas anderes. Ich habe sie vor zwei Stunden im Haus ihrer Eltern angerufen. Sie sagte, sie sei nie auf der *Crazy Daze* gewesen.«

»Sie hat's vergessen«, meinte er wegwerfend. »Sie war an dem Abend stockbesoffen. Was spielt das überhaupt für eine Rolle?«

»Nun, sagen wir mal, wir interessieren uns für Diskrepanzen.«

Bridges zuckte die Achseln. »Ich verstehe nicht, was das soll. Das hat doch mit alldem nichts zu tun.«

»Wir haben's gern präzise.« Galbraith sah wieder in sein Heft. »Bibi sagt, sie sei nie auf der *Crazy Daze* gewesen, weil Steven Harding Ihnen eine Woche, bevor sie Sie kennenlernte, den Zutritt verboten hätte. ›*Tony hat im Suff das ganze Boot demoliert*‹«, las er vor, »›*und Steve hat ihn zur Schnecke gemacht. Er hat gesagt, Tony könne sein Auto weiter benützen, aber die* Crazy Daze *sei für ihn tabu.*‹« Er blickte auf. »Warum haben Sie behauptet, Sie wären mit Bibi an Bord gewesen, obwohl das überhaupt nicht stimmt?«

»Damit Sie endlich aufhören, so höhnisch zu grinsen, wahrscheinlich. Es kotzt mich an, wie Sie sich aufführen. Ihr Bullen seid doch alle Faschisten!« Mit zornig blitzenden Augen beugte er sich vor. »Ich habe nicht vergessen, daß Sie mich nackt durch die Straßen schleifen wollten.«

»Was hat das mit Bibi zu tun?«

»Sie wollten eine Antwort, also habe ich Ihnen eine gegeben.«

»Wie wär's mit dieser Antwort? Sie wußten, daß Bibi mit Steven Harding auf dem Boot gewesen war, deshalb beschlossen Sie, eine Erklärung dafür zu liefern, warum ihre Fingerabdrücke dort waren. Sie wußten, daß wir Ihre finden würden, weil Sie am Montag auf der *Crazy Daze* waren, und Sie dachten, Sie könnten einfach behaupten, Sie wären mit Bibi zusammen an Bord gewesen. Aber Ihre Fingerabdrücke haben wir nur an der vorderen Luke gefunden, Mr. Bridges. Die von Bibi hingegen waren überall auf dem Kopfbrett der Koje. Sie liegt wohl gern oben, hm?«

Er senkte unglücklich den Kopf. »Lassen Sie mich in Ruhe.«

»Es muß Sie doch verrückt machen, daß Harding Ihnen ständig die Freundinnen ausspannt.«

24

Maggie ließ ihren schmerzenden Arm sinken und tippte demonstrativ auf ihre Uhr, als Nick mit einer Leiter über der Schulter in die Spülküche kam. Sie stand auf einem wackligen Gartenstuhl, den sie auf den Küchentisch gestellt hatte, ihre Haare waren mit Spinnweben verklebt, ihre aufgekrempelten Ärmel klatschnaß. »Ist das vielleicht eine zivile Zeit?« fragte sie ihn. »Es ist Viertel vor zehn, und ich bin seit fünf Uhr auf den Beinen.«

»Gott im Himmel!« beschwerte er sich. »Eine Nacht ohne Schlaf wird Sie nicht gleich umbringen. Man muß auch mal über die Stränge schlagen.«

»Ich habe Sie bereits vor Stunden erwartet.«

»Dann heiraten Sie nie einen Polizisten«, sagte er und stellte die Leiter unter dem noch nicht behandelten Teil der Decke auf.

»Das Glück sollte ich mal haben.«

Er sah grinsend zu ihr hoch. »Sie meinen, Sie würden es in Betracht ziehen?«

»Garantiert nicht«, erwiderte sie, als wollte sie ihm zu verstehen geben, daß er sich hüten sollte, sein Glück bei ihr auch nur zu versuchen. »Ich meinte damit nur, daß mir noch kein Polizist jemals einen Antrag gemacht hat.«

»Er würde es nicht wagen.«

Er machte den Schrank unter dem Spülbecken auf und ging in die Hocke, um nach Putzzeug und Eimern zu suchen. Sie stand hoch über ihm und war heftig versucht, diese seltene Gelegenheit auszunützen und ihm Wasser in den Nacken zu gießen.

»Unterstehen Sie sich«, sagte er, ohne aufzublicken. »Wenn Sie das tun, können Sie den ganzen Krempel hier allein machen.«

Sie ignorierte ihn, nicht bereit, sich eine Blöße zu geben.

»Wie ist es denn gelaufen?« fragte sie und stieg vom Stuhl, um ihren Schwamm in den Eimer auf dem Tisch zu tauchen.

»Erstaunlich gut.«

»Das dachte ich mir schon, so vergnügt wie Sie sind.« Sie stieg wieder auf den Stuhl. »Was hat Harding gesagt?«

»Sie meinen, abgesehen davon, daß er Ihre Aussage in allen Punkten bestätigt hat?«

»Ja.«

»Er hat mir verraten, was er am Sonntag in Chapman's Pool zu suchen hatte.« Er sah zu ihr hinauf. »Er ist wirklich ein Vollidiot, aber kaum ein Vergewaltiger und Mörder.«

»Sie haben sich also getäuscht?«

»Wahrscheinlich.«

»Gut. Es verdirbt den Charakter, wenn man immer recht behält. Und ist er nun pädophil?«

»Das kommt darauf an, wie man Pädophilie definiert.« Er setzte sich rittlings auf einen Stuhl, stützte die Ellbogen auf die Rückenlehne und sah ihr bei der Arbeit zu. »Er ist in ein fünfzehnjähriges Mädchen vernarrt, das zu Hause so unglücklich ist, daß es immer wieder mit Selbstmord droht. Das Mädel ist anscheinend bildhübsch, sehr groß, sieht aus wie fünfundzwanzig, hat das Zeug zum Starmodel und erregt überall Aufsehen. Ihre Eltern leben getrennt und streiten wie Katz und Hund – ihre Mutter ist eifersüchtig auf sie – ihr Vater hat eine Freundin nach der anderen – sie ist im vierten Monat schwanger von Harding – lehnt einen Abbruch ab – weint sich an seiner männlichen Brust aus, wann immer sie sich sehen« – er zog sarkastisch eine Braue hoch –, »was wahrscheinlich der Grund ist, warum er sie so attraktiv findet – und ist so verrückt darauf, das Kind zu bekommen, und so verrückt nach Liebe, daß sie zweimal damit gedroht hat, sich die Pulsadern aufzuschneiden. Hardings geplante Patentlösung des ganzen Dilemmas war, sie auf der *Crazy Daze* nach Frankreich zu entführen, wo sie« – wieder ein sarkastisches Hochziehen der Augenbraue – »ihren Liebestraum hätten leben können, ohne daß ihre Eltern die geringste Ahnung gehabt hätten, wo sie ist und mit wem.«

Maggie lachte. »Ich habe Ihnen ja gesagt, er ist ein guter Samariter.«

»Eher ein Blaubart. Das Mädchen ist fünfzehn.«

»Und sieht aus wie fünfundzwanzig.«

»Sagt Harding.«

»Glauben Sie ihm nicht?«

»Na ja, sagen wir mal, wenn ich eine Tochter hätte, würde ich ihn nicht in ihre Nähe lassen«, antwortete er sachlich. »Er hat nichts als Sex im Kopf, ist hoffnungslos in sich selbst verliebt und so moralisch wie ein Straßenkater.«

»Mit anderen Worten, er ist dem hinterhältigen Wiesel, mit dem ich verheiratet war, sehr ähnlich?« fragte sie trocken.

»Ohne Frage.« Er lachte sie an. »Aber ich bin natürlich voreingenommen.«

Ihre Augen blitzten amüsiert. »Und was ist passiert? Paul und Danny haben ihm dazwischengefunkt, und der ganze schöne Plan ist geplatzt?«

Er nickte. »Als er sich ausweisen mußte, wurde ihm klar, daß es keinen Sinn hatte, an dem Plan festzuhalten, und er signalisierte seiner Freundin, die Sache zu vergessen. Danach hat er am Sonntag abend auf seinem Rückweg nach Lymington per Handy ein tränenreiches Gespräch mit ihr geführt, konnte aber seitdem nicht mehr mit ihr reden, weil er sein Handy nicht dabei hatte oder in einer Zelle saß. Sie hatten vereinbart, daß sie ihn anrufen sollte, und da er nichts von ihr gehört hat, befürchtet er, sie könnte sich das Leben genommen haben.«

»Aber das hat sie nicht, oder?«

»Nein. Eine der Nachrichten auf seinem Handy war von ihr.«

»Trotzdem – der arme Kerl. Sie haben ihn wieder eingesperrt, nicht? Er macht sich bestimmt schreckliche Sorgen. Hätten Sie ihn nicht wenigstens mit ihr sprechen lassen können?«

Ihre Reaktion erstaunte ihn. Er hätte gedacht, ihr Mitgefühl würde dem Mädchen gelten. »Nicht gestattet.«

»Ach, kommen Sie«, sagte sie aufgebracht. »Das ist doch einfach grausam.«

»Nein. Vernünftig. Ich persönlich würde ihm keinen Schritt über den Weg trauen. Er hat mehrere Straftaten verübt, vergessen Sie das nicht. Tätlicher Angriff auf Sie, Geschlechtsverkehr mit einer Minderjährigen, Verabredung zur Entführung, ganz abgesehen von Erregung öffentlichen Ärgernisses durch unsittliche Handlungen –«

»Du lieber Gott! Sie haben ihm doch nicht etwa eine Klage angehängt, weil er eine Erektion hatte?«

»Noch nicht.«

»Sie sind *wirklich* grausam«, sagte sie verärgert. »Das Mädchen, das er durch den Feldstecher beobachtet hat, war doch offensichtlich seine Freundin. Wenn Sie so pingelig sind, hätten Sie Martin jedesmal verhaften müssen, wenn er mir die Hand auf den Hintern gelegt hat.«

»Das konnte ich nicht«, entgegnete er in vollem Ernst. »Sie hatten nie was dagegen, also war's keine tätliche Beleidigung.«

»Und was ist mit Unsittlichkeit?« fragte sie mit einem Zwinkern.

»Ich habe ihn nie mit runtergelassenen Hosen erwischt«, antwortete er bedauernd. »Ich hab's ja versucht, aber er war jedesmal zu schnell.«

»Machen Sie mich an?«

»Nein«, sagte er. »Ich werbe um Sie.«

Schlaftrunken blickte Sandy Griffiths auf die Leuchtzeiger ihrer Uhr, sah, daß es drei war, und versuchte sich zu erinnern, ob William Sumner am Abend weggegangen war. Wieder hatte etwas ihren kostbaren Schlaf gestört, den sie sich hier stundenweise zusammenstehlen mußte. Sie glaubte, das leise Einschnappen der Haustür gehört zu haben, war sich jedoch nicht sicher, ob das Geräusch real gewesen war oder nur geträumt. Sie horchte auf Schritte draußen auf der Treppe, aber sie hörte nichts. Schließlich wälzte sie sich aus dem Bett und schlüpfte in ihren Morgenrock. Mit Kindern würde ich wahrscheinlich klarkommen, dachte sie. Aber mit einem Ehemann ... niemals!

Sie machte Licht im Flur und öffnete die Tür zu Hannahs Zimmer. Ein Lichtstrahl fiel auf das Kinderbett, und ihre Besorgnis legte sich augenblicklich. Das Kind saß reglos im Bett, den Daumen im Mund, und starrte sie aus weit offenen Augen mit dem ihm eigenen seltsam eindringlichen Blick an. Wenn es sie erkannte, so ließ es sich jedenfalls nichts davon anmerken. Statt dessen blickte es durch sie hindurch, als sähe es Bilder hinter der Frau, die nichts mit der Wirklichkeit zu tun hatten. Griffiths erkannte, daß die Kleine fest schlief. Das also war die Erklärung für das Gitterbett und die Schlösser an allen Türen. Sie sollten eine kleine Schlafwandlerin vor Gefahren schützen, nicht die Abenteuerlust eines hellwachen Kindes unterdrücken.

Von draußen, gedämpft durch geschlossene Türen, hörte sie das Geräusch eines anspringenden Motors, dann das Krachen der Gangschaltung und das Knirschen von Reifen auf dem Kiesweg. Was zum Teufel hatte dieser Verrückte jetzt wieder vor? Glaubte er allen Ernstes, das Jugendamt würde es wohlwollend aufnehmen, wenn er seine kleine Tochter mitten in der Nacht allein ließ? Oder war das vielleicht der Sinn und Zweck der Übung? Hatte er beschlossen, sich der Verantwortung ein für allemal zu entledigen?

Müde lehnte sie sich an den Türpfosten und betrachtete voller Mitgefühl das blonde kleine Mädchen mit den leeren Augen, das seiner Mutter so ähnlich sah. Sie erinnerte sich wieder an den Kommentar des Arztes, als er die zertrümmerten Fotos im offenen Kamin gesehen hatte. *»Sie ist wütend auf ihre Mutter, weil sie sie verlassen hat ... das ist ein völlig normaler Ausdruck des Schmerzes ... Sorgen Sie dafür, daß der Vater ihr viel Zärtlichkeit gibt ... das ist das beste Mittel, um die Lücke zu füllen.«*

William Sumners Verschwinden erregte zwar ein gewisses Aufsehen, als Griffiths ihre Kollegen davon unterrichtete, aber wenig echtes Interesse. Wie so oft in seinem Leben war Sumner unwichtig geworden. Statt dessen richtete sich das allgemeine Augenmerk jetzt auf Beatrice »Bibi« Gould, die in Tränen ausgebrochen war und sich im Badezimmer verbarrikadiert hatte, als am Samstag morgen um sieben die Polizei im Haus ihrer Eltern erschienen war, um sie zur Vernehmung nach Winfrith zu bringen. Erst als man ihr mit sofortiger Festnahme wegen Widerstands gegen die Staatsgewalt drohte und ihr zusicherte, daß ihre Eltern sie begleiten dürften, kam sie endlich heraus. Ihre panikartige Reaktion schien den Umständen völlig unangemessen, und auf die Aufforderung, sie zu erklären, sagte sie: »Jetzt werden alle eine Mordswut auf mich haben.«

Auch Steven Harding wurde nach einem kurzen Auftritt vor Gericht wegen der gegen ihn vorliegenden Anzeige zur neuerlichen Vernehmung nach Winfrith zitiert. Er wurde von einem gähnenden Nick Ingram chauffiert, der die Gelegenheit nutzte, um dem unreifen jungen Mann an seiner Seite ein paar nackte Tatsachen klarzumachen. »Nur um das mal festzuhalten, Mr. Harding, ich würde Ihnen sämtliche Knochen brechen, wenn diese Fünfzehnjährige, die Sie geschwängert haben, meine Tochter wäre. Nein, ich würde Ihnen schon die Knochen brechen, wenn Sie sie nur anrühren würden.«

Harding blieb uneinsichtig. »Die Zeiten haben sich geändert. Man kann jungen Mädchen heute nicht mehr vorschreiben, wie sie sich zu benehmen haben. Sie entscheiden selbst.«

»Sie sollten mir besser zuhören. Ich sagte, ich würde *Ihnen* die Knochen brechen, nicht meiner Tochter. Glauben Sie mir, wenn ich je einen vierundzwanzigjährigen Kerl dabei erwischen sollte, daß er mein Kind in den Dreck zieht, wird der Bursche hinterher wünschen, er hätte seinen Reißverschluß nie aufgemacht.« Aus dem Augenwinkel sah er, daß Harding zu einer Erwiderung ansetzte. »Und erzählen Sie mir nicht, sie hätte es ebensosehr gewollt wie Sie«, fuhr er ihn an, »sonst brech ich Ihnen obendrein noch das Genick. Jeder kleine Hosenscheißer kann ein leicht beeinflußbares junges Mädchen beschwatzen, mit ihm zu schlafen, wenn er ihr Liebe verspricht. Ein *Mann* dagegen würde ihr die Zeit lassen zu prüfen, ob das Versprechen auch etwas wert ist.«

Bibi Gould wollte ihren Vater nicht mit im Vernehmungszimmer haben, bat jedoch ihre Mutter, bei ihr zu bleiben und ihr Beistand zu leisten. Superintendent Carpenter und Inspector Galbraith nahmen ihr gegenüber am Tisch Platz und konfrontierten sie mit ihrer vorangegangenen Aussage. Sie war sichtlich eingeschüchtert von Carpenters grimmiger Miene, und er brauchte nur zu sagen: »Wir glauben, daß Sie uns belogen haben, Miss Gould«, und schon öffneten sich die Schleusen der Wahrheit.

»Mein Vater mag es nicht, wenn ich die Wochenenden bei Tony verbringe – er sagt, ich mach mich zu billig... er wäre an die Decke gegangen, wenn er erfahren hätte, daß ich ohnmächtig geworden bin. Tony hat gesagt, es wäre eine Alkoholvergiftung gewesen, weil ich Blut gespuckt habe, aber ich glaube, es war das schlechte E, das sein Freund ihm angedreht hatte... Mir war noch stundenlang übel, nachdem ich wieder zu Bewußtsein gekommen war... Mein Vater hätte mich umgebracht, wenn er das gewußt hätte... Er kann Tony nicht ausstehen... Er sagt, er hätte einen schlechten Einfluß auf mich.« Sie lehnte ihren Kopf an die Schulter ihrer Mutter und weinte herzzerreißend.

»Wann war das?« fragte Carpenter.

»Am letzten Wochenende. Wir wollten eigentlich auf diesen Rave in Southampton, und Tony hatte bei einem Typen, den er kennt, ein bißchen E gekauft...« Sie geriet ins Stocken und schwieg.

»Weiter.«

»Die werden alle eine Riesenwut auf mich haben«, jammerte sie. »Tony hat gesagt, es wäre doch gemein, wenn wir Steve in

Schwierigkeiten bringen, bloß weil sein Boot am falschen Ort war.«

Mit beträchtlicher Mühe gelang es Carpenter, seine Stirnfalten zu glätten und eine halbwegs väterliche Miene aufzusetzen. »Tonys Freund interessiert uns jetzt nicht, Miss Gould, uns geht es einzig darum zu erfahren, wo alle Beteiligten am vergangenen Wochenende waren. Sie haben uns gesagt, daß Sie Steven Harding gern mögen«, fuhr er scheinheilig fort, »und es wird ihm sehr helfen, wenn wir einige Ungereimtheiten in seiner Geschichte aufklären können. Sie und Mr. Bridges sagten, Sie hätten ihn am Samstag nicht gesehen, weil Sie auf einem Rave in Southampton waren. Stimmt das?«

»Es stimmt, daß wir ihn nicht gesehen haben.« Sie schniefte. »Zumindest *ich* habe ihn nicht gesehen – Tony vielleicht schon –, aber es stimmt nicht, daß wir auf dem Rave waren. Der hat erst um zehn angefangen, und Tony meinte, wir könnten uns ruhig schon vorher ein bißchen in Stimmung bringen. Ich kann mich an den Abend kaum noch erinnern … Wir haben um fünf zu trinken angefangen, und dann habe ich das E genommen …« Sie begann wieder zu schluchzen.

»Das wollen wir doch mal eben festhalten, Miss: Sie haben eine Ecstasy-Tablette genommen, die Ihnen Ihr Freund Tony Bridges gegeben hat?«

Sein Ton erschreckte sie. »Ja«, flüsterte sie.

»Haben Sie früher schon einmal im Beisein von Mr. Bridges das Bewußtsein verloren?«

»Manchmal – wenn ich zuviel getrunken hatte.«

Nachdenklich strich Carpenter sich das Kinn. »Wissen Sie noch, um welche Zeit am Samstag Sie die Tablette genommen haben?«

»Vielleicht um sieben. Ich kann mich wirklich nicht mehr genau erinnern.« Sie schneuzte sich in ein Kleenex. »Tony hat hinterher gesagt, er hätte keine Ahnung gehabt, daß ich soviel getrunken hatte, sonst hätte er mir das E gar nicht gegeben. Es war furchtbar – ich tue das nie wieder, ich meine trinken oder Ecstasy nehmen... Ich war praktisch die ganze Woche krank.« Sie lächelte matt. »Es stimmt wahrscheinlich, was sie über das Zeug sagen. Tony meint, ich hätte Glück gehabt, daß ich nicht daran gestorben bin.«

Galbraith verspürte inzwischen wesentlich weniger Neigung, sich väterlich zu geben. Seiner ganz persönlichen Meinung nach war sie eine verwahrloste kleine Schlampe mit zuviel Babyspeck und zu wenig innerem Halt, und er machte sich ernsthaft Gedanken über das geheimnisvolle Zusammenspiel von Natur und Chemie, das bewirken konnte, daß ein bisher vernünftiger Mann sich wegen eines solchen Mädchens plötzlich wie ein Verrückter benahm. »Sie waren am Montag abend, als Sergeant Campbell Mr. Bridges aufsuchte, bereits wieder betrunken«, erinnerte er sie.

Sie warf ihm von unten herauf einen durchtriebenen Blick zu, der jeden noch vorhandenen Rest an Mitgefühl in ihm abtötete. »Ich hatte nur zwei Lager getrunken«, sagte sie. »Ich hab gedacht, danach würde es mir vielleicht bessergehen – aber sie haben nicht geholfen.«

Carpenter klopfte mit seinem Füller auf den Tisch, um ihre Aufmerksamkeit wieder für sich zu fordern. »Wann sind Sie am Sonntag morgen wieder zu sich gekommen, Miss Gould?«

Sie zuckte wehleidig die Achseln. »Ich weiß nicht. Tony hat gesagt, ich hätte ungefähr zehn Stunden lang dauernd gebrochen, und es hat erst am Sonntag abend um sieben aufgehört. Deshalb bin ich auch zu spät nach Hause gekommen.«

»Demnach also am Sonntag morgen gegen neun?«

Sie nickte. »So ungefähr, ja.« Sie wandte ihr tränennasses Gesicht ihrer Mutter zu. »Es tut mir so leid, Mam. Ich tu so was bestimmt nie wieder.«

Mrs. Gould drückte ihre Tochter an sich und sah die beiden Polizeibeamten ängstlich an. »Wird jetzt Anzeige gegen sie erstattet?«

»Weswegen, Mrs. Gould?«

»Weil sie Ecstasy genommen hat.«

Carpenter schüttelte den Kopf. »Das glaube ich nicht. So wie die Dinge liegen, gibt es keine Beweise dafür, daß sie welches genommen hat.« *Rohypnol vielleicht*... »Aber Sie waren wirklich sehr dumm, Miss Gould, und ich hoffe, Sie kommen nicht, um der Polizei Ihr Leid zu klagen, wenn Sie sich das nächste Mal wieder von einem Mann irgendein unbekanntes Mittel andrehen lassen. Ob es Ihnen nun gefällt oder nicht, Sie sind für Ihr Tun und Lassen selbst verantwortlich, und ich kann Ihnen nur raten, zur Abwechslung hin und wieder auf Ihren Vater zu hören.«

Bravo, Chef, dachte Galbraith.

Carpenter klopfte auf das Protokoll von Bibis früherer Aussage. »Ich habe für Lügner nichts übrig, junge Frau. Das gilt übrigens für uns alle hier. Ich glaube, Sie haben meinem Kollegen, Inspector Galbraith, gestern abend wieder eine Lüge aufgetischt. So ist es doch, nicht wahr?«

Ihre Augen weiteten sich wie in Panik, aber sie antwortete nicht.

»Sie sagten, Sie wären nie auf der *Crazy Daze* gewesen. Aber das stimmt nicht.«

»Doch!«

»Anfang der Woche haben Sie uns freiwillig Ihre Fingerabdrücke zur Verfügung gestellt. Sie stimmen mit denen überein, die wir auf Steven Hardings Boot gefunden haben. Würden Sie mir erklären, wie Ihre Fingerabdrücke dort hingekommen sind, obwohl Sie doch angeblich nie an Bord waren?« Er maß sie mit finsterem Blick.

»Es ist... Tony weiß nichts davon, verstehen Sie... o Gott!« Sie schlotterte vor Angst. »Es war doch nur – Steve und ich haben mal einen Abend zusammen getrunken, als Tony weg war. Es würde ihn furchtbar kränken, wenn er es erfahren würde... Er ist doch sowieso schon so empfindlich, weil Steve so gut aussieht, und es würde ihn total fertigmachen, wenn er rauskriegen würde, daß wir – ach, Sie wissen schon …«

»Daß Sie auf der *Crazy Daze* mit Steven Harding Geschlechtsverkehr hatten?«

»Wir waren beide blau. Ich kann mich gar nicht mehr richtig daran erinnern. Es hatte überhaupt nichts zu bedeuten«, beteuerte sie verzweifelt, als wäre Untreue eher zu entschuldigen, wenn der Alkohol die Hemmungen weggespült hatte.

»Warum macht Ihnen die Vorstellung, Tony könnte dahinterkommen, so große Angst?« fragte Carpenter neugierig.

»Ich hab doch gar keine Angst.« Aber ihre Augen verrieten, daß sie log.

»Was tut er mit Ihnen, Miss Gould?«

»Gar nichts. Es ist nur – er wird manchmal schrecklich eifersüchtig.«

»Auf Steven Harding?«

Sie nickte.

»Wie äußert sich seine Eifersucht?«

Sie leckte sich die Lippen. »Er hat's nur einmal getan. Er hat mir die Hand in der Autotür eingeklemmt, als er mich mal mit Steve zusammen im Pub aufgestöbert hatte. Er hat gesagt, das mit der Tür wäre ein Versehen gewesen, aber – also, ich glaub das nicht.«

»War das bevor oder nachdem Sie mit Steve Harding geschlafen hatten?«

»Danach.«

»Er hat also von Steve und Ihnen gewußt?«

Sie schlug die Hände vors Gesicht. »Das kann ich mir nicht vorstellen – wie denn? – er war ja die ganze Woche nicht dagewesen … aber seitdem war er – na ja, *seltsam*, das stimmt.«

»Wann ist das denn überhaupt passiert?«

»Ende Mai.«

Carpenter warf einen Blick in seinen Terminkalender. »Zwischen dem vierundzwanzigsten und einunddreißigsten Mai?«

»Ich weiß noch, daß es ein Feiertag war. In den Schulferien.«

»Gut.« Er lächelte ermutigend. »Nur noch ein oder zwei Fragen, Miss Gould, dann haben wir es geschafft. Erinnern Sie sich an einen Tag, als Tony Bridges mit Ihnen in Steve Hardings Wagen fahren wollte und Kate Sumner den Türgriff auf der Beifahrerseite mit Kot beschmiert hatte?«

Sie schnitt eine Grimasse. »Das war total ekelhaft. Meine ganze Hand war voll.«

»Wissen Sie noch, wann das war?«

Sie überlegte. »Ich glaube, es war Anfang Juni. Tony wollte mit mir in Southampton ins Kino, aber dann habe ich so lange gebraucht, um mir die Hände zu waschen und den Gestank loszuwerden, daß wir gar nicht mehr gefahren sind.«

»Also nachdem Sie mit Steven Harding geschlafen hatten?«

»Ja.«

»Danke. Die letzte Frage. Wo war Tony Bridges während dieser Ferien im Mai?«

»Ach, am Ende der Welt«, sagte sie mit Betonung. »Seine Eltern haben einen Wohnwagen an der Bucht von Lulworth, da fährt Tony immer mal allein hin, wenn er Energie tanken muß. Ich habe ihm schon hundertmal gesagt, er soll in der Schule aufhören, er *haßt* Kinder nämlich. Er sagt immer, wenn er mal einen Nervenzusammenbruch kriegen sollte, dann wär's ihre Schuld, auch wenn alle anderen wahrscheinlich behaupten, er hätte zuviel Gras geraucht.«

Die Vernehmung Steven Hardings gestaltete sich schwieriger. Man teilte ihm mit, daß Marie Freemantle vor der Polizei eine Aussage über ihre Beziehung zu ihm gemacht hatte, und wies ihn darauf hin, daß er wegen ihres Alters mit einer Anzeige rechnen müsse. Dennoch lehnte er es ab, einen Anwalt hinzuzuziehen. Er habe nichts zu verbergen, erklärte er. Er schien anzunehmen, man habe Marie Freemantle aufgrund seines inoffiziellen Gesprächs mit Nick Ingram am vergangenen Abend befragt, und weder Carpenter noch Galbraith belehrten ihn eines Besseren.

»Sie haben derzeit eine Beziehung zu einem fünfzehnjährigen Mädchen namens Marie Freemantle?« begann Carpenter.

»Ja.«

»Und Sie wußten, als Sie das erstemal Geschlechtsverkehr mit ihr ausübten, daß sie minderjährig war?«

»Ja.«

»Wo ist Marie Freemantle wohnhaft?«

»In Lymington, Dancer Road 54.«

»Wieso hat Ihr Agent uns erzählt, Sie hätten eine Freundin namens Marie, die in London lebt?«

»Weil er glaubt, daß sie dort lebt. Er hat ihr ein paar Fototermine verschafft, und da sie nicht wollte, daß ihre Eltern was davon erfahren, haben wir eine Adresse in London angegeben.«

»Was waren das für Fototermine?«

»Für Nacktaufnahmen.«

»Pornographie?«

Harding fühlte sich sichtlich unbehaglich. »Nur Softporno.«

»Videos oder Standaufnahmen?«

»Standaufnahmen.«

»Waren Sie auch auf diesen Fotos?«

»Auf einigen«, gab er zu.

»Wo sind die Aufnahmen jetzt?«

»Ich habe sie von meinem Boot aus über Bord geworfen.«

»Weil sie Sie bei unsittlichen Handlungen mit einer Minderjährigen zeigten?«

»Sie sieht nicht wie eine Minderjährige aus.«

»Beantworten Sie die Frage, Mr. Harding. Haben Sie die Aufnahmen über Bord geworfen, weil sie Sie bei unsittlichen Handlungen mit einer Minderjährigen zeigten?«

Harding nickte.

»Steven Harding beantwortet die Frage mit Kopfnicken«, diktierte Carpenter ins Mikrofon und fuhr dann fort: »Wußte

Tony Bridges, daß Sie mit Marie Freemantle ein Verhältnis hatten?«

»Was hat Tony damit zu tun?«

»Beantworten Sie die Frage, Mr. Harding.«

»Ich glaube nicht. Ich hab's ihm nie erzählt.«

»Hat er die Fotos von ihr gesehen?«

»Ja. Er kam am Montag zu mir aufs Boot, und da lagen sie auf dem Tisch.«

»Hatte er sie vorher schon einmal gesehen?«

»Ich habe keine Ahnung. Er hat vor vier Monaten mal mein Boot völlig auseinandergenommen.« Er fuhr sich mit der Zunge über die spröden Lippen. »Kann sein, daß er sie da gefunden hat.«

Carpenter lehnte sich zurück und spielte mit seinem Füller. »Was ihn sicher wütend machte«, sagte er. »Sie ist eine Schülerin von ihm, und er hatte offenbar selbst etwas für sie übrig, durfte sich ihr aber seiner Stellung wegen natürlich nicht nähern.«

»Ich – ja, kann schon sein.«

»Unseren Informationen zufolge haben Sie Marie Freemantle am vierzehnten Februar kennengelernt. Hatten Sie zu dieser Zeit intime Beziehungen zu Kate Sumner?«

»Ich hatte keine Beziehung zu Kate.« Er zwinkerte nervös, während er, wie Bridges am Abend zuvor, zu erahnen versuchte, wohin diese Fragen führen würden. »Ich war ein einziges Mal bei ihr zu Hause, und sie – na ja – sie hat sich mir förmlich an den Hals geworfen. Es war ganz okay, aber ich habe nie besonders auf ältere Frauen gestanden. Ich habe ihr klar und deutlich zu verstehen gegeben, daß ich kein Interesse an etwas Längerfristigem hätte, und ich dachte, das hätte sie begriffen. Es war nichts weiter als eine schnelle Nummer in der Küche – weiß Gott nichts Weltbewegendes.«

»Dann lügt Mr. Bridges also, wenn er behauptet, daß die Beziehung drei oder vier Monate dauerte?«

»Ach, Herrgott noch mal!« Harding wurde zusehends nervöser. »Hören Sie, es kann sein, daß ich ihm diesen Eindruck vermittelt habe. Ich meine, ich habe Kate eine ganze Weile gekannt – oberflächlich, verstehen Sie –, bevor es zu dieser Geschichte in ihrem Haus kam, und es ist schon möglich, daß ich – äh, Tony gegenüber angedeutet habe, es steckte mehr dahinter. Aber das habe ich wirklich nur getan, um ihn ein bißchen zu ärgern. Er hat so eine prüde Seite.«

Carpenter betrachtete ihn einen Moment lang aufmerksam, ehe er seinen Blick auf das Blatt Papier senkte, das vor ihm auf dem Tisch lag. »Drei Monate nachdem Sie Marie kennengelernt hatten, irgendwann in der Woche vom vierundzwanzigsten bis zum einunddreißigsten Mai, praktizierten Sie auch mit Bibi Gould, Tony Bridges' Freundin, eine, wie Sie es ausgedrückt haben, ›schnelle Nummer‹. Ist das richtig?«

Harding stöhnte gequält. »Jetzt hören Sie aber auf! Das war nun *wirklich* gar nichts. Wir haben uns im Pub einen angetrunken, und dann habe ich sie mit auf die *Crazy Daze* genommen, um sie dort ihren Rausch ausschlafen zu lassen, weil Tony weg war und sie nicht in sein Haus konnte. Sie hat mich ziemlich angebaggert und – also, um ehrlich zu sein, ich kann mich an die Nacht kaum noch erinnern. Ich war stockblau und könnte nicht beschwören, daß überhaupt was Erwähnenswertes passiert ist.«

»Weiß Tony Bridges von der Geschichte?«

Er antwortete nicht gleich. »Ich… he, warum fragen Sie mich eigentlich dauernd über Tony aus?«

»Bitte beantworten Sie die Frage. Weiß Mr. Bridges, daß Sie mit seiner Freundin geschlafen haben?«

»Keine Ahnung. Er war in letzter Zeit ein bißchen seltsam. Ich habe mich schon gefragt, ob er vielleicht gesehen hat, wie sie am nächsten Morgen aus meinem Beiboot gestiegen ist.« Er strich sich nervös das Haar aus der Stirn zurück. »Er wollte eigentlich die ganze Woche draußen im Wohnwagen seiner Eltern bleiben, aber Bob Winterslow hat erzählt, er hätte ihn an dem Tag drüben bei seinem Großvater gesehen, wie er gerade sein Schlauchboot rausholen wollte.«

»Wissen Sie denn noch, welcher Tag das war?«

»Es war dieser Feiertag, der auf einen Montag fiel. Bibis Friseursalon war geschlossen, deshalb konnte sie von Sonntag auf Montag bleiben.« Er wartete auf Carpenters nächste Fragen, und als dieser schwieg, sagte er mit einem kleinen Achselzucken: »Hören Sie, es war wirklich völlig bedeutungslos. Ich hätte es Tony sofort erklärt, wenn er je etwas gesagt hätte« – wieder ein Achselzucken –, »aber das hat er nicht getan.«

»Sagt er denn sonst etwas, wenn Sie mit seinen Freundinnen schlafen?«

»Ich schlafe nicht gewohnheitsmäßig mit seinen Freundinnen, verdammt noch mal! Das Problem ist – na ja, Bibi war wie Kate. Wenn man solchen Frauen den kleinen Finger reicht, nehmen sie gleich die ganze Hand.«

Carpenter runzelte die Stirn. »Soll das heißen, daß sie Sie zum Geschlechtsverkehr gezwungen hat?«

»Nein, aber –«

»Dann ersparen Sie mir doch bitte Ihre Ausflüchte.« Er sah wieder in seine Notizen. »Wie kam Ihr Agent überhaupt auf die Idee, daß Bibi Gould Ihre Freundin wäre?«

Harding besaß den Anstand, ein verlegenes Gesicht zu machen. »Weil ich ihm erzählt habe, daß sie eine flotte Nummer ist.«

»Womit Sie sagen wollten, daß sie gegen Pornofotos nichts einzuwenden hätte?«

»Ja.«

»Kann es sein, daß Ihr Agent Tony Bridges davon erzählt hat?«

Harding schüttelte den Kopf. »Wenn er das getan hätte, hätte Tony mich fertiggemacht.«

»Aber Kate Sumners wegen hat er Sie nicht fertiggemacht, nicht wahr?«

Harding blickte ihn verständnislos an. »Tony hat Kate doch gar nicht gekannt.«

»Und wie gut haben *Sie* sie gekannt, Mr. Harding?«

»Das ist ja das Irre«, antwortete er. »So gut wie gar nicht – okay, wir haben's einmal gemacht, aber dabei lernt man einen Menschen doch nicht kennen. Danach bin ich ihr aus dem Weg gegangen, weil es mir peinlich war. Und dann hat sie plötzlich angefangen, mich zu behandeln, als hätte ich ihr was angetan.«

Carpenter zog das Protokoll von Hardings früherer Aussage heraus. »Sie haben behauptet, sie wäre auf Sie fixiert gewesen, Mr. Harding. ›*Ich wußte, daß sie in mich verliebt war …*‹«, las er vor. »›*Immer wenn ich hier war, trieb sie sich beim Jachtklub herum und wartete, bis ich in meinem Beiboot kam und an Land ging. Meistens stand sie nur da und beobachtete mich, aber manchmal stieß sie ganz bewußt mit mir zusammen und drückte ihre Brüste an meinen Arm …*‹ Entspricht irgend etwas von alldem der Wahrheit?«

»Kann schon sein, daß ich ein bißchen übertrieben habe. Aber sie hat tatsächlich eine Woche lang da rumgehangen, bis ihr aufging, daß ich kein Interesse hatte. Dann hat sie … die Idee wohl aufgegeben, vermute ich. Ich habe sie jedenfalls nicht wiedergesehen bis zu dem Tag, als sie den Inhalt von Hannahs schmutziger Windel auf meinem Boot hinterließ.«

Carpenter suchte Tony Bridges' Aussage aus dem Papierstapel heraus. »Tony Bridges hat folgendes gesagt: ›*Er hat mir in diesem Jahr mehr als einmal erzählt, daß er Probleme mit einer Frau namens Kate Sumner hätte, die ihm ständig auflauerte …*‹ Haben Sie vielleicht auch Tony Bridges gegenüber etwas übertrieben?«

»Ja.«

»Haben Sie Kate Sumner als ›Flittchen‹ bezeichnet?«

Er sank in sich zusammen. »Das ist doch nur so eine Redensart.«

»Haben Sie Tony Bridges erzählt, Kate Sumner sei leicht rumzukriegen?«

»Jetzt hören Sie aber auf. Das war doch alles nur ein Witz. Tony hatte mit Sex schon immer Probleme. Alle haben ihn deswegen gehänselt, nicht nur ich … Dann erschien Bibi auf der Bildfläche, und er … na ja, er wurde um einiges lockerer.«

Carpenter musterte ihn einen Moment lang scharf. »Dann haben Sie wohl auch nur aus Jux mit Bibi Gould geschlafen?«

Harding starrte auf seine Hände. »Ich habe es aus keinem speziellen Grund getan. Es ist ganz einfach passiert. Ich meine, sie war nun wirklich leicht rumzukriegen. Sie bleibt doch nur bei Tony, weil sie auf mich steht. Hören Sie« – er krümmte sich noch mehr zusammen –, »ich möchte wirklich nicht, daß Sie hier einen völlig falschen Eindruck bekommen.«

»Einen falschen Eindruck inwiefern, Mr. Harding?«

»Ach, ich weiß nicht, aber mir scheint, Sie haben es auf Tony abgesehen.«

»Aus gutem Grund«, versetzte Carpenter. Er zog ein neues Blatt Papier aus dem Stapel und verdeckte das Geschriebene mit der Hand. »Man hat uns erzählt, Sie hätten gesehen, wie er Bibi Gould ein Mittel namens« – er blickte auf das Blatt Papier, als stünde das Wort dort geschrieben – »Rohypnol gegeben hat, damit sie sich nicht über seine kläglichen Leistungen als Liebhaber beschwert. Ist das wahr?«

»Ach, Scheiße!« Er stützte den Kopf in seine Hände. »Das können Sie nur von Marie haben.« Er massierte sich mit leichten, kreisenden Bewegungen die Schläfen. Galbraith war fasziniert von der Anmut seiner Hände. Er war in der Tat ein außergewöhnlich schöner junger Mann, und es wunderte ihn nicht, daß Kate Sumner ihn attraktiver gefunden hatte als ihren Ehemann.

»Ist das wahr, Mr. Harding?«

»Teilweise. Er hat mir erzählt, er hätte es ihr mal gegeben, als sie sich beschwert hat, aber ich habe es nicht mit eigenen Augen gesehen. Er kann genausogut gelogen haben.«

»Woher kannte er Rohypnol denn überhaupt?«

»Das kennt doch jeder.«

»Haben Sie ihm davon erzählt?«

Harding hob den Kopf und starrte auf das Papier vor dem Superintendent. Es war klar, daß er gern gewußt hätte, wie weit die Informationen reichten, die dort niedergeschrieben waren. »Sein Großvater hat Schlafstörungen, seit seine Frau gestorben ist, und da hat der Arzt ihm Rohypnol verschrieben. Als Tony mir das erzählt hat, habe ich gelacht und gesagt, wenn er sich davon was beschaffen könnte, wären alle seine Probleme sofort gelöst. Ich kann doch nichts dafür, wenn der verrückte Hund das Zeug tatsächlich verwendet hat.«

»Haben Sie es schon einmal verwendet, Mr. Harding?«

»Also wirklich! Als hätte ich das nötig!«

Ein schwaches Lächeln spielte um Carpenters Mundwinkel, als er abrupt das Thema wechselte. »Wann hat Kate Sumner angefangen, Ihren Wagen mit Kot zu beschmieren und die Alarmanlage auszulösen? Wie lange etwa, nachdem sie das Bett in Ihrem Boot beschmutzt hatte?«

»Ich weiß nicht genau. Das war vielleicht ein paar Tage später.«

»Und woher wissen Sie, daß sie es war?«

»Weil sie mir auch schon die Laken auf dem Boot versaut hatte.«

»Und das war irgendwann gegen Ende April, nicht wahr?« Harding nickte. »Aber mit dieser« – Carpenter suchte nach einem geeigneten Wort – »›Schmutzkampagne‹ hat sie erst angefangen, als ihr klarwurde, daß Sie an einer Beziehung mit ihr nicht interessiert waren?«

»Na und, ist das vielleicht meine Schuld?« versetzte Harding verzweifelt. »Sie war so – so unglaublich langweilig!«

»Meine Frage war, ob sie diese ›Schmutzkampagne‹ startete, nachdem sie erkannt hatte, daß Sie nicht an ihr interessiert waren«, sagte Carpenter geduldig.

»Ja.« Mit einer heftigen Bewegung drückte er die Handballen auf seine geschlossenen Augen, als könnte er sich so die Details ins Gedächtnis zurückrufen. »Sie hat mir schlicht und einfach das Leben zur Hölle gemacht, bis ich es nicht mehr ausgehalten habe.

Und da bin ich dann auf die Idee gekommen, ihrem Mann weiszumachen, ich wär schwul, weil ich hoffte, er würde es ihr erzählen.«

Carpenter las in Hardings Protokoll nach. »Das war im Juni?«

»Ja.«

»Hatte es einen bestimmten Grund, daß Sie anderthalb Monate warteten, ehe Sie beschlossen, etwas Drastisches zu unternehmen?«

»Es wurde immer schlimmer statt besser«, erklärte Harding mit einer plötzlichen Aufwallung von Zorn, als machte die Erinnerung ihn immer noch wütend. »Zuerst habe ich gedacht, sie würde irgendwann die Lust verlieren, wenn ich nur Geduld bewahrte. Aber als sie sich dann mein Schlauchboot vornahm, hat's mir gereicht. Ich hatte Angst, sie würde sich als nächstes an der *Crazy Daze* vergreifen, und da war bei mir Schluß.«

Carpenter nickte, als fände er die Erklärung plausibel. Wieder beugte er sich über das Protokoll von Hardings Aussage. »Sie suchten also William Sumner auf und zeigten ihm Fotos von sich, die in einer Schwulenzeitschrift erschienen waren, weil Sie hofften, er würde seiner Frau erzählen, Sie wären schwul?«

»Ja.«

»Hm.« Carpenter griff wieder nach Tony Bridges' Protokoll. »Mr. Bridges sagt dazu allerdings etwas anderes: Als Sie ihm gegenüber erwähnten, Sie wollten Kate Sumner wegen Belästigung bei der Polizei anzeigen, habe er Ihnen geraten, sich doch einfach einen anderen Parkplatz für Ihr Auto zu suchen. Seiner Aussage zufolge sei *damit* das Problem gelöst gewesen. Er fand es im übrigen ziemlich erheiternd, als wir ihm gestern abend erzählten, Sie hätten versucht, den Belästigungen damit ein Ende zu setzen, daß Sie William Sumner diese Fotos von sich zeigten. Er sagte: ›Steve hatte immer schon eine lange Leitung.‹«

Harding zuckte die Achseln. »Na und? Es hat doch gewirkt. Das ist das einzige, was mich interessiert hat.«

Mit einer bedächtigen Handbewegung strich Carpenter die Papiere vor sich glatt. »Und wie kam das, was meinen Sie?« fragte er. »Sie wollen doch sicher nicht im Ernst unterstellen, daß eine Frau, die derart wütend über Ihre Zurückweisung war, daß sie Sie wochenlang auf übelste Weise belästigte, plötzlich sang- und klanglos kapitulierte, als sie hörte, Sie wären schwul? Ich gebe zu, daß ich mich mit Neurotikern nicht auskenne, aber ich würde annehmen, daß die Schikane eher schlimmer geworden wäre. Niemand läßt sich gerne lächerlich machen, Mr. Harding.«

Harding starrte ihn perplex an. »Aber sie *hat* doch aufgehört.«

Carpenter schüttelte den Kopf. »Man kann nicht mit etwas aufhören, das man nie begonnen hat, mein Junge. Oh, es besteht kein Zweifel daran, daß sie in einem Moment der Verärgerung Hannahs Windeln an Ihrem Bettlaken abgewischt hat, aber es war nicht Kate Sumner, die Ihnen etwas heimzahlen wollte, sondern Ihr Freund, Tony Bridges. Der Zwischenfall mit den Windeln hat ihn wahrscheinlich überhaupt erst auf die Idee gebracht, Sie auf diese Weise zu schikanieren. Und es war auch noch so eine passende Rache! Sie hatten jahrelang auf ihn und seine Gefühle ›geschissen‹. Da muß es ihm einen Heidenspaß gemacht haben, es Ihnen mit gleicher Münze heimzuzahlen. Aufgehört hat er damit nur, weil Sie damit gedroht hatten, zur Polizei zu gehen.«

Ein mattes Lächeln, so verwaschen wie nasse Wasserfarben, breitete sich auf Hardings Gesicht aus. Er sieht krank aus, dachte Carpenter mit Genugtuung.

Angela Sumner hatte längst alle Bemühungen aufgegeben, ihren Sohn zum Sprechen zu bringen. Ihre anfängliche Überraschung über sein unangemeldetes Erscheinen in ihrer Wohnung war einem Gefühl der Beängstigung gewichen, und ähnlich wie das Opfer einer Geiselnahme versuchte sie stets zu beschwichtigen statt herauszufordern. Was immer ihn nach Chichester zurückgeführt hatte, er wollte nicht mit ihr darüber sprechen. Er schien ständig von einem Extrem ins andere zu fallen, konnte von einem Tobsuchtsanfall getrieben im Zimmer hin und her laufen, nur um im nächsten Moment in Tränen aufgelöst zusammenzubrechen und in Apathie zu versinken. Sie konnte ihm nicht helfen. Er bewachte das Telefon mit der Beharrlichkeit eines Wahnsinnigen, und gelähmt vor Angst und Hilflosigkeit, zog sie sich in stumme Beobachtung zurück.

Er war in den vergangenen zwölf Monaten ein Fremder für sie geworden, und eine Art unterschwelliger Abneigung trieb sie zur Grausamkeit. Sie wurde sich bewußt, daß sie ihren Sohn verachtete. Im Grunde hat er nie viel Rückgrat besessen, dachte sie, sonst hätte Kate nicht so leichtes Spiel mit ihm gehabt. Ihre Lippen wurden zu einem schmalen Strich der Geringschätzung, während sie dem trockenen Schluchzen lauschte, das seinen mageren Körper schüttelte, und als er endlich sein Schweigen brach, erkannte sie mit einem Gefühl der Unausweichlichkeit, daß sie seine Worte hätte vorhersagen können. »... ich wußte einfach nicht mehr, was ich tun sollte ...«

Sie vermutete, daß er seine Frau ermordet hatte. Und jetzt befürchtete sie, er könnte auch sein Kind getötet haben.

Tony Bridges stand auf, als die Zellentür geöffnet wurde, und sah Galbraith mit einem unsicheren Lächeln entgegen. In den Stunden der Haft war er zu einem kleinen, unbedeutenden Menschen geschrumpft, der entdeckt hatte, was es hieß, der Gnade anderer ausgeliefert zu sein. Verschwunden war die Arroganz von gestern, verdrängt von der beunruhigenden Erkenntnis, daß all seine Beredsamkeit nichts gegen das Mißtrauen der Polizei auszurichten vermochte.

»Wie lange wollen Sie mich eigentlich noch hierbehalten?«

»So lange wie nötig, Mr. Bridges.«

»Ich weiß überhaupt nicht, was Sie von mir wollen.«

»Die Wahrheit.«

»Das einzige, was ich getan habe, war, ein Boot zu stehlen.«

Galbraith schüttelte den Kopf. Er meinte, flüchtiges Bedauern in dem verschreckten Blick des jungen Mannes zu sehen, bevor er zurücktrat, um Bridges vorbeizulassen. Man konnte es vielleicht Reue nennen, vermutete er.

›*…ich wollte es nicht tun. Ich habe es auch nicht getan – nicht wirklich. Kate wäre noch am Leben, wenn sie nicht versucht hätte, mich aus dem Boot zu stoßen. Es ist ihre eigene Schuld, daß sie tot ist. Alles war gut, bis sie auf einmal auf mich losging, und dann war sie plötzlich im Wasser. Das können Sie mir doch nicht zum Vorwurf machen. Glauben Sie denn, ich hätte nicht auch Hannah ertränkt, wenn ich die Absicht gehabt hätte, ihre Mutter zu töten…?*‹

25

Broxton House döste friedlich in der Nachmittagssonne, als Nick Ingram seinen Wagen vor dem Eingang mit dem Säulenportal anhielt. Wie immer nahm er sich einen Moment Zeit, um seine klaren, einfachen Linien zu bewundern, und wie immer bedauerte er seinen unaufhaltsamen Verfall. Für ihn, vielleicht mehr noch als für die Jenners, stellte es etwas Kostbares dar, eine lebendige Erinnerung daran, daß Schönheit in jedem Ding existierte; aber andererseits war er ja auch trotz seiner täglichen Arbeit unverbesserlich sentimental, und sie waren es nicht. Die Flügeltür stand weit offen, eine Einladung an jeden vorüberkommenden Dieb, und er nahm Celia Jenners Handtasche vom Tisch im Foyer, als er auf seinem Weg in den Salon daran vorbeikam. Stille lag über dem Haus wie eine Decke aus Staub, und er fürchtete plötzlich, zu spät gekommen zu sein. Selbst der Klang seiner eigenen Schritte auf dem Marmorfußboden war nichts als ein Flüstern in der großen Leere, die ihn umgab.

Er öffnete die Tür zum Salon und trat ein. Celia lag halb aufgerichtet im Bett. Die Bifokalbrille war ihr bis zur Nasenspitze hinuntergerutscht, ihr Mund war geöffnet, und sie schnarchte leise. An ihrer Seite lag Bertie, den Kopf auf dem Kissen. Es war ein Bild wie aus dem Film *Der Pate*, und Ingram hätte beinahe laut gelacht. Der Gefühlsmensch in ihm betrachtete die beiden mit Rührung. Vielleicht hat Maggie doch recht, dachte er. Vielleicht ist Körperkontakt zum Glücklichsein doch wichtiger als Hygiene. Was kümmerten einen schon braun verfärbte Teetassen, wenn man eine vierbeinige Wärmflasche hatte, die bereit war, zu einem ins Bett zu kriechen und einem die Liebe zu geben, die man sonst nirgends bekam!

Er klopfte leicht an die Tür und beobachtete amüsiert, wie Bertie vorsichtig ein Auge aufmachte, um es gleich wieder zu schließen, offensichtlich erleichtert, daß Nick nicht die Absicht hatte, seine Loyalität auf die Probe zu stellen.

»Ich schlafe nicht«, sagte Celia und rückte mit einer Hand ihre Brille zurecht. »Ich habe Sie hereinkommen gehört.«

»Störe ich?«

»Nein.« Sie richtete sich höher auf und zog etwas verspätet ihr Bettjäckchen über ihrer Brust zusammen.

»Sie sollten Ihre Handtasche nicht draußen auf dem Tisch liegenlassen«, sagte er, als er zum Bett ging und ihr das gute Stück überreichte. »Da kann jeder Dieb sie mitnehmen.«

»Der würde seine Freude daran haben. Es ist nichts drin, was sich zu stehlen lohnen würde.« Sie musterte ihn aufmerksam. »In Uniform gefallen Sie mir besser. In diesem Aufzug sehen Sie aus wie ein Gärtner.«

»Ich habe Maggie versprochen, ihr beim Anstreichen zu helfen, und in Uniform kann ich das nicht gut.« Er zog sich einen Stuhl heran. »Wo ist sie überhaupt?«

»Wo Sie sie hinbeordert haben. In der Küche.« Sie seufzte. »Ich mache mir Sorgen um sie, Nick. Ich habe sie nicht zu körperlicher Arbeit erzogen. Sie wird Hände haben wie eine Waschfrau, wenn sie in der Küche fertig ist.«

»Die hat sie doch sowieso schon. Man kann nicht Tag für Tag Ställe ausmisten und Pferdetröge reinigen und sich dabei gepflegte Hände bewahren. Das eine schließt das andere aus.«

Sie schnalzte mißbilligend mit der Zunge. »Ein Gentleman bemerkt so etwas nicht.«

Er hatte sie schon immer gemocht. Er wußte selbst nicht recht, warum, außer daß ihm ihre Direktheit gefiel. Vielleicht erinnerte sie ihn an seine eigene Mutter, eine handfeste, realistische Frau aus Ostlondon, die seit zehn Jahren tot war. Zweifellos kam er mit Menschen, die offen ihre Meinung sagten, besser zurecht als mit solchen, die ihre Gefühle hinter Heuchlermienen verbargen. »Ach, ich glaube doch, wissen Sie? Er spricht nur nicht darüber.«

»Aber das ist doch der springende Punkt, Sie dummer Kerl«,

sagte sie unwirsch. »Einen Gentleman erkennt man an seinen Manieren.«

Er lachte. »Dann ist Ihnen also ein Mann, der lügt, lieber, als einer, der ehrlich ist? Diesen Eindruck haben Sie mir vor vier Jahren, als Robert Healey sich aus dem Staub machte, aber nicht vermittelt.«

»Robert Healey war ein Krimineller.«

»Aber attraktiv.«

Sie sah ihn stirnrunzelnd an. »Sind Sie hergekommen, um mich zu ärgern?«

»Nein, ich bin hergekommen, um zu sehen, wie es Ihnen geht.«

Sie wedelte wegwerfend mit der Hand. »Es geht mir gut, wie Sie sehen. Kümmern Sie sich jetzt lieber um Maggie. Sie wird sich sicher freuen, Sie zu sehen.«

Er machte jedoch keine Anstalten zu gehen. »Sind Sie oder Ihre Tochter eigentlich bei Healeys Prozeß als Zeugen gehört worden?« fragte er.

»Nein, das wissen Sie doch. Er wurde ja nur wegen seines letzten Betrugs vor Gericht gestellt. Wir übrigen durften auf der Zuschauergalerie Platz nehmen, weil wir sonst womöglich Sand ins Getriebe des Prozesses hätten streuen können. Das hat mich mehr als alles andere geärgert. Ich wollte unbedingt in den Zeugenstand, um diesem Kerl zu sagen, was ich von ihm hielt. Ich wußte natürlich, daß ich mein Geld nie zurückbekommen würde, aber es wäre mir wenigstens eine gewisse Genugtuung gewesen.« Sie verschränkte abwehrend die Arme vor der Brust. »Allerdings ist das kein Thema, über das ich mich unterhalten möchte. Es ist ungesund, in der Vergangenheit zu wühlen.«

»Haben Sie die Berichte über den Prozeß gelesen?« fuhr er fort, ohne sich von ihrer Zurückweisung beeindrucken zu lassen.

»Einen oder zwei«, antwortete sie kurz. »Bis ich es voller Wut aufgegeben habe.«

»Was hat Sie denn so wütend gemacht?«

Über ihrer Lippe zuckte nervös ein Muskel. »Seine Opfer wurden als einsame Frauen geschildert, die sich verzweifelt nach ein bißchen Liebe und Aufmerksamkeit sehnten. Ich glaube, nichts im Leben hat mich je so aufgeregt. Wir standen ja wie lauter törichte Närrinnen da.«

»Aber Ihr Fall kam doch gar nicht zur Verhandlung«, sagte er. »Diese Beschreibung bezog sich auf seine vorigen Opfer – zwei alte unverheiratete Schwestern, die ganz allein in einem einsamen Bauernhaus in Cheshire lebten. Mit anderen Worten, ein gefundenes Fressen für Healey. Und der Schwindel flog ja auch nur auf, weil er es so eilig hatte, an das Geld zu kommen, daß er ihre Namen auf mehreren Schecks fälschte, worauf man bei der Bank der beiden Frauen mißtrauisch wurde und die Polizei alarmierte.«

Das nervöse Zucken ihrer Oberlippe hörte nicht auf. »Ja, nur denke ich manchmal, daß diese Beschreibung auch in unserem Fall gar nicht so falsch war«, entgegnete sie mit sichtlicher Überwindung. »Ich habe uns nie als einsam betrachtet, aber es ist nicht zu leugnen, daß wir förmlich aufblühten, als er in unser Leben trat, und dessen schäme ich mich heute noch, wenn ich daran zurückdenke.«

Ingram griff in die Hüfttasche seiner Jeans und zog einen Zeitungsausschnitt heraus. »Ich habe hier etwas, das ich Ihnen gerne vorlesen würde. Es sind die abschließenden Worte des Richters an Healey, bevor er das Urteil verlas.« Er glättete das Stück Papier auf seinem Schoß. *»›Sie sind ein gebildeter Mann mit hoher Intelligenz und einer gewinnenden Art‹«*, las er, *»›und diese Eigenschaften machen Sie äußerst gefährlich. Sie mißachten die Gefühle Ihrer Opfer auf gnadenlose Weise, während Sie gleichzeitig eine Menge Charme und Intelligenz einsetzen, um sie von Ihrer Aufrichtigkeit zu überzeugen. Zu viele Frauen wurden von Ihnen getäuscht, als daß irgend jemand noch glauben könnte, daß Ihr Erfolg lediglich der Leichtgläubigkeit‹«* – er betonte die Worte – *»›Ihrer Opfer zuzuschreiben ist, und ich bin überzeugt, daß Sie eine echte Gefahr für die Gesellschaft sind.‹«* Er legte den Zeitungsausschnitt aufs Bett. »Selbst der Richter hat bestätigt, daß Healey in der Tat ein charmanter und intelligenter Mann war.«

»Alles nur Gerede«, entgegnete sie schroff, während sie trostsuchend Berties Ohren kraulte. »Er war ein blendender Schauspieler.«

Ingram dachte an Steven Hardings äußerst bescheidene schauspielerische Fähigkeiten und schüttelte den Kopf. »Das glaube ich nicht«, widersprach er behutsam. »Niemand könnte sich ein ganzes Jahr lang so gut verstellen. Der Charme war echt, und das war es, was Sie und Maggie so anziehend an ihm fanden. Mir scheint, das ist genau der Punkt, der Ihnen Probleme bereitet und mit dem Sie sich auseinandersetzen müssen. Die Tatsache, daß Sie ihn mochten, macht den Verrat noch um so schlimmer.«

»Nein.« Sie zog unter dem Kopfkissen ein Kleenex hervor und schneuzte sich. »Was mich viel mehr aufregt, ist, daß ich allen Ernstes glaubte, er hätte *uns* gern. Es ist doch nicht so schwer, uns zu lieben, oder?«

»Überhaupt nicht. Ich bin sicher, er hat Sie beide angebetet. So wie es jeder tut.«

»Ach, reden Sie doch keinen Unsinn!« fuhr Celia ihn an. »Dann hätte er uns doch nicht beklaut.«

»Aber natürlich hätte er das getan.« Ingram stützte sein Kinn in beide Hände und blickte sie aufmerksam an. »Ihr Problem ist, daß Sie eine Konformistin sind, Mrs. J. Sie glauben, daß alle sich gleich verhalten und auch gleich verhalten sollten. Aber Healey war ein professioneller Hochstapler. Diebstahl war sein Geschäft. Er hat zehn Jahre lang davon gelebt, vergessen Sie das nicht. Aber das bedeutet nicht, daß er Sie nicht gern hatte; ebensowenig, wie es bedeuten würde, daß ich Sie nicht gern hätte, wenn ich Sie morgen verhaften müßte.« Sein Mund verzog sich zu einem schiefen Lächeln. »Wenn wir nicht verhungern wollen, tun wir in diesem Leben das, worin wir gut sind. Aber das hindert uns nicht daran, Rotz und Wasser zu heulen, wenn es uns gegen den Strich geht.«

»So ein Quatsch!«

»Finden Sie? Glauben Sie, es macht mir Freude, einen zehnjährigen Jungen wegen mutwilliger Sachbeschädigung festzunehmen, wenn ich weiß, daß bei ihm zu Hause schlimme Zustände herrschen, daß er die Schule schwänzt, weil er nicht lesen kann, und von seiner trunksüchtigen Mutter wahrscheinlich eine Tracht Prügel bekommt, weil sie zu dumm ist, anders mit ihm umzugehen? Ich verwarne den Jungen, weil das meine Pflicht ist, aber er ist mir immer noch lieber als seine unfähige Mutter. Kriminelle sind Menschen wie jeder andere, und es gibt kein Gesetz, das besagt, daß sie nicht liebenswert sein können.«

Sie sah ihn über die Ränder ihrer Bifokalbrille hinweg an. »Ja, aber *Sie* haben Martin nicht gemocht, Nick, also tun Sie jetzt nicht so als ob.«

»Nein, ich mochte ihn nicht«, bekannte er, »aber das war eine ganz persönliche Sache. Ich habe den Mann für einen Schwätzer gehalten. Aber wenn ich ehrlich bin, muß ich zugeben, daß ich Mrs. Fielding nicht einen Moment lang geglaubt habe, als sie ihn beschuldigte, er habe ihre Antiquitäten stehlen wollen. In meinen Augen war er absolut ohne Tadel... einfach perfekt... der Traummann jeder jungen Frau.« Sein Lächeln wurde noch etwas schiefer. »Ich war ziemlich sicher – und bin es immer noch, weil die Geschichte so gar nicht zu Healeys sonstiger Verfahrensweise paßte –, daß sich die alte Mrs. Fielding das alles nur eingebildet hatte. Ich habe mich damals nur deshalb an Sie gewandt, weil ich der Versuchung nicht widerstehen konnte, ihn ein bißchen schlechtzumachen.« Er hob den Blick und sah sie an. »Ich hatte nicht die leiseste Ahnung davon, was er wirklich im Schilde führte. Selbst als Simon Farley mir erzählte, daß er im Pub zweimal mit ungedeckten Schecks bezahlt hätte, und mich bat, die Sache diskret zu regeln, weil er keinen Wirbel mochte, kam ich überhaupt nicht auf den Gedanken, daß Martin ein Profi sein könnte. Wenn mir der Verdacht gekommen wäre, hätte ich die Sache ganz anders angepackt, und dann hätten Sie vielleicht Ihr Geld nicht verloren, und Ihr Mann wäre noch am Leben.«

»Um Gottes willen!« sagte sie unwirsch und zog Bertie so heftig am Ohr, daß der arme Hund vor Schmerz leise aufjaulte. »Jetzt fangen Sie bloß nicht auch noch an, sich schuldig zu fühlen.«

»Warum nicht? Wenn ich älter und klüger gewesen wäre, hätte ich meine Arbeit vielleicht besser gemacht.«

In einer uncharakteristischen Zurschaustellung von Zuneigung legte sie ihm eine Hand auf die Schulter. »Ich habe schon genug Mühe, mit meinen eigenen Schuldgefühlen fertig zu werden, da will ich Ihre und Maggies nicht auch noch mittragen müssen. Maggie ist felsenfest überzeugt, daß ihren Vater der Schlag getroffen hat, weil sie ihn angeschrien hat. *Meiner* Erinnerung nach hat er zwei Wochen lang wie ein Wahnsinniger getobt und ist erst tot zusammengebrochen, nachdem er sich in seinem Arbeitszimmer sinnlos betrunken hatte. Meinem Sohn zufolge ist er an gebrochenem Herzen gestorben, weil Maggie und ich ihn in seinem eigenen Haus wie eine Null behandelten.« Sie seufzte. »Tatsache ist, daß Keith Alkoholiker war und chronische Herzbeschwerden hatte. Er hätte jederzeit sterben können, obwohl Martins Machenschaften seiner Gesundheit natürlich nicht unbedingt förderlich waren. Im übrigen war es nicht das Geld meines Mannes, das gestohlen wurde. Sondern meines. Mein Vater hatte mir vor zwanzig Jahren zehntausend Pfund hinterlassen, aus denen ich mit Börsenspekulationen hunderttausend gemacht habe.« Sie runzelte verärgert die Stirn bei der Erinnerung, bevor sie Ingram unversehens hart auf die Schulter schlug. »Das ist doch alles lächerlich! Der einzige, dem hier ein Vorwurf zu machen ist, ist Robert Healey, und ich sehe nicht ein, warum sich sonst irgend jemand schuldig fühlen sollte.«

»Gilt das auch für Sie und Maggie, oder haben Sie vor, weiterhin in Sack und Asche zu gehen, so daß der Rest von uns allein schon vom Hinschauen Schuldgefühle bekommt?«

Sie sah ihn einen Moment lang nachdenklich an. »Ich hatte schon recht mit dem, was ich gestern gesagt habe«, meinte sie. »Sie müssen tatsächlich immer provozieren!« Sie wies mit einer Hand zum Flur. »Sehen Sie zu, daß Sie hinauskommen, und machen Sie sich nützlich. Helfen Sie meiner Tochter.«

»Sie kommt wunderbar allein zurecht. Ich werde wahrscheinlich nur rumstehen und zuschauen.«

»Ich habe nicht von der Küchenrenovierung gesprochen«, gab Celia zurück.

»Ich auch nicht, aber die Antwort bleibt trotzdem die gleiche.«

Sie starrte ihn einen Moment verständnislos an, dann lachte sie leise. »Nach dem Prinzip, daß man nur Geduld haben muß, um zu bekommen, was man haben will?«

»Das hat bis jetzt immer geklappt«, gab er zurück. »Dann nahm er ihre Hand und hielt sie leicht in der seinen. »Sie sind eine tapfere Frau, Mrs. J. Ich wollte Sie schon immer besser kennenlernen.«

»Um Himmels willen, jetzt aber hinaus mit Ihnen!« Sie gab ihm einen Klaps auf die Hand. »Allmählich bekomme ich den Eindruck, daß Robert Healey im Vergleich zu Ihnen ein Dilettant war.« Sie drohte ihm mit dem Finger. »Und nennen Sie mich nicht Mrs. J. Das hört sich an, als wäre ich die Putzfrau.« Sie schloß die Augen und holte tief Luft, als ob sie im Begriff wäre, ihm die Kronjuwelen zu überreichen. »Nennen Sie mich einfach Celia.«

›... ich konnte keinen klaren Gedanken mehr fassen, das war das Schlimme... wenn sie mir doch nur einen Moment zugehört hätte, statt ununterbrochen zu schreien... ich glaube, es hat mich überrascht, wie stark sie war... sonst hätte ich ihr nicht die Finger gebrochen... es war ganz leicht... sie waren ja so klein... aber kein Mensch tut so etwas gerne... sagen wir es mal so, ich bin nicht stolz darauf...‹

Nick Ingram fand Maggie in der Küche vor. Sie stand mit verschränkten Armen am Fenster und starrte zu den Pferden auf der ausgedörrten Koppel hinaus. Die Zimmerdecke leuchtete in frischem Weiß, aber die Wände waren alle noch unberührt von jeglicher Farbe, und die Rolle trocknete in der flachen Farbwanne langsam aus.

»Schauen Sie sich die armen Tiere an«, sagte sie. »Ich glaube, ich rufe den Tierschutzverein an und erstatte Anzeige gegen ihre grausamen Eigentümer.«

Er kannte sie zu gut. »Worüber sind Sie wirklich so verärgert?«

Sie drehte sich trotzig zu ihm um. »Ich habe alles gehört«, sagte sie. »Ich habe draußen an der Tür gelauscht. Sie haben sich wohl für besonders schlau gehalten, wie?«

»Inwiefern?«

»Martin hatte sich viel Mühe gemacht, meine Mutter zu verführen, bevor er mich verführte«, erklärte sie. »Ich war damals höchst beeindruckt von dieser Taktik. Später ist mir klargeworden, daß mich das hätte warnen müssen. Das hat doch gezeigt, was für ein Lügner er war.«

»Vielleicht fand er es einfach leichter, mit ihr auszukommen«, meinte Ingram milde. »Ihre Mutter ist eine nette Frau. Und, nur um das ein für allemal festzuhalten, ich habe nicht die Absicht, Sie zu verführen. Das wäre ja wie ein Kampf gegen Stacheldraht – schmerzhaft, unersprießlich und verdammt harte Arbeit.«

Sie lächelte verzerrt. »Erwarten Sie nur nicht, daß *ich Sie* verführe«, sagte sie kurz. »Da können Sie nämlich warten, bis Sie schwarz werden.«

Er zog vorsichtig die verklebte Rolle aus der Wanne und hielt sie im Spülbecken unter das fließende Wasser. »Nichts liegt mir ferner, das können Sie mir glauben. Ich habe zuviel Angst vor einer gebrochenen Kinnlade.«

»Martin hatte damit kein Problem.«

»Nein«, erwiderte er trocken. »Aber Martin hätte auch mit

dem Elefantenmenschen kein Problem gehabt, solange Geld dabei herausgesprungen wäre. Hat Ihre Mutter eine Scheuerbürste? Wir müssen die hartgewordene Farbe aus der Wanne hier entfernen.«

»Da müssen Sie in der Spülküche nachschauen.« Sie wartete in stummem Zorn, während er das Gerümpel von vier Jahren nach Putzutensilien durchwühlte. »Sie sind so ein Heuchler«, sagte sie plötzlich. »Eben haben Sie meiner Mutter eine halbe Stunde lang Honig ums Maul geschmiert, um ihr Selbstbewußtsein ein bißchen aufzupäppeln, aber mich vergleichen Sie mit dem Elefantenmenschen.«

Aus der Spülküche kam gedämpftes Lachen. »Es war ja auch nicht Ihre Mutter, mit der Martin geschlafen hat.«

»Was macht denn das für einen Unterschied?«

Er erschien mit einem Eimer voll schmutziger, steif gewordener Wischlappen. »Ich habe schon Schwierigkeiten mit der Tatsache, daß Sie einen Hund im Bett haben«, sagte er. »Es würde mir nicht im Traum einfallen, auch noch ein hinterhältiges Wiesel in Kauf zu nehmen.«

Einen Moment blieb es still, dann begann Maggie zu lachen. »Im Augenblick teilt Bertie das Bett mit meiner Mutter.«

»Das weiß ich. Er ist so ziemlich der lächerlichste Wachhund, der mir je untergekommen ist.« Er nahm die Lappen aus dem Eimer und hielt sie hoch. »Was zum Teufel ist denn das?«

Neuerliches Gelächter. »Das sind die Unterhosen meines Vaters, Sie Esel. Meine Mutter benutzt sie als Putzlappen, weil sie nichts kosten.«

»Ach so, ja. Das leuchtet mir ein.« Er stellte den Eimer in das Spülbecken, um ihn mit Wasser zu füllen. »Ihr Vater war ein großer, kräftiger Mann. Der Stoff hier würde reichen, um eine Couchgarnitur zu beziehen.» Er zog gestreifte Boxershorts aus dem Bündel. »Oder einen Liegestuhl«, fügte er hinzu.

Sie verengte argwöhnisch die Augen. »Bilden Sie sich bloß nicht ein, Sie könnten die Unterhosen meines Vaters benutzen, um mich zu verführen, Sie Ungeheuer, sonst kippe ich Ihnen den ganzen Eimer über den Kopf.«

Er lachte sie an. »Ich will Sie nicht verführen, Maggie, ich werbe um Sie. Wenn ich Sie verführen wollte, hätte ich ein paar Flaschen Brandy mitgebracht.« Er wrang die Boxershorts aus und hielt sie zur Begutachtung in die Höhe. »Aber… wenn Sie meinen, daß ich hiermit Erfolg haben könnte…«

›Die meiste Zeit bin ich allein – nur das Meer, das Boot und ich… das mag ich… ich fühle mich wohl in dieser Weite… Menschen können einem nach einer Weile auf die Nerven gehen… die wollen doch immer irgendwas von einem… meistens Liebe… aber es ist alles ziemlich oberflächlich… Marie? Sie ist in Ordnung… nichts Besonderes… klar fühle ich mich für sie verantwortlich, aber doch nicht auf ewig… nichts ist ewig… außer das Meer… und der Tod…‹

26

Als John Galbraith William Sumners Wagen in der kleinen Straße in Chichester stehen sah, hielt er an und beugte sich vor, um durch das Fenster ins Innere zu schauen. Das Wetter war unverändert schön, und die Hitze, die von dem aufgeheizten Wagendach zurückstrahlte, wärmte sein Gesicht. Er ging den Weg hinauf zu Angela Sumners Tür, läutete und wartete, bis er das Klappern der Sicherheitskette im Inneren des Hauses hörte.

»Guten Tag, Mrs. Sumner«, sagte er, als sie ängstlich durch den Türspalt spähte. »Wenn ich nicht irre, ist Ihr Sohn bei Ihnen.« Er wies auf das geparkte Auto. »Kann ich ihn sprechen?«

Seufzend hakte sie die Kette auf und öffnete die Tür. »Ich wollte Sie anrufen, aber er hat den Telefonstecker rausgezogen, als ich den Vorschlag machte.«

Galbraith nickte. »Das ist also die Erklärung. Wir haben nämlich mehrmals erfolglos versucht, Sie zu erreichen. Schließlich bin ich einfach auf gut Glück losgefahren.«

Sie wendete ihren Rollstuhl und fuhr ihm voraus durch den Korridor. »Er sagt dauernd, er hätte nicht mehr gewußt, was er tun sollte. Heißt das, daß er sie getötet hat?«

Galbraith legte ihr tröstend die Hand auf die Schulter. »Nein«, antwortete er. »Ihr Sohn ist kein Mörder, Mrs. Sumner. Er hat Kate geliebt. Ich glaube, er hätte ihr die Sterne vom Himmel geholt, wenn sie es verlangt hätte.«

An der Tür zum Wohnzimmer machten sie halt. William saß zusammengesunken in einem Sessel, die Arme wie zum Schutz um seinen Oberkörper geschlungen, das Telefon auf dem Schoß. Sein unrasiertes Gesicht wirkte eingefallen, seine Augen waren rot und verschwollen von zu vielen Tränen und zu wenig Schlaf. Galbraith war betroffen über seinen Anblick, zumal er sich eingestehen mußte, daß er selbst mit dazu beigetragen hatte, den

Mann an den Abgrund der Verzweiflung zu treiben. Natürlich konnte er seine Einmischung in William und Kate Sumners Privatangelegenheiten mit Pflichterfüllung im Namen der Justiz rechtfertigen, aber das war eine kalte Logik. Ich hätte etwas menschlicher sein können, dachte er. Man konnte immer menschlicher sein – aber traurigerweise kam man mit Menschlichkeit der Wahrheit kaum jemals auf den Grund.

Er drückte Angela Sumner die Schulter. »Vielleicht könnten Sie uns eine Tasse Tee machen«, schlug er vor, während er zur Seite trat, um ihr zum Wenden ihres Rollstuhls Platz zu machen. »Ich hätte Ihren Sohn gern einen Moment unter vier Augen gesprochen, wenn das möglich ist.«

Sie nickte dankbar. »Ich werde draußen warten, bis Sie mich rufen.«

Er schloß die Tür hinter ihr und wandte sich zu William Sumner um.

»Wir haben den Mörder Ihrer Frau gefaßt, Mr. Sumner«, sagte er und setzte sich dem Mann gegenüber. »Steven Harding wurde inzwischen wegen Entführung, Vergewaltigung und Mordes unter Anklage gestellt und wird bis zum Beginn seines Prozesses in Haft bleiben. Ich möchte betonen, daß Ihre Frau keinerlei Anteil an dem hatte, was ihr zugestoßen ist, sondern ganz im Gegenteil mit aller Kraft darum gekämpft hat, Hannah und sich zu retten.«

Er legte eine kurze Pause ein, um William Sumner forschend anzublicken, und fuhr dann zu sprechen fort, als er keine Reaktion sah. »Es ist wahr, daß sie vor den Ereignissen der letzten Woche intime Beziehungen zu Steven Harding hatte. Es handelte sich jedoch nur um eine kurze Affäre vor einigen Monaten, der ein wahrer Feldzug Hardings vorausging, um Ihre Frau soweit zu bekommen. Dennoch – und das ist wichtig« – er beschönigte die Wahrheit ganz bewußt zugunsten Kate Sumners –, »steht fest, daß sie sich sehr bald entschloß, die Beziehung abzubrechen, als sie erkannte, daß ihre Ehe wichtiger für sie war als ihre Gefühle für einen jüngeren Mann. Ihr Unglück war ihre Unfähigkeit zu erkennen, daß Steven Harding ein narzißtischer und gefährlich unreifer Mensch ist und daß sie sich vor ihm hätte fürchten müssen.« Wieder eine Pause. »Sie war einsam, Mr. Sumner.«

Ein ersticktes Schluchzen kam über Sumners Lippen. »Ich habe sie so abgrundtief gehaßt... Ich wußte, daß es mehr als nur eine oberflächliche Bekanntschaft war, als sie sagte, sie wolle ihn nicht mehr im Haus haben. Am Anfang hat sie mit ihm geflirtet, dann wurde sie richtig gehässig und fing an, ihn zu beschimpfen... ich vermutete, er war ihrer überdrüssig geworden...«

»War das der Zeitpunkt, als er Ihnen die Fotos zeigte?«

»Ja.«

»Warum hat er das eigentlich getan, Mr. Sumner?«

»Er sagte, ich sollte sie Kate zeigen, aber...« Er griff sich mit zitternder Hand an den Mund.

Galbraith erinnerte sich an etwas, das Tony Bridges am Abend zuvor gesagt hatte. *›Steve gibt sich einzig und allein deshalb für diese Pornogeschichten her, weil er weiß, daß vor allem Männer, die sexuell minderbemittelt sind, sich so was ansehen. Er selbst hat in bezug auf Sex keine Komplexe und lacht sich nur kaputt darüber, wie die sich von seinen Fotos aufgeilen lassen...‹*

»Aber in Wirklichkeit wollte er Ihnen die Fotos zeigen?«

Sumner nickte. »Er wollte mir beweisen, daß Kate mit jedem anderen lieber schlafen würde – selbst mit einem Mann, der Männer vorzieht – als mit mir.« Tränen strömten ihm über das Gesicht. »Sie muß ihm erzählt haben, ich wäre kein sonderlich talentierter Liebhaber. Als ich sagte, daß ich die Bilder nicht sehen wollte, legte er die Zeitschrift einfach vor mir auf den Tisch und sagte« – er kämpfte mit den Worten und schloß voller Qual die Augen, als wollte er die Erinnerung ausblenden –, »ich sollte mir mal ›richtig einen abwichsen‹.«

»Hat er gesagt, er hätte mit Ihrer Frau geschlafen?«

»Das brauchte er gar nicht. Ich habe es in dem Moment gewußt, als Hannah sich von ihm auf der Straße ohne weiteres auf den Arm nehmen ließ... bei mir hat sie immer nur geschrien.« Wieder stiegen ihm die Tränen in die Augen.

»Was hat er denn gesagt, Mr. Sumner?«

Er zupfte an seiner Lippe. »Daß Kate ihm das Leben zur Hölle mache, indem sie alle seine Sachen mit Hannahs Kot beschmiere, und daß er zur Polizei gehen würde, wenn ich nicht sofort dafür sorge, daß das aufhört.«

»Und Sie haben ihm geglaubt?«

»Kate... war tatsächlich so«, sagte er mit gepreßter Stimme. »Sie konnte entsetzlich gemein werden, wenn etwas nicht nach ihrem Kopf ging.«

»Haben Sie ihr die Zeitschrift gezeigt?«

»Nein.«

»Was haben Sie damit getan?«

»Ich habe sie in meinem Wagen aufbewahrt.«

»Warum?«

»Um sie immer vor mir zu haben... um nicht zu vergessen...«

Er lehnte seinen Kopf an die Rückenlehne des Sessels und starrte zur Decke hinauf. »Um etwas zu haben, was ich lesen konnte, vermutlich.«

»Haben Sie Ihre Frau darauf angesprochen?«

»Das hätte sowieso keinen Sinn gehabt. Sie hätte gelogen.«

»Was haben Sie also getan?«

»Nichts«, antwortete er. »Ich habe einfach weitergemacht, als ob nie etwas gewesen wäre. Bin lange in der Firma geblieben... habe mich in meinem Arbeitszimmer verschanzt... bin ihr aus dem Weg gegangen... Ich konnte nicht mehr denken, verstehen Sie. Unablässig habe ich mich gefragt, ob das Kind, das sie erwartete, überhaupt von mir war.« Er hob den Kopf und sah Galbraith an. »War es von mir?«

Galbraith beugte sich vor und schob die Hände zwischen seine Knie. »Der Pathologe hat den Fötus auf vierzehn Wochen geschätzt, demzufolge wäre die Empfängnis Anfang Mai gewesen. Das Verhältnis Ihrer Frau mit Steve Harding war aber Ende März beendet. Ich kann den Pathologen bitten, einen DNA-Test zu machen, wenn Sie den hundertprozentigen Beweis wollen, aber ich denke, es gibt keinen Zweifel daran, daß das Kind, das Ihre Frau erwartete, von Ihnen war. Sie hat nicht herumgeschlafen, Mr. Sumner.« Er hielt einen Moment inne, um seine Worte wirken zu lassen.

»Und es steht eindeutig fest, daß Steve Harding sie zu Unrecht der Belästigung beschuldigte. Es ist richtig, daß sie ihm einmal, in einem Moment zorniger Gekränktheit, einen ziemlich üblen Streich gespielt hat, aber sie hat das wahrscheinlich nur getan, weil sie sich darüber ärgerte, ihm nachgegeben zu haben. Der wahre Schuldige war ein Freund Hardings. Ihre Frau hatte ihn zurückgewiesen, und da hat er sie vorgeschoben, um seinen eigenen Rachefeldzug gegen Harding zu führen, ohne auch nur einen Moment daran zu denken, daß er sie damit womöglich in höchste Gefahr brachte.«

›Ich hab doch nicht im Traum daran gedacht, daß er ihr was antun würde... um Gottes willen! Glauben Sie vielleicht, ich wollte, daß sie umgebracht wird? Sie war eine Frau, die einem leid tun konnte... einsam... langweilig... Mann, wenn die überhaupt was Reizvolles hatte, dann hatte sie's jedenfalls gut versteckt... Ja, ich weiß, es hört sich übel an – ich bin auch echt nicht stolz darauf –, aber ich habe wirklich darüber lachen müssen, wie Steve reagiert hat. Er hat sich fast in die Hosen geschissen, solche Angst hatte er vor ihr. Was ich anfangs gesagt habe, daß er sich immer vor ihr versteckt hat, war alles wahr. Er dachte, sie würde mitten auf der Straße über ihn herfallen, wenn sie ihn erwischen sollte. Er hat dauernd von dem Film Eine verhängnisvolle Affäre *geredet und gesagt, Michael Douglas' Fehler wäre gewesen, daß er die Frau, die Glen Close gespielt hat, nicht hat sterben lassen, als sie diesen Selbstmordversuch unternahm.‹*

›Warum haben Sie uns das alles nicht schon viel früher erzählt?‹ hatte Carpenter gefragt.

›Weil man erst einmal davon überzeugt sein muß, daß einer

schuldig ist, bevor man sich deswegen selbst in Schwierigkeiten bringt. Nie im Leben hätte ich geglaubt, daß Steve mit dieser Sache irgendwas zu tun hat. Der steht nicht auf Gewalt.‹

›Aber offenbar denkt er sich doch überhaupt nichts dabei, andere zu verletzen‹, hatte Carpenter entgegnet. ›Fällt Ihnen auf Anhieb irgendeine Person oder irgendeine Regel ein, die Ihr Freund nicht verletzt hat? Gastfreundschaft – Freundschaft – Ehe – Frauen – junge Mädchen – jede Regel und jedes Gesetz, das man sich vorstellen kann ... Ist Ihnen nie der Gedanke gekommen, Mr. Bridges, daß ein Psychopath wie Steven Harding, ein Mensch, der so rücksichtslos auf den Gefühlen anderer herumtrampelt, eine Gefahr für eine Frau darstellen könnte, von der er glaubte, sie hätte ihn terrorisiert?‹

Sumner starrte wieder zur Zimmerdecke hinauf, als enthielte die glatte weiße Fläche die Antworten auf seine Fragen. »Wie hat er sie dazu gebracht, mit auf sein Boot zu kommen, wenn sie nicht mehr an ihm interessiert war?« fragte er tonlos. »Sie sagten doch, nach dem kurzen Gespräch draußen vor dem Supermarkt habe ihn niemand mehr mit ihr zusammen gesehen.«

›Sie hat mich angelächelt, als wäre nichts geschehen‹, hatte Harding gesagt, *›und gefragt, wie's mir geht, wie's mit der Schauspielerei läuft. Ich habe gesagt, woher sie die Dreistigkeit nähme, mich überhaupt noch anzusprechen, aber sie hat nur gelacht und gemeint, ich sollte endlich erwachsen werden. ›Du hast mir einen Riesengefallen getan‹, hat sie gesagt. ›Du hast mich gelehrt, William zu schätzen, und wenn ich dir nichts nachtrage, warum solltest du mir dann was übelnehmen?‹ Darauf habe ich erwidert, sie wisse ganz genau, was ich ihr übelnähme. Da ist sie ekelhaft geworden. ›Ich hab's dir nur mit gleicher Münze heimgezahlt‹, sagte sie. ›Du hast dich benommen wie der letzte Dreck.‹ Und dann ist sie gegangen. Ich glaub, das war's, was mich so wütend gemacht hat – ich hasse es, wenn mir jemand einfach den Rücken kehrt –, aber ich wußte, daß die Frau von Tesco's uns beobachtete, darum habe ich die High Street überquert und bin hinter den*

Marktbuden auf der anderen Straßenseite entlanggegangen und ihr gefolgt. Eigentlich wollte ich ihr nur kräftig die Meinung sagen und ihr klarmachen, daß sie von Glück reden konnte, daß ich nicht zu den Bullen gegangen war …‹

»Samstags ist in Lymington immer Markt in der High Street«, sagte Galbraith. »Da herrschte natürlich viel Betrieb, vor allem wegen der auswärtigen Besucher. Da achtet keiner auf den anderen. Er folgte in einigem Abstand und wartete darauf, daß sie umkehrte, um nach Hause zu gehen.«

›Sie sah ziemlich wütend aus. Ich nehme an, daß ich sie so in Rage gebracht hatte. Sie ging die Captain's Row runter, da habe ich gewußt, daß sie nach Hause wollte. Ich habe ihr eine Chance gegeben. Ich habe mir gedacht, wenn sie die obere Straße nimmt, laß ich sie laufen, aber wenn sie den unteren Weg geht, am Jachtclub und Tonys Garage vorbei, dann knöpf ich sie mir vor …‹

»Er ist Mitbenützer einer Garage, die vielleicht zweihundert Meter von Ihrem Haus entfernt ist«, erklärte Galbraith. »Er holte sie ein, als sie daran vorbeikam, und überredete sie, mit Hannah hineinzukommen. Sie war schon früher verschiedentlich in der Garage gewesen, um sich mit Hardings Freund Tony Bridges zu unterhalten, und kam deshalb natürlich nicht auf die Idee, mißtrauisch zu werden.«

›Frauen sind einfach dämlich. Die fallen doch auf alles rein, wenn's nur halbwegs aufrichtig klingt. Ich brauchte ihr nur zu sagen, es täte mir leid, und mir dabei ein paar Krokodilstränen rauszupressen – ich bin schließlich Schauspieler, so was kann ich gut –, und schon strahlte sie wieder. Nein, sagte sie, ihr tue es leid, sie habe nicht grausam sein wollen, ob wir die Vergangenheit nicht einfach begraben und Freunde bleiben könnten. Klar, hab ich gesagt, und ich würde ihr gern eine Flasche Champagner aus der Garage schenken, zum Beweis dafür, daß alles wieder in Ordnung sei. Du kannst ihn ja mit William trinken, habe ich gesagt, brauchst ihm ja nicht zu sagen, daß er von mir stammt. Wenn jemand auf der Straße gewesen wäre oder der alte Mr. Bridges

oben hinter dem Vorhang gestanden hätte, hätte ich's nicht getan. Aber es war so lächerlich einfach. Sobald ich die Garagentür zugemacht hatte, wußte ich, daß ich mit ihr tun konnte, was immer ich wollte ...‹

»Sie müssen bedenken, wie wenig sie über ihn wußte, Mr. Sumner. Harding zufolge beschränkte sich ihre ganze Bekanntschaft mit ihm auf zwei Monate beharrlicher Schmeicheleien und Aufmerksamkeiten seinerseits, während er versuchte, sie in sein Bett zu kriegen, und eine darauffolgende kurze, für beide Seiten unbefriedigende Affäre, die damit endete, daß er ihr den Laufpaß gab. Woraufhin sie sich auf kleinliche Weise rächte, indem sie seine Laken beschmutzte. Danach sind sie einander vier Monate lang konsequent aus dem Weg gegangen. Für Ihre Frau war die Geschichte mit ihm abgeschlossen. Sie hatte keine Ahnung, daß sein Auto ständig mit Fäkalien beschmutzt wurde, wußte nichts davon, daß er an Sie herangetreten war, damit Sie ihr ausrichteten, sie solle das lassen. Darum hielt sie das Glas Champagner, das sie in der Garage annahm, für ein echtes Friedensangebot.«

›Wenn sie mir nicht erzählt hätte, daß William übers Wochenende verreist sei, hätte ich nichts getan, aber irgendwie hat man manchmal das Gefühl, gewisse Dinge seien Bestimmung. Im Grunde war's ihre eigene Schuld. Wenn sie nicht dauernd gesagt hätte, sie hätte es nicht eilig, daß sie zu Hause nichts erwarte, hätte ich ihr gar nichts zu trinken angeboten. Ehrlich, meiner Meinung nach hatte sie nur darauf gewartet. Man hat ihr angesehen, daß sie sich diebisch gefreut hat, mit mir allein zu sein. Hannah war kein Problem. Die hat mich immer gemocht. Ich bin so ziemlich der einzige Mensch außer ihrer Mutter, von dem sie sich auf den Arm nehmen läßt, ohne zu brüllen wie am Spieß ...‹

»Er betäubte sie mit einem Schlafmittel namens Rohypnol, das er in dem Champagner auflöste. Das Mittel ist berüchtigt, weil es häufig bei sogenannten ›date-rapes‹ verwendet wird. Man kann es der Frau nämlich verabreichen, ohne daß sie etwas davon schmeckt. Es ist stark genug, um eine Frau sechs bis acht Stunden zu betäuben. In den bisher gemeldeten Fällen berichteten Frauen von kurzen Zwischenperioden der Klarheit, in denen sie sich bewußt waren, was ihnen angetan wurde, ohne jedoch fähig zu sein, etwas dagegen zu unternehmen.«

›*Tony bewahrt seinen Drogenvorrat in der Garage auf, oder hat das jedenfalls getan, bis er hörte, daß Sie mich verhaftet hatten. Da hat er dann alles verschwinden lassen. Das Rohypnol hat er seinem Großvater abgeluchst, weil der alte Mann davon immer wieder am hellichten Tag einschlief. Einmal entdeckte er ihn in der Küche bei voll aufgedrehtem Gas. Er war eingenickt, bevor er dazu gekommen war, das Gas anzuzünden. Tony wollte das Rohypnol eigentlich wegschmeißen, aber ich hab ihm gesagt, es könnte vielleicht bei Bibi ganz hilfreich sein. Da hat er es behalten. Bei Kate hat's phantastisch gewirkt. Sie war im Nu weg. Aber dummerweise hatte sie Hannah von dem Champagner trinken lassen, und als die Kleine ohnmächtig wurde, ist sie mit weit aufgerissenen Augen einfach umgefallen. Ich dachte schon, sie wäre tot…*‹

»Er drückt sich sehr unklar aus, wenn es um die Frage geht, was er mit Ihrer Frau vorhatte. Er sagt, er hätte ihr eine Lektion erteilen wollen, aber ob es von Anfang an seine Absicht war, sie zu vergewaltigen und dann zu töten, kann oder will er uns nicht sagen.«

›*Ich wollte Kate nichts antun, ich wollte ihr nur einen Denkzettel verpassen. Ich war stocksauer auf sie wegen dem ganzen Scheißkram. Aber als Hannah plötzlich umkippte, mußte ich natürlich umdenken. Das war ziemlich beängstigend, verstehen Sie. Ich meine, ein Kind umzubringen, auch wenn's nur ein Unglücksfall war, das ist schon ziemlich heavy. Ich dachte daran, die beiden einfach liegenzulassen und mit Marie nach Frankreich abzuhauen, aber ich hatte Angst, Tony könnte sie entdecken, bevor ich weg war, und ich hatte ihm doch erzählt, daß ich übers Wochenende nach Poole wollte. Vermutlich hat mich die Tatsache, daß Kate so klein und zierlich war, auf die Idee gebracht, sie einfach beide mitzunehmen ...‹*

»Er brachte sie vor aller Augen auf sein Boot«, berichtete Galbraith. »Er legte mit der *Crazy Daze* einfach an einem der Gästepontons in der Nähe des Jachtklubs an und trug Kate in der großen Tasche, in der er sein Schlauchboot verstaut, an Bord. Diese Taschen sind offenbar Riesendinger, da muß ja nicht nur das ganze luftleere Boot hineinpassen, sondern auch der Sitz und die Bodenbeplankung. Er sagt, er habe keine Mühe gehabt, Ihre Frau darin unterzubringen. Hannah hat er in seinem Rucksack an Bord geschafft, und den Buggy ganz offen unter dem Arm getragen.«

›Kein Mensch stellt Fragen, wenn man etwas ganz offen tut. Wahrscheinlich hat es was mit der britischen Einstellung zu tun, sich nur dann einzumischen, wenn es unbedingt notwendig ist. Aber manchmal wünscht man sich fast ein bißchen Einmischung. Es ist beinahe so, als würde man gezwungen, etwas zu tun, was man eigentlich gar nicht will. Ich habe ständig gedacht, jetzt fragt mich doch endlich mal, was in der Tasche ist, ihr Blödmänner, fragt mich, wozu ich den Buggy unter dem Arm trage. Aber es hat natürlich keiner gefragt ...‹

»Dann ist er nach Poole gesegelt«, fuhr Galbraith fort. »Es ging inzwischen auf Mittag zu, und er behauptet, er hätte sich vorher überhaupt noch nicht überlegt, was er mit Ihrer Frau und Hannah anfangen würde, nachdem er sie an Bord geschmuggelt hatte. Er sagt, er habe unter Hochspannung gestanden und sei unfähig gewesen, einen klaren Gedanken zu fassen« – er sah Sumner an –, »ähnlich, wie Sie das einmal von sich selbst gesagt haben. Und es hat tatsächlich den Anschein, als hätte er sich zunächst dafür entschieden, gar nichts zu unternehmen, sondern sie einfach in den Taschen eingeschlossen zu lassen – nach dem Motto: aus den Augen, aus dem Sinn.«

›Ich denke, mir war von Anfang an klar, daß ich sie würde über Bord werfen müssen, aber ich hab's immer wieder rausgescho-

ben. Ich war in den Kanal rausgesegelt, um ein bißchen Luft zu haben, und es war so gegen sieben, als ich sie an Deck holte, um es hinter mich zu bringen. Aber ich konnte es nicht tun. Aus dem Rucksack hörte ich es wimmern, daher wußte ich, daß Hannah noch am Leben war. Darüber war ich froh. Ich wollte die beiden nie umbringen ...‹

»Er behauptet, Ihre Frau sei etwa um halb acht Uhr abends zu sich gekommen. Da habe er sie freigelassen und zu sich ins Cockpit geholt. Er behauptet ferner, sie habe sich aus freien Stücken entkleidet, aber in Anbetracht der Tatsache, daß auch ihr Trauring verschwunden ist, wird es wohl eher so gewesen sein, daß er beschloß, alles von ihrem Körper zu entfernen, woran man sie hätte identifizieren können, bevor er sie über Bord warf.«

›Ich weiß, daß sie Angst hatte. Sie hat's wahrscheinlich getan, um mich freundlich zu stimmen, aber ich habe nie von ihr verlangt, sich auszuziehen, und ich habe sie nie zum Geschlechtsverkehr gezwungen. Ich hatte mich schon entschlossen, die beiden zurückzubringen. Sonst hätte ich doch meinen Kurs nicht geändert, und sie wäre niemals oben in Egmont Bight gelandet. Ich habe ihr etwas zu essen gegeben, weil sie sagte, sie hätte Hunger. Weshalb hätte ich das tun sollen, wenn ich vorgehabt hätte, sie zu töten ...?‹

»Ich weiß, es ist eine Qual für Sie, Mr. Sumner, aber wir vermuten, daß er stundenlang in Phantasien darüber geschwelgt hat, was er mit ihr tun würde, bevor er sie tötete. Und nachdem er sie entkleidet hatte, setzte er diese Phantasievorstellungen in die Tat um. Wir wissen jedoch nicht, wieweit Ihre Frau bei Bewußtsein war, wieviel sie von dem mitbekam, was geschah. Eines unserer Probleme ist, daß auf der *Crazy Daze* keine Spuren jüngeren Datums von Ihrer Frau und Hannah festzustellen sind. Wir vermuten, daß er Ihre Frau ungefähr fünf Stunden lang, zwischen halb acht und halb ein Uhr morgens, an Deck festhielt; das wäre auch eine Erklärung für die Anzeichen von Unterkühlung und das Fehlen jeglicher Spuren von ihr in der Kabine. Wir suchen noch immer nach Hinweisen, aber auf der Rückfahrt nach Lymington hatte er ja leider stundenlang Zeit, das Deck mit Salzwasser zu schrubben.«

›*Okay, was ich am Anfang getan habe, war nicht in Ordnung, das gebe ich zu. Vorübergehend war alles außer Kontrolle – ich meine, ich bin echt in Panik geraten, als ich dachte, Hannah wäre tot. Aber als es dunkel wurde, hatte ich wieder alles im Griff. Ich habe Kate gesagt, wenn sie mir verspricht, den Mund zu halten, würde ich sie nach Poole zurückbringen und zusammen mit Hannah dort absetzen. Falls sie jedoch quatschen sollte, würde ich sagen, sie sei freiwillig aufs Boot gekommen, und da Tony Bridges ja wisse, daß sie scharf auf mich gewesen sei, würde ihr keiner glauben, wenn mein Wort gegen ihres stünde, schon gar nicht William ...*‹

»Er behauptet, er hätte Ihrer Frau versprochen, sie nach Poole zu bringen, und vielleicht hat sie ihm geglaubt, aber wir sind überzeugt, daß er nie die Absicht hatte, das zu tun. Er ist ein guter Segler, trotzdem ist er einen Kurs gefahren, der ihn westlich von St.-Alban's-Kap an die Küste brachte, obwohl er viel weiter östlich hätte sein müssen. Er behauptet, er hätte die Orientierung verloren, weil Ihre Frau ihn ständig ablenkte, aber daß er sie gerade an der Stelle ins Wasser stieß, wo er es tat, das ist mehr als nur Zufall, wenn man bedenkt, daß er dort am folgenden Morgen wandern wollte.«

›*Sie hätte mir vertrauen sollen. Ich habe ihr gesagt, ich würde ihr nichts tun. Ich habe ja Hannah auch nichts getan, oder ...?*‹

»Er sagt, sie hätte ihn angegriffen und versucht, ihn über Bord zu stoßen. Dabei ist sie dann selbst über Bord gegangen.«

›*Ich konnte sie unten im Wasser schreien und zappeln hören, und da habe ich das Ruder herumgezogen und versucht, sie zu lokalisieren. Aber es war so finster, daß ich überhaupt nichts sehen konnte. Ich hab immer wieder nach ihr gerufen, aber es wurde sehr schnell alles still, und am Ende mußte ich aufgeben. Ich glaube, sie konnte nicht besonders gut schwimmen ...*‹

»Er behauptet, er hätte alles versucht, um sie zu finden, meint aber, sie müsse innerhalb von wenigen Minuten ertrunken sein. Er spricht immer nur von einem schrecklichen Unglücksfall.«

›*Natürlich war es reiner Zufall, daß wir vor Chapman's Pool waren. Es war stockfinster, Herrgott noch mal, und auf St.-Alban's-Kap ist kein Leuchtturm. Haben Sie eine Ahnung, wie das ist, wenn man nachts auf dem Meer rumgurkt und nirgends ein Zeichen findet, an dem man sich orientieren kann? Ich hatte nicht aufgepaßt, ich hatte den Gezeitenwechsel und die Änderung der Windverhältnisse nicht berücksichtigt. Ich war ziemlich sicher, daß ich mich zu weit westlich befände, darum habe ich den Kurs geändert und bin genau nach Osten gesegelt, aber erst als der Leuchtturm von Anvil Point in Sicht kam, habe ich bemerkt, daß ich ganz in der Nähe von Poole war. Glauben Sie etwa, ich hätte Hannah leben lassen, wenn ich wirklich vorgehabt hätte, Kate umzubringen …*‹

Als Galbraith schwieg, sah Sumner ihn endlich an. »Wird er das auch vor Gericht sagen? Daß sie durch einen Unglücksfall ums Leben gekommen ist?«

»Wahrscheinlich.«

»Und wird er damit durchkommen?«

»Nicht, wenn Sie für sie eintreten.«

»Vielleicht sagt er die Wahrheit«, meinte Sumner teilnahmslos.

Galbraith lächelte bitter. Nein, mit Menschlichkeit kam man nicht weiter. »Sagen Sie so etwas in meiner Gegenwart nie wieder, Mr. Sumner«, fuhr er den Mann heftig an. »Ich habe Ihre Frau gesehen. Ich habe schon um sie geweint, bevor Sie überhaupt von Ihrem Tod wußten.«

Sumner blinzelte erschrocken.

Galbraith richtete sich auf. »Dieses Schwein hat sie betäubt, vergewaltigt – mehrmals, glauben wir –, hat ihr die Finger gebrochen, weil sie versuchte, ihre kleine Tochter aus dem Rucksack zu befreien, hat ihr dann die Hände um den Hals gelegt und versucht, sie zu erwürgen. Als sie dann immer noch nicht tot war, hat er sie an einen Außenbordmotor gefesselt und sie in einem nur teilweise mit Luft gefüllten Schlauchboot auf offener See ausgesetzt.« Er schlug sich mit der Faust in die offene Hand. »Nicht, um ihr eine Chance zu geben, sich zu retten, Mr. Sumner, sondern um dafür zu sorgen, daß sie langsam und in quälender Angst um Hannah sterben würde. Sie sollte bereuen, daß sie es jemals gewagt hatte, sich an ihm zu rächen.«

›*Die Kleine hat keinen Piep von sich gegeben, nachdem ich sie aus dem Rucksack geholt hatte. Sie hatte keine Angst vor mir. Ich glaube sogar, ich habe ihr irgendwie leid getan, weil sie spürte, daß ich ziemlich außer mir war. Ich habe sie in eine Decke gewickelt und im Vorschiff auf den Boden gelegt, und da ist sie dann eingeschlafen. Ich wäre vielleicht in Panik geraten, wenn sie im Jachthafen zu schreien angefangen hätte, aber das hat sie nicht getan. Sie ist ein eigenartiges Kind. Ich meine, sie ist offensichtlich nicht sehr helle, aber irgendwie hat man bei ihr immer das Gefühl, sie weiß alles…*‹

»Ich weiß nicht, warum er Hannah nicht getötet hat. Aber er hatte offenbar Angst vor ihr. Er sagt jetzt, die Tatsache, daß sie lebt, sei der Beweis dafür, daß er auch den Tod Ihrer Frau nicht wollte. Vielleicht meinte er, das Kind könne ihm sowieso nie gefährlich werden, und beschloß deshalb, es ungeschoren davonkommen zu lassen. Er sagt, in der Tasche an ihrem Buggy sei alles Nötige gewesen, um sie zu wickeln und ihr zu essen und zu trinken zu geben. Nachdem er das getan hatte, brachte er sie im Rucksack an Land. Er ließ sie schlafend im Vorgarten eines Mietshauses an der Straße Bournemouth–Poole zurück, gut anderthalb Kilometer von Lilliput entfernt, und scheint entsetzter als alle anderen zu sein, daß sie mutterseelenallein den ganzen Weg bis zum Jachthafen zurückmarschieren konnte, ohne daß jemand auf sie aufmerksam wurde und sich um sie kümmerte.«

›*In der Tasche am Buggy war etwas Paracetamol. Ich hatte ihr was davon gegeben, um sicherzugehen, daß sie schlief, als ich sie von Bord brachte. Obwohl es eigentlich gar nicht nötig gewesen wäre. Ich vermute, das Rohypnol hat noch gewirkt; ich habe nämlich stundenlang in der Kabine gesessen und sie beobachtet, und da ist sie nur einmal aufgewacht. Sie kann unmöglich gewußt haben, wo die Salterns-Marina ist. Ich frage mich, wie sie da hingefunden hat. Ich sage Ihnen ja, sie ist unheimlich. Aber Sie wollen mir nicht glauben …‹*

»Auf der Rückfahrt nach Lymington warf er alles über Bord, was ihn mit Ihrer Frau und Hannah hätte in Verbindung bringen können – die Schlauchboottasche, die Kleider Ihrer Frau, ihren Ring, den Buggy, Hannahs schmutzige Windel, die Decke, in der er sie eingewickelt hatte – aber er vergaß die Sandalen, die Ihre Frau im April dagelassen hatte.« Galbraith lächelte leicht. »Das seltsame ist nur, daß er behauptet, er hätte sehr wohl an die Schuhe gedacht. Er hat sie angeblich aus dem Spind genommen, nachdem Hannah schlafend auf dem Boden in der Kabine lag, und sie in die Buggytasche gesteckt. Jetzt sagt er, daß nur Hannah sie da herausgenommen und unter dem Kleiderhäufchen in der Kabine versteckt haben konnte.«

›Ich war ziemlich durcheinander, weil ich mir wegen der Fingerabdrücke Sorgen machte. Ich wußte nicht, ob ich die Crazy Daze *innen auswischen sollte oder nicht. Verstehen Sie, mir war klar, daß Sie Kates und Hannahs Fingerabdrücke von damals finden würden, als sie im April an Bord waren, und ich habe überlegt, ob es besser wäre, einfach so zu tun, als hätte dieser Besuch nie stattgefunden. Am Ende habe ich mich entschlossen, alles so zu lassen, wie es die letzten drei Monate gewesen war, weil ich vermeiden wollte, daß Sie auf den Gedanken kämen, ich hätte was Schlimmeres getan, als es tatsächlich der Fall war. Und damit hatte ich recht, stimmt's? Sie hätten mich am Mittwoch nicht rausgelassen, wenn Sie irgendeinen Beweis dafür gefunden hätten, daß ich es darauf angelegt hatte, Kate was anzutun, wie Sie das jetzt behaupten …‹*

Sumner schossen wieder die Tränen in die Augen, aber er schwieg.

»Warum haben Sie mir nichts davon gesagt, daß Ihre Frau und Harding eine Affäre hatten?« fragte Galbraith.

Es dauerte einen Moment, ehe Sumner antwortete, und als er endlich sprach, tat er es mit zitternder, flehend erhobener Hand, einem Bettler ähnlich, der um ein Almosen bittet. »Ich habe mich geschämt.«

»Für Ihre Frau.«

»Nein«, flüsterte er, »für mich. Ich wollte nicht, daß es jemand erfährt.«

Was erfährt? dachte Galbraith. Daß er das Interesse seiner Frau nicht hatte wachhalten können? Daß es ein Fehler gewesen war, sie zu heiraten? Er beugte sich zu Sumner vor und nahm das Telefon von seinem Schoß.

»Falls es Sie interessiert, Sandy Griffiths hat mir erzählt, daß Hannah den ganzen Tag durchs Haus geirrt ist und Sie gesucht hat. Ich habe Sandy gebeten, ihr zu sagen, daß ich Sie nach Hause bringen werde, und da hat Hannah in die Hände geklatscht. Machen Sie mich nicht zum Lügner, Mr. Sumner.«

Sumner zitterte vor Kummer und Schmerz. »Ich dachte, ohne mich wäre sie besser dran.«

»Ganz sicher nicht.« Er schob Sumner eine Hand unter den Arm und half ihm aus dem Sessel. »Sie sind ihr Vater. Wie könnte sie denn wohl ohne Sie besser dran sein?«

27

Maggie lag auf dem Boden und streckte ihren schmerzenden Rücken, während Nick Ingram mit dem Pinsel gewissenhaft in alle Ritzen und Ecken fuhr, die sie übersehen hatte. »Glauben Sie, Harding hätte es in jedem Fall getan? Auch wenn Tony Bridges ihn mit seiner widerwärtigen Idee, alles mit Scheiße vollzukleistern, nicht bis zur Weißglut getrieben hätte?«

»Ich weiß es nicht«, antwortete Ingram. »Der Superintendent ist überzeugt, daß er ein totaler Psychopath ist. Nach seiner Meinung wäre es nur eine Frage der Zeit gewesen, bis er seine krankhaften sexuellen Phantasien in einer Vergewaltigung ausagiert hätte. Vielleicht hätte er es also so oder so getan, ob mit oder ohne Tony Bridges. Wahrscheinlich war es einfach so, daß Kate Sumner zur falschen Zeit am falschen Ort war.« Er hielt inne, als er wieder die kleine Hand vor sich sah, die sich in der Gischt hin und her bewegt hatte. »Die arme Frau.«

»Ja. Und Bridges kommt ungeschoren davon? Das ist doch nun wirklich nicht gerecht. Ich meine, er hat doch bestimmt gewußt, daß Harding schuldig war.«

Ingram zuckte die Achseln. »Er behauptet, nichts davon gewußt zu haben, er sei fest überzeugt gewesen, der Ehemann hätte es getan.« Er stupste behutsam eine kleine Spinne an und sah zu, wie sie sich eilig in die Schatten verzog. »Galbraith hat mir erzählt, daß er und Carpenter ihm gestern abend gehörig den Marsch geblasen haben, weil er nicht gleich bei seiner ersten Vernehmung reinen Tisch gemacht hat, und wissen Sie, was der Kerl als Entschuldigung vorbrachte? Kate Sumner sei so ein Miststück gewesen, daß er der Polizei nie und nimmer dabei hätte helfen wollen, ihren Mann ins Kittchen zu bringen. Er ist der Meinung, Kate Sumner hätte bekommen, was sie verdiente, nachdem sie sich so geringschätzig über die sexuellen Unzulänglichkeiten des armen Teufels ausgelassen hatte. Er hat auf diesem Gebiet offenbar ebenfalls Schwierigkeiten, folglich galten seine Sympathien William Sumner.«

»Und dieser Mann ist *Lehrer?*« fragte sie angewidert.

»Nicht mehr lange«, versicherte Ingram. »Es sei denn, seine Mithäftlinge entdecken plötzlich ihre Leidenschaft für die Chemie. Carpenter hat ihm so ziemlich alle Verbrechen zur Last gelegt, die man ihm überhaupt vorwerfen kann – Rechtsbeugung, Drogenhandel, Anstiftung seiner Freundin zur Falschaussage, Vergewaltigung ebendieser Freundin unter dem Einfluß von Rohypnol, Anstiftung zum Mord – sogar« – er lachte glucksend – »mutwillige Beschädigung von Hardings Wagen, ganz zu schweigen von dem, was von den Zoll- und Finanzbehörden auf ihn zukommen wird.«

»Geschieht ihm ganz recht«, sagte Maggie erbarmungslos.

»Hm.«

»Sie scheinen nicht überzeugt zu sein.«

»Weil ich mir nicht vorstellen kann, was eine Gefängnisstrafe bei einem Menschen wie Bridges ausrichten soll. Er ist kein schlechter Kerl, nur völlig fehlgeleitet. Sechs Monate Dienst in einem Pflegeheim würden bei ihm weit mehr bewirken.« Er sah, wie die Spinne in eine Pfütze feuchter Farbe geriet. »Da würde er vielleicht erkennen, daß seine Potenzstörungen gar nichts sind im Vergleich zu schweren körperlichen oder geistigen Behinderungen.«

Maggie setzte sich auf und schlang die Arme um ihre hochgezogenen Knie. »Ich dachte immer, Polizisten wären knallhart. Sie werden doch nicht etwa auf Ihre alten Tage ein Softie werden, Ingram?«

In seinen dunklen Augen blitzte Belustigung, als er zu ihr hinuntersah. »So geht's einem, wenn man auf Freiersfüßen wandelt. Mal ist man weich, mal ist man hart, ob es einem nun gefällt oder nicht. So will's die Natur.«

Sie senkte den Kopf, nicht bereit, sich ablenken zu lassen. »Ich verstehe nicht, warum Harding Kate Sumner gerade bei Chapman's Pool ertränkt hat«, sagte sie. »Er wußte doch, daß er da am nächsten Morgen vorbeigehen würde, und muß sich doch auch im klaren gewesen sein, daß sie möglicherweise am Strand angespült werden würde. Weshalb hätte er seine Verabredung mit Marie Freemantle gefährden sollen?«

»Ich weiß nicht, ob man die Handlungen eines Menschen vom Schlag Hardings überhaupt nach logischen Gesichtspunkten beurteilen kann«, antwortete er. »Carpenters Ansicht nach gab es für ihn, nachdem sie einmal auf seinem Boot war, nur einen Ort, um sie zu töten. Er sagt, auf dem Video dieses Franzosen ist deutlich zu sehen, wie sehr ihn der ganze Rummel erregte.« Er beobachtete immer noch die Spinne, die jetzt ihre Beine aus der nassen Farbe zog und wie protestierend schüttelte. »Aber ich glaube nicht, daß er erwartete, ihre Leiche dort vorzufinden. Er hatte ihr die Finger gebrochen und sie an einen Außenbordmotor gefesselt, und es muß ihm einen gewaltigen Schock versetzt haben zu sehen, daß es ihr dennoch gelungen war, sich zu befreien. Vermutlich wollte er sich am Anblick ihrer Leiche weiden, ehe er mit Marie Freemantle durchbrannte. Carpenter meint, er hätte das Zeug zum Serienmörder, seiner Ansicht nach kann Marie froh sein, daß sie noch am Leben ist.«

»Sind Sie der gleichen Meinung?«

»Weiß der Himmel.« Er betrauerte den unvermeidlichen Tod der kleinen Spinne, als diese erschöpft in die Farbpfütze sank. »Harding behauptet, es sei ein schrecklicher Unglücksfall gewesen, und ich habe keine Ahnung, ob er die Wahrheit sagt. Carpenter und Galbraith glauben ihm nicht, aber ich kann mir nur sehr schwer vorstellen, daß ein so junger Mensch so schlecht sein kann. Sagen wir einfach, ich bin froh, daß Sie gestern Bertie bei sich hatten.«

»Glaubt Carpenter, daß er mich auch töten wollte?«

Ingram schüttelte den Kopf. »Das weiß ich nicht. Er fragte Harding, was denn an dem Rucksack so wichtig gewesen sei, daß er deswegen das Risiko auf sich genommen habe, noch einmal zurückzukehren, und wissen Sie, was Harding darauf sagte? ›Mein Feldstecher.‹ Als Carpenter ihn dann fragte, warum er den Rucksack überhaupt zurückgelassen habe, erklärte er: ›Weil ich ganz vergessen hatte, daß mein Feldstecher drin war.‹«

»Was heißt das?«

Ingram lachte leise. »Daß er glaubte, der Rucksack enthielte nichts, was ihm wichtig war, und sich deshalb entschloß, ihn wegzuwerfen. Er hatte die ganze Nacht nicht geschlafen, er war völlig ausgepumpt, und Maries Stiefel schlugen ihm bei jedem Schritt in den Rücken. Er wollte den Rucksack so schnell wie möglich loswerden.«

»Was ist daran so komisch?«

»Es ist das genaue Gegenteil von dem, was ich glaubte.«

»Nein, ist es nicht«, widersprach sie. »Sie haben zu mir gesagt, der Rucksack wäre ein belastendes Beweisstück, weil er Hannah darin an Bord gebracht hatte.«

»Aber er hat Hannah nicht ermordet, Maggie. Er hat Kate ermordet.«

»Und?«

»Ich habe lediglich der Verteidigung geholfen, indem ich den Rucksack aufgestöbert habe. Harding wird vorbringen, das sei doch der Beweis dafür, daß er nie die Absicht gehabt hätte, jemanden umzubringen.«

Er wirkt niedergeschlagen, dachte sie. »Trotzdem wird man Ihnen bestimmt einen Posten bei der Kripo anbieten«, sagte sie herzlich. »Die sind doch sicher schwer beeindruckt von Ihnen. Sie hatten Harding doch sofort im Visier, sobald Sie ihn sahen.«

»Um ihn prompt wieder aus dem Visier zu verlieren, als er mir ein halbwegs glaubhaftes Märchen erzählte.« Wieder ein leises Lachen, selbstironisch diesmal. »Ich war ihm gegenüber nur mißtrauisch, weil ich was gegen ihn hatte, und der Superintendent weiß das. Ich glaube, Carpenter nimmt mich nicht ganz für voll. Er hat mich einen Hobbytheoretiker genannt.« Er seufzte.

»Ich weiß auch gar nicht, ob ich für die Arbeit bei der Kripo geeignet wäre. Man kann nicht einfach wilde Vermutungen anstellen und dann Argumente erfinden, um die Theorie zu stützen. Auf die Weise kommt es nur zu Justizirrtümern.«

Sie maß ihn mit nachdenklichem Blick. »Hat Carpenter vielleicht sonst noch was gesagt?«

»O ja. Er hat gesagt, die Zeiten, wo Polizisten ihrem Riecher folgen könnten, seien lange vorbei. Heute läuft alles über Computer.«

Sie war zornig um seinetwillen. »Dann rufe ich den blöden Kerl an und sag ihm mal ordentlich die Meinung«, erklärte sie empört. »Wenn Sie nicht gewesen wären, hätten die doch Monate gebraucht, um die Verbindung zwischen Kate Sumner und Harding herzustellen – wenn es ihnen überhaupt gelungen wäre –, und sie hätten nie das gestrandete Schlauchboot gefunden und wären auch nie dahintergekommen, von wo es gestohlen worden war. Er sollte Ihnen gratulieren und nicht an Ihnen herummäkeln. *Ich* bin diejenige, die alles ganz falsch gesehen hat. Mit meinen Genen scheint irgendwas nicht zu stimmen, daß ich immer auf Ganoven fliege. Sogar meine Mutter fand Harding ganz gräßlich. Sie sagte: ›So ein Theater wegen eines Hundebisses! Da habe ich schon viel Schlimmeres erlebt, und mich hat man mit ein bißchen Jod und einem Pflaster abgespeist.‹«

»Sie wird nie wieder ein Wort mit mir sprechen, wenn sie erfährt, daß ich sie gezwungen habe, sich die Hüfte wegen eines Mörders zu ruinieren.«

»Ach wo! Sie erinnern sie an James Stewart in *Der große Bluff*, sagt sie.«

»Ist das gut?«

»O ja«, antwortete Maggie mit spöttischem Unterton. »Sie bekommt jedesmal weiche Knie, wenn sie den Film sieht. James Stewart spielt einen friedliebenden Sheriff, der in einer Stadt voller Gewalt Ruhe und Ordnung schafft, ohne auch nur einmal laut zu werden oder zu seinem Revolver zu greifen. Die Geschichte ist unglaublich sentimental. Er verliebt sich in Marlene Dietrich, die sich zwischen ihn und eine Kugel wirft, um ihn zu retten.«

»Hm. Ich persönlich habe mich immer gern als Bruce Willis in *Stirb langsam* gesehen. Der heroische, blutüberströmte Bulle, der die Frau, die er liebt, und die ganze Welt rettet, indem er Alan Rickman und seine Bande von Psychopathen in Grund und Boden ballert.«

Sie lachte. »Ist das wieder ein Verführungsversuch?«

»Nein. Ich werbe immer noch um Sie.«

»Das hab ich schon befürchtet.« Sie schüttelte den Kopf. »Sie sind einfach zu nett, das ist Ihr Problem. Sie sind auf jeden Fall zu nett, um jemanden in Grund und Boden zu ballern.«

»Ich weiß«, stimmte er niedergeschlagen zu. »Mir fehlt die Lust daran.« Er kletterte von der Leiter und hockte sich neben Maggie. Mit einer Hand rieb er sich die müden Augen. »Ich hatte angefangen, eine gewisse Sympathie für Harding zu entwickeln. Und irgendwie mag ich ihn sogar jetzt noch. Ich muß dauernd daran denken, was für eine Verschwendung das alles ist und wie anders sich alles hätte entwickeln können, wenn ihm irgendwann einmal jemand klargemacht hätte, daß alles seinen Preis hat.« Er hob die Hand, um den Pinsel in die Farbwanne auf dem Tisch zu legen. »Aber um Carpenter gegenüber fair zu sein, er *hat* mir gratuliert. Er hat sogar gesagt, er würde mich unterstützen, wenn ich mich entschließen sollte, mich bei der Kripo zu bewerben. Er meint, ich hätte gute Voraussetzungen« – Ingram ahmte das grimmige Stirnrunzeln des Superintendent nach –, »und er muß es ja wissen, weil er bestimmt nicht grundlos seit fünf Jahren Superintendent ist.« Er lächelte sein schiefes Lächeln. »Aber ich bin nicht überzeugt, daß meine Begabung wirklich auf dem Gebiet liegt.«

»Herrgott noch mal!« rief sie. »Sie wären ein hervorragender Kriminalbeamter. Ich verstehe überhaupt nicht, worüber Sie sich Sorgen machen. Seien Sie doch nicht so verdammt zaghaft, Nick. Sie müssen die Chancen nutzen, wenn sie sich bieten.«

»Das tue ich ja – wenn es mir vernünftig erscheint.«

»Und in diesem Fall erscheint es Ihnen nicht vernünftig?«

Er stand auf, trug die Wanne zum Spülbecken und ließ Wasser darüber laufen. »Ich bin mir nicht sicher, ob ich hier überhaupt weg will.« Er sah sich in der frisch gestrichenen Küche um. »Ich lebe eigentlich gern auf dem Land, wo ich ab und zu mit meinen Theorien zum Zuge komme.«

Sie senkte den Blick. »Ach so.«

Er spülte schweigend den Pinsel aus und fragte sich, ob »ach so« ihre einzige Antwort bleiben würde. Er legte den Pinsel zum Trocknen aufs Abtropfbrett und überlegte ernsthaft, ob es nicht doch vielleicht vernünftiger wäre, sich durch den Stacheldraht hindurchzukämpfen. »Soll ich morgen wiederkommen? Es ist Sonntag. Wir könnten mit dem Foyer anfangen.«

»Ich bin auf jeden Fall hier«, sagte sie.

»Okay.« Er ging zur Spülküche.

»Nick?«

»Ja?« Er drehte sich zu ihr um.

»Wie lange dauert es gewöhnlich, wenn Sie um eine Frau werben?«

Seine Lippen verzogen sich zu einem verschmitzten Lächeln. »Bevor was?«

»Bevor ...?« Sie wirkte plötzlich verlegen. »Ach, vergessen Sie's. Es war eine dumme Frage. Wir sehen uns morgen.«

»Ich werde versuchen, nicht zu spät zu kommen.«

»Ach, es macht doch nichts, wenn Sie sich verspäten«, sagte sie zähneknirschend. »Sie tun das schließlich aus Gefälligkeit, nicht weil es Ihre Pflicht ist. Ich habe Sie nicht gebeten, das ganze Haus zu streichen.«

»Stimmt«, bestätigte er, »aber das gehört auch zum Werben. Ich dachte, das hätte ich Ihnen erklärt.«

Sie sprang mit blitzenden Augen auf. »Ach, hauen Sie ab«, sagte sie, schob ihn brüsk zur Tür hinaus und verriegelte sie hinter ihm. »Und bringen Sie morgen bloß eine Flasche Brandy mit«, rief sie ihm nach. »Ich pfeife drauf, umworben zu werden. Ich lasse mich lieber verführen.«

Der Fernsehapparat lief, und Celia lachte mit der Fernbedienung in der Hand leise vor sich hin, als Maggie auf Zehenspitzen in den Salon kam, um nach dem Rechten zu sehen. Bertie war aus der erstickenden Hitze des Bettes geflohen und lag rücklings, alle viere von sich gestreckt, auf dem Sofa.

»Es ist spät, Mama. Du solltest längst im Bett sein.«

»Ich weiß, aber das war wirklich zu komisch, Schatz.«

»Du hast doch gesagt, es gäbe heute nur Horrorfilme.«

»Stimmt. Deswegen habe ich ja auch keinen davon gesehen.«

Maggie fixierte ihre Mutter mit verständnislosem Blick, dann nahm sie die Fernbedienung und schaltete den Apparat aus. »Du hast gelauscht?«

»Na ja ...«

»Wie konntest du nur!«

»Ich mußte zur Toilette«, erklärte Celia entschuldigend, »und ihr habt nicht gerade geflüstert.«

»Der Arzt hat gesagt, du solltest nicht ohne Hilfe rumlaufen.«

»Ich hatte doch gar keine andere Wahl. Ich habe ein paarmal gerufen, aber du hast mich nicht gehört. Außerdem« – ihre Augen blitzten amüsiert – »habt ihr euch so gut unterhalten, daß ich nicht stören wollte.« Sie musterte ihre Tochter einen Moment schweigend, dann klopfte sie unvermittelt auf das Bett. »Bist du zu alt, um einen Rat anzunehmen?«

»Das kommt auf den Rat an.« Maggie setzte sich.

»Jeder Mann, der die Frau das Tempo angeben läßt, ist es wert, geheiratet zu werden.«

»Hat mein Vater das so gemacht?«

»Nein. Er hat mich im Sturm erobert, vor den Altar geschleppt und mir dann fünfunddreißig Jahre Zeit gelassen, in aller Ruhe zu bereuen.« Celia lächelte wehmütig. »Genau deshalb ist mein Rat ein guter Rat. Ich bin auf die Großmäuligkeit deines Vaters hereingefallen, ich habe Sturheit mit Beharrlichkeit verwechselt, Alkoholismus mit Witz und Trägheit mit Charisma …« Sie brach beschämt ab, als ihr bewußt wurde, daß sie ja den Vater ihrer Tochter kritisierte. »Es war nicht alles nur schlimm«, sagte sie energisch. »Wir waren damals sehr viel stoischer – man hatte uns gelehrt, uns mit den Gegebenheiten abzufinden –, und sieh nur, was ich dafür bekommen habe. Dich … Matt … das Haus …«

Maggie beugte sich vor und küßte ihre Mutter auf die Wange. »Ava … Martin … Diebstahl … Schulden … Kummer … eine schlimme Hüfte …«

»Ein Leben«, entgegnete Celia. »Einen Reitstall, der sich gerade noch trägt … Bertie … eine neue Küche … eine Zukunft …«

»Nick Ingram?«

»Warum nicht?« meinte Celia lachend. »Wenn ich vierzig Jahre jünger wäre und er nur das geringste Interesse an mir zeigen würde, brauchte ich bestimmt keine Flasche Brandy, um die Dinge ins Rollen zu bringen.«

Danksagung

Mit besonderem Dank an
Sally und John Priestley
von *XII Bar Blues*
und Encombe House Estate